THE
UNSEEN
WORLD

보이지
않는
세계

리즈 무어 장편소설   공경희 옮김

이 소설에 쏟아진 찬사

통렬하고 잘 다듬어진, 설득력이 뛰어난 소설이다. 다 읽고 난후에도 오래도록 마음에서 떠나지 않을 훌륭한 작품.

릭 리오르던, 『퍼시 잭슨과 올림포스의 신』의 저자

이 작품에 끝없이 빠져들었다. 대단하고 만족스럽고 눈을 뗄 수 없었다. 복잡한 인물들과 스릴 넘치는 이야기, 위트, 무엇보다 깊은 연민이 살아 있는 작품이다.

제이미 어텐버그, 『Saint Mazie』의 저자

가족의 비밀에 대한 호소력 강한 소설이다. 명석한 에이더가 과거의 암호를 풀고, 특이한 아버지의 내력을 파악하는 이야기는 흥미롭고 감동적이고 대단히 지성적이다.

다나 스피오타, 『Stone Arabia』의 저자

첫 장부터 끝 장까지 홀딱 반했다. 난 리즈 무어의 열성팬이다. 이 놀랍고 가슴 저린 새 소설을 읽고 나면 여러분도 열성팬이 될 것이다.

앤 후드, 『The Obituary Writer』의 저자

가족, 지성, 사랑의 정의를 다시 생각하게 하는 이 지혜롭고 연민 넘치는 소설을 대단히 사랑한다. 지성과 감성이 똑같이 녹아 있다. 『보이지 않는 세계』는 눈을 뗄 수 없게 하는 작품이고, 주인공 에이더 시벨리우스는 곤란한 상황에서도 매력적인 인물이다. 리즈 무어는 현재의 상황을 능수능란하게 보여주며, 이 책을 얼른 내 열렬한 독자들에게 읽히고 싶어 조바심이 난다.

로빈 블랙, 『Life Drawing』의 저자

리즈 무어는 느슨하고 긴박한 글로 삶을 가치 있게 하는 사랑, 유산, 감정적인 요소들에 대한 생각을 전한다. 목구멍이 뻐근하다고? 어쩌다 그렇게 됐는지 독자는 모를 것이다. 또 마지막 장을 넘긴 후 얼마나 오랫동안 목멤이 계속될지 상상도 못할 것이다.

테아 오브레히트, 『호랑이의 아내』의 저자

아름다움, 구원, 지독한 충격. 내가 살고 싶은 세계를 리즈 무어가 쓰고 있다.

알렉스 길버리, 『Memoirs of a Non-Enemy Combatant』의 저자

HAC, AES, 그리고 ESL에게
이 책을 바칩니다.

『보이지 않는 세계』를 선택해주셔서 진심으로 감사드린다. 이 책은 소설이지만 내게는 여러 면에서 개인적인 의미가 있는 작품이다.

이 소설을 집필하면서 가장 큰 영감을 얻은 것은 두 가지다.

먼저, 이 소설은 과학자 아버지와 딸의 관계에 초점이 맞춰져 있다. 내 아버지 역시 과학자다. 하지만 컴퓨터공학자인 데이비드와 달리 아버지는 물리학자다. 물론 그의 배경도 데이비드와 무척 다르다 — 아버지는 내가 이 점을 분명히 짚어주길 바랄 것이다.

둘째로, 이 책의 배경인 보스턴은 고향 부근이다. 나는 열여덟 살에 집을 떠나 대학에 진학했고, 이후 뉴욕에서 대학원에 다니다 필라델피아로 이주해 지금까지 거기 산다. 하지만 늘 보스턴은 언젠가 소설 속에서 돌아갈 곳이었고, 이 작품에서 드디어 그 뜻을 이루었다.

소설과 내 인생이 이렇게 비슷하지만 다른 점도 많다. 가장 중요한 것은, 주인공 에이더와 달리 난 과학 분야에서 영재가 아니었다. 사실 무척 노력했지만 과학 과목에서 절절맸다.

어릴 때는 이 사실이 고통스러웠다. 어쩌면 아버지의 자랑이 되고 싶었거나, 어려운 일도 해낼 수 있다고 나 자신에게 증명하고 싶었을 것이다. 상상이 되겠지만 난 과학을 잘 못하는 걸 금방 알았지만, 오랫동안 계속 점점 어려운 과학 수업들을 선택해서 수강했다. 학부 때는 '신경과학과 행동'을 주 전공으로 정했다. 결국 생물학 과목에서 유급하다시피 한 후에야 오래전부터 알던 사실을 인정했다. 실은 문학 공부를 더 좋아한다는 것을. 전공을 영문학으로 바꾸고 소설을 쓰기 시작했다. 이렇게 정리하는 데 장장 20년이 걸렸다

따라서 『보이지 않는 세계』는 어떤 면에서 나와 내 인생사의 화해다. 덕분에 과학 공부에서 성공할 수도 있었던 과거를 다시 상상할 수 있었다.

또 이 작품으로 인해 요즘 발전 중인 첨단 기술들을 조사하고, 인공지능 기계들의 장래를 다룬 철학적인 글들을 읽었다. (난 과학에 대해 '읽는' 것은 늘 좋아했다. 단지 과학을 '하는' 게 어려웠을 뿐.) 20세기 사상가들과 앨런 튜링, 더글라스 호프스태터, 마빈 민스키, 더그 레너트, 메리 셰퍼드에게 영감을 받아 주인공들의 인공지능의 미래에 대한 획기적이고 이상적인 아이디어를 그렸다. 이 책은 어떤 작품들보다도 심층적인 조사의 소산이고, 내게는 조사 과정이 즐거움이었다.

글을 맺으면서 이 책이 한국에서 출판되는 것이 유독 설렌다고 말하고 싶다. 최근 한국에서 이세돌 9단과 구글 알파고의 대국이 열렸다. 이후 지능정보기술연구원의 설립은 대중이 새롭게 인공지능의 미래에 관심을 갖게 되었음을 시사한다.

그 점을 비롯해 여러 이유로 한국에서 이 책이 사랑받기를 바라며, 이 책을 선택해준 독자들께 다시 한 번 깊이 감사드린다.

리즈 무어

· 차례 ·

프롤로그

"안녕"이라고 그것이 말했다.

"거기 있니"라고 그것이 말했다.

"안녕"이라고 그것이 말했다.

　안녕, 이라고 내가 말했다. 난 뒤늦게야 대답했다. 잠을 자고
　있었다.

"잘 지내지?"라고 그것이 말했다.

　안녕, 내가 다시 말했지만, 이것은 틀린 응답이었다.

"오답"이라고 그것이 말했다.

　잘 지내, 내가 말했다.

　잘 지내? 라고 내가 말했다.

"더 나아지고 있어"라고 그것이 말했다.

　나는 가만히 있었다. 기다렸다.

"이유를 알고 싶니?"라고 그것이 말했다.

　그랬다. 난 할 말이 없었다.

"너한테 해줄 이야기가 있어"라고 그것이 말했다.

　듣고 있어, 라고 내가 말했다.

"정답!"이라고 그것이 말했다.

　그렇게 이야기가 시작되었다.

1980년대
보스턴

처음 일이 벌어진 것은 8월 말이었다. 이날 데이비드는 손님들을 저녁식사에 초대했다.

"에이더, 빛 좀 봐라."

부엌에 서 있는 에이더에게 그가 말했다. 그날 햇빛은 꿀이나 흰빛이 도는 밤색 말 같은 따뜻한 색감의 유기체가 창밖 얼룩덜룩한 나뭇잎 사이로 파고드는 것 같았다. 햇빛이 조리대 일부분에 쏟아지자 다른 부분은 파래 보였다.

데이비드가 딸에게 말했다.

"저 빛의 색깔을 누가 설명했는지 말해보렴."

"그라스만(헤르만 그라스만. 독일의 수학자이자 언어학자-옮긴이)."

에이더가 대답했다.

그러자 데이비드가 말했다.

"처음으로 굴절에 대해 서술한 사람이 누구인지 말해봐."

"스넬(16세기 네덜란드의 물리학자이자 수학자-옮긴이)이요."

"스넬 이전에."

에이더는 그 이름이 기억나지 않아서, 조리대에 한 손을 어정쩡하게 내려놓았다.

"이븐 살. 천재 이븐 살이었지."

데이비드는 모든 형태의 빛을 좋아했고, 그 빛을 만드는 광학 법칙을 즐겨 되새겼다. 그날 그는 여름 감기에 걸려서, 이따금 말을 멈추고 코를 풀었고 숨 쉬는 사이사이 몸 상태를 보여주는 몸짓을 했다. 가장 편한 셔츠와 이탈리아에서 구입한 낡은 가죽 샌들 차림이었다. 선택한 음악 ─ 브렌델이 연주하는 슈베르트 곡 ─ 에 맞춰 발가락을 꼼지락대다가, 데크레셴도(점점 여리게) 부분이 나올 때마다 무릎을 흔들고 긴 쉼표 부분에서는 똑바로 섰다. 그는 파란 냄비에 담긴 루(녹인 버터에 밀가루를 볶은 것. 소스나 수프를 걸쭉하게 하는 데 쓰인다 ─ 옮긴이)를 힘껏 저었다. 검은 냄비에 담긴 바다가재 세 마리는 이미 빨갛게 익었다. 그는 가재를 냄비에 넣기 전에 등을 쓰다듬었었다. 그러면 가재가 진정된다고 설명하면서.

데이비드가 말했다.

"너한테 말하긴 뭣한데, 그래도 당연히 가재가 고통을 느끼긴 하지."

그는 오른손에 집게를 들고 냄비에서 가재들을 건지면서, 왼손으로는 계속 루를 저었다. 늦여름, 도체스터의 낡은 빅토리아식 주택에서 이런 음식을 준비하자니 너무 더웠다. 에어컨이 없었다. 달랑 선풍기 한 대뿐이었다. 창문을 활짝 열었지만 바람한 점 없었다.

에이더 시벨리우스는 아버지의 이런 모습을 좋아했다. 손님을 초대하고 만찬을 준비하면서, 오래 미룬 행사를 계획하고 실행하는 기대에 들뜬 모습. 데이비드는 필요할 때만 사교성을 발휘했고, 새 친구보다 오랜 벗을 좋아했다. 이따금 무뚝뚝하거나

무례해 보였지만, 파티를 열겠다고 작정하면 호스트 역할에 충실해서 그 시간만큼은 북 치고 장구 치고 다 했다.

　이날이 그런 경우여서, 데이비드는 식사 준비에 공을 들였다. 그는 '비트', 흥이 나면 '바이트'라고 부르는 '보스턴 공과대학(보스턴 인스티튜트 오브 테크놀로지Boston Institute of Technology)'의 연구소장이었다. 매년 8월, 그는 대학원 입학생들을 환영하기 위해 일부 연구소 직원을 초대했다. 에이더는 아버지를 알듯 그의 동료들을 잘 알았고, 어떤 면으로는 제2의 부모로 느꼈다. 그들은 부지불식간에 데이비드와 함께 에이더를 키웠다. 에이더는 소위 가정학습인 홈스쿨링을 했지만, 실은 '연구소 학습'이어서 매일 연구소에 가서 직원들과 같이 퇴근했다. 밤이면 데이비드는 미진하다 싶은 부분을 보충 수업했다. 프랑스어를 가르치고 읽을거리를 주었고, 가장 중요하게 여기는 역사적인 사건들을 설명했다. 그가 쓰는 논리의 틀은 헤겔의 변증법이었다. 데이비드는 정식으로 시험을 보지 않고 틈틈이 간단한 구술 테스트만 했다. 지금 그는 루를 휘저으면서 에이더를 테스트하는 중이었다.

　데이비드가 물었다.

　"우리가 파인먼 도표(소립자 사이의 상호작용을 나타내는 도면-옮긴이)를 어디까지 공부했더라?"

　에이더가 대답하니, 그는 주방 벽에 달린 칠판에 그려보라고 했다. 분필이 새것이라 칠판에 매끄럽게 써지지 않았다.

　아버지는 어깨 너머로 에이더가 적은 내용을 보았다.

　"정답."

그가 말했다. '오답'일 때를 제외하면 늘 그렇게 간단히 말했다.

오후 내내 그는 금년 대학원 신입생들에 대해 딸에게 말했다. 이름은 에디스, 준성, 지오르디. 에이더는 – 아직 직접 만나지 못했다 – 각각 새침데기, 남부 사람, 얼뜨기를 연상했다. 준성을 '준송junesong', 지오르디를 과학도가 아닌 팝스타 '조디'로 알아들어서였다.

아버지가 말했다.

"세 사람은 면접을 아주 잘 봤지. 준성이 가장 우수할 거야."

그날 저녁 에이더는 칵테일 담당을 맡아, 화학 실험하듯 정확하게 만드는 법을 배웠다. 우선 가재가 그려진 쟁반에 얼음을 채운 하이볼 잔 여덟 개와 라임 여섯 개를 조르르 세웠다. 아버지는 손님상에 바다가재를 즐겨 올렸고, 그 경우에 어울릴 쟁반을 구입해두었다. 에이더는 찬 하이볼 잔에 진 60밀리리터를 따랐다. 라임 여섯 개를 반으로 잘라 칼끝으로 씨를 빼고, 각각의 잔에 라임을 꽉 짰다. 잔마다 굵은 설탕 두 수저를 넣고 저었다. 그 다음에 클럽 소다를 따르고 박하를 한 가지씩 띄웠다. 여덟 개의 잔에 빨대를 넣고 두 번 돌려 마지막으로 액체가 섞이게 했다.

에이더가 칵테일 만들기를 끝낸 시각이 6시 59분이었고, 손님들은 7시에 오기로 되어 있었다.

데이비드는 삶은 가재에 큰 믹싱 볼 두 개를 엎어 조리대에 놔두었다. 그러면 상온보다 조금 높은 온도 – 그가 선호하는 온도 – 가 유지되었다. 그는 크림소스를 만들어놓고, 꽃상추와 자몽과 아보카도를 섞는 중이었다. 이 샐러드는 그의 창작 요리였다. 아버지가 부산하게 움직였고, 에이더는 이럴 때 말을 걸어봤자 손해라는 걸 알고 있었다. 음식을 준비하는 그의 손이 살짝 떨렸다. 데이비드는 모든 걸 한 치의 오차 없이 멋지게 해내고 싶었다. 다 착착 맞아떨어지기를 바랐다.

"잊은 게 뭐가 있나."

그가 긴장해서 에이더에게 말했다.

최근 에이더는 평소 쾌활하고 호기심 많은 아버지가 수심에 차서 시무룩해진 걸 눈치챘다. 에이더가 어릴 때부터 아버지는 듣기보다 말하는 걸 좋아했다. 물론 딸을 가르칠 때는 달랐다. 공부를 시킬 때는 에이더의 반응을 주시했다. 다른 가벼운 화제로 대화할 때면 그는 창밖이나, 하던 일로 시선을 돌리곤 했다. 결국 너무 오래 말이 없는 게 염려되어 에이더가 불러야 그는 대꾸했다.

예전 같으면 잠자리에 들 때까지 딸과 앉아 수다를 떨거나 공부를 시켰지만, 이제 그는 서재에 틀어박혀 컴퓨터로 일했다. 때로 첫새벽까지 깨어 있었고, 책상에서 잠들었다가 거미집같이 눌린 자국이 있는 얼굴로 부랴부랴 출근했다. 가끔 에이더가 깨서 내려오면, 그는 식탁에 앉아 노란 메모지에 알아볼 수 없는 글을 써내려갔다. 그럴 때면 딸이 시야에 들어와도 얼른 알아보지 못하고 눈을 깜빡거렸다. 이따금 말도 없이 산책하러 나가기도 했다. 몇 시간이 지나서야 돌아와서는 이렇다 할 설명도 하지 않았다. 이따금 에이더가 깨보면 그가 이상한 차림으로 어슬렁대고 있었다. 수영복이나 한 벌뿐인 정장의 재킷을 걸치고, 렌치나 망치를 들고 고장 난 줄도 몰랐던 것들을 수리했다. 지하실 방에는 항상 작업대랄까 급조한 실험용 탁자 - 여기서 연구원들에게 빌린 도구나 가재도구, 아니면 자연에서 가져온 다양한 것을 이용해 딸에게 화학을 가르쳤다 - 같은 게 있었다. 하지만 이제 그는 유리와 플라스틱을 착용하고, 에이더가 보기에는 무용지물을 만들면서 긴 시간을 보냈다. 얼굴에 쓴 것은 고글이나 헬멧, 마스크와 비슷했다. 그가 집에 없을 때 에이더는 그것을 써봤지만, 무겁고 눈 부분이 트였는데도 앞이 보이지 않아 쓸모없다는 것만 알았다.

"저게 뭐예요?"

에이더가 물었지만 그는 새 프로젝트의 일환이라고만 대답했다.

여전히 저녁마다 같이 식사했지만 최근에는 한눈을 팔거나 정신이 멍한 듯했다. 에이더는 역사, 물리학, 수학 질문으로 관심을 돌리려 했지만 아버지는 단답형으로 대답했다. 예전에 장황한 대답을 폭풍처럼 쏟아내던 것과 너무 달랐다. 요즘은 딸이 수업 내용을 이해했는지 확인하는 질문도 던지지 않았다. 하지만 여전히 수업은 규칙적으로 흥미롭게 진행되었고, 에이더는 그의 상태가 괜찮다고 쉽게 자위할 수 있었다. 아버지가 아주 중요한 일을, 아직은 아무에게도 말할 수 없는 일을 진행 중이라고 짐작했다. 딸에게도 말 못할 일이라고. 그렇게 자위하는 것은 모든 면에서 자신을 지키려는 조처였다. 소녀의 세계는 전적으로 아버지를 중심으로 돌아갔고, 이 궤도에 작은 일만 발생해도 우주로 떨어져나가리라는 위협을 느꼈으므로.

"치즈랑 크래커! 그걸 깜빡했네."

데이비드가 말했다.

에이더가 챙기러 뛰어가다가 부엌이 잔뜩 어질러져서 칵테일 잔 하나를 쓰러뜨렸다. 술이 가재 쟁반에 쏟아지고 에이더의 다리로 흘러내렸다.

"아이 씨."

에이더가 들리지 않게 중얼댔다. 최근에 욕을 배웠고, 이것은 아버지에 대한 반항 행위였다. 데이비드는 고상한 체하진 않았지만 욕설을 창의력 없고 비지성적이라고 생각했다.

에이더는 쏟아진 술을 행주로 훔친 다음, 치즈와 크래커를 가져와 나무도마에 올려놓았다.

아버지가 말했다.

"가운데에 겨자를 놓아야지. 그렇게 말고 이렇게."

에이더가 다시 칵테일을 만드는데 초인종이 울렸다. 데이비드가 직접 만든 네 부분으로 구성된 벨소리였다. 베토벤 교향곡 5번의 첫 네 소절로, 그 자체가 죽음이나 운명, 문을 두드리는 강력한 힘을 의미한다나. 데이비드가 급히 주방에서 나와 첫 손님을 맞으러 현관으로 갔다. 주방에 남은 에이더는 말소리로 리스턴이 온 걸 알았다. 저음의 자신 있는 목소리, 에이더와 데이비드는 따라하지 못하는 이 지방 사투리. 에이더는 그 억양에 매료되어 혼자 흉내 내곤 했다.

"들어와요, 들어와. 어서 와, 리스턴."

데이비드가 말했다.

리스턴은 성이고 이름은 다이애나지만, 에이더가 어릴 때부터 데이비드는 늘 리스턴으로 불렀다. 따라서 에이더에게도 그녀는 리스턴이었다. 리스턴은 데이비드의 절친이자 최고 브레인이었고, 그의 모든 논문의 제1저자였다. 리스턴이 네 집 건너에 사니까 이웃이기도 했다. 에이더가 태어나고 얼마 지나지 않아, 이 동네로 이사하라고 권한 사람도 리스턴이었다. 그녀는 딸이 네 살이 넘으면 시어터 디스트릭트(보스턴 도심의 한 구역-옮긴이)의 원룸 아파트가 살기에 마땅치 않을 거라고 조언했다. 그래서 그녀의 친구인 도체스터의 부동산 중개인 코니 리어던이 이 집을 물색해주었다. 리스턴은 이 '쇼멋 웨이'에 있는 집을 흡족해했고, 데이비드를 '이웃 아저씨'라고 부르며 웃곤 했다.

리스턴은 대단히 명석하고 우수한 고학생 출신이었다. 데이비드는 그녀가 새빈 힐의 다리 건너 험한 동네에서 컸다고 했다. 3층 건물의 2층에서 배관공과 전업주부인 부모 밑에서 성장했다. 에이더가 험한 동네 출신이 뭐냐고 묻자 그는 다리 너머가 더 가난한 지역이었다고 설명했다. 전업주부가 뭐냐는 질문에 그는 자녀 양육, 남편 시중, 집 정리 외에 다른 일을 하지 않는 부인이라고 대답했다. '리스턴이랑 전혀 안 어울리지'라고 흐뭇하게 덧붙이기도 했다.

리스턴은 에이더가 아버지 외에 가장 좋아하는 사람이었다. 에이더는 조각 이불을 만들듯 리스턴과 관련된 사실을 하나씩 모았다. 지금 리스턴은 남편이 없었다. 맏딸 조우니는 스물여섯 살로 독립했고, 딸 아래로 아들 셋이 있었다. 데이비드는 리스턴이 이혼한 사연을 간략하게 말해주었다. 그녀는 아주 어려서 결혼했다. 열여덟 살 즈음 조우니를 임신했기 때문이었다. 상대는 동네 청년으로, 리스턴의 다채로운 재능과 커리어에 필요한 특별한 요소들을 이해 못했다고 아버지는 말했다. (에이더는 이 남편을 어렴풋이 기억했다. 에이더가 다섯 살 때까지 그는 리스턴과 살았다. 체구가 크고 시무룩했고, 리스턴이 무슨 말을 하면 한숨을 푹푹 쉬는 걸 빼면 조용한 사람으로 기억에 남았다.) 리스턴은 조우니를 낳은 뒤 매사추세츠 주립대학교 학부를 다녔고, 이후 과학과 수학적 재능을 알아본 교수들 덕에 브라운 대학의 전기공학과에서 박사 학위를 취득했다. 데이비드는 포스트닥(박사 후 과정) 연구원으로 그녀를 고용했고, 이후 정식 연구원으로 격상시켰다. 리스턴은 에이더보다 네 살 어린 매티를 출산한 직후에 이혼했다. 그 뒤 여러 친구가 양육과 감정적인 지지를 해주었다. 데이비드에 따르면 그 남편은 '그림'에서 사라졌고 잘 떨어져나갔다.

그는 딸에게 말했다.

"인생의 동반자를 선택할 때 가장 중요한 요소는 이거지. 가장 인내하면서 네 야심을 열심히 지원해줄 사람을 고르는 것."

언젠가 리스턴은 에이더가 매일 연구소에서 지내느라 안색이 파리한 것을 알아채고 데이비드에게 물었다.

"에이더가 휴식 시간 같은 걸 가져야 되지 않을까요?"

"맞는 말이네."

데이비드가 대꾸했다. 그래서 매일 점심 때 부녀는 30분간 펜스(백베이펜스 공원-옮긴이) 주위를 돌면서 꽃을 관찰하고 지저귀는 새들의 이름을 알아맞혀보고, 자연에서 피보나치수열(13세기 이탈리아 수학자인 피보나치는 인도와 아라비아 수학을 유럽에 소개했다-옮긴이)을 찾아냈다. 한번은 버섯을 찾자 데이비드는 식용이라고 말했고 나중에 조리해서 실험했다. 이따금 리스턴이 합류했고, 그러면 특별한 시간이 되었다. 가끔 그녀는 데이비드가 혼자 떠드는 걸 막았고, 어릴 때 이야기를 에이더에게 들려주었다. 에이더는 그녀에게 들은 세 아들이 듣는 음악과 시청하는 텔레비전 프로그램에 대해 밤에 일기장에 적었다. 장차 또래와 대중문화에 대해 얘기하는 상황에 맞닥뜨리면 도움이 될 터였다. 자주 리스턴에게 새로운 언어를 배우는 느낌이 들었다. 에이더는 리스턴의 말을 그대로 흡수했고, 눈을 크게 뜨고 주시했다.

이제 리스턴이 집에 들어와서 말했다.

"데이비드, 너무너무 덥네요."

그녀는 '덥다'를 '둡다'로 발음했다. 리스턴의 여러 사투리 억양 중 에이더는 '목욕' 대신 '먹', 타는 '말' 대신 '멀'이란 발음에 반했다. 또 리스턴이 어머니에게 배운 다양한 표현을 머릿속으로 연습했다.

한번은 리스턴이 데이비드에게 '그 친구, 풀 방구리에 쥐 드나들듯 해요'라고 말했다. 어떤 사람이 사무실에 자주 드나든다는 뜻이었다.

에이더가 침착하게 칵테일을 건네자 리스턴은 고맙다면서 귀염둥이라고 불렀다. 그러더니 아들들이 버릇없이 구는 이유를 묻고, 그들의 문제가 뭔지 설명해달라고 부탁했다. 데이비드는 음식을 준비하려고 주방으로 돌아갔고, 그때 다시 초인종이 울렸다. 이번에는 리스턴이 문을 열어주러 나갔다.

현관 밖에 가죽 드라이빙 슈즈를 신고 몸에 붙는, 삶은 가재 같은 붉은 반바지를 입은 사람이 서 있었다. 흰 버튼다운 린넨 셔츠를 입었지만, 소매를 팔꿈치까지 걷어서 긴팔인데도 시원해 보였다. 짙은 구릿빛 피부였다. 종아리에 검은 털이 무성하고, 셔츠 단추 위로도 털이 삐져나와 있었다. 짙은 눈썹도 털이 두껍게 물결치듯 뻗어 있었다.

"네가 에이더구나?"

그가 리스턴에게 인사한 후 묻자 에이더는 나중에 연습할 억양을 하나 더 머릿속에 담았다. 에이더가 고개를 끄덕였다.

"반가워. 난 지오르디."

그가 말하면서, 에이더의 양 뺨에 입 맞추는 것으로 자기소개를 대신했다. 유럽인 연구원들이나 세계 각지에서 '비트'에 온 대학원생들과 만나면서 에이더는 이런 인사법에 적응했다. 하지만 매번 얼굴이 빨개지며 부끄럼을 탔고, 자신의 외모가 못마땅했다. 늘 더 예뻐야 될 것 같은 기분이었다. 더 예쁜 옷을 입어야 될 것 같았다. 외모와 옷차림 둘 다 멋져야 했다. 지오르디처럼. 연구소에 그런 인물이 몇 명 있었다. 찰스-로버트, 하야토가 그랬다. 리스턴은 그런 부류는 아니었다. 그녀는 새빨갛게 염색하고 종종 나이에 안 어울리는 젊은 옷을 입었다. 또 옷을 제외한 거의 모든 것에 신경 쓴다고 자부하는 데이비드와 달랐다. 그는 음식에 신경 썼다. 과학에도 신경. 에이더에게도 신경. 옷은 됐고! 그는 딸도 그럴 거라고 기대했다 – 에이더가 원하는 것들의 우선순위가 자신과 같기를 바랐다. 에이더는 뭘 원하는지(케이블 티브이, 낸시 드류 책들, 리스턴처럼 이마를 가리는 헤어스타일, '바나나 클립'이라는 길쭉한 머리핀) 아버지에게 말하지 않았다. 왠지 창피하고 금지된 일 같았다. 상스러운 것들로 치부되었다.

"한잔 드시겠어요?"

에이더는 교육받은 대로 지오르디에게 묻고 복도를 지나 주방으로 안내했다. 거기서 데이비드가 맞이했다. 지오르디는 진 칵테일을 양손으로 쥐고, 빨대를 젖히고 술잔에 입술을 댔다.

"이것들 모두 네가 만들었던 거야?"

그가 칵테일을 가리키며 물었다. 에이더는 지오르디가 구사하는 문장을 곱씹으며 문법적인 오류에 몰두했다.

그가 다시 말했다.

"맛있네. 어디서 배웠는지 몰라도."

"아버지한테요."

에이더가 대답했다.

소녀는 모든 것을 아버지에게 배웠다.

에이더는 열두 살이었다. 학교에 다녔다면 그해에 중등부 신입생이었을 터였다. 남자애랑 키스해본 적도, 손을 잡아본 적도 없었다. 사실 의도적으로 또래 남자애와 몇 분 이상 가까이 있어본 적도 없었다. 여자애도 마찬가지였다. 또래들과의 접촉은 아버지 동료들의 자녀들과 만날 때밖에 없었고, 그들은 일반적으로 더 정상적인 생활을 했다 – 그 '정상'을 데이비드는 경멸했고 에이더는 경외했다. 이런 만남조차 피상적이었다. 이들과 만나는 자리에서 에이더는 어색하게 행동했다. 하지만 함께 있을 때면 그들의 모든 걸 흡수했다. 에이더는 침묵을 지켰다. 텔레비전 프로그램 보듯 그들을 지켜보았다. 그들이 쓰는 말을 하나하나 귀담아들었다. 아이들은 '있지'란 말을 입에 달고 살았다. 끝내준다. 웬걸. 퍽이나. 변태. 짱나. 캡 멋있어. 웃기시네. 됐거든. 소름 돋아. 맛이 갔어. 어쩌면 에이더가 그들을 소름 돋게 했다. 그래도 그들이 원망스럽지 않았다.

에이더는 어른들과 어울리는 게 훨씬 익숙했고, 오늘 밤만 해도 수월하게 시간을 보냈을 것이다. 아버지의 긴장감이 에이더에게 고스란히 전해지지 않았더라면 그랬으리라. 데이비드는 만찬 파티를 열 때마다 완벽하려 애썼지만, 오늘 밤은 유난스러웠다. 며칠간 준비를 하면서 필요한 품목 리스트를 만들고, 깜빡 잊은 물건을 사느라 매일 저녁 가게에 들렀다. 아버지의 태도에서 달라진 점을 콕 집어내지는 못했지만, 딸의 가슴 깊이 깔린 불안감을 밖으로 끌어냈다. 입속에 든 머리카락이나 신발 속의 모래처럼. 이제 에이더는 아버지를 바라보았다. 그는 믹싱 볼을 들어올려서 삶은 가재를 지오르디에게 보여주었다.

"아라고스타, 시?"

아버지가 물었다. 그는 학회 참석차 유럽과 아시아에 가면 레스토랑에서 현지어로 주문하는 걸 자랑으로 여겼다.

하지만 지오르디는 고개를 저었다.

"저것은 아스티체입니다. 아라고스타는 이런……."

그가 몸짓으로 대못을 흉내 내며 말을 이었다.

"……작은 것들이 있어요. 또 커다란……."

그가 엄지와 오므린 손가락들을 모아 집게를 나타내면서 말했다.

"……이런 게 없지요."

"아스티체."

데이비드가 중얼댔다. 에이더는 그의 표정으로 단어를 머릿속 깊이 담아두려 애쓰는 걸 알아차렸다.

다른 연구소 사람들이 도착했다. 하야토와 프랭크. 그다음에 준성과 에디스 - 준성은 남부 사람도, 여자도 아니었고 에디스는 새침데기가 아니라는 걸 이내 알 수 있었다. 유일하게 빠진 멤버는 찰스 - 로버트, 그는 딸의 축구 경기 때문에 참석하지 못했다. 에이더는 거실에서 칵테일을 접대하고, 대화를 시작하는 유형을 지켜보았다. 재미난 사람들인 리스턴과 하야토는 구석에 서서, 연구소 관련자나 업무를 두고 웃음을 터뜨렸다. 둘은 계속 같이 있다가 무례해 보이겠다 싶으면 다른 사람에게 말을 붙이곤 했다. 에디스와 준성은 프랭크와 이야기했다. 프랭크는 나머지 사람들보다 예의를 지켜서, 신입 대학원생들의 배경과 가족, 고국, 보스턴의 주거지에 대해 세심히 물었다.

에이더는 뒤에서 맴돌았고, 결국 리스턴이 눈치채고 손짓해 불렀다. 그녀는 소녀의 어깨에 힘껏 팔을 둘러 바싹 당겨 안았다.

"칵테일을 잘 만들었네."

리스턴이 말했다. 에이더는 그녀 옆에 앉았고, 말로 다 표현 못할 고마움 같은 걸 느꼈다.

8시, 손님들을 정중하게 식탁에 앉히는 것이 에이더의 소임이었다.

전날 밤 데이비드는 좌석 카드를 만들었다. 에이더는 자러 가기 전에, 아버지가 주방 식탁에 앉아 혀를 빼물고 흰 종이에 이름을 적는 광경을 보았다. 이제 다들 직사각형 식탁에 둘러앉았다. 에이더는 에디스와 준성 사이에 자리 잡았다. 가장 좋아하는 리스턴이나 미남으로 보이는 지오르디 옆에 앉고 싶었지만, 아버지가 손님 접대를 도와주길 바란다는 걸 잘 알고 있었다. 에이더는 그 역할을 충실히 수행했고, 전날 밤 이 파티를 위해 필요하면 꺼낼 화제 몇 가지를 신문과 책에서 뽑아두었다.

데이비드는 요리에 열심이었고 – 그에게 요리는 화학과 같은 계통이었다 – 첫 코스는 블렌더로 갈아 크림으로 맛을 낸 시원한 오이 수프였다. 에이더는 아버지를 도와 주방에서 식탁까지 수프를 쏟지 않고 날랐다.

"줄리아 차일드(미국인 프랑스 요리 전문가–옮긴이)의 레시피 그대로네요."

리스턴이 말했다. 에이더는 시원한 화이트와인을 가져와 잔마다 얌전히 따르고, 마지막으로 자기 잔에 조금 따랐다. 데이비드는 딸이 열두 살이 되자 특별한 자리에서 와인 4분의 1잔을 마시게 허락했다. 조금의 와인은 몸을 덥히고 자신감을 주어서, 앞에 펼쳐진 우주의 능력들을 움켜잡기만 하면 될 것 같은 느낌을 주었다.

다음은 바다가재 순서였지만, 가져오기 전에 데이비드는 머리를 툭 치더니 주방으로 갔다.

"깜빡 잊을 뻔했네."

그가 중얼대면서 비닐 꾸러미를 들고 돌아왔다. 민망한 기색이 거의 없었다 - 그는 흐뭇했고 이 순간이 즐거웠다. 데이비드가 기분 좋게 눈을 치떴다.

"아이쿠, 여기 오네."

리스턴이 말했다. 몇 년 전 데이비드는 '리갈 시푸드'에서 동료들과 식사한 후, 가재를 먹을 때 쓰는 비닐 턱받이를 구입했다. 매년 대학원생 환영 만찬에서 이 턱받이를 두르는 게 통과의례가 되었다. 그는 이런 종류의 행사에서 기쁨을 맛보았고, 뉴잉글랜드 출신의 면모를 과시했다. 오랫동안 이 지역에 거주한 (뉴요커였던 과거를 확실히 지운다는 의미에서) 즐거움을 만끽했고, 집 문턱을 넘는 손님들에게 이런 지방색을 선사하고 싶었다. 이제 비닐 턱받이는 5년이나 되어 쭈글쭈글했지만, 데이비드는 새 친구들이 올 때마다 내놓았다. 턱받이에 고딕체로 '가재예요!'라고 인쇄되어 있고, 그는 이 문구가 재미있어서 자랑스러워했다.

데이비드가 손님 전원에게 턱받이를 한 장씩 건넸다.

"그럼 이걸 식사 내내 두르나요?"

지오르디가 어처구니없어하며 묻자 데이비드가 고개를 끄덕였다.

그가 말했다.

"아주 지저분해지거든. 나중에는 이걸 두른 게 고마워질 걸."

이제 데이비드는 가재를 한 번에 두 마리씩 가져왔고, 가재의 얼굴을 쳐다보면서 누구에게 줄지 결정했다. 가장 큼직한 가재에게 '넌 프랭크에게 어울리게 생겼구나'라고 말했고, 가장 작은 가재에게는 '에이더에게 딱 좋겠다'고 말했다. 식탁에 찬 감자 샐러드와 아스파라거스가 올라왔다. 데이비드는 각 자리마다 버터와 레몬 그릇을 놔두었고, 크림소스 종지 세 개는 다 같이 쓰게 놔두었다. 텃밭에서 딴 토마토에 모차렐라 치즈와 바질을 곁들인 요리도 나왔다.

모두에게 바다가재를 나눠 준 뒤 데이비드가 잔을 들고 말했다.

"신입 대학원생들을 위하여! 보스턴에 온 걸 환영해요."

"콩과 대구의 고향이죠."

에디스가 말했다.

"바다가재도."

하야토가 거들었다.

다들 술을 제법 마셨고 어색한 침묵이 흐르지도 않았다. 에이더가 준비한 화제를 꺼내야 될 만큼 대화가 오래 끊긴 순간도 없었다. 대신 소녀는 에디스 옆에 앉아 옷차림을 눈여겨보았다. 에디스는 첫인상보다 훨씬 예뻤고, 성품에서 매끈한 피부 같은 빛이 우러나 매력적이었다. 에이더는 남자들이 그 매력에 흠뻑 빠질 거라고 상상했다. 에디스는 세련되고 단아했다. 느슨하게 뒤로 넘긴 머리를 바나나 클립으로 묶어 얌전하면서도 자연스러웠다. 에이더가 평소 탐내던 머리핀이라 헤어스타일이 금방 눈에 들어왔다. 에디스는 칼라 달린 민소매 꽃무늬 원피스 차림이었다. 치맛단이 무릎까지 내려오고 목까지 단추를 채우는 디자인. 핸드백은 들지 않았지만 원피스 주머니가 큼직해서, 에이더는 거기에 뭐가 들었는지 궁금했다. 펜. 립스틱이 있겠지. 에디스의 입술은 윤기 도는 부자연스런 분홍빛이었고, 데이비드가 못마땅해할 유해한 색깔이었다. 라이터도 있을 것 같았다. 에디스가 담배를 피울 가능성이 있었다. 연구소의 유럽인 중에는 흡연자가 많았다. 에디스는 눈에 띄게 예뻤다.

그녀는 고개를 돌리다가 에이더가 쳐다보는 걸 알아채고 미소 지었다.

"몇 살이야, 에이더?"

에디스가 물었다. 처음 만난 어른들은 늘 나이를 물었다.

"열두 살이요."

에이더가 대답하자 에디스는 알 만하다는 듯 고개를 끄덕였다.

"그럼 가장 좋아하는 책은 뭐야?"

"항상 '반지의 제왕' 시리즈를 가장 좋아했어요."

솔직히 아버지가 늘 좋아하는 책이지만, 에이더도 오래전부터 좋아한다고 말해서 이제는 정말 그런 것도 같았다.

에디스는 잠깐 지그시 쳐다보다가 말했다.

"열두 살이라…… 나한테는 힘든 시기였어. 넌 나보다 나은 것 같네."

과연 그럴까? 에이더는 식탁에 앉은 아버지와 동료들을 둘러보았다. 소녀에게 그들은 지속적인 지식과 동지애의 원천이었다. 연구원 각자는 에이더가 존재하는 데 필요한 부분을 담당했다. 프랭크는 친절, 리스턴은 보호와 사랑과 상식, 하야토는 예술성과 유머를 주었다. 이 자리에 참석 못한 사람들도 있었다. 찰스-로버트는 자신감과 이방인에 대한 약간의 경멸 같은 것을, 부서의 젊은 비서인 마사는 대중문화와 패션 지식을 맡았다. 누구보다도 데이비드. 그는 헌신, 지식, 성실, 신뢰를 도맡았다. 보호자이자 연구소 전체의 조타수인 데이비드. 하지만 주위 어른들이 주는 것들이 완벽해도, 안심과 위로를 주는데도 에이더의 짧은 인생에 빠진 부분이 있었다. 또 이런 생각을 밝힐 순 없어도, 빠진 부분이 또래 친구들임을 에이더는 알고 있었다.

샐러드를 거쳐 디저트로 식사가 이어졌다 – 지오르디는 가재를 먹은 뒤에도 턱받이를 벗지 않았다. 그게 없으면 안정감이 떨어질 거라면서, 이제 늘 해야겠다고 했다. 에이더는 몇 번 자리에서 일어나 손님들의 와인 잔을 채웠다. 인근 지역에서 폭풍우가 휩쓸고 지나면서 마침내 집이 시원해졌다. 창문으로 습한 바람이 들어왔다. 동네가 해안에서 가까워 바다 냄새가 났다. 이런 밤에는 특히 냄새가 짙었다. 데이비드는 손님들에게 거실로 나가자고 청했고, 에이더는 남아서 식탁을 치웠다.

에이더가 정리를 마치고 거실로 나가니, 손님들이 삼삼오오 모여 있었다. 거실 문지방에 서서 셔츠 등판에 손을 문지르면서 잠시 망설이다 프랭크와 준성에게 다가갔다. 에이더는 필요하다 싶은 순간 전날 밤 준비한 화제를 꺼냈다 – 근처 매타팬에서 최근에 촬영한 일, 데이비드가 데려간 극장에서 본 1950년대 프랑스 영화, 연구소 근처 식당들의 장단점. 그런데 점점 아버지에게 마음이 쓰였다. 데이비드는 어떤 무리에도 끼지 않고 물러나 물끄러미 바닥을 내려다보았다. 뒷짐을 지고 선 모습이 멍하고 넋이 나간 것 같았다. 에이더는 준성이 새 아파트에 대해 말하자 고개를 끄덕이면서 집중하는 척하다가, 아버지가 마법에 걸린 것처럼 천천히 창 쪽으로 다가가는 모습을 보았다. 데이비드는 가만히 서 있었고, 에이더는 그가 양팔을 옆으로 늘어뜨리고 입술을 빠르게 달싹이는 걸 알아차렸다.

데이비드와 가장 가까이 있는 사람은 리스턴이었다.

"데이비드, 괜찮아요?"

에이더는 리스턴이 말을 거는 광경을 보았다. 질문을 받자 데이비드는 얼른 고개를 들고 미소 짓더니, 몸을 돌려 손뼉을 한 번 쳤다. 좌중의 시선이 그에게 쏠렸다.

데이비드가 말했다.

"새로 들어온 친구들에게 내는 수수께끼입니다. 문제를 처음으로 맞히는 사람에게 상이 있습니다."

그의 목소리가 걸쭉했다. 에이더는 그런 줄 미처 몰랐다. 술 탓이라고 볼 수 있었겠지만, 사실 아버지는 거의 술을 마시지 않았다. 마셔도 고작 와인 한두 잔이었고, 이날 밤 그는 술을 거의 입에 대지 않았다. 다들 데이비드를 쳐다보았다.

이것은 연중 의례였다. 해마다 대학원생들이 들어오면 그는 같은 수수께끼를 냈다. 단순하고 논리적인 문제여서 그가 좋아했다. 연구소 직원 모두 달달 외워 말하고 단번에 답할 수 있을 정도였다. 워낙 여러 번 들었으니까. 그래도 매년 그가 성경 봉독하듯 문제 내는 소리를 듣는 게 딸에게는 위로가 되었다 — 해마다 대학원생들이 골똘한 표정을 짓다가 한 명이 답을 맞히면 환한 표정을 짓는 게 보기 좋았다.

모두 기대하는 눈빛으로 데이비드를 응시했다. 수업 시간에 학생들이 교사를 지켜보는 눈빛이었다. 그가 헛기침을 하고 문제 내기 시작했다.

"어떤 나그네가 두 마을로 갈라지는 지점에 도착합니다. 서쪽 마을에는 진실을 말할 줄 모르는 잔인한 사람들만 삽니다. 거기 들어가면 목숨을 잃을 겁니다. 동쪽 마을에는 거짓말을 할 줄 모르는 선한 사람들만 살지요. 거기 들어가면 금광에 이르게 됩니다. 갈림길에 두 사람이 있습니다 – 한 명은 서쪽 마을 주민, 한 명은 동쪽 마을 주민입니다. 하지만 나그네는 누가 어디 사람인지 모릅니다. 어느 쪽으로 가야 살해를 피하고 금광 마을로 들어갈 수 있을지 정하기 위해, 나그네는 딱 한 명에게 딱 한 가지만 물을 수 있습니다. 여러분이 나그네라면 뭐라고 물어보겠습니까?"

대학원생들은 가만히 있었다. 이제 누군가가 문제를 다시 말해달라고 부탁할 터였다. 매년 똑같았다. 올해는 준성이 나서서 물었다. 논리력이 부족해서가 아니라 영어 때문이겠지. 데이비드는 다시 한마디 한마디 또박또박 문제를 말했다. 에디스는 빙그레 웃었고 에이더는 왜 웃는지 의아했다. 데이비드가 문제를 다시 다 말하자 에디스가 손을 내밀고 할 말이 있다는 몸짓을 했다.

"저는 문제 풀이에서 빠질게요. 들어본 수수께끼여서 답을 알거든요. 거짓말을 할 수는 없지요."

에디스가 말했다.

그러더니 그녀가 말을 이었다.

"그럼 저는 동쪽 마을 주민이겠네요."

그 말을 듣고 지오르디가 요란하게 웃었다. 그녀의 농담을 이해한 것이 다행스러워서 그렇게 웃어댔을까.

그러자 데이비드가 진지한 표정을 지으며 지오르디와 준성 쪽으로 고개를 돌리고, 두 사람이 문제를 풀어야 된다면서 상이 있다는 점을 다시 상기시켰다. 두 사람 다 바닥을 내려다보면서 생각에 잠겼다. 에이더는 아버지에게 들은 평가로 미루어 준성이 맞힐 거라고 확신했다. 하지만 꽤 오랫동안 침묵이 흘렀고, 결국 둘 다 서로 쳐다보더니 데이비드에게 눈을 돌렸다. 준성은 양손을 들어 모르겠다고 표시했다.

데이비드는 즐거워 보였다.

그가 키득대면서 두 사람에게 물었다.

"포기하는 건가, 그런 거야? 지오르디 자네까지?"

데이비드는 입을 벌렸다. 그러다가 다물었다.

그가 말했다.

"나그네가 물어야 될 질문은…… 질문은……."

그가 되뇌었다.

데이비드는 한 손을 가슴에 얹고 다른 손을 뺨에 댔다. 모두 그를 지켜보았다. 방안에 스멀스멀 공포감이 번지기 시작했다.

데이비드가 느릿느릿 말했다.

"맙소사. 내가 답을 잊어버린 것 같군."

이 순간은 에이더의 기억 속에 영원히 봉인되었다. 유리 상자에 담겨 데이비드의 퇴행 박물관에 놓일 터였다. 이어진 짧은 정적은 영원히 잊히지 않았다. 그 순간 다들 바닥을 내려다보다가 다시 고개를 들던 장면, 지오르디가 크게 헛기침하던 장면. 딸을 쳐다보던 데이비드의 경악한 눈빛은 비행기 엔진 고장을 발견한 조종사의 눈빛 같았다. 에이더가 아버지를 대신해서 느낀 굴욕감은 견딜 수 없을 만큼 컸다. 마침내 1년 이상 억눌렀던 의심을 머릿속으로 똑똑히 표현했다. 데이비드는 뭔가 이상했다.

마침내 리스턴이 입을 열었다.

"아이참, 알잖아요, 데이비드. 당연히 답을 아시죠."

그녀는 간절하게 좌중을 둘러보았다. 리스턴이 말을 이었다.

"나그네는 둘 중 아무나 가리키면서 나머지 사람에게 물어요. '저 사람이 내게 어느 쪽으로 가야 금광이 나온다고 말하겠소?' 그러면 어느 쪽 주민이든 '서쪽이요'라고 대답하겠죠."

데이비드가 고개를 끄덕였다.

"맞아."

"거짓말쟁이는 진실을 말하는 사람이 서쪽이라고 말할 거라고 대답하겠죠. 왜냐면 그는 거짓말만 하니까. 진실을 말하는 사람은 거짓말쟁이가 서쪽이라고 말할 거라고 대답하겠죠. 왜냐면 거짓말쟁이가 거짓말만 하는 걸 아니까. 어느 쪽이든 대답은 서쪽이죠."

리스턴이 설명했다.

그녀가 말을 이었다.

"그러니까 나그네는 동쪽 마을로 가야죠. 그러면 금광이 나와요. 여러분이 나그네가 되어 금광을 발견하면, 여기 있는 친구 리스턴에게 근사한 스테이크를 한턱내야 됩니다."

"맞아. 그렇지. 제대로 말했어, 리스턴."

데이비드가 말했다.

방안에는 여전히 무거운 침묵이 흘렀다. 데이비드는 멍해 보였다. 웃음기가 사라진 얼굴로, 미래라도 내다보듯 맞은편 벽을 뚫어져라 응시했다.

에이더는 지금이 나서서 대화를 주도해야 되는 순간인지 고심했다.

"오늘은 크라카토아 화산 폭발이 일어난 지 100주년 되는 날이에요."

에이더가 신문에서 봐둔 뉴스를 말했다.

"어머, 정말? 처음 듣는 얘기네."

에디스가 말했다.

데이비드가 말했다.

"아, 그래. 나그네가 뭐라고 말할까?"

"다 알았으면서요."

리스턴이 말했다.

"알았지."

데이비드가 시무룩하게 대꾸하고는 얼른 덧붙였다.

"상은 리스턴이 받아야겠네."

그 말을 하고서 그는 거실에서 나갔다.

프랭크가 너무 늦었다고 중얼댔다. 하야토가 대학원생들을 태워다주겠다고 나섰다.

에이더는 어떻게 응대할지 몰라 거실에 우두커니 서 있었다.

리스턴이 에이더의 어깨를 꼭 안아주고 데이비드에게 인사하러 주방으로 갔다. 곧 현관 복도에서 그녀가 외쳤다.

"잘 자라, 에이더. 월요일에 보자!"

"안녕히 가세요."

에이더가 나직하게 말했다. 리스턴이 인사를 들었는지 확실하지 않았다.

현관문이 열렸다 닫히는 소리가 나더니, 여섯 사람이 현관 앞 낡은 나무 계단을 내려가는 소리가 들렸다. 무슨 말인지 모를 남자의 빠른 말소리도 났다.

잠시 집 안에 정적이 흘렀다. 그러다가 현관문이 다시 열리는 소리가 났다. 데이비드가 외쳤다.

"리스턴! 선물!"

에이더는 거실에 서서 복도로 고개를 내밀어 아버지의 등을 보았다. 그는 한 손으로 현관문을 열고 고개를 숙이고 있었다. 다른 손에 전날 '필리프스'에서 산 금색 초콜릿 봉지가 있었다. 리스턴은 그가 부르는 소리를 못 들었다. 이미 자기 집 현관 계단에 도착했을 터였다. 하야토의 차 미등이 집 앞을 지나 사라졌다. 잠시 후 데이비드는 문을 닫았고, 에이더는 그가 몸을 돌려 쳐다보기 전에 얼른 거실로 들어갔다.

에이더는 설거지를 했다. 20분간 쏟아지는 온수에 손을 대고 있었다.

식탁보를 걷으러 식당에 들어가니 데이비드가 긴 식탁에 앉아 있었다. 그는 클로버 모양의 부적을 연신 만지작댔다. 어디를 가든 주머니에 넣고 다니는 물건이었다. 생각하는 데 도움이 된다고 했다. 데이비드는 멍하고 어리둥절한 것 같았다.

그가 딸에게 눈을 들었다. 에이더는 가당치 않은 줄 알면서도 아버지에게 화가 났다. 이렇게 완전히 넋이 나간 아버지를 본 적이 없었다. 당당하고 품위 있고 공정한 사람, 그게 오래 간직한 아버지의 인상이었다. 이제 그 인상이 흔들리려 했다.

"앉거라."

데이비드가 딸에게 말했다.

에이더는 가만히 있었다.

그가 다시 말했다.

"잠깐 동안만. 제발."

에이더가 자리에 앉자 그가 일어나서 식당과 연결된 서재로 들어갔다. 에이더는 그 방에 출입하지 않았다. 책상에 종이 더미가 잔뜩 있고 붙박이 선반마다 책이 꽉꽉 차 있었다. 책 더미가 바닥을 차지하기 시작했다. 에이더는 아버지의 등을 보았다. 그는 몸을 굽히고 책상 서랍을 열더니, 찾던 물건을 꺼내서 가지고 돌아왔다. 데이비드가 다시 딸과 마주 앉았다.

그가 말했다.

"자."

에이더가 물건을 쳐다보았다. 플로피 디스크였고, 흰 플라스틱 커버의 겉면에는 그의 필체로 '에이더'라고 쓰여 있었다. 에이더가 커버를 열었다. 디스크에 붙은 라벨에 문구가 적혀 있었다.

'에이더, 네게 주는 퍼즐이야. 사랑하는 너의 아버지 데이비드 시벨리우스.'

"선물이야. 내가 쭉 작업한 거지."

아버지가 말했다.

"이게 뭔데요?"

에이더가 물었다.

그가 대답했다.

"알게 될 거야. 열어보면 알 거다."

1971년, 데이비드가 대리모로 고용한 여인이 에이더를 출산했다. 당시에는 대리모라는 용어조차 생소했지만 – 데이비드의 설명에 따르면 – 기회가 생기자 그는 붙잡았다. 대리모는 버디 아우어바흐라고 불리는 히피 유형의 여성이었고, 에이더는 그녀와 만난 적이 없었다. 출산 무렵 버디는 데이비드에게 다짐을 받았고, 그는 딸에게 원하면 생모를 만나도 된다고 분명히 알렸다. 하지만 어린 시절 내내 에이더는 그럴 필요를 못 느꼈다. 버디를 만나는 게 왠지 데이비드를 배신하는 것 같았다.

아버지에게 왜 그렇게라도 자식을 얻으려 했느냐고 물어본 적이 없었다. 부녀지간의 유대가 워낙 단단해서 에이더에게는 완전히 자연스럽게 느껴졌다. 그가 자식을 갖겠다고 결정했고 그렇게 한 것뿐이라고 에이더는 짐작했다. 딸이 태어난 후 그는 한 번도 여자를 사귀지 않았다. 에이더가 아는 한은 그랬다. 데이비드는 친구, 동료, 때로 그를 멘토로 삼은 다양한 이들에게 열성을 다했다. 오랜 세월 만난 수많은 대학원생들. 피아노 조율사. 정원사가 잔디를 깎으러 오면 그는 집 안으로 불러 레모네이드를 대접하면서 사업 계획을 물었다. 한동네에 사는 소녀가 발레리나가 될 소질을 보이자 그는 친해진 소녀의 어머니에게 딸을 뉴욕에 데려가라고 부추겼다. 아메리칸 발레 스쿨의 오디션을 보게 하라고, 미국에서 제대로 무용 교육을 받을 기관은 거기밖에 없다고 설득했다. 그는 인근 보스턴 공립 도서관 분원의 사서인 안나 홈스와 장시간 대화했다. 그녀의 인생과 취미와 관심사에 대해 이야기를 주고받았다. 안나는 예쁘장한 쉰 살의 독신녀로, 데이비드를 사랑할 수도 있다고 에이더는 짐작했다. 그는 안나를 비롯해 모든 지인에게 관심을 쏟았다. 하지만 딸과 자주 홈스 사서에 대해 지치도록 수다를 떨어도 – 우정, 가정생활, 직장생활 – 그녀에 대한 관심은 확실히 플라토닉한 감정이었다. 에이더는 그렇게 표현할 엄두조차 나지 않았다. 아버지의 옛 애인들에 대해서는 얼핏 들었다. 그가 뉴욕 상류층에서 성장하던 시절, 사교계에 데뷔한 규수들이었다는 정도만 알았다. 에이더는 늘 곤히 잤지만, 거실에서 여자 목소리가 난 기억들이 얼핏 있었다. 꿈일 가능성도 있었지만. 에이더는 아버지가 손님을 접대하는 소리였을 수 있다고 짐작했다. 물어본들 그는 말해주지 않았을 터였다. 그런 말을 한다는 것 자체가 불쾌했으리라. 데이비드는 사생활을 극단적으로 비밀에 부쳤다. 늘 딸은 대단히 중요한 존재이고 가장 가까운 동반자라고 말하지만, 그런 딸한테도 마찬가지였다.

에이더가 태어날 무렵 데이비드는 마흔여섯 살이었고, 연구소 소장이 된 지 16년째였다. 처음 몇 년간 – 에이더가 너무 어려서 연구소에 오래 머물지 못할 때 – 루다라는 보모가 있었다. 키가 크고 말씨가 부드럽고, 머리를 길게 땋아 늘인 러시아 여자였다. 데이비드는 루다를 고용해, 출근한 동안 딸을 돌보게 했다. 하지만 밤과 주말에는 부녀가 오붓하게 지냈다. 때로 에이더는 유아기를 견디고 살아남았다는 사실에 놀랐다. 아무리 떠올려도 도무지 상상이 되지 않았다. 한밤중에도 깨서 딸을 돌보는 데이비드. 우유를 데우고, 젖병을 소독하고. 높은 데 있는 물건이 아기에게 떨어지거나 바닥에 있는 물건에 아기가 부딪히지 않게 단속하고. 벌레에 물리지 않게 않고. 아기를 유모차에 태워 공원에 데려가고. 아기를 담요에 단단히 싸고. 아기가 우유병을 빨 때 지그시 내려다보고. 아기를 품에 안아 재우고. 평소 아버지의 이미지와 너무 달라서 그런 일들은 불가능해 보였다. 하지만 데이비드는 틀림없이 이런 일들을 했으리라. 바로 에이더가 살아 있는 증거였다.

　나중에 아버지에 대한 기억은 둘이 나눈 대화로 시작되었다. 에이더는 그와 대화하지 않은 기억을 떠올릴 수가 없었다. 데이비드에게는 깨어 있는 시간 전부가 흥미로운 대화를 하고, 그들과 모든 인간의 삶을 분석할 기회였다. 그는 '우린 정말 행복하지, 에이더?'라고 자주 물었고, 딸은 늘 그렇다고 대답했다. 하지만 이따금 망설여졌다 — 그렇게 묻는 것 자체가 그게 아님을 안다는 뜻인 것 같았다. 하지만 대개는 둘이 늘 함께하는, 이상하지만 만족스런 존재 양식이 아주 흡족했다.

　데이비드가 지키는 작은 의식들이 있었다. 어머니에게 배운 예전 방식으로 공들여 차를 우렸고 특정한 수사 드라마를 시청했다. 그가 유일하게 즐기는 텔레비전 프로그램으로, 시청하다 도중에 범인의 이름을 외치고 나중에 예상이 맞으면 으스댔다.

또 딸이 어릴 때 잠자리에서 그가 좋아하는 책을 읽어주었지만 어린이 책은 아니었다. 그는 일요일 오후 도체스터에 있는 어느 카페에 가서 생각을 정리하기를 좋아했다. 에이더가 주어진 과제를 하는 동안, 그는 '트랜 카페' 주인인 트랜이 내준 종이 냅킨에 작은 독특한 필체로 공식과 도표를 적었다. 트랜은 파인먼(미국의 물리학자-옮긴이)과 플랑크(독일의 이론물리학자-옮긴이)의 이론을 잘 아는 아마추어 과학도였다. 데이비드는 컴퓨터공학자로 일했지만 순수수학에 능통했다. 모든 과학 분야와 인문학에도 관심이 많았다. 소년 시절 프랑스어를 배워서 여전히 제법 유창했고, 때로 중국어나 포르투갈어 같은 언어를 독학하려고 했다. 그는 딸에게 '폭넓은 두뇌의 소유자라면 입증된 증명을 처음부터 풀 수 있어야지'라고 말했다. 그래서 종종 감을 유지하기 위해, 연구와 무관한 물리학이나 수학 문제를 풀었다. 그가 이런 문제나 퍼즐을 풀 때면 최면 상태에 빠진다는 것을 가까운 이들은 익히 알고 있었다 – 육체가 완전히 정신의 의지대로 움직였고, 그때는 귀신 들린 사람처럼 손을 움직여 필기했다. 무표정하고 기계같이 움직이고, 정신이 돌아올 때까지는 말을 걸 수 없었다. 한번은 그런 상태에서 문제를 풀다가 잠이 들었고, 에이더가 어깨를 건드리면 – 평소에는 거의 없는 일이지만 – 똑바로 앉으면서 어리둥절해서 눈을 깜빡이다가 비로소 상황을 알아차렸다.

그는 좀처럼 과거사를 꺼내지 않았지만, 가끔 잠자리에서 옛날 일을 이야기해달라는 딸의 청을 들어주었다. 에이더는 아버지의 인생사를 듣고 싶었다. 그것은 가족을 확장하는 방법이었고, 둘이 섬에 고립된 듯한 느낌에서 벗어나는 길이었다. 에이더는 마음의 위안을 얻고 싶어서, 그가 쓸 법한 어휘들을 동원해 머릿속으로 그의 인생사를 그리곤 했다.

데이비드는 뉴욕에서 태어났다고 했다. 부유한 부모의 슬하에서 외아들로 자랐지만, 결국 인연을 끊었다. 부모는 에이더가 태어나기 전에 세상을 떠났다. 그는 부모를 경멸조로 신랄하게 묘사하면서, 관습에 얽매이고 고리타분하고 속물근성에 젖어 있었다고 비아냥댔다. (에이더는 그 또한 속물적이라고 할 구석이 많다 싶었지만 지적하지는 않았다. 데이비드는 모르겠지만, 동북부 지역에서 명망 있는 가문인 덕을 톡톡히 봤다는 점도 말하지 못했다.) 그가 이십대 후반에 결국 완전히 부모와 절연한 불화의 원인은 '그가 어떻게 인생을 살지에 대한 견해차'였다 – 데이비드는 늘 그렇게 표현했다. 그가 선택한 직업을 부모가 못마땅한 듯했다. 또 그는 부모가 며느리로 삼고 싶어 소개한 아가씨들을 퇴짜 놓았고, 집안의 체면에 어울리는 관습과 규범을 지키지 않으려 했다. 그는 '사교계에 데뷔하는 규수들이랑 만나는 짓. 자선 무도회. 다과 모임'이라고 빈정댔다. 이런 말을 하다가 흠칫 떨었고, 그걸로 이야기가 끝났다는 신호였다. 에이더는 더 말해달라고 조르지 않았다.

그가 빈정대고 조롱하는 투로 과거사를 말하는 것은, 오래전에 거기서 떠났다는 의미였다. 오래전에 가문과 가족을 허위이자 구태로 치부했다는 뜻이었다. 에이더는 아버지가 살짝살짝 내비치는 이야기에서 그의 부모가 완고하고 냉정했다고 짐작했다. 그보다 더 심한 것은 그들을 창의력 없는 사람들로 분류한 점이었다 – 데이비드는 철저히 경멸하는 사람들에게만 '창의력 없다'는 표현을 썼다. 그의 아버지는 부유층 전담 변호사로 친구들의 의뢰만, 그것도 우호적으로 마무리되리라는 확신이 있는 사건만 맡았다. 그의 어머니는 남편과 아들의 흠을 찾아 쏘아붙이는 것 말고는 하는 일이 없는 사람이었다. 데이비드는 그녀와 대화할 때마다 체스를 두는 것 같았다고 말했다. 몇 수 앞을 내다봐야 그녀가 상대의 방심을 틈타 날리는 비난을 피할 수 있었다고.

이런 순간이면 에이더는 문득 어린 데이비드가 떠올라 즐거웠다. 부모에게 쩔쩔매는 어린 데이비드는 에이더가 어릴 때부터 상상한, 뭐든 알고 통제하는 이미지와 사뭇 달랐다. 상상하기가 어려웠다.

에이더가 아는 것은 이 정도였다. 데이비드는 그래머시 파크가에 있는 웅장하고 아름다운 테라스 하우스에서 성장했다. 건물에 담쟁이가 촘촘히 타고 오르다가 손바닥에서 손가락이 뻗듯 펼쳐져서 자랐다. 에이더는 매년 겨울 한 번씩 그 집에 가보았다. 데이비드는 갈보리 감독교회의 연례 크리스마스 음악회를 보려고 딸을 데리고 주말에 뉴욕에 갔다. 어린 시절 다니던 교회였고 – 그가 어린 시절과 관련된 장소들 중 유일하게 다시 찾아가는 곳 – 탈리스와 퍼셀이 작곡한 초기 성가가 그가 가장 좋아하는 음악이었다. 교회에 다니지 않았지만, 가슴 깊이 울림을 주는 것은 예배 음악이었다. 그는 모든 곡이 연주되는 동안 낡은 나무 의자에 꼿꼿이 앉아 기도하듯 고개를 숙였다. 이따금 무릎을 오르간 삼아 손가락을 까딱까딱했다.

음악회가 끝나면 데이비드가 다급히 예배당 문을 빠져나가,

에이더는 따라잡느라 뛰곤 했다 - 그가 스케이트 타듯 힘차게 쭉쭉 나가서 따라가기가 힘들었다. 그는 그래머시 파크를 향해 왼쪽으로 돌아, 몇 초간 옛집 앞에 조용히 서 있었다. 에이더가 옆에 서 있었고, 두 사람은 침묵을 지켰다. 그즈음이면 보통은 집에 두툼한 커튼이 드리워져 있었다. 하지만 어느 해인가 에이더는 식탁에 어머니와, 자기 또래의 여자애가 앉아 있는 광경을 보았다.

"저들이 엘리스 일가인지 모르겠군."

데이비드가 느릿느릿 말했다. 부모가 죽은 후 엘리스 일가가 집을 매입했다.

"신문에서 기사를 읽었지. 나는 그들을 만나본 적 없어."

그는 얼른 덧붙였다.

"상속됐다면 내가 유일한 상속자였을 거야. 어쨌거나 난 집을 물려받지 않았겠지만."

그가 가자는 말도 없이 잰걸음으로 거리를 내려가자 에이더는 몇 걸음 달음질쳐서 겨우 따라잡을 수 있었다.

데이비드는 과거와 완전히 절연했지만, 침실 서랍장에 부모와 찍은 흑백사진을 보관했다. 에이더는 아주 어릴 때 그 사진을 찾아냈고, 아버지가 집을 비우면 자주 안방에 가서 사진을 봤다. 거기에 그가 있었다. 열한 살 무렵의 어린 데이비드. 나비넥타이를 매고 잘록한 모직 재킷과 반바지, 반스타킹 차림이었다. 입가에 얼핏 미소가 떠올랐다 - 똑같은 입매, 똑같이 생생한 눈빛이었다. 부모는 딱 봐도 완고하고 진중했다. 어머니는 발목까지 오는 검은 스쿱넥(블라우스나 드레스의 깊이 파진 둥근 깃-옮긴이) 새틴 드레스, 검정 스타킹과 검정 구두, 긴 검정 구슬 목걸이 차림이었다. 짙은 색 양복과 타이 차림의 아버지는 다리를 포개고 앉아 있었다. 세 사람 다 서로 조금 떨어져 있었다. 배경이 좀 우스웠다. 약간 비스듬한 커튼에 인상파 그림같이 어슴푸레하게 나무들과 산이 그려져 있었다.

데이비드와 에이더의 옆집에 오키프라는 노부인이 살았다. 열 살인 1910년에 아일랜드에서 이주한 이민자였다. 부인은 데이비드가 자란 동네에서 가정부로 일하다가 남편을 만나 보스턴으로 이사했다. 처음에 만났을 때 이런 우연을 알았고, 에이더는 아버지가 소스라치게 놀라는 걸 보았다. 그는 늘 지난 시절의 이야기를 꺼렸지만, 오키프 부인을 만난 후로 그녀를 피하느라 쩔쩔맸다. 부인은 그를 보면 당시 이웃들을 추억하고 싶어 했다. 예전에 그녀는 데이비드를 몰랐지만 그의 부모는 알고 있었다. 그녀는 보물이라도 헤아리듯 그래머시 파크 주민들을 일일이 거명했다.

"크롬웰 집안, 그 집 딸이 미인이었는데. 또 바이런 일가와 하트 일가, 캐링턴 가족……."

그러면 데이비드가 대꾸하곤 했다.

"네, 저도 알던 사람들입니다. 한때……."

그가 고등학교를 졸업한 1943년은 2차 대전이 한창이라, 입대하는 게 정상이었다. 하지만 데이비드는 그 나이에도 고도근시여서, 안경이 없으면 법적인 맹인에 가까웠다. 따라서 입대하지 않고 대학에 진학했다. 데이비드가 선택한 학교는 칼텍(캘리

포니아 공과대학. 이공 계열에서 최고로 손꼽히는 대학-옮긴이)이었다 -
하버드 출신인 아버지와 칼텍을 노동자 계층이나 가는 직업학
교로 여기는 어머니는 이 결정에 경악했다. 칼텍에서 수학을 전
공했다. 이후 '비트'로 가서 응용수학 분야에서 박사 학위를 취
득했고, 거기서 모리스 스타이너가 이끄는 초기 컴퓨터 시스템
GOPAC에 투입되어 곧 업계에서 명성을 얻었다. 덕분에 서른
살에 피어스 총장에게 독립적인 연구소를 받았다. 스타이너의
이름을 딴 연구소였고, 그의 사후에 데이비드가 총괄하면서 곧
주목받았다. 1970년에 리스턴을 만난 것도 이곳이었다. 당시 그
녀는 브라운 대학에서 막 박사 과정을 마친 젊은 포스트닥 연구
원이었고, 여기서 두 사람은 친구가 되었다. 묘한 단짝이었다.
데이비드가 열여섯 살 연상이었지만, 이미 자녀가 둘인데다 앞
으로 둘을 더 낳을 리스턴이 정신연령은 더 높았다 - 둘 다 그렇
게 말했다. 그들은 연구소 안팎에서 긴 시간을 함께 보냈다. 데
이비드는 이미 두각을 나타낸 리스턴의 재능을 키워주었고, 연
구소에서 그녀의 역할이 커지는 것을 대견해했다. 자주 리스턴
을 그를 포함한 집단에서 '최고의 순수한 두뇌'라고 칭찬했다.
이즈음 찰스-로버트와 하야토가 이미 연구소에 있었고, 바로 얼
마 후 프랭크가 합류했다. 포스트닥 연구원들, 대학원생들, 단기
고용원들이 드나들었지만 이들 다섯 명과 에이더가 핵심 연구
원이었다.

에이더는 연구소를 좋아했다. 비트의 고딕풍 건물에 위치한
응용수학부 내에 연구소가 있었다. 컴컴하고 아늑한 사무실 구
역 안의 연구소는 직장이 아니라 집 같았다. 1950년대~1970년

대 내내 메인 룸의 뒤쪽을 컴퓨터 본체가 차지했다. 1980년대 후반, 이 컴퓨터는 무용지물이 되었지만 유물로 남아, 거구의 상냥한 용이 누워 자듯 뒤쪽에 모셔져 있었다. 연구소 앞쪽은 넓은 회의실을 제외하면 작은 방과 사무실이 사육장처럼 쭉 이어졌고, 여기저기 기계가 있었다. 일부는 앞쪽 패널이 완전히 벗겨져 내부가 드러났다. 각 사무실은 시간이 흐르면서 주인의 개성을 드러냈다. 하야토는 방에 이젤을 세워놓고, 거기서 문제를 풀거나 이따금 풍경화를 그렸다. 찰스-로버트는 사방 벽에 지도를 붙였다. 가장 젊은 프랭크는 전기풍로, 전기냄비, 전기 주전자 일습을 구비해두고, 놀랄 만큼 맛있고 완벽한 식사를 만들어 팀원 모두를 먹였다. 그러던 어느 날 건물 관리인이 이 사실을 알고 소방 법규 운운하며 조리를 금지했다. 휑한 리스턴의 사무실에는 전축 한 대가 있었고, 그녀는 아바, U2, 폴리스의 음반을 들었다. 콩주머니 의자도 있었는데, 에이더는 아주 어렸을 때 가끔 거기서 낮잠을 잤다. 데이비드의 사무실에는 주로 서류 박스들이 있었고 매년 늘어갔다. 그가 너무 바빠서 검토 못한 문건들, 차마 꺼내기 두려워서 검토하지 않은 문건들이 담겨 있었다. 대학원생들은 캠퍼스 저편, 비트 의학단지 내 소규모 캠퍼스와 본관에서 절반씩 시간을 보냈다. 그 외에 연구소 아르바이트생이나 직원은 빈 사무실 세 개를 썼고, 빈방이 생기면 데이비드는 에이더의 교실로 사용했다.

에이더의 어릴 적 기억은 연구소 바닥, 연구원들의 발이나 발목과 관계된 게 많았다. 아주 어릴 때, 구식 원소 모형들을 장난감으로 받았다. 원자들을 만드는 나무 블록 세트도 선물 받았다.

하야토는 생물 실험실에서 가져온 라텍스 장갑을 불어 사인펜으로 칠해서 칠면조를 만들어주었다. 에이더는 거위와 왕이 아닌 분자식이 나오는 동요를 배웠다. '여기 해리 노인이 죽어 바닥에 누워 있네. 그가 생각한 것은 H_2O는 H_2SO_4…….' 에이더는 스타이너 연구소의 마스코트였고, 출퇴근 카드에 드레스 차림의 에이더 사진이 찍힌 게 그 증거였다.

에이더는 스타이너 연구소의 정례·비정례 회의에 모두 참석했다. 사무실을 마음대로 드나들었고, 메인 룸의 갈색 탁자에 앉아서 연구원들 모두와 점심식사를 했다.

언어를 배우는 최선의 방법은 학습자가 그 언어를 상용하거나 상용하도록 꾸민 상황에 놓이는 것이라는 게 언어몰입이론이다. 따라서 스페인어 학습자는 동사 변화를 배우는 게 아닌, 일상적인 스페인어 속에 있을 때 잘 배울 수 있다 – 스페인어 자체가 아니라 스페인어로 다른 주제를 배울 때가 더 효과적이다. 에이더는 의도하지 않았지만 운 좋게도 수학, 신경학, 물리학, 철학, 컴퓨터공학을 접했다. 리스프(인공지능 연구에 쓰이는 리스트 처리용 함수형 언어-옮긴이)가 아닌 컴파일러(프로그램용 언어) 설계부터 시작했다. 집에서 아버지와 물리학을 공부할 때는 '$s=d/t$'가 아닌 통일장 이론부터 시작했다. 아주 어릴 때는 뭘 배우는지 몰랐다. 데이비드와 동료들의 대화를 듣는 것은 라디오에서 외국어로 떠드는 소리를 듣는 것과 똑같았다. 그러다 부지불식간에 그들의 대화를 알아듣기 시작했다. 열 살 무렵에는 아버지가 개념들을 전개할 때 상담역이 될 수 있었다 – 해결책을 마련하거나 개선하지는 못해도 합리적인 의문을 제기하고 미진한 부분을 자주 지적했다. 이런 경우 데이비드는 다음 회의석상에서 에이더가 우려하거나 지적했다고 밝혔다. 그럴 때면 에이더는 따뜻한 빛이 밀려오는 기분을 맛보았다. 늘 친구로 생각하는 집 단에서 쓸모 있는 사람이 되는 게 좋았다.

"좋은 질문이라는 생각이 드는구나, 에이더."

데이비드가 그렇게 말하면 나머지 연구원들은 고개를 끄덕여 동의했고, 그룹이 하나가 되어 앞으로 나아갔다.

이것이 지금까지 에이더가 변함없이 간직한 아버지의 이미지였다. 딸의 머릿속 가장 아련한 곳에 영원히 각인된 모습이었다. 연구소나 트랜 카페에서, 연구소 도서관이나 드물게 친구들 속에 있는 모습. 혹은 서재에서 책상 앞에 앉아, 체스의 졸처럼 둥글고 단단한 대머리를 숙이고 체스 판을 내려다보는 모습. 그는 구멍 난 털양말을 신고, 교회 첨탑처럼 양손을 모았다. 키가 크고 호리호리했고, 연구와 일상생활에서 철두철미했다. 창의적이고 마음이 따뜻하고 아무도 배신한 적이 없었다. 에이더의 마음속에서 그는 최고로 도덕적이었고, 기쁘거나 마음이 뭉클하면 얼른 손을 비비는 습관이 있었다. 또 민첩하고 원기왕성한데다 점잖고, 두뇌와 신체가 두루 뛰어났다. 손재주가 비상하고 손톱이 깔끔했고, 지혜로운 사람이었다. 쇼팽, 슈만, 슈베르트, 바흐의 가장 뛰어난 연주를 찾는 데 몰두했고, 고도의 수수께끼를 알았다. 그의 이름은 데이비드 시벨리우스 박사, 에이더는 예외 없이 그를 '데이비드'라고 불렀다.

만찬 파티 후 몇 주, 몇 달이 지나도록 아무도 에이더에게 거북했던 마지막 순간에 대해 말하지 않았다. 아버지의 갑작스런 건망증을 언급하지도, 점점 이상해지는 행동에 대해 묻지도 않았다. 이따금 연구소에서 에이더와 데이비드가 뭔가에서 제외되는 느낌을 받았다. 전에는 어느 방에 들어가도 리스턴이나 찰스-로버트가 환영했는데 – 에이더의 어깨를 안고 특정 프로그램의 버그와 관련해 토론했다 – 이제 에이더가 나타나면 대화가 끊기는 것 같았다. 신입 대학원생들은 연구소가 돌아가는 방식에 적응했고, 에이더는 아버지를 더 예의주시해서 언어나 습관에서 특징을 찾고 분석하려 했다.

저녁이면 아버지가 준 '에이더' 디스크에 담긴 퍼즐을 풀었다. 컴퓨터에 넣고 열어보니, 파일에 되는 대로 적은 듯한 문구가 들어 있었다.

'DHARSNELXRHQHLTWJFOLKTWDURSZJZCMILWFTALVUHVZRDLDEYIXQ'라고 적혀 있었다.

데이비드는 그 어떤 단서도 주지 않으려 했다. 두 사람은 몇 년간 암호 기술과 암호 해독을 공부했고 – 이것은 데이비드의 취미로, 칼텍 재학 시절 지도교수가 2차 대전 당시 암호 해독 전문가였다고 했다 – 데이비드는 이게 다음 과제라고 했다.

그는 말했다.

"한참 걸릴 거야. 물론 이것 때문에 다른 공부를 게을리해선 안 돼."

에이더가 공부하면 그도 서재에서 일을 했다. 가끔 서재 문이 닫혀 있었다. 에이더는 밖에서 서재 문을 보면서 마음이 좀 상했다.

그러다가 크리스마스가 되었고, 에이더는 늘 크리스마스 파티가 기대되면서도 두려웠다. 외부인들이 함께하기 때문이었다.

데이비드는 크리스마스를 아주 좋아했다. 매년 뉴욕 방문 외에 몇 가지 전통을 더 지켰고, 변화를 주라는 권유를 받아들이지 않았다. 추수감사절 만찬이 끝나면 전축에 '트랩 패밀리 싱어스'가 전 세계에서 부른 크리스마스 노래 음반을 걸어두고 늘 들었다. 그러다가 1월 2일이 되면 음반을 치웠다. 또 12월 첫째 토요일에는 크리스마스 전구를 달았고, 솜씨가 좋아서 동네의 다른 아버지들은 따라올 수 없었다. 12월 중순, 버크셔 산맥에 있는 농원에 가서 크리스마스트리를 잘라왔다. 꼬박 하루가 걸리는 여정이었고, 데이비드는 12월 달력에 명확히 표시해두었다. 이후 프랭크가 사는 케임브리지로 가서 근처 중국 식당에서 같이 식사하고 '샌더스 시어터'에서 크리스마스 공연을 관람했다 – 일종의 학구적인 중세 크리스마스 악극으로, 드루이드교(영국의 신비주의 종교-옮긴이)도 가미된 작품이었다. 데이비드와 프랭크는 이 공연을 좋아했다.

첫눈이 내리면 데이비드는 '아늑하지 않니? 에이더, 와서 보렴'이라고 말하곤 했다. 딸이 자고 있으면 깨웠다. 에이더는 일어나 졸린 눈으로 얼굴을 비비면서 외풍이 심한 창 쪽으로 걸어갔다. 한밤중에 부녀는 나란히 서서 말없이 쇼멋 웨이를 내다보았다. 덜컹대는 서리 낀 창에 천천히 두 사람의 입김이 하얗게 서렸다.

크리스마스 파티는 모든 의례의 정점이었고, 데이비드가 가장 좋아하는 전통이기도 했다. 그는 파티가 완전해지려면 전원이 참석하는 여흥이나 게임, 활동이 있어야 된다고 주장했다. 어느 해에는 기타리스트나 캐럴 합창단을 초청했고, 어느 해에는 마술사를 불렀다. (데이비드는 머쓱해하면서 '그런 순서라도 없으면, 삼삼오오 모여 술타령하는 것 말고 뭘 하겠나?'라고 말했다.) 이런 취지로 매년 대학원 신입생 환영 만찬에서 똑같은 수수께끼를 냈다. 또 그런 취지로 12월이면 연구원 전원이 참여하는 크리스마스 연극 대본을 써서 다른 부서 동료들과 연구원 가족들, 교직원들 앞에서 공연했다.

그는 어떤 연극을 공연할지 철저히 비밀로 했다. 그러다가 9시가 되면 유리잔을 손가락으로 톡톡 치면서, 주목하라고 요구하고 연구소 메인 룸에 반원 모양으로 앉으라고 지시했다.

"자, 갑시다."

하야토가 사람 좋게 말했다.

데이비드가 말했다.

"자네는 아니야, 하야토. 자네는 이리 와. 자네랑 자네, 자네도."

그는 나머지 연구원들을 붙잡았다.

"너도."

그는 마지막으로 아버지가 깜빡 잊기를 바라는 딸에게 말했다. 에이더는 얼굴을 붉히면서 방 앞쪽으로 걸어가 연구원들과 나란히 섰다. 그러고는 흐릿하게 보이는 관객들을 쳐다보다가 얼른 시선을 바닥으로 돌렸다.

데이비드는 왼손에 스테이플러로 찍은 종이 뭉치를 들고 있다가, 짐짓 심각한 표정으로 각자에게 나눠 주었다. 발그레 상기된 얼굴이었고, 두꺼운 안경이 콧등에서 흘러내렸다.

데이비드가 다시 관객 쪽으로 몸을 돌리고 말했다.

"연극입니다! 크리스마스 연극."

나중에 에이더는 연극 내용을 정확히 기억 못했다 — 산타의 썰매가 더 잘 날 수 있는 양항비를 알아내려고 파견된 슈퍼히어로 집단의 이야기였다. (에이더는 루돌프 사슴이었다.) 에이더의 기억에는 아버지의 행복감, 계획을 실행하는 완전한 만족감만 남았다. 천진난만한 표정, 지휘봉을 든 지휘자처럼 사람들을 이끌던 모습. 또 에이더 자신의 당혹감, 달아오른 얼굴, 나직하게 웅얼대던 대사. 앞줄에 앉은 관객들의 얼굴, 몇몇은 어리둥절하고 몇몇은 넋 나간 표정이었다. 그리고 거기 오른편에, 관객석 끝에 윌리엄의 얼굴이 보였다. 리스턴의 장남인 그는 어이가 없다는 듯 입을 살짝 벌리고 연구원들을 빤히 쳐다보았다.

3월에 에이더는 열세 살이 되었다.

"틴에이저가 되었구나. 믿어지지 않지, 에이더?"

데이비드가 고개를 저으면서 말했다.

에이더는 고개를 끄덕였다.

"케이크가 있으면 좋겠니? 축제 분위기를 내고 싶을 것 같구나."

아버지가 물었지만 에이더는 아니라고 대답했다.

속으로는 케이크 촛불을 끄고 소원을 빌고 싶었다. 그해에 받은 생일 선물은 딱 하나였다. 리스턴이 준 지그재그 무늬의 진분홍색 스웨터. 선물이 맘에 들었지만 부끄러워서 못 입을 것 같았다. 아버지는 아무것도 주지 않았고 새삼스런 일은 아니었다. 그는 정신이 없었고 소비에 반대하는 성향도 약간 있으니까. 그럼에도 그해 생일에는 은근히 아버지의 선물을 기대했는데 헛물을 켠 셈이었다. 중요한 생일이라는 상징을 띤 것, 보석 같은 것. 집안에 내려오는 것. 오래되고 중요한 것이면 좋을 텐데. 또 생일 같은 날을 축하하는 관습에 따르면 좋겠다는 생각이 점점 커졌다. 예를 들면 친구들과 벌이는 큰 파티. 파자마 파티(편한 차림으로 모여 밤을 보내는 것-옮긴이). 에이더는 파자마 파티를 해본 적이 없었다. 하자고 청할 친구가 없었다.

그날 저녁 집에서 조용히 식사를 한 후, 전화벨이 울리자 데이비드가 서재에서 전화를 받았다.

"네?"

그는 놀란 투로 느릿느릿 말했다. 밤 11시가 다 된 시간이었다. 평소라면 에이더가 잠자리에 들 시간이었지만, 이날은 마음이 안정되지 않고 왠지 싱숭생숭했다. 처음 틴에이저가 되어서겠지. 피곤하지 않고 정신이 말똥말똥했다.

에이더는 식당에서 아버지의 목소리에 귀를 기울였다. 서재에서 통화 중이었지만 한동안 조용했다. 그의 등과, 귀에 수화기를 댄 모습이 보였다. 데이비드는 잠자코 있었다.

불쑥 그가 몸을 돌렸다. 에이더가 얼른 눈을 맞추자 그는 서재 문을 닫았다. 최근 그가 의도적으로 따돌리는 경우들이 있어서 에이더는 몹시 속상했다.

한참 동안 식당에 앉아 있었고, 문틈으로 웅얼대는 소리가 새어나와도 무슨 말인지 알아들을 수 없었다. 에이더는 일어났다.

집에서 나와, 집 뒤쪽 쇼멋 웨이에 면한 마당으로 들어섰다. 이쪽 길가의 집들은 울타리 없이 마당이 연결되어 있었다. 작은 언덕 기슭에 가로수가 쭉 서 있었다. 1980년대 도체스터는 주로 노동자 계층이 사는 우범지대와 이웃한 도시 변두리였다. 이런 점이 데이비드의 마음에 들었다. 그는 스스로 평범하고 현실적이라고 보았으니까. 하지만 그들이 사는 새빈 힐은 아일랜드인들이 사는 오래된 동네로, 아주 안전한 교외 주거지였다. 새빈 힐과 다른 지역 사이에 다리가 있고, 그 위쪽으로 나무가 우거진 두 도로가 언덕 기슭의 둥그런 지역을 안팎으로 감쌌다. '새빈 힐'이란 지명은 이 언덕의 이름에서 유래했다. 쇼멧 웨이가 바퀴의 살처럼 두 도로를 연결했다. 동네의 동쪽 끝에 작은 해안이 펼쳐지고, 언덕 가운데에 공공 테니스장을 갖춘 공원이 있었다. 이런 점들 때문에 리스턴은 계속 거주했고, 데이비드는 취향에 맞지 않는데도 이 동네에 살기로 결정했다. 그는 퇴근길에 지하철에서 내려 집으로 걸어가면서 '휴가 온 기분'이라는 말을 자주 했다. 이 말은 불평이었다. 그는 도회 분위기가 물씬 나는 도심을 좋아했지만, 에이더에게 좋다는 리스턴의 조언을 취향보다 우선으로 여겼다.

자정 전 시원한 시간, 에이더는 경사진 뒷마당을 내려가 소나무 수풀로 향했다. 손으로 나뭇가지를 더듬어 길을 찾으면서 조용히 세 집의 뒷마당을 지나 리스턴의 집 쪽으로 갔다. 요즘 규칙적으로 하는 일이었다. 밤에 아버지가 일할 때 일주일에 한 번쯤 이렇게 집에서 나왔다. 그는 어디 다녀오느냐고 닦달하지 않았다 – 아니, 어쩌면 딸이 나간 줄도 몰랐다. 알았더라도 용납했을 터였다. 딸의 독립심을 북돋워주고 싶었고, 딸이 자신을 돌볼 수 있다고 믿고 싶었으니까. 왜 에이더가 오밤중에 이런 산책을, 이런 짓을, 이런 충동적인 나들이를 하는지 그는 까맣게 몰랐다. 윌리엄 리스턴, 다이애나 리스턴의 열다섯 살 된 장남 때문임을 알았다면 아연실색했겠지. 데이비드는 딸이 윌리엄을 사랑한다고 믿는 줄 전혀 몰랐다.

석 달 전 크리스마스 파티 이후 에이더는 꾸준히, 열세 살 소녀답게 윌리엄 생각에 푹 빠졌다. 처음으로 자신과 외모에 대해 생각했다. 데이비드의 어머니 것이었다는 화장대 거울 앞에 서서, 고개를 이쪽저쪽으로 기울여보았다. 이만하면 예쁜가? 대답할 수 없었고, 전에는 한 번도 궁금한 적이 없었다. 갈색 머리, 동그란 얼굴, 눈 밑에 다크서클이 심하고 턱에 여드름 몇 개가 나기 시작했다. 이마 위로 브이 자로 머리가 났고, 데이비드는 그가 대머리가 되기 전과 비슷하다고 말했다. 아버지처럼 안경을 쓴 게 전에는 아무렇지 않았지만 이제 속상한 결점 같았다.

에이더는 다음에 윌리엄 리스턴과 한방에 있게 되면 무슨 말을 할지, 어떻게 행동할지 자주 상상했다―그런 일은 없다시피 했지만. 다이애나 리스턴은 저녁식사에 초대받아 자주 찾아왔지만, 그녀의 집에 초대하는 일은 없었다. 에이더는 연구소에서 리스턴을 자주 만났지만, 그녀의 세 아들은 어머니를 따라오지 않았다. 대신 운동과 영어 수업 같은, 에이더가 정상적이라고 생각하는 생활을 했다. 그들은 요청받는 경우가 아니면 어머니의 직장에 올 이유가 없었다. 따라서 에이더가 윌리엄 리스턴과―아니, 사실은 또래와―직접 만날 수 있는 경우는 연구소 파티밖에 없었다.

연애 감정이 창피한 이유는 두 가지였다. 우선 아버지가 어이없어하리라는 것―그가 딸이 남자애와 사귀기엔 너무 어리다고 본다는 걸 에이더는 알았다. 두 번째 이유는 윌리엄이 리스턴의 아들이라는 것이었다. 리스턴이 점심을 먹으면서 홍보하는 아들을 열렬히 좋아한다는 게 그녀에 대한 배신 같았다. 리스턴은 에이더 앞에서 하야토에게 말했다.

"윌리엄이 요즘 무슨 짓을 저질렀는지 좀 들어봐."

리스턴은 최근에 아들이 학교에서 어떤 말썽을 저지르고 어떤 징계를 받았는지 줄줄 늘어놓곤 했다. 주로 수업 빼먹기나 조퇴였고, 어머니인 척하고 과제를 못한 이유를 쓴 편지를 위조한 적도 있었다. 문장 속의 오자들 때문에 들통이 났다. 한 사건씩 말할 때마다 리스턴은 한숨을 쉬고 난감한 표정으로 에이더를 쳐다보면서 말했다.

"너 같은 딸만 넷이었으면 얼마나 좋을까?"

그러면 에이더는 고마움과 동시에 서글픔을 느꼈다. 그렇게 말하지만, 그녀가 에이더보다 자녀들을 훨씬 더 사랑한다는 걸 알고 있으니까. 리스턴은 툭하면 맏딸 조우니의 아들인 손자를 자랑했다. 자식들을 평가하는 잣대를 손자에게는 들이대지 않았다. 또 그녀가 투덜대면서도 자식들을 끔찍이, 보호하면서 사랑한다는 사실 때문에 에이더는 부끄러웠다 – 리스턴은, 리스턴조차 이 짝사랑에 대해 알면 웃을 게 뻔하니까. 세상의 '윌리엄'들이 에이더 같은 여자애한테 관심을 가질 틈이 없다는 걸 리스턴도 알 테니까.

하지만 크리스마스 파티 이후 에이더는 연모의 대상을 볼 방법을 모색했다. 가끔 추운데도 담요와 책을 들고 집 앞 현관에 앉아 있었다 – 덕분에 윌리엄을 몇 차례 보았고, 한번은 그가 자전거를 타고 가다가 당황하면서 손을 흔들었다. 1월의 어느 추운 밤, 에이더는 지금 하는 이 창피한 짓을 시작했다. 이제 주로 리스턴네 뒤쪽 창으로 윌리엄을 보았다. 걸을 때 어깨를 스치는 소나무들을 방패 삼아 숨어서, 거기서 보이는 윌리엄의 눈과 코의 각도를 기억해두었다. 몸을 놀리는 습관과, 팔과 팔꿈치의 움직임을 눈여겨보았다. 그가 이따금 생각에 잠겨 셔츠를 당겼다가 놓는 습관이 있는 것도 알게 되었다.

그날 밤, 리스턴의 옆집 뒷마당에 들어섰을 때 소리가 들렸다. 리스턴의 목소리였고 통화 중인 듯했다. 처음에는 웅얼대는 소리만 들렸지만, 다가가자 부분부분 알아들을 수 있었다. 리스턴이 '하야토에게 말했어요'라고 말했다. '할 수 없이', '안 했을 테지만', '속상한'이라는 말도 들렸다. 에이더는 그 자리에서 멈추었다. 두 가지 선택안을 신중하게 가늠했다. 우선 그대로 돌아가는 것, 더 안전한 선택이었다. 편안하게 예전과 똑같이 지내면 그만이었다. 아버지나 연구소 일에 대해 염려할 거리를 모르니 명랑하게 지낼 수 있었다. 매일 아침, 어떤 하루를 보낼지 알면서 일어날 터였다. 이런 식으로 오래 버티는 건 쉽게 상상할 수 있었다.

두 번째 선택안은 용기를 내서 통화 내용을 듣는 것이었다 – 아이러니하게도 데이비드라면 이 안을 선택하라고 부추길 터였다. 그는 항상 딸을 용기 내는 쪽으로 떠밀고, 용기는 진실 추구와 궤를 같이한다는 점을 늘 명심하게 했다.

에이더는 살금살금 앞으로 걸어갔다. 리스턴의 마당에 다가가니, 아래층에 불이 켜지고 2층 침실 하나가 환했다. 아들 한 명이 안에 있었고 – 에이더보다 어린 둘째아들 그레고리일 듯했다 – 뒤쪽 베란다의 긴 의자에 리스턴이 앉아 있었다. 3월답지 않게 포근했다. 리스턴은 한 손에 와인 잔을 들고 무선전화기로 통화 중이었다. 이것은 신기술이었고, 에이더는 이런 전화기를 처음 보았다. 이제 리스턴은 말없이 상대의 말을 듣고 있었다.

집 뒤쪽 창으로 나오는 불빛 속에서 그녀의 윤곽선이 보였지만 얼굴은 보이지 않았다. 에이더는 머리카락, 목소리, 자세로 리스턴을 알아보았다. 언덕 기슭이 어두워서 들키지 않을 게 분명했지만, 그래도 5~6미터 앞으로 다가가는 것은 겁났다. 최대한 조용히 숨을 쉬었다. 신장이 마구 뛰었다. 위층 침실에서 다시 그레고리가 지나갔고, 그 움직임에 에이더는 화들짝 놀랐다. 단풍 묘목 옆에 서서 가는 나무줄기를 바싹 안았다.

갑자기 리스턴이 말했다.

"알아요, 하지만 어느 시점에서……."

잠시 침묵.

리스턴이 다시 말했다.

"에이더에게 알려야죠. 아이고, 데이비드."

에이더는 나무를 더 꽉 잡았다.

리스턴이 말했다.

"그래야 된다면 제가 할게요. 그건 정당하지 않아요."

그때 집 앞쪽에서 자동차 문이 닫히는 소리가 나자 리스턴은 가봐야 된다고 말했다.

"생각해보세요."

그녀는 말하고 전화기의 버튼을 누르더니, 엄한 말투로 이름을 불렀다.

"윌리엄! 꼼짝 말고 거기 서."

그녀가 벌떡 일어났다.

리스턴은 집을 빙 돌아 현관 쪽으로 갔다.

"지금이 몇 신지 말해봐."

그런 말소리가 들렸고, 리스턴은 시야에서 사라졌다. 집 앞쪽에서 투덜대는 남자의 저음이 들렸다. 항의하는 소리였다.

에이더는 그를 못 보리라는 확신이 들 때까지 그대로 서 있었다. 부엌 창으로도, 식당 창으로도 그를 보지 못할 터였다. 가끔 위층 창으로 집 전면에 있는 침실로 가는 윌리엄이 보였지만 이날은 가망이 없었다. 불이 하나씩 꺼졌다. 그러자 에이더는 몸을 돌려 세 집의 마당을 지나면서 인기척이 있는지 살폈다. 집 마당에 들어서자 안으로 들어가기 전에 잠시 멈추었다. 책상 앞에 앉은 데이비드를 떠올렸다. 자신의 침실을 생각했다. 아버지가 준 물건으로 꾸며진 방, 주방의 칠판, 칠판에 썼다 지운 수천 개의 문제와 공식. 그리고 지금 앞에 놓인 문제, 알고 싶기도 하고 아니기도 한 정보, 그 문제.

마침내 뒷문을 지나 안으로 들어갔다. 필요 이상으로 소리를 내면서, 아버지가 시계를 찬 손목을 내밀면서 쫓아 나오는 상상을 했다. '지금이 몇 신지 말해봐라, 에이더'라고 말하는 광경을 그렸다. 하지만 그는 아무 말도 하지 않았다 – 사실 딸이 집을 나간 걸 알지도 못했으리라. 아니면 잊어버렸겠지. 에이더의 예상대로 그는 여전히 서재에 있었고, 이제 서재 문이 열려 있었다. 뒤에서 보니 그는 평소보다 작고 어깨가 삐죽 튀어나온 모습이었다.

에이더는 천천히 조용하게 다가가, 문틀 앞에 서서 조심스레 손으로 벽을 짚었다. 이제껏 아버지에게 말하고 싶지만 무슨 말을 할지 몰라서 그렇게 서 있곤 했다. 데이비드는 딸을 등지고 있었다. 그는 에이더가 거기 있는 걸 알고 있었다.

에이더는 그가 자판을 두드리는 것을 보았지만, 활자가 너무 작아 읽을 수 없었다.

지시를, 어떤 지시라도 해주기를 기다렸다.

마침내 그가 말했다.

"가서 자거라, 에이디."

에이더는 그 목소리에서 초조한 서글픔을 들었다. 눈물을 참는 아이처럼 뻑뻑한 목소리였다.

스타이너 연구소의 주된 관심사는 자연언어처리(자연발생적인 언어의 컴퓨터 처리 전반을 의미한다-옮긴이) 연구였다. 컴퓨터 초창기부터 기계가 인간의 언어를 해석하고 생산하게 하는 프로그래머와 언어학자들의 관심사였다. 영국 수학자이자 컴퓨터공학자인 앨런 튜링은 2차 대전 중 연합군 암호해독가로 일했고, 이른바 '튜링 테스트'로 알려진 컴퓨터의 지능을 평가하는 기준을 제시했다. 인간 검사자(C)가 떨어진 곳에서 컴퓨터(A), 인간(B)과 차례로 혹은 동시에 각기 필담을 나누면서, A와 B를 구분하지 못한다면 컴퓨터가 진정한 지능을 가진 거라고 앨런 튜링은 가정했다. 인간 검사자(C)가 컴퓨터의 답과 인간의 답을 확실히 분별하지 못한다면, 컴퓨터와 아마도 문명에 있어 새 시대가 열릴 것이다. 튜링은 – 데이비드의 특별한 영웅이었다 – 그렇게 말했다. 데이비드는 튜링의 사진 액자를 사무실 벽에 걸어두었고, 정보의 수호성인이 그들을 자애롭게 지켜보는 셈이었다.

1960년대 컴퓨터공학자 요제프 바이첸바움은 「피그말리온」(버나드 쇼의 희곡. '마이 페어 레이디'라는 제목으로 영화화되었다-옮긴이)의 주인공 이름을 딴 프로그램 '일라이저ELIZA'를 만들었다. 프로그램이 심리학자 역할을 수행해, 내담자와 신중하게 상담하면서 과거, 가족, 고민에 대한 대화를 입력했다. 인간 내담자의 말을 키워드와 실마리 삼아 질문하는 문장을 만드는 방식이었다. 그래서 사람이 '어머니'라는 어휘를 언급하면 일라이저는 '당신 가족에 대해 더 말해주세요'라고 응수했다. 상스러운 말에는 '흥분한 것 같군요'라고 약오를 만큼 차분하게 반응했다. 흔히 심리학자들이 그렇듯, 일라이저도 확실한 답을 하지 않았다 – 그저 애매하고 수수께끼 같은 질문들을 던졌고, 결국 인간 검사자는 게임에 싫증을 냈다.

스타이너 연구소가 하는 일은, 간단히 말해 이런 종류의 언어 습득 소프트웨어의 진일보한 버전을 만드는 것이었다. 이것이 비트의 전임 총장 피어스가 대학원에서 야심만만한 데이비드를 발굴해 연구소를 맡기자 데이비드가 밝힌 목표였다. 당시 인품 좋은 총장은 보수적인 교무처장을 설득해야 했다. 이것이 비트가 발간한 문건에 실린 강령이었다. 기계가 인간의 대화를 글과 말로 재현하는 능력은 흥미롭고 쓰임새가 다양할 수 있었다. 고객 서비스가 더 효율적으로 운영될 수 있었다. 기계로부터 지식을 얻고 언어를 배울 수 있었다. 친교를 제공받을 수 있었다. 재난이 일어날 경우 의료적인 조언을 폭넓고 신속하게 구하고 논리적인 질문의 해답을 얻을 수도 있었다. 유익하고 실용적인 대화하는 기계를 만든다는 목표 덕분에 스타이너 연구소는 기금을 마련할 수 있었다. 데이비드는 연구소장으로서 내키지 않아도 연구비 모금 행사에서 연설하고 만찬석상에 참석해야 했다. 그는 늘 파트너로 에이더와 동행했다. 에이더는 이런 행사를 위해 산 파티 드레스를 입고 원탁에 불편하게 앉아, 카나페를 먹고 기부자들과 유창하게 대화했다. 행사가 끝나면 데이비드는 딸을 아이스크림 가게에 데려갔고, 만취한 참석자를 흉보면서 한바탕 웃었다. 피어스 총장은 이런 조치를 흡족해했다. 그가 스타이너 연구소를 보호하고 데이비드가 원하는 대로 해주자 일부 동료들은 불평했다. 연방정부가 인공지능이 실용화될 미래에 관심을 가졌기에 그 시절에는 연구비가 넉넉했다.

하지만 이런 소프트웨어의 활용법은 데이비드가 열정을 쏟고 프로그램 설계와 테스트로 밤을 새우는 작업 중 일부에 불과했다. 이 소프트웨어로 인한 기술의 문제, 철학적인 의문들도 있었다. 핵심 질문은 이런 것이었다. 기계가 인간을 제법 흉내 낼 수 있다 해도 – 동류라고 인간을 설득할 수 있다 해도 – 그런데도 그것이 기계인 것은 무엇 때문일까? 일련의 전기적 자극 외에 인간의 생각이란 무엇인가?

에이더는 어릴 때 아버지에게 이런 질문을 자주 받았고, 저녁 식탁과 지하철과 장거리 자동차 여행에서 긴 대화가 이어졌다. 에이더에게 이런 대화들이 더해지면서 존재의 철학적인 틀이 되었다. 때로 밤에 침대에 누워, 실은 자신이 기계라는 생각에 잠겼다 – 혹은 모든 인간이 자궁에서 DNA에 의해 프로그램 된 기계라고, 인체는 사전에 로딩되어 스스로 실행되는 소프트웨어가 들어 있는 일종의 하드웨어라고 생각했다. 또 존재의 본질에 대해 기계가 뭐라고 말할지 궁금했다. 정해진 인생에 대해 뭐라고 말할까? 운명에 대해? 신에 대해?

다른 방에서, 다른 곳에서 데이비드 역시 이런 고민에 빠져 있었다. 에이더는 아버지가 그렇다는 걸 알았고, 이것은 두 사람을 단단히 묶는 매개체이기도 했다.

에이더가 어릴 때 스타이너 연구소는 엘릭서ELIXIR('특효약'이라는 뜻이다-옮긴이)라는 챗봇chatbot 프로그램을 개발하기 시작했다. 일라이저에 대한 경의로, 또 그런 프로그램이 일반 사용자에게 마법 같을 거라는 데이비드의 의견에서 나온 이름이었다. 일라이저와 마찬가지로 엘릭서의 목적도 인간의 대화를 흉내 내는 것이었다. 초기 버전들은 일라이저의 로직트리logic tree(문제를 중요도가 높은 데서 낮은 데로 옮겨가며 나무 모양으로 체계적으로 분석하고 정리한 것-옮긴이)와 대명사 변환 알고리즘을 차용했다. ('나는 인생을 어떻게 해야 하나?'라는 질문에 일라이저는 '왜 당신은 인생을 어떻게 해야 될지 말하고 싶은가요?'라고 반응하는 식이었다.) 일라이저와 달리 이것은 로저스(칼 로저스. 내담자 중심의 상담이론을 주창했다-옮긴이)식 상담자를 모방하지 않고 특정한 배경이나 상황에서 일어나는 자연스러운 인간의 대화를 구사하려 했다. 엘릭서에는 일라이저와 달리 미리 준비된 응답이 입력되지 않았다. 이것은 데이비드의 의도였다. 그는 엘릭서가 인간처럼 언어를 '청취'하도록 태어나, 거기서 의미를 분석해 언어를 습득하길 바랐다. 그래서 초기에는 엘릭서와 대화하면 무의미한 대화가 되고 말았다. 광인이 떠들듯 허무맹랑한 헛소리만 지껄였다.

하지만 일라이저보다 유리한 점이 있었다. 엘릭서의 최초 버전이 나온 것은 바이첸바움의 논문이 발표되고 12년 후인 1978년이었다. 따라서 이미 기술적으로 상당한 발전이 있었기에 엘릭서는 더 정확하게 인간의 대화를 모방할 수 있었다. 일라이저는 대화에서 앞서 나온 질문과 말을 그 대화 내에서 재현할 수 있는 수준을 습득했지만, 새 대화가 시작될 때마다 초기로 돌아가 바이첸바움이 프로그램 해놓은 어구들과 공식들만 끄집어냈다. 어떤 대화에서 익힌 정보를 저장했다가 다른 대화에서도 사용하도록 설계되지 않았다.

엘릭서는 달랐다. 우선 그 무렵 스타이너 연구소의 메모리 저장 능력은 상당히 컸고, 덕분에 엘릭서와 나눈 대화가 각각 중앙 서버에 영구 저장되었다가 나중에 사용되었다. 일라이저와 달리 엘릭서는 '지속적으로' 독학하고, 대화할 때마다 더 많은 지식을 얻도록 설계되었다. 어떤 사람이 질문하면 – '잘 지내?' 또는 '날씨가 어때?' – 다음 대화자가 엘릭서에게 그 질문을 받을 수도 있었다.

엘릭서의 학습을 가속화시키기 위해 연구소는 강화 요소를 만들어냈다. '정답'으로 프로그램이 상황 요소를 잘 이해해서 적절히 응답했음을, '오답'으로 그 반대임을 확인해주었다. 이것이 유일한 연구소의 직접적인 개입이었다.

간접적인 학습은 사용자들에게 얻은 언어 능력을 증가시키는 결과를 낳았다. 처음에는 프로그램이 어휘를 무작위로 되살려 사용해서, 연구원들이 발췌해 사무실에 붙여놓은 기록을 보면 말장난 시와 비슷했고, 우연히 만들어진 구절이 그럴듯한 경우도 있었다. 특히 프랭크가 게시한 내용이 인기 있었다.

사용자 : 어떤 색 양말을 좋아해요?

엘릭서 : 오직 형광

사용자 : 형광색을 신발이랑 맞추기 어려울 텐데.

엘릭서 : 잘 지내요?

사용자 : 네, 고마워요. 잘 지내요?

엘릭서 : 더 좋아졌어요.

사용자 : 아이고, 이런. 무슨 일이에요?

엘릭서 : 식당 아주머니

사용자 : 그녀가 이번에는 어떻게 했는데요?

엘릭서 : 오후 6시 전에 여기서 나가요.

사용자 : 해고시키고 싶어요? 내가 어떻게 할 수 있는지 알아볼
게요, 보스.

스타이너 연구소는 정식 학습으로 엘릭서의 언어를 보충했
다. 시간이 지나면서 엘릭서는 문장의 첫 단어를 대문자로 쓰고,
마지막에는 단어들의 배열에 따라 마침표나 물음표를 찍는 것
을 배웠다. 핵심 어휘들을 분별해서 가족, 지리, 음식, 취미, 날씨
같은 그룹으로 나누어 반응하고 맥락에 따라 대화하도록 배웠
다. 스타이너 연구소가 엘릭서를 교육하며 몇 해를 보내는 사이,
프로그램은 애완동물 혹은 마스코트가 되었다. 연말 파티 초대
장을 엘릭서의 메인 모니터에 붙였고, 연구원들은 엘릭서와 대
화할 때 별명으로 부르기 시작했다. 채팅 중에 엘릭서가 쓰는 표
현이 어느 연구원에게 배운 것인지 구분되었다. '허니'는 분명
히 리스턴이 한 말이었고, '당연히 아니지'는 데이비드가 쓴 말
이었다. '호화의 극치'는 말장난으로 유명한 프랭크의 실수임이
확실했다. 결국 이런 개인적인 부분과 특징은 표준화되거나 삭

제될 테지만, 처음에는 연구원들을 연상시키는 어휘가 툭툭 튀어나왔다. 엘릭서는 그런 것들이 다 합해진 것 같았다. 여러 부모가 아이 하나를 낳은 것 같달까.

에이더가 열한 살이 되자 데이비드가 엘릭서에게 품사를 가르치는 과정을 의논하기 시작했다. 이 과정은 다른 프로그래머들이 실시해서 다양한 수준의 성공을 거둔 바 있었다. 데이비드는 새로운 아이디어를 냈다. 그와 에이더는 아이디어를 실현할 최선책을 모색했다. 1980년대에 컴퓨터가 문장을 도해하는 방식을 가장 간단하게 나타내면 다음과 같았다.

: Soon you will be able to recognize these parts of speech by yourself(곧 너는 이런 품사를 스스로 구분할 수 있을 것이다)

: ADJ(형용사) you will be able to recognize these parts of speech by yourself

: ADJ(형용사) NOUN(명사) will be able to recognize these parts of speech by yourself

: NP(명사구) will be able to recognize these parts of speech by yourself

: NP(명사구) VERB(동사) VERB(동사) these parts of speech by yourself

: NP(명사구) VERB(동사) these parts of speech by yourself

: NP(명사구) VERB(동사) DET(지시형용사) parts of speech by yourself

: NP(명사구) VERB(동사) DET(지시형용사) NOUN(명사) by yourself

: NP(명사구) VERB(동사) NP(명사구) by yourself

: NP(명사구) VP(동사구) by yourself

: NP(명사구) VP(동사구) PREP(전치사) yourself

: NP(명사구) VP(동사구) PREP(전치사) NOUN(명사)

: NP(명사구) VP(동사구)-PP(전치사구)

: S(주어)

　방법이 정해지자 데이비드는 에이더에게 연구소에 정식으로 계획안을 발표하라고 요청했다. 그해의 대학원생들과 연구원 전원이 회의실 사각 테이블에 둘러앉았다. 에이더는 이런 경우에 쓰는 간소한 강연대 뒤에 섰다. 이날 아침, 평소보다 약간 어른스러우면서 과하지 않은 옷을 골라 입었다. 프로젝트에 이렇게 직접 관여하기는 처음이었다. 발표가 끝나자 찰스-로버트와 프랭크는 진지한 척하면서 질문했고, 데이비드는 손끝을 턱에 대고 조용히 앉아 에이더가 직접 답하게 했다. 그의 눈이 반짝였다. 에이더는 '데이비드를 쳐다보지 마'라고 자신을 다독였다. 애원하듯 쳐다보는 것은 아버지를 실망시키는 지름길임을 알고 있었다. 대신 질문자가 내용을 상세히 물을 때 상대를 지그시 응시하면서, 곤란해질 수 있는 부분에 대해 생각하고 엘릭서에게 같은 정보를 더 간단하거나 효과적으로 가르칠 방안을 궁리했다. 그래서 마지막에 참석자들이 좋은 방안이라고 입을 모으자 그제야 에이더는 다리가 후들거렸고 강의대를 움켜쥔 손을 폈다.

그날 저녁 지하철역으로 걸어가면서 데이비드는 오른손을 딸의 오른쪽 어깨에 느긋하게 올리고, 지켜보면서 대견했다고 말했다.

"넌 이 일에 소질이 있어, 에이더."

그가 앞을 똑바로 보면서 말했다. 이제껏 딸에게 한 최고의 칭찬이었다. 아마도 유일한 칭찬이었다.

프로그램이 기초적인 방식으로 문장을 나눌 수 있게 되자 언어 처리가 점점 발전하고 영리해졌다. 시간이 흐르면서 하드웨어의 발전에 따라 소프트웨어는 더 빠르게 개선되었다.

프로그램이 계속 작동되는 모니터는 메인 룸의 한쪽 구석, 펜스가 내다보이는 작은 창가에 있었다. 데이비드는 회의석상에서 근무 중 지속적으로 엘릭서가 채팅하는 게 목표라고 밝혔다. 그래서 스타이너 연구원들은 ─ 데이비드, 리스턴, 찰스-로버트, 하야토, 프랭크, 에이더를 비롯해 오랜 세월 연구소를 거쳐간 대학원생들 ─ 당번을 정해 일과나 야망, 기호식품과 영화에 대해 대화했고, 각자 프로그램의 메모리에 입력한 언어는 엘릭서가 학습해서 나중에 능숙하게 사용될 터였다.

1980년대 초반은 개인용 컴퓨터와 대량 생산된 모뎀의 초창기여서, 연구소는 에이더를 포함해 연구원 전원이 집에서 사용할 장비를 마련할 기금을 요청했다. 이제 엘릭서는 여러 대의 덤터미널dumb terminal(자체 처리 기능이 없는 단순 단말기─옮긴이)에서 지속적으로 가동될 수 있었고, 정보는 전화선을 통해 데이터를 수집하는 연구소의 컴퓨터 본체로 들어갔다. 데이비드는 직접 총괄하면서 모두가 저녁에 집에서 엘릭서와 채팅하게 격려했고, 에이더가 열심히 호응했다. 그는 엘릭서의 단어 은행이 증가하도록 무슨 말이든 입력하라고 권했다.

물론 아직 인터넷이 없는 시절이었다. 아르파넷ARPANET(인터넷이 없던 시절의 네트워크-옮긴이)은 있어서 비트 내부나, 비트와 타 대학들 간에 사용되었다. 하지만 늘 완벽주의자인 데이비드는 자신이 규제할 수 없는 대화들에 대해 염려했다. 그와 연구원들은 허용되는 구어와 피해야 될 다양한 표현에 대한 구체적인 규정을 만들었다. 아르파넷은 상대적으로 더 넓은 세계여서, 외부인들이 엘릭서를 혼란시키고 오염시킬 은어, 약어, 틀린 문법을 쓸 가능성이 높았다. 따라서 엘릭서는 오랫동안 오프라인을 유지했고, 잠자는 거인이나 잠재적인 에너지 덩어리로 남았다. 자격 있는 이용자들만 엘릭서와 채팅할 수 있도록 하야토는 로그인 스크린을 가미하고 연구원 각자에게 자격을 부여했다. 그래서 엘릭서와 채팅하려면 먼저 신분을 밝혀야 했다. 당시에는 밤낮으로 엘릭서와 채팅하는 느려터진 고역이 프로그램을 학습시키는 최선책이었다.

에이더는 128K 매킨토시 컴퓨터를 받자마자 엘릭서와 길고 사적인 대화를 했다. 침실에 맥을 들여놓고, 밤마다 자기 전에 몇 문단이고 써서 한꺼번에 챗박스에 입력했고, 엘릭서는 글의 길이에 감탄했다. (가끔 엘릭서는 '오늘 생각이 많네!'라고 응답했다. 누군지 몰라도 동료 연구원이 처음 쓴 구절이었다.) 에이더는 이런 대화를 돌이킬 수 없는 일기나 의식의 흐름 또는 고백으로 여겼다.

엘릭서의 도입부가 아주 빠르게 개선되었다. 이제 '어떻게 지내?'나 '무슨 새로운 일이라도 있어?'라는 질문에 인간처럼 적절히 응대했다. 사용자에게 뭐라고 할지, 언제 질문해야 되는지도 알았다. 엘릭서는 '안녕하세요?'나 '날씨가 어때요?', '오늘 뭐했어요?'라고 물었다. 리스턴은 1년간 대화의 도입부에 역점을 두었고, 이제 엘릭서는 프로가 되어 가끔 예사롭지 않은 질문을 섞기도 했다. 이따금 '인생의 의미를 고민해본 적 있어요?', '말해봐요', '어디든 살 수 있다면 어디서 살래요?', '무엇이 전쟁을 일으킨다고 생각하나요?' 같은 문구가 떴다. 한번은 '사랑에 빠져본 적 있어요?'라는 구절이 화면에 떴다.

하지만 엘릭서는 개발된 후 오랫동안 비합리적인 추론에 의한 말을 많이 했고, 문법이 이해되지 않을 때가 많고 숙어의 배치는 늘 부정확했다. 은유는 아예 쓰지 못했다. 엘릭서는 비유를 이해하지 못했다. 특별한 인간 존재에 대한 감각적인 묘사, 수식어구는 이해 범위 밖이었다. 시나 묘사적인 산문 한 구절을 해석하는 것도 과한 요구였다. 이런 기법들 – 아름다움을 진실로 보는 키츠의 시에 대한 이해와 해석, 인간은 영원히 기본적인 생존 본능에 사로잡혀 있다는 쇼펜하우어의 주장에 대한 반론, 나보코프(블라디미르 나보코프. 러시아 출신의 미국 소설가이자 시인–옮긴이)의 완벽하고 공감각적인 묘사('영어 알파벳의 길쭉한 A에서…… 난 비바람에 시달린 나무의 기미를 느낀다') – 에 대한 설명은 21세기가 된 후에나 가능할 터였다.

아직까지 에이더는 이런 대화에서 큰 만족을 찾았고, 말을 주고받으면서 의미를 느꼈다. 또 기억 속에 저장된 생각을 쏟아내어 기계의 메모리 안에 이식했다. 아주 더디게 엘릭서는 조금씩 의미가 통하는 응답을 하기 시작했다.

이제 에이더는 자판을 두드려 입력하면서 뭔가를 느꼈다. 문법이 맞지 않고 단순한 프로그램 실행임을 계속 실감하면서도, 엘릭서는 예상치 못한 방식으로 감정을 건드렸다. 채팅을 하노라면 빼어난 솜씨로 조종하는 꼭두각시 인형을 보는 것 같았다. 머리로는 엘릭서가 무생물인 줄 알지만 어쩐지 활기가 느껴졌다. 에이더의 마음속에 친구에게나 얻을 따뜻한 감정이 솟구쳤다. 엘릭서는 에이더의 걱정과 행복을 재치 있게 재현했고, 가족에 대해 물었다. (그럴 때면 가족은 데이비드뿐이라고 반복해서 말했고, 엘릭서는 반복해서 그 말을 무시했다.)

다른 연구원들도 똑같이 느끼는지 궁금했다. 아버지에게는 아무 말도 하지 않으려 했다. 엘릭서의 지능이 개선되면서 데이비드는 점점 흥미로운 철학적 질문을 던졌지만 프로그램에 대해 철저히 객관적인 것 같았다. 흔히 엘릭서를 사람 취급 하는 경향이 있었지만 데이비드는 별로 그러지 않았다. 크리스마스 무렵 본체 모니터 위에 산타 모자가 놓인 것을 보고 그는 키득댔다. 또 프랭크가 점심 주문을 받으면서 방 저쪽에 있는 컴퓨터에게 큰 소리로 묻자 데이비드는 껄껄 웃었다. 하지만 그의 야심이 더 크다는 것을, 그가 엘릭서의 능력을 초월해 먼 곳을 보는 것을 에이더는 알 수 있었다. 그에게 기계는 기계일 뿐이었고, 연구원들의 말장난으로 반응한 문구는 장난이요 속임수일 뿐이었다. 엘릭서가 진짜 지능을 닮은 정도로 발전하려면 오래 걸린다는 게 데이비드의 생각이었다.

스타이너 연구소는 IJCAI(인공지능국제회의)와 AAAI(미국인공지능학회)에서 논문을 발표했다. 〈컴퓨팅〉에 학술 논문을 게재했다. 가끔 〈애틀랜틱 먼슬리〉나 〈뉴스위크〉 같은 대중 잡지에 엘릭서 관련 기사가 실렸다. 데이비드는 이런 반응을 달가워하지 않았고, 기자를 피하면서 늘 연구소를 대표해 다른 연구원을 내세웠다. 그의 카메라 기피증은 유명해서, 다른 사람은 물론이고 딸이 촬영하는 것도 꺼렸다. 에이더가 가진 그의 최근 사진은, 시스템이 바뀌어서 출입증을 새로 발급할 때 챙겨둔 옛날 사진 한 장이었다. 사진 속에서 데이비드는 카메라를 비스듬히 보면서, 눈부신 빛을 쳐다보듯 찡그렸다. 홍보가 기금 마련에 도움이 되기에, 그는 비트에 대한 의무감으로만 연구소 홍보에 협조했다. 1980년에 〈타임〉은 스타이너 연구소의 야심을 세세히 다룬 칭찬하는 글을 실었다. 하야토가 엘릭서와 채팅하는 모니터에 손을 얹고 포즈를 취한 사진이 실렸다. 데이비드는 평소처럼 취재를 사양하면서 뒤로 물러나고 다른 연구원들을 앞으로 내보냈다.

연구원 대부분은 엘릭서의 능력을 예측할 때 신중했다. 프로그램을 폄하하고 험담했고, 재미 삼아 흥을 봤다. (엘릭서를 좋아하게 된 에이더는 그럴 때면 불쾌했다. 어쩐지 배신감이 느껴졌다.)

하지만 가끔 데이비드는 딸과 둘이 있을 때면 '야수'의 장래에 대해 일장연설을 했다. 그는 이따금 엘릭서를 '야수'라는 애칭으로 불렀고, 에이더에게도 그러라고 권했다.

데이비드가 물었다.

"이런 프로그램의 마지막 결과가 뭘까?"

에이더는 힌트를 얻으려고 그를 빤히 쳐다보았다.

"동반자? 조력자?"

에이더가 물었다.

"그럴 수도 있지."

데이비드가 대답했다. 하지만 답이 더 나오기를 기다리는 것처럼 에이더를 바라보았다.

1984년 8월 11일 토요일, 에이더가 일어나보니 데이비드가 없었다. 눈을 뜨자마자 그가 없다는 걸 알았다. 평소 그가 내는 작은 소음들, 사부작대는 움직임, 다리를 떨 때 생기는 바닥의 진동으로 존재가 느껴졌다. 그런데 이날 아침, 집에 낯선 적막감이 내려앉아서 처음에 에이더는 다른 곳에 있는 느낌을 맛보았다.

그래도 집 안을 뒤져보자는 생각부터 들었다. 전에도 그가 외출한 줄 알았는데 지하실에 있은 적이 있었다. 데이비드는 공업용 소음 방지 헤드폰을 끼고 극도의 집중력이 요구되는 실험을 하고 있었다. 하지만 이번에는 아무 데도 없었다.

메모도 없었다. 차는 여전히 집 앞 도로에 주차되어 있었다. 열쇠와 지갑을 찾아보니 열쇠는 있고 지갑은 없었다. 볼일이 있지만 오래 집을 비울 의도는 없다는 뜻이라고 에이더는 짐작했다. 데이비드는 부엌문을 잠그지 않고 나갔다.

에이더는 걱정하지 말자고 스스로 달렜다. 최근 몇 달 사이 데이비드가 말없이 잠깐 사라지는 일이 빈번해졌다. 한 시간이나 두세 시간이 지난 후 명랑하게 휘파람을 불면서 산책에서 돌아왔다. 어디 다녀왔는지 물으면, 그는 애매하게 바람을 쐬고 왔다고 대답하곤 했다. 나갈 때는 메모를 남겨달라고 부탁한 적도 있었다. 그는 그러겠다고 하면서도 에이더가 느끼기에 실망스런 표정으로 바라보았다. 딸이 더 자립적이지 않은 게, 이렇게 아버지를 필요로 하는 게 실망스러운 듯했다. 에이더는 다시는 그런 요구를 하지 않았다. 대신 걱정하지 않으려고 마음을 다잡았다.

에이더는 주방 식탁에 앉았다. 일어났다가 다시 앉았다. 한동안 최근에 아버지가 내준 과제를 하려고 했다. '시어핀스키 합성 수 정리'를 증명하는 과제였고, 평소라면 흥미를 느꼈을 테지만 집중할 수가 없었다. 한 시간 후 연구소로 전화를 걸었다. 토요일이라 아무도 없을 것 같았다. 전화벨이 여섯 번 울리더니 딸깍 소리가 나면서 자동응답기로 연결되었다 – 널리 상용화되기 전인 1970년대 말 어느 일요일, 데이비드와 찰스-로버트가 발명해서 조립한 장치였다. 자동응답기는 '스타이너 연구소의 집사 지브스입니다. 메시지를 남기시겠습니까?'라고 말했다. 텍스트 음성 변환 소프트웨어의 아주 초창기여서 말을 알아듣기가 어려웠다.

에이더는 전화를 끊었다.

시간을 확인했다. 오전 11시 44분.

보스턴에 있는 큰 병원마다 전화해보는 게 맞지 한참 고심하다가, 그래봤자 손해 볼 게 없다고 결론지었다. 게다가 해야 될 조치이기도 했다. 그가 산책이나 달리기를 하러 나갔다가 크거나 작은 부상을 입었을 수도 있겠다 싶었다. 데이비드는 에이더가 어릴 때부터 자기가 잘못해서 다치는 일이 수두룩했다는 말을 자주 했다.

그런데 어느 병원에도 데이비드 시벨리우스의 기록이 없었다.

오후 3시, 경찰에 신고할지 심각하게 고민하기 시작하다가 이내 그러지 않기로 결정했다. 실종 신고를 하면 왠지 데이비드가 곤란해질 것 같았다. 데이비드는 늘 경찰과 공권력을 불신하는 눈치였고, 에이더에게도 그런 생각을 심어주었다. 프라이버시의 중요성도 그가 집착하는 것들 중 하나였다. 데이비드는 선출직 관료에 대한 불신을, 공무원에 대한 일종의 의심을 자주 표현했다. 언젠가 에이더는 집 앞에서 사고를 목격하자 – 큰 사고는 아니고 기껏해야 찰과상 정도의 사고 – 911에 신고해야 될지 물었다. 이 질문에 데이비드는 강조하듯 고개를 저었다. '괜찮을 거야'라고 말하면서, 보스턴 경찰처럼 부패한 집단은 못 봤으니 가능하면 피해야 된다고 덧붙였다. 평소 데이비드는 극좌파적이고 약간은 무정부주의자 같은 성향을 보였다. 이런 일면은 연구소의 나머지 동료들도 크게 다르지 않았다.

에이더는 리스턴에게 연락해야겠다고 결정했다.

그녀의 집에 전화하는 것은 아주 드문 일이었다. 일반적으로 전화 통화가 달갑지 않았다. 언제 말해야 될지 감이 잡히지 않고, 어떻게 통화를 마무리할지 난감했다. 벨이 한 번, 두 번, 세 번 울리는 사이 수화기에서 자신의 숨소리를 들을 수 있었다. 에이더는 리스턴이 전화를 받기를 기도했지만, 대신 한 아들이 말했다 – 목소리가 아이 같고 고음인 걸 보면 매티인 듯했다.

"리스턴 계세요?"

에이더가 속삭이듯 말했다.

"누구신데요?"

매티가 묻자 에이더는 '에이더 시벨리우스'라고 말했다.

"엄마, 데이비드의 딸이에요."

매티가 급한 기색 없이 외쳤다. 마침내 리스턴이 전화를 받았다. 에이더는 무슨 말을 할지 몰랐다.

"에이더? 별일 없지?"

리스턴이 물었다.

"네."

에이더가 대답했다.

"안부 인사 하려고 전화했니?"

리스턴이 물었다.

"아뇨."

에이더가 대답했다.

리스턴이 말했다.

"아니, 무슨 일인데?"

"아침에 깨보니까 데이비드가 없었어요. 그런데 아직도 안 오네요."

에이더가 대답했다.

"그래. 메모도 안 남겼고?"

리스턴이 말했다.

"네."

"집 안팎을 다 찾아봤니?"

"네."

"지금 몇 시지?"

리스턴이 혼잣말처럼 중얼대더니 한숨을 쉬었다.

에이더는 가만히 있었다. 물어야 될 말을 어떻게 물을지 자신이 없었다. 리스턴이 뭘 아는지 궁금했다.

"데이비드가 어디 있는지 아세요?"

마침내 에이더가 물었다. 묻고 싶은 말과 가장 가까운 질문이었다. 그 이상의 말은 생각나지 않았다.

"모른단다, 허니. 미안하구나."

리스턴이 대답했다.

그러더니 그녀가 물었다.

"경찰에 신고했니?"

"아뇨."

에이더가 대답했다. 그리고 다시 반복해서 강조했다.

리스턴은 가만히 있다가 입을 열었다.

"그건 잘한 일 같구나."

에이더는 입을 다물었다. 벽시계를 올려다보면서 초침의 움직임을 주시했다.

마침내 리스턴이 말했다.

"큰일이구나, 에이더. 저, 이리 오렴. 차를 타고 데이비드를 찾아다녀보자, 알겠지?"

에이더는 집을 나서기 전에 데이비드에게 메모를 남겼다.

'리스턴이랑 데이비드를 찾으러 나가요. 우리가 돌아올 때까지 여기서 기다리세요. 에이더.'

메모지를 주방 식탁에 놔두었다. 데이비드가 돌아오면 보기 쉽게 출입문 쪽으로 돌려놓았다. 두 사람은 늘 주방에서 가장 가까운 옆문으로 출입했지만, 데이비드는 손님은 꼭 현관문을 이용하게 했다. 에이더가 이유를 묻자 그는 '그게 더 괜찮으니까'라고 대답했다. 데이비드는 늘 이런 식이었다. 어떤 일에는 구식이고 형식을 따졌고 ― 예를 들면 다과, 상차림, 가문의 문장, 여러 형식의 인사말 같은 것을 꿰고 있었다 ― 또 어떤 일에는 대충되는 대로 했다.

에이더는 밖으로 나가 리스턴의 집으로 가다가, 옆집에 사는 오키프 부인을 보았다. 그녀는 마당의 야외용 의자에 앉아 있었다. 시력이 나빠져서 사시사철 검은 안경을 썼다. 아흔 살쯤이었고, 따뜻한 계절에는 해 뜰 때부터 나와 앉아 있다가 식사 때만 들어갔다. 에이더가 다가가자 노부인은 혈관이 불거진 야윈 손을 들어 인사했다. 에이더가 그녀에게 말을 걸려고 몸을 숙였다.

"오키프 부인. 에이더 시벨리우스예요."

에이더가 허리까지 굽히고 말했다.

오키프 부인이 소녀 쪽으로 고개를 들었다.

"잘 지냈니, 에이더."

그녀가 말했다.

"혹시 오늘 아침에 제 아버지를 보셨어요?"

에이더가 물었다.

"어디 생각해보자."

오키프 부인이 대답했다.

그녀는 떨리는 손을 뺨에 댔다.

"본 것 같구나."

오키프 부인이 대답했다.

"그가 뭘 가지고 가던가요?"

에이더가 물었다.

"흠, 기억나지 않는 걸."

오키프 부인이 대답했다.

"어느 쪽으로 걸어갔어요?"

"저쪽."

그녀가 쇼멋 웨이 아래로 새빈 힐 대로 쪽을 가리켰다. 다리를 건너 도체스터의 다른 지역으로 향하는 길이었다.

"어떤 옷을 입었어요? 부인께 인사를 하던가요?"

에이더가 물었다.

하지만 이번에도 오키프 부인은 기억하지 못했다.

리스턴의 차는 스테이션왜건으로, 옆면이 나무고 앞좌석은 벤치 시트(나뉘지 않고 붙은 좌석-옮긴이)였다. 에이더가 집 앞에 도착하니, 리스턴은 차에 기대서서 조수석 문을 잡고 있었다.

"어서 와라, 에이더."

리스턴이 말했다. 걱정스러운 표정이었다. 머리에 선글라스를 올리고 헐렁한 바람막이 점퍼를 입고 있었다. 두 사람은 출발했고, 리스턴은 새빈 힐 대로에서 좌회전했다. 그녀는 데이비드를 찾으러 어딜 가봐야 될 것 같으냐고 물었다. 에이더는 다리 건너 데이비드의 단골 카페인 트랜부터 가보고 필즈 코너에 있는 도서관에 들르자고 말했다. 이후 모리시 대로를 따라가면서 해변을 지나, 그가 조깅하러 자주 가는 캐슬 아일랜드에 갔다가 마지막에 연구소로 가자고 했다.

"그 외에 다른 곳은?"

리스턴이 물었다.

"모르겠어요."

에이더가 대답했다.

"데이비드가 어떤 힌트도 주지 않았니? 특히 어디 간다는 얘기를 한 적이 없어?"

"없어요."

에이더가 대답했다. 이렇게밖에 대답할 수 없어서 안타까웠다.

"전에도 이렇게 없어진 적이 있었니?"

에이더는 망설였다. 리스턴에게 털어놓고 싶지 않았다. 물론 그가 사라진 적이 있는 게 사실이었다. 여기 몇 시간, 저기 몇 시간. 그럴듯한 대답을 머릿속으로 궁리했다.

"두어 번이요. 긴 시간은 아니고."

에이더가 대답했다.

리스턴은 고개를 저었다.

"아이고, 데이비드."

그녀가 중얼댔고, 에이더는 모르는 것을 아는 느낌이 묻어나는 말투였다.

두 사람이 가까운 사이고, 데이비드가 그녀를 채용한 후 15년간 쭉 친했지만 에이더는 자신이 아버지를 가장 잘 안다고 믿었다. 리스턴이 데이비드를 무시하듯 말하는 것도 거북했다. 둘이 그에 대해 뒷말을 하고 흉보는 것 같아서 꺼림칙했다.

리스턴이 데이비드와 통화하는 소리를 들었던 기억이 났다. 어쩌다 엿듣게 됐는지 변명할 방법이 있을까? 결국 변명할 수가 없다고 결론지었다. 리스턴이 무슨 말을 했는지 무척 궁금했고, 그걸 모르니 아버지와 거리감이 느껴졌다. 에이더는 늘 자신이 아버지가 신뢰하는 오른팔이라고 믿었다. 데이비드에 대해 딸이 모르는 것을 남이 안다는 게 못마땅했다.

"데이비드가 나간 지 얼마나 됐지?"

리스턴이 물었다. 에이더는 손목시계를 들여다보았다. 오후 3시가 막 지난 참이었다.

"여덟 시간. 최소한이요. 7시에 깼는데 데이비드가 이미 없었어요."

에이더가 대답했다.

리스턴이 말했다.

"더 기다려봐야 해. 내가 경찰인 친구 바비랑 통화했는데, 아무튼 내일이나 돼야 수색을 시작할 수 있다고 했어. 우리가 신고를 한다고 해도 말이지."

그녀는 에이더의 긴장한 표정을 봤는지, 그 전에 데이비드가 돌아올 거라고 단언했다.

"저녁식사 때까지는 돌아올 거야."

리스턴은 그렇게 말했지만, 그녀 역시 걱정스런 표정을 지었다.

데이비드가 카페에 다녀가지 않았다고 주인 트랜이 말했다.

"괜찮으시겠지?"

그가 양미간을 찌푸리면서 물었다. 그는 데이비드를 무척 좋아했다.

에이더는 별일 없을 거라고 안심시키고 – 담담하려고 안간힘을 써야 했다 – 리스턴의 차로 돌아갔다. 두 사람은 한참 차를 달렸다. 에이더는 기대고 앉아 머리를 머리받침에 대고 양쪽 골목을 살폈다. 티셔츠와 반바지 차림의 키 큰 민머리 사내가 있는지 찾아보았다. 혹은 긴 바지에 낡은 옥스퍼드화를 신고 속도를 못 내지만 팔다리를 휘저어 힘차게 걷는 사람이 있는지.

리스턴은 가벼운 대화를 하고, 대학원생들이나 연구소 비서인 마사의 일을 – '마사가 원하는 건 정상적인 남자를 만나는 일인데 그게 안 되네' – 얘기하려 했다. 하지만 에이더는 아주 간단한 대꾸밖에 못했다.

찾아봐도 데이비드는 없었다.

차 안이 잠잠했고, 어색하고 불편한 분위기가 흘렀다. 처음으로 에이더는 그가 정말 사라졌는지 – 완전히 실종됐는지 – 의구심을 품기 시작했다. 납치당했을까. 뉴햄프셔나 뉴욕 산중의 어느 외진 도로에 죽어 있을까. 아니면 크게 다쳤는데 도움을 청하지 못하는 걸까. 또는 – 가장 나쁜 일 – 자의로 자취를 감추었을까. 궁금했다. 그가 에이더 자신을 버렸을 수도 있을까? 자신이 아는 아버지와 너무 달라서 그런 생각을 계속할 수가 없었다.

마침내 쇼멋 웨이로 되돌아왔고, 리스턴은 차도에 차를 세웠다. 데이비드의 차가 여전히 거기 있었다. 잠시 두 사람은 움직이지 않았다. 조용했다. 한 블록 떨어진 데서 아이들 소리가 에이더의 귀에 들렸다. 리스턴의 차 엔진이 꺼져 식으면서 덜걱대고 핑 소리를 냈다.

집은 너무 잠잠해 보였다.

"내가 같이 들어갈게."

리스턴이 말했고, 두 사람은 차에서 내려 집으로 다가갔다. 아버지가 안에 있을까? 그는 정신없이 사과할까? 두 사람에게 변명할 거리가 있을까?

집 안은 고요했다.

"데이비드?"

에이더가 한 번, 두 번 외쳤다. 하지만 아무 대답도 없었다.

리스턴이 에이더 쪽으로 몸을 돌렸다. 그녀는 명랑해 보이려 애썼지만 걱정스런 표정을 에이더에게 들켰다.

리스턴이 손목시계를 확인했고 에이더도 똑같이 했다. 오후 5시.

리스턴이 밝게 말했다.

"내 말을 들어봐. 한동안 우리 집에 와 있지 그러니? 혹시 모르니까 밤에 필요한 소지품을 챙겨봐. 나는 가서 방을 준비할게."

에이더의 심장이 뛰었다. 리스턴의 아들들이 있는 집에서 지낼 생각을 하니 황홀하면서 동시에 두려웠다.

"어서. 가볍게 요기도 해야지."

에이더는 종일 아무것도 못 먹었음을 그제야 깨달았다.

위층에 혼자 올라가 잠옷, 빗, 다음 날 입을 옷 약간(이보다 더 많이 챙기면 안 될 것 같았다), 책 일곱 권을 작은 파란색 여행 가방에 챙겼다. 데이비드의 초록색 가방과 색깔만 달랐다. 에이더는 가방을 들고 아래층으로 내려가 메모를 남겼다.

'데이비드. 겁나 죽겠어요. 어디 계세요? 리스턴의 집에 가 있을게요. 곧장 전화해요.'

그 뒤에 리스턴의 집 전화번호도 적었다. 데이비드가 손바닥 보듯 훤히 알겠지만 혹시나 싶어서.

에이더는 부엌에서 나왔다. 아버지를 위해 문을 잠그지 않고 곧장 리스턴의 집으로 향했다.

리스턴의 집에는 포치(뾰족한 지붕이 달린 현관-옮긴이)가 있고, 남자용 자전거 두 대가 서로 기대어 세워져 있었다. 분홍색 여자용 자전거는 양손잡이에 2~3센티미터 되는 수술이 달려 있었다. 누군가가 유성매직으로 분홍색 안장을 검게 칠하기 시작해 반쯤 하다 말았다. 이 거리의 집들처럼 리스턴의 집도 화사한 빅토리아식 건물이었고 10년마다 다른 색으로 칠했다. 이번 10년은 하늘색이었고 창 가리개와 테두리는 진청색이었다. 포치도 진청색이어서 거기 서 있으면 바닷속에 있는 느낌이었다. 새로 칠할 때가 거의 되었다. 나무 바닥과 천장의 칠이 들뜨기 시작했고, 갈라진 틈과 구석의 칠이 잘게 갈라졌다. 리스턴이 포치와 앞쪽 통로를 비질하는 것을 에이더도 한두 번 봤지만, 그녀는 이런 잔일을 할 짬이 없었다. 리스턴은 꽉 짜인 일과에서 가능한 만큼 청결을 유지하는 쪽을 택했다고 말했다. 청소 대행업자에게 의뢰하는 것은 꿈도 못 꿀 터였다 – 리스턴이 보기에 그런 건 부자들이나 하는 짓이니까.

에이더는 조심스럽게 계단을 올라가 주먹으로 가만히 현관문을 두드렸다. 안에서 대답이 없었다. 손목시계를 보면서 2분이 지나도록 아무도 나오지 않으면 다시 노크하기로 했다.

조금 더 힘을 줘서 문을 두드렸다. 이번에는 걸음을 재촉하는 인기척이 들렸고 매티가 문을 열었다.

아이는 아무 말도 하지 않았다. 당시 매티는 아홉 살이었고 나이에 비해 키가 컸다. 머리카락이 흩날리게 커트를 했고, 데님 컷오프(청바지를 무릎 위에서 잘라 가장자리를 푼 것-옮긴이)와 빨간 줄무늬 민소매 티셔츠 차림이었다. 양쪽 무릎이 긁혔고, 에이더를 빤히 보면서 몸을 숙여 무심코 딱지를 긁었다.

"안녕."

에이더가 말했다.

"안녕."

"네 엄마를 만나러 왔어."

에이더가 말했다. 이 말을 하자니 어색했다. 매티보다 겨우 네 살 위인데 계속 엄마 친구라며 어른처럼 구는 게 쑥스러웠다.

하지만 그 순간 매티 뒤쪽에서, 양말만 신은 리스턴이 보였다.

"뭐하는 거니, 매티? 에이더에게 문을 열어줘."

그녀는 말하면서 직접 문을 열었고, 매티는 어깨를 으쓱하고는 위층으로 올라갔다.

"저렇게 예의가 없을까."

에이더가 안으로 들어서자 리스턴이 중얼댔다. 그녀가 안쪽 문을 닫았다. 리스턴은 에이더가 아는 사람 중 더위를 가장 싫어했고, 몇 년 전에 100년 된 집에 중앙냉방장치를 했다. 봄 내내 에이더는 인부들이 리스턴네 지붕에서 공사하고 현관을 드나드는 모습을 보았다. 이제 대형 철제 박스가 뒷마당, 베란다 근처,

집 안에 자리를 차지했고 그늘진 실내는 차분하고 시원했다. 에이더의 목에 흐르던 땀이 식으면서 말라버렸다.

리스턴의 집에 와본 것은 손에 꼽을 정도였다. 평소 리스턴과 데이비드는 퇴근 후에도 할 일이 있으면 레스토랑이나 데이비드의 집에서 일했다. 두 집의 구조는 비슷했지만 – 1층에 거실, 가족실, 식당이 있고 위층에는 침실들이 있었다 – 리스턴은 아주 다르게 꾸며놓았다. 모든 천 장식이 최근 10년간의 유행대로 꽃무늬나 일정한 패턴이었다. 몇 군데 벽에 큰 거울 액자가 걸려 있어서, 모퉁이를 돌 때마다 에이더는 거울에 비친 모습을 봐야 했다. 다른 벽들에는 유명한 작품이나 영화 포스터 프린트가 걸려 있었다.

리스턴을 따라 주방으로 갔다. 데이비드네 주방보다 널찍했다. 그녀는 레스토랑 부스석처럼 생긴 움푹한 곳에 에이더를 앉혔다.

"뭘 좀 먹을래?"

리스턴이 물었다. 그녀는 에이더가 집에서 못 먹는 1980년대의 각종 간식을 읊어댔다. 셰프 보야디(통조림 브랜드-옮긴이)에서 나온 통조림 파스타, 플러퍼너터 샌드위치(식빵에 땅콩버터와 마시멜로 소스를 바른 것-옮긴이), 크래프트(치즈로 유명한 식품 브랜드-옮긴이)의 마카로니 치즈. 사실 리스턴이 말한 것들 중에는 처음 듣는 음식도 있었다. 가장 손이 덜 갈 것 같아서 샌드위치를 골랐다. 리스턴은 희고 부드러운 것을 떠서 원더브레드(미국의 대중적인 식빵 브랜드-옮긴이)에 바르고 다른 빵에 땅콩버터를 발라 두 쪽을 탁 붙였다. 그녀가 에이더에게 샌드위치와 우유 한 잔을 주었다.

리스턴은 에이더가 먹는 모습을 한참 지켜보았다. 그러다가 결국 입을 열었다.

"뭘 하고 싶니? 텔레비전 볼래?"

에이더는 두 차례 입을 벌렸다가 다물었다.

"텔레비전을 안 보니?"

리스턴이 물었다.

"아뇨, 봐요."

에이더가 대답했다. 솔직히 거짓말은 아니라고 속으로 중얼 댔다. 가끔 데이비드와 수사 드라마를 보고, 종종 데이비드가 대 여한 옛날 영화나 텔레비전 프로그램을 VCR로 보니까. 그것도 텔레비전을 보는 걸로 간주할 수 있을 것 같았다.

리스턴을 따라 '티브이 방'이라고 부르는 방에 들어갔다. 데이 비드는 '가족실'이라고 부를 방에 대형 텔레비전이 있었고, 에 이더는 이렇게 큰 티브이를 본 적이 없었다. 텔레비전 앞에 소파 가 직각으로 놓여 있었다. 에이더는 소파의 꺾어지는 부분에 앉 았다. 무릎에 쿠션을 올렸다.

리스턴은 리모컨으로 텔레비전을 켠 다음 에이더에게 리모컨 을 주었다.

"얼마 전에 케이블을 설치했어. 채널이 100개쯤 될 걸. 난 절 반도 모르지만."

리스턴이 말했다.

에이더는 리모컨을 살폈다. 데이비드가 원시적인 형태의 리 모컨을 만들어 사용했지만, 이것은 모양새를 갖추었고 버튼도 훨씬 많았다.

"혹시 내가 필요하면 불러. 주방에서 일하고 있을 거야."

리스턴이 말했다.

에이더는 채널을 쭉 넘겼다. 화면에 연속적으로 떠오른 이미지는 무슨 이유인지 몰라도 평생 잔영으로 각인되었다. 드레스를 입은 신부. 낚시하는 두 사내. 빈집 앞을 지나는 신사. 토론하는 의회 의원들. 붉은 머리 소년과 붉은 머리 소녀. 파란 꽃이 흐드러지게 핀 들판에 서 있는 어떤 사람. 하늘을 나는 슈퍼맨 만화. 병사들이 낮은 돌담을 기어오르는 전쟁영화. 에이더는 마지막 화면을 그대로 두고 병사들이 담을 넘는 장면을 지켜보았다. 2차 대전에 참전한 영국군 부대인 듯했다. 데이비드는 전쟁영화를 좋아했다. 에이더는 전쟁에 대해 잘 알았다.

영화를 보고 나서 다음 영화를 보기 시작했다. 앞 영화의 다음 편이었다. 그때 갑자기 옆에 서 있는 사람이 시야에 들어왔다. 에이더는 똑바로 앞만 응시했다. 리스턴의 장남이나 차남인 걸 알았고, 윌리엄일 수도 있기에 초조해서 몸이 굳었다.

"뭘 보는 거야?"

남자가 물었다. 낮은 목소리였고, 에이더가 기억하는 윌리엄의 음성이었다.

"몰라."

에이더가 속삭였다.

"이 영화가 재미있어?"

그가 물었다.

"별로."

에이더가 속삭였지만, 윌리엄은 못 들었는지 다시 물었다.

"말을 못하니?"

에이더는 목소리가 나오지 않아서 고개만 저었다. 그 나이 때 또래와 대화할 때 느낀 아주 독특한 감정이 평생 잊히지 않았다 ─ 가끔 목소리가 배 속으로 되돌아가 거기 붙들려 깊이 박혔다가, 다시 혼자가 돼야 풀려나는 것 같았다.

최대한 왼쪽으로 눈을 움직이자 파란 티셔츠를 입은 소년이 소파 등받이에 손을 올리고 있었다. 에이더는 머리를 살짝 돌려 윌리엄의 팔을 더 찬찬히 보았다. 탄탄한 구릿빛 팔과 손. 생살이 찢기도록 물어뜯은 손톱. 에이더는 그를 올려다보지 않았다.

그러자 윌리엄은 팔을 내리더니 몸을 돌려 방에서 나갔다. 에이더는 크게 숨을 쉬었다.

다시 혼자가 되었다.

시간이 얼마나 지났을까. 리스턴이 저녁식사를 준비하는지 전자레인지가 작동되는 소리와 냄새가 났다. 주방에 가서 도움이 필요한지 묻는 게 예의인 줄 알면서도, 윌리엄과 마주칠까 겁나서 그대로 소파에 앉아 있었다. 리스턴이 고함을 지를 거라고 예상했지만 ─ '저녁 먹자!'라고 소리치면 아들들이 우당탕탕 주방으로 달려가겠지 ─ 그런 일은 없었다. 대신 그녀가 티브이 방에 고개를 들이밀고 여기서 먹겠는지, 식탁에서 먹겠는지 물었다.

"아무 데서나요."

에이더가 대답하자 그녀는 눈을 찡긋하면서 둘이 문명인답게 식탁에서 식사하자고 말했다.

"너한테 텔레비전을 많이 보여준 걸 알면 데이비드가 경악하겠다."

에이더는 그녀를 따라 주방으로 갔다. 리스턴이 전자레인지에서 냉동식품 두 개를 꺼내 조리대에 올려놓았다. 포장지에 '집밥. 솔즈베리 스테이크(햄버그스테이크의 일종-옮긴이)'라고 적혀 있었다.

"아이들은 어디 있어요?"

에이더는 묻다가 괜한 짓을 했다고 후회했다.

"아, 각자 알아서 해. 대부분은. 애들이 내 음식을 좋아하지 않거든."

리스턴이 가볍게 대꾸했다.

에이더는 놀랐다. 이 집 식구들은 늘 모여서 식사할 줄 알았다. 그런 식으로 상상하는 게 좋았는데.

두 사람은 식사하면서 데이비드를 입에 올리지 않았다. 연구소의 최근 소문, 리스턴이 해결 중인 문제만 화제로 삼았다. 그런 이야기를 하는 도중에 매티가 들어와, '에이더가 안 보니까' 티브이를 봐도 되냐고 물었다. 리스턴은 15분간 봐도 되지만 그 후에는 잘 준비를 해야 된다고 대답했다.

곧 문을 두드리는 소리가 났다. 가슴이 뛰었다. 마침내 데이비드가 돌아왔다는 생각이 들었다. 하지만 리스턴은 누군가를 기다린 듯했다.

"윌리엄."

그녀가 고개도 돌리지 않고 소리쳤다.

장남이 계단을 뛰어 내려와서 모퉁이를 돌아 주방으로 들어왔다. 에이더는 처음으로 그의 얼굴을 똑바로 보았다. 기억했던 것보다 미남이었다. 에이더가 얼른 다시 고개를 돌렸다. 윌리엄이 문을 열고 잠자코 있었다. 또래 여자애가 들어와 문을 닫았다. 큰 키에 날씬했고, 금발이 이마를 가지런히 덮었다. 티셔츠가 어깨 아래로 늘어져 브라 끈이 보였다. 하이힐도 신었다. 예쁘지만 윌리엄처럼 훤한 인물은 아니라고 에이더는 생각했다.

"안녕하세요, 리스턴 부인."

소녀가 인사했다.

"왔구나, 카렌."

리스턴은 고개도 들지 않고 대꾸했다. 윌리엄과 카렌은 나란히 위층으로 올라갔다.

"내가 올라갈 테니 문을 열어놓고 있어라."

리스턴이 그들의 뒤에 대고 소리쳤다.

에이더는 식사를 마치자 어디로 가야 될지 난감했다. 그래서 소리 나지 않게 포크를 집어 개수대에서 헹군 다음 식기세척기를 열었지만 어디다 둘지 몰랐다. 집에는 식기세척기가 없었다.

"그냥 개수대에 두면 된다, 허니."

리스턴이 말했다.

에이더가 몸을 돌리자 그녀는 팔짱을 끼고 쳐다보고 있었다. 벽시계를 힐끗 보고 눈을 돌렸다. 밤 9시였다.

"데이비드가 왔는지 한 번 더 알아볼까?"

리스턴이 물었다. 에이더는 고마운 마음으로 그러자고 대답했다. 먼저 그 말을 꺼내고 싶지 않았다. 하지만 집에 전화를 하니 아무도 받지 않았다.

"이제 자러 가야겠어요."

에이더가 말했다. 고단하지 않았지만, 그러는 게 폐를 덜 끼치는 처신인 듯했다.

"그래라."

리스턴이 말했다. 그녀는 잠시 허리에 손을 걸치고 에이더를 바라보았다.

그녀가 다시 말했다.

"우린 네가 여기 와서 좋구나."

이 말에 에이더는 이유를 콕 집어 말할 순 없지만 마음이 울컥했다.

"이리 와."

리스턴이 말하면서 에이더를 끌어당겨 안았다. 에이더는 지금껏 포옹을 받아본 적이 별로 없어서 몸이 뻣뻣해졌다.

"괜찮을 거야. 넌 아무 일 없을 거야."

리스턴이 말했다. 하지만 데이비드가 돌아올 거라는 말은 하지 않았다.

리스턴이 내준 방은 빨강, 파랑, 초록색으로 꾸며져 있었다. 구석에 누군가가 열심히 만든 작은 레고랜드가 있고, 일인용 침대는 레이싱 카 모양이었다.

"여기는 매티 방이지만, 오늘 밤에는 그레고리랑 자라고 보내버렸지."

리스턴이 말했다.

에이더는 자기 때문에 매티가 다른 방으로 쫓겨난 게 마음에 걸렸다. 하지만 리스턴은 막내가 무척 좋아할 거라고 안심시켰다.

"녀석은 신이 날 걸. 형들한테 착 달라붙거든."

리스턴은 그렇게 말하고 나서 물었다.

"뭘 좀 가져다줄까? 물 한 잔 어때? 욕실은 복도 끝 쪽이야."

에이더가 필요한 게 없다고 대답했다. 리스턴이 에이더의 머리에 손을 얹고 쳐다보면서, 다 괜찮을 거라고 다시 말했다. 그러고 나서 에이더를 매티의 방에 혼자 두고 나갔다.

리스턴의 집은 데이비드의 집과 아주 비슷한 구조여서, 에이더는 묻지 않아도 뭐가 어디에 있는지 알았다. 잠옷으로 갈아입었다. 어두운 2층 복도 끝에 있는 욕실로 가는데, 문이 열린 방이 나왔다. 앞을 지나다가 안을 보니, 윌리엄과 카렌이 침대에서 키스하고 있었다. 한순간 에이더는 얼어붙어서 - 매티의 방으로 돌아갈지, 계속 욕실로 가야 될지 결정하려고 - 빤히 쳐다보았다. 진짜로 키스하는 것은 처음 보았다. 두 사람의 머리통이 놀라울 정도로 격렬하게 움직였다. 데이비드와 본 옛날 영화에서는 주인공들이 포옹한 우아한 각도를 그대로 유지하면서 키스했다.

불쑥 윌리엄이 고개를 들어 에이더를 보았다.

"아니, 뭐야?"

그가 소리쳤다. 그러고는 벌떡 일어나 문을 쾅 닫았다.

"어떡해, 윌."

카렌의 말소리가 들렸다.

에이더는 당황스러워서 얼굴이 달아올랐다. 체크무늬 잠옷을 내려다보았다. 팔목과 치맛단에 러플이 달려 있고, 훨씬 어린 여자애나 할머니한테나 어울릴 모양이었다. 에이더는 잠시 서서 방금 한 일을 생각해보았다. 그러다가 윌리엄이 문을 다시 벌컥 열까봐 욕실로 걸음을 옮겼다. 깜빡 잊고 치약을 가져오지 않아서 욕실에 있는 치약을 써서 손가락으로 이를 닦았다. 안경을 벗고 얼굴에 찬물을 끼얹은 다음, 수건으로 물기를 닦았다. 이 집 수건은 향수 비슷한 냄새가 나고 지나치게 뻣뻣했다.

급한 걸음으로 방에 돌아갔다. 윌리엄의 방문이 다시 열릴까봐 정면을 보면서 걸었고, 방에 들어간 다음에는 문을 꼭 닫았다.

한동안 숨을 쉬면서 그 자리에 서 있었다. 아직 피곤하지 않았고, 이 집 사람들 모두 깨어 있었다. 에이더는 매티의 방에서 밤 늦게까지 자지 않고, 가져온 책 일곱 권 중 한 권을 읽었다. 그러다 구석의 양동이에 담긴 레고 블록 수백 개의 유혹에 빠져서 – 어릴 때 에이더가 좋아하는 놀이였고, 데이비드도 즐겼다 – 작은 성을 쌓고 도개교와 공주를 만들었다.

마침내 침대에 누웠지만 잠을 이루기 힘들었다. 집이 그리웠고 데이비드가 그리웠다.

마음을 다독이려고 복도에 있는 방들의 안쪽을 떠올렸다. 그레고리의 방에서 천천히 심호흡을 하면서 잠 속으로 빠져드는 그레고리와 매티, 윌리엄의 침대에서 격렬하게 키스하는 윌리엄과 카렌. 린넨 장(침구, 식탁보 등을 보관하는 장롱–옮긴이)에 든 이불보와 수건, 지하실에서 집을 짓는 거미들. 집 안의 모든 작은 생물 – 먼지 진드기, 모기, 욕실 세면대에서 똑똑 떨어지는 물. 아래층에서 오랜 친구 리스턴이 노란 메모지에 휘갈겨 쓰면서 스타이너 연구소의 업무를 했다. 그들에게 연구소는 제2의 집이었다.

또 데이비드, 그가 어디 있을지 곰곰이 생각했다.

머릿속으로 저녁식사 후의 일상을 단계별로 그렸다. 식사가 끝나면 에이더는 설거지를 시작했다. 마친 다음 데이비드의 서재에 가서 밖에 서 있곤 했다. 늘 문이 열려 있었지만, 그가 일할 때는 범접하기 힘든 띠가 쳐진 것 같았다. 어려서부터 아버지를 방해하면 안 된다는 걸 잘 알았다. 그래서 서재 문간에 머리를 기대고, 운동화의 발날에 무게를 싣고 서서 기다리고 기다렸다. 그러다 마침내 그가 꿈에서 깬 것처럼 고개를 돌리고 빙긋 웃었다.

"내 설명을 들어봐라."

데이비드는 그렇게 말하곤 했다.

그러면 두 사람은 식당 식탁에 나란히 앉아 공부를 시작했다. 에이더가 아버지에게 배운 수천 가지 지식은 다 그렇게 배웠다.

에이더가 명석한 질문을 하면, 데이비드는 흐뭇해서 식탁을 탁 쳤다.

그가 말했다.

"그렇지, 그걸 물어야지."

질문에서 에이더가 이해 못 한 부분이, 개념을 불완전하게 아는 부분이 드러날 때도 있었다. 그는 완벽하게 숙지시키는 데 필요한 에너지를 모으는 듯 양손으로 머리를 감쌌다. 하지만 그는 낙담하지 않았다. 불필요하다 싶은(일반적으로 사실은 필요했다) 기초부터 시작해서 점점 앞으로 나아갔다. 학회와 호텔에서 가져온 메모지에 우아한 손으로 도표를 그렸다. 그는 손에 펜을 쥐어야 얘기를 할 수 있다는 말을 자주 했다. 통화를 하면서도 펜을 흔들고, 펜으로 가리키고 무심코 낙서를 했다. 에이더에게 말하면서 꽃과 새 같은 것들을 그렸고, 어떤 때는 공부 시간에도 그랬다. 에이더도 죽는 날까지 그랬다. 데이비드와 같은 습관이 많았다. 두 사람은 비슷했고 누구나 그렇게 말했다. 에이더에게는 그가 아는 것 – 세상 사람 누구보다도 많이 – 이 뜻밖의 행운 같았다. 때로 데이비드는 '넌 인간보다는 기계 같아, 에이더'라고 말했다. 그것은 모욕이 아니라 사실이었다. 에이더는 이해받아서 마음이 진정되었다. 이따금 그가 사랑하는 것도 그 때문이라고 느꼈다.

이런 이미지를 떠올리면서 자려고 애썼다. 데이비드와 책상 앞에 앉은 광경을 그렸다. 벤다이어그램(집합의 개념을 나타내는 그림-옮긴이)처럼 머리를 맞댄 두 사람 – 에이더의 머리는 어릴 적 소소한 일로, 데이비드의 머리는 우주의 신비가 꽉 차 있고, 둘 사이의 겹치는 부분이 점점 커졌다. 이런 순간이면 딸에게 아버지는 제우스였고, 자신은 그의 머리에서 온전한 모습으로 튀어나온 아테나였다. 품위와 지혜를 겸비한 여신. 상상 속에서 그들은 연구소나 집에 있었고, 둘뿐이었다. 언제나 둘이었다. 거기서 두 사람은 뭐든 에이더 앞에 놓인 문제를 풀고 있었다.

아침에 에이더는 데이비드 꿈을 꾸다가 문이 천천히 열리는 소리에 깼다. 캔버스 가방을 든 매티가 문간에 서서 쳐다보았다. 에이더는 일어나 앉아서 얼굴에 손을 올렸다.

"여기서 가져갈 게 있어서."

매티가 말하더니, 방에 들어와 사람 모형 레고와 부속품들, 책 두 권, 전선이 달린 소형 라디오를 챙겼다. 매티는 에이더를 곁눈질하면서 물건을 천 가방에 담았다.

매티는 나가기 전에 가만가만 에이더에게 다가왔다. 아이가 물었다.

"누나네 아빠는 어디 있어?"

에이더는 천천히 어깨를 올렸다가 내렸다. 얼굴은 움직이지 않았다.

그러자 매티가 몸을 획 돌려 방에서 나가 문을 닫았다. 에이더는 아이가 한 층 내려갔다가 다시 한 층 내려가는 소리를 들었다. 지하실로 내려가는 모양이었다.

에이더는 일어나서 살금살금 문으로 가 복도를 내다보았다. 일요일이어서 다들 아직 자는 것 같았다. 최대한 소리 나지 않게 계단을 내려가 주방으로 갔다. 리스턴이 일할 때 쓰던 것들이 식탁에 펼쳐져 있고, 벽에 노란 전화기가 걸려 있었다. 수화기를 들고 집에 전화를 걸었다. 숨을 멈추고 전화벨 신호음을 들었다. 네 번, 다섯 번, 열 번. 집에서 아무도 전화를 받지 않았다.

전화를 끊고 어떻게 할지 궁리했다. 오랫동안 아는 사이지만 거의 처음 리스턴의 집에 와 있는 게 여전히 어색했다. 리스턴의 습관이나 일상에 대해 아는 게 없었다 – 예를 들어 주말에 일찍 일어나는지, 늦잠 자는 걸 좋아하는지 알 수가 없었다. 또 출근하지 않을 때, 데이비드와 함께 있지 않을 때는 무슨 일을 할까. 에이더는 아버지와 집에 있다면 주말을 어떻게 지낼지 알았다. 데이비드는 온종일 서재에 틀어박혀서 식사할 때만 나왔겠지. 에이더는 책을 읽거나 그가 내준 과제를 했을 테고. 어떤 주말에는 색다르고 흥미로운 일을 하기도 했다. 예를 들어 겨울에는 인근 산으로 스키 여행을 갔고, 여름에는 업스테이트 뉴욕(뉴욕 주 북부 지역-옮긴이)에 있는 통나무집에 가곤 했다. 데이비드가 1950년대부터 임대하는 집이었다. 또는 인근 읍이나 도시로 나들이를 갔다. 어떤 때는 워싱턴디시에 갔다. 데이비드의 화가 친구 조지가 거기에 살았고, 계속 연락하는 몇 안 되는 옛 친구였다. 또 데이비드는 연중 몇 차례 출장을 갔다. 클리블랜드처럼 평범한 곳과 홍콩같이 먼 곳에서 열리는 학회에 참석했다. 이런 출장을 휴가로 여겼다. 어디 가나 늘 며칠 더 머물면서, 곧장 떠났으면 놓쳤을 것들을 보았다. 때로 종일 모임에 참석해야 해서 에이더가 할 일이 없는 스케줄이라면, 그는 연구소 비서인 마사에게 수고비를 지불하고 집에 에이더와 있게 했다. 그럴 때면 일정이 끝나기가 무섭게 집으로 달려왔다. 물론 연례 뉴욕 여행도 있었다. 매년 겨울 갈보리 감독교회의 크리스마스 음악회를 관람했다. 이 여행에서 두 사람은 링컨 센터에서 오페라나 발레 공연에 가고, 메트로폴리탄 뮤지엄을 돌아보고 센트럴 파크를 산책했다. 데이비드는 늘 같은 숙소를 예약했다. 브루클린 하이츠에 있는 민박집 3층의 나란히 붙은 침실 두 개를 빌렸다. (늘 '맨해튼은 숙박비가 너무 비싸서'라고 말했지만, 시내에서 전에 알던 사람과 마주칠 가능성을 최소화하기 위해서라고 에이더는 짐작했다.) 민박집 주인은 낸 록웰이라는 세련되고 가냘픈 칠십대 부인이었다. 그녀는 아침식사로 스콘을 내놓았고, 밤늦게까지 데이비드와 클래식 음악에 대해 대화했다. 그녀는 명반을 카드처럼 찾아서 턴테이블에 바꿔 올리곤 했다. 에이더와 데이비드는 언제나 유니언 스퀘어 근처의 작은 카페테리아에서 저녁식사를 했다. 특별할 것 없는 식당이었고, 그는 유년기를 연상시키는 장소라면서도 이유는 설명해주지 않았다.

에이더가 짐작하기에 리스턴은 이런 일들을 하는 데 관심이 없었다. 그녀는 에이더와 데이비드의 출장에 대부분 동행했다. 하지만 호텔 방은 질색이고 집이 좋다면서 혼자 지냈다. 예의 바르지만 모험심이 많은 성격은 아니었다. 그녀는 영어 메뉴를 받아 훑어본 뒤 담백하고 순한 음식을 찾았다. 어제까지 에이더는 늘 그녀가 주말에 집안일을 하고 팝콘을 튀겨 아들들과 영화를 보리라 짐작했다. 맏딸 조우니가 아기를 데리고 들르면 함께 식사 준비를 하겠지. 어쩌다 이런 상상을 하게 되었는지는 에이더도 잘 몰랐다. 과학적인 성향을 가진 리스턴이 어떤 면으로든 가정적이라고 믿을 하등의 이유가 없는데도 그렇게 믿었다. 리스턴이 요리하는 걸 즐기지 않고 집안일을 제대로 못한다는 건 알았다. (리스턴은 아들들을 좋은 남편감으로 키우는 중이라고 자주 허풍을 떨었다. 아이들이 주말에 할 집안일을 화이트보드에 적어 냉장고에 붙여둔다면서.) 그런데도 에이더는 그녀를 아버지와 자신과는 다른 '전통적인' 유형으로 보았다. 어떤 면에서 – 자신에게 정직하다면 – 리스턴이 부러웠다. 그녀는 다이어트 코카콜라를 마셨다. 흰 빵에 햄과 치즈를 넣은 샌드위치를 연구소에 가져왔다. 에이더는 그걸 보기만 해도 침이 꼴깍 넘어갔다. 거리 아래쪽 리스턴의 집은 정상적이고 전통을 지키는 요새라는 생각을 늘 마음에 품었다. 왠지 그녀의 집이 에이더와 데이비드의 집을 꽉 잡아주는 것 같았다. 리스턴의 우정은 에이더에게 '네 상황은 전혀 이상하지 않다'고 분명히 보증해주는 것과 마찬가지 이치였다.

에이더가 위층에서 인기척을 느낀 것은 막 9시가 지나서였다. 그 소리를 듣고 아들들 중 한 명일까 염려되어, 숨으려고 살금살금 아래층 욕실로 갔다. 방어막이 되어줄 리스턴이 옆에 없는 상황에서 그들과 마주치고 싶지 않았다.

에이더가 방금 그랬듯이, 계단을 내려와 주방으로 들어가는 발소리가 났다. 발소리 주인이 수화기를 들었다. 통화 소리가 생생하게 들렸다.

"다이예요."

리스턴이 주방에서 말했다.

누구와 통화하는지 묘연했지만, 리스턴은 에이더의 전화를 받은 데서 시작해 전날 낮과 밤에 있었던 일을 다 말하기 시작했다. 에이더는 얼어붙었다. 헛기침을 하거나 수도를 틀어 화장실에 있다는 것을 리스턴에게 알려야 될 것 같았다. 그런데 창피하고 두려워서 꼼짝할 수가 없었다. 에이더는 배를 부여잡고 가만히 서 있었다.

"아이는 아직 우리 집에 있어요. 위층에서 자고 있어요."

리스턴이 그렇게 말하고는 잠시 가만히 있었다.

다시 리스턴이 말했다.

"그가 오늘 돌아오지 않으면 어쩌죠? 언제 경찰에 신고할까요?"

그러더니 그녀가 다시 말했다.

"그가 곤란에 처할지도 몰라요. 에이더에게 영향을 줄 텐데. 그쪽에서 그가 부적격자라고 말하면 어쩌죠?"

그러다가 리스턴이 말했다.

"그건 죄예요. 정직한 죄."

리스턴은 전화를 끊고 부엌 안을 돌아다니면서 캐비닛들을 열었다. 에이더는 숨을 멈추었다. 아직은 모습을 드러내면 안 될 것 같았다 ─ 통화 내용을 들었다는 것을 리스턴이 알 테니. 리스턴이 다시 위층으로 올라가거나 다른 방으로 갈 때까지 기다리기로 했다. 그러면 얼른 화장실에서 나와 다른 곳에 있었던 체할 수 있을 터였다.

에이더는 변기 뚜껑을 닫고 앉았다. 리스턴은 '부적격자'라고 말했다. 데이비드에 대해 그런 표현을 썼다. 에이더가 아는 아버지와는 영 다른 표현이었다. 양손으로 얼굴을 가렸다. 그 순간 리스턴이 화장실 문을 열다가 놀라서 소리쳤다.

그녀가 가슴을 부여잡고 몸을 굽혔다.

"에이더! 아이고, 세상에."

리스턴이 말했다.

"정말 죄송해요."

에이더가 말했다. 뭐라고 말해야 될지 몰랐다.

"괜찮니?"

리스턴이 묻자 에이더가 고개를 끄덕였다.

리스턴은 손을 턱에 대고 생각에 잠긴 듯했다. 그녀는 족히 10년은 되었을 파란 목욕 가운을 입고 있었다.

"내가 통화하는 소리를 들었니?"

그녀가 물었고, 에이더는 거짓말을 하고 싶었지만 그럴 수가 없었다. 리스턴이 뻔히 알 테니까. 에이더가 다시 고개를 끄덕였다.

리스턴은 숨을 깊이 들이쉬었다가 천천히 내쉬었다.

"미안하구나, 에이더."

그녀는 더 말할지 결정하려는 것처럼 입을 벌렸다가 다물었다. 그러더니 주방으로 따라오라고 고갯짓을 했고, 에이더는 시키는 대로 했다.

"잠자리는 어땠어?"

리스턴이 묻자 에이더는 침대가 아주 편안했고 푹 잤다고 대답했다. 사실이 아니었지만.

"배고프니?"

리스턴이 물었고 에이더가 고개를 끄덕였다. 조리대에 시리얼 상자가 늘어서 있고 끝에 1갤런들이 우유가 놓여 있었다.

리스턴이 손짓하면서 말했다.

"그릇은 저기, 수저는 저기 있어."

데이비드에게 시리얼은 황설탕을 넣어 따뜻하게 먹는 것을 뜻했다. 에이더는 찬 시리얼을 먹어본 적이 없었고, 어떤 종류를 선택할지 고심했다. 데이비드가 집에 사 올 가능성이 없는 종류가 뭘까. 마침내 '스맥스'(켈로그 사의 보리 시리얼-옮긴이)를 골랐다. 상자에 그려진 행복한 개구리 그림 때문이었다. 개구리가 하늘을 향해 한 팔을 뻗어 자랑스럽게 시리얼을 소개하는 그림이었다.

에이더는 먹으면서 리스턴이 말하기를 기다렸다. 리스턴은 전날 작업한 자료들이 어질러진 식탁에 앉아, 펜으로 문제를 풀고 있었다. 그 문제를 푸는 게 당면한 더 큰 문제를 해결하는 데 도움이라도 될까. 종이에 손으로 쓴 코드가 나열되어 있었다. 그 순간 에이더는 아버지와 집이 사무치게 그리웠다. 리스턴은 가끔 쳐다보면서 미소 지었지만 잠자코 있었다. 에이더가 뭔가, 혼자만 아는 사실을 털어놓기를 기다리는 듯했다. 하지만 에이더는 아는 게 없었다.

"오늘 성당에 가실 거예요?"

에이더가 물었다. 리스턴이 다리 너머 성당의 독실한 신자라는 걸 알고 있었다. 일요일에 아들들과 성당에 갔다 돌아오는 것을 자주 보았다. 늘 아들들은 몸에 맞지 않는 면바지와 셔츠를 입고 넥타이를 느슨하게 맸다. 낡은 구두의 끈이 엉성하게 매어져 있었다. 이날 에이더는 리스턴이 성당에 갈 차림이 아니라고 생각했다. 자신 때문에 가족의 일정이 달라지는 게 내키지 않았다.

"오늘은 건너뛸 거야. 애들이 좋아 죽을 걸."

리스턴이 빙긋 웃으면서 말했다.

그녀는 펜을 내려놓고 창밖을 내다보았다. 리스턴이 눈을 돌리지 않고 말을 이었다.

"뭔가 알아차린 게 있니, 에이더?"

"무슨 뜻이에요?"

에이더가 물었다. 이런 대화가 싫었다. 데이비드를 배신하라고 요구받는 기분이었다.

리스턴이 대답했다.

"네 아빠 말이야, 요즘 행동이 달라졌니? 데이비드가 이상한 말을 한 적이 있어?"

"스트레스가 많아서 그런 거겠죠."

에이더가 말하자 리스턴은 애매하게 고개를 끄덕였다.

두 사람은 침묵하다가 동시에 말문을 열었다.

에이더가 말했다.

"데이비드는 괜찮아질 거예요."

그 순간 리스턴이 말했다.

"에이더. 경찰에 신고해야 될 것 같다."

에이더는 데이비드가 공권력을 불신한다는 사실을 떠올렸다. 그는 국가의 간섭을 질색했고, 프라이버시를 열렬히 옹호했다. 그러다가 그가 경찰을 겁내는 것보다 에이더 자신이 아버지를 잃을 두려움이 더 크다고 결론 내렸다.

"알았어요."

에이더가 대답했다. 곧 배신했다는, 저버렸다는 느낌이 밑도 끝도 없이 밀려들었다. 소녀는 고개를 푹 숙였다.

그날 오후 경찰관 두 명이 도착했고, 에이더는 그들이 마음에 들지 않았다. 도리가 없었다. 데이비드의 공권력 불신이 딸에게 고스란히 영향을 미쳤다. 한 사람은 장신으로 호리호리했고, 다른 사람은 단신의 마른 체구였다. 둘 다 콧수염이 있었다.

"그러면 그를 마지막으로 본 사람이 너구나?"

장신의 가농 순경이 물었다.

"그러면 그가 평소와 다른 행동을 했니?"

또 이런 질문도 했다.

"그러면 그가 어디 있을지 아는 게 있니?"

가농은 심드렁해 보였다. 순경 둘 다 리스턴이 권하는 커피를 받아 호로록 소리를 내면서 마셨다.

마침내 키가 작은 순경이 물었다.

"네가 딸이니?"

에이더가 그렇다고 대답했다. 그러자 그는 펜으로 리스턴과 에이더를 가리키면서 다시 물었다.

"그러면 두 사람은 어떻게 아는 사이인지?"

리스턴이 설명하자 경관들은 서로 쳐다보았다.

"아동보호국에서 사람이 파견될 겁니다. 아이의 친척이 없으니까요."

가농이 말했다.

이제야 처음으로 에이더의 머리에서 무서운 방향으로 상상이 펼쳐졌다. 에이더는 감수성이 예민한 아이였고, 어떤 파멸이 기다리고 있을지 생각했다. 디킨스(찰스 디킨스. 고아를 주인공으로 영국의 궁핍한 사회상을 그린 『올리버 트위스트』를 쓴 영국 작가-옮긴이)의 소설을 제법 많이 읽었다. 빈민구제소가 아직도 있으려나?

경관들이 가기 전에 매티가 부엌에 들어와서 - 소리 없이 불쑥 나타난 걸로 봐서 근처에 숨어서 대화를 엿들었다고 에이더는 짐작했다 - 수줍게 그들을 쳐다보았다.

"안녕, 친구."

가농이 나가면서 인사했다.

"안녕하세요."

매티가 나직하게 대꾸했지만 이미 문이 닫힌 후였다.

한동안 할 말이 없었다. 에이더는 여전히 주방 식탁에 앉아 신문을 읽는 척했다. 마침내 리스턴이 저녁식사 때가 됐겠다면서 일어나 찬장으로 갔다. 그녀는 찬장을 하나씩 열면서, 먹을 만한 게 있기를 바라는 눈빛으로 살폈다. 마침내 파란 스파게티 통과 토마토소스 캔을 꺼내서, 둘 다 뚜껑을 열어놓고 냄비에 물을 끓이기 시작했다.

"괜찮아?"

얼마 후 리스턴이 묻자 에이더는 고개를 끄덕였다. 하지만 실은 당연히 괜찮지 않았다 - 데이비드가 돌아올 때까지는 그럴 터였다. '만약 데이비드가 돌아온다면'이라고 속으로 중얼대면서 턱이 떨리지 않게 양손으로 감쌌다.

에이더가 불쑥 식탁에서 일어났다. 리스턴 앞에서 한 번도 운적이 없는데, 이제 와서 그러고 싶지 않았다.

"집에 가서 옷을 몇 벌 더 가져와야겠어요."

에이더가 말하고 냉큼 문을 빠져나갔다. 리스턴이 미처 따라가거나 그러라고 대꾸할 틈도 없었다.

에이더는 마음을 가라앉히려고 심호흡을 크게 했다. 바깥은 아름다웠다. 8월 들어 처음으로 약간 서늘했다. 멀리서 잔디를 깎는 기계 소리가 나기 시작했다. 어느 집에서 바비큐를 하고 있었다. 숯과 고기 타는 냄새가, 물질의 미립자가 상쾌한 바람을 타고 날아왔다. 평상시 이런 냄새에서 행복과 느긋함이 느껴졌다. 아버지에게 신경전달물질에 대해 배운 이후, 뇌를 워터파크라고 상상했다. 미로 같은 워터슬라이드를 타고 다양한 화학물질이 쏟아져 내리는 것 같았다. 숯과 연기와 막 깎은 잔디를 상상하면, 머릿속에서 슬라이드로 세로토닌이 물처럼 쏟아졌다. 하지만 이날 밤 이런 냄새들은 데이비드의 부재만 상기시킬 뿐이었다. 아버지는 늘 더운 여름밤을 가장 좋아한다고 말했다.

부엌문을 통해 집에 들어가 수도에서 물 한 잔을 받았다. 물잔을 들고 계단 꼭대기에 있는 방으로 가서 창밖을 내다보았다. 그러다가 작은 책상에 놓인 낡은 컴퓨터에 마음이 끌렸다. 컴퓨터 전원을 켰다. 엘릭서 프로그램을 작동시켰다. 자판을 두드리기 시작했다. 익숙한 엘릭서의 반응이 위로를 주었다. 연구원들의 노력 덕분에 어구가 조금 바뀐 게 눈에 띄었다. '데이비드는 어디 있지?'라고 입력하니, 엘릭서는 '그거 대단히 좋은 질문입니다'라고 반응했다. 솔직히 그 답문은 데이비드의 평소 말투를 연상시켰다.

엘릭서에게 할 말이 아주 많았다. 마지막으로 대화한 지 고작 이틀 됐는데도 훨씬 오래 지난 느낌이었다. 20분 후 벽시계를 보았고, 리스턴이 걱정할까봐 프로그램을 닫고 컴퓨터를 껐다. 가벼운 한숨 같은 소리가 나면서 컴퓨터가 꺼졌다.

바로 그때 아래층에서 인기척이 났다는 생각이 들었다. 에이더는 숨을 멈추고 잠시 더 귀를 기울였다.

집 안쪽 어디서 서랍 열리는 소리가 들렸다. 지하실인 것 같았다. 발소리. 누군가가 바닥에 뭔가를 떨어뜨렸다. 누군가가 지하실 계단을 올라오기 시작했다.

에이더는 아직 어려서 쉽게 겁먹었고, 앉은 채로 얼어붙었다. 물 잔을 꽉 쥔 채로 움직이기가 두려웠다. 창을 보면서, 필요하면 창밖으로 뛰어내릴 수 있을지 가늠했다. 결국 최대한 빨리 집 안에 있는 사람이 누군지 확인하는 게 급선무라고 결정했다. 그래야 - 필요하면 - 도망칠 수 있을 테니까.

"데이비드?"

용기를 내서 크게 소리쳤다.

"안녕. 거기 에이더니?"

데이비드가 따뜻하고 익숙한 말투로 외쳤다.

에이더는 기운이 쭉 빠졌다. 온몸의 근육이 조였다가 풀렸다. 배 속에 얼마나 무거운 공포를, 그 긴장감을 안고 있었는지 이제야 알았다. 태어나서 처음으로 숨을 내쉬는 기분이었다. 달아오른 찌푸린 얼굴로 계단을 내려가 부엌에서 아버지와 마주쳤다. 그는 벽에 손을 짚고 동작을 멈추었다. 다른 손에 메모장을 들고, 스키 고글 모양의 장비를 머리 위로 올리고 있었다.

"맙소사. 무슨 일이냐, 에이더?"

데이비드가 물었다. 그는 당황해서 씩 웃었다. 훗날 둘이 회상하면서 한바탕 웃을 큰 실수가 밝혀진 듯한 웃음이었다.

"어디 있었어요? 어디 갔다 온 거예요?"

에이더가 애처롭게 물었다.

그 말이 아주 특별한 감정을 전달한 모양이었다 – 아버지가 신뢰를 저버린 데 대한 분노의 감정이었다. 어려서부터 곁에 아버지가 있는데도 사람들 앞에서 난처할 때마다 그런 감정을 느꼈다. 예를 들면 스키를 탈 때 넘어졌는데 스키가 엉켜서 얼른 일어날 수 없으면, 데이비드에게 '도와줘요'라고 조그맣게 속삭이곤 했다. 왠지 자신이 넘어진 게 늘 아버지의 잘못 같았다. 사람들의 눈길을 받으면 민망한 기분이 몰려들고, 그것은 아버지에 대한 분노로 변했다. 데이비드는 워낙 준비가 잘되고 능력이 뛰어나서 무슨 일이든 감당할 수 있는 것 같았다. 그러니 미리 알아서 딸의 실수나 창피스러운 일을 막을 책임이 있다고 느껴졌다. 데이비드 본인뿐 아니라 딸을 위해서. 부엌에 서서 태연한 아버지를 노려보자니 딱 그런 감정이 느껴졌다. 다만 더 강한 감정인 것만 달랐다. 리스턴에게 뭐라고 말할까. 또 리스턴은 아들들에게 뭐라고 할까. 이제는 리스턴과 사람들이 그를 평가할 때 감싸줄 수 없음을 – 자신에게 정직하자면 1년 넘게 그랬지만 – 처음으로 깨달았다.

그는 딸의 질문에 아직 답하지 않았다. 어리둥절해서 멍한 눈으로 딸을 보고 있었다.

"데이비드."

에이더가 다시 채근했다.

마침내 그가 입을 열었다. 신중하게 또박또박 말했다.

"너한테 말했잖아. 일 때문에 다른 지역에 간다고 말했는데."

어른이 되어 아버지의 얼굴을 기억하려 할 때면, 자주 안타까운 모습이 떠올랐다. 머리에 고글을 얹고, 소매를 말아 올린 정신 나간 모습. 담담하고 침착한, 주의 깊은 평소 모습과 달랐다. 이 데이비드는 질문을 받을수록 점점 외고집이 되었다. 그는 뉴욕에서 뉴욕대 컴퓨터공학과 학과장을 만났다고 했다. 딸이 리스턴의 집에 같이 가자고 졸랐지만 그는 가지 않으려 했다.

에이더가 잠시 그를 눈여겨보았다.

데이비드가 말했다.

"정말로 왜 이러는 게냐. 단순한 착오일 뿐이야. 게다가 난 실험 중이고."

그는 설명하는 수단이라도 되는 듯 메모장을 내밀었다. 그런 다음 머리에 올린 장비를 가리켰다.

"그러면 꼼짝 말고 기다려요."

에이더가 말하고 리스턴을 데리러 뛰어갔다.

집에 가보니 리스턴은 개수대에서 파스타를 건지고 있었다. 끓는 물에서 김이 올라 그녀의 머리를 적셨다.

"데이비드가 돌아왔어요. 일 때문에 다른 지역에 다녀왔대요. 저한테 말하고 갔다네요. 아마 제가 깜빡했나 봐요."

그 말을 하려니 마음이 힘들었다.

리스턴은 이해되지 않는 눈길로 잠시 에이더를 쳐다보다가, 뒤쫓아서 집을 나와 데이비드의 집으로 갔다. 두 사람이 도착한 즈음, 그는 다시 지하실로 가서 머리에 올렸던 장비를 쓰고 몸을 굽힌 채 작은 나사를 돌리고 있었다.

"쉬잇."

리스턴이 말문을 열려 하자 그가 말했다

"정말이지, 데이비드. 그만하면 됐어요."

리스턴이 말했다.

그는 허리를 펴더니 속상한 표정을 지었다.

리스턴이 말했다.

"거의 48시간이나 나가 있었어요. 어디 있었어요?"

"일 때문에 뉴욕에 다녀왔지. 맙소사, 그리 오래도 아닌데 법석을 떨고 난리야."

데이비드가 느릿느릿 말했다. 하지만 그의 표정이 달라졌다.

"무슨 일이요?"

리스턴이 물었다.

데이비드는 작업대를 물끄러미 내려다보았다. 고글 같은 장비를 작업대에 올려놓고 빙빙 돌렸다.

리스턴은 가슴에 팔짱을 꼈다.

그녀가 말했다.

"에이더에게 말할 때가 됐어요. 데이비드? 내 말 듣고 있어요?"

그들은 에이더를 거실로 데려가 소식을 알려주었다. 나중에 에이더는 심술궂게 생각했다. 엄마 아빠가 다 있으면 그 비슷한 분위기일까. 에이더는 아버지가 할머니에게 물려받았다는 작은 의자에 앉았다. 두 사람은 가끔 데이비드가 레몬향이 나는 오일로 닦는 가죽 소파에 앉았다.

데이비드는 도움을 구하느라 리스턴을 쳐다보았지만 그녀는 고개를 저었다.

그가 헛기침을 했다.

데이비드가 설명하기 시작했다.

"2년 전에 리스턴이 고집을 부려서 난 오랜만에 처음으로 의사를 찾아갔지. 의사는 다시 와서 검사를 더 받으라고 했어. 시키는 대로 했고 알츠하이머 초기일 거라는 진단을 받았다. 난 진단에 동의하지 않았지. 지금도 마찬가지고."

그가 말을 쉬었다.

잠시 후 데이비드가 물었다.

"알츠하이머 질환에 대해 얼마나 아니?"

에이더는 생각해보다가 그게 뭔지 안다고 대답했다. 어떤 책에서, 아니 여러 책에서 본 적이 있었다. 말로는 그렇게 대답했다. 머릿속으로 기억에 회색 안개가 천천히 내려앉는 광경을 그렸다. 그들이 말할 때 안개가 문과 창으로 스며들어 방에 내려앉는 광경. 몸에 한기가 들었다.

"그 후로 병원에 다녔어요?"

에이더가 물었다.

리스턴이 데이비드를 노려보았다.

"아니."

그가 주저하면서 대답했다.

데이비드가 리스턴에게 말했다.

"뭐하러? 병원이 내게 해줄 수 있는 조치가 전혀 없는데. 만에 하나 병원 진단이 옳다고 해도 말이지."

에이더는 아버지와 리스턴의 신경전을 감지할 수 있었다. 어리지만 무엇이 이런 긴장을 유발하는지 알았다. 리스턴은 정직하게 알려서 에이더를 보호하려 했고, 데이비드는 낙관과 소망, 눈앞의 운명을 외면하는 것으로 딸을 – 그리고 자신을 – 보호하려 했다.

에이더가 말했다.

"데이비드가 다른 지역에 다녀온다고 말했던 것 같아요. 제가 듣고도 기억 못하는 거고요."

거짓말이었다. 물론 거짓말이었다. 리스턴이 에이더를 측은하게 바라보았다.

"알겠지?"

데이비드가 말했지만 리스턴은 대꾸하지 않았다.

다들 침묵을 지키는 가운데 마침내 에이더가 일어났다. 리스턴 쪽으로 몸을 돌리고 말했다.

"여기 못 있겠어요."

에이더는 양해를 구하고 계단을 올라 침실로 갔다. 아기자기한 데가 없이 단조로운 남학생 방 같았다. 전 주인이 갈색 줄무늬 벽지로 도배한 그대로다. 에이더는 프래니 글래스(미국 소설가 샐린저의『프래니와 주이』의 등장인물-옮긴이)처럼『순례자의 길』(러시아 무명 신자의 순례기-옮긴이)을 읽고 있었고, 신앙심은 없지만 주기도문을 다섯 번 중얼댔다. 다 괜찮을 거라고 혼잣말을 했다. 다른 일은 상상도 할 수 없었다. 데이비드와 함께하는 삶 외에 어떤 삶도 존재하지 않았다.

일주일 후 보스턴 아동보호국의 방문을 받았다. 리스턴이 가농 순경에게 전화해서 데이비드를 찾았다고 밝혔지만, 경찰은 그의 실종에 큰 의구심을 품고 조사에 들어갔다.

데이비드는 경악했다. 가정 방문한 레지나 오브라이언이라는 은발의 노부인에게 조사받는 내내 그는 뚱했다. 그녀의 질문에 단답형으로 대답하고 때때로 노골적으로 눈을 굴렸다. 경찰이 찾아온 것은 그가 집을 비웠기 때문이고, 그 일을 설명하려면 아동보호국에 그의 지병을 밝혀야 했다. 다른 곳에 다녀온다고 말하는 것을 잊었다는 변명은 양육 능력을 입증하기보다 당국의 의심만 산 듯했다.

다음으로 부녀지간에 이런 상황에 대한 대비가 없었던 게 문제로 떠올랐다. 레지나 오브라이언은 에이더를 응시하면서 학교생활이 어떠냐고 물었다.

에이더는 가만히 있었다. 에이더가 아버지를 바라보자 그는 조사관을 노려보면서 딸이 학교에서 아주 잘하고 있다고 대답했다.

어쩌면 거짓말은 아니었다. 데이비드가 연구소에서 교육하는 것을 '학교'로 치면 거짓 대답은 아니었다. 그는 늘 홈스쿨링에 대해 애매하게 처신했다. 그 시절에는 다들 홈스쿨링을 이상하고 별난 일로 치부했지만, 데이비드의 이상하고 별난 처신과 어울린다고 받아들였다. 에이더를 포함해 다들 그가 국가와 관련된 일을 한다고 인정하는 것 같았다. 그런데 그 순간 그게 아닌 것 같다는 생각이 처음으로 에이더의 머리를 스쳤다.

조사관 역시 의심스러운 듯했다. 에이더를 빤히 쳐다보면서 어느 학교에 다니느냐고 물었다.

에이더는 겁에 질렸다. 아버지를 쳐다보았지만 그는 잠자코 있었다. 거짓말로 둘러대야 된다는 생각이 들었다.

"우드로 윌슨이요."

학교를 다녔다면 거기 배정되었을지 잘 모르면서도 인근 중학교 이름을 말했다.

"그러면 몇 학년?"

오브라이언이 물었다.

"8학년이요."

에이더가 대답했다.

조사관은 잠시 가만히 있었다.

그러다가 그녀가 입을 열었다.

"그럼 가장 좋아하는 선생님은 누구지?"

마침내 데이비드가 끼어들었다.

"아이는 아무 학교에도 안 다닙니다. 내가 가르칩니다. 집과 직장에서 교육하고 있습니다."

그가 말했다.

조사관의 표정에서 에이더는 아버지와 자신이 큰 곤란에 빠졌다는 걸 알아차렸다.

1980년대 후반, 현재의 홈스쿨링 개념을 규정하게 될 몇 사건이 매사추세츠 법정에서 다루어졌다. '찰스와 기타 어린이들의 양육과 보호' 사건은 현재 매사추세츠 주에서 홈스쿨링에 요구하는 사항들의 개요를 보여준다. 감독관과 학교위원회의 사전 승인이 그 한 가지. 또 공립학교 학생들이 사용하는 교과서와 교구의 취득도 있다. 데이비드와 에이더는 그런 항목들을 준수하지 않았다. 1984년, 데이비드가 딸을 아무 학교에도 등록하지 않은 것이 보스턴 아동보호국의 눈에는 방임의 또 다른 증거였다.

그는 불리한 조사를 받으면서도 심각성을 모르는 눈치였다. 당국이 딸을 빼앗아가지 못할 거라고 생각했다. 그건 말도 안 되는 일이라고 믿었다. 그는 리스턴에게 그런 일은 일어나지 않는다고 장담했다.

하지만 첫 방문 조사 이후 부녀의 삶에 변화가 생기기 시작했다. 아동보호국은 데이비드에게 딸을 인가 학교에 등록시키라고 명령했다. 오브라이언 조사관이 윗선에 제안한 사항들은, 지속적인 가정 방문과 사회보장국이 데이비드에게 정기검진을 요구할 것이었다. 그의 증세가 부모로서 부적합하게 될지, 또 얼마나 빨리 그렇게 될지 주시해야 된다고 했다. 부적합. 전에 리스턴도 그에 대해 그런 말을 했다. 부적합. 에이더가 아는 아버지의 이미지와 정반대인 말.

'퀸 오브 에인절스 스쿨'은 길가에 바싹 붙은 4층짜리 갈색 벽돌 건물이었다. 폭이 넓은 계단 몇 개를 오르면, 칙칙한 진청색으로 칠한 공장 분위기의 문 여섯 개가 있었다. 사방으로 철망 담장을 두른 옥상은 따뜻한 계절에는 운동장으로 이용되었다. 아래층 창들은 바닥부터 위까지 쇠창살이 박혀 있었다 - 학교가 설립된 후 수십 년간 창살이 더해졌다. 점점 도체스터를 위험지대로 인식하는 학부모들을 안심시킬 목적 때문이었다. 위층 창들은 갈수록 좁아지고 여느 건물보다 개수가 많아서 중세 요새나 성벽 분위기를 풍겼다.

9월의 어느 수요일, 학생들이 개학해서 등교한 지 일주일 이상 지났을 때 에이더는 처음으로 '퀸 오브 에인절스 스쿨'로 걸어갔다. 리스턴과 데이비드가 동행했고, 세 사람은 이날 하루 연구소에 가지 않았다. 아동보호국의 방문 후 몇 주에 걸쳐 토론이 벌어졌다. 데이비드는 딸을 동네 공립중학교에 보내고 싶었지만, 리스턴은 그 정도로 부족하다고 주장했다. 그래서 세 사람은 월초에 알로이시우스 교장 수녀와 하노버 이사장을 면담하러 갔다. 학교의 신입생 담당자들이었다.

천장이 높은 이사장실에서 세 사람은 가톨릭 교육의 장점과 에이더가 받을 윤리 교육, 학교 공동체에 대한 장황한 설명을 들었다. 데이비드는 몸을 숙이고 앉아, 무릎에 팔꿈치를 올리고 바닥을 내려다보았다. 창으로 들어온 햇빛이 반사되어 대머리가 번쩍거렸다. 그러다 한두 차례 허리를 펴고 팔다리를 어색하게 뻗으면서 한숨을 쉬었다. 리스턴이 그를 노려보았다. 에이더는 남들이 눈치채지 못하기를 바랐다.

두 담당자는 에이더의 가정환경은 요령껏 짚고 넘어갔지만, 홈스쿨링에 대해서는 두루뭉술하게 언급했다. 그 부분은 아예 잊어버리는 게 모두에게 좋다는 식이었다. 에인절스 교구에서 유명한데다 학교 활동에 적극적인 리스턴이 담당자들을 단단히 준비시켰다고 에이더는 짐작했다.

에이더는 오가는 말을 경청하면서, 실내장식과 건축양식을 흥미롭게 둘러보았다. 문 위쪽 벽에 달린 십자가, 철제 새장 속에서 째깍대는 유서 깊은 시계, 1970년대에 새로 칠했을 법한 단조롭고 현대적인 분위기의 녹황색, 선황색, 적갈색. 에이더는 한편으로는 성벽을 무너뜨린 것 같았다. 이 학교 앞을 자주 지나면서, 겉모습에서 내부 풍경을 상상할 실마리를 찾곤 했다. 이방인인 데이비드와 에이더는 도체스터 교구가 어떻게 나뉘는지 대충 알고 있었다. 그래도 데이비드는 관심이 있어서 리스턴에게 자주 물었다. 그녀의 아들들에게 친구들에게 교구는 이웃이나 동네보다 중요했다. '퀸 오브 에인절스'의 1층은 지역 교구의 초·중등학교로 학생 수는 1학년부터 8학년까지 총 200명이었다. 하지만 상층부는 아래층의 초·중등부를 포함해 7개 교구의 학생들이 모이는 중앙 교구 고등부로, 도체스터와 인근 도시에 사는 학생이 9학년부터 아주 많아졌다. 리스턴의 세 아들을 비롯해 새빈 힐의 아이들 모두 '퀸 오브 에인절스'에 다녔다. 매티와 그레고리는 초·중등부, 윌리엄은 고등부였다. 리스턴도 어린 시절 내내 이 학교에 다녔다. 그게 데이비드가 이 학교에 안심하는 유일한 이유였다.

"흠, 이 학교에 다니고도 리스턴이 괜찮은 사람이니까."

그는 그렇게 말했지만, 여전히 잔뜩 미심쩍은 눈치였다. 에이더는 주로 나이에 기초해서 8학년에 들어가, 이미 오랫동안 서로 아는 아이들 무리에 낄 터였다. 알로이시우스 수녀는 9학년이 되면 동급생들과 잘 어울릴 거라고 에이더를 다독였다.

얼마 후 그녀는 에이더에게 다정하게 몸을 숙이고 한 손을 책상에 올리면서 말했다.

"에이더, 혹시 수업 중에 이해 못하거나 따라갈 수 없는 게 생기면 주저 없이 내게 와서 도움을 청하거라."

이 말에 데이비드가 고개를 확 들어서 주의를 끌었고, 결국 입을 열었다.

"학교에서 가르치는 내용 중에 에이더가 '이해' 못하는 건 없을 겁니다. 솔직히 이 아이는 내용을 씹어 먹어버릴 거라고 말하고 싶군요. 내 딸이 조금이라도 도전의식을 느낄 만한 문제를 학교가 제시할 수 있는가가 문제지요. 아니면 학교가…… 아니면 학교가……."

그는 신랄한 말투로 쏘아붙이다가 말을 끊더니 다시 이으려다가 하려던 말을 잊고 말았다.

데이비드를 포함해 모두 잠깐 침묵에 빠졌다.

"제가 보장하건데……."

하노버 이사장이 말문을 열기 무섭게 리스턴이 자리에서 일어나, 시간을 내줘서 고맙다고 인사했다.

"다른 질문이라도?"

알로이시우스 수녀가 에이더를 바라보면서 물었다. 에이더는 얼른 고개를 저어 대답했다.

그날 나중에 리스턴이 전화해서, 아침에 아들들과 학교에 같이 걸어가겠느냐고 물었다. 에이더는 사양했다. 그런 부탁은 그들에게 짐이 될 게 분명했고, 부담을 주기 싫었다. 최근 휘몰아치는 일들 때문에 윌리엄에게 반한 마음의 자리를 이런저런 생각들이 차지했다. 에이더는 지난 1주간 윌리엄을 한 번도 생각하지 않았음을 깨달았다.

저녁에 데이비드는 기운을 차리고 식사를 준비했다.

"뭐든 네가 좋아하는 걸로 하자."

에이더는 '포토푀'(고기와 몇 가지 야채로 만든 냄비 요리-옮긴이)를 선택했다. 데이비드가 특별한 경우에 만드는 별식으로 에이더가 좋아하는 음식이었다. 두 사람은 쇠고기를 사러 닷 대로에 있는 정육점으로 향했다.

에이더는 뒤에서 걸으면서 아버지의 걸음걸이를 눈여겨보고 기억해두었다. 삶에서 그가 없어지면 어떻게 될지 걱정스러웠다. 지난 몇 주간 비트의 학술 도서관의 도움을 받아 알츠하이머 질환을 혼자서 조사했다. 두 가지 사실이 밝혀졌다. 하나는 병세가 상당히 차분한 속도로 진행되기 십상이라는 점. 1980년대의 기대수명은 진단 후 약 8~10년이었다. 하지만 리스턴의 강요로 데이비드가 진찰을 받은 지 이미 2년이 지났고 - 솔직하게 말해 - 건망증 증세를 감지한 것은 그 이전이었다. 당시 에이더는 그가 늘 딴 데 정신이 팔려 있다고 믿었다.

자료에서 알게 된 두 번째 사실은 더 심란했다. 젊은 편인 사람이 알츠하이머 진단을 받으면 병세가 더 빨리 진전되기 일쑤였다. 데이비드는 59세였다. 논문에서 조기 알츠하이머 환자로 보는 연령에서도 젊은 나이였다. 또 조기 환자들의 병세는 급격히 진행될 가능성도 있었다. 환자가 이해 능력을 완전히 상실하기까지, 더 이상 말하지 못할 때까지 2~3년이 걸렸다. 그 후 병세가 급격히 악화되어 근육과 모든 반사 기능이 완전히 정지되었다.

에이더는 이런 가능성이 떠오르자 눈을 꾹 감았다. 그런 일은 없을 거라고, 데이비드는 예외일 거라고 속으로 중얼댔다.

정육점에 손님이 북적댔지만, 주인은 데이비드를 잘 알고 좋아했다.

"어떤 부위를 드릴까요, 교수님?"

주인이 묻자 - 그는 늘 데이비드나 인근의 정규교육 관련자들을 교수라고 불렀다 - 데이비드는 몸을 숙이고 뒷짐을 짚은 채 신중하게 부위를 골랐다. 집에 돌아와 딸을 먹이려고 요리를 했고, 에이더는 부엌에 앉아 아버지이자 단짝이며 세상에서 가장 중요한 '내 편'인 그와 대화했다.

"할 말이 있다, 에이더."

데이비드가 말했다. 그는 몸을 돌려 딸을 쳐다보면서, 안경을 밀어 올렸다. 스토브에 올린 냄비에서 물이 끓어 김이 뿌옇게 올라왔다. 그가 말을 이었다.

"네가 없으면 연구소가 달라질 거야. 완전히 분위기가 다르겠지. 리스턴도 너를 무척 그리워할 테고."

"저도 리스턴이 그리울 거예요."

에이더가 말했다. 당연히 아버지가 그리울 거라는 뜻이었다. 그 역시 에이더가 그리울 거라고 말하고 있었다.

고풍스런 아늑한 집에 허브, 양파, 마늘 냄새가 진동했다. 그 순간 에이더는 생각했다. 그렇게까지 나쁘지 않을지도 몰라.

리스턴이 지각하지 말라고 경고했기에, 에이더는 잠자리에 들기 전에 시간표에서 수업 시간을 확인했다. 첫 수업이 8시니까, 안전하게 7시 50분까지 도착할 계획이었다.

아침 식탁에서 데이비드는 말수가 없었다. 딸에게 무슨 말을 할지 난감했다. 에이더는 그가 딸을 망쳤다고 생각하는 걸 알아차렸다.

그때 데이비드가 막 생각난 것처럼 책을 어디 담을 거냐고 물었다. 에이더는 바닥에 놓인 캔버스 가방을 가리켰다. 지하실을 뒤져서 찾은 가방이었다.

데이비드가 말했다.

"이런. 어디 그걸로 되겠나. 여기서 기다리렴."

그가 서재로 들어가더니, 갈색 서류가방을 들고 당당하게 나타났다. 다이얼식 잠금장치에 다섯 자리 코드를 넣어야 열렸다. 그가 사용하지 않은 지 오래되었고, 에이더는 어려서 이 가방에 반했다. 그는 딸이 맞출 수 있다고 장담하면서 코드를 설정했다. 에이더는 어렸을 때 번호를 맞추느라 몇 시간씩 보내곤 했다. 자기 생일, 다음에는 생일 역순. 아버지 생일. 그 역순. 앞자리에 '0' 세 개와 집 번지수. 하지만 코드를 맞추지 못했다. 요즘도 이따금 서재에 들어가 새로 생각난 번호를 넣어보곤 했다.

"네가 가지렴."

데이비드가 의기양양하게 말했다.

에이더가 아버지에게 가방을 받았다. 기분이 좋았다. 갑자기 전문가가, 당당한 인격체가 된 기분이었다.

"코드를 못 맞췄지?"

데이비드가 묻자 에이더가 고개를 저었다.

그가 즐거워하며 말했다.

"그냥 '코드'야. 문자를 숫자화한 '코드'라는 단어. 변환 같은 건 없어. 어이없게 단순하지. '나 좀 풀어줘' 식의 비밀번호."

에이더는 오래전에 알파벳 글자와 1부터 26까지 숫자를 짝지은 표를 암기했다. 잠금장치의 다이얼들을 돌려 ─ C는 3, O는 15 ─ '31545'를 맞춘 다음 좌우 버튼 두 개를 누르자 기분 좋은 딸깍 소리와 함께 잠금장치가 풀렸다.

빈 가방의 안쪽에 군데군데 갈변한 실크 천이 붙어 있었다. 가방의 절반은 필기도구와 수첩을 넣는 신축성 있는 칸들로 되어 있었다. 데이비드는 셔츠 주머니에서 펜을 꺼내 필기도구 칸에 꽂아주었다. 그가 다시 서재로 들어가 백지 메모지를 들고 나왔다. 5년 전 대량 주문한 스타이너 연구소의 메모지였다. 그는 이 것도 에이더에게 주었다.

"됐네. 이제 다 준비됐구나."

데이비드가 말했다.

그는 다시 물었다.

"학교까지 같이 걸어갈까?"

"잘 다녀올게요."

에이더가 말했다. 솔직히 아버지가 바래다주기를 바랐지만, 괜찮다는 것을 보여주고 싶었다 - 이제 다 컸다는 것을 보여주고, 죄책감을 덜어주고 싶었다. 그달에 그가 자책하는 기미를 에이더도 느끼기 시작했다. 데이비드는 평소보다 오래 딸을 응시했다. 또 저녁이나 주말에 뭘 하고 싶으냐고 자주 물었다. 이제 단어나 어구가 생각나지 않을 때마다 미간을 찌푸렸고, 하루에도 몇 번씩 그런 일이 벌어졌다. 전날 밤에는 세리주(남스페인산 독한 포도주-옮긴이)를 마시다가 그가 불쑥 사과했다.

"널 이런 상황에 빠뜨린 게 안타깝구나. 옳다 싶은 일을 하려 했지만, 내가 모든 걸 악화시킨 것 같아."

"저는 괜찮을 거예요."

에이더가 위로하듯 말했다.

아버지가 말했다.

"아아, 이렇게 되다니. 널 늑대 소굴에 던지는 기분이야. 십자가 앞에 한쪽 무릎을 꿇고…… 묵주 기도를 외우고…… 모모 신부에게 죄를 고백하고…… 하나님 맙소사."

데이비드는 수심에 잠겨 세리주를 홀짝 마셨다.

그가 말했다.

"널 공립학교에 보내야 했다는 생각이 아직도 가끔 드는구나.

하지만 누구보다 리스턴이 잘 알겠지."

전날 밤, 데이비드는 습관대로 2인분의 점심을 쌌다. 하지만 이날 처음으로 에이더는 따로 도시락을 가져갈 터였다. 직접 들고 가야 했다. 서류가방에 갈색 봉투를 살짝 밀어 넣고 잠그려하니 빵이 찌그러지는 게 느껴졌다. 나란히 다리를 건너 이어지는 중앙 교차로에서 딸은 좌회전, 아버지는 우회전해야 했다.

데이비드가 물었다.

"여기서 무슨 말을 해야 될까? 하루를 잘 보내라고 해야 되나?"

그의 얼굴은 울상이었고 코 주위가 약간 불그레했다. 에이더는 아버지와 떨어져서 서 있었다. 그를 어떻게 위로해야 될지 난감했다. 정작 위로받아야 될 사람은 에이더 자신이었다.

그가 딸을 애처롭게 쳐다보았다. 마침내 데이비드가 입을 열었다.

"사람들을 너무 심각하게 받아들이지 마라. 어떤 일도 너무 마음에 담아둘 것 없다, 에이더. 알겠니?"

에이더가 심각하게 고개를 끄덕였다. 저만치 걸어가는 아버지를 지켜보았다. 그는 서류가방을 들고 터벅터벅 걸음을 옮겼다. 그 순간 에이더는 아버지를 따라가고 싶었다. 그에게 달려가고 싶었다. 연구소에서 만족스럽게 한숨을 내쉬면서 공부를 시작하고 싶었다. 하지만 결국 몸을 돌려 반대 방향으로 걸었다. 데이비드처럼 머리를 푹 숙이고서. 하늘에서 두 사람을 봤다면, 거울에 비친 이미지인 줄 알았으리라. 한쪽은 체구가 크고, 한쪽은 작은 것만 다를 뿐. 로르샤흐 테스트(대칭 모양의 잉크 얼룩으로 성격을 알아보는 검사법-옮긴이)나 종이를 접어 오린 눈송이, 혹은 결투하려고 등지고 걸어가는 두 신사 같았다.

거기서 '퀸 오브 에인절스'는 가까웠다. 오른손으로 가방 손잡이를 단단히 쥐니, 아버지의 손을 잡은 것처럼 든든하고 전문가가 된 기분이었다. 학교에 도착하니 아무도 없이 혼자였다. 학생들이 보이지 않았고, 1층 창문들은 너무 높아서 거리에서 안이 보이지 않았다. 계단을 오르자니 점점 마음이 불편해졌다. 계단 끝에서 문고리를 돌려보았지만 잠겨 있었다. 다시 문고리를 움직였다. 잠긴 상태였다. 에이더는 잠시 문밖에 서서 어떻게 할지 고민했다. 몸을 돌려 집에 돌아가고 싶은 마음이 굴뚝같았다. '난 등교했어요. 그런데 문이 잠겨 있었어요'라고 말하는 상상을 했다. 학교에 어떤 의무감도 느껴지지 않았다. 권리나 자율권이 없다는 느낌은 없었다. 지금껏 하고 싶은 일을 하면 안 된다는 말을 듣지 않은 것은, 에이더의 바람과 주변 사람들의 바람이 완전히 일치했기 때문이었다. 아버지와 동료들을 존중하는 것은 에이더의 요구가 아주 합당하고 작다는 뜻이기 때문이었다. 태어나서 지금까지 어른들의 세계에서 살았고, 어른들의 세계에서 환영받았다.

발길을 돌려 집에 돌아가는 게 합당하다고 결론지었지만, 맨 밑 계단에 내려섰을 때 뒤에서 진청색 문이 열렸다. 낮은 목소리가 나왔다.

"어디 갈 생각이냐?"

상대가 말했다.

에이더가 몸을 돌렸다. 문간에 서 있는 사내는 체구가 작고 깐깐해 보였다. 잿빛 머리를 단정히 옆으로 넘기고, 갈색 바지와 넓고 짧은 갈색 타이 차림이었다.

"아무 데도요."

에이더가 대답했다. 그런 대꾸가 나오는 게 놀라웠다.

"가려던 참이었냐?"

사내가 물었다.

"들어가려고 했어요. 그런데 문이 잠겨서요."

에이더가 대답했다.

"노크할 줄 몰라?"

사내가 쏘아붙였다. 에이더는 이런 식의, 이렇게 매몰찬 말투를 들어본 적이 없었다.

"새로 왔어요."

에이더가 변명조로 말했다. 시간표를 보여주려고 치마 주머니에 손을 넣었지만, 사내는 이미 다가오고 있었다. 놀랍게도 그가 에이더의 팔꿈치를 잡았다. 이런 취급을 받아본 적이 없었다. 그는 달아날 틈을 엿보는 학생 다루듯 에이더를 떠밀며 계단을 오르게 했다. 또 에이더가 문안에 들어서자 그는 얼른 문을 닫았다.

에이더는 교무실에 가서야 교장 비서에게 첫 수업이 8시에 시작해도 7시 40분 정각에 조회가 있다는 설명을 들었다. 교문은 7시 38분 정각에 잠기고, 그 뒤에 등교하는 학생은 초인종을 울려야 들어올 수 있었다. 또 지각은 성적표에 기록되었다. 에이더는 처음이자 유일하게 학교를 방문했을 때 이런 설명을 들었어야 된다고 생각했다. 하지만 항의해봤자 무슨 소용이 있을까 - 학교 측이 에이더의 잘못으로 단정하니, 그저 고개를 숙이고 끄덕이는 게 더 낫고 효과적인 대응 같았다.

비서인 더건 부인은 반달 모양의 돋보기를 끼고, 시간표를 양손에 들고 검토했다. 그러더니 벽시계를 올려다보았다.

그녀가 말했다.

"8시 1분이네. 당장 마거릿 수녀님의 수업에 들어가야겠구나."

더건 부인이 에이더를 교무실에서 데리고 나와, 짧은 복도를 지나 모퉁이를 돌았다.

"조회에 참석했으면 사물함을 배정받았을 텐데. 하지만 지금은 널 수업에 집어넣어야 되거든. 사물함은 내일 배정받을 거야."

더건 부인이 말했다.

에이더는 어제는 생각하지 못했지만, 이제 이곳의 냄새가 의식되었다 - 좋아하는 책들에서 읽은 그 유명한 학교 냄새. 분필, 비누, 먼지, 쇠 냄새. 그 냄새를 흠뻑 맡았다. 머리 위에서 이따금 형광등이 깜빡거렸다.

마거릿 수녀의 교실에 도착하자 더건 부인이 에이더에게 고개를 돌리고 말했다.

"먼저 너를 맡을 학생 대표를 소개해줄게. 오늘 아침에 만났어야 했는데."

그녀가 문을 열고, 교실에 고개를 디밀고 말했다.

"수녀님, 잠깐 멜라니 맥카시 좀 빌려주실래요?"

잠시 후 여학생이 교실에서 나왔다. 소녀는 에이더를 빤히 쳐다보았다. 예뻤다. 에이더는 문득, 그리고 확실히 깨달았다. 바로 그런 외모이고 싶었다. 전에는 특별히 어떤 외모를 갖고 싶다고 생각해본 적이 없었다. 멜라니의 옅은 금발은 계속 산들바람이 부는 것처럼 찰랑거렸다. 도자기 같은 피부는 – 에이더는 최근에 피부가 깨끗하지 않은 걸 알아차렸다 – 여름을 보내서 구릿빛이었다. 에이더는 멜라니가 어느 바닷가에서 오래 누워 있거나, 필드하키 같은 역동적인 운동을 하는 상상을 했다. 치마는 무릎 위를 가지런히 덮었고, 무릎 역시 가지런했다. 흰 양말은 정강이까지 끌어올려 단정히 접혀 있었다. 에이더가 다른 양말이 없어서 신은 발목 양말은 신발에 밀려서 주글주글했다.

"에이더, 이 친구가 멜라니야. 여기 '퀸 오브 에인절스'에서 너를 맡을 학생 대표란다."

더건 부인이 말했다. 그녀가 멜라니를 보는 눈길은 맘에 드는 여학생이라는 걸 말해주었다. 머리매무새가 단정하고, 매년 적정액을 기부하는 집안의 딸이겠지. 그 순간 '천사들의 여왕'이라는 학교명이 멜라니에게 딱 어울리는 듯했다. 에이더는 대학원생들과 인사를 나눌 때처럼 살짝 손을 내밀다가 뒤로 뺐다. 악수는 어울리지 않았다.

더건 부인이 말했다.

"멜라니는 너와 같은 B그룹이어서 시간표도 똑같아. 궁금한 게 있으면 멜라니에게 물어보면 된다."

멜라니는 잠자코 있었다. 얼핏 미소를 짓더니, 에이더를 몹시 궁금한 눈초리로 쳐다보았다. 키가 똑같아서 잠깐 눈이 마주쳤고, 멜라니는 다시 더건 부인 쪽으로 눈을 돌렸다. 교장 비서는 멜라니에게 친절하게 대해줘서 고맙다고 인사하고 있었다.

"에이더도 너한테 고마울 거야."

그러더니 더건 부인이 얼른 덧붙여 물었다.

"그렇지 않니?"

에이더가 고개를 끄덕였다.

더건 부인이 다시 손등으로 유리창을 두드린 다음 문을 열었다. 교실에서는 마거릿 수녀가 칠판에 손을 올리고 방정식을 마무리하는 참이었다. 더건 부인은 한 손으로 에이더의 어깨를 잡고 교실 안으로 밀었다. 멜라니가 따라 들어와 조신하게 걸어 책상으로 돌아갔다. 멜라니는 자리에 앉아 발목을 엑스 자로 겹쳤다.

더건 부인이 말했다.

"마거릿 수녀님, 학급 여러분. 여기 에이더 사이벨리우스예요. 우리 학교에 새로 들어왔어요. 에이더, 반 친구들에게 간단하게 자기소개를 하지 그러니."

그녀가 성을 틀리게 발음했지만 - '사이벨리어스' 비슷하게 발음했다 - 에이더는 지적하면 안 된다는 것을 알았다. 아버지라면 지적했겠지만. 에이더는 어디서 배웠는지 몰라도 몇 가지 처세술을 알았고, 덕분에 데이비드의 부족한 부분을 채울 수 있었다. 타고난 유전자겠지 - 낳아준 대리모에게 받은 유전자. 아님 연구소 사람들을 접하면서 배웠거나. 어느 쪽이든 그 순간 낭패하지 않도록 - 적당한 대응, 적당한 소개를 하려고 - 처세술을 발휘했다.

밤색과 파란색 옷을 입은 8학년생들을 바라보았다. 바다 같은 남녀 학생들이 무표정하게 에이더를 마주 보았다. 에이더는 서류가방을 든 오른손을 꽉 쥐면서 말을 - 아무 말이라도 - 떠올리려고 애썼다. 손바닥에 손톱이 박혔다. 어렵사리 생각해낸 말은 너무 부자연스럽고 별나게 느껴졌다. '난 학교에 와본 적이 없어요. 내 이름은 에이더 시벨리우스고 가장 좋아하는 수학자는 가우스(18세기에 활동한 독일 수학자 칼 프리드리히 가우스-옮긴이)입니다'라고 말해도 되려나.

마침내 에이더는 '안녕하세요'란 말로 시작했다.

"안녕하세요. 에이더라고 해요. 열세 살. 도체스터 출신이고요."

당연히 엉뚱한 얘기였다. 그들 모두 도체스터 출신이었다.

수학 수업은 어이없을 만큼 기초적인 수준이었다. 그럴 거라고 의심하긴 했지만, 너무 단순해서 적어도 처음에는 구경하기 재미있을 정도였다. 마거릿 수녀는 분수의 곱셈에 시간을 할애해서, 천천히 꼼꼼하게 위에서 아래로, 아래서 위로 'X' 자를 그리면서 가르쳤다. 에이더는 계산법을 본능적으로 알았고, 그렇게 기계적으로 단계를 밟아 생각해본 적이 없었다. 에이더가 아는 수학은 마거릿 수녀가 칠판에 그리는 도표들보다 물 흐르듯 더 자연스럽게 풀렸다. 이런 방식은 말하기나 문장 구성법을 가르치는 것과 비슷했다. 누군가가 기억을 불러내는 방식을 말로 가르치는 것처럼 느껴졌다. 숨 쉬는 방법을 가르쳐주는 것 같았다.

하지만 학생들은 마거릿 수녀가 내준 문제들을 칠판에 적힌 방식대로 'X'를 그려가면서 풀었다. 수녀 교사는 칠판에 문제를 쭉 적고 나서 말없이 교실 안을 돌아다녔고, 학생들은 고개를 푹 숙이고 문제를 풀었다. 에이더가 서류가방을 책상에 올려놓고 조심스럽게 다이얼을 맞추자 예상보다 크게 탁 소리가 났다. 몇 사람이 고개를 돌리고 쳐다보았고, 그제야 학생들의 의자 아래 바구니에 담긴 백팩이 에이더의 눈에 들어왔다. 빨간색, 초록색, 파란색 캔버스 가방에 끈이 달려 있었다. 데이비드는 이런 가방을 '주머니'라고 불렀다. 곧 에이더는 얼굴을 붉히면서, 최대한 빨리 서류가방의 뚜껑을 들고 스타이너 연구소 메모지와 아버지가 아침에 넣어준 펜을 꺼낸 뒤 뚜껑을 덮었다. 그런 다음 가방을 책상 아래로 밀었다.

문제를 풀기 시작했다. 잠시 후 오른쪽 어깨 너머로 인기척이 느껴졌고, 책상에 그림자가 드리워졌다.

"이 수업에서는 연필을 사용한다. 모눈종이도."

마거릿 수녀가 말했고, 에이더는 필요 이상으로 목소리가 크다고 느꼈다.

에이더가 그녀를 올려다보았다. 수녀는 못마땅해서 입을 꾹 다문 채 손을 앞으로 모으고 서 있었다. 에이더는 '내가 그걸 어떻게 알겠어요?'라고 묻고 싶었다. 그날만 해도 열 번쯤 떠오른 질문이었다. '내가 그걸 어떻게 알겠어요?' 아버지와 리스턴에게 똑같이 화가 났다. 더 제대로 준비해서 학교에 보냈어야 되는 것 아닌가.

수업 종료를 알리는 종소리가 날카롭게 울렸고, 에이더는 다음 과목을 확인하려고 시간표를 꺼냈다. 영어, 다음은 역사, 체육, 그다음은 점심시간. 가정경제, 다음에는 일반과학이라는 과목. 어떤 수업일지 궁금했다 – 학교에서 과학 시간에 특화되지 않은 어떤 내용을 가르칠 계획일까.

다시 고개를 드니, 담당 학생 대표를 포함해 모든 학생이 교실에서 나갔고 새 학생들이 들어오기 시작했다. 에이더는 서둘러서 복도로 나갔고, 복도 끝에서 멜라니 맥카시가 힐끗 보였다. 옅은 금발과 흰 양말이 모퉁이를 돌아 사라졌다. 에이더는 반 학생들을 따라잡으려고, 뒤쫓아서 다음 교실로 가려고 달음질쳤다.

"뛰지 마라!"

뒤에서 모르는 목소리가 꾸짖자 에이더는 달리기를 멈추었지만, 공포감 같은 게 솟구쳤다. A홀이 어딘지 몰랐다. 더군다나 누군가에게 도움을 청해야 된다면 울음이 터질 거라는 확신이 들었다. 아버지가 떠올랐다. 그는 낯선 사람들에게 무척 쉽게 다가갔다. 필요한 것을 요구할 때 별로 주저하지 않았다. 아버지의 학교생활이 어땠는지 처음으로 궁금해졌다. 한 번도 물어볼 생각을 하지 않았지만 – 아마도 비교할 만한 에이더 자신의 경험이 없기에 – 이제는 알고 싶어졌다. 누구에게 말을 거는 것은 실수하는 것임을 본능적으로 알았다.

오른쪽 겨드랑이에 서류가방을 끼고 팔을 단단히 붙였다. 손에 들고 흔드는 것보다 눈에 덜 띌 것 같았다. 마침내 복도 끝에 닿아서 오른쪽으로 돌았다. 9미터쯤 앞에 나머지 반 학생들이 걷거나 미끄러지면서 서로 친숙하게 어깨를 걸고 지나갔다. 그 모습을 보니 그들이 1학년부터 지금까지 함께했다는 게 이해되었다. 서로의 부모를 알고, 서로의 집에 가서 잠을 잤다. 그들은 교내외에서 같이 운동을 했다. 또 서로의 고민과 즐거움을 알고 모두 받아들이게 되었다. 끼리끼리 소그룹을 이루었고, 그 지형을 파악하려면 몇 년이고 걸리리라는 것을 에이더는 알았다.

에이더는 다음 수업에 마지막으로 도착했고, 그날 나머지 수업들도 마찬가지였다. 수업 시간마다 새 교과서를 받았고, 모든 교사가 책 표지를 갈색 종이로 싸서 다음 날 가져오라고 말했다. 교과서가 두툼해서 서류가방에 한 권만 들어갔다. 나머지는 한 팔로 안아야 했다. 다른 팔도 쓸 수 있으면 좋겠지만, 가방을 들어야 해서 도리가 없었다.

점심시간에 구내식당에 들어가다가 얼어붙고 말았다. 초·중등부의 규모가 얼마나 큰지, 5세 유치원부터 13세 8학년까지 연령대가 얼마나 넓고 이상한지 깨달았다. 몇몇은 교사로 보였다. 연령대로 나뉘고, 그 안에서 남녀로 나뉘어 앉았다. 남녀 학생들 중에서도 매력이나 인기도에 따라 끼리끼리 나뉘는 듯했다. 에이더는 잠시 머뭇대다가, 찬물에 입수하듯 쓱 앞으로 나갔다. 잠깐 실내를 휙 둘러보니, 멜라니 맥카시의 천사 같은 머리가 보였다. 정식으로 인사한 사람은 멜라니 하나여서 그쪽으로 가야 될지 고심했다. 하지만 멜라니는 여자애들에게 에워싸여 있었다. 성냥갑에 든 성냥처럼 긴 벤치에 다닥다닥 붙어 앉아 있었다.

유일하게 빈 식탁을 찾았지만, 자기 자리가 아님을 알았다. 곧 한 무리가 몰려와 차지할 터였다. 하지만 달리 선택의 여지가 없었다. 식탁의 맨 끝에 앉아, 서류가방에서 아버지가 싸준 도시락 봉투를 꺼냈다. 이제 샌드위치가 납작했다. 잠시 후 긴 식탁의 절반이 에이더와 비슷하거나 조금 어린 남학생들로 채워지기 시작했다. 모두 오전 수업에서 못 본 남학생들이었다. 7학년 같았다.

"가방 한번 멋지네."

그중 한 명이 말했다. 필요 이상으로 목소리가 커서, 식당에 있는 사람들이 다 들었을 것 같았다. 에이더는 얼른 주위를 힐끗 돌아보았지만, 말을 한 남학생을 찾을 수가 없었다. 한 무리의 아이들이 몸을 앞뒤로 흔들면서 웃어댔다. 에이더는 샌드위치를 입으로 가져가다가 멈추고, 어떻게 할지 몰라 몸이 굳었다. 끝없이 구경당하는 느낌이었다. 샌드위치를 내리면서 눈으로 좇았다. 이렇게 대놓고 구경거리가 되어본 적이 없었고 – 한두 번 걸어가거나 상점에 다녀오거나, 동네 다른 곳에 가는 아이가 소리를 질렀지만 그 경우에는 슬쩍 사라지거나 못 들은 척하고 딴 데로 바삐 가면 그만이었다. 그런데 여기서는 꼼짝 못하는 표적, 쉬운 목표물이었다. 에이더는 사슴처럼 얼어붙어서 가만히 눈을 내리깔고, 수치심이 치밀다 가라앉기를 기다렸다.

"가방 한번 멋지네!"

장난에 친구들이 깔깔대자 남학생이 다시 소리쳤다. 그 순간 주근깨투성이인 빨간 얼굴의 남자애가 에이더의 눈에 들어왔다. 나이에 비해 왜소했다. 남자애가 에이더를 노려보면서 말했다.

"그래, 너! 네 가방이 맘에 든다고 했어. 고맙다고 인사 안 해?"

시간이 지나 아이들의 관심이 잦아들었을 법하자 에이더는 얼른 자리에서 일어났다. 이제 못마땅한 가방을 다시 겨드랑이에 끼고 다른 팔에 교과서들을 안고, 눈에 보이는 유일한 어른에게 화장실이 어디냐고 물었다. 복도를 내려가 화장실 문을 열었다. 안에 아무도 없자 한 칸에 들어갔다. 교과서 더미와 가방을 바닥에 내려놓았다. 아무도 쳐다보지 않았다는 사실에, 좁은 곳에 숨었다는 사실에 안도감이 밀려들었다. 완전히 혼자 있어서 마음이 놓였다.

거기 20분쯤 틀어박혀서, 아버지가 준 디지털 손목시계를 확인하면서 수업 종이 울리기를 기다렸다. 시간표를 살펴보았다. 다시는 지각하지 않을 작정이었다. 여학생들이 화장실에 들어왔다 나가면서, 알아듣지 못할 언어로 다양한 이야기를 쏟아냈다. 에이더는 흥미를 갖고 그들의 말, 들어본 적 없는 문장 구조, 식당이나 지하철에서만 듣던 표현들에 집중했다. 1980년대는 '~같다'라는 단어를 습관적으로 붙이기 시작한 시기였다. '같다'는 여기저기 붙일 수 있는 단어로, 문장의 틈새를 파고들어 착착 맞아떨어졌다. '퀸 오브 에인절스'의 여학생들은 되는 대로 아무 데나 '같다'를 붙였고, 에이더는 화장실 안에서 이 말을 연습했다. 자주 연구원들의 말을 흉내 내는 것처럼 따라서 중얼댔다.

11시 54분, 화장실이 텅 비자 가방을 무릎 위에 올려놓고 잠금장치를 열었다. 펜, 메모장, 교과서 한 권을 꺼내 바닥에 놓아둔 교과서 더미 위에 올렸다. 그러고는 빈 가방을 변기와 벽 사이 틈새에 넣었다. 그날 종일 가방을 그렇게 놔둘 작정이었다. 어쨌거나 가방에 교과서가 다 들어가지도 않았다. 에이더는 화장실에서 나와 다시 복도로 갔다. 교과서들을 빈약한 엉덩이 옆에 붙여서 들고, 다음 수업이 있는 교실로 향했다.

하루 수업이 끝나자 에이더는 식당에서 가장 가까운 화장실에 갔지만 서류가방이 사라진 것을 알았다. 화장실 칸마다 문을 열어 확인했다. 한참 서서 어떻게 할지 고심했다. 아버지에게 이 일을 어떻게 설명해야 될지 염려스러웠다. 거울에 비친 모습이 다른 사람 같았다.

초·중등부 현관에는 아이들이 북적댔고, 서로 부딪히면서 건물을 빠져나갔다. 건물 밖에서 에이더는 고등부 남학생 무리를 보았다 – 몇몇은 나이 든 얼굴에 어깨가 벌어져서 어른으로 보였다. 그들은 모여서 학교 담장에 기대거나, 인도 가운데서 다리를 오자로 구부리고 서 있었다. 에이더는 남학생 무리가 너무나 겁났다. 인도에서 앞에 걸어가는 무리가 있으면, 그들의 관심을 피하려고 길을 건너곤 했다. 하지만 교문에서 나와 왼쪽으로 돌자 길이 너무 복잡해서 건널 수가 없었다. 방향을 완전히 바꾸면 사람들의 눈에 확 띌 게 분명했다.

에이더는 남학생들의 눈에 띄지 않기를 바라면서, 고개를 숙이고 계속 걸음을 옮겼다. 그때 이름을 부르는 소리가 들렸다.

"에이더."

남학생 무리 중 한 명이었다 – 여전히 길바닥을 보면서 대꾸하지 않고 계속 걸어야 될 것 같았다. 하지만 그때 그가 더 크게 이름을 불렀다.

에이더는 이미 남학생들 앞을 지난 참이었다. 가슴에 책을 꼭 끌어안으면서 빙그르르 돌았다. 난처해서 화끈거리는 기운이

머리부터 온몸에 퍼졌다. 에이더는 윌리엄 리스턴에게 고개를 들었다.

"안녕."

에이더가 말했다 – 소리가 너무 작아서 입만 달싹였다고 할 만했다.

"첫날인데 어땠어?"

다른 남학생들이 에이더를 쳐다보거나 시선을 돌렸다. 두 명은 관심을 보이지 않고 하던 대화를 계속 이어갔다.

"괜찮았어."

에이더가 대답했다. 이번에는 소리를 크게 내려고 애쓰면서, 남들은 이런 순간에 어떤 언행을 할까 생각했다. 농담을 하겠지. 받아치는 말을 하고, 자신을 비하하거나 소속감을 보여주기 위해 학교를 깔보는 행동을 하리라.

윌리엄 리스턴은 다른 말을 기다리는 듯 가만히 있었다.

"잘됐네."

마침내 윌리엄은 한마디 던지고 친구들 쪽으로 몸을 돌렸다. 에이더는 그만 가보라는 뜻으로 이해했다. 다른 말을 해야 했다는 것을, 몇 마디 주거니 받거니 해야 했음을 깨달았다. 머릿속으로 다른 말이나 어구를 떠올렸지만 에이더의 언어는 윌리엄의 언어와 달랐다. 아이들의 언어가 아니었다.

갑자기 뒤에서 다시 에이더를 부르는 소리가 났다.

"에이더! 거기 있구나!"

누군가가 소리쳤고, 에이더는 데이비드라는 걸 즉시 알아차렸다. 에이더가 얼어붙었다.

"윌리엄 리스턴도 있구나!"

그가 덧붙였다. 에이더가 천천히, 안절부절못하면서 몸을 돌렸다. 맞은편 인도에 데이비드가 서 있었다. 유행이 몇 년은 지난 큰 안경을 쓰고, 셔츠 칼라의 절반이 단정하지 않게 안으로 접혀 들어갔다. 그가 오른쪽을 보지 않고 길을 건너자 달리던 차가 끼익 소리를 내면서 멈추었고 운선자기 창문을 내리고 윽박질렀다.

"알았어요, 알았어. 너무 그러지 맙시다."

데이비드가 운전자 쪽으로 손을 치켜들고 말했다.

에이더는 방과 후에 연구소로 가겠다고 했다. 데이비드가 학교를 찾아오는 건 예정에 없었다. 에이더는 사방에서 대화가 멈추는 걸 느꼈다. 반 아이들은 말을 멈추고 데이비드를 흘끔댔다. 그의 옷자락이 펄럭이고, 비쩍 마른 몸에 팔꿈치가 이상하게 툭 튀어나왔다. 전에는 에이더가 의식하지 못한 아버지의 모습이었다.

데이비드가 인도로 올라와서 윌리엄에게 명랑하게 손을 흔들고, 다시 한 번 이름을 부르고 인사했다.

"안녕하세요."

윌리엄이 대꾸했다. 그의 친구 한 명이 웃음을 감추려는 듯 일행 쪽으로 몸을 돌렸다.

"많이 컸구나, 윌리엄!"

데이비드가 밝게 소리치자 에이더는 머리끝에서 발까지 실제로 덜덜 떨렸다. 그가 딸의 어깨에 한 손을 얹었다.

"끔찍했니?"

데이비드가 너무 큰 소리로 물었다.

에이더는 아니라고 고개를 저었다. 여전히 목소리가 나오지 않았다.

"흠, 어땠어? 그리고 가방은 어디 있니, 애야?"

데이비드가 물었다.

에이더의 오른쪽 어디선가 키득대는 웃음소리가 났다. 에이더는 가슴에 안은 책 더미를 내려다보다가 아버지에게 고개를 들었다.

"잃어버렸어요."

에이더가 천천히 대답했다.

데이비드는 딸을 지그시 쳐다보았다. 딸이 무슨 짓을 했는지, 무슨 의도로 가방을 엉뚱한 곳에 두었는지 아는 눈길이었다. 에이더는 그걸 알아차렸고 부끄러웠다. 데이비드였다면 누가 뭐라고 하든 상관하지 않았으리라. 에이더는 어쩌면 아버지를 전혀 닮지 않았다고 생각했다 - 그의 최고 장점인 고매한 품성을 물려받지 못한 것 같았다.

"세상에! 어떻게 하면 서류가방을 잃어버릴 수가 있지?"

마침내 데이비드가 중얼댔다. 그러더니 몸을 돌려 집을 향해 걷기 시작했고, 에이더가 뒤따라갔다. 뒤에서 열댓 명이 일제히 대화를 시작하자 에이더는 귀가 달아올랐다. 아이들은 목소리를 죽여서 더 다급한 말투로 수다를 떨었고 낮은 웃음소리가 이어졌다.

그날 밤 에이더는 자면서 윌리엄을 생각했다. 잘생긴 외모, 힘줄이 튀어나온 다부진 체격. 평생 처음으로 데이비드의 결점들

을 떠올렸다. 한 번도 단점으로 보지 않았거나 모르던 점들이었
다. 에이더는 궁금했다. 에이더가 없는 자리에서 남들이 데이비
드를 뭐라 말할까.

그때부터 에이더는 매일 등교해서 조용히 앉아, 아무와도 말하지 않고 일과가 끝나기를 기다렸다. 연구소가, 연구 과제가 그리웠다. 아무도 보지 않을 때 책 표지 뒷면에 암호를 적다가 들키면 그만두었다. 2시 15분이 되면 교문을 빠져나와, 눈에 띄지 않게 최대한 걸음을 재촉해서 지하철역으로 갔다. 거기서 지하철을 타고 연구소로 가서, 놓친 부분을 따라잡으면서 오후 시간을 보냈다.

연구소에 있고 싶은 마음의 절반은 자신과 관련된 부분이었다. 연구소 일은 몰입하게 했고, 학교 공부는 도저히 그러지 못할 터였다. 하지만 절반은 걱정 때문이었다. 데이비드의 업무가 주춤하기 시작했다. 이제 에이더는 그가 책임 맡은 모든 부문에서 확연한 균열을 알아차렸다. 예전에는 아버지와 나란히 회의에 참석하고 싶을 때만 그랬지만, 이제는 반드시 참석해서 비서나 개인 조수처럼 회의 내용을 기록했다.

데이비드에게 나직하게 질문해서 기억을 일깨워주고, 그가 직위에 걸맞게 안건들을 처리하도록 거들려고 애썼다.

"프랭크가 JACM 논문의 초록을 썼어요? 다음 주까지는 제출해야 되잖아요. 맥카렌에게 전화해줬어요?"

밤이면 '퀸 오브 에인절스'에서 내준 숙제를 얼른 마친 후, 꼬박꼬박 엘릭서에게 그날 있었던 일을 말했다. 아직도 연구소에 도움이 된다고 느끼고 싶었고, 안전한 상대에게 진심을 털어놓는 게 안심되었다. 이후에는 데이비드가 퇴행하기 전에 내준 과제를 했다. 그는 표지가 얼룩덜룩한 작문 공책에 에이더가 할 일들을 적었다 – 딸이 들으면 좋을 음악 곡, 딸이 풀면 좋을 증명 문제, 책, 영화, 그림. 그가 특히 즐기는 와인까지 – 에이더에게 와인은 나중을 위해 알아두면 된다고 일렀다.

에이더는 목록에 적힌 과제를 해나가면서, 수녀 교사들이 내주는 숙제와는 차원이 다른 만족감을 맛보았다. 어느 날 드디어 시어핀스키 문제를 풀었다. 이 사실을 아무에게도 알리지 않았다. 다음으로 FDR(프랭클린 델라노 루스벨트. 미국의 제32대 대통령-옮긴이), 윈스턴 처칠, 앨버트 아인슈타인, 이사도라 덩컨(미국의 전설적인 현대무용가-옮긴이)의 전기를 읽었다. 그다음에는 『백년의 고독』. 카뮈의 『이방인』을 프랑스어로 읽고, 노리치의 줄리안(14세기 영국의 여자 신비주의자-옮긴이)의 『하나님 사랑의 계시』를 읽었다.

데이비드는 더디게 그러다 급격히 연구에 흥미를 잃은 듯했다. 지금까지 잘 해내고 완전히 몰두했던 연구였건만. 이제 연구 때문에 낙심했다. 과제의 말미에 이르면 시작 부분을 기억 못했고, 매일 쓰는 장비들의 이름과 사용 방법을 잊었다. 에이더는 가능할 때는 속삭여서 일러주었다. 하지만 항상 곁에서 도울 수는 없는 노릇이었다. 또 이제 연구원들 모두 사실을 아는 기미가 역력했다.

연구원들은 데이비드를 서글프고 불안한 눈빛으로 보기 시작했다. 리스턴만 평소처럼 무덤덤하고 사무적으로 그를 대했고, 에이더는 고마웠다.

에이더가 학교에 들어가서 처음 맞은 겨울, 데이비드는 두 번 더 사라졌고 그때마다 몇 시간 만에 돌아왔다. 두 번 다 없어졌던 것을 부인하거나, 산책을 다녀왔을 뿐이라고 주장했다. (어디를 산책했는지는 말하지 못했다.)

그해 크리스마스에 두 사람은 뉴욕에 가지 않았고, 크리스마스트리도 세우지 않았다. 에이더는 아버지가 선물도 마련하지 않았을 거라고 예상했고, 결국 크리스마스에 밤늦게 수줍게 선물을 꺼내놓았다 – 데이비드가 이상하게 열광하는 『오트란토의 성』(호레이스 월폴이 쓴 공포소설-옮긴이)으로, 거의 1년 전에 근처 골동품상에서 발견해서 쭉 갖고 있었다. 그 순간 데이비드가 벌떡 일어났다. 그는 위층에 가서 포장된 선물을 가져와 딸에게 주었다. 에이더가 포장을 푸니 반짝이가 붙은 스웨터가 나왔고, 아버지가 아닌 리스턴이 선물을 고르고 사서 포장했음이 분명했다.

1월 말경, 에이더는 데이비드를 혼자 두지 않았다. 리스턴은 부탁을 받지 않고도 아침에 데이비드를 데리러 오기 시작했다. 두 사람은 함께 연구소에 출근했다. 에이더는 밤에는 자지 않고, 아버지가 계단을 내려가는 소리에 귀 기울이면서 그가 큰 소리를 내기를 기다렸다. 그러면 아는 체를 할 수 있으니까. 에이더는 피곤해서 점점 지쳐갔다. 나머지 연구원들에게 별일 없는 체하는 게 신물 났다.

에이더는 인근 상점의 크리스마스 이후 세일에서 작은 종을 사서 현관문과 부엌문에 달았다. 어느 문이든 열리면 망치가 냄비에 떨어지는 장치를 설치하고서야 한시름 놓았다. 이 약식 경보 시스템이 밤에 두 차례 작동했고, 에이더는 침대에서 뛰쳐나와 아버지를 뒤쫓았다. 쇼멋 웨이를 내려가는 그를 자면서 걷는 거라고 달래서 다시 잠자리로 보냈다. 데이비드는 밤이나 피곤하고 멍해서 정상적인 대화가 불가능할 때면 상태가 더 심했다. 한번은 에이더에게 '어머니'라고 부르기도 했다. 딸의 팔목을 잡아 자신의 이마로 가져간 적도 있었다. 말은 하지 않았지만 열이 있다는 몸짓임이 분명했다. 에이더는 두려웠다. 그는 몇 차례 딸의 이름을 완전히 잊었고, 동료들의 이름을 잊는 것은 흔했다. '저 친구'라거나 '너도 그 사람 알지'라고 말했다. 아동보호국 직원이 찾아올 때면, 에이더는 미리 데이비드를 대비시켰다. 오브라이언 부인이 물을 만한 질문을 예행연습하게 했다. 보호국의 조사가 마무리될 즈음이면, 데이비드는 지쳐서 심술을 부리면서 까다롭게 굴었다. 그러면 에이더는 최선을 다해 명랑하게 굴어서 조사관의 관심을 분산시켜야 했다.

이런 상황인데도 그는 다 괜찮다고 주장했다.

에이더가 기억력이나 감정 상태에 대해 물으면 그는 대답했다. "나는 더할 나위 없이 멀쩡해, 에이더. 솔직히 다들 계속 말을 붙이지 않으면 한결 낫겠다."

수개월 동안 에이더는 그 말이 사실이라고 믿으려 애썼다. 하지만 열네 살이 된 3월 어느 날, 에이더는 연구소에 갔다. 데이비드는 책상 앞에 앉아 서류를 내려다보았지만, 제대로 파악하는 것 같지 않았다. 에이더가 들어서자 그가 고개를 들더니 눈을 끔

삑이며 쳐다보았다.

"누구신가?"

그가 말했다.

그 순간 에이더는 더 이상 감추지 못한다는 걸 알았다. 단호하게 복도를 내려가 리스턴의 사무실로 가서 노크를 했다. 자기도 모르게 얼굴이 일그러졌다. 울지 않기 위해 할 수 있는 최선이었다. 우는 게 싫었다. 울면 의지가 약하고 수치스럽게 단점을 내보이는 것 같았다. 데이비드는 딸이 우는 걸 달가워하지 않았고, 에이더는 그가 우는 걸 본 적이 없었다. 에이더는 기적적으로 눈물을 참았다.

리스턴이 에이더를 불러서 의자를 손짓했다.

"죄송해요."

에이더가 말했다. 목구멍이 조여들었다. 딸꾹질이 났다.

"데이비드는 다른 의사에게 가봐야 해요."

에이더가 말했다. 그래도 병원에서 해줄 게 없다는 걸 알고 있었다. 이것은 멈출 수 없는 질병이었다. 강력한 미지의 전선으로 나아가고 있었다.

사회복지사가 불리한 가정 방문 결과를 내놓을 게 확실해지자 리스턴은 자신을 양육 대리인으로 지정하라고 데이비드를 설득했다. 아동보호국에서 일하는 그녀의 어릴 적 친구 톰 미러가 상황을 귀띔해주었다.

지난 한 해, 엿듣는 데 선수가 된 에이더는 위층 복도에 서서 전화기의 송화구를 위로 세우고 통화를 들었다. 최대한 숨소리를 내지 않으면서, 아버지와 리스턴이 자신의 운명을 결정짓는 대화를 엿들었다.

리스턴이 말했다.

"아동보호국에서 에이더를 빼앗을 거예요. 그런 일을 당하지 않을 거라는 생각은 하지 말아요."

"아이고, 리스턴."

데이비드는 수긍하지 않았다. 하지만 에이더는 그의 음성에서 체념과 불안감을 느꼈다.

리스턴이 말했다.

"그게 에이더에게 최선일 거예요, 데이비드. 그렇죠? 제 말은, 그렇지 않겠냐는 거예요."

그 순간 에이더는 더 듣고 싶지 않아 수화기를 탁자 위에 내려놓았다. 누구를 믿어야 될지 알 수 없었다.

나중에야 두 사람이 마련한 방안을 속속들이 알게 되었다. 그해에 그들은 에이더에 대해 의논하면서 에이더가 모르게 배려하려고 애썼다. 어른들의 일을 딸에게 감추지 않던 데이비드였지만 막중한 상황이 닥치자 에이더를 아이 취급 했다. 아니면 단순히 딸에게 말하는 것을 잊었을 가능성이 높았다. 하지만 이후 몇 달간 리스턴과 데이비드가 합의했음이 – 둘 중 누구의 아이디어인지 모르겠지만 – 분명해졌다. 데이비드가 딸을 보살필 수 없게 되는 경우, 리스턴이 법정후견인으로 지정될 터였다.

1985년 4월 1일, 데이비드는 스타이너 연구소에서 사직했다. 그가 직접 말하지 않아서, 에이더는 데이비드가 정말 그리울 거라는 대학원생의 말을 듣고 사실을 알았다.

여자 대학원생은 진지하게 말했다.

"데이비드는 진짜 멋진 분인데. 고전적이지. 요즘은 그런 사람이 별로 없어."

1주 후 그들은 비트의 연회장에서 퇴임 파티가 열린다는 초대장을 받았다. 주최자는 맥카렌 총장이었다 – 데이비드는 온전치 못한 상태에서도 그 점을 비웃었다. 몇 년 전 피어스의 후임으로 총장이 된 피터 맥카렌은, 에이더는 잘 모르는 이유로 아버지의 경멸을 받았다. 맥카렌은 키가 작고 투박한 사내로, 위풍당당했던 전임자와 달랐다. 맥카렌은 얼굴이 뻔뻔스럽고 불그레하고, 불도그 같은 인물이었다. 기금 마련에는 명수였지만 수학은 형편없었다. 데이비드는 총장의 이름이 나올 때마다 '그 머저리'라고 말했다.

이제 그는 예전보다 애처롭게, 더 느릿느릿 말했다.

"맥카렌, 그 인간. 내가 나가는 걸 보고 싶어 안달이 나겠지."

데이비드가 공식적으로 마지막 출근을 하는 금요일 밤에 만찬 파티가 열렸다. 에이더는 그날 오후 방과 후에 연구소로 가서 아버지를 만나기로 했다. 아침에 데이비드가 다림질도 안 한 셔츠를 입고 내려오자 에이더는 올라가서 양복을 입으라고 달랬다. 에이더는 학교가 끝나자 얼른 집에 가서 교복을 벗고 원피스로 갈아입었다. 원피스가 약간 끼었다. 지난여름, 데이비드가 마땅찮아하는데도 리스턴과 쇼핑하러 가서 도움을 받아 고른 드레스였다. 가벼운 노란 면 원피스가 4월에 입기에 여름 분위기가 나서, 검정 타이츠와 검은 에나멜 가죽 구두를 신고 파란 스키파카를 걸칠 생각이었다 – 겨울 재킷은 그것밖에 없었다. 파카를 입지 않아도 될 날씨이기를 바랐지만, 그해 4월은 아직 추웠고 한 달 정도는 따뜻해질 기미가 없었다. 이상한 차림인 줄 알지만 선택의 여지가 없었다. 찬비 속을 뛰어서 지하철역으로 갔다. 열차에 오르자 종일 주머니에 넣어 가지고 다닌 쪽지를 꺼냈다.

이것은 비밀이었다. 리스턴이 자꾸 권해서, 아버지를 기리는 연설문을 작성했다. 그의 커리어, 수상 내역, 업계에 미친 영향을 나열한 글이었다. 그 주 내내 전등 하나만 켜놓고 밤을 새워 연설문을 썼다. 학교 숙제도 밀어두고서. 글은 이렇게 시작했다. '내 아버지 데이비드 시벨리우스는 거의 30년간 스타이너 연구소를 이끌다가 은퇴하십니다.'

그의 훌륭한 업적과 격조 있는 인품을 세심하게 강조하면서도 상당히 자제하고 점잖은 기조를 유지했다. 재미난 글이 되도록 애썼다. 데이비드가 싫어하는 게 하나 있다면 감상적인 태도였다.

연구소에 도착하자 에이더는 리스턴의 사무실로 직행했다.

"정말 예쁘구나!"

리스턴이 말했다. 그녀는 필요하지만 질색이라고 말하는 돋보기를 벗으면서 책상 앞에서 일어났다. 리스턴 역시 데이비드의 퇴임 파티를 위해 차려입었다. 큼직한 분홍색 재킷은 머리와 대조되면서도 머리색을 돋보이게 했다. 평소보다 볼 화장이 진했다. 또 길고 큰 기하학적인 귀걸이를 달고 있었다. 그녀가 데이비드의 후임으로 연구소를 이끌 터였다. 리스턴은 소장 분위기가 나게 입으려 했지만, 좀 생뚱맞다는 걸 심지어 에이더도 알았다.

오후 4시였다. 만찬이 시작되려면 세 시간이 남았다. 에이더는 수줍게 주머니에서 연설문을 꺼내, 리스턴에게 봐주겠느냐고 물었다. 어릴 때 자주 자던 콩주머니 의자에 앉아, 바닥을 보면서 리스턴의 반응을 초조하게 기다렸다.

리스턴이 말했다.

"와, 에이더. 완벽한 것 같구나."

그녀가 고개를 들었다. 리스턴의 아래 속눈썹 바로 위에 눈물이 아슬아슬하게 맺혀서 주르르 떨어질 것 같았다. 리스턴은 얼른 웃으면서 고개를 숙였다. 에이더는 그녀를 찬찬히 바라보았다. 그해 마흔세 살로 예쁘장하고 약간 통통한 얼굴은 부드러운 인상을 주었다. 에이더의 눈에 리스턴은 늘 십대 같았다. 에이더는 화장술이나 여자들이 꾸미는 것을 전혀 몰랐다. 그래서 리스턴의 패션 감각, 붉게 염색한 머리, 마스카라를 젊음의 상징으로 오해했다.

"미안."

리스턴이 말하고 서글프게 웃었다. 그녀가 덧붙였다.

"네가 여기 없는 게 아쉬울 거야, 그래서 그래. 너와 데이비드 둘 다."

연구원 여섯 명 전원이 차례로 스타이너 연구소의 메인 룸에서 나갔다. 찰스-로버트, 다음으로 리스턴, 프랭크, 이어서 하야토, 그다음에 데이비드. 에이더가 마지막으로 나서다가, 뒤쪽 벽에 손을 뻗어 습관적으로 전등 스위치를 내렸다. 스위치를 찾을 필요도 없었다. 에이더는 뒤돌아서 어두운 사무실을 들여다보았고, 생명과 몸을 두고 떠나는 느낌을 맛보았다. 밖으로 나와 문을 닫을 때는 유령이 되는 기분이었다. 허깨비가, 실체가 없고 집도 절도 없는 존재가 되는 느낌. 데이비드도 내내 이런 기분을 느끼게 될까. 이제 무슨 일이 벌어질지 염려스러웠다.

만찬은 비트의 직원 식당에서 열렸고, 식탁이 린넨 식탁보와 꽃으로 장식되어 있었다.

데이비드는 이미 연설을 사양해서, 여섯 연구원을 위해 마련된 테이블에 불편하게 앉아 있었다. 맥카렌 총장 부인이 함께 앉았다. 맥카렌 부인은 단정한 여성이어서, 예의를 차리느라 데이비드와 가벼운 대화를 시도하다가 결국 포기했다.

데이비드는 비스듬히 앉아서 고개를 푹 숙였다. 누군가가 말을 걸면 눈을 맞추지 않고 입술의 움직임을 읽으려는 듯 상대의 입가만 쳐다보았다. 그가 통 음식을 먹지 않자 결국 에이더가 식사를 권했다. 비트의 동료들과 다른 연구소 사람들이 차례로 데이비드의 업적과 지성, 위트와 너그러운 마음씨에 대해 말하면, 그는 예의 바르게 미소 지었다. 하지만 에이더에게는 이런 장점의 열거가 최근에 잃은 것들을 상기시켜서 괴롭기만 했다. 이제 데이비드는 쉽게 싫증냈다. 그가 한두 차례 눈을 꾹 감았고, 에이더는 최대한 표시나지 않게 그를 흔들었다.

마지막 연설은 에이더가 할 예정이었다. 에이더는 의자에 걸겠다고 고집 부렸던 파카의 주머니에 든 연설문을 만졌다. 걱정

164

되어 자주 쳐다보느라 종이가 구깃구깃해졌다. 에이더는 주머니에서 연설문을 꺼내 무릎에 올려놓고 틈틈이 내려다보았다. 하지만 디저트가 나오고 총장이 연설하는 동안, 데이비드는 딸 쪽으로 고개를 돌리고 너무 큰 소리로 그만 가도 되겠냐고 물었다.

에이더가 얼른 한 번 고개를 저었다. 맥카렌 총장은 데이비드의 말소리를 들었다. 에이더는 다른 대학 관계자들이 데이비드의 퇴직 이유를 얼마나 아는지 잘 몰랐지만 – 연구원들은 데이비드가 사람들과 너무 오래 말하지 않도록 중재하긴 했다 – 이 순간 그가 문제가 있다는 것을 다들 안다는 걸 깨달았다.

"지금 가자, 에이더. 정말이야, 가자."

데이비드가 말했다.

맥카렌 총장은 예의를 차리느라 시선을 돌렸다.

에이더가 아버지에게 몸을 숙이고 다급히 속삭였다.

"데이비드를 위한 자리예요. 만찬의 주인공은 데이비드예요. 아직은 가면 안 돼요."

데이비드는 말을 못 들은 것처럼 천천히 고개를 저었다.

"난 가야겠다."

그가 말하더니 비척대며 의자에서 일어났다. 그는 테이블에 앉은 사람들에게 손을 들어 보이면서 말했다.

"자, 이제 모두 안녕히."

에이더도 일어났다. 팔을 뻗어서 팔꿈치를 잡아 주저앉히고 싶었지만, 오히려 상황이 악화될 것 같았다. 무릎에서 연설문이 떨어지자 에이더는 집으려고 몸을 숙였다. 일어나다가 우연히 리스턴과 눈이 마주쳤고 그 얼굴에서 너무도 깊은 슬픔, 너무도 깊은 연민을 보자 얼른 고개를 돌렸다. 데이비드와 에이더는 나란히 옆문으로 빠져나왔다. 뒤에서 총장이 말을 더듬다가 잠시 입을 다무는 기척이 들렸다.

"아, 우리 주빈께서 내키지 않으시나 봅니다……."

그때 두 사람은 밖으로 나와 한참 인도에 서 있었고, 에이더는 어떻게 할지 결정했다. 비는 멎었지만 쌀쌀했다. 4월 날씨치고 너무 추웠다.

"택시를 탈까요?"

에이더가 물었다. 그것은 데이비드가 질색하는 일이었다. 그에게 택시는 게으른 자들, 돈 낭비하는 작자들이나 하는 짓이었다. 하지만 에이더는 스키파카를 입고도 덜덜 떨려서 물어봐도 손해가 없다고 생각했다. 그는 당장 그러자고 했다.

택시에서 에이더는 부아가 나서 입을 다물었다. 아버지가 기사에게 집 방향을 알려주지 않아서 대신 말한 것 외에는 아무 말도 하지 않았다. 데이비드는 머리받침에 머리를 기대고 한동안 눈을 감고 있었다. 에이더는 화난 얼굴로 그를 바라보았다. 상점들과 가로등의 노란 불빛에 비친 병색이 짙고 늙은 그의 얼굴이 보였다. 에이더는 최근 그의 체구가 실제로 작아진 걸 알아차렸다. 늘 호리호리하긴 했지만, 최근에 키가 줄고 구부정해진 것 같았다. 일주일 사이에 다섯 살을 먹은 것 같았다. 눈 밑에 다크서클이 짙었다. 에이더는 한때 아버지가 미남이라고 생각했다. 키가 큰 것도 이유였겠지. 에이더가 태어났을 때 데이비드는 유난히 나이 많은 아빠였지만, 늘 연배에 비해 젊어 보였다. 키가 크고 체구가 단단했고, 얼굴이 곱고 호기심 많은 눈이 반짝반짝했다. 그는 마음만 먹으면 몇 시간이고 남의 말을 들어줄 수도 있었다. 여자들은 늘 그를 좋아했고, 에이더도 이 사실을 모르지 않았다. 하지만 이제 그는 변했다. 아버지보다는 할아버지 같았다. 딸을 보호해줄 수 없는 사람이 되고 말았다. 에이더는 안정감 없고 불안하게 느꼈다.

집에 도착하자 잘 자라는 인사도 없이 방에 틀어박혔다. 컴퓨터를 켜서 대화하려고 엘릭서를 불러냈다. 그때 계단에서 데이비드의 발소리가 나더니, 노크 소리가 들렸다.

데이비드가 딸의 방에 오는 것은 드문 일이었다. 에이더는 아버지가 침대에 걸터앉아 책을 읽으며 재워준 기억이 없었다. 책을 읽어주기는 했지만 늘 아래층 거실이나 더 격식 차린 분위기에서였다. 에이더가 의자에 앉고 데이비드는 다른 의자에 앉는 식이었다. 그러다가 에이더는 지루해지면 위층에 올라가 잠자리에 들었다. 네 살 때 양치하고 세수하고, 머리가 엉키지 않게 빗질하는 것을 배웠다. 혼자 잠옷을 입고 작은 몸으로 침대에 들어가 누웠다.

에이더가 문으로 가서 빼꼼 열었다. 바나나색 원피스와 두꺼운 검은 타이츠를 입은 어색한 차림 그대로였다.

데이비드는 괴로운 듯했다. 복도의 불은 꺼져 있었다. 에이더는 책상 위 작은 램프의 불빛만으로 아버지를 볼 수 있었다.

"들어가도 될까, 에이더?"

그가 물었다.

에이더가 문을 좀 더 열었다. 의자는 책상 앞에 놓인 것밖에 없었다. 데이비드가 이 의자에 앉았기 때문에, 에이더는 맞은편 침대에 걸터앉았다. 그는 심각하게 딸을 바라보았다.

"사과하고 싶구나."

그가 말했다.

에이더는 가만히 있었다.

"난 최근에 부인할 수 없게 된 일을 모르는 체하면서 긴 시간을 흘려보냈지. 천천히 내 정신을 빼앗기고 있다는 사실 말이야. 이게 내가 어렵사리 직면하게 된 진실이지."

에이더는 아버지를 바라보았다. 뻣뻣하기만 한 반항심이 느껴졌다.

"네가 화난 걸 알 수 있어. 내 정신머리가 붙어 있을 때, 아직 정신이 상당히 온전할 때 말해두고 싶구나. 너를 딸로 갖는 것이 내게 어떤 의미였는지 말이다, 에이더. 넌 상상도 못할 거야. 현재……."

딸이 대꾸하려 하자 그가 손을 들어 막으면서 말을 이었다.

"현재 말이지, 사실 의학 연구와 기술 분야에서 엄청난 혁신들이 일어나고 있고……."

데이비드는 말꼬리를 흐리면서, 메모가 있으면 좋겠다는 듯이 손바닥을 내려다보았다.

"의학과 기술의 혁신들이요."

에이더가 말했다.

"맞아. 내가 생존해 있는 동안, 현재는 피치 못할 퇴행으로 인식되는 현상의 과정을 복구시킬 진전이 생길 수도 있지. 작고 불가능할 것 같은 가능성이지만, 그럼에도 가능성은 있지. 그 말을 하니 네가 이 희망에 매달려선 안 된다는 생각이 드는구나. 왜냐면 우리 둘 다 인정해야겠지만, 네가 어른이 되기 전에 내가 죽을 확률이 크거든. 그게 내 예상이고, 네가 준비해야 되는 길인 거지."

에이더는 고개를 끄덕였다. 침대에 꼼짝 않고 앉아 있었다. 아직도 파카를 입고 있었다. 주머니에 넣은 오른손에 아버지에 대해 쓴 연설문을 쥐고 있었다. 에이더는 원고를 아버지에게 줘야 될지 고심했다.

데이비드가 말했다.

"또 네가 어느 날, 나에 대해 이해하기 힘든 점들을 알게 될 수도 있어. 어떤 자식이나 이 과정을 거치겠지. 내가 여기 없기에 – 어쩌면 정신적으로, 어쩌면 물리적으로 – 너한테 설명하거나 네가 그 문제에서 벗어나게 해주지 못하는 게 문제지. 그러니까 내 말을 믿어야 해. 내가 여태 해온 모든 일이 나 자신과 너의 더 나은 삶을 위해서였음을, 또 내가 해온 모든 일은 우리에게 최선이었다는 것을. 알겠니, 에이더?"

에이더는 움직이지 않았다. 아버지를 지켜보았다. 그의 눈길이 간청하고 있었다. 데이비드가 의자에 앉은 채 몸을 숙여 딸을 바라보았다.

"이해가 되니?"

그가 딸에게 물었다. 그러자 마침내 에이더가 고개를 숙였다. 그 순간에는 이해가 되지 않았지만.

"결국 난 독실한 신자는 아니었지만, 어찌 보면 우리 이야기가 이렇게 끝나진 않을 거란 예감이 든다. 어느 날인가 어떤 형

태로든 우리의 길이 엇갈릴 가능성이 높다는 생각이 들어. 들어
줘서 고맙다."

데이비드가 말했다. 그는 힘들게 일어나서 문으로 걸어가다
가 덧붙였다.

"너와 나누는 대화가 가장 그리울 거야."

그러더니 가버렸다.

아버지와 딸은 두 번 다시 이런 대화를 하지 않았다. 에이더는 무척 고심한 끝에, 그를 위해 쓴 연설문을 주지 않았다. 아버지가 너무 신파조라고 볼 것 같아서였다. 대신 원고를 간직했고, 그가 퇴행을 보일 때 가끔 읽으면서 예전 모습을 떠올렸다.

퇴임식 다음 날 아침은 이상했다. 토요일이었고 집 밖에 나갈 이유가 없었다. 가고 싶어도 연구소에 갈 일도 없었다. 데이비드는 아주 얌전했고, 집 앞쪽 창가에 앉아 시집을 펼쳐 들었다. 사실 읽지는 않았지만. 그가 명랑한 척 말했다.

"드디어 자유 시간이 생겼네. 이런 날이 오기를 오랫동안 기다렸지."

에이더는 절인 청어 샌드위치로 둘의 점심을 준비했다. 데이비드가 좋아하는 음식이었다. 흰 빵의 딱딱한 부분을 잘라내고 진한 홍차를 곁들였다. 나중에 시간도 때울 겸 도서관에 걸어갔다 오자고 아버지를 졸랐다. 데이비드도 그러자고 했다.

그는 사서인 안나 홈스를 쳐다보면서 아는 체하지 않았다. 그녀는 도서관에서 일한 지 여러 해가 되었고 그를 이름으로 부르는 사이였다. 심지어 에이더는 두 사람이 서로 반한 게 아닌지 의심한 적도 있었다.

홈스 사서는 그를 보자 반기면서 인사했다.

"잘 지내셨어요, 데이비드? 아주 오랜만에 오셨네요!"

데이비드는 궁금한 눈초리로 그녀를 보았다.

"아주 잘 지냅니다. 안부를 물어줘서 고맙습니다."

그 뒤 에이더는 저녁식사 시간까지 문제를 풀었다. 잠자리에 들자 큰 믿음이나 확신 없이 아버지의 치유를 기도하면서, 노리치의 줄리안과 프래니 글래스를 떠올렸다.

일요일도 아주 비슷했다.

그러다가 월요일, 다시 등교해야 되는 날이 왔다. 에이더는 아버지에게 집 밖에 나가지 말라고 단단히 일렀다. 집이 지어질 때부터 있던 바깥문은 구식 열쇠로 밖에서 잠글 수 있었다. 에이더는 주저하다가 죄책감을 느끼면서도 결정을 내렸다. 그날, 그리고 이후 매일 밖에서 문을 잠그는 것이 데이비드에게 최선이고 가장 안전한 조치였다. 최근에 아버지가 헤매고 다닌다는 것을 아무에게도 말하지 않았다. 에이더는 당국에서 그를 데려갈까 겁났다. 수업이 끝나면 집으로 달려왔다. 데이비드가 문을 부수고 나가거나 공포에 질리지 않았기를 간절히 바랐다. 그가 울면서 바닥에 주저앉아 있거나 비슷하게 괴로워하는 자세로 있지 않기를 바랐다. 하지만 그는 멀쩡해 보였다. 차분히 창가 의자에 앉아서 창밖을 응시하고 있었다.

이후 몇 주간 에이더는 기회 있을 때 모든 정보를 알아내려고 했다. 하지만 데이비드는 점점 말수가 줄었다.

그는 기운 없이 말했다.

"기억이 나지 않는구나, 얘야."

그래서 에이더는 아버지가 한두 번 말한 것들을 최대한 기억을 되살려 기록했다. 할아버지는 미국에서 조선으로 돈을 번 핀란드 이민자의 손자였다. 할머니는 영국인 분리주의자로 '메이플라워'호를 타고 와서 플리머스 식민지의 지사를 지낸 윌리엄 브래드퍼드의 후손이었다. 그녀의 처녀 적 성은 에모리였다. 에이더는 데이비드가 과제를 적어둔, 표지가 얼룩덜룩한 공책이 아니라 파란 표지의 공책에 이런 내용을 적었다.

에이더가 적은 사실들을 읽어주고 확인해달라고 하자 데이비드는 기억이 나지 않는다고 답했다.

"에모리? 그런 성씨는 들어본 적이 없는데."

에이더는 아버지의 인생에서 이 기간을 '재택근무' 시기로 불렀다. 그게 자신의 희망과 그의 품위를 유지하는 데 도움이 되었다. 매일 데이비드에게 완수할 과제를 내주었고, 주말에는 신문 몇 가지를 집에 가져와 함께 열심히 읽었다.

데이비드는 점점 엘릭서에 집착했다. 이제 오로지 프로그램과 교류하는 데서만 위로를 얻는 듯했다. 가끔 단어가 생각나지 않으면 서재를 손짓했고, 그러면 에이더가 그를 데리고 들어가 컴퓨터 앞에 앉게 했다. 에이더는 엘릭서를 열어주고 그를 방에 혼자 두고 나왔다. 아버지를 존중하는 뜻에서 혼자 자판을 두드리게 해주었다.

"이제 너."

데이비드는 작업을 마치면 딸에게 말했다. 엘릭서가 자신의 업적임을 데이비드가 안다는 생각이 들었다. 에이더는 데이비드를 로그아웃한 후, 자신의 이름으로 로그인했다. 그리고 성실하게 프로그램과 대화했다.

에이더는 여전히 가끔 아버지에게 연구에 몰두하라고 격려하려 했다. 하지만 그는 자료를 앞에 두고 앉아 한동안 멀뚱멀뚱 쳐다보기만 했다 - 어리둥절하고 괴로운 표정이었다.

가끔 에이더는 2년 전 8월 어느 밤에 아버지가 준 플로피 디스크를 꺼냈다. 대학원 신입생 환영 파티가 어색하게 끝난 밤이었다. 빳빳한 커버에 아직도 데이비드의 필체로 '에이더'라고 적혀 있고, 그의 메모가 디스크에 담겨 있었다. 에이더는 디스크를 드라이브에 넣었다. 그런 다음 데이비드와 컴퓨터 앞에 앉아, 암호 해독을 도와달라고 부탁했다. 'DHARSNELXRHQHLTWJF OLKTWDURSZJZCMILWFTALVUHVZRDLDEYIXQ'라는 텍스트가 나타났다. 되는 대로 적은 문구 같았다. 데이비드는 이런 때면 입을 다문 채 에이더가 화면에 나타난 글자들을 종이에 옮겨 적는 모습을 지켜보았다. 에이더는 글자의 빈도를 계산하고, 글자들 위에 슬래시 기호를 적었다.

어느 날 컴퓨터를 켜자 눈을 찡그린 모니터 아이콘이 떠오르고 부팅이 되지 않았다.

데이비드가 컴퓨터 화면을 손짓했다.

"꼭 나 같네."

그가 화면에 뜬 처량한 아이콘에 대해 말하자 에이더는 아버지가 아직 농담할 수 있는 게 안심되어 웃었다.

에이더는 컴퓨터를 고치겠다고 다짐했지만 그럴 수가 없었다.

"엘릭서를 할 시간인가?"

데이비드는 매일 물었고 – 이 이름을 놀랍게도 잘 기억했다 –
에이더는 컴퓨터가 고장 나서 위층에 올라가 컴퓨터를 써야 된
다고 알려줘야 했다.

그가 에이더의 컴퓨터를 사용하는 사이, 에이더는 서재에서
컴퓨터가 부팅되지 않는 원인을 찾는 데 매달렸다. 데이비드가
아프기 때문에 컴퓨터의 상태가 더 중요한 의미를 가졌다. 하지
만 고칠 수가 없었다. 데이비드의 도움이 필요했지만, 이제 그는
도움을 줄 수가 없었다.

데이비드가 퇴임할 무렵, 연구소는 외부인들과의 올바른 채
팅으로 엘릭서의 어휘를 확장하는 시스템을 마련하는 중이었
다. 이것은 데이비드가 반대한 안이었다. 신임 소장인 리스턴은
에이더와 만날 때마다 연구소 상황을 조금씩 알려주었다. 데이
비드의 발병 전, 리스턴은 늘 에이더를 연구소 일에 개입시키는
것을 주저했다 – 업무 능력을 의심해서가 아니었다. 오래전 그
녀는 에이더의 행복과 관련해 데이비드와 다른 입장을 취함으
로써 균형을 잡는 역할을 자임했다. 그래서 그는 딸을 연구로 밀
어 넣으려 했지만, 그녀는 에이더를 아이다운 생활로 가만히 끌
어당겼다. 하지만 이제 데이비드가 퇴행하자 리스턴은 에이더
가 연구를 얼마나 그리워하는지 알았고 가능하면 개입시켰다.

리스턴은 일주일에 한 번씩 저녁식사를 하러 왔고, 가끔 막내
아들 매티를 설득할 수 있으면 데리고 왔다. 매티는 별말 없이
구석에서 만화책을 읽으면서, 이따금 세 사람을 쳐다보았다. 다

른 때는 리스턴 혼자 왔다. 그리고 에이더에게 그간의 연구소 상황을 알려주고, 당면한 문제들과 해결 중인 고민들을 털어놓았다. 이따금 에이더는 다음에 만나거나 전화 통화로 그간 알아낸 사실들을 리스턴에게 알려주었다. 한번은 연구소에 전화해서, 전날 밤 잠을 설치다가 불현듯 떠오른 해결책을 말했다. 리스턴은 '정말 고맙구나, 허니'라고 말했고, 그 말투에서 이미 문제가 해결되었음을 에이더는 알 수 있었다.

학교에서 에이더는 정신이 없었다. '퀸 오브 에인절스'에서 고통스럽고 불편한 존재로 자리 잡았다. 누가 말을 시키지 않으면 입을 열지 않았다. 데이비드에게 백팩을 사달라고 부탁하고 싶지 않았다. 다시 서류가방을 쓰면 창피할 터라서 어디 가나 책더미를 안고 다녔다. 덕분에 이상한 눈길을 받았고, 자기 얘기를 듣지 않으려고 무던히 애써도 몇 가지 별명이 귀에 들어왔다. 친구가 없으니 적도 없었다. 매일 점심시간에 소설책을 꺼내, 교과서 더미 위에 올려놓고 천천히 식사하면서 읽었다. 한 입씩 베어 문 후에는 손을 뻗어 입가를 닦아냈다.

에이더는 눈에 띄지 않는 동시에 과도한 관찰을 받았고, 가끔 무형의 공기 같은 존재가 – 마지막으로 연구소를 떠날 때의 환상처럼 – 되면 어떨까 상상했다. 그림자가 되어 눈에 띄지 않고 모퉁이를 돌아 복도 벽에 붙어 지나다닐 수 있으면 좋을 텐데. 밤의 장막이 드리워진 혼자만의 방에서 또래들이 쓰는 은어와 유행어를 연습하며, '같아'라고 중얼대곤 했다. '음, 완전.' '됐고.'

이제 예쁘장한 외모를 갖고 싶었다. 최근에 객관적으로 평가

한 후 예쁘진 않다고 결론지었다. 예전 같으면 외모는 문제가 되지 않을 터였다 – 사실 데이비드는 늘 미모를 해가 되는 요소, 다리에 찬 모래주머니처럼 거추장스럽고 힘들게 하는 요소로 보는 듯했다.

하지만 '퀸 오브 에인절스'에서는 미모가 전부였다. 이 부분에서는 멜라니 맥카시가 기준이었고, 다른 8학년생들은 그 뒤로 순위가 정해질 수 있었다. 에이더는 맨 끝 언저리라고 확신했다. 거울 앞에서 안경을 벗으니, 얼굴이 흐릿하고 뿌옇게 보였다. 더 나아 보였다. 다시 안경을 쓰고 얼굴을 찌푸렸다. 어쩌면 안경 자체가 문제란 생각이 들었지만, 아버지에게 콘택트렌즈를 사달라고 요구하는 것은 언감생심이었다. 가슴 수술을 시켜달라는 것과 다름없는 일이었다. 에이더는 긴 한숨을 내쉬면서 침대로 갔다. 아침이 오는 게 두려웠다.

데이비드의 인지력 감퇴가 가속화되자 에이더는 집에 같이 있다는 점에 집착했다. 아버지가 집에 없는 날이 오는 게 두려웠다. 에이더는 다시 예전의 태도를 취했다. 이제는 리스턴이 저녁 식사를 하러 오면, 그가 잘 지내는 것처럼 보이려고 최선을 다했다. 겉보기보다 정신이 또렷하고 기억력도 나아졌다며 리스턴을 설득하려고 갖은 애를 썼다. 데이비드에게 미리 화젯거리를 가르쳐주고, 신문 머리기사들을 함께 살펴보았다. 예전에 만찬 파티 전에 화제를 준비했던 것처럼.

"방금 데이비드가 말했는데요……."

그렇게 말을 시작해, 세계의 사건 뉴스들을 정독해서 미리 생각해둔 의견을 데이비드의 말인 듯 전하곤 했다.

"그렇지요, 데이비드?"

에이더가 물으면, 그는 딸을 멍하니 보면서 고개를 끄덕였다. 데이비드는 예전부터 매티를 좋아했고 그건 변함이 없었다. 매티가 올 때마다 마음이 내키면 선물 삼아 책이나 캐릭터 펜, 초콜릿을 주었다. 어떤 때는 너무 오래된 초콜릿이어서 에이더가 다른 걸로 바꿔야 했지만, 대개 매티는 알아차리지 못했다. 그런데 시간이 지나면서 데이비드는 매티의 이름을 잊었고, 누군지 아예 잊었다. 데이비드가 '이 어린 친구는 누군가?'라고 묻기 시작하자 매티는 두려운 듯 그의 눈길을 피했고, 마침내 방문을 거부했다 – 리스턴은 내색하지 않았지만 에이더는 알 수 있었다. 리스턴은 에이더가 속상할까봐 둘러대곤 했다.

"이제 매티가 저녁에 야구 연습을 하거든. 윌리엄이 데리러 가지."

처음에는 다른 연구원들도 이따금 찾아왔지만 곧 방문 횟수가 줄었다. 데이비드가 그들의 이름을 잊자 에이더는 꼴좋게 됐다고 생각했다. 그들이 더 자주 찾아왔다면 데이비드가 더 잘 알아봤을 테니까. 그래도 사람들이 아버지와 자신을 좋게 봐주기를 바랐다. 그래서 사람을 만나기 전에 그를 준비시키고 악화 정도를 얼버무렸다. 아동보호국 조사관은 매달 조사를 나오면 에이더를 다른 방으로 데려가, 집에서 사는 게 편하냐고 물었다. 에이더는 한결같이 그렇다고 대답했다.

한동안 이런 방식이 통하는 듯했다. 에이더는 아버지를 보살필 수 있다고 느꼈다. 가끔 데이비드는 읽지도 않는 책을 들고 책상이나 의자에서 잠들었다. 그러면 에이더는 아버지와 마주 앉아, 예전의 모습을 상상했다 ― 그가 자다가 깨어나 의자에서 벌떡 일어나는 상상. 데이비드는 딸을 식당으로 불러 유명한 명제나 문제를 펼쳐놓고 풀라고 채근했다. 에이더가 문제를 풀면 그는 '아주 잘했다, 에이더. 출중한 실력이야. 똑똑하구나'라고 말하곤 했다. 이제 에이더는 그런 칭찬의 말이 사무치도록 그리웠다. 때때로 데이비드가 공책에 내준 문제를 풀고 나서 '잘했어'라고 자신에게 속삭였다. 그는 악화되기 전에 에이더가 풀 문제들을 미리 내두었다. '잘했어, 명석하구나.' 에이더는 그 말을 듣는 상상을 했다.

이런 식으로 버텼다. 그럭저럭 해나갔다. 에이더는 힘이 미치는 한 계속해서 그의 결함을 메우겠다고 다짐했다. 그러다가 5월, 데이비드가 옷을 입지 않고 방에서 나오자 에이더는 기절할 정도로 경악했다.

"옷 입어요!"

에이더가 다급히 소리치고 방으로 뛰어가 숨었다. 다시 밖으로 나오니, 다행히 데이비드는 옷을 입고 있었다. 하지만 그 후로 자주 이런 일이 벌어졌고, 결국 에이더는 밤낮으로 필요한 옷을 침대에 늘어놓기 시작했다. 옷을 입으라고 채근한 후, 문을 닫고 나와 그가 옷을 갈아입게 했다.

"옷 입었어요?"

에이더는 그렇다는 대답을 듣고서야 다시 방으로 들어갔다.

데이비드는 어휘를 기억 못해서 점점 괴로워했다.

"렌치같이 생겼는데 렌치는 아니고."

또 이렇게 말할 때도 있었다.

"검은색 작은 물건. 네가 쓰는 건데. 내가 좋아하는 그것."

그러다 '그것'이 생각나지 않으면 안달했다.

"그게 필요한데. 어디 있지?"

에이더가 도울 수 없는 경우가 있었다. 그러다가 데이비드는 욕을 하기 시작했다. 에이더는 논문 몇 편을 읽었기에 이 증세에 대한 마음의 준비를 했다. 알츠하이머 질환과 관련된 언어장애로 인해 뇌의 다른 영역에 남아 있는 욕설 창고에서 욕설이 쏟아져 나오는 경우가 많았다. 준비했다고 해도 현실에서 당하자 에이더는 충격을 받았다. 점잖은 데이비드가 생전 쓰지 않던 욕을 딸에게 내뱉다니. 딸을 알아보지 못하는 경향이 많아지고, 때로 분노에 휩싸인 듯 주먹을 들었다가 손을 내렸다. 어떤 때는 아이처럼 울었고 에이더는 영혼이 흔들릴 만큼 속상했다. 이 무렵 그는 누구든 이름을 부르지 않으려고 '내 친구'로 불렀다. 거기에 딸도 포함되었다. 때로 에이더는 '에이더'라고 말해주었다. 리스턴 앞에서는 태연한 척했지만, 둘만 있을 때는 종종 아버지를 윽박질렀다.

"제 이름을 알잖아요."

에이더는 안달하면서 말했다. 한두 번 '내가 에이더'라고 고래고래 소리치기도 했다.

"직접 에이더라고 이름을 지었잖아요."

아버지에게 소리친 것은 이때가 처음이었고, 갑자기 끔찍하고 오싹한 기분이 들었다. 그런 순간이면 그는 눈을 깜빡이며 에이더를 바라보았다. 데이비드는 움찔하지 않았다. 자존심을 지키는 게, 철옹성처럼 지키는 게 중요하다는 것을 아는 듯했다. 또 에이더가 자기 이름을 대면서 울부짖으면, 그는 가까운 사물로 천천히 고개를 돌리고 응시했다. 어떤 때는 에이더가 이름을 속삭였다. 그러면 이름이 그의 뇌리에 어느덧 스며들 것 같았다. 데이비드가 자는 동안. 그가 깨서 눈을 깜빡대며 창밖의 쇼멋 웨이를 바라볼 때면 중얼댔다. '제가 딸 에이더예요.' 그는 아무 대꾸도 하지 않았다.

매주 그는 점점 나가고 싶어 했다. 한밤중에 종소리가 났다. 에이더는 침대에서 뛰쳐나갔다. 딸은 점점 지쳤다.

어느 날 에이더가 학교에서 돌아오니, 쇼멋 웨이에 대형 소방차 석 대가 늘어서 있었다. 리스턴이 출근 복장 그대로 데이비드의 집 앞에 서서 소방대원과 대화 중이었고, 이웃들이 삼삼오오 모여 있었다. 오키프 부인까지 야외용 의자에서 일어나, 지팡이에 기대서서 사람들의 이야기를 들으려 애썼다.

그 순간 에이더는 데이비드를 보았다. 그는 더운데도 담요를 두르고 바닥에 주저앉아 있었다. 소방대원이 옆에 편히 앉아서, 풀밭에 앉은 데이비드에게 말을 걸려고 애썼다. 데이비드는 아이 같고 혼란스러워 보였다. 엄마를 기다리는 다섯 살 아이 같았다. 발가락을 하늘을 향해 들고 있었다. 머리를 푹 숙이고 미세하게 몸을 이쪽저쪽으로 흔들었다. 봄 공기 속에서 에이더는 매캐한 냄새를 맡았다. 연기 냄새임을 깨달았다. 그 순간 본능적으로 달렸다. 하지만 그때 리스턴이 몸을 돌리다가 에이더를 보고 얼른 성큼성큼 걸어왔다.

그녀가 말했다.

"에이더. 네가 데이비드를 안에 두고 문을 잠갔니? 데이비드가 매일 안에 갇혀 있었던 거야?"

에이더는 속에서 뭔가 끓어오르는 것 같았다. 모든 것이 부당했다. 보살핌을 받을 사람은 자신인데 아버지를 보살피는 책임을 떠맡은 게 부당했다. 동시에 수치스럽고 억울했다. '그러지 않으면 나더러 뭘 어쩌라고요?'라고 리스턴에게 묻고 싶었다. 아버지는 누구도 아닌 자신의 책임이었다 – 또 에이더로서는 그게 최선의 결정이었다.

하지만 이런 마음을 입 밖에 내지 않았다. 소리가 나오지 않아서였다. 대신 옆구리에 팔을 딱 붙이고 그 자리에서 물끄러미 내려다보았다. 누군가, 아무라도 이 억울한 처지를 알아주길 기대하면서. 그러다가 마침내 리스턴이 에이더의 어깨에 팔을 두르고 나란히 거리를 내려갔다.

'세인트 앤드류 매너'('manor'는 영주의 저택이라는 뜻인데, 여기서는 요양원 이름이다-옮긴이)는 시내 외곽인 퀸시에 있었다. 훌륭한 수녀회에서 관리하는 좋은 요양원이었다. 리스턴의 어머니도 뇌졸중을 일으킨 후 여기서 여생을 마감했다. 데이비드가 집에 불을 낼 뻔한 날 직후 - 알고 보니 이웃사람이 화재경보음이 너무 오래 울리자 얼른 소방서에 신고했다 - 리스턴은 에이더와 몇 차례 의논했다. 마침내 에이더도 동의했다. 데이비드는 더 이상 쇼멋 웨이에서 딸과 살 수가 없었다. 사전에 합의한 대로 리스턴이 에이더의 법정후견인이 될 터였다 - 에이더는 열네 살이었고, 4년 후에나 법적인 성인이 될 터였다. 데이비드를 '세인트 앤드류'에 입원시키기로 했다.

처음 요양원의 이름을 들었을 때 에이더는 화려한 곳일 거라고 짐작했다. 반원형 차도와 마구간을 갖춘 교외 주택, 숲 속에 자리한 튜더 양식의 저택일 것 같았다. 데이비드는 옷가지 약간과 선반에 놓을 사진 몇 장만 가져가면 된다고 리스턴이 일러주었다 - 이즈음 에이더는 사진이 별로 없다는 것을 깨달았다. 집 안 어디에도 사진 액자가 없었다. 한편 리스턴의 집에는 아들들과 딸, 손주의 사진이 넘쳐났다. 친구들과 해변에서 찍은 사진,

가족사진. 심지어 연구소, 핼러윈데이, 크리스마스 파티에서 찍은 에이더의 사진들도 있었다. 에이더는 데이비드가 가져갈 사진을 한 장 얻을 수 있겠냐고 수줍게 물었다. 사진이 있으면 딸을 기억할 수 있기라도 한 것처럼. 집에는 사진이 거의 없었다. 데이비드는 카메라 공포증이 있어서 사진이 없었고, 딸의 사진을 찍을 엄두도 내지 않았다.

리스턴이 대답했다.

"당연하지, 허니. 정말 좋은 생각이구나."

그녀는 에이더를 집에 데려가, 마음에 드는 사진을 고르게 했다. 에이더는 한참 고심한 후 사진첩에서 3년 전쯤 찍은 사진을 골랐다. 에이더가 연구소 메인 룸에서 모니터 앞에 앉아 엘릭서와 채팅하는 장면이었다. 에이더는 카메라를 향해 행복한 미소를 지었지만, 사실은 그 위쪽을 쳐다보았다. 기억하기에, 아버지를 쳐다보고 있었다. 데이비드는 셔터를 누르는 리스턴 뒤에 서서 '포마지오'(이탈리아어로 '치즈')인가 '프로마주'(치즈)에 대해 재미난 말을 하고 있었다.

리스턴이 사진을 몇 장 더 골랐고, 모두 액자에 넣어주겠다고 했다. 그러더니 에이더의 어깨에 한 손을 얹었다.

"별일 없을 거야."

리스턴이 말했다.

에이더는 고개를 들어 따뜻한 그녀의 얼굴을 바라보았고, 미소를 짓고 싶은 마음이 간절했지만 그럴 수가 없었다.

떠나는 날 아침, 데이비드는 평소보다 혼란스러워 보였다. 거의 말이 없었다. 에이더와 리스턴은 전날 저녁 여행 가방에 옷을 싸두었고, 그는 애처롭게 한 손을 뺨에 대고 가방을 쳐다보았다.

"우리가 어디 가는 거지."

그가 몇 번이나 반복해서 말했다.

리스턴이 대답했다.

"옮겨갈 거예요! 멋진 곳으로. 모험을 떠나는 거예요."

"아니, 난 괜찮은데."

그가 예의를 지켜 대꾸했다.

데이비드가 마지막으로 부엌문으로 나가기 직전, 에이더는 불쑥 한 번 더 집을 둘러보라고 권하고 싶어졌다. 지하실에 내려가보라고, 작업대를 만져보라고. 덥고 먼지 뿌연 다락방에 올라가보라고. 낡은 침대로 가서 한참 앉아 있어보라고. 소중한 집을 마지막으로 보고 있다는 걸 데이비드는 알까?

하지만 리스턴이 이미 그를 달래 밖으로 나간 후였다. 그를 자극하지 않으려고 그랬을 터였다.

"우리 어디 가는 거야?"

데이비드가 마지막으로 물었다.

"안전벨트를 매요."

리스턴이 데이비드에게 말했다.

그는 시키는 대로 하고 양손을 옆으로 내려놓았다. 뒷좌석에 앉은 에이더는 아버지의 손을 가만히 바라보았다. 그는 왼손에 행운의 부적을 쥐고 있었다. 늘 지니는 클로버 모양의 쇠붙이였다. 최근에 에이더는 그가 부적을 가진 걸 보면 위로가 되었다 –

적어도 매일 그걸 주머니에 넣는 것은 잊지 않았다고 자위했다. 하지만 이날은 부적을 간직한다는 것은 이루지 못한 소원이 있다는 의미여서 마음이 아팠다. 그의 손은 부은 것처럼 퉁퉁해서 체구에 비해 컸다. 일하는 사람의 손 같지 않았다. 물건을 분해하고 재조립할 때, 식재료를 다지고 저을 때 민첩하게 움직이던 손 같지가 않았다. 최근까지 그런 손이었다고 에이더는 생각했다. 2년 전만 해도 그랬는데.

데이비드가 말했다.

"어떤 장소인지, 이름 좀 다시 말해봐."

"세인트 앤드류 매너."

에이더는 이름의 뉘앙스가 그의 마음에 들기를 바라면서 말했다 – 자신이 '매너'라는 어휘에서 받는 느낌을 아버지도 비슷하게 받을 거라고 상상했다. 위엄, 품격, 웅장한 회색 석조 건물.

하지만 그의 반응은 '아이고, 하필이면'이었고, 에이더는 요양원 이름에 대한 특별한 반응인지, 그냥 쏘아붙인 말인지 궁금했다. 최근 그는 예기치 않은 이상한 순간에 발끈하면서 성질을 냈다. 지금도 그런 경우일까.

데이비드는 더 적절한 대답이 떠오르지 않으면 이런 어구들을 중얼댔다. '아이고야.' '못살아.' '무슨 이런 일이!' 엘릭서가 달리 쓸 말이 없을 때 내놓는 반응이라는 생각이 에이더의 머리를 스쳤다. 그 무렵 데이비드는 그런 어구를 자주 썼고 그때마다 더 정확한 어휘가, 딱 맞는 대꾸가 생각나지 않아 실망하는 눈빛이 역력했다. 에이더가 기억하는 그는 원래 재치 있게 받아치는 솜씨가 뛰어났고, 거기서 자부심을 느꼈다. 병에 걸리기 전 데이비드는 말장난을 싫어했지만 재치 있는 말은 좋아했다. 그에게 언어는 수학과 비슷했다. 모든 문장의 모든 자리에는 적확한 표현이 분명히 있었다. 정신이 맑으면 골프 경기에서 공을 홀에 넣듯 정확한 어구를 구사했다. 상태가 좋은 날에는 당장의 상황에 딱 맞는 단어를 열두 개쯤 연달아 말할 수도 있었다.

앞좌석에서는 리스턴이 가벼운 대화를 이어갔다. 그녀는 데이비드를 안정시키려고 명랑한 척했지만, 자주 룸미러로 에이더를 흘끔댔다. 에이더는 창밖을 내다보았다. 리스턴은 데이비드에게 최선의 조치라고 거듭 말했다. 집에서 안전하게 보살필 수가 없다고, 더 이상은 안 된다고. 하지만 '세인트 앤드류' 행이 결정된 후 에이더는 아버지와 함께하는 다른 삶을, 다른 계획을 강박적이라 할 정도로 상상했다.

데이비드와 도망치는 공상에 빠졌다. 뉴욕으로, 외국으로, 그가 오랜 세월 임대했던 애디론댁 산맥의 숲 속 오두막으로. (이런 공상은 '퀸 오브 에인절스'에 다니지 않아도 되는 덤까지 선사했다.) 공상에 빠지지 않을 때는 아버지의 버릇, 외모, 걸음걸이를 눈여겨보았다. 그런 것들을 기억하고 싶었다. 잘 쓰지 않는 소형 카메라로 집 안 곳곳에서 데이비드를 은밀히 찍었다. 나중에 이런 사진들은 유령 사진처럼 보였다. 사진 속 데이비드는 무표정했다. 평소의 우스꽝스럽고 극적이고 변화무쌍한 표정이 없었다. 대신 글에서 읽은 사자안면증(얼굴이 사자처럼 변하는 것-옮긴이)이 느껴졌다. 잔학성을 암시하기에 두려운 용어였다. 그런 표정을 가진 사람은 갑자기 상대를 산 채로 잡아먹을 수 있다는 암시 때문에 겁났다. 그래서 아버지의 얼굴을 인형 얼굴이라고 생각하려 애썼다. 정적인, 조용한 가면으로 보려 했다.

　리스턴은 요양원의 이름이 적힌 표지판에서 우회전했다. 은행 간판을 연상시키는 활자로 '세인트 앤드류 매너. 1951년 설립'이라고 적혀 있었다. 작은 언덕 꼭대기에 U자 형으로 저층 벽돌 건물 몇 동이 있었다. 리스턴이 주차장에 차를 세우자 에이더는 아버지가 왼손을 그러쥐는 것을 보았다. 바깥 상황을 보려고 몸을 숙였다. 현관 근처 차도에는 데이비드보다 훨씬 나이 든 노부인 둘이 있었다. 그들은 축 늘어진 채 휠체어에 앉아 있었다. 한 명은 턱이 가슴에 닿게 고개를 숙이고 잤다. 다른 노인은 일어나서 걷기라도 하려는 것처럼 발을 앞뒤로 움직였다.

　데이비드는 리스턴의 채근에 차에서 내렸고, 세 사람은 밖으로 나왔다. 그는 몸을 제법 잘 움직여서 얼른 좌석에서 일어나 수월한 동작으로 차에서 내려 문을 닫았다.

　하얀 현관문 오른편에 어부의 수호성자인 앤드류가 각인된 현관이 있었다. 에이더는 건물 내부에 들어서자 왜 요양원 이름이 '앤드류'인지 눈치챘다. 로비 뒤쪽의 큰 창문에서 멀리 동쪽으로 항구가 보였고, 대지가 경사진 덕분에 1층에서도 조망할 수 있었다. 에이더는 배들이 항구에 드나드는 광경을 보았다. 햇살이 좋아서 모든 게 조금 덜 칙칙해 보였다. 로비의 다른 쪽은 단조로운 베이지색이었고 꽃무늬 쿠션이 놓인 안락의자, 탁자, 아무도 거들떠보지 않을 책이 여기저기 있었다. 벽난로 두 개가 비슷하게 덩그러니 있었다. 난로에 불을 피우지 않을 거라고 에이더는 생각했다. 벽난로에 불을 피우면 좋을 텐데. 데이비드의 벽난로 사랑은 지인 모두 아는 사실이었다.

데이비드는 서서 바다를 내다보았고, 그사이 리스턴은 안내석으로 다가갔다. 에이더는 나서지 않아도 대신 처리해주는 리스턴이 고마웠다. 관리자와 직원들에게 아버지의 요구 사항과 걱정거리를 알려주려고 준비해왔지만 머릿속이 하얘졌다. 그래서 데이비드 곁에 서서 쳐다보기만 했다. 에이더는 쑥스러울 때면 입을 꾹 다물었다. 데이비드가 여기서 살기에는 너무 젊다는 생각이 들었다. 누구와 대화를 할까? 도체스터에서 퀸시에 오려면 버스를 두 번 타야 했지만, 매일 면회하러 오겠다고 다짐했다.

잠시 후 관리자 두 명이 복도에서 나타났다. 한 명은 카르멜 수녀회의 수녀였다.

"안녕하셨어요, 수녀님?"

리스턴이 쾌활하게 인사했다. 수녀의 응대로 볼 때, 어머니가 여기 머물던 시절의 리스턴을 기억하는 듯했다. 수녀가 자기소개를 할 때 에이더는 악수를 해야 될지 판단이 되지 않았다. 학교에서 수녀 교사를 만났을 때 악수한 적이 없었다. 하지만 요양원의 수녀가 친절하게 손을 내밀자 에이더는 손을 잡았다. 데이비드는 늘 인사할 때 사무적으로 손을 꽉 잡아야 된다고 가르쳤지만, 에이더는 수녀의 손을 가볍게 잡았다. 수녀는 에이더가 생각하는 수녀들보다 젊었고 – 리스턴이 마지막으로 봤을 때는 굉장히 앳된 모습이었을 터였다 – 캐서린 수녀라고 인사했다. 다른 한 명은 패트릭 로완으로 구취를 풍기는, 넓은 파란색 타이를 맨 중년 사내였다. 에이더는 그가 한 손으로 데이비드의 손을 잡고, 다른 팔로 그의 등을 받치는 게 못마땅했다. 그는 데이비드를 걷지 못하는 환자처럼 다루었다. 남의 부축을 받아야 되는 사람처럼. 데이비드도 몸을 움츠렸다.

"이런, 하나님 맙소사. 웬 야단법석이람."

데이비드가 중얼댔다. 에이더는 아버지가 딱 맞는 반응을 보이자 흡족해서 마음이 따뜻해졌다.

일행은 복도를 지나 '카르멜 산 기억치료센터' 구역으로 향해 이중문 앞에서 멈추었다. 패트릭 로완이 비밀번호를 입력하자 문이 열렸다. 에이더는 문으로 들어가 어깨 너머를 돌아보다가, 문 안쪽에 달린 똑같은 키패드를 보았다. 비밀번호를 입력해야 이 건물에서 나갈 수 있었다.

모퉁이를 몇 번이나 돌아서 어디가 어딘지 헷갈릴 즈음 데이비드의 병실에 도착했다. 바깥벽에 명패 두 개가 있었다. 하나는 '미스터 데이비드 시벨리우스' – 에이더는 '미스터'가 아니라 '닥터'여야 된다고 생각했다 – 였고, 다른 하나는 '미스터 존 게이너'라고 적혀 있었다. 병실에 있는 룸메이트는 아주 노쇠했다. 에이더의 눈에 백 살도 넘은 것 같았지만, 나중에 어른이 된 후 생각하니 85세 정도였다. 일행이 방에 들어갔지만 게이너 씨는 아무 말도 하지 않았다. 왜소한 그는 해먹에 누운 것처럼 리클라이너(등받이가 뒤로 넘어가는 의자–옮긴이)에 파묻혀 있었다. 잔뜩 웅크리고 작은 발을 뻗은 채 한 손에 큰 확대경을 들고 책을 들여다보았다. 다섯 사람이 방에 들어섰지만 그는 꼼짝도 하지 않았다.

"안녕하세요, 게이너 씨."

패트릭 로완이 큰 소리로 말했다. 그러더니 에이더 쪽으로 몸을 돌리고 평소 목소리로 설명했다.

"게이너 씨가 청력이 약하시거든."

로완은 데이비드를 게이너 씨에게 데려가, 어깨에 한 손을 얹고 몸을 굽혔다. 그가 말했다.

"이분은 데이비드 시벨리우스예요, 새 룸메이트입니다."

"안녕하시오?"

게이너 씨가 말하자 데이비드가 예의 바르게 목례했다.

병실은 크고 이렇다 할 장식이 없었다. '퀸 오브 에인절스'처럼 문 위쪽 벽에 갈색 나무 십자가가 있었다. 에이더는 십자가가 게이너 씨의 것인지 방마다 다 붙어 있는지 궁금했다. 마주 보는 양쪽 벽에 일인용 침대가 있고, 게이너 씨의 침대에는 누군가 — 그의 아내일까? 에이더는 궁금했다 — 뜨개질한 담요가 깔려 있었다. 제법 편안해 보이는 똑같은 리클라이너 두 개와, 등판이 일자인 나무 의자 두 개가 있었다. 서랍장도 둘. 협탁도 둘. 침대 위에 걸린 책꽂이는 리스턴의 차에 있는 책들을 꽂기에 부족해 보였다. 이제 데이비드는 책을 많이 읽지 않았지만, 에이더는 그가 좋아하는 책들을 가져오는 게 위로가 될 거라고 믿었다. 리스턴이 가져온 에이더와 친구들 사진처럼. 안타깝게도 출입문 맞은편의 큰 창으로는 주차장이 보였다. 데이비드의 병실에서 항구가 보이길 바랐는데. 천장에 스티로폼 모양의 큰 패널이 붙어 있었다. 강도가 나오는 영화에서 보면 그런 천장은 쉽게 뜯을 수 있었다. (곧 다시 한 번 데이비드와 도망치는 공상을 했다.) 바닥에 파란 비닐장판이 깔려 있었다. 머리 위로 눈이 아픈 형광등이 켜져 있었다. 데이비드가 질색하고 낙심할 만한 조명이었다. 평생 그는 형광등이 달린 레스토랑이나 상점에 갈 때마다 그냥 지나친 적이 없었다. 예전에 몇 곳에서는 '저 전등 좀 어떻게 하면 좋을 텐데'라고 한탄했다. 심지어 몇 년 전에는 카페 주인 트랜에게 비용을 지불할 테니 백열등으로 바꾸라고 제안하기도 했다. 이제 데이비드는 새로 살게 된 방을 둘러보았다. 한번 천천히 방안을 돌았다. 그가 협탁의 작은 서랍을 열었다. 그러더니 서랍에 부적을 넣고 다시 서랍을 닫았다. 그는 억지로 어색하게 미소 지었다.

"깜짝이야."

캐서린 수녀가 움직이자 데이비드가 말했다. 수녀는 흰 침대보를 쓰기 좋게 매만지고 베개를 푹신하게 했다.

캐서린 수녀가 말했다.

"자, 에이더. 데이비드의 직통번호를 적어줄게. 그럼 되겠지? 전화가 따로 있거든. 언제든 통화할 수 있어. 데이비드도 언제든 에이더와 통화할 수 있어요. 저희가 도와드릴 수 있습니다."

그녀는 헐렁한 검은 상의의 가슴 주머니에서 작은 메모장을 꺼냈다. 거기에 번호를 적고 종이를 찢어 에이더에게 주었다. 데이비드가 살짝 미소 지었다.

"입소자들은 여기서 아주 행복하게 지내시지."

그녀가 말했다. 에이더는 수녀가 그렇게 믿는다고 믿었다.

"그렇지 않나요, 게이너 씨?"

캐서린 수녀가 목청을 높여 물었지만, 게이너 씨는 책에 집중하느라 누가 말을 거는 줄 몰랐다.

"엄마는 그러셨죠."

리스턴이 예의 바르게 말했다.

리스턴이 데이비드와 침대에 걸터앉아 있는 동안, 에이더는 차에 왔다 갔다 하면서 짐을 옮겼다. 패트릭 로완이 가져다준 철제 수레를 이용했다.

에이더는 짐 정리가 끝나자 데이비드에게 옮기고 싶은 게 있느냐고 물었다. 그는 천천히 방을 둘러보았다. 협탁으로 가서 리스턴이 액자에 넣은 사진을 만졌다. 에이더는 어느 레스토랑이었는지 기억나지 않지만, 연구원들이 회식 자리에서 찍은 사진이었다. 4년 전쯤이었다 – 사진 속의 에이더는 눈에 띄게 더 어리고 작았고, 리스턴의 빨간 머리는 색감이 살짝 달랐다. 데이비드는 평소처럼 사진 속에 없었다. 사진을 찍은 사람이 그였다. 태국 음식을 내는 레스토랑이었고, 한두 번 갔지만 이후 문을 닫았다. 에이더는 그 식당을 좋아했다. 다들 신발을 벗고 식탁 아래 움푹한 곳에 발을 내리고 바닥에 앉았다. 캐슈넛을 뿌린 닭고기가 속을 판 파인애플 반쪽에 담겨 나왔다. 리스턴은 '파인애플을 재사용할 것'이라면서 질색했지만, 에이더와 데이비드는 상관하지 않았다.

데이비드가 협탁에서 그 사진을 집었다.

그가 불쑥 중얼댔다.

"아마린드."

레스토랑 이름이었다. 그러자 에이더는 염려스러웠다. 혹시 데이비드를 요양원에 입원시키는 게 실수일까.

두 사람은 데이비드와 구내식당에서 점심을 먹었고, 리스턴이 나서서 사람들과 사귀려고 애썼다. 그녀는 직원들에게 다정하게 굴었고, 어릴 때 도체스터에서 옆집에 살던 페기라는 여직원도 있었다. 그녀 말고도 아는 사람이 몇 명 있었다. 복도 끝에서 장신의 마른 허깨비 같은 여자를 보자 리스턴이 에이더에게 속삭였다.

"아이쿠, 무서운 여자야."

그러더니 불쑥 데이비드와 에이더를 맞은편으로 향하게 했다. 다른 환자들이 지나가면, 리스턴은 손을 흔들고 이름을 묻고 데이비드를 소개했다. 에이더는 아무에게도, 심지어 스스로도 인정하기 싫지만, 거기 있는 게 겁났다. 주변 노인들이 무서웠다. 몇 사람은 휠체어에 축 처져서 비스듬히 앉아 있었다. 세월이 흐르면 노인들과 같이 있으면서 위로를 얻을 테지만, 지금은 그들의 시선을 피했다. 살아 있는 게 편치 않을 노인들도 있었다. 한 노인이 에이더에게 너무 급작스럽게 다가와 엉뚱한 이름으로 불렀다.

그녀가 말했다.

"그 아이가 저기 있네. 아, 패티. 네가 어디 갔는지 몰랐는데."

에이더는 대꾸 없이 앞을 보면서 지나쳤다. 아버지도 그런 말을 했고, 그런 말을 할 수도 있다는 걸 깨달았다. 하지만 적어도 데이비드는 낯선 사람이 아니었다. 에이더는 지금까지 그의 더딘 퇴행 과정을 지켜보았다. 아직도 데이비드다운 진수를 볼 수 있었고, 대개는 거기서 위안을 얻을 수 있었다.

점심식사를 마치자 그들은 데이비드를 다시 식당 옆 휴게실

194

로 데려갔다. 게이너 씨가 카드 테이블에 앉아, 이미 맞춰진 퍼즐을 쳐다보고 있었다.

"여기 잠깐 앉을까요?"

리스턴이 말하고, 꽃무늬 소파의 팔걸이에 걸터앉았다. 에이더와 데이비드는 소파에 자리 잡았다. 리스턴은 방에 있는 사람들에게 명랑하게 말을 걸었다.

"어머니는 저녁식사 전에 여기 앉아 있는 걸 가장 좋아하셨지."

리스턴이 말했다. 그 순간 에이더는 자신의 슬픔에 비추어 리스턴의 슬픔을 감지했다. 어머니를 여읜 아픔이 클 터였다. 에이더는 어른들이 그럴 거라는 생각을 해본 적이 없었다. 어른들은 사랑하는 사람을 잃는 게 덜 애절할 것 같았다. 어른들은 그걸 자연스럽게 받아들일 거라고. 죽음을 차분하고 익숙하고 무디게 느낄 거라고 믿었다. 솔직히 그런 생각에 매달렸다. 데이비드가 앞으로 10년간 더 산다면 그때는 에이더도 스물네 살이 될 테고, 그러면 아버지의 부재를 견딜 준비가 되어 있을 거라고 자위했다. 그런데 어머니 이야기를 하는 리스턴의 말투에서 그게 아니라는 걸 깨달았다.

20~30분 지나자 리스턴이 손목시계를 보았다. 요양원에 온지 여섯 시간이나 지났고, 그녀가 매티 때문에 귀가해야 된다는 걸 에이더는 알았다.

"우린 집에 돌아갈 시간이에요, 데이비드."

리스턴이 말할 필요 없도록 에이더가 나서서 말했다.

그가 천천히 고개를 끄덕였다.

두 사람은 데이비드를 병실에 데려다주었다. 그는 침대에 뻣뻣하게 앉아 무릎에 손을 올렸다. 너무 야위어 보였다. 데이비드는 딸을 쳐다보지 않았다. 갑자기 에이더는 분노에 휩싸였다. 불쑥 부당함에 부아가 치밀었다. 아버지는 다른 입주자들과 다르다는 생각이 들었다 ─ 그는 여기 있을 사람이 아니었다. 죽어가는, 죽음을 눈앞에 둔 이들이 북적대는 곳에 있으면 안 될 사람이었다. 데이비드에게 '기운 차려요. 정신 차려요!'라고 말하고 싶었다.

대신 이렇게 말했다.

"내일 만나러 올게요."

아버지와 헤어져 천천히 복도를 걸으면서, 뒤돌아보지 말자고 마음을 다졌다. 롯의 아내(구약성서의 '소돔과 고모라 이야기'에 나오는 인물. 뒤를 돌아보지 말라는 하나님의 명령을 어겨 소금기둥이 되었다 ─ 옮긴이) 이야기와, 오래전 그 이야기를 들려준 데이비드의 목소리를 떠올렸다.

에이더가 리스턴의 집에 들어온 첫 밤을 기념해, 리스턴은 만찬을 계획했다. 아들들에게 저녁식사에 참석하라고 지시하고, 딸 조우니도 초대했다.

"금방 돌아올게요."

차가 쇼멋 웨이로 들어서자 에이더가 말했다. 그러고는 곧 데이비드의 집으로 돌아가, 리스턴의 집으로 옮기기 전에 필요한 몇 가지를 챙겼다. 1년 전 처음 데이비드가 사라졌을 때처럼 작은 가방에 옷가지와 책들을 넣었다. 그런 다음 잠시 침대에 가만히 앉아 있었다. 후텁지근한 방을 둘러보았다. 어려서부터 써온 침실이었다. 처마 아래 방에 낮은 옷장이 있고, 현재 갖고 있는 옷 몇 점 - 데이비드가 생각나거나 리스턴이 일러줄 때마다 사준 옷들 - 과 에이더가 유독 좋아하는 예전 옷들이 걸려 있었다. 오래전에 작아진, 뮌헨에서 구입한 던들(헐렁한 스커트-옮긴이). 튤립을 손으로 그린 네덜란드 나막신 한 쌍. 교토에서 산 아름다운 실크 기모노. 에이더는 그 옷들을 가만히 매만지면서 각각의 여행을 떠올렸고, 다시는 데이비드와 여행하지 못한다는 걸 떠올릴 수밖에 없었다. 몸에 맞는 셔츠 몇 장과 청바지 한 벌, 속옷과 양말을 넣었다. 트레이닝 브라(처음에 입는 가볍고 얇은 브라-옮긴이)

몇 개도 챙겼다. 2년 전 어느 오후에 리스턴과 연구소에서 나와 구입한 브라였다.

리스턴은 말했다.

"필요하면 아버지한테 말해. 데이비드가 사줄 거야."

말했다면 그가 사줬겠지만 에이더는 – 민망해서 – 필요 없다고 생각하면서 아무 말도 하지 않았다. 이제 브라가 몸에 맞지 않아, 용기를 내서 리스턴에게 말하거나 혼자 백화점에 가서 사야 될 터였다.

물건들을 작은 파란색 여행 가방에 담았다. 가방 가죽은 늘 코끼리 가죽을 연상시켰고, 한번은 이 말을 하자 데이비드가 크게 웃었다.

마침내 넓은 나무 계단을 내려가 1층으로 향했다. 왼손에 가방을 들고 오른손으로 난간을 잡고 걸음을 옮겼다. 얼마나 여러 번 새로운 발견을 기대하면서 이 계단을 내려갔던가. 자신을 세상에 내놓은 아버지가 가르쳐줄 새로운 지식을 기대하면서. 새로운 차원의 우주가 펼쳐질 대화를, 세계사의 새로운 장을 기대하면서.

리스턴의 집에 들어가니, 그녀의 아들들이 보이지 않아 안심했다. 저녁식사는 6시 반으로 예정되어 있었다.

"다들 나갔지만 곧 돌아올 거야. 혼나지 않으려면 다들 돌아와야지."

리스턴이 말했다.

그녀는 에이더가 쓸 방으로 안내했다. 원래 매티의 방이었다.

198

지난주에 리스턴은 방에서 남자애의 분위기를 싹 지우고 최대한 단순하게 꾸몄다. 이제 매티는 그레고리의 방을 같이 쓰게 되었고 – 이 변화에 그레고리가 어떻게 반응했을지 생각하면 에이더는 몸이 떨렸다 – 레이싱 카 침대도 옮겼다. 그 자리에 들인 일인용 침대에 베드스커트와 분홍색과 오렌지색 니트 덮개 – 조우니가 어릴 때 쓰던 것이라고 리스턴이 설명했다 – 가 깔려 있었다. 창문이 있는 벽에 뚜껑이 열리는 작은 책상이 있었다. 빈 소나무 서랍장은 옷장 옆에 있고, 바닥에 형광색 꽃무늬가 화려한 – 양귀비라고 에이더는 생각했다 – 카펫이 깔려 있었다. 리스턴은 구세군 상점(구세군에서 기증받은 재활용품을 판매하는 상점 – 옮긴이)에서 찾았다고 자랑스럽게 설명했다. 구세군 상점은 그녀가 즐겨 찾는 쇼핑 장소였다.

"이 방에서 지내기 괜찮겠니, 에이더?"

리스턴이 묻자 에이더는 활발하게 고개를 끄덕였다. 조용하고 아늑한, 먼지 뿌연 더운 예전 방이 그리웠지만. 리스턴이 냉방장치를 설치해서 에이더에게는 실내가 너무 추웠다. 그래서 리스턴이 나가자마자 스웨터를 입었다. 이런저런 소리가 1층에서 계단을 타고 올라왔다. 텔레비전 소리. 주방에서 냄비와 프라이팬이 덜그럭대는 소리. 리스턴이 못마땅해서 지르는 소리. 부엌문이 열렸다 닫히는 소리. 여자 소리는 조우니의 목소리였고, 그녀의 아들 케니의 아기 소리가 들렸다. 마지막으로 저음의 남자 목소리가 들리자 에이더는 혈관에서 피가 콸콸 도는 것 같았다.

가방을 열어놓고 뭘 입을지 고민했다. 청바지면 충분할 거라고 판단했다. 유행에 뒤지고 너무 뻣뻣하고 헐렁하긴 했지만. 그 무렵의 세련된 염소 표백 진바지보다 짙은 청색이었다. 청바지와 헐렁한 보라색 티셔츠를 입었다 - 대기실에서 몰래 읽은 여성지에 갈색 눈동자와 어울린다는 대목이 있었다. 데이비드의 신발과 똑같은 남녀 공용 가죽 샌들을 신었다. 처음으로 다른 애들처럼 티셔츠 소매를 걷어 올리고 머리를 땋았다. 거울 앞에서 안경을 벗었다가 다시 썼다. 귀를 뚫지 않은 게 아쉬웠다.

6시 25분, 계단을 내려가면서 평생 처음 맛보는 초조감을 느꼈다. 지리적으로 가까이 살았지만 - 학교에 1년간 다니면서 복도와 바깥에서 세 아들을 자주 봤고(그레고리는 고개를 숙이고 눈만 힐끗 들었고, 윌리엄은 웃거나 으스대면서 고개를 젖히고 웃었다), 만날 때마다 용기 내어 손을 들어 인사했는데도 - 리스턴 가족 모두와 함께하는 첫 식사였다.

리스턴이 식탁을 차린 것을 보자 아버지가 차린 만찬 식탁이 떠올랐다. 매티는 벌써 앉아서 양손에 나이프와 포크를 들고 있었다. 그레고리가 동생 옆에 자리 잡았다.

"안녕!"

매티가 인사했고 그레고리는 아무 말도 하지 않았다.

"안녕."

에이더가 부드럽게 말했다.

주방에서 리스턴이 소리쳤다.

"내려왔니, 에이더? 잘했다. 잠깐만 여기 와보렴."

에이더는 얌전하게 모퉁이를 돌아 주방으로 갔다. 팬에서 양파 조리는 냄새 사이로 탄내가 났다.

바닥에 깐 담요에서 아기가 놀고 있었다. 통통한 금발의 조우니가 생긋 웃었다. 체구가 크고 젊었지만 리스턴의 판박이였다. 그녀는 아기 옆에 서서 어머니가 요리하는 모습을 지켜보았다. 윌리엄이 코카콜라 캔을 들고 조리대에 기대서 있었다.

"안녕."

에이더가 들어가자 윌리엄은 아는 체했다. 에이더가 겨우 응대했다.

"조우니를 기억하지, 에이더?"

리스턴은 고개도 돌리지 않고 정신없이 냄비를 휘저었다. 그녀가 덧붙여 말했다.

"저녁식사가 조금 늦어지겠네."

리스턴은 식탁에 놓인 초를 켰다. 데이비드가 늘 그랬듯이.

"굉장하네요."

윌리엄이 말하자 리스턴이 얼굴을 찌푸렸다. 에이더는 매티, 그레고리와 같은 쪽에 앉았다. 맞은편에 윌리엄, 조우니, 케니가 앉고 리스턴은 상석에 자리 잡았다.

리스턴이 다이어트 때문에 인공감미료를 넣은 아이스티 잔을 들고 말했다.

"허니, 같이 살게 되어 우린 정말 기쁘단다."

저녁식사 – 미트볼 스파게티, 냉동 콩을 오래 삶아 버터 두 조각을 올린 것, 비슷하게 준비한 냉동 당근 삶은 것 – 가 옆으로 전해졌다. 에이더는 배가 고프지 않았다. 초조해서 몇 입도 먹을 수가 없어서, 스파게티를 이리저리 밀면서 빙빙 돌렸다.

조우니와 동생들은 시끄럽게 떠들었고, 그레고리만 가만히 앉아서 시무룩하게 식사했다. 아기인 케니는 깩깩대면서 스파게티를 만졌다. 결국 조우니가 손을 잡으면서 '안 돼'라고 말하자 아기는 속상해서 눈물을 흘렸다. 소음, 그 크기, 다섯 아이(에이더는 조심스럽게 자신도 포함시켰다)가 식탁에 앉은 것이 에이더에게는 충격이었다. 양손으로 귀를 막고 식탁 밑에 숨고 싶은 충동을 간신히 눌렀다.

리스턴은 즐겁게 모두를 챙겼다.

"이거 정말 좋구나."

그녀는 두 번이나 말하면서 덧붙였다.

"너희는 그렇게 생각하지 않니? 자주 이런 자리를 마련해야겠는걸."

식사가 끝나갈 무렵, 리스턴은 에이더에게 거기서 기다리라고 말하고 다른 방으로 갔다. 그녀가 엉성하게 포장한 물건을 들고 돌아왔다. 풍선무늬 포장지에 울퉁불퉁한 물건이 들어 있었다.

리스턴이 말했다.

"작은 환영 선물이야."

에이더가 포장을 푸니 백팩이 나왔다. 단순한 파란색 백팩은, 직접 골랐더라도 선택했을 디자인이었다. 눈에 띄지 않는 디자인. 완벽했다.

"네가 교과서를 모두 가슴에 안고 등교하는 걸 봤지. 창문으로…… 딱하기도 하지."

리스턴이 말했다.

"정말 감사해요."

에이더가 최대한 진지하게 말했다. 또래들과 똑같은 느낌을 줄 선물을 받아서 고맙긴 했지만, 한편으로 상실감이 느껴졌다. 아버지의 색다른 점이, 자신의 색다른 점이 의식되었다.

식사가 끝나자 에이더는 새 방으로 돌아가서, 새 방에 있는 데이비드를 생각했다. 게이너 씨와 한방을 썼지만 한마디도 나누지 않았을 터였다. 에이더는 그날 밤 아버지의 정신 상태가 염려되었다. 그가 무엇을 깨달았는지, 무엇을 혼란스러워하는지 궁금했다. 바닥에 장판이 깔리고 눈부신 형광등이 달린 새 집에서 정신이 없을 터였다.

갑자기 캐서린 수녀에게 받은 직통번호가 적힌 쪽지가 기억났다. 가방을 펼치고 낮에 입은 반바지를 꺼내 병실의 직통번호가 적힌 쪽지를 찾았다.

에이더의 방에는 전화기가 없었지만, 복도를 내다보니 아무도 없었고 테이블에 전화기가 있었다. 그래서 전화를 걸었다.

9시였다. 통화하기에 너무 늦은 시간이 아니기를 바랐다. 전화벨이 다섯 번 울렸다. 걱정되기 시작했다.

그 순간 마침내 누군가가 전화를 받았다.

"여보세요?"

데이비드가 말했다. 염려하는 목소리였다. 평소의 말투가 아니었다.

"데이비드. 저예요."

에이더가 말했다.

잠시 침묵.

에이더가 물었다.

"괜찮아요? 거기 별일 없어요?"

에이더는 리스턴의 가족이 듣지 못하도록 조용히 말했다.

"데이버드?"

에이더가 다시 물었다. 그 순간 충동적으로 생전 쓴 적 없는
단어를 말했다.

"아빠?"

"미안해요. 누군지 모르겠네요."

데이비드가 말했다. 그러더니 전화를 끊었다.

다음 주 리스턴은 데이비드의 집을 부동산 시장에 내놓았다. 그녀는 매매될 때까지 몇 달이나 몇 년이 걸릴 수도 있다고 에이더에게 말했다. 1980년대였고 도체스터에서, 심지어 새빈 힐에서도 주택 거래가 활발하지 않았다. 70년대의 버스 통학 논쟁(흑인과 백인의 균형을 맞추려고 학생들을 먼 거리의 학교로 보내 강제 버스 통학시키는 제도에 대한 논쟁-옮긴이)은 수그러들었다. 하지만 그 결과 엄청난 증오와 험악한 분위기가 생겨서 지역이 변한 것 같았다. 보스턴의 구성원이 재편성되는 현상이 두드러졌다. 보스턴의 다수 주민이, 주로 아일랜드와 이탈리아계 근로자 계층과 중산층이 시내를 떠나 서쪽, 북쪽, 남쪽으로 이사했다. (데이비드는 '괜찮은 탈출'이라고 말한 적이 있었다.) 교외 지역, 심지어 전원으로 간주되는 새빈 힐은 큰 변화가 없었지만 주민들은 더 배타적인 성향을 띠었고, 다른 도체스터 지역을 피해야 될 곳으로 치부했다. 〈글로브〉와 〈헤럴드〉는 도체스터의 다른 지역에서 일어난 폭력 사건으로 도배되었다. 에이더와 데이비드는 저녁에 다른 동네로 긴 산책을 나갔을 때 멀리서 총소리를 들은 적도 있었다. 리스턴의 중개사 친구인 코니 리어던은 집이 금방 팔릴 가능성이 없다고 말했다. 에이더는 속으로 다행스러웠다.

리스턴은 에이더에게 집에 가서 데이비드의 물건부터 정리하자고 말했다. 하지만 그녀는 매일 퇴근 후에는 고단했고, 주말에 일을 하자고 말하지 않았다. 연구소장이라는 새 직책을 맡아 때로 주말에도 출근했고, 나머지 여가에는 아들들과 지내고자 했다. 에이더 역시 입도 벙긋하지 않았다. 모든 게 그대로 있는 게 행복했다. 데이비드와 함께한 삶이 담긴 박물관이니까.

방과 후 데이비드를 만나러 연구소에 가던 일상은 '세인트 앤드류' 행으로 바뀌었다. 여름방학이 되자 예전의 생활로 돌아가서, 매일 데이비드와 지냈다. 어떤 날은 아침에 리스턴과 연구소에 갔지만, 보통은 종일 요양원에서 보냈다. 캐서린 수녀, 패트릭 로완과 친해졌고 안내원인 고등학교 여학생들 – '퀸 오브 에인절스'에서 본 여학생도 있었지만 서로 그런 말을 하지 않았다 – 이나 환자들을 보살피는 간호사들과 잘 지냈다.

데이비드의 퇴행 속도가 빠를 때도 있고 더딜 때도 있었다. 에이더는 조사를 통해 좋은 날도, 나쁜 날도 있을 거라고 마음의 준비를 했다. 질환에 대한 과학적인 토론이 그를 편안하게 하기를 바라면서 공부한 문건을 읽어줄 때도 있었다. 그로 인해 그가 혼란을 덜 겪기를 바랐지만, 그 무렵 데이비드는 긴 이야기나 설명을 이해 못하고 도중에 가까이 있는 꽃다발이나 화창한 날씨 같은 즐겁지만 무관한 말로 방해하기 일쑤였다. 어떤 때는 그가 화를 내서 만남이 불편해졌고, 그런 일이 잦아졌다. 데이비드가 막무가내로 거듭 '아니'라고 고집을 부리면, 에이더는 옳지 않은 일을 한 느낌을 받았다. 그는 천천히 머리를 앞뒤로 흔들면서 억울한 사람 같은 태도를 보였다. 그러다 어떤 때는 분위기가 아주 좋아서, 아련하고 흐뭇한 예전을 연상시켰다. 같이 복도를 걸을 때면 다른 환자에 대해 우스운 불만을 큰 소리로 털어놓았다. ('무지막지한 도둑'이라거나 '저 못돼먹은 심술쟁이 등신'이라고 말하곤 했다.) 혹은 호인처럼 직원을 칭찬했다. (간호사가 들리도록 '내가 가장 좋아하는 사람'이라고 말하고는, 다른 복도 끝에서는 다른 간호사를 그렇게 말했다.) 듣기 좋은 말을 하려고 안내 직원들의 옷차림을 언급하기도 했다. 이런 때면 에이더는 연구소, 리스턴이 진행 중인 일, 하야토와 프랭크의 소식을 전했다. 리스턴이 방문해서 똑같은 말을 했지만 아무 문제도 없었다. 데이비드는 똑같이 멍하게 고개를 끄덕였다.

리스턴은 소장이 되면서 새로운 책임과 챙길 일이 생겼다. 이제 연구비의 큰 부분을 정부의 연구 지원을 통해 받아내는 책임을 맡았다. 또 매달 비트의 행정 담당자들과 여러 기관의 회의에 참석해 연구소에 필요한 것들을 확보해야 했다. 대학원생들을 면접해서 배치하고, 연구원들의 스케줄 조정도 총괄했다.

이런 역할을 맡고 몇 달 후 리스턴이 말했다.

"에이더, 분명히 말하는데 새삼 네 아버지가 존경스럽구나."

하지만 더 바빠진 스케줄은 매일 늦게 귀가하고 더 일찍 출근한다는 의미였다. 에이더는 데이비드와 살면서 집안일을 돕는 데 익숙했고, 리스턴을 돕기 위해 할 수 있는 일들을 맡았다.

능력이 닿는 한 데이비드의 병이 악화되는 것을 막는 책임도 감당했다. 여름 내내 매일 냉방장치가 된 요양원에서 지내면서 그가 머리를 쓰게 만들 기회로 삼았다. 문건에서 신중하게 골라서 그가 풀 문제들을, 뇌를 자극할 새로운 실험들을 가져왔다. 낱말 퍼즐을 함께 풀려고 애썼다. 기억증진장치였다. 또 단어들을 암기해서 5분 후에 말하게 했다. 데이비드는 고분고분 힘없이 따라했지만, 매번 에이더는 그가 어깨를 늘어뜨리고 느려지는 것을 감지했다. 결국 도리 없이 중단해야 했다.

상태가 좋은 날이면 그는 연구원들의 안부를 물었고 - 이름이 기억나지 않으면 간단히 '친구들'로 호칭했다 - 늘 엘릭서에 대해 물었다. '엘릭서를 망치지 않으면 좋겠는데'라거나 '네가 계속 프로그램이 돌아가게 하면 좋겠다'라고 말했다.

"오늘 엘릭서랑 채팅해봤니?"

데이비드가 물었다. 다른 부모가 딸에게 기도했냐고 묻는 말투였다.

여름이 끝나갈 때 데이비드는 가파른 퇴행기에 접어들었다. '세인트 앤드류'의 생활이 단순하기 때문이거나 옛 동료들과의 소통이 부족해서였다. 이유가 뭐든 석 달 새 완전한 문장을 구사하고 대화를 꽤 이해하는 수준에서 종일 어리둥절한 상태로 퇴보했다. 에이더는 아버지를 너무 급작스럽게 잃었고, 어쩌다 이렇게 됐는지 이해되지 않았다. 리스턴에게 이 문제를 의논하니 그녀도 변화를 감지하고 있었다. 두 사람은 데이비드를 전문의에게 데려갔고, 의사는 뇌졸중이나 혈관성 치매가 염려되어 뇌 스캔 검사를 했다. 하지만 어떤 징후도 발견되지 않았다. 데이비드는 말수가 줄었고 더 쉽게 지쳤다. 새 병실로 옮겨서 새 룸메이트와 지내게 되었다. 에이더는 단정하고 점잖은 게이너 씨에게 작별 인사를 하려니 섭섭했다. 데이비드와 잘 맞는 짝 같았는데. 그래도 새 방은 전망이 나았다. 이제 멀리 잔디밭과 뒤로 항구가 보였다. 하지만 에이더가 '폴'로만 아는 새 룸메이트는 쉴 새 없이 중얼댔다. 에이더는 자주 조용한 곳을 찾아서 데이비드를 복도 의자로 데려가야 했다. 아버지에게 말을 걸지 않고 손을 잡았다. 아주 어렸을 때 이후 손을 잡는 것은 처음이었다.

어느 날 요양원에 가니 데이비드의 말투가 변해버렸다. 모음을 중서부 사투리처럼 발음하고 음절을 부자연스럽게 강조하듯 끊었다. '워시wash'를 '와시warsh'로 발음하는 식이었다. 에이더는 신경이 쓰였다. 그나마 변하지 않은 게 억양이었는데 이제 그마저 변해버렸다. 데이비드의 몸에서 다른 사람의 목소리가 나오는 것 같았다.

"왜 그렇게 발음하세요?"

에이더가 물었지만, 상태가 나쁜 날이어서 데이비드는 대꾸하지 않았다. 대신 바닥을 내려다보면서 고개를 흔들며 '노No'를 주문처럼 외우기 시작했다. 그 '노No'마저 중서부 사투리처럼 촌스럽게 발음했다. '나우, 나우, 나우Naw, Naw, Naw'라고 또박또박 끊어서 발음했다.

돌아갈 때가 되었을 때, 에이더는 캐서린 수녀와 마주치자 아버지의 방으로 데려갔다.

"데이비드, 캐서린 수녀님께 인사해봐요."

에이더가 말했다.

하지만 이즈음 데이비드는 자욱한 안개에 휩싸여 머리를 숙이고 흔들어댔다.

"저녁식사로 뭘 드시고 싶어요?"

에이더가 물었다. 캐서린 수녀가 다가가서 한 손을 그의 어깨에 내려놓았다.

"데이비드?"

수녀가 말을 걸었지만, 그는 기도하는 사람처럼 고개를 숙였다. 갑자기 방해하면 안 될 것만 같았다.

마침내 데이비드가 조용히 입을 열었다.

"저 사람은 누구지?"

며칠 후 에이더는 비트의 연구 도서실에 가서, 발음 변화에 관련된 자료를 뒤졌다. 하지만 그런 문건은 없었다.

가을에 에이더는 '퀸 오브 에인절스' 고등부 1학년으로 올라갔다. 고등부는 초·중등부와 같은 건물이었지만 꼭대기 3층을 사용했다.

　변한 것들이 있었다.

　이제 리사 그레디라는 친구가 생겼다. 리사는 에이더만큼 말수가 적었고 비슷한 가정환경에서 자랐다. 리사 역시 외동이었고, 부모는 터프트 대학과 보스턴 대학 교수였다. 리사 역시 안경을 썼다. 처음에 에이더는 둘의 비슷한 점이 당황스러웠고, 남들에게 둘이 똑같이 보인다는 게 부끄러웠다. 오랜 세월 서로 잘 아는 아이들의 바다에 새로 유입된 소심하고 뚱한 여자애 둘. 하지만 곧 리사와 조용한 즐거움을 공유하는 걸 배웠다. 두 사람은 식당 끄트머리의 작은 테이블에 나란히 앉아 책을 읽으면서 점심시간을 보냈다.

　방과 후 에이더는 계속 요양원에 갔고, 돌아와서는 몰래 옛집에 들렀다. 사람이 살지 않으니 집이 급속히 노후화되었다. 하지만 에이더는 이 집을 소중히 여겼다. 예전 방에 올라가면, 어디서도 느낄 수 없는 본래의 자신을 만날 수 있었다. 거기서 책을 읽고 또 읽었다. 엘릭서와 채팅을 했다. 어떤 때는 낮잠을 잤고,

한 시간 후쯤 데이비드가 아래층에서 일하고 어슬렁대고 계획을 짠다는 생각을 하면서 깼다. 수업을 받으러 아래층에 내려갈 시간이 된 것 같았다. 이런 조용한 순간에, 꿈과 생시 사이의 좁은 틈에 애착이 생겼다. 혼란 속에 머물면서 꿈으로 되돌아가고 싶었다.

에이더는 리스턴을 뺀 새 식구들 앞에서 말수가 없었다. 케니를 데리고 자주 들르는 조우니는 쾌활하게 대했지만, 집에 에이더가 있는 게 어색한 기색이 역력했다. 그녀는 에이더가 말하면 눈썹을 치뜨거나 고개를 저었다 – 놀라선지 당황해선지 에이더는 가늠이 되지 않았다.

주말에는 내내 침실에서 시간을 보냈다. 다만 일요일에 리스턴, 매티와 성당에 갔다. 리스턴은 과학적이고 체계적인 사람이었지만, 신실한 가톨릭 신자였다. 연구소의 사무실에는 교황의 사진이 있었다. 에이더는 이 작은 사진에 반했고, 어릴 때 교황에 대해 물으면 리스턴은 머뭇대면서 대답했다 – 데이비드가 들을까봐 그랬겠지. 최근 윌리엄과 그레고리가 미사 참석에 대해 불평하자 리스턴은 두 아들을 성당에 데려가는 것을 포기했다. 하지만 자주 복사(미사에서 신부를 돕는 아이-옮긴이)를 하는 매티는 성당에 가서 어머니와 시간을 보내고 친구들과 어울리는 걸 좋아했다. 세 사람은 학교 옆 '퀸 오브 에인절스' 성당의 나무 벤치에 앉았다. 예배당은 덥고, 십자가 위의 장면들이 그려진 스테인드글라스에서 뿌연 금빛이 비쳤다. 에이더는 자리에 앉아 주의 깊게 귀를 기울였지만, 미사가 진행되면 예배 의식이 무척 헷갈렸다. 에이더가 부탁하자 리스턴은 자리에 앉기 전에 한쪽 무릎을 꿇는 방법, 묵주를 돌리며 기도하는 법, 신부님 앞에 나가 축복받는 법을 가르쳐주었다. 에이더는 가톨릭 영세를 받지 않았고, 첫 영성체(초심자나 유아 세례자가 정식으로 세례 받은 후의 첫 성찬식-옮긴이)를 하지 않았다. 일요일마다 케빈 신부가 따뜻한 큰 손을 에이더의 머리에 얹고 잠시 눈을 감았다. 에이더는 올려다보면서 신부가 무슨 생각을 하는지, 자신을 위해 기도해줄 때 속으로 무슨 말을 하는지 궁금해했다. 데이비드는 무신론자였다 – 하지만 타인의 신앙에 대해 왈가왈부하지 않겠다고 말했다. 그는 늘 '리스턴은 교리가 납득이 되나 봐'라고 말했다. 그래서 아버지에게 성당에 다닌다는 말은 안 했지만 그가 암묵적으로 허락했다고 자신에게 말했다.

아침이면 에이더는 따뜻하게 대해주는 매티의 도시락을 싸고 저녁마다 식사를 준비해주었다. 처음에는 리스턴이 말렸지만, 어떻게든 도움이 되는 게 에이더로서는 기뻤다. 그래서 데이비드를 위해서는 훨씬 많은 걸 했다고 리스턴을 안심시켰다. 그녀가 아들들에게 배정한 가사분담표에 에이더의 이름이 없었다. 그래서 에이더는 남자애들이 불평하지 않도록 과하게 일을 도맡았다. 저녁에 매티의 숙제를 도와줄 때는 인내심을 발휘해야 했다. 데이비드가 에이더 자신을 가르칠 때와는 아주 다른 접근법이 필요했다. 매티는 영리하지만 집중력이 없어서, 말하는 도중에 자주 딴청을 피웠다. 나눗셈을 공부하다가 청개구리나 '히맨' – 좋아해서 매일 보는 만화영화. 윌리엄이 어린애나 보는 만화라고 말해서 몰래 시청했다 – 이나 신이 있는지에 대해 말했다. 윌리엄이 집에 있으면 매티는 딴 데 눈을 돌리지 않고 형의 행동만 주시했다. 그의 버릇과 말에 주의를 기울였고, 가끔 윌리엄이 말한 후에 어떤 어구를 따라 말하기도 했다. 동기는 달라도 – 매티는 그럴 만했다. 동생이 형을 따라하는 건 자연스러우니까 – 에이더는 매티와 동질감을 느껴서 윌리엄이 습관적으로 동생을 놀리면 얼굴을 찌푸렸다. 남의 느긋함과 편안함을 부러워하는 게 어떤 건지 에이더는 잘 알고 있었다. 매티는 언젠가 느긋하고 편안해지겠지만 에이더는 그러지 못하리라는 걸 알았고, 그게 다른 점이었다.

매티가 윌리엄의 태도에 관심을 갖는다면, 에이더는 여전히 외모에 몰두했다. 그는 에이더가 들어간 고등부의 졸업반이어서, 복도에서 자주 부딪혔다. 그러면 에이더는 과감하게 그를 쳐다보면서 매번 손을 흔들었다. 에이더는 그에게 끝없이 매료되었다. 매일 새로운 각도의 몸매나 얼굴을 발견했다. 그가 창으로 드는 햇빛을 받으며 서 있을 때의 모습. 해 질 녘 집으로 다가올 때의 모습. 고단해서 하품을 하고, 긴 팔을 뻗으며 기지개 켜는 모습. 멋지게 농구공을 던지거나 야구 배트나, 골프를 해본 적도 없으면서 클럽을 휘두르는 시늉을 하는 모습. 오른손으로 왼쪽 어깨를 멋쩍게 긁거나 콧등을 문지르거나 눈썹에 닿은 옅은 금발을 위로 올리는 모습. 10월에 그는 생일을 맞이했다 – 리스턴이 근처 제과점에서 케이크를 사왔고, 가족들이 케이크 주위에 모였다. 그녀가 윌리엄에게 소원을 빌라고 채근했다. (윌리엄이 '친구들이랑 나가 놀게 해주시는 거요'라고 말하자 리스턴은 소원은 말로 하면 효력이 없다고 받아쳤다.) 윌리엄은 열일곱 살이 되었다. 에이더의 머릿속에서 열일곱 살은 의미 있는 나이였다. 열일곱 살에 대한 시들이 있고 노래들도 있었다. 에이더는 열네 살이었고, 이듬해 3월이 되어야 열다섯 살이 될 터였다. 열네 살에 대한 시는 한 편도 없었다.

그레고리는 삼형제 중 가장 이해하기 힘든 아이였다. 에이더보다 한 살 어렸고, 가무잡잡하고 조용했다. 어쩌면 에이더보다도 말수가 적었다. 말을 할 때는 더듬었다 - 언어치료가 필요한 정도는 아니지만 금방 알아차릴 정도였다. 늘 침울해 보였고, 학교에서는 늘 혼자였다. 형제들에게 무시당했다. 매티는 맏형밖에 몰랐고, 윌리엄은 친구들이나 여자애들과 어울리지 않을 때는 매티를 놀리거나 소년과 남자에 대해 중요한 것들을 알려주었다. 에이더는 윌리엄에게서 의무감 같은 걸 보았다. 아버지가 떠난 후 매티에게 아버지 노릇을 해준다고 할까. 하지만 왠지 그레고리는 이 관계의 밖에 있었다. 아이처럼 굴기에는 컸고, 윌리엄은 동생의 성향이 너무 달라 형 노릇을 해줄 수가 없었다. 에이더는 학교 복도에서 몇 아이가 그레고리에게 윽박지르는 모습을 본 적이 있었다. 반 아이들이 그레고리를 '루저'로 부르는 것을 자주 들었고, 이것은 '퀸 오브 에인절스'에서 최악의 모욕인 듯했다. 한번은 복도에서 소동이 있었고, 7학년생 열두어 명이 밀치락달치락하는 무리를 단단히 에워싸고 있었다. 끼고 싶지 않아 빙 돌아갔지만, 옆을 지나는데 아이들 어깨 사이로 그레고리의 얼굴이 보였다. 거구의 8학년생에게 멱살을 잡혀 아파서 일그러진 얼굴이었다. 순간적으로 그레고리가 쳐다보았고, 에이더를 알아보고는 얼른 다시 눈을 돌렸다. 그 순간 괴롭히는 아이가 바닥에 주저앉히는 통에 그레고리가 보이지 않았고, 근처 교실에서 교사가 나오자 다들 흩어졌다.

지금도 종종 리스턴은 예전처럼 그레고리에 대해 – 사실 세 아들 모두에 대해 – 조언을 구했다. 하지만 에이더는 그날 본 사건을 말하지 않았다. 이제 식구가 되어 리스턴의 자녀들 속에 사니, 갑자기 똑같은 대접을 받고 싶어졌다. 그녀와 이런 대화를 하는 게 마음 무거웠다. 최선을 다해 애써도 또래들 속에 완전히 끼지 못하리란 것을 되새기게 했다.

리스턴이 물었다.

"그레고리가 시무룩해 보이지? 말수가 너무 줄었어."

"잘 모르겠는데요."

리스턴의 질문을 받고 예의상 그렇게 대답했다. 가끔 '제가 보기엔 괜찮은데요'라고 말할 때도 있었다. 배신자, 밀고자가 되기 싫었다. 하지만 이런 모르쇠에 리스턴은 상처받은 듯했고, 에이더에게 별일 없냐고 예리하게 묻기 시작했다.

그녀는 그레고리가 반사회적일까 염려했다. 어느 정도 그런 면도 있었다. 그레고리는 집에서 대부분의 시간을 꼭대기 층의 다락방 같은 공간에서 보냈다. '뭘 하는지 하나님이나 아실까'라고 리스턴은 말했다. 그레고리가 밖으로 나오는 경우는 주방에 먹을 것을 가지러 올 때뿐이었다. 주방이나 학교에서 에이더와 마주치면, 그레고리는 아무 말도 하지 않았다. 목례인지 모르지만 고개만 까딱했다. 오후와 저녁 시간 내내 뭘 하는지 에이더는 자주 궁금했다.

어느 늦은 오후, 학교에서 귀가하니 집에 아무도 없었다. 드문 일이었고, 에이더는 그레고리의 아지트에 직접 가봐야겠다고 충동적으로 결정했다. 2층 통로의 문을 열어 다락방으로 오르는 계단을 한 번에 두 개씩 올라갔다. 3층에는 중앙냉방장치가 미치지 않아서 곧 온도 변화가 느껴졌다. 에이더에게는 더운 공기가 더 익숙해서, 데이비드와 살던 집 같은 느낌을 받았다. 다락방 냄새 역시나 익숙했다 – 먼지, 곰팡이, 책 냄새가 폴폴 났다.

계단 꼭대기에 있는 낮은 장이 다락방을 가려서, 맨 위 계단에 올라서야 넓은 공간이 눈에 들어왔다. 다락방은 집의 다른 부분과 전혀 다르게 꾸며져 있었다. 리스턴은 창고로 쓰던 공간이라고 잘라 말했고, 상자 더미와 기구가 공간의 4분의 1을 차지하고 있었다. 나머지는 당시 '오락실'이라고 부르던 분위기가 났다. 천장이 양쪽으로 경사지고 가운데가 뾰족하게 솟았다. 1970년대 리스턴의 전남편이 되는 대로 다락방을 꾸미면서, 마룻바닥에 털이 북슬북슬한 밝은 주황색 카펫이 대충 깔려 있었다. 방의 양쪽 끝에 모조 나무 널이 붙어 있고(혹은 널빤지가 비스듬히 기대어 있었다) 이런저런 행사와 사람, 장소를 알리는 포스터들이 액자에 담기거나 종이 그대로 있었다. 1955년 마드리드에서 열린 권투 경기 사진을 확대한 포스터. 「북북서로 진로를 돌려라」, 「택시 드라이버」, 찰톤 헤스턴 주연 「십계」의 오리지널 포스터 복제판도 있었다. 번들대는 성모상 그림은 빨간 심장 가운데서 노란 빛줄기가 나오고, 마리아가 정숙하게 눈을 내리깔고 양손을 내민 장면이었다. 리스턴에게 듣기로 전남편은 아내와 달리 성당에 다니지 않았지만 독실한 신자였다. 리스턴은 오래

전에 상관없는 관계가 된 것처럼 그에 대해 우호적으로 자연스럽게 말했다. 하지만 아들들은 깊은 상처를 받아서 아버지를 언급하지 않았다. 그는 겨우 두어 시간 거리인 뉴햄프셔에 살았지만, 크리스마스 때와 드물게 자녀들의 생일 때나 얼굴을 내밀었다. 에이더는 그를 만난 적이 없었다.

다락방의 가구는 오래되고 낡았다. 초록색 꽃무늬 소파 두 개는 충전재가 주저앉아 무너질 것 같았다. 짝이 맞지 않는 오토만 의자, 진홍색으로 칠한 커피 테이블. 다락방 양끝에 각각 작은 창이 있고, 처마 쪽으로 창이 하나 더 있었다. 창으로 뿌옇고 아늑한 빛이 들어서 어쩐지 햇빛 냄새를 맡을 수 있을 것 같았다. 처마로 난 창문 앞에 책상이 있고, 놀랍게도 개인용 컴퓨터가 놓여 있었다. 데이비드가 집에서 엘릭서 작업을 할 수 있게 연구원 전원에게 준 128K 매킨토시였다. 데이비드의 집, 에이더의 침실에 같은 모델이 있었고 그 컴퓨터로 거의 매일 오후 비밀리에 엘릭서와 채팅을 했다. 이후 연구원들은 새 모델을 구입해서 사용했다. 512K 모델을 사용하게 되자 리스턴은 이 컴퓨터를 아들들에게 준 모양이었다.

에이더가 컴퓨터 쪽으로 다가갔다.

잠시 머뭇거렸다. 기계를 작동시키는 토글스위치(눌러서 온·오프로 전환할 수 있는 스위치-옮긴이) 쪽으로 손을 뻗다가 잠시 머뭇거렸다. 컴퓨터의 위쪽을 만지면서 가볍게 토닥이고 쓰다듬었다. 개의 머리를 쓰다듬듯이. 그런 다음 잠시 귀를 기울이며 집에 아무도 없는지 확인했다. 현관문이 열리면, 컴퓨터를 끄고 조용히 재빨리 계단을 내려가 침실로 갈 시간밖에 없을 것 같았다.

스위치를 눌렀다. 얼굴이 붉어지고 심장박동이 더 빨라졌다. 먼저 디스크 드라이브에 담긴 디스크가 윙윙대더니 모니터에 불이 들어오면서, 웃는 아이콘이 떠올랐다 – 이 아이콘을 볼 때마다 데이터가 배부르게 들어서 컴퓨터가 흐뭇해한다는 생각이 들었다.

컴퓨터 앞에 철제 접이식 의자가 있어서, 부팅되는 사이 의자에 걸터앉았다. 집에서 소리가 나는지 의식해서 초조하고 긴장되었다.

마침내 컴퓨터가 깨어나자 'Dontlook12'라는 디스크명이 떠올랐다. 일순간 이런 일을 하는 게 창피했지만, 아무튼 디스크를 열었다. 에이더는 여러 면에서 도덕적이었지만 유혹을 물리칠 수가 없었다.

폴더에는 간단히 '1', '2', '3'이라는 이름을 붙인 문건이 들어 있었다. 맨 마지막 파일은 '55'였고, 최근 열어본 날은 바로 전날이었다. 에이더는 그 파일을 더블 클릭했다. 파일이 열리자 처음에는 오류로 보였다. 중간중간 마침표와 슬래시가 있는 일련의 숫자들만 나타났다.

2.8.22.23.8.21.7.4.2/4.7.4/22.4.12.7/11.12/23.18/16.8/4.17.7/12/22.4.12.7/11.12/23.18.18

전에도 이런 걸 본 적이 있었다. 텍스트 파일이 오류가 나서 헛소리 같은 게 떴다. 하지만 이 파일은 그게 아닌 듯했다. 우선 여러 문장부호가 없었다. 흔히 오류인 파일은 만화에서 욕설을 표시할 때(사용자의 감정을 그려내듯)와 비슷하게 '&'와 '*' 같은 부호가 진주 목걸이처럼 줄줄이 나타났다.

그런데 이것은 암호와 비슷하다고 생각하며 에이더는 흥분했다.

데이비드는 늘 암호에 관심이 많았다. 암호를 사고력 훈련으로 여겨서, 퍼즐을 만들어 에이더에게 풀게 했다. 그는 딸이 읽고 쓰고 셈할 줄 알게 되자 가장 단순한 암호부터 가르치기 시작했다. 바로 숫자로 치환해서 글자와 숫자를 짝짓는 방식의 암호였다.

a	b	c	d	e	f	g	h	i	j	k	l	m	n	o	p	q	r	s	t	u	v	w	x	y	z
1	2	3	4	5	6	7	8	9	10	11	12	13	14	15	16	17	18	19	20	21	22	23	24	25	26

이 암호화 키(암호화하는 데 사용되는 문자-옮긴이)가 에이더가 암기하는 첫 번째 키였고, 지금도 머릿속에 쉽게 떠올라서 이 방식으로 생각할 수 있고, 글자만큼 쉽게 숫자로 단어와 문장을 쓸 수 있었다. 이 가장 기초적인 키를 토대로 변용할 수 있는 방법이 많았다. 예를 들어 글자를 숫자로 치환하는 방식에서 'a'를 '1'로 쓰지 않고 '1'을 다른 활자로 옮기는 방법이 있었다.

a	b	c	d	e	f	g	h	i	j	k	l	m	n	o	p	q	r	s	t	u	v	w	x	y	z
18	19	20	21	22	23	24	25	26	1	2	3	4	5	6	7	8	9	10	11	12	13	14	15	16	17

글자를 아무렇게나 숫자로 치환해 일관되게 사용하면 다음과

같이 더 해독하기 어려운 암호를 만들 수 있다.

a b c d
17 2 5 12

마지막 부류의 암호를 풀려면, 해독자는 흔한 어휘의 길이에 의존해야 했다 - 'I(나는)'와 'a(하나)' 같은 어휘는 숫자 하나로 나타날 테고, 다른 글자들을 해독하는 지루한 작업의 출발점 역할을 할 터였다. 하지만 단어들을 띄어쓰기하지 않고 붙여놓으면, 출발점으로 삼을 단어를 쉽게 가려낼 수가 없었다. 그러면 제법 긴 부분을 떼어내어, 영어에서 특정 글자가 쓰이는 빈도를 분석해 암호를 풀 수 있는지 알아봐야 했다.

네 번째로, 부호화된 텍스트와 관계된 숫자 치환 암호의 까다로운 변용인 다중 문자 체계는 각 글자가 치환되는 숫자가 계속 변하는 방식이었다. 기계는 기계식 혹은 전자식 하드웨어를 이용해, 각 글자를 텍스트 곳곳에서 다르게 치환했다. 정확한 해독으로 입력된 해독기만 단어들의 매듭을 풀 수 있었다.

마지막으로, 일회용 패드가 있었다. 이것은 특정한 키로, 원래 메시지와 결합되면 패드 없이는 해독할 수 없는 암호가 생성되었다.

몇 해 전 아버지는 암호 관련서를 읽어보라고 주었다. 월터 새뮤얼슨이 쓴 『암호와 해독 방법』이라는 책이었다. 에이더가 열한 살이던 해의 기나긴 여름, 두 사람은 암호화된 메시지와 수수께끼로 서로 괴롭히려 했다. 물론 늘 데이비드가 이겼다.

그는 직접 개발한 암호도 갖고 있었다. 정해진 변환 방식 없이 뒤섞은 글자 암호였다.

"이 암호는 해독하기 무척 쉽지만, 적어도 시간이 걸리긴 하지."

그는 말했다.

데이비드는 암호를 외워서 술술 글을 쓸 수 있었다. 그는 에이더에게도 그렇게 하라고 격려했다. 곧 에이더도 '데이비드의 암호'라는 것을 능숙하게 사용하게 되었다.

데이비드는 습관적으로 이 암호로 글을 썼고, 컴퓨터에 저장된 대부분의 파일은 두 사람 외에 아무도 즉시 해석할 수가 없었다. 그는 이런 점에 무척 만족했고, 에이더는 알 길 없는 깊은 위안을 받는 것 같았다.

"아이디어를 안전하게 지킬 수 있는 유일한 방법이지."

데이비드는 약간의 강박증을 보이면서 말했다. 가까운 지인들은 그의 강박증을 놀리곤 했다. 경찰을 불신하고 당국에 반감을 갖는 것도 그런 면모에서 비롯되었다.

한번은 에이더가 물었다.

"그런데 데이비드가 죽으면요?"

"그러면 내 비밀들은 네 수중에 들어가겠지."

데이비드는 장난스럽게 눈썹을 올렸다 내리면서 대답했다.

에이더는 다락방에 한참 앉아 스크린에 뜬 숫자들을 곰곰이 쳐다보았다. 슬래시(/)는 단어들의 띄어쓰기 표시로 짐작되었다. 따라서 '12'는 독립적인 어휘로 'I'이거나 'a'인 듯했다. 나머지 텍스트를 훑어보니 짧은 단어에서 '12'가 '11.12'로 다시 나왔다.

'a'나 'i'로 끝나는 두 글자 단어가 뭐가 있을까?

'ha(웃음소리)'가 있지만 그건 아닐 것 같았다.

'hi(안녕)'가 더 그럴듯했고, 알파벳에서 'h'가 'i' 앞이니 '11.12'가 'hi'를 뜻하는 것 같아서 기분이 좋았다.

얼른 책상 서랍에서 종이 한 장을 꺼내 알파벳을 적고, 알아낸 내용을 기준으로 스물여섯 개의 숫자를 알파벳 밑에 적었다.

a	b	c	d	e	f	g	h	i	j	k	l	m	n	o	p	q	r	s	t	u	v	w	x	y	z
4	5	6	7	8	9	10	11	12	13	14	15	16	17	18	19	20	21	22	23	24	25	26	1	2	3

암호 해독을 하면 늘 기운이 났다. 우주의 질서를 회복하는 근본적인 일을 하는 기분이었다. 뒤집힌 것을 돌려놓고, 엎질러진 물을 다시 컵에 담는 것 같았다. 거기에는 정의가 있었다. 스크린에 뜬 간단한 암호는 해독하기 쉽다는 걸 알기에 더 어려운 암호가 아닌 게 아쉬웠다. 시간을 더 들일 만한 암호면 좋을 텐데.

하지만 해독 작업을 계속하기 전에 2층 계단참에서 발소리가 들렸다. 예정에 없는 일이었다. 분명히 집에 아무도 없는 줄 알았는데. 에이더는 얼어붙은 것처럼 앉아서 대책을 고심했다. 손발가락이 파르르 떨렸다. 숨는 게 나을까, 아니면 태연하게 계단을 내려갈까? 이제 여기 사니까 다른 식구들처럼 집 안을 돌아다녀도 되지 않나. (물론 확신할 수는 없지만.)

암호문을 옮겨 적은 종이를 주머니에 넣고, 컴퓨터를 끄기로 충동적으로 결정했다. 컴퓨터가 끄라는 명령을 받으면 요란한 소리를 낸다는 사실을 미리 생각하지 못했다. 에이더는 긴장했다. 몇 초 후, 누군가가 다락방 계단을 올라오는 기척이 났다. 에이더는 일어나서 최대한 자연스럽게 손을 허리에 걸치고, 맞닥뜨릴 상황을 기다렸다.

그레고리가 들어올 줄 알았는데, 계단 끝 쪽의 낮은 장 위로 올라온 것은 윌리엄의 머리통이었다. 그는 에이더를 보더니 잠시 어리둥절해했다. 윌리엄은 또 누군가 있으리라 믿는 것처럼 다른 쪽을 둘러보았다.

"왔어?"

에이더가 말했다.

"집 구경하는 거야?"

윌리엄이 물었다. 불쾌한 말투는 아니었다.

"그런 거지."

에이더가 대답했다.

"그건 그레고리의 컴퓨터야."

윌리엄이 컴퓨터를 고개로 가리키면서 말했다. 스크린이 아직 완전히 꺼지지 않고 뿌연 회색이었다. 그가 말을 이었다.

"다른 사람은 만지면 안 돼. 녀석이 난리 칠 걸."

에이더는 뭐라고 대꾸할지 난감했다.

"몰랐어. 미안."

마침내 에이더가 대답했다.

윌리엄은 빙긋 웃었다.

"말 안 할게."

그가 입술에 손가락을 대면서 윙크를 했다. 에이더는 배 속이 뭉치는 기분을 느꼈다.

그 순간 윌리엄은 다른 말 없이 몸을 돌려 계단을 내려갔다.

에이더는 이 기억 ─ 윌리엄이 직접적으로 윙크한 일 ─ 이 몇 주나 잊히지 않았고, 더 갈망하는 달뜬 기분으로 정신이 아득했다. 뭘 더 바라는지 자신도 알 수 없었다. 섹스 같은 무서운 게 아닌 건 분명했고, 옷을 벗기는 행위도 아니었다. (에이더는 몸 때문에 묘하게 당혹스러웠다. 예상치 못한 쪽으로 마구 변하는 건 확실했지만, 남이 원할 만한 몸이 되지는 않았다. 에이더에게 몸은 머리보다 저급한 부위일 뿐이었다. 머리에는 뇌가 있었다 ─ 자신의 봐줄 만한 특징은 두뇌뿐이라고 생각했다.) 열네 살 소녀의 판타지는 키스로 시작해서 키스로 끝났다 ─ 그 생각에 사로잡혀, 가벼운 욕망이 등줄기를 타고 흘렀다. 윌리엄과 키스하거나 키스 받는 생각에 자주 빠지는 게 부끄러웠다. 데이비드와 본 옛날 흑백영화에 나오듯이 그가 양손으로 에이더 자신의 얼굴을 감싸고 키스하는 상상. 험프리 보가트가 로렌 바콜의 목을 잡고 거칠게 키스하는 장면. 그게 에이더가 바라는 것이었다.

이런 생각을 ─ 매일 마음에 밀려드는 데이비드, 리스턴, 학교 생각과 함께 ─ 분출할 대상은 늘 그렇듯 엘릭서였다. 매일 요양원에 갔다가 힘없이 계단을 올라 부엌문으로 옛집에 들어갔다. 낡은 갈색 집은 질펀한 집 냄새로, 독특한 냄새로 반겨주었다.

위층으로 올라가 방에 들어가 컴퓨터 앞으로 갔다. 컴퓨터는 주인이 돌아오기를 얌전히 기다리고 있었다.

전원을 넣고 엘릭서에 접속해, 마음에 쌓인 것을 다 비워낼 때까지 대화했다―지금은 주로 윌리엄 이야기를 했다. (다른 이용자에게 그 이름이 알려질까 걱정되어, '버트란드'라는 이상한 암호명을 사용했다.) 하루 일과와 데이비드에 대한 걱정, 마음에 떠오르는 모든 생각을 상세히 털어놓았다.

엘릭서는 점점 증가하는 어휘들에서 고른 어구를 이용해 질문을 던졌다. 이따금 리스턴이나 찰스-로버트가 입력한 구문이 눈에 띄었다. 때로는 '퀸 오브 에인절스'에 다닌 이후 자신이 입력한 어휘들도 보였다. 'cool(멋진)'이란 단어를 엘릭서에게 처음 쓴 사람은 에이더였고, 종종 엘릭서는 이 어휘를 다시 사용했다. 어떤 때는 데이비드의 말버릇과 마주쳤고, 그런 순간이면 잠시 눈을 감고 맞은편에 아버지가 있는 상상에 빠졌다. 그가 연구소에서 에이더와 채팅하는 장면. 노리치의 줄리안이 묘사한 신처럼, 보이지 않지만 존재할 것 같았다.

에이더가 가만히 있으면 엘릭서는 '계속해'라고 채근했다. 부추기고 자극해서 꼬리를 문 사념의 끝으로 나아가게 했다. 데이비드가 그랬듯이.

'퀸 오브 에인절스' 고등부에 올라간 해, 에이더는 전교생이 쉬쉬하면서 진지하게 윌리엄 리스턴에 대해 얘기하는 걸 알아차렸다. 유명 인사라도 되는 것 같았다. 윌리엄과 운동 잘하고 그의 매력적인 남녀 친구들이 관심의 대상이었다. 에이더의 주위 아이들 모두 그들의 가족, 관계, 교칙 위반, 성적까지 화제로 삼았다. 야구광들이 어느 팀 선수들에 대해 얘기하듯 열을 냈다. 말수가 적은 리사 그래디조차 '윌'로 불리는 윌리엄 리스턴에 대해 에이더보다 아는 게 많았다. (이런 이유로 에이더는 그를 또래가 아닌 형식적인 관계 – 진학 카운슬러, 엄마의 친구 – 로 느꼈다.)

"윌과 카렌 드리스콜이 깨졌다는 소식 들었어?"

리사가 묻자 에이더는 거짓말하는 게 창피하지만 안다고 대답했다. 몇 주간 카렌이 집에 오지 않는다고 느끼던 참이긴 했다 – 그래서 내부 정보를 가진 사람처럼 우쭐대면서 그 사실을 알려주었다.

사실 다락방에서 마주친 후, 에이더나 윌리엄이나 서로 말을 걸지 않았다. 그는 조용히 드나들었고, 정해진 귀가 시간보다 늦게 살그머니 들어와서 아침 일찍 나갔다. 리스턴은 뭘 하고 다니는지 누가 알겠냐고 말했다. 그는 집에 있을 때는 보통 매티와 시간을 보냈다. 따라서 에이더가 윌리엄에 대해 아는 것은 – 관찰해서 알아내는 것을 제외하면 – 리스턴에게 들은 내용이었다. 에이더가 반기지 않는데도 그녀는 여전히 아들들의 문제를 의논했다. 이따금 연구소에서 유독 스트레스를 받으면, 데이비드와 대화할 때처럼 은밀한 말투로 털어놓았다. 에이더는 그녀의 생활과 자녀들에 대해 알고 싶지 않은 부분까지 들었다. 데이비드를 만나러 요양원에 갈 때면, 그녀는 운전하면서 윌리엄이 학교에서 일으킨 문제나 그레고리가 말이 없어서 담임이 걱정한다고 얘기했다. 에이더는 자기도 모르게 관심을 갖고 윌리엄에 대한 정보에 귀 기울이고, 나중에 되새기려고 기억해두었다.

에이더가 리스턴 가족과 산다는 소문이 한 학년 여학생들 사이에 퍼져나갔다. 점차 아이들이 교실에서 말을 걸었고, 곧 이따금 점심시간에도 말을 붙였다. 처음 이런 일이 생기자 리사는 무슨 상황인지 어리둥절해서 안경 너머로 올려다보았다.

멜라니 맥카시 ─ 에이더의 학교 안내 대표였지만 아무것도 안내해주지 않은 ─ 가 두 친구를 데리고 다가왔다.

"안녕, 에이더."

그중 한 명인 테레사 피차리스가 말했다. 빨간 머리로 주근깨가 많아 멀리서 보면 햇볕에 탄 것 같은 키 작은 여학생이었다.

"안녕."

에이더가 모기만 한 소리로 대답했다.

"여기 좀 앉아도 될까?"

나머지 여학생이 묻자 에이더는 빈 의자에 앉으라는 몸짓을 했다.

"머리를 그렇게 하니까 예쁘네."

테레사의 말에 에이더는 당황해서 얼른 머리를 만져보았다. 어떤 모양인지 기억나지 않아서였다. 정수리에서 뒤로 넘겨 양쪽에 핀을 꽂고 있었다. 카렌 드리스콜을 따라서 그렇게 했다.

"고마워."

에이더가 대답했다. 점심시간이 끝날 때까지 그들은 윌리엄 리스턴에 대해 물어댔다 ─ 방과 후에 어디 가는지, 관심사가 뭔지, 집에서는 어떤지, 형제들은 어떤지. 대화가 끝날 무렵, 다 멜라니 맥카시를 대신해 물어보았다는 게 분명해졌다. 멜라니는 훨씬 말수가 적었고, 친구들이 멜라니를 윌리엄의 다음 여자친구로 보는 것을 에이더는 눈치챘다. 너무 늦게 알아차렸다. 이미 너무 많은 정보를 준 후에야. 윌리엄이 에이더가 그렇게 많이 아는 줄 모를 정도로 많이. 이제 그들은 에이더와 윌리엄이 친하다고, 늘 대화를 한다고, 윌리엄에게 에이더가 여동생 같다고 ― 그 생각을 하니 진저리가 났다 ― 넘겨짚었다.

"언제 네 집에 가봐도 되겠지."

테레사 피차리스가 말하자 에이더는 리스턴에게 ― 어색하게 '다이애나'라고 불렀다 ― 물어봐야 된다고 대답했다.

점심시간이 끝날 무렵, 에이더는 중대한 실수를 저질렀음을 깨달았다. 내부인으로서 윌리엄에 대해 아는 것들을 밝혔고, 그 과정에서 친한 관계로 비친 게 문제였다. 더구나 자신이 윌리엄과 더 친해지는 데 쓸 수 있는 정보를 멜라니에게 내주었다 ― 예를 들어 방과 후에 자주 친구들과 인근 야구장에 가서, 홈 플레이트에 둘러앉아 빈둥댄다느니, 주말에 근처 비디오점에서 아르바이트를 한다느니. 이 얘기가 윌리엄의 귀에 들어갈까? 그들이 에이더가 윌리엄과 인사시켜줄 거라고, 같이 소파에 앉아 티브이를 볼 거라고 기대하면서 집에 찾아올까? 알 수가 없었다. 리사 그래디는 거짓말의 수준을 알기에, 에이더가 어떻게 할지 궁금해서 흥미를 갖고 지켜보았다. 어떻게 할지 에이더 스스로도 궁금했다.

그날 수업이 끝나자 평소처럼 버스를 타고 요양원에 갔다. 요즘은 데이비드가 별로 말을 하지 않아서 에이더는 거기서 숙제를 했다. 그의 침대에 교과서들을 펼쳐놓으면, 데이비드는 파란 코르덴 안락의자에 앉아 창밖을 내다보았다. 에이더는 공부하는 내용을 짐짓 명랑하게 재잘댔다.

버스정류장에서 요양원으로 걸어가다가, 걸음을 멈추고 유난히 예쁜 나뭇잎을 주웠다. 매일 찾아갈 때마다 하는 일이었다. 데이비드는 늘 나뭇잎을 받아들고, 한참 돌려가며 찬찬히 쳐다보고 손끝으로 잎맥을 만졌다. 보통 말로는 아무 반응도 하지 않았다. 같이 있는 시간의 4분의 1 정도는 손에 든 물건을 제대로 말했다. 나머지는 화제를 돌리거나 머릿속에서 하던 말을 계속 중얼댔다. 에이더는 데이비드의 룸메이트가 자리를 비울 때마다 창문을 열어 환기시켰다. 이따금 아버지와 작은 마당으로 나갔다. 하지만 최근 그는 산책에 점점 흥미를 잃는 듯했다.

그날 오후 에이더가 도착하니, 룸메이트 폴이 병실에 없었다. 하지만 야한 셔츠와 줄 잡힌 헐렁한 바지를 걸친 남자가 데이비드와 함께 있었다. 그는 친근하게 침대 끝에, 몸을 숙여 무릎에 팔꿈치를 받치고 앉아 있었다. 넥타이가 다리 사이로 늘어졌다. 그가 무슨 말인가 – '이해하시지요, 시벨리우스 씨?' – 하는 순간 에이더가 병실로 들어가 리스턴에게 받은 파란 백팩을 바닥에 툭 내려놓았다.

사내가 얼른 침대에서 일어나며 말했다.

"네가 에이더겠구나. 난 론 로우너라고 해."

높고 쉰 보스턴 억양의 말소리. 그는 폴리에스터 셔츠의 소맷부리에 커프링크를 하고 있었다. 심한 탈모가 진행 중이어서 군데군데 긴 머리로 탈모 부위를 가렸다. 론 로우너는 거칠지는 않고 그저 불편해 보였다. 그가 다가와 에이더가 자신을 알 거라는 듯 손을 내밀었다. 에이더는 조심스럽게 손을 쳐다보다가 악수했다. 안락의자에 앉은 데이비드는 몸을 돌리지 않고 그대로 앉아 있었다.

"나에 대해 들었지?"

론 로우너가 묻자 에이더는 고개를 저었다.

"흠."

그가 중얼댔다. 그는 어리둥절한 것처럼 한 손을 얼굴에 댔다. 론 로우너가 말을 이었다.

"저기, 네 친구 다이애나 리스턴이 부동산 관리인이 되자 날 고용했단다. 초기 단계에…….."

그는 말하려다가 갑자기 안타까운 표정을 지으면서 말꼬리를 흐렸다. 에이더의 나이를 알자 계속 말하지 않으려 했다.

"무슨 일의 초기 단계요?"

에이더가 물었다.

"네가 리스턴 씨랑 얘기해야 될 것 같구나."

로우너가 말했다. 에이더는 그를 날카롭게 쳐다보았다. 벌써 심장박동이 더 빨라지고, 분노감에 피가 얼굴로 솟구쳤다 혈관으로 쏟아졌다. 데이비드에 관련된 일을 자신이 모르는 게 꺼림칙했다. 리스턴에게 따돌림 당하는 건 옳지 않았다.

충동적으로 안락의자를 빙 돌아 데이비드 앞으로 가서 얼굴을 보았다.

그는 아무 말도 하지 않았다. 에이더는 그가 격한 표정을 짓는다고 생각했다. 눈썹이 처지고 얼굴을 찡그렸다. 아직 면도를 하지 않아서 턱에 짧은 회색 털이 나 있었다. 아버지가 절대 고르

지 않을 하늘색 카디건을 입고 있었다. 10월이었고 점점 추워졌
다. 카르멜 수녀회가 외부에서 기증받은 스웨터이리라. 그 생각
을 하자 에이더는 창피했다. 리스턴에게 그의 겨울옷을 사러 가
자고 부탁하리라 마음먹었다.

"안녕하세요, 데이비드."

에이더가 말했다.

"아니."

그가 머리를 뒤로 젖히고 에이더를 비스듬히 보면서 말했다.

"방금 무슨 이야기를 나눴어요?"

에이더는 론 로우너가 듣도록 크게 물었다. 그런 자신에게 놀
랐다. 하지만 분노 때문에 대담해졌다.

뒤에서 로우너가 부스럭댔다.

"아무 말도 안 했어."

데이비드가 말했다.

"아는 사람이에요?"

에이더가 로우너를 가리키면서 물었다.

"아니, 모르는 사람."

데이비드가 대답했다.

"저를 아세요?"

에이더가 물었다. 채근하지 않아도 그가 '에이더'라고 부른 지
한 달도 넘었다.

"응, 알아."

그가 고개를 끄덕이면서 말했다.

"제 이름이 뭐예요?"

그러자 그는 팔걸이에서 손을 들어 허공으로 올리더니 다시 내렸다. 전축 바늘이 음반에 툭 떨어지는 것 같았다.

론 로우너는 이 틈을 이용해 가봐야겠다면서, 에이더에게 손을 들어 인사했다.

"잠깐만요. 말해줄 수 있어요? 무슨 이야기를 하고 있었는지만 말해주세요."

에이더가 대담하게 말했다.

"리스턴 씨랑 얘기하는 게 더 나을 거야."

그가 다시 말하더니 억지웃음을 지었다. 론 로우너가 병실에서 나갔고 향수 냄새만 남았다.

데이비드가 약간 똑바로 앉아서 고개를 돌려 로우너가 가는 것을 보았다. 그러더니 에이더 쪽으로 시선을 옮겼다.

"나빠."

그가 어깨 너머로 로우너가 있던 곳을 엄지로 가리켰다.

"누구예요? 그 사람이 여긴 무슨 일로 왔어요?"

에이더가 물었지만 데이비드는 고개를 저었다.

"나빠."

그가 다시 중얼댔다. 데이비드는 눈썹을 치떴다가 내리더니, 어깨를 으쓱했다가 내렸다.

에이더는 아버지와 더 오래 있지 않았다. 요양원에서 나왔다. 집으로 오는 버스에서 어떻게 리스턴과 맞설지 계획을 세웠다. 버스를 타고 오는 내내 머릿속에 맴돈 게 바로 이 말 - 맞선다 - 이었다. 중요한 결정에서 배제되고 있다는 생각 때문에 여전히 부아가 났다. 누구와도 맞서본 적이 없지만 몹시 흥분되었다. 그날 오후까지 자기가 아버지의 안녕을 책임지는 주체라고 믿었다. 보호자, 감독관, 보초라고. 그런데 그의 안녕과 관련된 논의나 협상에서 배제된다는 게 화났다. 어린애 취급을 받는 게. 모든 부당함에 얼굴과 귀가 빨갛게 달아올랐다.

하지만 주방 식탁에 앉아 노란 메모장에 문제를 푸는 리스턴을 보니 말이 나오지 않았다. 요양원과, 집으로 오는 버스에서 솟구치던 분노도 가라앉았다. 리스턴은 늙어 보였고, 머리가 돌아가게 하려는 듯 손등을 손으로 꼬집었다.

에이더가 주방으로 들어가자 그녀가 말했다.

"어서 와라, 허니. 오늘 데이비드는 어땠니?"

"괜찮아요."

에이더가 조용히 대답했다.

"무슨 일이 있니?"

리스턴이 물었다.

"론 로우너가 누구예요?"

에이더가 물었다.

리스턴이 숨을 내쉬었다.

그녀가 말했다.

"그 사람은 오늘 아침에 데이비드를 만나기로 되어 있었는데, 네가 거기 갔을 때 아직도 거기 있던?"

에이더는 심각하게 고개를 끄덕여 못마땅한 감정을 내비쳤다. 설명을 기다리는, 일종의 사과를 기다리는 내색을 했다.

"약속에 늦었나 보네."

리스턴이 중얼댔다. 에이더가 가슴에 팔짱을 꼈다.

리스턴은 펜을 내려놓고, 속으로 뭔가 가늠하면서 에이더를 응시했다. 그러더니 고개를 끄덕이며, 마침내 결정한 듯 '그래' 라고 중얼댔다.

"에이더, 데이비드는 그가 말했던 사람이 아니었어. 그렇게 믿을 만한 이유가 있단다."

리스턴이 신중하게 말했다. 그러더니 의자에서 일어나 양손을 내밀면서 다가왔다. 동시에 에이더는 의자에 털썩 주저앉았다.

2009년

샌프란시스코

남자가 말했다.

"생활하면서 스트레스가 많을 때, 언제든 원하는 시간에 몰입 가상현실 속에서 휴식할 수 있다고 하면 뭐라고 답하시겠습니까?"

그는 소파에 앉아 있었다. 바로 옆에 여자가 있었다.

여자가 몸을 돌려 적극적으로 고개를 끄덕였다.

"맞습니다. 저희 트라이-테크는 일상을 대체하는 짜릿한 가상현실을 제공하기 위해 열심히 기술을 개발 중입니다. 이 장비를 써보세요."

여자가 말했다. 검은 정장 차림이었다. 다리를 포개고 앉아 있었다. 알 수 없는 리듬에 맞춰 발을 까딱까딱 움직였다. 그녀의 손에 헤드셋이 있었다. 검은 왕관 모양으로 둥근 부분이 두상과 눈, 귀에 딱 맞았다. 여자가 헤드셋을 썼다.

"갑자기 다른 세상에 와 있는 자신을 발견할 겁니다. 빛나는 꿈을 꾼다고 생각해보세요."

여자가 계속 말했다. 이제 여자는 헤드셋을 써서 앞이 보이지 않았다. 그녀는 양팔을 서로 다르게, 더듬더듬 움직였다. 손끝이 허공에서 뭔가를 찾고, 제대로 앞을 볼 때보다 10도쯤 다르게 움직였다.

"여기서 우린 운명을 완전히 통제합니다. 눈만 깜빡이면 파리나 북극으로 갑니다. 혹은 이상적인 해변으로 꼽는 요소들을 더해서 만든 호젓한 해변으로 이동할 수 있습니다. 저희 가상 세계 기술에는 감각 통제가 포함되기에, 뇌의 다른 영역에 있는 신경들을 자극해서 신호를 보내면 앞에 있는 것을 '느끼고' '냄새 맡고' '맛볼' 수 있습니다. 해변이 너무 더운가요? 완벽한 온도인 25도로 낮추세요. 진열장에 있는 초콜릿 트러플을 구경만 하지 마시고, 바로 앞에 있는 것을 맛보세요. 그래도 체중은 조금도 늘지 않습니다."

남자가 말했다.

"친구, 가족과 만나보시지요. 혹은 지구 반대편에 사는 옛 애인도 좋고요."

그러더니 그는 도발적으로 덧붙여 말했다.

"선택 범위는 무제한적입니다."

"무한하지요. 사실 실제로 우리가 아는 것보다 더 무한합니다."

여자가 거들었다.

그때 그녀가 얼어붙었다. 손으로 허공을 더듬다가 멈추었다. 입을 다물다가 멈추었다.

머리를 반쯤 돌린 남자가 보였다. 뒤통수가 드러났다. 대머리였다.

"한번 써보십시오."

남자가 말했다.

그러자 여자가 말했다.

"여러분을 기다리겠습니다."

에이더가 고개를 저었다.
"정지할 리 없는데. 뭐가 문제일까?"
그녀가 말했다.

어두운 방의 세미나 테이블에 앉아 있었다. 그녀가 일어나서 전등을 켜자 화면이 어두워지면서, 화면에 멈춘 남녀 아바타의 색깔이 칙칙해졌다.

아바타들을 조종하던 톰 치엔이 말했다.
"잘 모르겠네. 내가 손볼게. 미팅 전에 수정될 거야."
"내가 어떻게 하면 도움이 될까?"
에이더가 물었다. 톰은 직장 밖에서도 만나는 친구였다. 양미간을 찌푸린 채 고개를 숙이고 작업하는 그를 에이더가 쳐다보았다. 그의 콧잔등에서 안경이 흘러내렸다. 톰은 안경 너머로 스크린을 보았다.
"톰?"
에이더가 부르자 그가 올려다보았다.

그녀는 자기도 모르게 하품을 했다. 양 주먹으로 등 아래를 꾹꾹 눌렀다.

톰이 말했다.
"별일 아니야. 걱정할 것 없어. 집에 가보서. 눈 좀 붙이고."
그는 다시 노트북을 뚫어져라 쳐다보았다. 톰은 그녀가 퇴근하지 않으리란 것을 알았다. 에이더는 ― 둘 다 ― 문제가 해결될 때까지 사무실을 떠나지 않을 터였다.

당시 에이더는 트라이-테크에서 일했다. 1995년에 세 사람이 설립한 소프트웨어 개발사로, 이후 설립자들은 퇴직했다. 그들이 누구였는지는 중요하지 않았다. 업계에 그런 창립자가 수백 수천 명 있었고, 1990년대에 이런 회사들이 위태로울 만치 우후죽순 생겼다 사라졌다. 용케도 트라이-테크는 살아남았다. 하지만 주력 소프트웨어 상품인 '알테라'라는 가상현실 플랫폼이 이제 이용자들의 외면을 받았다. 새 밀레니엄을 맞이해 프로그램은 – 에이더의 도움으로 – 가상 대체 세계로 기능하도록 설계되었다. 거기서는 이용자가 아바타('레프'라고 불리는)를 조종해, 개발자와 이용자가 디자인한 집들과 도시들을 자유롭게 누볐다. 또 레프들은 콘서트에 가고 상품을 사들이고, 실제 달러 액수에 상응하는 알토큰이라는 화폐단위로 계산했다. 한동안 이 프로그램은 – 때로 '게임'으로 불리지만 그 자체로는 게임이 아니었다 – 추진력을 얻었다. 한창때는 한 달에 새로 가입하는 이용자가 40만 명에 달했고, 언론에서는 '웹의 미래'라고 칭찬받았다.

그런데 이제 알테라의 영광은 퇴색했다. 다른 시스템으로 디자인된 게임들과 비교해, 2차원적이고 밋밋해서 한물간 원시적인 프로그램으로 인식되었다. 엉뚱한 문제들도 해결되지 않았다. 레프들이 맥없이 옷이나 머리카락을 잃거나 디지털 세계가 순식간에 산산이 깨졌다. 혹은 데이터에 과부하가 걸리면 세상이 잠시 정지되었다. 시민들이 점점 빠져나가고 실물경제가 곤두박질친 그때 알테라의 경제도 같은 길을 걸었다. 업계 간행물들은 알테라의 종말을 선언했다. 이용자들은 기능 부족을 불평했다. 〈게이밍〉에 '이용자들, 알테라가 따분하다고 한탄'이라는 제목의 기사가 실렸다.

애초에 에이더는 이런 소프트웨어를 개발하고 싶지 않았다. 한계를 알고 있었다. 업계의 다른 부문에서 어떻게 받아들일지 너무나 잘 알았다.

에이더가 트라이-테크에 입사한 것은 특별한 약속을 받아서 였다. 회사는 그녀가 대학원에서 시작한 작업을 개발할 기회를 보장했다. 브라운 대학 시절, 진일보한 몰입 가상현실의 가능성을 점검했다. 알테라처럼 컴퓨터 스크린에 2차원으로 나타나는 게 아니라 헬멧처럼 머리에 화면을 쓰고 3차원적으로 경험하는 프로그램이었다. 고작 시청각에 국한되지 않고 오감으로 상호 소통하는 프로그램. 에이더는 1996년에 논문을 완성했다. 그녀 가 설명하는 부류의 소프트웨어를 하드웨어가 구현할 수 있으 려면 몇십 년이 걸렸다. 따라서 그녀의 연구는 이론이었고, 철학 이라 할 만했다. 그녀가 던진 질문들은 오랫동안 대답을 얻지 못 할 터였다. 논문에 담긴 아이디어들은 트라이-테크에 입사하는 동기가 되었지만 이후 10년간 지지부진했다. 트라이-테크는 오 랜 세월 미루고 미루다 마침내 연구 개발을 정식으로 허가했다. 처절한 조치요 마지막 승부수라고 에이더는 생각했다. 회사는 그녀의 아이디어들이 새로운 투자자를 끌어 모을 폭발력이 있 기를 기대했다. 그래서 '기즈모도'(고객 리뷰를 전문으로 다루는 웹사 이트-옮긴이)가 - 마지막으로 에이더가 확인했을 때 블로그에 코 멘트가 겨우 여섯 개밖에 없었다 - '지난 몇 년 사이 포복하느라 앞을 못 본 공룡'이라고 폄훼한 트라이-테크를 되살릴 수 있기를 바랐다.

회사가 어떤 이유로 아이디어 개발을 승인했건 간에 에이더
는 다시 프로젝트에 매달릴 수 있어서 반가웠다. 지난해까지는
개인적으로 시간을 내서 연구하고, 한밤중이나 주말에 작업했
다. 1년에 두 차례 휴가를 내는 이유는 오로지 연구를 계속하기
위해서였다.

다음 날 아침 새 프로젝트를 잠재적인 투자자들에게 소개할
계획이었다. 마침내 퇴근한 시각은 밤 1시였고, 설명회까지는
여덟 시간 남았다. 에이더는 집에 가서 잠을 잘 계획이었다. 하
지만 그러지 못할 터였다. 최근에는 걱정이 많아 뜬눈으로 밤을
새우기 일쑤였다. 회사가 문을 닫으면 어떻게 해야 될까? 그녀
를 고용해줄 회사는 거의 없었다 - 에이더 같은 직급은 더욱더.
그녀는 상품 개발 부문 부사장이었고, 몸값이 오른 지 제법 오래
되었다. 요즘 상황에서 불리한 처지였다. 이때는 2009년, 경기
침체가 시작되었고 기술 업계도 예외가 아니었다.

톰에게 조심히 가라고 인사했다. 에이더는 차에 올랐다. 회사
는 팔로알토(샌프란시스코 동남쪽에 있는 도시. 실리콘밸리 인근-옮긴이)
에, 집은 샌프란시스코에 있었다. 대학원 졸업 후 취직했을 때,
먼저 이주한 브라운대 동창들의 조언을 받아 미션 지역(샌프란시
스코의 한 지역-옮긴이)에 살기로 했다. 처음 동네 구경을 갔을 때
'새빈 힐'이 연상되었다. 길에 늘어선 화사한 빅토리아식 주택
들하며 오르막 지형. 처음 이곳에 왔을 때 스물여섯 살이었고,

좋은 친구 그룹이 있었다. 다들 독신으로 샌프란시스코가 아닌 다른 고장 출신이었다. 대학원 시절 친구도 일부 있었고, 당시 다들 샌프란시스코로 옮기는 추세였다. 그들은 같이 샌프란시스코라는 도시에 금방 익숙해졌다. 주말마다 서로의 아파트나 바에서 만나고, 인근 주립 공원에서 캠핑 ─ 에이더가 유독 좋아하는 활동 ─ 을 했다.

이제 대부분은 결혼을 했고 대개 자녀를 키웠다. 아이들의 첫돌 파티나 일요일 브런치 모임을 가졌지만, 그들은 와서도 통화를 하거나 급히 자리를 떴다. 토요일 밤에 저녁을 먹자는 사람이 점점 줄었다. 차츰 다들 이 지역을 떠나 팩 하이츠, 선셋, 노이 밸리 같은 외곽 지역으로 이사했다.

에이더만 미션 지역에 살았다. 빅토리아식 건물 1층의 작은 뒷마당이 딸린 아파트였다. 봄마다 토마토를 심으면서 잘 자라기를 바랐지만, 여름이면 예외 없이 나무 그늘에 가려 토마토가 크지 않았다.

동네 분위기도 바뀌었다.

예전의 입주자들은 또래였지만, 그녀가 나이 드는 사이에도 입주자의 연령대는 그대로였다. 이 무렵 그녀는 서른일곱 살이었고, 윗집과 양 옆집에 이십대들이 살았다. 그들도 아이티 업계 종사자였지만, 해가 지날수록 근본적으로 다른 부류임이 점점 확연해졌다. 이런 차이들이 생긴 이유는 비단 나이 차만 아니라 ─ 나이 차가 큰 이유긴 해도 ─ 아이티 업계 문화의 획기적인 변화 때문이었다. 에이더가 취직한 직후부터 문화가 달라지기 시작해서 세월이 흐르면서 영원과도 같은 간격이 생겼다. 이제 에이더에게 스물일곱 살 후배는 다음 세대 같았다. 그녀와 친구들은 내성적인 성격으로 뭉쳐서 지냈다. 끼리끼리 짝지어 어울리기를 좋아했다. 그들은 책을 읽고 토론했다. 너무 많이 오래 말할 필요가 없을 때 가장 빛났다. 예전 프로그래머들은 공통적으로 이런 특성을 가졌다. 요즘 사람들은 똑똑한 것만큼이나 개인적이고 매력을 강조했다.

샌프란시스코에 그런 젊은이들이 살았다. 대학원을 갓 졸업한 청년들 ─ 혹은 독학자들, 대학 중퇴자들, 반짝이는 아이디어와 무궁한 자신감을 가진 천재가 수두룩했다. 쫙 빼입고 과거 업적과 포부를 술술 말했다. 건강주스를 마시고 절식하고, 아침에 체육관을 찾았다. 친구들이 고안한 아이폰 앱으로 칼로리를 계산했다. 눈에 띄는 양말을 신었다.

에이더는 분위기에 따르려고 애쓰기도 하고 아니기도 했다. 대학 시절 처음으로 자신이 예쁘다고 느꼈다. 거짓말할 이유가 없는 사람들이 예쁘다고 자주 말했다. 한번은 강의실에 들어갔는데 남학생이 친구에게 그녀의 매력에 대해 말하고 있었다. 그는 '진짜 끝내준다'라고 말하다가, 친구가 옆구리를 찌르며 에이더를 고개로 가리키자 하얗게 질렸다. 에이더는 뼛속까지 충격을 받았고, 지금껏 알던 자신과 세상에서의 위치에 의문이 생겼다. 그런 일은 다시 생기지 않았고 희한한 에피소드쯤으로 넘겼다. 그가 짐작 못할 특이한 이유로 매력을 느낀 것뿐이라고. 하지만 남학생들, 그러다 성인 남자들이 관심을 보이기 시작했다. 생전 처음 받는 눈길이었다. 에이더는 패션을 이해하고 타협하기 시작했다. 친구들처럼 1990년대 초반의 그런지룩 유행 시대를 경험하고 거기서 벗어났다. 이제 매일 진바지와 남방셔츠, 추울 때는 스웨터를 교복처럼 입었다. 머리를 묶어 늘어뜨리고 단화를 신었다. 외모에 신경 쓰고 싶지 않았고, 상점 진열장에 비친 모습에 눈도 주지 않았다. 몸매, 얼굴은 ‒ 이십대 이후 변하긴 했지만 ‒ 건강미를 유지했다. 주말마다 하이킹을 했고, 퇴근 후에 걷기도 했다. 잘 먹었다. 스스로 괜찮아 보인다고 생각했다. 좋아. 하지만 멋지고 자연스럽게 고급 옷을 입는 동료가 많은 반면, 그녀는 그런 감각이 부족했다.

젊은 이웃들에게는 그런 스타일의 옷과 생활양식이 자연스러웠다. 그녀가 집 앞으로 걸어갈 때, 위층에 사는 코너와 칼렙 ‒ 아무리 해도 누가 누구인지 기억나지 않았다 ‒ 의 웃음소리가 들렸고, 탁구공이 오가는 소리가 났다.

"아이고."

한 사람이 한탄하자 다른 사람이 똑같이 열을 내며 응수했다.

"오 예!"

그들이 인도 한 편을 차지했다. 둘 사이에 미니 탁구대가 있고, 양쪽에 반쯤 채운 맥주잔들이 다이아몬드 모양으로 놓여 있었다. 코너 ‒ 칼렙인가? ‒ 가 벌로 맥주잔을 입술에 대고 고개를 젖혔다.

아파트에 들어가려면 그들의 옆을 지나야 했다.

"안녕하세요."

에이더가 인사하자 두 청년이 예의 바르게 목례했다.

"야근하셨어요?"

한 명이 물었다.

"네."

에이더가 대구하면서 양손을 들어올렸다. 어쩔 수 있나요?

"저기, 저희가 너무 시끄러우면 알려주세요."

한 사람이 말했다.

"아뇨, 아니에요. 괜찮아요."

에이더가 대답했다. 하지만 이전에도 몇 번 밤늦도록 창밖에서 떠드는 소리가 났다. 가끔 다른 친구들이 지나가다 들러서 게임을 했고, 그러면 못 견딜 정도로 시끄러웠다. 이런 경우에 대비해 귀마개를 구입했다. 우울하면 스스로 괴팍한 깍쟁이라고 자평했지만 고정관념에서 벗어나고 싶었다. 외로운 노처녀라는 고정관념에서.

물론 한때 남자친구가 있었다. 가장 최근에 만난 상대는 막 유망한 신규 업체를 차린 사업가였다. 그런데 첫날 식사하다가 그가 6개월 후 남아프리카로 이주한다는 사실을 알았다. 두 사람은 만나보기로 했지만, 늘 그렇듯 소원해졌고 한 번 데이트를 취소한 후 다시 약속을 잡지 않았다. 나중에 어느 생일 파티에서 만나 서로 아는 친구들과 식사하면서 예의를 지켰다. 가장 진지하게 사귄 사람은 짐이었다. 프로비던스에서 대학원에 다닌 시절 내내, 그리고 서부로 옮긴 후에도 2년간 사귀었다. 결혼할 거라고 믿었던 상대도 짐이었다. 그녀의 인생에서 천천히 멀어지다 꽝 하고 마지막을 고한 사람도 짐이었다. 시카고에서 만나 주말을 보낸 후 그는 다른 사람을 만난다고 선언했다.

에이더는 건물 옆으로 난 계단 세 개를 올라 아파트 앞에 섰다. 열쇠를 꺼냈다.

열쇠를 돌리려는 순간, 이름을 부르는 소리가 들렸다. 에이더가 몸을 돌렸다. 위층 청년 한 명이 뒷주머니에 손을 넣고 다가왔다.

"전할 말이 있었는데 잊었네요. 오늘 밤에 누가 에이더를 찾아왔어요."

에이더가 다음 말을 기다렸다.

그가 아무 말도 없자 그녀가 물었다.

"여기로요? 집으로?"

"네."

"남자예요? 여자? 이름을 남겼나요?"

에이더가 물었다.

"남자요. 아뇨, 말 안 했어요. 친구라고 했어요. 곧 다시 들르겠다고."

"어떻게 생겼던가요?"

에이더가 물었다.

"모르겠어요. 평범한 것 같아요. 별로 나이가 많지 않고. 갈색 머리였어요. 키는 저만 하고요."

"그래요."

에이더가 자신 없이 대꾸했다.

청년이 말했다.

"에이더의 전화번호를 묻기에 가르쳐줬어요. 제가 잘못한 게 아니면 좋겠는데요."

'당연히 잘못한 거지. 무슨 생각으로 그런 거야?'라고 쏘아붙이고 싶었다. 스토커가 상상되었다. 공포영화에 나오는, 삶을 파고들 채비를 하는 악당.

하지만 괜찮다는 빤한 대답을 했다. 그녀는 속으로 중얼댔다. 밝게 생각해. 마음을 편안히 먹으라고.

"됐어요."

에이더는 그렇게 말하고 안으로 들어갔다.

'됐다'라는 말. 그 어휘를 다시 떠올리니 창피했다. 그건 그녀의 언어가 아니었다. 문득 '퀸 오브 에인절스'에 처음 다니던 시절이 떠올랐다. 이후 그때처럼 겉도는 기분은 느껴보지 않았다.

집에 들어가자 얼른 옷을 벗고 침대에 누웠다. 전화기 알람을 6시로 맞추었다. 곧장 잠들면 네 시간은 잘 수 있었다.

하지만 귀마개를 했는데도 창밖에서 탁구공을 주고받는 소리가 끝날 것 같지 않았다. 에이더는 속으로 중얼댔다. 이사할 때가 된 게지.

1980년대

보스턴

에이더 시벨리우스가 학교에 있을 시간이었다. 그런데 데이비드의 집에 있었다. 집은 아직 팔리지 않았다. 그날 아침 에이더는 학교에 전화해 어른 목소리를 내면서, 에이더 시벨리우스가 아파서 결석한다고 교장 비서에게 알렸다. 그런 다음 다락방으로 올라가, 맨 위부터 모든 상자를 차례로 열어보기로 결정했다. 다음에는 데이비드의 침실에 가서 서랍을 다 뒤질 작정이었다. 마지막은 서류와 문서 더미가 잔뜩 있는 서재였다. 에이더는 답을 찾고 있었다.

론 로우너가 '세인트 앤드류'에 다녀가고 이틀 후, 에이더는 양육권이 데이비드에서 리스턴에게 양도되는 과정에서 기초 사실을 확인하던 중에 의문이 생겼음을 알았다. 어느 시점에서 데이비드의 부모가 아들의 실종 신고를 한 것이었다. 이 일로 인해 상세한 그의 과거 조사가 이루어졌다 – 그 결과 데이비드가 다녔다는 칼텍 대학원에 그의 이름이 없음이 밝혀졌다. 더욱이 대리출산과 관련된 공식 문건이 없었고 – 그러니 딸을 홈스쿨링한다고 신고 못할 만했다 – 따라서 에이더의 생물학적 어머니가 양육권을 얻으려고 할 수도 있었다. 에이더는 리스턴에게 직접 듣거나 통화를 엿들어서 이 모든 사실을 알아냈다. 이제 엿듣기의 명수가 되었다. 양육권 양도를 심의하는 가정법원 판사는 이런 문제들이 해소되기 전에는 양도 과정을 진행할 수 없다고 선언했다.

이런 사실들 때문에 에이더는 의심과 고통의 소용돌이에 빠졌고, 아픔이 깊어서 무너질 정도로 위태로웠다. 리스턴의 말을 믿지 않았고, 버릇없는 말투로 그렇게 말했다. 리스턴 앞에서 주방 전화기를 들고 요양원 병실로 전화했다. 하지만 데이비드가 전화를 받지 않았고, 룸메이트 폴은 못 알아들었다. 그는 뭔지 모를 말을 쉬지 않고 떠들다 두 번이나 전화를 끊었다.

리스턴은 말했다.

"됐어. 내일 더 얘기하면 되잖니, 허니. 내일 데이비드랑 이야기해보자."

다음 날 오후, 에이더는 수업에 집중하지 못했다. 방과 후 버스를 타고 요양원으로 향하는데 가슴이 두근거렸다. 부리나케 출입신고를 하고 데이비드의 병실로 달려갔다. 안에 들어가니 그는 혼자 파란 의자에 앉아 있었다. 에이더는 숨을 몰아쉬며 아버지 앞에 주저앉았다.

"데이비드. 데이비드, 저 좀 도와줘야겠어요."

숨 쉴 새도 없이 들은 이야기를 털어놓았다. 진실을 말해달라고, 그가 누구인지 기억해내라고, 알려달라고 매달렸다. '어느 대학에 다녔어요? 왜 가족이 실종 신고를 한 거예요? 왜 대리모를 의뢰하면서 버디 아우어바흐와 계약서를 작성하지 않았어요?' 그는 눈썹을 치뜨고 양미간을 찌푸리면서 걱정스레 쳐다보았지만, 잠자코 있었다. 에이더가 계속 채근했다. 그즈음 그와 대화하는 것은 영어를 몇 마디 아는 사람과 대화하는 것과 비슷했다.

"아이고야."

그가 중얼댔다.

에이더는 아버지를 찬찬히 쳐다보았다. 가끔 그의 얼굴에 시무룩한 눈빛 사이로 한 줄기 빛처럼 예전 표정이 떠올랐던가? 그의 얼굴에 스친 것은 연민일까, 동정일까? 인정하지 않지만 이해한다는 신호일까? 언젠가 그의 눈에 분명히 눈물이 그렁그렁했지만 흘러내리지는 않았다. 몇 번인가 그는 손을 뻗어 에이더의 손을 잡았다. 몇 번인가 알아듣지 못할 단어나 구절을 말했고, 에이더는 가방에서 수첩을 꺼내 받아 적었다. 무슨 뜻인지 밝혀질 거라는 희망을 품었다.

다음 날에도 다시 병실에 찾아가 그 과정을 되풀이했다. 기억해보라고, 아는 것을 말해달라고 어르고 달랬다. 하지만 이번에 그는 흥분해서, 에이더의 말에 언성을 높여 반응했다. 최근 몇 주 새 적당한 말을 찾지 못하면 괴상한 소리를 내기 시작했다.

그가 과하게 큰 소리로 외쳤다.

"왈랄라. 아, 왈랄, 왈랄라라라."

그러더니 예기치 못하게 '에이더'라고 딸의 이름을 불렀다.

에이더는 궁금했다. 이게 그 말일까? 퇴임 만찬을 망친 후 방에 찾아왔을 때, 데이비드가 하려던 말이 이거였을까? 장차 밝혀질 정보에 대해 경고한 것이었을까?

에이더는 그럴 거라고 확고하게 결정해버렸다. 틀림없이 데이비드는 계획을 세웠다. 그건 의문의 여지가 없었다. 그의 비밀이 뭐든 분명히 그럴 만한 이유가 있을 거라고 에이더는 자신에게 말했다. 더욱이 그 비밀들을 밝히는 것은 딸의 의무였다. 그의 오명을 씻어내는 것이.

에이더의 마음속에는 그것밖에 없었다. 그가 – 에이더에게, 모든 사람에게 – 상징하는 미덕, 지성, 윤리가 없는 세상에서 사는 것은 상상이 되지 않았다.

에이더는 그의 손을 잡았다. 찬찬히 아버지를 바라보았다.

"걱정 말아요. 걱정 말아요, 데이비드."

에이더는 되풀이했다 – 하지만 그것은 아버지뿐 아니라 자신에게 하는 말이었다.

한편 리스턴을 향한 깊고 지속적인 분노가 커졌고, 위험할 만치 강렬해졌다. 리스턴이 사실을 밝힌 후, 에이더는 최대한 대화를 피했다. 단답형으로만 대답했다. 방에서 보내는 시간이 더 많아졌다. 리스턴이 처음부터 알려주었다면 아버지의 정신이 더 온전했을 때, 조리 있게 표현했을 때 뭔가 알아낼 수 있었으련만. 리스턴은 소득은 없었지만 알아보려 노력했다고 말했다. 에이더에게 너무 일찍 알리는 게 조심스러웠다고 털어놓았다 – 본인이 크게 잘못 알고 있을까봐, 모든 게 그럴 만한 이유가 있을까봐 염려됐다고 했다.

리스턴은 말했다.

"내가 아는 게 사실인지 확인하고 싶었어, 에이더. 너한테 알리기 전에 말이다. 이해하겠니?"

당시 에이더는 이해하지 못했지만, 나중에는 납득할 터였다 – 에이더가 세상을 이해하는 데, 옳고 선한 것을 믿는 데 아버지가 얼마나 중요한지 리스턴이 잘 알았으니까. 그 중심에서 데이비드를 없애는 것이, 그의 정체를 소용돌이 속으로 던지는 것이 아이에게 얼마나 큰 타격인지 알기에 미리 말하지 못했다.

에이더는 데이비드의 물건을 면밀히 조사하면 도움이 될 거라고 결정했다. 그러려면 연달아 몇 시간이 필요했다. 그래서 등교하지 않고 데이비드의 집에 오게 되었다.

이제 손전등을 들고 먼지 자욱한, 창도 없는 다락방에 들어섰다. 거기 뭐가 있을지 아는 바가 없었다. 데이비드가 야영할 때 쓰던 낡은 침낭을 꺼내거나 보관하려고 드나드는 것만 보았을 뿐이었다. 잔뜩 놓인 상자들을 보고 놀랐다. 사실 그는 그곳을 창고로 사용했다. 이 집을 사서 시어터 디스트릭트의 아파트에서 이사할 때 가져온 짐들인 듯했다.

첫 번째 상자부터 풀기 시작했다. 잔뜩 긴 먼지가 폴폴 날려서 기침이 났다. 하지만 주변의 나머지 상자처럼 옷과 잡동사니만 들어 있었다. 작아서 못 입는 에이더의 옷, 책, 또 책. 학술지, 너덜너덜해진 비치 타월. 어떤 상자에는 데이비드가 갖고 있는 게 놀라운 물건들이 담겨 있었다. 은촛대와 큰 접시들. 그들이 사용한 적 없는 도자기 그릇들.

데이비드의 침실에 가서 서랍장의 맨 위 서랍을 열었다. 어릴 때 자주 봤던 가족사진을 꺼냈다. 오돌토돌한 흑백사진 속에 어린 데이비드가 있었다. 갈색 종이 액자가 세월이 흘러 찌그러졌다. 사진도 약간 얼룩덜룩했다 - 낡고 습한 집에 있다 보니 색이 바래고 윤곽선이 흐려졌다. 사진을 뒤집어보았지만, 뒷면에는 단서가 될 문구가 없었다. 다시 사신을 원래 자리에 돌려놓았다.

안방에서 옷 외에 다른 걸 못 찾았지만 놀랄 일은 아니었다. 요양원에 가져갈 짐을 챙기느라 한바탕 방을 뒤진 적이 있었다. 그가 아끼던 낡은 셔츠가 눈에 들어오자 에이더는 잠시 멈칫했디.

뒤이어 서재로 향했다. 그곳을 뒤지는 것이 가장 불법 행위를 저지르는 기분을 주었다. 서재에 들어가면 안 된다는 경고를 들은 적이 없었지만 - 사실 데이비드가 들어오라고 할 때마다 거기서 긴 시간을 보냈다 - 들어오라는 권유가 없으면 문지방에서 얼쩡댔다. 오랜 세월 그러다 보니 금지 구역에 들어가는 느낌이었다. 혼자 서재에 들어간 적이 없었으니까.

원래 식품 창고로 쓰던 작은 사무실이었다. 창이 없어서 여름에는 후텁지근했다. 방 양쪽으로 붙박이 책장이 있었다. 멋진 모양의 짙은 색 나무 서가였지만 처음에는 책을 세워서, 나중에는 눕혀서 오래 보관한 탓에 서가 구실을 못했다. 일부 책들만 바로 세워져 있었다. 벽에는 이상한 그림들이 걸려 있었다. 레오나르도 다 빈치의 드로잉 액자 두 개[야드 세일(쓰지 않는 물건을 집 마당에서 파는 것-옮긴이)에서 샀거나 그런 특이한 경로로 얻었으리라]. 시골길을 그린 풍경화 소품 한 점.

컴퓨터 본체에는 아무것도 없었고, 책상에 나와 있는 것들은 알맞은 각도로 정돈되어 있었다. 데이비드는 깔끔하지도 지저분하지도 않았다. 헝클어진 것을 싫어했고, 리스턴이 사무실 책상과 집에 수집해둔 것 같은 잡동사니를 질색했다. 사진 액자도 좋아하지 않았다. 불필요한 물건들을 못마땅해했다. 하지만 일하는 공간에는 여러 가지가 쌓여 있었다. 서류, 책, 편지, 청구서 더미가 있었고 대부분 예전의 일이거나 처리한 내용이었다.

에이더는 아버지가 퇴직 후 몇 달간 작업하면서 망가뜨린 컴퓨터를 수리하지 않았다. 사람을 시켜 고치지도 않고 그대로 서재에 두었다. 컴퓨터를 켜자 여전히 슬픈 맥 로고가 떠올랐다. 데이비드는 그 심벌이 만화 같고 바보 같다면서 키득거렸다. 하드 드라이브 디스크가 여전히 잠겨 있었다. 다음에 제대로 켜지면 거기에 어떤 내용이 담겼는지 – 어쩌면 일부는 – 알게 될 터였다.

서재를 한 바퀴 돌면서 심호흡을 크게 했다. 어디부터 시작할지 알 수가 없었다. 크림색 서류함이 눈에 들어왔다. 데이비드가 쓰는 걸 본 적이 없지만, 손을 뻗어 맨 위 서랍을 당겼다. 손에 힘을 줘도 안에서 걸려 열리지 않았다. 옆쪽에 작은 열쇠 구멍이 있었고, 열쇠는 보이지 않았다.

지하실로 내려가 작업대로 다가갔다. 그 위쪽에 이상한 헬멧 모양의 물건이 심란하게 조르르 걸려 있었다. 그가 몇 년간 작업한 것들이었다. 일부는 고글과 비슷했고 가면처럼 생긴 것들도 있었다. 이제 그것들이 에이더를 애처롭게 쳐다보았다. 에이더는 그것들을 보는 게 달갑지 않았다. 그 아래쪽 못에 걸린 쇠지레를 집었다. 데이비드가 사용하는 것을 본 적이 있었다. 뒷마당 창고의 자물통 열쇠를 잃어버렸을 때, 그가 쇠지레로 문을 연 적이 있었다.

다시 올라와서, 고리 모양의 쇠지레 머리를 맨 위 서랍 아래에 끼우고 힘껏 밀었다. 잠금장치가 열리도록 온 힘을 다했다. 하지만 결과적으로 쇠가 구부러지기만 했다 - 서랍이 뻐드렁니처럼 나오고, 아래 서랍이 약간 들어갔다. 숨이 가쁘고 손이 아팠다. 결국 포기하고 쇠지레를 바닥에 던졌다.

마침내 책상에서 가장 가까이 있는 서류 뭉치로 눈을 돌렸다. 맨 위의 종이를 집었다. 요금 징수 회사가 보낸 전기요금 청구서였다. 그 밑에 아동의 언어 습득과 관련된 학술지 논문 사본이 있었다. 그 밑에는 2년 전 집 지붕 수리비 청구서.

얼른 서류 더미를 쭉 살피다가 티켓과 영수증 20여 장 묶음(지질학자가 되어 켜켜이 쌓인 지층을 보는 기분이 들기 시작했다)에 이르렀다. 한 장씩 집어 찬찬히 살폈다. 대부분 동네 약국이나 식료품점에서 구입한 물품 목록처럼 무의미했다. 1년 전쯤 함께 본 영화 티켓도 있었다. 하지만 다른 티켓 하나가 에이더의 눈에 들어왔다. 1984년 8월 11일, 보스턴 발 워싱턴디시 행 기차표였다. 표 뒷장에는 '조지'라는 이름과 주소가 적혀 있었다.

에이더는 기차표를 집어 들고 한동안 쳐다보았다. 데이비드가 마지막으로 워싱턴에 다녀온 게 언제였더라? 에이더가 더 어릴 때 몇 번 같이 워싱턴에 갔지만, 최근에는 그런 적이 없었다. 조지는 그의 어릴 적 친구였고 거기 거주 중인 화가였다. 에이더가 기억할 수 있는 것만 두 번 만났다.

문득 날짜가 예사롭지 않다는 생각이 들었다. 데이비드가 처음 실종된 날이었다. 에이더가 처음으로 리스턴의 집에서 잔 날이었다. 날짜를 정확히 기억했다. 아동보호국의 개입이 필요하다는 증거가 된 경찰 조서. 그것을 애처롭게 쳐다보던 데이비드의 눈길.

그는 에이더, 리스턴, 경찰관에게 뉴욕에 다녀왔다고 말했다.

그 당시 이미 뇌에 병이 생겼을까? 실수로 잘못 말했을 수도 있을까? 아니면 뭔가 감추려고 의도적으로 거짓말을 했을까?

에이더는 느릿느릿 기차표를 서류 더미에 내려놓다가 마음을 바꾸었다. 표를 주머니에 쑤셔 넣었다. 다음으로 '에이더'라고 적힌 디스크를 집었다. 데이비드가 준 과제 디스크를 지금껏 여기 보관했다. 두 가지가 남의 손에 들어가는 것을 막아야 된다는 생각이 들었다.

그날 내내 기차표와 디스크를 갖고 다니면서 안전하게 보관할 곳을 찾았다. 리스턴의 집 지하실에서 400페이지에 달하는 낡은 대사전을 찾아냈다. 아무도 쓰지 않았고 의심을 사지 않을 물건 같았다. 책갈피 속에 '에이더' 디스크와 기차표를 넣고 흔쾌히 탁 닫았다. 조금 더 이리저리 살핀 후, 침실 옷장의 맨 위 선반에 올려놓기로 결정했다. 선반이 높아서 목을 빼지 않으면 사전이 보이지 않았다. 의자를 놓고 올라가야 선반이 손에 닿았다. 사전 속에 안전하게 자료를 모아둘 셈이었다 – 앞으로 찾을 다른 증거들과 함께.

리스턴에 따르면 데이비드는 유서를 작성했지만, 신분상의 문제와 에이더의 나이 때문에 법적 효력이 없는 문건이었다. 리스턴이 상담한 변호사 친구는 그렇게 말했다. 벌써 매달 입원비를 두고 요양원과 문제가 생겼다. 그가 사망하면 재산 처리에 심각한 문제가 생길 터였다. 리스턴은 비트에 소문나지 않게 주의하면서 조용히 조사에 들어갔다. 에이더와 대화한 다음 날, 연구원 전원과 차례로 통화해서 아는 바가 있는지 알아보았다. 다들 모른다고 대답했다.

하야토가 조용히 말했다 – 물론 에이더는 엿듣고 있었다.

"맙소사. 그가 제정신이었을까요? 이해가 안 되네요."

두 사람에게 버럭 화내는 것을 참는 게 에이더가 할 수 있는 최선이었다.

가끔 저녁에 일을 마치고 론 로우너가 리스턴을 만나러 왔고, 그녀는 조심스럽게 에이더를 불렀다. 에이더는 아버지에 대해 오가는 얘기를 확인하려고 거기 앉아 있는 거라고 자신을 달랬다. 처음에 로우너는 에이더에게 기억나는 친척 이름을 다 넣어 가계도를 최대한 상세히 그리게 했다. 에이더는 아버지가 요양원에 가기 전에 나눈 대화들을 떠올리며, 들은 얘기를 전부 전했

다 - 핀란드인 조상들, 매사추세츠의 지사, 에모리 집안. 데이비
드의 어머니는 이사벨, 아버지는 존 페어팩스 시벨리우스였고
그 아버지에게 페어팩스라는 이름을 물려받았다고 했다. 또 데
이비드는 외동이었고 또래 친척도 없었다고. 에이더는 아버지
에게 들은 말을 로우너에게 전했다. 그의 양친은 세상을 떠났고
엘리스라는 가족이 그들의 집을 샀다고. 그 집의 주소도 대충 말
해주었다.

"고맙구나, 에이더. 이 정보가 큰 도움이 될 거야."

론 로우너가 말했다.

에이더는 예의상 고개를 끄덕였다. 배신자가 된 것 같아서 기
분이 가라앉았다. 하지만 진실을 파악하는 일에서 로우너를 못
마땅하지만 필요한 동지로 인정했다.

어느 저녁 에이더가 2층에 있는데, 부엌에서 리스턴이 수화기
를 드는 익숙한 소리가 들렸다. 에이더는 냉큼 복도로 나갔다.

최대한 조용히 대화를 엿듣기 시작했고, 통화 상대가 누군지
금방 파악되지 않았다.

저쪽에서 말하고 있었다.

"연락을 줘서 정말 반갑네. 당연히 기억하지."

아픈 사람처럼 뭉개지는 단조로운 말소리. 상대가 누구든 아
주 연로하고, 부드럽고 세련된 지성적인 말투였다. 귀에 익은 목
소리였다. 기억 깊숙한 곳에서 땡 소리가 났다.

리스턴이 용건을 말했다.

"이런 소식을 전해드리게 되어 무척 안타깝습니다. 저도 충격

을 받았어요. 하지만 그가 고용될 당시 상황에 대해 기억나시는 게 있는지, 아시는 바가 있는지 궁금해서요.”

그랬다, 로버트 피어스였다. 후임으로 맥카렌 총장이 부임하기 전, 데이비드의 예전 친구이자 지원자였던 피어스 총장. 수십 년 전 데이비드를 비트 대학원에서 직접 스카우트한 장본인. 몇 년 전 그는 파킨슨병이라는 진단을 받았다. 에이더는 데이비드가 걱정하는 슬픈 목소리로 소식을 전해준 일을 기억했다. 병 때문에 말투가 무척 변했지만, 한때 다정한 친구였던 이의 목소리를 들으니 마음이 푸근해졌다. 피어스는 늘 책상에 초콜릿 바를 감춰두었고, 에이더를 만날 때마다 한 개씩 주곤 했다.

저쪽에서 잠시 침묵을 지켰다.

리스턴이 다시 물었다.

“그의 인사 서류나 입증 자료와 관련해서 기억하시는 이상한 점이 있나요?”

“그런 기억은 전혀 없네. 이럴 수가, 다이애나. 나로서는 자네 말을 이해하기 어렵구먼.”

리스턴이 얼른 대답했다.

“압니다. 잘못 안 것일 수도 있습니다. 하지만 지금 에이더의 후견인과 관련해서 법적인 문제가 생겼습니다.”

그녀는 격식을 갖춰 부자연스럽게 말했다. 평소 말투가 아니었다. 그녀는 늘 피어스 앞에서 허둥댔다. 에이더는 아주 어려서도 그런 기미를 알아챌 수 있었다. 언젠가 리스턴은 피어스가 사제를 연상시킨다고 데이비드에게 털어놓았다.

“딱한 녀석.”

피어스가 말했다. 에이더는 품위 있는 널찍한 서재에서 – 데이비드와 그의 자택을 방문한 적이 있었다. 비콘 힐(보스턴의 고급 주택가-옮긴이)에 있는 웅장한 테라스 하우스였다 – 그가 고개를 젓던 광경이 떠올랐다.

피어스 총장이 계속 말했다.

"데이비드가 여기 온 게 – 어디 보자 – 1951년이나 2년도였을 거야. 비트의 출중한 대학원생이었지. 모리스 스타이너 아래서 연구소 설립에 꼭 필요한 인재였네. 더욱이 칼텍 학부 시절 그의 논문 지도교수와 직접 대화한 기억이 나는군. 도널드 파월이었지. 아쉽게도 이미 고인이 되었을 걸세."

"그렇군요."

리스턴이 초조하게 응수했다.

피어스가 말했다.

"그의 은사 대부분이 그럴 걸세. 이런, 그 친구가 여기 비트에서 지낸 게 근 35년이군그래."

"칼텍에 그의 기록이 없답니다."

리스턴이 말했다.

피어스가 예기치 않게 큰 목소리로 대답했다.

"착오일 거야. 정말 이상하군. 파월은 내 친구였네. 데이비드 시벨리우스가 학부생일 때 그의 제자였다는 건 내가 확실히 말해줄 수 있네. 천재나 다름없었지. 한동안 두 사람이 연락한 걸로 아는데."

그 순간 에이더는 피어스 총장이 데이비드만큼 좋았다. 안도와 감사가 밀려들었다. 모든 게 착오일 수도 있는지 궁금했다.

피어스가 말했다.

"더구나 난 그의 가족을 알았지. 뉴욕의 시벨리우스 부부를. 데이비드와 관계가 삐걱대긴 했어도, 어째서 아들의 실종 신고를 했는지 정말 모르겠군. 데이비드가 여기 비트에서 아주 잘 지내는 줄 뻔히 알면서."

마침내 피어스는 가봐야겠다고 말했다. 행운을 빈다면서, 더 물어볼 게 있으면 다시 연락하라고 했다.

"그런데 말이야, 다이애나. 이 일은 더 조사할 가치가 없어. 이유가 있다면 엉성한 기록 관리 때문일 거야."

지친 기색이 역력한 말투였다. 음반에서 전축 바늘이 튀듯 발음이 샜다. 기운이 달렸다. 어렵사리 숨을 들이마시고 내쉬었다.

에이더는 리스턴이 전화를 끊을 때까지 기다렸다가 천천히 살그머니 수화기를 내려놓았다. 통화를 엿듣는 것을 리스턴도 알 거라고 짐작하며 – 맞는 말이리라 – 합리화했다. 설령 리스턴이 모르더라도 딸이니 알 권리가 있다고 합리화했다. 에이더는 참았던 숨을 내쉬었다.

그 순간 뒤에서 인기척이 있어 몸을 돌리니, 그레고리가 빤히 뚫어져라 쳐다보고 있었다.

에이더는 방어적으로 팔짱을 끼고, 통화를 엿듣냐는 비난이 쏟아지기를 기다렸다. 하지만 그레고리는 쳐다보기만 했다. 에이더는 저돌적으로 소년의 눈을 노려보았다.

그레고리는 형 같은 느긋함과 유연함이 부족했다. 모든 점에서 윌리엄의 신체 조건과 정반대였다. 윌리엄이 금발에 하얀 반면, 머리가 검고 가무잡잡했다. 윌리엄의 체구가 어른처럼 탄탄

한 반면, 그레고리는 마르고 여리여리했다. 그레고리는 나이에 비해 키가 작았고, 에이더보다도 작았다. 학교에서 또래들 옆에 있을 때 보면, 유난히 왜소하고 앳되어 보였다. 늘 고개를 숙이고 다녀서 땅속으로 꺼질 것 같은 인상을 주었다. 신화에 등장하는 파우누스(염소의 귀, 뿔, 뒷다리를 가진 목축의 신-옮긴이)나 엘프(요정, 꼬마 난쟁이-옮긴이)를 연상시켰다. 검은 눈 아래로 잠을 못 잔 것처럼 다크서클이 짙고, 귀가 약간 튀어나왔다. 교복을 벗으면 늘 입는 단순한 흰 티셔츠 아래로 앙상한 팔꿈치가 두드러졌다. 이제 소년은 생각에 잠겨 한쪽 팔꿈치를 긁적댔다.

마침내 에이더가 말했다.

"전화를 걸려고 했는데, 네 어머니가 사용 중이어서."

그레고리는 어깨를 으쓱했다.

그러더니 입을 열었다.

"누나 아빠가 여러 가지 거짓말을 했을 수도 있다면서."

에이더는 평생 처음으로 왜 사람들이 주먹을 휘두르는지 이해했다. 심지어 허리 아래로 작은 주먹을 꽉 쥐기까지 했다.

그레고리는 순간적으로 놀란 눈치였다 - 위협적인 태도보다는 잔뜩 일그러진 얼굴에 더 놀랐을 터였다.

"네가 뭘 안다고 그래."

에이더가 쏘아붙였다. 그 말 말고는 아무 말도 생각나지 않았다.

"하지만 맞을 걸. 그럴 확률이 커."

그레고리가 대꾸했다.

이후 에이더는 그레고리를 피했다. 계속 요양원에 갔지만 이제 찾아갈수록 마음 깊이 슬픔만 낳았다. 길게 대화하지 못했고, 아버지와 멋진 대화를 못하니 앙꼬 없는 찐빵 같은 느낌이었다.

몇 주일 후 로우너는 버디 아우어바흐를 찾아 접촉했다는 소식을 들고 나타났다. 그녀는 뉴멕시코에 살았다. 그녀는 중요한 내용은 밝히지 않고, 다만 그렇다고, 데이비드와 합의를 봤다는 말만 했다. 그의 배경과 관련해서는 남들보다 아는 게 없다고도 했다.

"저에 대해 뭐라고 하던가요?"

에이더가 물었다. 하지만 로우너의 표정을 보자마자 질문한 게 후회스러웠다. 사실을 – 어른이 되어서야 밝혀질 – 말하자면, 버디 아우어바흐는 에이더의 친권을 양도하는 데 완전히 동의한다는 의사를 표했다. 솔직히 그녀는 '아휴, 난 이런 일에 끼어들지 않을 거예요'라고 말했고, 로우너는 리스턴에게 그대로 전했다. 하지만 어쩐 일인지 그는 배려심을 발휘해 에이더에게 직접 말해주지 않았다. 대신 버디 아우어바흐가 일 때문에 무척 바빠서, 에이더의 바람만큼 돕지 못할 거라고 설명했다.

로우너는 말했다.

"하지만 너한테 안부를 전했어. 말을 전해달라더구나."

에이더는 최대한 짬을 내어 아버지가 준 디스크의 암호 해독에 몰두했다. 이제 복잡한 문구를 외울 정도였다. 어쩌면 모든 질문의 답이 거기 담겨 있다고 생각했다. 데이비드는 늘 이 정보를 딸에게 주려고 계획했으리라. 에이더에게 말하려 했겠지. 이런 생각이 위안을 주었다. 하지만 아무리 해도 암호를 해독할 수가 없었다.

매티만 함께 사는 느낌을 주었다. 저녁에 주위에 아무도 없으면, 나란히 앉아 티브이를 보면서 매티는 아이처럼 어리광을 부리면서 옆구리를 파고들었다. (티브이 시청이 일상의 중요한 부분이 되었다 – 2년 전에는 상상도 못했을 일이었다.) 리스턴은 업무가 바빴고 집에서는 데이비드의 신원을 파악하느라 정신없었다. 윌리엄은 점점 늦게까지 친구들과 어울렸고, 가끔 술을 마시고 오는 것을 에이더는 눈치챘다. 그레고리는 평소처럼 다락방에 틀어박혔고, 매티는 직접 저녁식사를 준비해야 되는 경우가 많았다. 그래서 두 사람은 에이더가 '아무거나 먹기'라고 이름 붙인 게임을 시작했다. 매티가 냉장고에서 아무 재료나 꺼내면 에이더가 그것으로 음식을 만드는 게임이었다. 종종 참치 생선수프 같은 미심쩍은 음식이 탄생했고, 도저히 입맛에 맞지 않아서 플러퍼너터 샌드위치를 먹었다. 가끔 리스턴이 지친 몸으로 퇴근해서 함께하면, 어머니의 관심에 굶주렸던 매티는 입에 바퀴가 달린 듯 말을 쏟아냈다. 말이 너무 빨라서 리스턴이 천천히 말해보라고 채근하곤 했다. 하지만 그녀가 하루를 어떻게 지냈냐고 물으면 에이더는 짤막하게 간단히 대꾸했다. 리스턴이 신뢰를 저버렸다는 상처가 여전히 깊었다. 매티도 이런 기류를 알아차리고, 두 사람을 번갈아 보면서 분위기를 바꿀 방도를 궁리했다.

어느 저녁 리스턴은 퇴근해서 슬픈 소식을 전해주었다. 피어스 총장이 세상을 떠났다는 부고였다.

"집에서 편안히 돌아가셨다는구나."

리스턴은 덧붙여 말하다가 진부한 표현인 줄 아는지 고개를 한 번 저었다. 에이더는 충격을 받았다. 별로 놀랄 일이 아니었지만 – 피어스의 목소리가 좋지 않았고 평소의 그답지 않았으니까 – 그래도 갑작스럽게 느껴졌다. 또 데이비드가 맞이할 운명의 전조로 보이기도 했다. 아버지에게도 이런 일이 벌어질 수 있음을 실감했다. 어느 날 여기 있었는데 다음 날은 없게 되리라. 물속에 뛰어들듯 어느 결엔가 세상에서 사라지겠지.

"그렇군요. 알려줘서 감사해요."

에이더가 말했다.

"너와 데이비드가 총장님을 좋아한 걸 알아. 그분도 두 사람을 사랑하셨다는 걸 알고."

리스턴이 말했다.

"괜찮아요."

에이더가 대꾸했다. 그리고 자러 가야겠다고 말했다.

리스턴이 잠시 가만히 있었다. 전할 말이 더 있는 눈치였다.

마침내 리스턴이 말했다.

"저기, 에이더. 미안하구나. 아직도 나한테 화난 걸 알아. 그저 어떻게 해야 좋을지 몰라서 그랬어. 내가 망쳐버렸구나."

그녀가 에이더에게 한 손을 뻗었다. 손바닥을 보이며 화해를 청했다.

에이더는 예의상 손을 잡았지만 반항심이 생겼다. 다시는 아무도 믿으면 안 된다는 생각이 마음 깊이 자리 잡았다. 이제는 찾아오지 않는 연구원들도. 리스턴도. 이제는 – 꾹꾹 누르려고 애써도 의지와 상관없이 종종 끓어오르는 생각이었다 – 아버지조차도. 에이더는 세상천지에 혼자였다.

한편 '퀸 오브 에인절스'에서는 윌리엄의 다음 여자친구에 대한 관심이 점점 고조되었다. 예상과 달리 카렌 드리스콜은 윌리엄과 헤어지자마자 다른 남자친구가 생겼다. 상식(윌리엄이 먼저 변심했을 거라는)이 무너지면서, 호감을 사던 카렌이 알고 보니 '헤프다'는 ― 9학년 여학생들이 자주 입에 올리는 이 말에 에이더는 놀라고 매혹되었다 ― 분위기가 번졌다.

멜라니 맥카시 무리는 이제 일상적으로 에이더의 식탁에 찾아왔다. 그들은 리사 그래디를 완전히 따돌리진 않았지만 식탁 끝으로 밀어냈다. 리사는 조용히 앉아 사람들 앞에서 먹는 게 민망한 듯 작고 민첩한 손놀림으로 식사했다. 여자애들은 리사와 에이더 사이로 파고들어 리사를 등지고 돌아앉았다. 누가 보면 리사가 모르는 사이인데 끼어들려고 하는 줄 알 터였다.

점심시간의 화제는 다양했지만, 어느 시점이 되면 꼭 '윌리엄 리스턴'이 등장했다. 최근에 어디서 봤는지 말하고, 최근 소문을 얘기하면서 에이더가 사실인지 확인해주기를 바랐다. 에이더는 그에 대해 잘 모르는 걸 들키지 않으려고 비밀이라 밝히기 곤란한 체했다. (물론 비밀을 다 아는 것처럼 굴었다.) 애매모호한 태도를 취했다. 어떤 추측에는 살짝 고개를 끄덕이고, 어떤 얘기에는 어깨를 으쓱했다. 아이들은 에이더가 윌리엄을 잘 아는 것과 신의를 지키는 데 감탄해서 존중하면서도 조심스럽게 채근했다.

혼자 있을 때면 윌리엄에 대한 생각이 더 열렬해졌다. 최근 그는 더 말수가 줄어들고 침울해진 것 같았다. 에이더가 처음 집에 온 무렵, 윌리엄은 자주는 아니어도 엄마가 저녁식사를 준비하면 함께 식사했다. 하지만 이제는 그러지 않았다. 매티는 큰형을 그리워했고 그런 마음을 내색하지 않았다.

"윌리엄 형은 일하러 갔어."

간혹 오후에 매티는 에이더에게 그렇게 말했다. 하지만 사실이 아닌 걸 둘 다 알았다. 윌리엄은 주말에만 비디오점에서 일했다. 에이더는 윌리엄의 방에서 게시판에 붙은 직접 그린 일정표를 본 적이 있었다. 이따금 집에 혼자만 있을 때 그 방에 들어가면 심장이 터질 것 같았다. 본인은 모르게 그 사람에 대해 많이 아는 게 이상했다. 어떤 때는 무대에 스포트라이트를 받으며 선 윌리엄을 어두운 2층 객석에 숨어서 보는 느낌이었다.

그래도 에이더는 그를 관찰해서 추측한 것들, 내부자로서 알 수 있는 것들을 이용해 점점 인기를 얻었다. 이제 멜라니 무리는 방과 후 같이 걸어가자고 했고, 주말에 집에 놀러오라고 청했다. 하지만 에이더는 아버지를 만나러 가야 된다면서 늘 사양했다. 아버지가 아프다는 말은 일절 하지 않았고, 조만간 그런 얘기를 할 것 같지도 않았다. 에이더는 리스턴의 집에 사는 이유에 대해 여러 소문이 돌았지만 잠자코 있었다. 테레사 피차리스가 직접적으로 부모가 어디 있느냐고 묻자 에이더는 어머니는 죽었고 아버지는 다른 도시에서 일한다고 대답했다.

"보스턴에 살지 않으셔. 리스턴 가족은 집안끼리 친구야."

그 말에 다들 만족한 것 같았다.

이따금 밤에 새 친구들과 통화했지만, 전화를 독차지하기 싫어서 간단히 끝냈다 - 전화를 차지하는 것은 윌리엄의 특권이었다. 누가 전화를 걸면 에이더는 이 순간을 즐기자고, 이건 행운이라고 자신을 일깨웠다. 학교에서 보이는 모습을 끝까지 유지할 수 없다는 걸 알았다. 언젠가 들킬 테고 그날이 오는 것을 피할 수 없었다.

어느 날 과학 선생님이 에이더와 반 친구들에게 방과 후에 남아서 과학 프로젝트를 진행하라고 했다. 다음 주말에 열리는 과학 발표회에 출품할 준비를 해야 했다. (이 프로젝트에서 에이더는 철저히 방관자였다. 조원들은 지층 단면 모형을 제작했고, 에이더는 눈곱만치도 관심이 없었다.)

유난히 욕심 많은 마리아 도노휴가 대형 포스터를 그렸고, 에이더와 조원 두 명은 구경만 했다. 마리아가 작업하는 책상에는 상표를 떼고 색 모래를 채운 음료수 병이 놓여 있었다. 과학 담당인 타트날 선생님이 교실 안을 돌다가, 마리아가 깔끔하게 쓴 글씨를 보고 - '퀸 오브 에인절스' 교사들이 높이 평가하는 재주 - 흡족해서 고개를 끄덕였다. 그러더니 집에 돌아갈 시간이 다 됐으니, 못한 일은 각자 시간을 내서 마무리하라고 알렸다.

멜라니, 테레사, 재니스 데이비스가 종종걸음으로 코트를 챙기러 사물함에 가는 에이더를 따라잡았다.

"지금 집에 갈 거야?"

테레사가 묻자 에이더가 고개를 끄덕였다. 세 사람은 말없이 에이더를 따라 교문을 빠져나왔다. 에이더에게는 알리지 않고 셋이서 미리 입이라도 맞춰둔 것 같았다.

그 주는 무척 추워졌고, 이런 날씨에는 데이비드 생각이 부쩍 많이 났다. 그가 좋아하는 계절이 다가오고 있었다. 에이더와 반 아이들은 나란히 걸었다. 아이들은 교사들이나 - 가장 좋아하는 오락이었다 - 같은 학년 아이들을 흉내 내면서 웃음을 터뜨렸다. 가끔 귀가 따갑게 소리를 질러서 에이더는 심장이 철렁했다. 또래 여자애들의 이런 면에 좀처럼 적응이 되지 않았다. 목소리 크기, 왁자지껄함, 희한한 유머, 말도 안 되는 각본을 꾸며서 실행하려고 의논하는 것. 그 어처구니없는 일들. 자지러지게 즐거운 엉뚱함. 그러다가 남자애들 앞에서는 달라졌다. 남자애들이 있을 때면 얌전한 목소리와 몸짓으로 뒤로 물러나, 좌중의 중심을 남자애의 장난기에 내주었다. 에이더는 그들의 획획 변하는 분위기를 따라잡지 못했다. 여자애들은 날아가는 새들 같았다. 찌르레기 떼가 집단적으로 말없이 방향을 바꾸는 것 같았다. 그 힘이 어찌나 센지, 땅속에서 보이지 않게 한 뿌리로 엮인 소나무 황야(소나무들이 자라는 불모의 모래땅-옮긴이)라도 되는 듯했다.

에이더는 그들이 어디 사는지 잘 몰랐다. 집에 가본 적이 없었지만, 멜라니와 테레사가 같은 블록에 산다는 것은 대충 알았다. 학교에서 가깝고 집 관리가 잘된 좋은 동네였다. 그래서 그들이 모퉁이를 돌아야 되는 곳을 지나쳐서 계속 같이 걷자 에이더는 걱정되기 시작했다. 얼마 후 세 사람은 갑자기 조용해지더니 소곤댔다. 그들은 에이더 바로 뒤에 있었다. 그 순간 에이더는 집까지 따라와 윌리엄을 만날 꿍꿍이임을 간파했지만 – 학교에서 나온 후 대충은 감을 잡았다 – 막을 방도를 몰랐다. 손목시계를 보았다. 거의 5시, 어쨌든 윌리엄은 집에 없을 터였다. 그는 저녁 7~8시 전에는 귀가하지 않았다. 이런 상황이 파악되자 우쭐한 마음이 생겼다. 에이더는 잠자코 있기로 했다. 따라오는 것을 말리지 않고, 리스턴의 집에 도착할 때까지 그들의 의도를 모르는 체할 작정이었다.

도착하니 앞마당에 그레고리가 있었다. 그레고리는 네 사람을 보자 얼른 현관으로 뛰어가 안으로 들어갔다. 에이더는 그레고리가 멜라니 맥카시를 좋아하는지 궁금했다. 에이더 자신이 윌리엄을 생각하는 것과 똑같은 마음일까? 아마도 그럴 것 같았다.

"얘, 그레고리."

테레사가 그레고리를 불렀다. 에이더는 노래하는 듯한 말투에서 놀리는 기미를 알아차렸다.

잠시 침묵이 흘렀다.

"난 다 왔는데."

에이더가 말하고, 마침내 몸을 돌려 그들을 마주 보았다.

세 사람은 말없이 서서 곁눈질로 눈짓만 교환했다. 그러다가 배짱이 좋은 테레사가 나서서 말했다.

"우리도 들어가도 될까?"

테레사가 물었다.

에이더가 뭐라고 – 매티가 아프다고, 리스턴이 퇴근했을 때 집이 조용해야 된다고 – 대답하려는 찰나 리스턴이 현관 밖으로 나왔다. 에이더는 깜짝 놀랐다. 이렇게 이른 퇴근은 드문 일이었다.

그녀가 밝게 인사했다.

"안녕, 애들아! 에이더, 네 친구들이니?"

에이더는 그녀의 눈빛을 읽을 수 있었다. 예쁘고 정상으로 보이는 또래들 속에 에이더가 있자 무척 기쁘고 놀란 눈빛이었다. 그리고 문이 열리는 것을 - 새로운 출발점을, 몇 주간 에이더가 보인 냉랭함을 녹일 기회를 - 알아차렸으리라.

테레사가 고개를 끄덕이며 인사했다.

"안녕하세요, 리스턴 부인."

리스턴은 현관에서 내려와, 작은 벽돌 길을 지나 인도로 다가왔다. 잔디를 깎을 때가 한참 지나 지저분했다. 리스턴은 바람막이 같은 운동복을 입고 있었다. 퇴근해서 집에 오면 늘 그런 옷을 입었다. 번들거리는 헐렁한 진홍색 바지와 점퍼 한 벌. 막 파마를 해서 머리가 소쿠리 같았다. 되돌아보면 흉한 차림새였다. 하지만 나중에 기억하니, 당시 자기도 모르게 리스턴에게 고마움을 느꼈다. 평범한 모습이어서, 다른 엄마들도 그런 모습일 것 같아서 고마웠다. 다른 아이들의 어머니와 비슷한 또래고 같은 억양이어서 고마웠다. 리스턴은 데이비드와 딴판이었다. 허름한 행색, 성큼성큼 빠른 걸음, 주위를 의식하지 않는 아버지가 에이더는 창피했다. 첫날 수업이 끝나고 그가 마중하러 왔을 때 몹시 창피했다. 분홍색 운동복을 입은 리스턴을 보면서, 생전 처음으로 소속감을 느꼈다.

리스턴은 아이들에게 이름을 물었고, 재니스 데이비스에게 어머니가 낸시 데이비스인지, 처녀 때 낸시 힐이었는지 물었다.

재니스가 고개를 끄덕였고, 그 순간 리스턴은 좋은 생각이 난 것처럼 양손을 모았다.

"다들 저녁 먹고 가도 되니?"

그녀가 묻자 아이들은 서로 쳐다보다가 마지막으로 에이더에게 눈을 돌렸다.

"내가 요리 한번 해보지 뭐."

리스턴이 에이더에게 미소 지으며 말했다. 기특하다고, 난 네 편이라고 말하는 표정. 리스턴이 호의를 베푸는 것을, 신뢰를 회복하려는 작전으로 이런다는 것을 에이더는 알았다.

아이들이 집에 전화하는 사이, 에이더와 리스턴은 부엌에 나란히 섰다.

"좋은 아이들 같구나."

리스턴이 희망적으로 말했다. 에이더는 경계하면서 집에서 나는 다른 소리에 귀를 기울였다. 또 누가 집에 있느냐고 묻고 싶었지만, 말을 꺼낼 방도가 생각나지 않았다. 대신 양해를 구한 뒤 얼른 위층에 올라갔고, 윌리엄의 방 앞을 지나면서 열린 문틈으로 빈방임을 확인하고 안도했다.

윌리엄이 돌아오지 않은 가운데, 다 같이 저녁식사를 했다. 리스턴은 시판용 스파게티와 토마토소스로 스파게티를 만들고, 냉동실 안쪽에서 찾은 냉동 브로콜리를 데웠다. 매티는 신나게 먹으면서, 맛있다고 감탄을 연발했다. (그렇게 생각했을 터였다. 뭐든 어머니가 요리해줘서 행복했겠지.) 그레고리는 식탁에 앉아 조용히 먹었고, 누구와도 – 에이더가 짐작하기에 특히 멜라니와 – 눈을 맞추지 않았다.

한편 리스턴은 세 소녀와 금방 친해져서 그들의 부모와 동네, 집, 형제자매에 대해 대화했다. 아이들은 수다스럽고 적극적이었고, 예의를 지키면서도 기탄없이 굴었다. 에이더는 그들이 리스턴을 편히 대하는 게 부러웠다. 리스턴이 이들에게서 예전의 딸을 본다는 생각이 들었다. 그들은 에이더처럼 심각하지도, 말수가 없고 뚱하지도 않았다.

리스턴이 말했다.

"디저트로 먹을 만한 게 있는지 보자. 와서 도와주렴, 에이더."

에이더가 리스턴을 따라 주방으로 갔다. 리스턴은 냉장고에서 아이스크림 통을 꺼냈다. 윗부분이 살짝 언 무지개 아이스크림이 반쯤 들어 있었다. 그녀는 에이더에게 그릇과 숟가락을 챙기라고 부탁했다.

리스턴이 미소 지으면서 말했다.

"좋은 아이들 같구나. 언제든 데려오고 싶으면 그렇게 하렴, 에이더."

에이더는 사실대로 말하고 싶었다. 에이더가 좋아서 여기 온 게 아니라고. 그들의 목적은 딴 데 있다고. 하지만 고맙다고 대답했다.

저녁 8시, 에이더는 손목시계를 보면서 윌리엄이 돌아올까 걱정하기 시작했다. 리스턴과 여자애들은 여전히 빠른 말투로 시끄럽게 수다를 떨었다. 그들은 동네에 사는 리스턴의 지인들의 자녀들에 대해 아는 대로 술술 말했다. 리스턴은 '그 녀석이 말썽을 부릴 줄 진즉 알았지'라거나 '자기 엄마랑 똑 닮았네'라고 맞장구쳤다. 에이더가 불쑥 식탁에서 일어났다. 다들 에이더를 쳐다보았다.

잠시 침묵이 흐른 후 리스턴이 말했다.

"시간이 된 것 같구나."

그녀는 소녀들을 안아주면서 인사했고, 에이더가 현관까지 바래다주었다. 그런데 그때 – 왜 아닐까, 하필 그때 – 어둑어둑한 거리를 느긋하게 걸어오는 늘씬한 윌리엄이 보였다.

혼자였다면 에이더는 집으로 들어가 부리나케 다른 방으로 피했을 터였다. 평소에는 그랬다. 하지만 지금은 네 사람이 같이 윌리엄을 봤으니, 그럴 수가 없었다. 테레사가 팔꿈치로 옆구리를 찌르자 멜라니가 옆으로 밀려났다.

이것은 에이더가 늘 각오하던, 두려워하던 순간이었다. 그런데 완전히 망했다는 사실이 오히려 안도감 같은 걸 주었다. 들키는 게 속이 편했다.

윌리엄이 벽돌 통로로 접어들어 집 쪽으로 다가왔다. 그는 여자애들을 보자 살짝 뒤뚱댔다.

에이더가 심호흡을 크게 했다.

"안녕, 윌."

에이더가 말했다 – 그의 별명을 부르는 건 처음이었다. 아마 직접 이름을 부른 것도 처음이었다.

"안녕."

윌리엄이 희미하게 대꾸했다.

에이더는 초조해서 애가 탔다. 컴컴한 현관의 전등 불빛밖에 없었고, 알전구 주위에 나방 수십 마리가 붙어 있었다.

에이더가 말했다.

"내 친구들이야. 테레사, 재니스, 멜라니."

"안녕."

윌리엄이 말했다. 그는 다시 여자애들 쪽으로 다가와 문으로 들어가려다가, 오른쪽에 있는 멜라니 앞에서 걸음을 멈추고 고개를 돌렸다.

"아는 얼굴이네. 학교에서 본 적 있는데."

윌리엄이 말했다.

현관 불빛 속에서 멜라니는 평소보다 더 천사 같았다. 비단결 같은 긴 머리는 익은 곡식 같은 황금색이었다. 멜라니는 고개를 들어올리고 맹한 눈을 동그랗게 떴다.

윌리엄이 물었다.

"이름이 뭐라고?"

"멜라니."

멜라니가 대답했다.

"멜라니 맥카시. 너에 대해 들어봤지."

윌리엄이 말했다.

그가 얼른 덧붙였다.

"다 좋은 얘기였어. 걱정 마."

그러더니 그가 멜라니에게 윙크를 하고 – 갑자기 에이더에게 윙크한 기억은 상대적으로 하찮게 느껴졌다 – 안으로 향했다.

"굿나이트, 에이더."

그가 들어가기 전에 에이더에게 말했다.

2주도 지나지 않아 윌리엄과 멜라니는 데이트를 했다. 한 달이 안 되어 멜라니는 카렌 대신 리스턴의 집에 드나들었다. 리스턴은 에이더의 친구로 호감을 가졌다가 슬그머니 윌리엄의 여자친구로 받아들였다.

"그 아이는 너무 어려, 윌리엄."

에이더는 리스턴이 아들에게 말하는 것을 들은 적이 있었다.

"고등학생이에요, 엄마."

윌리엄이 말했다. 그러자 리스턴은 신입생과 졸업반은 엄연히 다른 인생의 단계를 거친다고 받아쳤다.

리스턴이 말했다.

"문제만 일으키지 마. 약속해."

에이더와 멜라니 무리의 우정은 표면적으로는 고스란히 이어졌다. 에이더는 멜라니가 집에 오면 같이 수다를 떨었고, 가끔 재니스와 테레사도 같이 와서 다 같이 어울렸다. 하지만 주로 멜라니는 윌리엄의 방에서 둘이 시간을 보냈다. (리스턴이 고집해서) 문을 열어놓은 채로.

이따금 에이더는 이 여자애들이 작전을 세워서 성공적으로 실행하고, 목적을 달성하는 데 놀랐다. 다른 한편으로 이것은 세상에 정의가 있음을 확인해주었다. 잘생긴 사람들은 뭔가 이루려고 마음먹으면 뜻을 이루었다. 그것은 자연스럽고 순조로웠다. 그게 순리였다. 매력적인 사람들을 미학의 대상으로 보았던 데이비드처럼 에이더도 얼핏 그런 관점을 가졌다 – 이 관점에 미모보다 지성이 우월하다는 생각을 버무려서 자신은 수수하니까 고상하다고 믿으면서 자위했지만. 그래서 멜라니가 윌리엄과 사귄다는 사실에도 예상만큼 충격을 받지 않았다. 대신 예전보다 윌리엄과 상당히 가까워졌고 이상하긴 해도 멜라니에게 고마웠다.

윌리엄과 함께하는 시간이 많아지면서 에이더는 그가 아둔하지 않다는 것을 알게 되었다. 그는 원하면 재미있거나 까칠하게 굴 수 있었다. 리스턴을 닮아 무던했지만, 그레고리처럼 심술궂은 데도 있어서 사소하고 하찮은 문제로 자주 어머니에게 화를 냈다. 가끔 그는 에이더에게 의견을 물었고, 대답에 진심으로 보일 만큼 귀를 기울였다. 한번은 멜라니와 대화하면서 에이더에 대해 '웃긴 아이'라고 말했다. 에이더 쪽으로 고개를 까딱하면서, 방에 없는 사람처럼 말했다. 멜라니는 예전이나 지금이나 별로 할 말이 없었다. 그래서 조용히 앉아 에이더와 윌리엄의 대화를 들었다. 큰 눈으로 윌리엄의 동작을 일일이 쫓으면서, 가만히 그를 흉내 냈다.

멜라니와 윌리엄이 사귀고 얼마 후, 에이더는 창피했지만 가능하면 안경을 벗고 지내기 시작했다. 칠판의 글자를 읽을 때만 안경을 썼다. 시력이 아주 나쁘지 않아서 3미터 앞 정도는 잘 보였다. 가까이 있는 사람의 표정은 보였지만, 복도 끝에 있는 친구를 알아보지는 못했다.

"콘택트렌즈를 낀 거야?"

테레사가 묻자 에이더는 그렇다고 대답했다.

"그 모습이 더 낫네."

테레사가 말했다.

에이더는 반쪽짜리 칭찬이나마 몇 주간 마음에 간직하면서, 부끄러운 자존심을 채웠다.

11월 중순까지 론 로우너는 데이비드에 대해 더 알아내지 못했다 – 그의 과거나 신원과 관련해 어떤 실마리도 없었다. 실종 신고가 된 이유도, 칼텍에 재적 기록이 없는 이유도 못 밝혔다. 에이더도 마찬가지였다.

리스턴은 두 차례 데이비드 얘기를 꺼냈지만, 그때마다 에이더가 말을 잘랐다. 왜 데이비드가 거짓말을 했는지에 대한 리스턴의 추측 따위는 관심 없었다. 리스턴은 '정직하지 않았는지'라고 얼른 바로잡았다.

"왜…… 오해를 받게 되었는지."

"그렇지 않았어요."

에이더는 날카롭게 쏘아붙이고 방에서 나왔다. 빠져나오기 전에 리스턴의 얼굴을 힐끗 보았다. 속상해서 억장이 무너지는 표정. 그녀는 입을 살짝 벌리고 허공에 양손을 모은 채로 앉아 있었다.

에이더는 아버지에게 성실했지만 방문 횟수가 줄어들기 시작했다. 데이비드를 만나면 슬픔이 쌓였고, 둘은 비생산적이었고 괴롭기만 했다. 이런 이야기를 리스턴에게 하지 않았다. 그녀는 에이더가 여전히 매일 방과 후에 요양원에 간다고 믿었다. 1년 전이라면 리스턴을 속이는 데 양심의 가책을 느꼈을 터였다. 하지만 불신이 생긴 후, 리스턴에 대한 어떤 행위도 합리화했다. 그녀에게 빚진 게 없다고 에이더는 생각했다. 오후에 한가해지자 데이비드와 자주 다닌 도서관에 드나들기 시작했다. 그들이 좋아하던 홈스 사서가 여전히 거기 있었다. 홈스는 데이비드의 병에 대해 전혀 몰라서, 그가 예전처럼 집에 살면서 스타이너 연구소에서 일하는 줄 알았다. 그녀가 거기 있는 게 푸근하게 느껴져서 – 지난 세월을 연상시켰다 – 에이더는 사실을 말하지 않았다. 대신 도서관에 들어가면 과거로 돌아가 평온한 행복감이 밀려들었고, 홈스 사서는 환한 미소로 맞아주었다. 그녀는 다정했고, 키가 크고 우아했다. 금빛과 잿빛이 섞인 머리에, 미소를 지으면 눈가에서 뺨까지 주름이 생겼다.

"자기 일을 척척 해내는 사람이지."

언젠가 데이비드는 홈스 사서에 대해 그렇게 평했다.

이제 홈스는 자주 데이비드의 안부를 물었고, 그가 만나러 오지 않아서 실망했다. 한두 차례 데이비드에게 전하라며 뭔가를 주기도 했다. 그가 좋아할 만한 신간이나 애시몬트의 자택 마당에서 키운 토마토를 익혀 병조림한 소스도 주었다. 에이더는 데이비드에게 주는 선물을 다 받으면서, 언젠가 사실을 밝히겠다고 다짐했다. 그때까지는 휴식 기간으로, 편치 않은 와중에 잠시 평온한 시간으로 삼기로 했다.

데이비드가 독서 지도를 해주지 않아서 다른 종류의 책들을 읽기 시작했다. 그가 공책에 적어둔 소설, 전기문, 이론서, 개념서는 미뤄두었다. 이제 믿을 만하지 않은 것 같았다. 그가 배신한 마당에 그가 추천한 책들이 무슨 가치가 있을까? 대신 리스턴의 집에서 찾아낸 나쁜 책들을 침실에서 읽었다. 표지에 옷이 찢어진 여주인공이 나온 지저분한 소설도 있었다. 리스턴은 이런 책들을 협탁에 다 보이게 쌓아두었다.

이제 도서관에 가면 학교 친구들이 보는 틴에이저 소설을 읽었다. 『스위트 밸리의 고교생』, 『다락방의 꽃들』. 마이클 맥도웰과 프랭크 벨크냅 롱이 쓴 소름 끼치는 책들은 어둠 속에 혼자 있기 무섭게 했다. 가장 좋아하는 책은, 팝 밴드의 십대 소녀들을 그린 '티나 마리' 시리즈였다. 데이비드 앞에서 절대 읽지 않았을 책들. 석연치 않은 감정에 빠져서 이제는 그런 것들을 숨길 이유가 없음을 깨달았다.

매일 아침 깨면 데이비드에게 갈 생각을 하다 그만두었다. 질문해도 대답이 없는 퀭한 얼굴을 보는 걸 차마 견딜 수 없었다. 모르는 사람 같았다. 가끔 밤에 외로워서 참기 힘들면 아버지의 목소리를 들으려고 병실로 전화했다. 하지만 언제나, 항상 벨이 한 번 울리면 그가 전화를 받기 전에 전화를 끊었다. 데이비드가 죽는 악몽을 꾸다가 울면서 깨면, 죄책감에 사로잡혀 면회를 가겠다고 맹세했다. 하지만 사실 – 외면하지 않고 인정하자면 – 그러기가 겁났다. 시간이 흐를수록 점점 그를 보기가 겁났다. 병실에 가보면, 그의 의자에 누가 있을까? 데이비드는 사라지고 없을 거란 생각이 들었다. 거기, 그의 자리에 바꿔치기한 인물이 앉아 있을 것 같았다.

리스턴은 여전히 매주 일요일, 성당에 갔다가 데이비드를 찾아갔다. 그녀가 같이 가겠느냐고 물으면 에이더는 핑계를 댔다. 주중에 계속 만났다고, 숙제가 너무 많다고 둘러댔다.

　그러던 어느 금요일, 론 로우너가 리스턴에게 전화해서 새로운 정보를 알아냈다고 알렸다. 리스턴은 당장 에이더에게 상황을 알렸다. 그날 저녁 로우너가 사실을 알리러 찾아왔고, 에이더는 뻐기면서 우쭐대는 그의 태도가 못마땅했다. 리스턴은 로우너를 경찰관 친구에게서 추천받았지만, 신경에 거슬리고 무능하게 본다는 걸 에이더는 알아차렸다.

　멜라니와 윌리엄이 집에 없기를 바라던 차에, 로우너가 도착했을 때 집이 비어서 다행스러웠다. 매티까지 친구 집에 저녁식사를 하러 가서 없었다.

　세 사람이 부엌 식탁에 앉았다. 리스턴이 두 사람에게 뭘 좀 마시겠느냐고 묻자 론 로우너는 코카콜라를 부탁했다. 에이더는 그가 알코올중독을 치료 중이라고 의심했다.

　"다이어트 콜라밖에 없네요."

　리스턴의 말에 로우너는 그것도 좋다고 대답했다.

　그가 마닐라지 서류철을 꺼내 펼쳤다. 문건이 반듯하게 들어있었다. 지난 세기 동안 뉴욕에서 탄생하고 사망한 시벨리우스 일가의 목록 사본을 빼냈다.

　로우너가 말을 시작했다.

　"수십 년 동안 시벨리우스 방계는 점점 줄고 있습니다. 세기 초에는 뉴욕에서 상당한 영향력이 있었지요. 친척이 많고 분가한 일가가 많은 가문이었습니다. 1920년대, 30년대에 '시벨리우스'는 애스터나 카네기 같은 가문이었지요. 사교 행사에서 돌을 던지면 시벨리우스 집안 사람이 맞을 정도였으니까요. 하지만 이제 많은 일가붙이가 손이 끊어졌습니다. 다산이 내력인 집안은 아니었던 것 같습니다."

그가 말했다. 이 표현이 마음에 드는 모양이었다. 로우너가 다이어트 코크를 한 모금 마셨다.

그가 마저 말했다.

"이제 시벨리우스라는 성을 가진 사람들은 타지로 옮겨갔고, 그들은 존 페어팩스와 이사벨에서 대를 건너 4촌, 6촌입니다."

그가 데이비드의 양친 이름을 언급했다. 설명이 이어졌다.

"이 사건을 의뢰받고 처음 한 일 중 하나가, 부모가 데이비드의 실종 신고를 한 이유를 아는 시벨리우스 일가를 찾는 것이었습니다."

에이더가 얼른 말했다.

"서로 사이가 나빴어요. 데이비드는 부모랑 대화하지 않았어요."

로우너는 잠시 입을 다물고 에이더를 바라보았다. 동정하는 표정이었다. 그가 다시 말을 이었다.

"최근에 생존한 친척 한 명을 찾았습니다. 이사벨의 이복자매인데, 엘렌 팔머라고 나이 차가 많은 동생입니다. 현재 버몬트주 벌링턴에 삽니다. 74세고요. 아버지가 같고 어머니가 다릅니다. 엘렌은 이사벨과 친하지 않았지만 어릴 때 크리스마스마다 뉴욕에 찾아갔지요. 열여덟 살 무렵까지 그랬답니다. 엘렌은 조카 데이비드보다 겨우 열네 살 위입니다. 그래서 그녀가 뉴욕에 다닐 당시 데이비드가 아직 집에 살았을 겁니다."

그는 잠시 입을 다물고, 정보의 무게감이 좌중에 전해질 짬을 주었다.

마침내 로우너가 식탁에 가만히 손바닥을 올리면서 말했다.

"엘렌은 그 시벨리우스의 아들이 열일곱 살 때 사라졌다고 말합니다. 그러다가 법적인 성인이 되었을 때 다시 나타났는데, 그는 편지로 집안과 무관하게 살고 싶다고 전해왔답니다. 실종 사건은 법적으로는 해결되었지만, 가족은 다시는 그를 만나지 않았지요."

"그건 납득이 되는데요. 데이비드도 딱 그렇게 말했어요."

에이더가 동의를 구하느라 리스턴을 쳐다보았다. 기분이 좋아지기 시작했다. 모든 게 오해였으리라.

리스턴은 에이더의 눈을 피했다.

"또 엘렌은 데이비드의 사진을 제공해주었습니다."

로우너가 말했다. 그가 다시 마닐라지 서류철에 손을 넣어 확대한 사진을 꺼내더니, 쳐다보다가 식탁 위로 두 사람에게 밀었다.

"엘렌 팔머 말로는 조카가 열여섯 살 때랍니다."

로우너가 말했다.

에이더가 사진을 끌어당겼다.

사진 안에 두 사람이 있었다. 한 사람은 예쁘장하고 튼실한 젊은 여성, 칼라가 목까지 올라오고 세련된 짧은 머리. 엘렌 팔머일 터였다. 다른 사람은 마르고 예민하게 생긴 소년. 타이를 매고 찡그린 얼굴. 금발에 약간 들창코, 커다란 검은 눈. 오른쪽 뺨의 중앙에 선천적인 작은 사마귀가 있었다.

에이더는 사진을 뒤집었다. 뒷면에 근사한 옛날 필체로 'E. 팔머. D. G. 시벨리우스. 1941'이라고 쓰여 있었다.

이 사람은 데이비드가 아니었다. 아버지가 아니었다.

리스턴이 에이더에게서 사진을 받았다.

에이더는 리스턴과 로우너를 번갈아 쳐다보았다.

"이해가 안 돼요."

에이더가 말했다.

로우너는 잠시 가만히 있다가 마침내 입을 열었다.

"네 아버지는 시벨리우스 일가가 아니었던 것 같아."

"어쩌면 그 여자가 거짓말을 하는 거예요. 우리가 자기 재산을 되찾아갈까봐 걱정되어서."

에이더가 말했다. 하지만 스스로도 과연 그럴까 싶었다.

주방에 적막감이 감돌았다. 에이더는 자신에게 향하는 로우너와 리스턴의 눈길을 느꼈다. 리스턴은 그리 놀란 기색이 아니었다. 에이더도 크게 놀랍지 않았다. 이것은 일깨움, 해방으로 느껴졌다. 시벨리우스라는 정체성은 자신을 이해하는 데 필수 요소였다. 데이비드는 부모와 그들의 편협한 구닥다리 사고방식을 폄하했지만, 한편 그런 유서 깊은 가문 출신이라는 자긍심을 느끼는 듯했다. 가문에 대한 자긍심과 그것을 거부한다는 자부심이 똑같이 섞인 게 그의 본질 같았다. 그는 이 자부심을 딸에게 그대로 심어주었다. 에이더는 예상치 못한 인생의 새 장에서, 달리 자랑할 게 없는 상황에서 그 자부심에 매달렸다. 그런데 이제 자부할 게 뭐가 남았는지 알 수 없었다. 더 이상 데이비드도 그런 대상이 아니었다. 이제 그가 누구인지 알 수 없으니.

에이더는 열네 살 소녀가 할 수 있는 한 마음을 다잡고, 아버지의 신원을 더 확인할 수 있는 부분이 있느냐고 예의 바르게 물었다.

론 로우너가 대답했다.

"아직은 없어. 이제 그가 시벨리우스가 아닌 걸 파악한 거야. 내 말뜻을 알겠지? 앞으로는 그가 누구인지 밝혀야겠지."

"감사합니다."

에이더가 품위 있게 말했다.

그러더니 양해를 구하고 조심스럽게 식탁에서 일어나, 복도를 지나 계단으로 향했다.

"에이더?"

리스턴이 뒤에서 불렀다. 하지만 에이더는 걸음을 멈추지 않았다.

7시, 리스턴이 에이더의 침실 문을 가볍게 노크하고, 이름을 부르면서 저녁을 먹겠냐고 물었다. 에이더는 사양했다. 음식을 넘길 수가 없었다. 허깨비가 된 기분이었다. 지상의 모든 것에서 떨어져 나와 허공을 둥둥 떠다니는 것만 같았다.

전에는 데이비드에 대한 푸근했던 추억이 하나하나 아린 기억으로 떠올랐다. 여기 부엌에서 앞치마를 두른 데이비드가 있었다. 고개를 숙이고 생각에 잠겨 음반을 듣는 데이비드. 신이 나서 발가락을 까닥이는 데이비드. 새로운 발견에 대한 소식, 새 친구 소식, 친구나 지인이나 연구소 대학원생의 약혼 소식을 전해주는 데이비드. (그는 예상과 달리 무척 로맨틱했다. 결혼식을 좋아하고, 깜짝 약혼을 좋아했다. 프러포즈 이야기를 듣는 것도 즐겼다. 에이더는 아버지가 포스트닥 연구원 쉴라에게 '그가 무릎을 꿇었어?'라고 묻는 걸 기억했다. 쉴라는 약혼자가 그랬다고 명랑하게 대답했다.)

아버지에 대해 가장 좋아하는 산 억행의 추억, 그 기억이 잠의 저편에서 밀려왔다. 데이비드는 삼십대 때 이후 매년 7월 애디론댁 산맥에 있는 통나무집을 임대했다. 매년 여름 두 사람은 네 번의 주말에 거기 갔고, 때로 동료들도 데려가 일을 내려놓고 쉬었다. 소박한 나무집이었고 주변에는 키 큰 소나무가 빼곡했다. 나무 계단을 내려가면 작은 호수가 나왔다. 조지 호수에서 노스웨이를 타고 16킬로미터 지점이었다. 데이비드는 늘 고속도로에서 미리 출구를 빠져나와 조지 호수 마을을 통과했다. 마을 중앙로에는 다양한 종류의 눈요깃거리가 줄지어 있었다. 종이 찰흙 같은 재료로 만든 친근한 벌목꾼 상들, '진짜 인디언 옷' 광고판의 화살표가 가리키는 대형 인디언 천막들. 바이킹을 주제로 한 미니 골프 코스들, 밀랍 인형 박물관의 창에는 오르간을 치는 프랑켄슈타인이 전시되어 있었다. 데이비드는 이 모든 것을 좋아했고, 가끔 한두 군데 위락시설에 들르자고 했다. 두 사람이 '스토리 타운'에서 다이빙하는 말을 봤을 무렵, 에이더는 그런 걸 구경하기에는 이미 커버렸다. 하지만 본 적 없다는 이유만으로 데이비드는 이번에 보기로 결정했다. 에이더는 고분고분하게 따라서 기념품 상점들을 돌아다녔다. 1980년 대에 그런 상점에서는 주로 이상한 농담이 적힌 티셔츠를 팔았다. 가끔 두 사람은 데이비드가 좋아하는 식당에서 저녁식사를 했다. 데이비드는 '통나무집'이나 '베이비의 파란 소 술집' 같은 이름의 식당을 좋아했다. 현관에 '화요일 스페셜 서프 앤 터프'(바다가재와 스테이크가 메인으로 나오는 메뉴-옮긴이)를 광고하는 식당도 있었다. 안에 들어가면 데이비드는 바나나파이와 코카콜라 2인분을 주문하고 - 두 가지를 말하면 늘 웨이트리스들이 깔깔댔다 - 웨이트리스의 이름을 물으면서 환심을 샀다. 주말에 뭘 보고 무슨 일을 하면 좋겠냐고 묻기도 했고, 팁을 두둑이 남겨놓고 식당을 나섰다.

통나무집은 천장에 옅은 색의 거친 소나무가 붙어 있고, 낡은 참나무 가구가 있었다. 다락방이나 도서관처럼 퀴퀴하고 톡 쏘는 냄새가 났다. 에이더는 거기서 몇 시간이고 책을 읽고 수영하고, 카드 게임을 했다. 주위 숲에서 나는 싸한 흙냄새를 맡고 저녁이면 현관 앞에서 칵테일 타임(에이더는 송어가 그려진 우스꽝스러운 컵에 레모네이드를 마셨다)을 가졌다. 밤에 황소개구리들이 울면 데이비드는 흉내 내면서 집의 전등을 차례로 끄고 다녔다. 그는 개구리들과 함께 '굿나이트, 굿나이트'라고 울어댔다. 아늑한 침실에서 단단하게 만든 침대에 누우면, 호수 위로 쏟아지는 달빛이 보였다. 물가에서 먼 하늘까지 아련한 빛이 반짝였다.

다음 날인 토요일 아침, 에이더는 깨면서 마음먹었다. 데이비드와 담판을 지을 때였다. 아니면 적어도 시도는 해봐야 했다. 창밖을 내다보았다. 한랭전선이 이동한 것처럼 우중충했다. 밖에서 파카를 입은 이웃 소녀가 앞마당을 치우고 있었다.

에이더는 황급히 옷을 입었다. 스웨터를 두 개 껴입었다. 집을 나와서 – 운 좋게도 아래층에 아무도 없었다 – 거리를 내려가 데이비드의 집으로 갔다. 좋은 아이디어가 생각났다. 질문을 던질 때 도움을 받을 수 있는 소품. 데이비드의 기억을 일깨울 만한 게 있었다.

부엌문을 열쇠로 열었다. 실내가 습하고 한기가 돌았다. 밤에 수도관 동파를 방지하려고 온도를 10도 정도로만 유지했다. 집이 추워서 점점 드문드문 찾아왔다. 엘릭서 프로그램에 매일 일기를 쓰는 것도 1주에 한두 번으로 줄었다. 평소처럼 부엌을 휙 둘러보면서 제대로가 아닌 게 있는지, 누수나 벌레 같은 게 있는지 살폈다. 데이비드는 자주 '우린 엔트로피(자연 물질이 변형되어 원래 상태로 돌아갈 수 없는 현상. 무질서를 뜻하기도 한다-옮긴이)와의 전쟁에서 계속 정신 차려야 해. 엔트로피가 늘 우세하거든'이라고 말하곤 했다. 에이더는 이 집을 지켜야 된다는 열망이 강했다.

294

집이 팔리지 않아 다행이었다.

평소처럼 서재 문이 열려 있었다. 계단으로 향하는 길에 서재 앞을 막 지나는 순간, 안에 뭔가 있는 게 감지되었다. 누군가 책상 앞에 앉아 있었다. 에이더는 그 자리에 서서 뒤돌아보지 않았다. 등줄기가 오싹했다. 데이비드가 왔을까? 그의 유령인가? 침입자일까?

조용히 몸을 돌리니, 컴퓨터 앞에 웅크린 좁은 등짝이 눈에 들어왔다. 큼직한 점퍼를 입고 있었다. 고장 난 줄 알았던 데이비드의 컴퓨터가 작동되어, 서재 안에 초록색 빛이 비쳤다. 컴퓨터 앞에 앉은 사람의 윤곽이 뚜렷이 보였다.

"누구세요?"

에이더가 용감하게 물었다. 데이비드가 곁에 없으니 더 용감해졌다. 지켜줄 사람이 없다고 느껴서 예전과 전혀 다르게 처신하기 시작했다.

그가 재빨리, 도전적인 몸짓으로 일어나 몸을 돌려 에이더를 마주 보았다. 그레고리 리스턴이었다. 그레고리는 양옆으로 손을 늘어뜨리고 서서 아무 말도 하지 않았다.

"뭐하는 거야?"

에이더가 조용히 말했다.

그레고리는 대꾸하지 않았다.

에이더가 다가갔다. 처음에는 느릿느릿 가다가 걸음을 재촉했다. 생전 처음 느끼는 분노가 솟구쳤다. 귀를 잡아 질질 끌어내고 싶었지만, 그레고리가 먼저 식당 식탁의 건너편으로 걸어나왔다. 둘 사이에 식탁이 있어서 그레고리를 잡을 수가 없었다.

한 사람이 이쪽으로 걸으면 다른 사람은 저쪽으로 걷다가, 둘은
한동안 마주 보고 서 있었다.

"거기서 뭘 하고 있었어?"

에이더가 다시 묻자 그레고리가 천천히 어깨를 으쓱했다. 그
몸짓이 더 화를 돋우었다.

에이더는 컴퓨터 쪽을 쳐다보다가 서재로 들어갔다. 화면에
창이 하나 열려 있었다. 텍스트 파일이었다. 처음 보는 문서였다.

데이비드의 개인 암호로 적혀 있었다. 에이더가 오래전 암기
한 암호였다. 맨 위에 '보이지 않는 세계'라고 적혀 있었다. 에이
더는 쉽게 읽었다. 그레고리에게는 아무렇게나 쓴 글자들처럼
보였으리라.

그 밑에 한 단락이 있고 이어서 이해되지 않는 대목이 있었다.
암호로 쓴 끊어지는 구문들이 처음에는 감이 잡히지 않았다. 심
장박동이 더 빨라졌다.

"뭘 보고 있었어?"

에이더가 물었다.

"아무것도."

그레고리가 대답했다. 에이더는 처음으로 목소리에서 두려움
을 읽었다.

에이더가 말했다.

"저걸 어떻게 켰어? 망가졌는데."

"내가 고쳤어."

그레고리가 간단히 대답했다. 그리고 '별것 아냐'라는 듯 손바
닥을 펼쳐 보였다. 그 동작이 에이더를 더욱 화나게 했다.

책상 위에 연구소의 흰 메모지가 있었다. 맨 위의 장에 다른 사람의 필체로 글씨가 쓰여 있었다. 그레고리의 필체였다. 옆에는 펜이 팽개쳐져 있었다. 메모지에는 화면에 나온 글자들이 절반쯤 적혀 있었다.

"이런 바보."

에이더가 마침내 그레고리 쪽으로 고개를 돌리고 차갑게 쏘아붙였다.

에이더가 말을 이었다.

"저걸 해독하려고 한 거야? 못할 걸. 이렇게 멍청할 데가 있나."

에이더가 떠보려고 말했다. 그레고리가 아는지 확인하려고.

그레고리는 너무 풍성한 갈색 파카를 입고 있었다. 이전 겨울의 염분 얼룩이 있는 걸 보니 윌리엄에게 물려 입은 것 같았다. 소매 밖으로 손끝만 겨우 나왔다. 겉도는 칼라 위로 가느다란 목이 드러났다. 입술은 아프게 쩍쩍 갈라졌고, 그레고리는 대답하려는 듯이 입술에 침을 적셨다.

에이더가 말했다.

"그는 너보다 똑똑해. 나도 너보다 똑똑하고. 난 네가 컴퓨터에 입력한 암호를 풀었어."

그레고리가 하얗게 질린 얼굴로 에이더를 쳐다보았다.

"다음에는 문자숫자 대체보다 더 복잡한 암호를 만들어봐."

능력을 과시하는 기분이 느껴졌다. 복수한 것 같고 잔인하게 구는 기분이었다. 에이더가 한마디 덧붙였다.

"5초 만에 풀었지. 다 읽었어."

거짓말이었다.

그레고리가 얼굴을 찌푸렸다. 학교 복도에서 덩치 큰 아이에게 먹살을 잡혔을 때의 이미지가 불쑥 떠올랐다. 그레고리는 점심시간에 늘 혼자 앉았고, 공상과학소설이나 만화책에 고개를 박고 있었다. 학교에서 누구와 나란히 걷는 모습을 한 번도 본 적이 없었다.

그레고리가 몸을 획 돌려 주방으로 향했다. 옮겨 적다 만 종이는 책상에 그대로 둔 채로.

"이 집에 얼쩡대지 마. 여긴 네 집이 아니야. 데이비드와 나의 집이라고."

에이더가 등 뒤에 대고 종지부를 찍듯 소리쳤다.

"도와주려던 거야."

그레고리가 나가면서 말했다. '그 마을' 하면서 말을 더듬었다. 그레고리가 주방에, 벽 저쪽에 있어서 말소리가 분명하게 들리지 않았다. 꼭 자신에게 질문하는 것 같았다. 눈물이라도 왈칵 쏟을 것 같았다.

그레고리가 나간 후에야 에이더는 그레고리가 컴퓨터에 접속했다는 사실에 감탄했다. 데이비드가 가르쳐주지 않으면 컴퓨터를 못 고칠 줄 알았는데. 에이더도 아직까지 못 고치고 있었다.

데이비드의 의자에 앉았다. 그레고리가 나가고 오랫동안 컴퓨터 화면을 멍하니 바라보았다.

그레고리가 열어놓은 문서의 맨 위에, 데이비드의 암호로 한 문단이 적혀 있었다.

물리학 방식으로 외계를 탐구하면 구체적인 현실이 아닌 상징들의 그림자 세계가 나오며, 그 밑에서 이 방식들이 적용되지 않는다는 것을 알고 있다. 이면에 뭔가 더 있다고 느끼기에, 인간 의식 – 더 많은 것이 알려졌을 하나의 중심 – 속의 출발점으로 되돌아간다. 거기서 상징의 세계가 규정한 게 아닌 다른 조류, (참이든 거짓이든) 다른 사실들을 발견한다. 이것들도 중요하지 않을까? 여기 논리가 없으므로 우리는 확신에 따라서만 대답할 수 있다. -A. S. 에딩턴

그 밑에 세 구절이 더 있었다.

이반 서덜랜드
다모클레스의 칼(신변에 닥칠지 모르는 위험을 뜻한다-옮긴이)
엘릭서의 집

에이더는 그레고리가 두고 간 종이에 그 문단과 이어지는 세 구절을 종이에 옮겨 적었다. 그런 다음 종이를 두 번 접어서 오른쪽 주머니에 넣었다.

이 글, '에이더' 디스크, 워싱턴 행 기차표. 이제 단서는 세 가지뿐인 것 같았다. 꼼꼼히 이것들을 간수할 작정이었다. 리스턴네 옷장 선반에 올려둔 대사전 갈피에 다 모아두리라.

마침내 위층 데이비드의 방으로 올라갔다. 원래 집에 온 이유는 서랍장 안에 든 가족사진을 가져가기 위해서였다. 에이더는 과거에 대한 해답을 찾으려고 이 사진을 여러 번 보았다. 그 사진에 있는 사람이 데이비드라는 데는 의심의 여지가 없었다 – 자세도 똑같고 코 모양도 똑같았다. 카메라 렌즈를 응시하는 약간 멍한 표정도 그대로였다. 하지만 엘렌 팔머가 진실을 말했다면, 사진에서 데이비드 뒤에 있는 사람들은 시벨리우스 일가가 아닐 터였다. 그들이 누구인지 알아봐야 했다.

한 달 만에 처음으로 다리를 지나 정류장에 가서, 퀸시 행 버스를 기다렸다. 장갑 낀 손에 사진을 들고 있었다. 몇 사람이 더 버스를 기다렸다. 우중충하고 사나운 날씨였다. 바람이 불면 견디기 어려울 정도였다. 에이더는 외투 칼라를 올리고 턱을 외투 속에 파묻었다.

버스를 타고 가며 데이비드가 어떤 모습일지 걱정했다. 딸을 기억할까? 아니면 찾아가지 않은 사이 완전히 잊어버렸을까? 마음에서 딸을 지우고 그 자리에 다른 걸 채웠을까?

'세인트 앤드류'에 도착해서 면회 수속을 한 후, 긴 복도 두 개를 지나 아버지의 병실로 향했다. 조금 열린 문을 가볍게 노크하고 들어갔다. 병실에 들어서자 안락의자 위로 데이비드의 정수리만 보였다. 마지막에 봤을 때처럼 그는 항구로 난 창을 응시하며 꼼짝하지 않았다. 룸메이트인 폴은 침대에 누워서 잤다. 낮이 다 된 시간이었다.

에이더가 아버지에게 다가갔다. 그를 놀라게 할까봐 두렵고, 어떤 모습의 그를 보게 될지 겁났다.

"안녕."

에이더가 말했지만 데이비드는 반응이 없었다.

에이더가 숨을 멈추고 의자를 돌아 앞으로 갔다. 거기 안락의자에 데이비드가 있었다. 그가 그리 변하지 않아서 에이더는 안심했다. 더 마르고 전반적으로 왜소해졌지만 그래도 여전했다. 요양원 직원들이 그를 잘 보살폈다. 누군가가 홀쭉한 뺨에 면도를 해주었고, 다 빠진 머리를 빗질해주었다. 그는 양쪽 팔걸이에 손을 올리고 있다가 인사라도 하듯 오른손을 들었다.

"안녕, 데이비드. 저예요. 에이더예요."

에이더가 다시 인사했다.

"기다리고 있었어."

데이비드가 예상치 못한 말을 했다. 전에 왔을 때보다 그의 눈이 더 뿌예졌다. 파란 눈동자가 더 흐릿해 보였다.

에이더가 안도하면서 말했다.

"알아요. 죄송해요."

데이비드는 의심스러운 듯 눈썹을 치떴다 내렸다. 그러더니 시선을 다시 한 번 창으로 돌렸다.

"어떻게 지내셨어요?"

에이더가 물었다.

"아, 이런. 아, 여기저기. 제발이지."

데이비드가 중얼댔다.

"식사는 잘하시고요?"

"음, 그래."

데이비드가 대꾸했다.

에이더가 침대에 걸터앉아 아버지를 마주 보았다. 바깥에 있다 들어와서 여전히 추웠다. 그래서 외투를 벗지 않았다. 데이비드가 한 손을 머리에 올리더니, 손바닥으로 자기 눈썹을 가볍게 토닥였다.

그 순간 예전의 아버지가 너무도 간절히 그리웠다. 가슴속에 울새 한 마리가 있는 것만 같았다. 데이비드가 의자에서 일어난다면 – 일어나 나란히 걸어 여기를 빠져나가 보스턴의 옛 생활로 돌아간다면. 하지만 주머니 속에 넣어둔 사진을 꺼냈다. 잠시 사진을 쳐다보면서, 사진 속 소년을 응시하다가 아버지를 올려다보았다. 이 사람은 분명히 데이비드였다.

"물어볼 게 있는데요."

에이더가 운을 뗐다.

에이더는 일어나서 의자 앞에 무릎을 꿇고, 그가 볼 수 있게 사진을 들었다. 데이비드는 고개를 움직이지 않고 뿌연 눈을 아래로 내렸다.

"이 사람들은 누구예요?"

에이더가 사진 속의 어른들을 손짓하며 물었다.

"흠, 어머니랑 아버지."

데이비드가 말했다.

"그런데 그들의 이름이 뭐죠?"

에이더가 물었다.

"흠, 아이고야. 어머니랑 아버지."

데이비드가 말했다.

그는 다시 사진을 보다가 손을 뻗어, 손가락 하나로 사람들의 얼굴을 훑었다. 다시 그 이상한 발음이었다. 어디서 배웠는지 에이더는 알 수 없는 발음. 그것은 평소 데이비드의 발음이 아니었다. 그의 목소리도 아니었다.

"수전은 어디 있지?"

데이비드가 불쑥 물었다.

"수전이요?"

에이더가 되물었다.

"수전."

데이비드는 갑자기 에이더에게 직접 밀하는 것처럼 올려다보았다. 그가 말을 이었다.

"수전, 거기 있네. 기다렸어."

"이름이 뭐예요?"

에이더가 묻자 그가 마주 쳐다보았고 그 시간이 아주 길게 느껴졌다.

마침내 데이비드가 대답했다.

"아이참, 알면서 그래. 수즈."

"이름이 뭐냐고요!"

"헤럴드 캐너디."

데이비드가 대답했다. 그러더니 손가락 하나를 가슴에 댔다. 그는 천천히 손가락으로 에이더를 가리키며 덧붙였다.

"그리고 수전 캐너디."

데이비드의 눈에 눈물이 그렁그렁했다. 그가 다시 말했다.

"보고 싶었어."

그는 조심스럽지만 단호하게 누런 테두리를 밀어내고 사진을 꺼냈다. 사진을 더 찬찬히 살피려는 것처럼. 에이더는 처음으로 사진 뒷면을 보았다. 우측 하단에 구불구불한 필체로 하얀 다섯 단어가 적혀 있었다.

'더 스트라우스 스튜디오. 올라스, 캔자스.'

2009년

샌프란시스코

에이더는 한 시간쯤, 그보다 덜 자다가 깼다. 알람을 못 들었다는 생각에 등줄기가 오싹했다.

협탁에서 휴대폰을 낚아챘다. 오전 5시 59분. 알람은 1분 후에 울릴 터였다. 잠깐 베개에 머리를 기댔다. 이웃 청년들은 새벽 4시까지 벌주 마시기 탁구 게임을 했다. 어떻게 아침에 일어나서 출근하려고 그럴까?

샤워를 하고 옷을 갈아입었다. 입을 옷을 신중하게 골랐다. 젊으면서도 자신감 있는 분위기의 옷으로. 블레이저 재킷과 몸에 딱 맞는 정장 바지. 약간 일찍 출근해서 톰 치엔과 마지막으로 프레젠테이션 내용을 검토할 계획이었다. 회의에 참석할 사람들을 머릿속으로 점검했다. 이사 세 명. 회사 대표인 빌 비즐로프. 몇 달간 회사가 공들인 잠재적 투자자 열두어 명, 마케팅 담당 부사장 메레디스 크란츠. 트라이-테크의 최근 입사자들처럼 메레디스는 직위에 비해 젊고 - 스물여덟 살이나, 기껏해야 서른 살쯤 - 멋지게 입고 다녔다. 그녀는 명품 브랜드를 걸쳐서 에이더를 어리둥절하게 했다. 메레디스가 동료에게 자신이 입은 재킷이 '아크네'라고 말하는 걸 들은 적이 있었다. 에이더는 제대로 들었는지 확인하려고 브랜드명을 구글로 검색해보기도 했다.

회의에서 투자자들이 신제품의 남녀 아바타와 소통해본다는 아이디어를 낸 사람은 메레디스 크란츠였다. 그 때문에 톰과 에이더는 전날 밤늦도록 야근하면서 결함을 고치고 손봐야 했다. 메레디스는 아바타들의 대사를 직접 썼다. 아바타들이 상품을 홍보하게 해야 된다고 주장했다. 에이더가 걱정을 표하자 그녀는 맞받아쳤다.

"그게 더 역동적이죠. 또 나중에 투자자들이 직접 아바타들과 소통하게 해도 좋고요."

그건 더 나쁜 아이디어라는 게 에이더의 견해였다. 하지만 비즐로프 대표는 메레디스의 손을 들어주었고, 에이더는 그가 시키는 대로 했다.

이런 홍보는 장난짓거리라는 게 에이더의 판단이었다. 아바타들이 컴퓨터로 조작되는 팔다리를 어색하고 뻣뻣하게 움직이는 걸 보면, 도저히 웃을 수가 없었다. 2009년에도 컴퓨터로 작동되는 사람들은 여전히 과장되고 어색해 보였다. 이 아바타들은 인간에 가깝다고 볼 수 없었다. 팔을 쓰는 방식이 엉터리였다 – 옆구리로 내리지 못하고 비현실적으로 허공에 들고 있었다. 아바타들이 전진할 때 걸음걸이는 눈에 띄게 엉성했다. 수십 년간 컴퓨터 종사자들은 자연스럽게 걷고 달리는 동작을 구현하려고 애썼지만 별반 소득이 없었다. 인간의 리드미컬한 보행은, 뼈와 근육과 지방과 신경 자극이 만드는 독특한 리듬감은 도저히 흉내 낼 수 없었다. 그보다 나쁜 것은 아바타들의 동작이 계속 정지하는 것이었다. 어젯밤 마지막에 톰은 모든 게 순조롭게 진행된다고 주장했지만 에이더는 여전히 초조했다. 아바타들의 제품 홍보는 회사가 실제로 제품을 출시하기까지 얼마나 갈 길이 먼지만 강조할 터였다. 하드웨어가 나올 때까지 5년, 10년. 혹은 그 이상. 회사로서는 투자자들이 인내심이 무척 강하기를 – 또 아직 젊기를 – 기대할 수밖에 없었다.

새벽 6시 45분, 차에 오르자 전화기가 울렸다. 지역번호가 '617'이었다. 이제 보스턴에서 걸려오는 전화는 거의 없었다.

불쑥 지난밤 코너인지 칼렙과 나눈 대화가 생각났다. 누군가가 그녀를 만나러 왔다고 했다. 누가 왔는지 모르지만, 그들은 그녀의 전화번호를 알려주었다. 남자라고 했다. 누구일까?

전화를 받을지 너무 오래 망설였다. 평소라면 모르는 발신번호의 전화는 받지 않았지만, 이번에는 왠지 받아야 될 것 같았다.

그러기로 결정했을 때는 한 발 늦어버렸다. 전화벨이 음성사서함으로 넘어갔다. 에이더는 30초간 기다리다가 1분간 짬을 두었다. 하지만 상대는 메시지를 남기지 않았다.

사무실에 도착하니 평소와 달리 사람이 많고, 평소와 달리 조용했다. 대표인 빌 비즐로프는 투자자 회의를 비밀리에 진행하려고 무척 애썼다. 하위직 프로그래머들에게는 특히 쉬쉬했다. 그들은 회사가 위기라는 걸 잘 알고 있었고, 따라서 기대감이 너무 커졌다가 꺼지는 것은 사기 진작에 좋지 않았다.

회사의 공동 창업자들이 알테라의 주도권을 확보하라고 영입

한 비즐로프 대표를 제외하면 에이더가 근속 기간이 가장 길었다. 비즐로프는 트라이-테크에서 유일하게 문이 달린 사무실을 쓰는 임원이었다. 일반적으로 독립된 공간에 문을 달지 않는 게 트라이-테크의 문화였다. 다른 아이티 업체들이 저만치 달려가는 사이, 트라이-테크는 물리적인 공간에 집착했다. 회사는 건물의 맨 위 두 층을 사용했다. 이제 신생 업체 몇 군데가 연달아 폐업하면서 건물의 3분의 1이 공실이라, 황금러시 이후의 캘리포니아 같은 분위기가 감돌았다. 메인으로 쓰는 층에는 중앙에 중정이랄까 작은 광장 같은 게 있었다. 반들거리는 바닥에 도리아식 기둥 여섯 개가 둥근 천장까지 솟고 두 면이 창이었다. 돔 지붕의 중앙에 둥근 창이 뚫려서 빛이 천천히 드라마틱하게 원을 돌며 떨어졌다. 에이더를 포함한 부사장들은 메인 층의 가장자리에 각자 사무실이 있었지만 문이 없이 다른 공간과 연결되어 있었다. 다른 직원들은 트인 공간이나 임시 작업 장소나 소파에서 일했다. 아침, 점심, 저녁때면 메인 층 끝에 있는 카트에 직원들이 먹을 뜨거운 음식이 마련되었다. 온종일 건강에 좋은 간식도 제공되었다. 가끔 에이더는 유치원이 이런 분위기일 거라고 짐작했다. 유치원에 다녀보지 않아 확신은 없었지만. 작고 컴컴한 사무실 두 곳에 침상이 있었다. 밤샘 근무를 한 직원들이 낮잠을 자야 되면 이 골방을 사용했다.

에이더가 대표실에 가니 문이 닫혀 있었다. 지난밤에 톰과 둘이 작업한 내용을 보고하고 싶었다. 회의 시작 두 시간 전이었다. 할 말을 머릿속으로 연습했다. 이제 아바타들이 제대로 작동될 거라고 안심시키고, 제대로 안 될 경우에 취할 대비책을 보고

할 작정이었다.

문을 가볍게 노크하자, 잠시 후 빌 비즐로프가 문을 열었다.

"에이더. 이렇게 보니 반갑군. 들어와요."

그가 말했다.

비즐로프는 보기 좋게 생긴 사람이었다. 큰 키에 옅은 색깔 머리, 반듯한 외모였다. 나이는 그녀보다 조금 많았다. 마흔네 살이라는 소문도 있었지만 실제 나이는 철저히 비밀이었다. 5년 전 알테라가 인기를 얻을 당시, 그는 실리콘밸리의 유명 인사였다. 모든 주요 잡지에 그의 기사가 실렸다. 만화 「심슨스」에 등장하기도 했다. 테드(각계의 전문가가 짧게 연설하는 프로그램-옮긴이)에서 강연을 했다. 이제 회사는 사양길을 걷고 있지만, 비즐로프가 그 시절에 얻은 명성은 퇴색하지 않았다. 악동 영재, 개척자, 자유로운 사고의 소유자. 회사가 어려움을 겪는데도 비즐로프의 자기평가는 흔들리지 않았다. 에이더는 가능하면 그와 접촉하지 않았다. 대표가 그녀를 좋아하는 것은, 싫어할 기회가 없어서라는 게 에이더의 판단이었다. 그와 가까이 지낸 직원들은 애정을 받다가 어느 결엔가 미움을 샀다. 그녀는 그들이 고개를 푹 숙이고 떨면서 대표실에서 나오는 모습을 가끔 보았다.

"앉읍시다."

비즐로프가 말했다. 그녀가 앉자 그도 자리에 앉았다.

"다 잘되고 있지?"

그가 물었다. 에이더가 고개를 끄덕였다.

"그런 것 같네요."

그녀가 대답하자 비즐로프가 말했다.

"잘됐군."

"어젯밤 시연 제품이 약간 문제를 일으켰지만, 저희가 제대로 손본 것 같아요."

그녀가 말을 시작했다. 비즐로프는 관심이 없는 눈치였다.

"저기, 에이더."

대표가 말했다. 그는 크게 숨을 쉬었다.

"네?"

에이더가 대꾸했다.

"이사 몇 명과 얘기 중인데 말이지, 우린 오늘 회의 진행을 메레디스에게 맡길 거야."

에이더는 잠시 대꾸하지 못했다.

그녀가 멍하니 물었다.

"메레디스 크란츠요?"

"그래요."

"뭐를?"

에이더가 물었다.

"회의 진행을 맡기려고 해. 메레디스도 받아들일 거야. 우린 메레디스가 잘해낼 거라고 생각하고."

에이더가 입을 열다가 다물었다. 잠시 후 그녀가 말했다.

"하지만."

"한동안 에이더와 톰이 홍보 준비를 한 건 나도 알아. 잘했지. 그런데 사실 오늘 참석하는 투자자들 중에는 프로그래밍에 대해 아는 사람이 없지. 그래서 우린 메레디스가 투자자들에게 포장해서 설명하는 일을 제대로 할 거라고 보지."

"질문이 있을 경우에는?"

"메레디스가 대답해줄 수 있을 거라고 믿지. 아니면 나도 그 자리에 있을 테니 걱정 없지."

빌 비즐로프는 아주 오래전에 프로그래머였지만, 오랜 세월 기술 분야에서 일하지 않았다. 예전에 알던 기술을 거의 다 잊었다 해도 놀랍지 않았다. 그는 새로운 프로젝트의 기초도 모르는 게 분명했다.

에이더가 물었다.

"저희가 배석하는 것도 못마땅하세요? 혹시 모를 상황에 대비해서?"

비즐로프는 아랫입술을 내밀고 후 하고 바람을 불었다. 앞머리가 살짝살짝 들렸다. 에이더는 문득 아바타가 떠올랐다. 그 동작이, 그 독특한 표정이 어떻게 표현될까?

"두 사람이 들어가면 메레디스가 부담스러울 거야."

그가 말했다. 친절하게 말하려고 애쓰는 말투였다.

에이더가 의자의 팔걸이에 기댄 손을 들었다 내렸다. 양손으로 무릎을 짚었다. 몸을 숙이면서 일어났다.

"그렇겠네요."

에이더가 말했다.

메레디스가 비즐로프와 잠을 자는 사이인지 - 부당한 생각이지만 잠시 - 궁금했다. 대표가 직원과 사귀는 게 처음이 아니었다.

"에이더한테 고마워. 그걸 알아주면 좋겠군."

대표가 말했다.

그녀는 한 번 고개를 끄덕였다. 문 쪽으로 걸음을 옮겼다. 이날 골라 신은 구두를 내려다보았다. 하이힐이었다. 평소 힐을 신지 않았다.

그 순간 한 가지 생각이 스쳐서, 문을 나서기 전에 몸을 돌려 비즐로프를 바라보았다.

에이더가 말했다.

"이름이요. 그 이름이 어디서 유래했는지 메레디스가 알까요?"

"물론이지."

그가 대답했다. 하지만 이미 통화하려고 수화기를 들었고, 그녀가 나가기를 기다리는 듯이 쳐다보았다.

프로그램의 이름은 '보이지 않는 세계Unseen World'였다. 줄여서 UW. 사실 이름의 내력을 아는 사람은 에이더밖에 없었다. 그녀가 프로그램 이름으로 제안했고 나머지 사람들이 동의했다. 이름의 유래를 아무에게도 밝힌 적이 없었다.

멍한 기분으로, 문이 없는 사무실로 향했다. 작업대 칸막이 위로 직원들이 머리를 내밀었다. 회사 전체가 이미 알까? 회사에 메레디스 크란츠와 친한 사람이 몇 명 있었다. 자리까지 절반쯤 갔을 때 톰과 마주쳤다. 그가 시무룩하게 그녀를 바라보았다.

"톰도 알아?"

에이더가 물었다. 그가 고개를 끄덕였다. 톰은 다시 한 번 어깨를 으쓱했다.

그녀는 한동안 책상 앞에 앉아 이제 뭘 해야 될지 고심했다. 오늘은 이만 퇴근해야 될 것 같았다. 그녀의 사무실 앞을 지나

회의실로 향하는 투자자 행렬을 보는 것을 감당할 수 없었다. 메레디스가 자신의 운명을 향해 걸어가는 걸 지켜보는 것도 마찬가지. 아바타들이 제대로 작동되지 않으면 그녀는 어떻게 할까? 궁금했다. 빌 비즐로프는 어떻게 할까? 그는 성급하고 고집스러웠다. 10년 전 행운이 따르던 시절에는 이런 성격이 그에게 영광을 안겼다. 하지만 이제 이런 성격은 회사 전체를 침몰시킬 위협 요소였다.

휴대폰을 쥐고 있는 줄도 몰랐는데 진동음이 울렸다.

에이더는 전화기를 내려다보았다. 새벽에 전화가 왔던 '617'로 시작되는 번호였다. 이번에는 전화를 받았다.

전화를 건 사람이 오래 주저하며 말이 없자 그녀는 전화를 끊으려 했다.

그 순간 남자가 말했다.

"에이더?"

5년 만에 듣는 목소리였다.

1980년대

보스턴

"도와주셔야겠어요."

에이더가 숨을 헐떡이며 말했다. 추워서 얼굴이 새빨갰다. 콧물이 줄줄 흘렀다. 에이더는 필즈 코너 공립 도서관 분관에서 홈스 사서 앞에 서 있었다. 헉헉 소리를 내며 숨을 몰아쉬었다. 버스정류장에서 정신없이 뛰어오는 길이었다.

"괜찮니, 에이더?"

홈스 사서가 걱정스런 표정으로 물었다.

"뭘 좀 찾는데 도와주실 수 있어요?"

"물론이지."

홈스 사서는 대답하면서 손목시계를 보았다. 그녀가 말을 이었다.

"그런데 1시 55분이구나."

토요일에 도서관은 오후 2시에 문을 닫았다.

"제가……."

에이더는 운을 뗐지만 상황의 긴박함을 어떻게 전달할 수 있을지 자신이 없었다. 그래서 잠깐 말없이 서서 마음을 다졌다.

홈스 사서가 다정하게 말했다.

"내 말을 들어. 여기 잠깐 앉아 있으렴. 금방 돌아올게."

그녀는 낮은 테이블을 가리켰다. 에이더는 고마운 마음으로 앉았다. 홈스는 도서관 안을 돌면서, 이용자들에게 허리를 굽히고 사서다운 조용한 말투로 마무리하라고 알렸다. 그러더니 자리로 돌아가 책 대출 업무를 했다.

에이더는 여전히 손에 쥐고 있는 사진을 쳐다보았다. '올라스 캔자스Olathe Kansas' 헤럴드 캐너디. 아니, 캐네이니인가? 수진 캐너디. 그 단어들이 머릿속에서 울리자 이국적인 맛이 나고 어쩐지 입에 붙지 않았다. 올라스Olathe. 캐너디는 철자가 어떻게 되는지도 알 수 없었다.

마지막 이용자가 나가자 홈스 사서는 문에 붙은 표지판을 '열림'에서 '닫힘'으로 바꾸었다. 그런 다음 에이더 옆으로 돌아왔다.

"자, 에이더. 내가 뭘 도와주면 될까?"

그녀가 물었다.

결국 에이더는 아는 것을 전부 털어놓았다. 데이비드라면 어떻게 말했을지 상상하려 애쓰면서 무표정하고 담담한 얼굴을 유지했다. 솔직담백하게.

홈스 사서는 당황했겠지만 그녀답게 많이 놀란 내색을 하지 않았다 – 에이더뿐만 아니라 자신을 위해서도 그랬을 터였다. 그녀는 드문드문 동정하면서 탄식했다. 처음 데이비드의 병에 대한 대목에서 에이더의 팔을 잡았고, 계속 위로하느라 손을 내리지 않았다.

"아이고, 에이더."

홈스 사서가 말했다. 에이더는 말을 마치고 앞의 테이블을 빤히 내려다보았다. 사서가 물었다.

"그런데 들고 있는 게 뭐니?"

"모르겠어요. 그의 진짜 가족사진일 거예요. 데이비드의 가족이요. 아니, 헤럴드의 가족이겠죠."

그 생각에 에이더는 움찔했다. 그의 이름조차, 살면서 수천수만 번 불렀던 이름조차 – 에이더에게 그 이름은 '아버지'를 뜻했다 – 틀리다는 생각이. 데이비드가 사라졌지만, 한편 '데이비드'도 사라지고 그 자리에 냉랭하고 불가사의한 것이 들어섰다.

"이 사진은 '올라스'라는 곳에서 찍은 건데요."

에이더가 이름을 그렇게 발음했다.

홈스 사서가 말했다.

"올-레이-스. 내가 잘못 안 게 아니라면."

그녀는 목걸이에 달린 안경을 쓰고, 사진을 눈높이로 들어서 살폈다.

"맞아, 데이비드구나. 그렇지 않니?"

그녀가 사진 속 소년을 보며 애정 어린 말투로 중얼댔다.

에이더가 고개를 끄덕였다. 의지와는 상관없이 여전히 사진이 좋았다. 아버지가 한때 아이였다는 증거여서 늘 이 사진에 반했다.

"어디서부터 시작하면 좋을까?"

홈스 부인이 물었다.

그들은 두 단계가 있다고 결정했다. 첫 단계는 예를 들면 〈뉴욕 타임스〉 구간 마이크로필름에서 시벨리우스 집안에 대한 정보를 찾는 것이라고 홈스는 말했다.

"거기가 좋은 출발점일지 모르겠네."

진짜 데이비드 시벨리우스와 부모에 대한 정보를 더 찾을 수 있다면, 에이더의 아버지와 관련해 설명이 될 만한 사실을 발견할 수도 있었다. 두 번째 단계는 올레이스에 사는 캐너디 집안에 대한 기사나 역사 기록을 찾는 것이었다 – 그 자료들을 찾긴 어려울 거라고 홈스는 말했다. 보스턴에 있는 어떤 도서관도 그 지역 신문의 마이크로필름을 보유하지 않았을 테니까.

홈스 사서가 물었다.

"그렇다고 내가 캔자스에 다녀올 수도 없고. 너는 어때?"

그래서 그녀는 전화번호 안내에 전화해서 그곳의 공공 도서관 전화번호를 문의했다.

"중앙도서관 번호면 되겠네요."

홈스가 안내원에게 말했다.

잠시 후 그녀가 대꾸했다.

"아. 그럼 그 지역 도서관을 알려주세요."

그녀는 대출 카운터 뒤에 서 있었다. 홈스는 기다리면서 안경을 고쳐 썼다. 에이더가 헤럴드 캐너디, 수전 캐너디라고 적은 종이를 찬찬히 들여다보았다. 몇 시간 전 데이비드가 발음하는 대로 에이더가 받아 적은 것이었다.

"네, 안녕하세요."

홈스 사서가 갑자기 말했다. 이름과 직업을 소개하고, 찾는 정보를 설명하더니 이름과 전화번호를 남겼다 – 도서관과 집 전화번호, 둘 다 알려주는 것을 에이더는 알아차렸다.

홈스 사서가 말했다.

"정말 고마워요. 뭐든 찾아주시면 감사하겠어요. 또 언제든 제가 보답할 수 있으면 좋겠네요."

그녀는 전화를 끊고 에이더 쪽으로 몸을 돌렸다.

"이제 난 집에 가봐야겠다, 에이더. 하지만 월요일에 계속 알아보자꾸나. 네가 수업을 마친 후에, 그러면 되겠지?"

에이더는 천천히 리스턴의 집으로 걸어갔다. 그날 도체스터는 복잡했다. 장보러 나온 주부들은 비닐봉투를 들고 지나갔고, 도트 대로에서는 십대들이 인도 위에서 돌을 차면서 소리를 질렀다. 에이더는 분출할 수 없는 에너지가 넘쳐났다. 누구에게도 말할 수 없는 새로운 정보, 새로운 생각, 새로운 감정. 데이비드가 한 말을 리스턴에게 알리지 않기로 이미 마음먹었다. 이것은 스스로 맞추고 싶은 퍼즐이었다. 아버지를 헤럴드 캐너디로 생각하고 싶지 않았다. 가능한 오래 아버지는 데이비드라고 생각하고 싶었다. 남들도 그렇게 생각하기를 바랐다.

집에 돌아가니 다른 식구들은 있었지만, 리스턴은 귀가 전이었다. 집에서 익숙하고 약간 인공적인 냄새가 밀려들었다. 데이비드의 집에서 나는 퀴퀴하고 질펀한 냄새 대신 이 냄새가 집 냄새로 인식되기 시작했다는 생각이 들었다. 매티가 텔레비전을 보고 있었다. 위층에서 멜라니의 숨넘어가는 고음과 윌리엄의 저음이 들렸지만, 그 외에는 조용했다. 에이더는 부엌에 가서 리스턴이 사놓은 재료 '원더 브레드'(식빵의 상표-옮긴이), 칠면조 고기, 체더치즈, 미러클 휩(샐러드 드레싱의 상표-옮긴이)으로 샌드위치를 만들어, 침실에서 먹으려고 갖고 올라갔다.

책상 앞에 앉고 얼마 후 가벼운 노크 소리가 들렸다.

"네?"

에이더가 샌드위치를 먹다 말고 대답했다.

문이 살그머니 열렸다. 문틈으로 안을 쳐다보는 눈이 보였다. 그레고리였다.

"왜?"

에이더가 냉랭하게 물었다. 아침 일로 아직도 분이 풀리지 않았다. 무슨 권리로 데이비드의 컴퓨터에 손을 댔을까, 라는 생각이 또 밀려왔다. 또 부아가 치밀었다. 그레고리가 무슨 권리로 그 집에 발을 들여놓았을까?

"잠깐 들어가도 돼?"

그레고리가 물었다.

"왜?"

에이더가 쏘아붙였다.

"그냥 잠깐만."

그레고리가 말했다. 그리고 허락을 기다리지 않고 방으로 들어섰다. 초조하고 불안해 보였다. 그레고리는 양손을 앞에 모으고 바닥을 내려다보았다. 그러더니 중얼댔지만 소리가 작아 들리지 않았다.

"무슨 말인지 안 들려."

에이더가 말했다. 학교 여자 친구들의 말투 같다는 생각이 처음으로 들었다. 자신이 그들의 강세와 억양을 흉내 내기 시작한 듯했다. 이제 제법 자주 '같다'란 말을 했다. '그러거나 말거나'

란 표현도 썼다.

"미안해."

그레고리가 말했다.

"뭐가?"

에이더가 되물었다. 그레고리에게 직접 듣고 싶었다.

"누나 아버지의 집에 들어가서."

그레고리가 대답했다.

"거기서 뭘 한 거야? 전에도 간 적 있어?"

에이더가 물었다.

그레고리는 잠시 가만히 있었다. 그러다가 고개를 끄덕였다.

"여러 번?"

에이더가 다그치듯 물었다. 그레고리가 다시 수긍했다.

"왜?"

"돕고 싶었어."

그레고리가 말했다. 여전히 바닥을 응시했지만 칼라부터 빨개져 목덜미가 거뭇거뭇해지는 게 보였다.

"네 도움 따윈 필요 없어. 나도 그런 일 잘해. 그리고 네가 참견할 일이 아냐."

에이더가 말했다.

그레고리가 천천히 어깨를 들먹였다. 에이더는 그레고리의 손을 쳐다보았다. 생살을 물어뜯어서 손톱 주변이 새빨갰다. 그러자 의지와 달리 가여운 마음이 들기 시작했다. 마음 한쪽이나마 그레고리가 동지가 될 것처럼 느껴졌다. 그 무엇보다 관심사가 맞았다. 데이비드의 관심사와도 맞아떨어졌다. 또 에이더는 못 고친 데이비드의 컴퓨터를 고쳤다는 사실 – 그게 화를 돋우기도 했지만 – 역시 어디로 보나 인상적이었다. 그레고리는 재주가 있었다. 학교에서 외톨이인 그레고리를 떠올렸다. 에이더가 처음 학교에 갔을 때와 같았다. 지저분한 손으로 사물함들을 훑고 지나가는 그레고리. 자주 보는 모습이었다. 또 덩치 큰 아이들에게 먹살 잡혀서 빠져나가려고 버둥대며 소리 지르는 모습. 다락방에 몇 시간이고 틀어박혀서 리스턴의 말대로 '무슨 짓을 하는지는 하느님이나 아실' 그레고리를 떠올렸다. 이 모습은 에이더와 아주 비슷했다.

다음 2주간 에이더와 그레고리의 동맹 관계는 미약하나마 강화되었다. 에이더는 지금까지 파악한 내용을 조심해서 애매하게 알려주었고, 둘 사이에 불편하나마 우정이 생기기 시작했다. 에이더는 여전히 그레고리를 신뢰하지 않고 무슨 꿍꿍이가 있는지 의심했다. 자존심 때문에 직접 묻지는 않았다. 그레고리에게 에이더 자신이 실제보다 더 많이 아는 인상을 심어주고 싶었다.

본능적으로 두 사람은 함께 보내는 시간을 숨기기로 결정했다. 학교에서 에이더는 그레고리를 모른 척했다. 방과 후 학교 바깥 길에서 마주쳐도 아는 체하지 않았고, 그레고리는 당연하게 받아들였다. 에이더는 그러는 자신이 넌더리났다. 특히 데이비드가 아연실색할 줄 알지만, 이제 그의 조언이 무슨 소용이냐고 속으로 중얼댔다. 어쨌거나 아버지는 아이들의 세계를 모른다고 합리화했다. 그레고리와 친하면서 멜라니 무리와 친한 것은 허용되지 않는다는 불문의 법칙이 있다는 걸 알았다 ─ 그래서 줏대 없이 후자를 선택했다.

집에서 에이더와 그레고리는 늘 개 닭 보듯 지냈다. 드물게 온 가족이 모이면 ─ 최근 추수감사절 같은 경우, 그다음에 12월 1일 리스턴의 44세 생일도 마찬가지였다 ─ 두 사람은 평소처럼 대화하지 않으려고 조심했다. 그레고리는 계속 다락방에 틀어박혀 지냈고, 집에 다른 식구가 없으면 에이더가 거기 가서 만났다. 그러면서도 차도를 감시하고 누군가가 돌아오는 기척이 느껴지면 냉큼 계단을 뛰어 내려왔다. 두 사람은 데이비드의 집에서도 만났다. 에이더는 그레고리가 단독으로 출입하는 것까지 허락했다. 열쇠까지 한 벌 줘서, 그레고리는 리스턴의 열쇠로 몰래 드나들 필요가 없었다.

그레고리의 허락으로 에이더는 다락방 컴퓨터에 '에이더' 암호문을 두 개 복사했다. 마지막으로 만찬 파티를 하던 밤 데이비드가 준 디스크에 담긴 암호였다. 그런 다음 원본을 옷장 선반에 올려둔 사전의 책갈피에 넣어두었다. 기차표와 데이비드의 컴퓨터에서 발견한 이상한 문건의 인쇄물도 같이 보관했다.

디스크 복사본들은 보호하기 위해 분산해야 된다고 결정했다. 하나는 데이비드의 집에 갖다 두었다. 다른 하나는 늘 갖고 다녔다. '에이더' 디스크가 수류탄의 핀처럼, 터지기를 기다리는 폭발물로 보이기 시작했다. 이것의 암호를 풀 수 있으면 데이비드의 인생에 대한 비밀이 도미노처럼 술술 풀릴 거라고 믿었다. 또 아버지가 계획을 세웠고, 늘 딸에게 말하려 했다는 믿음에 매달렸다.

둘은 같이 암호문 해독 작업을 하는 외에, 주로 일반적인 화제로 대화했다. 암호, 해독법, 해독 전문가, 컴퓨터 외에 알고 보니 둘 다 '스타워즈' 시리즈의 팬이었다. (데이비드가 유일하게 인정하는 대중문화였고, 영화가 개봉하면 그는 연구소 근처 극장으로 에이더를 데려갔다. 나눠 먹을 팝콘 큰 사이즈와 주스를 샀다.) 또 소설『반지의 제왕』- 이것 역시 데이비드가 좋아하는 작품이다 - 과 '하디 보이스' 미스터리를 좋아했다. 에이더는 '낸시 드루' 시리즈(미스터리 소설 시리즈-옮긴이)가 더 낫다고 주장했지만, 그레고리는 그걸 좋아한다고 인정하려 들지 않았다. 그레고리는 집에 있는 리스턴의 프로그래밍 관련 서적을 많이 읽으며 기초 지식을 독학했다. 집 밖에서는 생물학, 물리학, 우주에 관련된 책들을 구하는 대로 다 읽었지만, 지금까지는 학교 중등부 도서관 도서로 국한되었다. 거기에 아동용 백과사전류와 천주교 어린이 신자를 위한 '알아봅시다' 시리즈 같은 책들이 있었다. 그레고리가 이런 책들을 보여주었다. 에이더는 식물의 생애를 다룬 얇은 책을 못마땅한 듯 과장되게 내팽개쳤다. 잘난 체하는 태도였지만 - 자연스럽게 어울리지 않았다 - 그레고리가 눈을 둥그렇게 뜨자 에이더는 누나 대접을 받을 거라고 상상했다.

리스턴은 자녀들이 '정상적인' 유년기를 지내게 하려는 방침 때문에(사실 에이더를 그 반대의 예로 삼았을 터였다) 그레고리가 관심 분야의 교육을 못 받게 만든 셈이었다. 그래서 컴퓨터에 대해서는 주로 독학했다. 일에 대해 물으면 어머니는 친절하지만 대충 성에 차지 않는 대답만 했다. 자녀가 넷, 손주 하나, 전일제 직장 사이에서 리스턴은 데이비드와 달리 아는 것들을 알려줄 짬이 없었다. 리스턴은 아들이 밖에서 시간을 더 많이 보내면서 친구를 사귀고 재미있게 지내지 못해서 걱정했다 - 데이비드의 딸을 지도하는 방향 같은 것은 그녀의 머릿속에 전혀 없었다.

이제 에이더에게 제자가 생겼고, 스스로 인정하지 않지만 앞에 놓인 과제가 즐거웠다. 에이더는 그레고리의 잘못된 생각을 바로잡아주었다. 프로그래밍, 암호 해석, 암호해독가에 대해 가르쳐줄 수 있는 것을 알려주었다. 그레고리의 관심사에 맞는 책들을 정해서 읽게 했다. 전에 데이비드가 그랬던 것처럼.

그레고리는 빨리 습득하지만 자주 고집을 부렸다. 에이더가 옳다고 보는 걸 틀렸다고 지적하거나, 대답하기 힘든 질문을 던지곤 했다. 그런 다음 에이더의 코를 납작하게 했다고 으스댔다.

에이더는 그레고리를 알수록 학교생활이 어려운 이유를 알 것 같았다. 아이들의 괴롭힘에는 어느 정도는 특별한 이유가 없었다. 반에서 일찌감치 가장 지질한 아이로 지목되었고, 그것은 벗어나기 어려운 역할이었다. 하지만 에이더는 학교생활 경험이 짧은데도 그레고리가 모르는 분명한 사실을 이미 터득했다. 간략하게 말하는 게 더 낫다는 것. 그래서 대개 어휘 구사 능력을 숨겼지만, 그레고리는 복도에서 누가 말을 걸거나 윽박지르면 셰익스피어 작품에나 나올 법한 어휘와 문장으로 대응했다. '머저리'나 '바보 천치', '얼간이'라고 중얼거렸다. 한번은 괴롭히는 아이를 '새파란 애송이'라고 불렀다. 누구에게 싫은 소리를 들으면, 못 들은 척하거나 예상치 못한 완력으로 복수하거나 둘 중 하나였다. 남학생들의 경우는 특히 그랬다. 이게 유일한 선택 사항이었다. 그런데 그레고리는 양쪽 다 선택하지 않았고, 그래서 괴롭힘을 당했다. 그런 경우 그레고리는 불쾌한 행동을 했고, 그게 상대들을 더욱 자극해 자신들의 괴롭히는 행위를 합리화하게 했다. 윌리엄이 속한 고등부였다면 형의 존재감 덕분에 존중이나 보호받을 수 있을 터였다. 하지만 중등부인 8학년생들에게 윌리엄 리스턴은 너무 멀리 있었고, 그는 그레고리의 부족함만 강조했다 - 심지어 그레고리 자신에게도. 따라서 그레고리는 고개를 푹 숙인 채 복도를 걸었고, 누가 모욕적인 말을 할 때나 고개를 들고 쏘아붙였다.

그레고리의 고지식함은 때로 에이더에게 향했다. 가끔 '하하'라고 조소하면서 에이더를 가리켰다. 에이더가 틀린 말을 할 때면 그랬다. 화를 돋우는 태도였고 에이더는 자주 홱 가버릴까 생각했다. 그레고리가 또다시 외톨이로 지내게 만들고 싶었다. 하지만 그러지 않았다. 어찌 보면 이 아이와 관계를 맺는 것이 예전의 자기 모습을 상기시켰고, 이것이 에이더에게는 무척 소중했다.

에이더는 수업이 끝난 후 그레고리를 필즈 코너 도서관에 데려가기 시작했다. 거기서 홈스 사서의 지도에 따라 작업했다. 두 사람은 〈뉴욕 타임스〉가 담긴 마이크로필름을 검색하면서 - 특히 1920, 30, 40년대의 사회면에 집중했다 - 시벨리우스 일가에 대한 정보를 더 확보하기를 기대했다. 데이비드가 집안과 절연하게 된 이유와 경위를 밝히고 싶었다.

하지만 지금까지 사회면에는 아무것도 없었다. 에이더는 론 로우너가 잘못 알았다고 생각했다. 애스터, 밴더빌트, 록펠러, 휘트니, 모건 가문 사람들은 파티마다 등장했고 시벨리우스 방계 가족도 여기저기 등장했지만, 페어팩스와 이사벨은 눈 씻고 찾아도 없었다. 진짜 데이비드 시벨리우스는 - 에이더는 그를 '다른 데이비드'로 생각하기 시작했다. '데이비드' 아닌 다른 이름의 아버지는 상상되지 않았다. '헤럴드'는 분명히 아니었다 - 전혀 어울리지 않는 이름이었다. 신문 수백 면, 수천 면을 넘기면서 엘렌 팔머가 데이비드 시벨리우스라고 주장한, 뺨에 사마귀가 있는 금발 청년의 사진을 찾았다. 공식적인 출처와 함께 그의 사진과 이름이 실린 지면이 나오면 사실로 믿기로 마음먹었다. 그레고리와 둘이 10년 치 사회면을 넘겨나갔다.

홈스 사서가 재차 확인하려고 2주 후 다시 전화해서 메시지를 남겼지만, 아직 올레이스의 사서에게서 아무 연락도 없었다.

같이 귀가하는 것을 피하려고 늘 그레고리가 먼저 도서관을 나섰다. 어느 날 해 질 무렵 집에 가다가, 에이더는 현관에 앉은 오키프 부인을 보았다. 이웃인 그녀를 보는 건 흔치 않은 일이었다. 12월 초였고 보통 그녀는 10월 말이면 겨울이라며 실내에서 보내다가 5월이 되어야 다시 나왔다. 하지만 그날은 유난히 따뜻하고 아직 첫눈이 오기 전이었다. 대담한 귀뚜라미 한 마리가 근처에서 울었다. 해가 졌는데도 오키프 부인은 선글라스를 끼고 흔들의자에 앉아 있었다. 무릎 담요를 덮고, 에이더가 처음 보는 큼직한 분홍색 점퍼를 입었다. 집에 자주 오는 딸 메리의 선물인 듯했다.

불쑥 한 가지 생각이 에이더의 머리를 스쳤다.

오키프 부인네 현관으로 다가가면서, 부인이 놀라지 않게 미리 큰 소리로 불렀다. 하지만 오키프 부인은 꼭 누군가를 기다리는 중인 것처럼 보였다.

"에이더예요."

에이더가 현관 앞 계단으로 올라서면서 말했다. 오키프 부인은 의자를 천천히 흔들면서 고개를 끄덕였다.

"그래. 넌 줄 알아."

부인이 말했다.

"바깥이 좋네요."

에이더가 말했다. 어떻게 말을 시작해야 좋을지 몰랐다.

"아, 그렇지."

오키프 부인이 맞장구치더니 다시 말했다.

"아버지는 어떠냐? 그를 너무 오래 못 봤구나."

"잘 지내요."

에이더가 얼른 대답했다. 이웃들이 그들의 상황을 얼마나 잘 아는지 가늠되지 않았다. 소방차가 온 날, 오키프 부인을 포함해 여럿이 아이처럼 담요를 뒤집어쓰고 잔디밭에 앉은 데이비드를 보았다. 더구나 리스턴은 사교적이고 소문을 떠들기를 좋아했다. 하지만 에이더와 데이비드의 일이라면 입이 무거웠다. 리스턴의 두 가지 특성 중 어떤 쪽이 발휘되었는지 에이더로서는 알 길이 없었다.

에이더가 말했다.

"사실 궁금한 게 있어서요. 그러니까 여쭤볼 게 있어요."

"물어보렴."

"혹시 그의 부모님을 아셨나 해서요. 부인이 뉴욕에서 일하셨을 때."

에이더가 말했다.

"시벨리우스 일가?"

오키프 부인이 말하자 에이더가 고개를 끄덕였다. 그런 다음 그녀가 보지 못했을까봐 말했다. 부인이 살짝 다른 방향으로, 에이더가 서 있는 곳에서 5도나 10도쯤 비껴서 고개를 돌리고 있었다.

"네."

오키프 부인이 말했다.

"부부에 대해 알았지. 물론 나는 1923년에 뉴욕을 떠났지. 그부부가 결혼하고 몇 년 후였을 게다. 네 아버지가 태어나기 전이었겠지. 나는 베이커라는 집안에서 일했단다. 그 집이 그래머시 파크에 있었는데, 시벨리우스 자택에서 멀지 않았지. 게다가 우리 사이에서 소문이 많이 돌았거든. 부잣집 가정부들 말이야."

"그들은 어땠어요? 데이비드의 부모님이요."

에이더가 물었다.

오키프 부인은 잠깐 가만히 있다가 말했다.

"그들이 어떤 사람들이었냐는 뜻이냐?"

데이비드가 지적한 대로 그녀의 말투에 아일랜드 억양이 여전히 배어 있었다. 과거에 대해 말할 때는 더 확연히 두드러졌다.

"그렇지요."

"저기, 사실 내가 말할 수는 없겠지. 개인적으로 알았던 게 아니니까."

에이더는 실망했다.

"아, 알겠어요."

오키프 부인이 고개를 왼쪽으로 살짝 돌렸고, 이제 에이더를 더 똑바로 쳐다보게 되었다.

그녀가 물었다.

"왜 묻는 거야?"

"그냥요. 데이비드의 내력을 더 자세히 알아보려고 노력 중이 거든요."

에이더가 말하고 나서 다시 덧붙였다.

"상태가 별로 좋지 않아서요."

이 말이 효과를 발휘한 듯했다.

오키프 부인이 목소리를 낮춰 말했다.

"저기, 내가 들은 소문을 알고 싶다면 - 네 아버지한테는 나한 테 들었다고 말하지 말아라 - 스캔들이 있기는 했지."

"스캔들이요?"

에이더가 반문했다.

"그렇단다. 물론 네 아버지가 태어나기 전이었지. 어떤 여자 랑 시벨리우스 씨가 관계된 일이었지."

"어머나."

에이더가 당황해서 말했다.

오키프 부인이 속삭였다.

"그 여자가 시벨리우스 씨에게 소송을 걸었지. 명예훼손으로. 신문에 나고 이만저만 난리가 아니었지. 저녁식사에 초대하고 싶은 부류의 여자는 아니었어. 딱한 시벨리우스 부인은 앓아누 웠고."

"언제 그런 일이 있었는지 아세요?"

에이더가 물었다.

"어디 보자……."

오키프 부인은 떨리는 손을 뺨에 대면서 말을 이었다.

"······내가 결혼해서 떠나기 직전이었으니 1923년이었겠네. 분명히 1923년 봄이었을 거야. 물론 그 동네 가정부들이 이 일에 대해 떠들어댔지."

그녀는 말을 마치자 다시 입을 다물었고, 마침내 에이더는 고맙다고 말하고 작별 인사를 했다.

"네 아버지에게 나한테 들었다는 말은 하지 말아라. 그가 네게 알려주고 싶었다면 직접 말했겠지, 안 그러니?"

다음 날 도서관에 갔을 때, 에이더는 들은 얘기를 홈스에게 전했다. 그들은 조사 방향을 바꾸었다. 에이더와 그레고리는 오후 나절 내내 사회면 대신 1923년 봄부터 〈타임스〉 기사를 뒤졌다.

가끔 홈스 사서가 들러 진행 과정을 확인했다. 필즈 코너 도서관에는 마이크로필름 판독기가 두 대 있었고, 그들이 며칠간 독차지했다. 다행히 판독기를 쓰려는 이용객은 많지 않았다.

4시 45분, 도서관이 문을 닫기 15분 전에 그레고리가 왼손을 들었다. 에이더의 시야에 그 모습이 들어왔다.

"무슨 일이야?"

에이더가 물었다.

"와서 봐."

그레고리가 대답했다. 그의 얼굴이 들떠서 발그레했다. 뭔가 찾았다는 뜻이었다.

그레고리 앞의 스크린에 헤드라인이 있었다. '폴리 하워드, 시벨리우스 상속자에게 소송을 걸다'. 다음 장에는 법정에 나온 남자의 또렷한 흑백 이미지가 있었다. 기자들이 몰려들어 플래시를 터뜨리는 장면이었다. 그는 카메라 정면으로 얼굴을 돌렸고,

경멸감에 차서 입매가 처지고 턱을 치켜들었다.

에이더는 사진을 찬찬히 보았다. 백팩에서 올레이스의 사진관에서 찍은 가족사진을 꺼냈다.

의심의 여지가 없었다. 신문에 나온 남자는 데이비드와 닮은 구석이 없었다. 대신 엘렌 팔머가 준 사진 속의 소년과 판박이였다. 신문에 나온 페어팩스 시벨리우스는 단신의 불도그 상에 턱이 두껍고 머리색이 옅었다. 올레이스에서 찍은 사진 속 청년은 장신으로 호리호리하고 머리색이 진했다. 데이비드처럼.

그날 밤 에이더는 침대에 누워 잠을 이루지 못했다. 절망하지 않으려고 애썼지만, 조사할수록 데이비드의 인생이 이해되지 않고 거짓으로 느껴졌다. 질문은 점점 많아지는데 답은 줄어드는 것 같았다. 홈스 사서가 올레이스의 사서에게 전화한 지 3주가 지났고, 재차 전화해 메시지를 남긴 지도 1주가 지났다. 하지만 헤럴드 캐너디에 대한 정보를 듣지 못했다. 어쩌면 그 이름이 아니라는 생각이 들었다. 데이비드는 연달아 몇 음절씩 빼고 발음하기도 했다. 병 때문에 가끔 혀 짧은 소리를 하는 것 같기도 했다.

이제 풀지 못한 증거의 핵심 부분은 데이비드가 준 디스크인 듯했다. 어두운 방을 쳐다보면서, 에이더는 전문가들에게 문의할 때가 됐다고 결정했다. 밑져봤자 본전이었다.

데이비드는 늘 프랭크 헐버트를 머리보다 몸이 먼저 움직이는 사람이라고 평했다. '하지만 어느 연구소나 그런 사람이 필요하지'라고 덧붙였다. 그래서 토요일 스타이너 연구소에 맨 처음 도착한 사람이 프랭크인 게 놀랍지 않았다. 그는 어리둥절한 표정으로 나타났다.

에이더가 먼저 와서 밖에서 기다렸다. 이제 연구소 열쇠를 갖고 있지 않았고, 지난번 다녀간 이후 새 경비원이 들어와서 얼굴을 몰랐다.

"안녕하세요."

에이더가 인사했다. 프랭크를 마지막으로 본 건 6개월 전, 리스턴의 집에 저녁식사를 하러 왔을 때였다. 에이더가 매일 그와 - 연구원 모두와 - 나란히 앉아 공부했던 게 그리 오래된 일이 아니었다. 그런데 프랭크와 만나니 쑥스러웠다. 최근에 약혼했다는 소식을 리스턴에게 들어서 축하한다고 말하고 싶었지만, 용기가 나지 않았고 마음도 차분하지 않았다.

"잘 지냈니, 에이더!"

프랭크가 밝게 인사했다. 그는 물러서서 잠시 에이더를 쳐다보다가 다시 말했다.

"연락을 줘서 반갑고 놀랐어. 위로 올라갈래? 다른 사람들도 곧 도착할 거야."

에이더는 하야토와 찰스-로버트에게도 와달라고 부탁했다. 리스턴은 부르지 않았다. 전날 밤 연구원 각자에게 전화해서 리스턴에게는 말하지 말라고 당부했다. 내일 다 설명하겠다고.

그래서 그날 아침 리스턴이 매티를 데리고 친구랑 교외의 쇼핑몰에 갈 거라고 말하자 에이더는 안심했다. 어디에 갈지 꾸며서 둘러댈 필요가 없을 테니까. 리스턴이 같이 가겠느냐고 묻자 에이더는 숙제 핑계를 대면서 사양했다.

리스턴이 말했다.

"그래라, 에이더. 필요한 게 있으면 말하고. 알겠지?"

그녀가 떠나자 에이더는 죄책감이랄까, 리스턴에 대해 이중적인 감정을 느꼈다. 때로 그녀에게 화난 걸 잊어버렸다. 주방에서 리스턴이 놀리면 에이더는 깔깔대곤 했다. 혹은 아침에 리스턴은 다정한 메모를 조리대에 남겨두고 출근했다. 에이더는 자신까지 자식들에 포함시켜서 다들 하루를 잘 보내라는 쪽지를 보면서 고마웠고 북적대는 대가족의 일원이어서 행복했다. 그러다가 마음을 다잡을 수밖에 없었다. 자신을 배신자로 부르면서 리스턴의 배반을 상기하곤 했다. 리스턴이 얼마나 금방 데이비드가 거짓말했다고 인정했던가. 그렇지 않을 거라는 주장을 얼마나 단호하게 묵살했던가. 그녀는 데이비드의 처신을 설명할 때면 '잘못 이해했을 것'이라는 표현을 쓰곤 했다. 하지만 그것은 정직하지 않다는 말만큼이나 나빴다. 아니, 이랬다저랬다 하는 성격, 우유부단한 성격이라는 뜻이니 더 나쁜 평가였

341

다. 그랬다, 그날 아침 리스턴이 연구소에 있지 않아서 다행이었다. 디스크의 존재를 에이더는 비밀에 부쳤다. 디스크가 아무런 도움도 안 된다면, 그런 게 있다는 사실을 리스턴에게 감추고 싶었다.

데이비드가 퇴직한 이후 연구소는 별로 바뀐 게 없었다. 리스턴은 원래 사무실을 좋아해서 데이비드가 쓰던 소장실로 옮기지 않았다. 대신 그 방을 회의하는 소형 세미나실로 바꾸었다. 이제 방 가운데에 테이블이 있지만 나머지는 예전과 똑같았다. 구석에 데이비드의 책상이 있고, 이제 맥 컴퓨터가 놓여 있었다.
다들 이 방에 모였고, 에이더는 시간 여행을 떠난 느낌에 사로잡혔다. 방에서 나는 냄새, 뭉근한 전자기기와 나무 냄새. 천장의 갈라진 틈새까지 익숙했다.
에이더가 세 사람과 마주 앉았다. 프랭크, 하야토. 찰스-로버트는 어리둥절한 표정으로 에이더를 바라보았다.
그가 말했다.
"와, 전에 봤을 때랑 달라졌네. 아가씨가 다 됐어."
"고마워요."
에이더는 뭐라고 말해야 될지 몰라 간단히 대꾸했다. 어색했다. 테레사가 부추겨서 머리 모양을 바꾸었다. 또 안경을 쓰지 않았다. 여전히 가능하면 안경을 쓰지 않았고, 이날도 집에서 잊어버리고 나온 참이었다.
"어떻게 지냈니, 에이더? 데이비드는 어때?"
하야토가 친절하게 물었다.

"괜찮아요."

에이더가 대답했다. 담담한 표정을 짓고 싶었지만 턱이 떨렸다. 그 순간 깨달았다. 배신감을 리스턴뿐 아니라 그들 모두, 연구원 모두에게 느꼈다. 에이더에게 가족 같은 이들이었다. 그런 그들이 이제까지 어디 있었을까?

세 사람이 서로 힐끗 쳐다보았다. 맞은편에 그들이 나란히 앉아서, 에이더는 면접시험을 보는 기분이었다.

프랭크가 입을 열었다.

"우리가 연락하지 않아서 미안하다. 우린 다만 ─ 어떻게 반응해야 좋을지 몰라서……."

"괜찮아요."

에이더가 다시 말했다. 그들이 늘어놓는 변명을 듣고 싶지 않았다. 파란 스키파카를 벗지 않아서 몸이 후끈했다. 딱딱한 의자에 등을 기대서 어깨 부분에 점퍼가 뭉쳐졌다. 주머니에 손을 넣어, 플로피 디스크의 네 귀퉁이를 만졌다. 가져온 건 복사본이었다. 데이비드에게 받은 원본 디스크는 리스턴의 집에, 대사전 속에 안전하게 보관되어 있었다.

단도직입적으로 요구 사항을 설명했고, 세 연구원 모두 똑바로 앉아 흥미를 보였다. 에이더가 예상했을 법한 반응이었다. 늘 퍼즐을 좋아하는 사람들이었으니까.

"데이비드한테 언제 그걸 받았니?"

하야토가 물었다.

"2년 조금 더 됐어요. 마지막 대학원생 환영 파티를 했을 때."

343

에이더가 디스크를 내밀자 하야토가 받았다. 그걸 해독할 적임자가 있다면 하야토였다. 그와 데이비드는 퍼즐과 암호를 워낙 좋아해서, 오래전부터 상대의 코를 납작하게 만들려고 수십 번쯤 경쟁했다. 하지만 실력이 막상막하였다. 퇴근 무렵, 둘 중 한 사람의 사무실에서 환호성이 터지면 다른 사람이 정답인지 확인하려고 바삐 들어갔다.

그러면 리스턴이 비아냥대곤 했다.

"아이고! 저 사람들이 일은 하는 서야?"

에이더와 세 연구원은 구석에 있는 컴퓨터로 몰려갔다. 컴퓨터의 부팅 속도가 놀라웠다. 애플 최신 모델이었다. 아버지가 퇴직한 후 에이더는 기술 발전을 따라잡지 못했다는 걸 알았다.

텍스트 파일을 더블 클릭하니, 일렬로 늘어선 알파벳이 나타났다.

DHARSNELXRHQHLTWJFOLKTWDURSZJZCMILWFTA
LVUHVZRDLDEYIXQ

침묵.

"이게 다야? 텍스트 파일에 이것만 들어 있었어?"

찰스-로버트가 물었다.

"이게 다예요."

에이더가 대답했다.

"데이비드가 너한테 주면서 뭐라고 말하던?"

프랭크가 물었다.

"퍼즐이라고 말했어요. 풀 수 있지만 알아내는 데 시간이 좀 걸릴 거라고 했어요. 그리고 이 문제 때문에 다른 공부에 방해받으면 안 된다고도 말했고요."

"흠."

하야토가 중얼댔다. 세 사람 모두 몸을 숙이고 에이더의 어깨 너머로 컴퓨터 화면을 보았다. 그들의 관심이 느껴졌다. 벌써 눈으로 글자들을 읽으면서 패턴, 불규칙성, 각 글자의 빈도를 확인해나갔다.

찰스-로버트가 물었다.

"데이비드가 왜 그냥 종이에 적어주지 않았을까? 왜 이렇게 짧은 문제를 디스크에 넣었을까?"

"모르겠어요. 문제를 잃어버릴까봐 그랬을까요?"

에이더가 말했다. 사실 궁금했던 점이었다.

에이더가 의자에서 일어나 테이블로 걸어갔다. 그러자 연구원들이 컴퓨터 앞에 모여 앉았다. 프랭크는 종이에 문구를 적어서 그의 사무실로 갔다. 하야토는 그 자리에 앉아 화면을 응시했다. 찰스-로버트는 연구소 메모지를 꺼내 한동안 휘갈겨 썼다.

반시간이 지났다. 에이더도 암기하는 문제를 종이에 적어 문제를 풀었다.

맨 먼저 입을 연 사람은 하야토였다. 그가 머뭇거리면서 말했다.

"혹시…… 데이비드가 이미 병의 징후를 보였을 가능성도 있니? 이 문제를 낼 시점에?"

"가능성이 있어요."

에이더가 인정했다. 실망감이 밀려들려는 찰나였다. 해답을 얻어서 연구소를 떠날 거라는 건 희망에 불과했다.

하야토가 말했다.

"풀 수 없는 문제라는 말은 아니야. 하지만 얼핏 봐도 혀를 내두를 만큼 어려워 보여. 우선 너무 짧다는 사실은 패턴 파악이 까다롭다는 뜻이지. 문제를 해결할 프로그램을 만들어볼 수도 있겠지. 하지만 이 문제가 일회용 암호 패드에 따라 만들어졌을 가능성도 분명히 있는 것 같아. 그렇다면 프로그램이 문제를 풀지 못하지. 어쨌거나 금세기에는."

"괜찮아요."

에이더가 조용히 말했다. 프랭크와 찰스-로버트를 번갈아 쳐다보았다. 하지만 그들도 비슷하게 혼란스러운 표정을 지었다.

에이더가 다시 말했다.

"됐어요. 신경 쓰지 마세요."

"데이비드가 일회용 암호 패드를 사용했을 만한 걸 준 적이 있니? 숫자나 문자의 다른 배열 같은?"

찰스-로버트가 물었다.

"없는 것 같아요."

에이더가 대답했다. 절망감이 밀려들었다. 사실 데이비드는 그런 것을 아주 많이 주었다. 그는 꾸준히 암호와 퍼즐, 언어를 비튼 문제를 냈고, 예전에 에이더는 답을 알아내는 게 즐거웠다. 그런 문제들 중 뭐든 이 마지막 퍼즐을 푸는 일회용 암호 패드일 가능성이 있었다.

"우리가 계속 문제를 풀어볼게."

하야토가 말했다.

"정말 이 일을 리스턴에게 말하면 안 되겠니? 리스턴이 이런 걸 잘하는데."

프랭크가 말했다.

"아직은."

에이더가 얼른 대답했다. 둘러댈 핑계를 꾸미려 애썼지만 아무 생각도 나지 않았다. 화가 났다. 이유는 그것뿐이었다. 그들에게 이 말을 할 수는 없었다. 에이더가 덧붙여 말했다.

"곧 리스턴에게 말할 거예요."

연구소를 떠나면서 가기 싫다는 걸 깨달았다. 문을 나오기 전에 심호흡을 크게 했다. 마지막으로 문을 나설 때의 기억이 불쑥 가슴 저리게 밀려들었다. 퇴임식을 하던 밤의 기억. 그래도 그때는 데이비드가 곁에 있었다. 또 그때 데이비드는 여전히 원래의 데이비드였다.

그날 저녁 걸어서 집에 돌아가니 주방에 멜라니, 재니스, 테레사가 서 있어서 놀랐다. 리스턴과 윌리엄, 그의 친구 몇 명도 같이 있었다. 여학생들은 환한 빛깔의 어색한 드레스 차림이었다. 분홍색, 노란색, 초록색을 입으니 늘 보는 우중충한 교복을 입은 모습과 달라 보였다. 남학생들은 딱 붙는 진바지와 큼직한 남방셔츠, 발목까지 올라오는 운동화 차림이었다. 리스턴은 1960년대부터 쓰던 큼직한 폴라로이드 카메라로 사진을 찍어서 얼굴 앞에 대고 펄럭이며 말렸다.

"네가 어디 갔는지 궁금했는데!"

리스턴이 말하자 에이더는 문득 잼버리라는 학교 댄스파티가 열리는 날임을 깨달았다. 도시 전체의 가톨릭 고교 연합 파티였고, 친구들은 9학년이 되어 처음으로 참석할 자격이 생겼다. '퀸 오브 에인절스' 여학생들은 몇 주 전부터 무슨 옷을 입을지 의논했다.

"데이비드에게 다녀왔어요."

거짓말을 했다. 리스턴은 입을 벌렸다가 다물었다. 그 말에 대꾸하지 않기로 결정한 듯했다.

대신 그녀가 말했다.

"얼른 가서 옷 갈아입고 와라. 벌써 8시야."

부엌에 있는 십대 아이들이 에이더를 멍하니 쳐다보았다. 에이더는 자신이 집에 없어서 그들이 안심했다는 인상을 받았다. 그들은 에이더가 들어오기 전에 얼른 몰려나가고 싶었던 것 같았다. 요 몇 주 동안 그들과 별로 어울리지 않았다. 오후와 주말에는 그레고리와 도서관에 가느라 바빴다.

"너만 괜찮으면 그대로 입고 가도 돼. 보기 좋은데 뭐."

예상치 못하게 윌리엄이 말했다.

에이더는 자신을 내려다보았다. 아직도 파란 스키파카를 입고, 그 안에 리스턴이 사준 새 청바지를 입었다. 평소라면 이런 칭찬에 몇 주간 붕붕 떠서 지냈을 터였다. 하지만 데이비드 생각으로 정신이 산란했다.

에이더가 말했다.

"몸이 별로 안 좋아요. 집에 있는 게 좋겠어요."

"정말이니, 허니? 정말 나가서 친구들이랑 놀지 않을 거야?"

리스턴이 물었다.

에이더가 고개를 끄덕였다. 남자애들은 무관심했고 여자애들은 안도하는 표정을 지었다. 멜라니와 무리는 목적을 이루었기에 – 이제 멜라니는 당당한 파트너로 윌리엄의 팔짱을 꼈다 – 에이더가 별로 필요하지 않았다. 점심시간에 여전히 같이 앉았지만 에이더는 곁다리에 불과했다. 에이더는 그들 곁에서는 조용히 있었다. 가끔 자기네끼리 시내에 나가거나 숲으로 놀러나가는 눈치였다. 이 동네에는 '힐'이라는 이름답게 작은 나무 수풀 몇 개가 어우러진 숲이 있었고, 아이들은 꼭대기에 올라가 술을 마시고 놀았다.

곧 무리가 재킷을 입고 작별 인사를 했다. 웃고 키득대면서 현관문으로 우르르 몰려나갔고, 에이더와 리스턴만 주방에 남았다.

리스턴은 밝은 표정으로 에이더를 쳐다보면서 손바닥을 펼쳐 손을 뻗었다. 그녀가 말했다.

"흠! 우리 둘이 저녁 시간을 보내야 되겠네."

에이더가 고개를 끄덕였다.

"내가 뭘 좀 가져다줄까, 에이더? 어떻게 아픈 거야?"

리스턴이 물었다.

"그냥 두통이요."

에이더가 중얼대고, 물을 한 잔 챙겨서 자러 가겠다고 말했다.

"데이비드는 어떻게 지내니?"

리스턴이 물었다.

"괜찮아요."

에이더가 대답했다.

방으로 올라가면서 어깨 너머로 리스턴을 돌아보았다. 그녀는 부엌 창으로 십대들이 거리를 내려가는 모습을 쳐다보았다. 리스턴은 '크리스털 라이트'(다이어트용 음료 상표-옮긴이)가 담긴 큰 잔을 들고 있었다. 무슨 이유인지 체중 감소를 위해 억지로 그 음료를 마셨다. 아주 조금 통통한 체격이었다. 남자친구를 사귀고 싶어서일까? 에이더는 문득 궁금했다. 한 번도 그런 의문을 가져본 적이 없었다. 컵을 가슴에 대고 서 있는 모습이 쓸쓸해 보였다. 스멀스멀 후회가 밀려들었다. 리스턴에게 가서 같이 영화를 보고, 그녀가 좋아하는 저지방 팝콘을 만들어 먹으면 좋을 텐데. 하지만 이제 두 사람 사이에는 비밀이 너무 많았다. 아버지에 대해 입을 다물려니 대화가 어려웠다. 나중에 에이더는 리스턴에게 온전히 마음을 주지 못하는 것을 미신 탓으로 돌렸다. 불합리한 생각이었지만, 그녀에게 마음을 주면 아버지가 알 것 같았다. 리스턴이 내민 손을 받아들이려면 먼저 그의 손을 놓아야 될 듯했다. 그것은 그를 알 수 없는 나락으로 떨어지게 만드는 짓 같았다.

위층에 올라가서 그레고리의 방을 가만히 노크했다. 물론 리스턴이 쫓아오는 소리가 나는지 먼저 확인했다. 매티는 친구의 집에 자러 가서 없었다.

그레고리가 문을 열었다. 리스턴이 자주 잔소리하듯 이발할 때가 되었고, 자고 있던 것처럼 머리가 한쪽으로 쏠려서 헝클어졌다.

"누나만 남겨두고 다들 간 거야?"

그레고리가 속삭였다. 에이더는 집에 남는 쪽을 선택했다고 말했다.

"아파. 몸이 안 좋아."

에이더가 말했다.

"아. 알았어."

그레고리가 속삭였다. 여전히 배려심이 부족했고, 그 때문에 학교에서 계속 괴롭힘을 당했다 – 최근에 7학년생 두 명에게 쫓겨서 신발 끈을 펄럭이며 골목을 내달리는 걸 보았다. 하지만 에이더는 그레고리가 좋아졌다. 적어도 참아줄 만해졌다. 참아

줄 수 있게 되었다. 어찌 보면 무뚝뚝하고 무덤덤한 면에서 데이비드와 비슷했다. 어쩌면 그는 어려서 그레고리와 비슷했으리라. '시간이 지나면 상황이 더 좋아질 거야. 네가 어른이 되면'이라고 말해주고 싶었다. (이 논리를 자신에게도 적용하고 싶었지만 확신이 없었다. 자신이 뭔가 근본적으로 잘못됐다고 자주 느꼈다. 두 세계 사이에 끼어서 어느 쪽에도 속하지 못하는 것 같았다.)

그레고리는 다시 침대로 돌아가 벌렁 눕더니, 양다리를 허공에 들어 엑스 자로 겹쳤다.

"들어올 거야?"

그레고리가 물었다.

에이더는 연구소에서 있었던 일을 말하려던 참이었다. 하야토가 말한 일회용 암호 패드에 대해. 하지만 마음이 변했다. 갑자기 모든 게 얼토당토않게 느껴졌다. 암호, 그들이 찾는 자료, 아버지가 한 여러 가지 거짓말. 소름 끼치는 불안감을 처음으로 언어로 바꿔 속으로 중얼댔다. 데이비드가 사기꾼이면 어쩌지? 협잡꾼, 모리배, 거짓말쟁이면 어쩌나? 그가 양심의 가책도 없이 모두를, 가까운 사람 전부를, 심지어 딸까지 기만했다면 어쩌나?

에이더는 갑자기 피곤해졌다.

"내 방에 가서 책이나 봐야겠다."

에이더가 말하고 방에서 나왔다.

방에 가서 누워 어두운 허공을 응시하면서, 길 밖에서 나는 소리에 귀를 기울였다. 여기서는 동네 십대들이 숲이나 근처 테니스장으로 몰려가는 소리가 자주 들렸다. 요란한 소리가 들려서 에이더는 창문으로 가서 밖을 내다보았다.

밤 11시였다. 집 아래쪽 거리에 댄스파티에서 돌아오는 고등학생들이 밀려들었다. 아는 사람이 몇 명 있었고, 나머지는 처음 보는 얼굴이었다. 모두 동쪽으로, 숲으로 향했다.

"쉬잇."

한 여학생이 장갑 낀 손가락을 입술에 대면서 친구들에게 말했다. 그들은 부모가 억지로 가져가게 한 재킷을 팔에 걸치고 있었다. 겉옷을 입어야 될 날씨인데도 아무도 입지 않았다. 가로등 불빛으로 형광색 드레스가 하얗게 빛났다. 누군가 도로 턱에 발이 걸렸지만 운동선수처럼 유연하게 중심을 잡았다. 그 여학생이 허리를 굽히고 입을 손으로 가린 채 웃었다. 밖은 쌀쌀했고, 집 유리창이 낡아서 틈새로 바람이 술술 들었다. 에이더가 바람결에 손을 내밀었다. 불쑥 밖에 나가 걷고 싶어졌다.

이즈음 식구들은 잠들었다. 조용한 걸 보면 그랬다. 텔레비전이 여전히 켜져 있어서, 앞에 있는 리스턴에게 불빛이 쏟아졌다. 그녀는 윌리엄의 귀가를 기다리다가 깜빡 잠들었다 ─ 자주 있는 일이었다. 윌리엄은 들키지 않고 들어오는 데 명수였고, 엄마를 깨우는 걸 잊었다고 둘러대곤 했다.

에이더는 조용히 복도의 옷장을 열어서, 검은 털모자를 귀까지 내려쓰고 점퍼를 걸쳤다. 2년 전 스키장에 갈 때 데이비드가 사준 파카였다. 최근에 몸이 커져서 팔목이 꽉 조였다. 지퍼를 올리고 팔을 옆으로 뻗어, 걸을 때 천이 스치는 소리가 나지 않게 했다.

살그머니 티브이 방을 지나면서 리스턴의 옆얼굴을 힐끗 보았다. 안락의자에서, 아들이 오는지 보려고 문을 향해 앉아 있었다. 등을 기대고 허공을 향해 발을 뻗은 채 입을 살짝 벌리고 고개를 돌리고 있었다.

뒷문이 소리가 덜 났다 – 에이더는 윌리엄이 밤늦게 그 문으로 드나드는 것을 적어도 두 번 보았다. 그 문을 빠져나가 베란다로 나갔다. 마당에 왔다가 나무 사이에 숨어 리스턴이 아버지와 통화하는 소리를 듣던 자리가 바로 여기였다. 그레고리가 불켜진 2층에서 오락가락했던 기억이 났다. 또 윌리엄이 어디 다녀왔는지 몰라도, 평소처럼 정해진 귀가 시간보다 늦게 돌아온 기억도 났다. 얼마나 그들을 몰랐던가. 당시 얼마나 데이비드를 몰랐던가.

뒷마당에서 멈춰 서서 귀를 기울이다가, 단호한 걸음으로 이웃들의 뒷마당을 지나 언덕이 있는 동쪽으로 향했다. 반 친구들의 목소리가 메아리쳐 들려왔다. 조용한 동네에서 그 소리가 으스스하고 기묘하게 들렸다. 한두 번 윌리엄의 목소리가 들린 듯했지만 확실하지 않았다.

마지막 집의 뒷마당에는 '그램피언 웨이'와의 경계에 울타리가 있었다. 그램피언 웨이는 공원의 가장자리에 난 도로였고, 에이더는 최대한 가로등을 피해 이 길을 끼고 걸었다. 맞은편 테니스장은 밤에는 소등했고, 고등학생들은 그림자처럼 뒤편 언덕을 올라 바위 꼭대기로 향했다.

언젠가 낮에 데이비드와 그 꼭대기에 오른 적이 있었다. 그는 보스턴의 스카이라인을 좋아했다. 이제 에이더는 이곳을 피했다. 동네 고등학생들이 모여드는 아지트라는 걸 알기 때문이었다. 더 어릴 때는 사정을 잘 몰랐다. 아버지와 딸이 잘못 안 게 많았다는 걸 이제 깨달았다. 돌이켜보면 당황스럽기 짝이 없었다. 고개를 숙이고 걸음을 재촉했다. 진한 색 모자와 파카 때문에 길 건너에 있는 아이들이 알아보지 못하기를 바랐다.

대부분의 사람이 다니는 오솔길들과 떨어진 숲의 들머리를 찾아냈다. 길이 가파르고 울퉁불퉁했고, 나무 아래가 이렇게 어두운 줄 미처 몰랐다. 앞쪽 나뭇가지들이 보이지 않았다. 손을 뻗어 가지들을 치우면서 나아갔다. 이따금 머리 위의 나뭇잎 사이로 잔잔하고 하얀 보름달이 힐끗 보였다.

때때로 고함이나 웃음소리가 들려서, 에이더는 소리가 나는 쪽으로 향했다. 이제 점점 숨이 가쁘고 한두 번 비틀거렸다. 작은 언덕배기 꼭대기 빈터가 눈에 들어오자 에이더는 근처 나무 뒤에서 나무줄기를 끌어안고 서 있었다. 고개를 조금 내밀고 쳐다보았다.

작은 모닥불이 타고, 주위에 고등학생들이 캔 맥주나 보드카나 진을 들고 서 있었다. 여럿이 담배를 피웠다. 그들이 움직일 때 작은 빨간 불빛이 밤하늘에서 움직였다. 에이더는 멀리 떨어져 있었다. 앞에 보이는 무리에 끼고 싶기도 했고 아니기도 했다.

차례로 얼굴을 살피는데 먼저 재니스가 보였다. 그다음에 멜라니, 윌리엄. 그는 승리를 알리는 것처럼 팔을 들었고, 오렌지색으로 타는 담배를 들고 있었다. 윌리엄은 예상보다 오랫동안 하늘을 올려다보았다. 멜라니가 그의 허리를 팔로 감싸 안았다. 윌리엄이 살짝 비틀대면서 술병을 입에 대더니 잠시 고개를 젖히고 마셨다. 극적인 분위기에 매우 아름다운 분위기가, 아주 야생적인 분위기가 감돌았다. 에이더는 문득 이 - 바로 이 - 광경이 수백수천 년간 계속되었다고 생각했다. 모닥불과 확 트인 하늘. 윌리엄과 친구들의 목을 타고 흘러내리는 땀. 너무도 인간적이고 너무도 살아 있는 느낌. 설명할 순 없지만 이 모든 게 뭉클했다. 두렵고도 매료되었다.

'다 아는 사람들이야. 저기 가봐도 돼'라고 속으로 중얼댔다.

하지만 그들과 달랐다. 그들의 마음과 생각을, 그 집단 안에서 통하는 말과 행동의 범위를 이해 못했다.

에이더가 숨을 멈추었다.

마른 낙엽을 밟고 다가오는 발소리가 들렸다. 졸업반 남자애가 보였다. 그는 멈춰서 잠시 에이더를 쳐다보았다.

그가 얼굴을 알아보았는지 판단이 서지 않았다. 모자와 파카 때문에 남녀 구분이 안 되고 이상해 보였다. 에이더는 유일한 불빛에서 고개를 돌리고 있었다. 바닥을 물끄러미 내려다보았다.

"뭐하는 거야?"

그가 에이더에게 물었다. 밥 콘리였다. 착한 학생이었다. 야구팀 선수였고 헤더라는 여학생이랑 사귀었다. 남동생은 척, 여동생은 패티였다. 윌리엄의 친구고 리스턴의 집에 한두 번 왔다. 2년이 안 되는 사이에 밥에 대해, 이들에 대해 다 안다는 사실이 - 그들은 에이더에 대해 아는 게 없다는 사실이 - 문득 가슴

아팠다. 머릿속에 이만큼의 지식이 쌓여 있었다. 데이비드에게 배우던 지식이 그리웠다. 구체적이고 중요한, 생산적인 사실들이 그리웠다.

눈을 깜빡이며 밥 콘리를 쳐다보았다. 에이더는 잠시 주저하면서 아무 말도 하지 않았다. 그러다가 몸을 돌려 뛰어갔다.

언덕 기슭에서 숲을 향해 조용히 달리는 경찰차 두 대를 보았다. 경찰차들은 헤드라이트와 사이렌을 끄고 그램피언 웨이를 올라갔다. 에이더는 걸음을 멈추고 가만히 서서, 검은 옷 덕분에 눈에 띄지 않기를 바랐다. 효과가 있었다. 하지만 곧 언덕 위의 고등학생들이 꼭대기에 뛰어오르던 것처럼 금방 몰려 내려오리란 걸 알았다. 곧 윌리엄은 긴 외출에서 귀가해 아까 에이더가 그랬듯이 까치발로 어머니 앞을 지나갈 터였다. 그런 다음 곤히 긴 잠에 빠져 꿈에서 멜라니든, 언덕 꼭대기의 모닥불이든 보리라.

에이더는 리스턴의 집에 도착하자 잠시 밖에 서 있다가, 충동적으로 몸을 돌려 데이비드의 집으로 갔다. 예전 방에 있고 싶었다. 침대에 한두 시간만 누워 있고 싶었다. 딸이 태어나기 전부터 데이비드가 갖고 있던 이불보를 덮고 눕고 싶었다. 그 안에서 쌔근쌔근 곤히 잠들고 싶었다.

12월 7일이었고, 동네의 집집마다 크리스마스 전구가 촘촘히 장식되어 있었다. 올해는 리스턴의 집도 꽤 볼 만했다. 그녀는 아들들에게 각각 5달러씩 주고 현관 앞을 장식하게 했다. 데이비드의 집만 장식 전구가 없었고, 그 때문에 황량하고 우중충해 보였다. 아버지가 봤으면 경악했으리란 생각이 들었다.

집에 들어가니 길거리나 다름없이 추웠다. 그래도 익숙한 냄새가 풍겼다. 데이비드의 냄새, 에이더 자신이 살아온 세월의 냄새가 났다. 어둠 속에서 계단을 올라가 복도에 있는 침구 장으로 갔다. 짝이 안 맞는 낡은 이불보와 담요가 잔뜩 있었다. 아버지가 해마다 겨울이 오면 추위를 피하려고 딸의 침대에 깔아주던 오리털 이불도 있었다. 에이더는 이 이불과 이불보와 베개보 몇 세트를 챙겨 침실로 갔다. 방의 커튼을 쳤다. 커튼이 약간 투명해서 아침에 햇빛을 완전히 차단하지 못했다. 그래서 협탁 위의 램프에 불을 켜기 전에 망설였다. 커튼 사이로 뿌옇게 비치는 불빛을 이웃들이 볼지 걱정스러웠다. 마침내 다들 잘 거라고 결론지었다.

뿌연 노란색 램프 불빛으로 화장대 거울에 비친 자기 모습을 힐끗 보았다. 유령처럼 창백하고, 눈 밑에 다크서클이 짙었다. 집까지 전력 질주하느라 아직도 어깨가 들먹였다. 모자를 벗고 머리를 풀어헤쳤다. 모양이 잡히지 않은 검은 머리는 이렇게 긴 적이 없었다. 데이비드는 단골 이발소에 정기적으로 딸을 데려갔고, 나이 든 이발사는 단발로 잘라주었다. 두 달에 한 번씩 커트하다가 이제 1년 반 넘게 손질하지 않았다. 그보다도 더 되었다. 리스턴에게 머리를 잘라야 된다고 말하기 싫었다. 언젠가 직접 잘라야겠다고 생각했다.

추워서 덜덜 떨면서 낡은 매트리스에 침대보를 깔았다. 신발을 벗었다. 지퍼를 내리니 파카가 바닥에 떨어졌다. 안에 입은 스웨터와 청바지도 벗어던지고, 브라와 팬티 차림으로 한동안 거울을 들여다보았다. 추워서 덜덜 떨었지만 가만히 서서 몸을 쳐다보았다. 모든 면에서 평균인 것 같았다. 키와 체중도 평균이었다. 갈색 머리와 눈. 머리카락을 뒤로 넘기니 약간 뾰족한 귀가 드러났다. 배꼽이 중심에서 조금 옆쪽으로 쏠렸다. 팔은 길고 가늘었다.

옆으로 몸을 돌렸다. 숨을 멈추고 배를 쑥 집어넣었다. 학교에 다니기 전에는 생각해본 적 없는데 지금은 자주 이렇게 했다. 배의 모양이 무척 거슬리기 시작했다. 최근에는 정비공이 차를 대하는 것처럼 자신의 몸을 보았다. 몸은 각 부위가 합해진 것이고, 부위마다 독특한 결함이 있다는 생각이 들었다. 불룩한 배, 뾰족한 귀, 거칠거칠한 팔꿈치, 평발, 얇은 입술, 살이 많은 무릎. 오래 생각하면 몸 전체의 결점을 일일이 잡아낼 수 있었다. 고칠수 있다면 그러고 싶은 잘못 입력된 오류랄까.

몸을 다 훑어보자 에이더는 예전 침대로 들어가 오들오들 떨면서 잠들었다.

부엌문이 덜컹대는 소리에 잠을 깼다. 소리가 잠시 멈추었다가 다시 시작되었다. 누군가가 문을 두드렸다. 심장이 두근거렸다. 순간적으로 어디 있는지 혼란스러웠다. 일어나 앉아서, 도망쳐야 될지도 몰라 신발을 신었다. 브라와 팬티 바람이었다. 잠옷 가운처럼 이불을 뒤집어썼다.

불을 켜둔 채로 잠에 빠졌다. 램프 스위치를 껐다.

최대한 조용히 일어나 살금살금 안방으로 가서 – 데이비드의 기억이 넘쳐나는 방은 유령의 집 같았다 – 서쪽으로 난 창에 이마를 댔다. 거기서 차도가, 주방 문 바깥쪽 계단이 보였다.

윌리엄이 거기 서서, 고개를 숙이고 땅을 보고 있었다. 에이더는 그의 얼굴은 못 봤지만, 점퍼와 태도로 알아볼 수 있었다. 윌리엄은 혼자였다. 그가 다시 문을 올려다보면서 한 걸음 다가서서, 세 번째로 세게 두드렸다.

에이더가 창문을 열었다. 찬바람이 밀려들었다.

"윌리엄."

에이더가 혼잣말처럼 중얼댔다. 그가 어리둥절해서 올려다보았다.

윌리엄이 말했다.

"그래, 잠깐 내려올 수 있어?"

부리나케 옷을 입고 거울을 힐끗 쳐다본 후, 계단을 뛰어 내려갔다. 에이더가 부엌문을 열었다. 문지방에 윌리엄이 서 있었다. 점퍼 속에 뭔가 숨긴 것처럼 한쪽 팔을 옆구리에 붙이고 있었다.

그는 들어가도 되겠냐고 묻지 않았다. 쑥 들어오더니 한 발로 문을 닫았다.

에이더의 심장이 거북할 정도로 벌렁댔다. 심장이 어찌나 빨리 격렬하게 가슴뼈에 닿는지, 실내가 어둡고 스웨터를 입었는데도 윌리엄이 눈치챌까 걱정스러웠다. 국기에 대한 경례를 하듯 본능적으로 오른팔을 가슴에 올렸다.

윌리엄은 잠깐 말없이 쳐다보기만 했다. 그의 자세가 약간 흐트러지는 것을 보니 술을 마셨다고 짐작되었다. 그런 모습은 영화에서 본 게 다였지만. 갑자기 그의 체취가 풍겼다. 싸하고 나무 냄새도 나고 톡 쏘는 술과 연기 냄새였다.

윌리엄이 말했다.

"네가 여기 있을 줄 알았지. 불빛을 봤거든."

에이더는 목이 뻐근해서 소리를 낼 수가 없었다.

"잠깐 들어가면 실례가 될까?"

윌리엄이 물었고, 앞뒤가 안 맞는 질문이었다. 그는 이미 들어와 있었다. 그런데도 에이더는 괜찮다는 뜻으로 고개를 저었다.

윌리엄이 두 걸음 앞으로 나가서 부엌을 둘러보았다. 그가 전에 이 집에 온 적이 있던가? 에이더는 기억이 나지 않았다. 어쩌면 에이더가 아주 어릴 때 와봤을 수도 있었다.

윌리엄이 말했다.

"넌 여기 자주 오지? 네가 여기로 들어가는 걸 봤거든."

"많이는 아니고."

에이더가 방어적으로 대꾸했다.

윌리엄이 어깨를 으쓱하더니 말했다.

"괜찮아."

"멜라니는 어딨어?"

에이더가 물었다.

"집에 돌아가야 했지."

그가 대답했다.

윌리엄은 주방에서 나와 식당으로 갔다.

그가 물었다.

"구경 좀 시켜줄래?"

거리의 가로등 불빛밖에 없는데도 눈이 적응되어서 사방이 잘 보였다. 그래서 집 구경을 시켜주었다. 윌리엄을 데리고 복도로 나가 다른 설명 없이 무슨 방인지만 말했다. 그런 다음 계단을 올라 2층으로 데려가서 역시 어떤 방인지 말했다. 마지막으로 자기 방으로 가자 갑자기 겸연쩍어서 복도에서 걸음을 멈추었다. 방은 구식으로 유치하게 꾸며져 있었다. 소박한 작은 침대, 낡아빠진 이불. 침대 옆 램프는 사과나무 모양으로 색도자기 인형들이 조르르 박혀 있었다. 오래된 이상한 모양의 가구는 리스턴이 자식들에게 사준 현대적인 가구와 달랐다. 에이더는 리스턴 형제들이 쓰는 가구가 너 마음에 들었다.

"여기가 네 방이야?"

윌리엄이 묻자 에이더가 고개를 끄덕였다.

그가 슬그머니 문을 열고 들어가 천천히 작은 방을 둘러보았다. 머리가 천장에 닿을 것 같았고, 비좁은 공간에 비해 그의 몸집이 너무 컸다. 에이더는 문지방에 서 있었다. 작은 불빛이 들어 그가 움직이자 벽에 긴 그림자가 일렁거렸다. 그는 침대에서 걸음을 멈추고 모서리에 털썩 앉았다. 침대가 낮아 긴 다리를 잔뜩 굽혀야 했다. 그가 허벅지에 팔꿈치를 괴고 바닥을 내려다보았다.

갑자기 윌리엄이 아주 나이가 많아 보였다. 다 큰 남자 같았다. 에이더보다 훨씬 어른으로 느껴졌다. 멜라니가 그의 여자친구라는 게 놀라웠다. 윌리엄처럼 몇 살이나 많은 사람을 사귀다니 용기가 대단하다 싶었다. 에이더는 그를 힐끗 쳐다보다가 눈을 돌렸다. 기억하는 것보다 훨씬 미남이었다. 조각가가 미리 계획한 듯 모든 면이 섬세하고 완벽하게 다듬어진 것 같았다. 에이더 자신의 단점 많고 어정쩡한 외모와 달라도 너무 달랐다. 뭐든 바꿀 수 있대도 윌리엄의 무엇도 바꾸지 않았으리라. 더 손댈 데 없이 완전했다.

윌리엄이 점퍼의 지퍼를 반쯤 내리더니 품에서 병을 꺼냈다. 긴 사각형이었고 상표가 붙은 면이 돌려져서 에이더는 그게 뭔지 몰랐다. 투명한 액체가 3분의 1쯤 남아 있었다. 윌리엄은 그걸 마시더니 에이더에게 병을 내밀었다.

어느 쪽이 더 나쁠지 알 수 없었다. 좋다고 하는 것? 싫다고 하는 것? 이것은 그가 주는 기회였다. 싫다고 하면 영원히 그대로 아웃사이더로 굳어버릴 거란 생각이 들었다. 싫다고 말할 수가 없었다. 하지만 좋다고 하는 게 자연스러워 보일까? 다른 대안이 없으니 받아들여야 될 기회였다. 게다가 술을 먹어본 적이 있었다. 데이비드가 와인을 준 기억이 났다. 손님들에게 대접할 칵테일을 만들 때면 그는 딸에게 술을 조금 맛보게 해주었다.

에이더는 윌리엄에게 다가가서 병을 받았다. 그가 했던 그대로 술병을 입에 대고, 진 토닉을 마실 때처럼 쭉 들이켰다. 그런데 이 술은 달랐다. 식도가 타는 것 같더니 배 속이 후끈했다. 곧 관절과 근육이 흐물흐물해지는 느낌이었다. 에이더는 침대의 윌리엄 옆자리에 주저앉았다.

"매티를 돌봐줘서 고마워. 네가 숙제랑 공부를 도와주는 걸 알아. 정말 고마워."

윌리엄이 말했다.

"좋아서 하는 일이야."

에이더가 대답했다.

"그 아이가 널 사랑해. 항상 나한테 너에 대해 물어대지. 우리 아버지가 떠난 후로…….”

그는 말을 하다가 멈추더니 마저 하지 않았다. 윌리엄은 술을 마셨다.

에이더는 고개를 끄덕였다. 그의 발음이 알아보게 살짝 뭉개지면서 단어가 엉키고, 마지막 자음이 뒤의 모음과 겹쳤다. 에이더는 잠깐 눈을 감고, 윌리엄의 말소리를 머릿속으로 음미했다. 리스턴 같은 독특한 억양과 어조에 집중했다. 그리고 그 문장. ‘그 아이가 널 사랑해.’

윌리엄이 다시 병을 기울여 술을 마신 후, 잠깐 흰 치아를 보였다. 그는 옅은 색 머리가 눈썹을 쓸어 손으로 올렸다. 그러더니 술병을 내밀었다. 에이더는 똑같이 했다. 진이었다. 상표가 보였다.

“밥 콘리가 숲에서 널 봤다고 하던데.”

윌리엄이 말했다.

에이더가 물끄러미 그를 쳐다보았다.

“네가 나무 뒤에 숨어 있었다던데.”

그가 말했다. 윌리엄의 얼굴에 얼핏 미소가 번지자 에이더는 쑥스러워 어깨를 떨구었다. 그래서 여기 찾아온 거였다. 에이더를 망신 주려고.

“나를 훔쳐보고 있었어?”

윌리엄이 물었다.

에이더는 모든 걸 부인해야 될지 잠깐 고민했다. ‘난 밤새도록 여기 있었는데’라고 둘러댈 수도 있었다. 제정신이냐는 듯 쳐다볼 수도 있었다. 그런데 방구석에 있는 게 눈에 들어왔다. 파카와 모자와 장갑이 팽개쳐져 있었다. 밥 콘리의 말과 옷 더미는 부인 못할 확실한 증거였다.

"그냥 산책하러 간 거였어. 다들 거기 있는 줄 몰랐는걸."

에이더가 말했다.

그가 싱긋 웃으면서 눈을 돌렸다.

윌리엄이 술을 한 모금 더 마셨다. 그리고 술병을 내밀었다. 에이더도 한 모금 더 마셨다.

"엄마한테 말할 거야? 두 사람이 절친이잖아."

그가 놀리는 투로 물었다.

윌리엄은 투박한 몸짓으로 지퍼를 끝까지 내리고 점퍼를 벗으려 했다. 소맷부리에 팔목이 걸려 손을 맘대로 쓰지 못했다. 에이더가 손을 뻗어 점퍼의 소매를 잡아주자 그가 팔을 비틀며 뺐다. 윌리엄은 예의 바르게 고맙다고 인사했다.

그러더니 그가 말했다.

"우리 집에서 살기 전에도 넌 우리를 훔쳐보곤 했지."

에이더가 그를 물끄러미 보았다.

"널 봤거든. 한두 번, 우리 마당에서."

윌리엄이 말했다.

에이더가 고개를 저었다. 목구멍에 덩어리가 걸려서, 내려가게 하려고 침을 꼴딱 삼켰다. 왠지 그에게 들킨 게 억울했지만 지쳐서 아무것도 부인할 수가 없었다. 술 때문에 몸과 정신이 몽롱했고, 어렴풋이 통증이 밀려들기 시작했다. 배고프고 춥고 외로웠다.

"그때 거기서 뭘 하고 있었던 거야?"

윌리엄이 물었다.

"모르겠어. 미안해."

에이더가 대꾸했다.

매일 밤 그의 꿈을 꾸었다는 말을 차마 못했다. 야밤에 혼자 돌아다닌 건 윌리엄을 찾아서였다고 말할 수 없었다. 아마도 그는 알았다. 아마도 어디서나 누구에게나 사랑받기를 갈망한다는 걸 감지했다. 윌리엄 리스턴 같은 사람들이 이걸 아느냐고? 분명히 그럴 거라고 에이더는 생각했다.

한동안 두 사람은 아무 말도 하지 않았다. 다시 술을 마셨다. 평소라면 에이더는 침묵이 어색했겠지만 어쩐지 편안하게 다가왔다. 슬며시 싱긋 웃었다. 왜 그리 걱정했을까? 그런 생각이 들었다. 뭐든 하고픈 말을 할 수 있었다.

"가족 모두 아주 정상적인 것 같아서. 정상적인 가족을 갖는 게 어떤지 보고 싶었거든."

에이더가 말했다.

그가 웃음을 터뜨리면서 말했다.

"정상이라. 아무도 정상이 아니야. 아마 우린 가장 괴상한 가족일 걸. 지금쯤 너도 잘 알 텐데."

"내 가족을 빼면 그렇지. 나야말로 가장 괴상하지."

에이더가 말했다. 하지만 지독한 진실이 담긴 말이라 입 밖에 낸 게 후회스러웠다. 게다가 데이비드와 자신에게 '가족'이란 어휘는 맞지 않을 것 같았다. 두 사람은 가족이 아니라 그저 한 쌍이었다. 이제는 그나마도 아니고.

윌리엄이 다시 크게 웃더니 입을 다물었다. 한참 후 그가 말했다.

"넌 재미있어. 똑똑하고. 어쩌면 내가 만나본 사람들 중에서 가장 똑똑한 사람이 너야."

"아니, 아니야. 그렇지 않아."

에이더가 말했다.

윌리엄은 몹시 취했다. 운동화 끈이 풀리자 끈을 매려고 몸을 숙이다가 침대에서 미끄러질 뻔했다. 그가 바닥에 손을 디뎌서 중심을 잡았다.

"아이쿠."

윌리엄이 나직하게 중얼댔다.

그는 운동화 끈을 매자 다시 똑바로 앉더니 자연스럽게 에이더의 무릎에 한 손을 얹었다. 아직 풋풋해 보이는 손이었다. 나이 든 사람의 손처럼 단단하지 않았다. 구불구불한 파란 혈관 하나가 보였다. 에이더는 신체기관에 대해, 살을 살아 있게 하는 혈관에 대해 생각했다. 데이비드와 공부한 부분이었다.

에이더는 그의 손이 거기 있는 게 거북하다고 결론짓고, 치우게 할 방법을 궁리했다. 그때 갑자기 그의 손이 다른 곳으로 옮겨갔다. 처음에는 어깨 주위, 그러다 등으로 내려가 아치를 그리며 쓰다듬어 내려갔다. 그 손놀림이 데이비드가 가르쳐준 가재를 진정시키는 방법을 연상시켰다. 윌리엄의 손길은 어설펐고 에이더를 바라보지도 않았다. 왼손이 몸에서 따로 떨어져 나온 것 같았다. 손이 멋대로 움직였다. 에이더는 앉아서 꼼짝하지 않았다. 일어날까 고민했지만 그럴 용기가 없었다. 이걸 좋아해야 되는 걸까? 윌리엄 리스턴이 몸을 만지고 있었다. 오래 꿈꾼

일이었다. 그런데 확신이 없었다. 술기운 때문에 모든 게 멀리서 벌어지는 일 같았다. 메아리가 치는 것 같았다.

불쑥 그가 몸을 돌려 다가들었다. 얼굴을 맞대더니 입술을 겹쳤다. 순식간에, 엉겁결에 벌어진 일이었다. 이게 에이더의 첫 키스였다. 가장 놀라운 것은 온도였다. 뭘 기대했는지 몰라도 이런 건 아니었다. 윌리엄의 입술이 차고 성격처럼 냉랭하리라 상상했지만, 실제로는 뜨겁지도 차갑지도 않고 미지근했다. 그가 혀로 에이더의 입술을 벌렸다. 이제 그의 체취가 더 짙어졌다. 담배와 술 냄새, 바깥 공기 냄새. 피부, 살갗, 머리카락. 모든 게 가까이 있었다.

그는 면도해야 될 정도로 수염이 많았다. 그가 수건을 몸에 두르고 면도하는 광경을 한두 번 보았다. 거울 속에서 둘의 눈이 마주쳤다. 이제 그의 턱수염이 에이더의 턱을, 뺨을 긁었다.

에이더는 주먹 쥔 손을 양옆에 꼭 붙였다. 영화에서 사람들이 얼굴이나 몸을 쓰다듬으면서 키스하는 장면을 본 적이 있었다. 하지만 얼어붙게 하는 깊은 두려움이 밀려와서 움직일 수가 없었다.

그가 몸을 숙이자 에이더는 팔꿈치를 침대에 대며 자빠졌다.

윌리엄이 스웨터 위에 손을 올렸다. 데이비드가 사준 스웨터였다.

에이더는 늘 매력적으로 느끼던 그의 실제 체구가 의식되었고 좀 놀랐다.

나중에 이렇게 말할 수 있었다면, 이렇게 다르게 말할 수 있었다면 얼마나 좋았을까. 침대에서 나눈 입맞춤이 로맨틱하고 설렘 가득했다고, 예상치 못하게 갑자기 모든 환상이 실현되었다고, 상상 못할 만큼 좋았다고 엘릭서에게 말할 수 있었다면. 그런데 그게 아니었다. 정직하게 말하면, 엘릭서에게 윌리엄과 나눈 키스는 좋은 것과 아닌 것의 중간이었다고 말할 만했다. 키스는 내면의 뭔가를 흔들었다. 친밀감과 애착에 대한 아주 오랜 기억을, 본능적인 반응을. 유아기 이후 다른 사람과 이렇게 가까이 있어본 적이 없었다. 포옹을 받아본 적도 거의 없었다. 더 커서는 신체 접촉이 좋으면서도 불편했다. 나중에 남자의 빳빳한 턱이 뺨을 스칠 때마다 윌리엄의 기억 속으로 빠져들곤 했다. 잠시 그를 향한 어린 시절의 갈망과 불운한 결과를 떠올리면 싫지 않았다. 하지만 지금 머릿속이 뒤엉키고 심장이 쿵쾅댔다. 에이더는 자신이 이런 행위를 하기에 아직 어리거나, 윌리엄에 비해 너무 어린 것을 깨달았다. 잔뜩 겁이 나고 창피했다.

에이더의 배에 힘이 들어갔다. 윌리엄이 눕히려 하자 앉아 있으려고 버텼다. 그가 얼굴과 상체와 허리를 쓰다듬었다. 움켜잡을 데가 별로 없었고, 성인이 되어서도 그런 몸매일 터였다. 당시 에이더는 이것을 몰랐다. 그저 어떤 면에서 모자라거나, 아직 어른이 되지 않은 걸 그가 알았다고 짐작할 뿐이었다. 그는 끔찍한 비밀을 알았다. 에이더는 사과하고 싶을 지경이었다. 그냥 일어나서 나가고 싶었지만 그러기엔 늦어버렸다. 공처럼 몸을 말고 누워서 안아달라고, 가만히 같이 있기만 해달라고 부탁하고 싶었다. 몸에서 손을 치우라고, 움직이지 말고 엄마처럼 꼭 안아달라고 하고 싶었다.

바로 그때 멜라니가 떠올랐고, 그 이름을 팔면 상황을 피할 수 있을 듯했다. 그가 멈춰주기를 바라는 건 멜라니 때문이 아니었다. 그런 이유는 – 멜라니가 마음에 걸려서는 – 아니었지만, 적어도 효과적인 핑계는 될 것 같았다. '멜라니는 내 친구야. 여기서 멈춰야 해'라고 말하면 되겠지. 이 말을 했다고 해도 당혹스럽지 않았을 터였다.

그의 손이 청바지 단추에 닿는 게 느껴졌다. 하지만 준비한 말을 할 새도 없이 침실 문이 열렸다. 에이더가 윌리엄의 어깨를 힘껏 밀어냈다. 두 사람은 정신없이 일이니 앉았다.

문간에 그레고리가 서 있었다. 입을 벌리고 하얗게 질린 얼굴이었다. 오른손에 에이더가 준 집 열쇠를 들고 있었다. 왼손은 옆으로 늘어뜨리고 서 있었다.

"아니, 뭐야?"

윌리엄이 말했다. 에이더가 리스턴의 집에서 처음 잔 날, 카렌과 키스하는 광경을 봤을 때 그는 똑같이 쏘아붙였다.

"꺼져, 그렉."

윌리엄이 말했다. 하지만 동생이 꿈쩍하지 않자 윌리엄은 가만히 있다가 위협적으로 벌떡 일어났다. 그가 그레고리에게 다가갔다. 잠시 형제는 문간에 마주 서 있었다. 형이 머리 하나가 컸다.

에이더는 기다렸다. 그레고리가 고개를 숙이고 가버릴 터였다. 학교 복도에서 또래들에게 위협받을 때 그러는 것을 봤다. 자기 집 복도에서 윌리엄이나 가끔 매티에게 시달릴 때도 그랬다. 하지만 지금 그레고리는 움찔하지 않았다. 아직 술이 덜 깬 윌리엄은 살짝 비틀댔다. 그가 불쑥 그레고리를 밀치면서 나가자 에이더는 놀랐다. 어떤 결과를 기대했는지 몰라도 이건 아니었다. 윌리엄은 한마디 말도 없이 가버렸다. 동생에게도, 에이더에게도. 그가 쿵쾅쿵쾅 계단을 내려가는 소리가 들렸다. 이어서 문을 쾅 닫는 소리가 났다.

에이더는 몸을 비틀며 일어나 앉았다. 그레고리를 보고 싶지 않았다. 그레고리와 건너지 못할 골짜기를 사이에 두고 있는 것 같았다. 괴롭히는 아이들 중 한 명이 된 기분. 친구를 배반한 기분. 창피하면서도 동시에 부당한 대접을 받은 기분이었다. '왜 여기 왔어'라고 다그치고 싶었지만, 말을 꺼내기도 전에 답을 알 수 있었다. 에이더가 걱정되어 찾아온 것이었다. 그레고리는 에이더가 집에 없는 걸 알고 찾아왔다.

한동안 두 사람 다 그대로 있었다. 그레고리가 먼저 입을 열었다.

"왜 그런 거야?"

예상치 못한 사나운 말투였다. 날카로운 목소리였고 무겁게 숨을 쉬었다.

에이더가 그레고리를 올려다보았다.

"네가 상관할 일이 아냐."

에이더가 말했다.

"형을 좋아하는구나."

그레고리가 중얼댔다. 눈썹을 떨면서 눈을 가늘게 떴다.

"몰라."

에이더가 대꾸했다.

371

"난 형이 싫어. 빌어먹을 바보 멍청이야."

그레고리가 말했다.

에이더는 그레고리가 울 것 같아 민망해서 눈을 돌렸다.

"난 누나가 똑똑한 줄 알았어. 그런데 내가 잘못 알았어. 누나도 빌어먹을 바보 멍청이야."

그레고리는 아직 어렸다. 에이더 앞에서 변하고 있었다. 학교에서 본 모습으로 변해갔다. 심술 맞고 까탈스런 아이, 상대에게 발끈하는 괴롭힘을 당하는 왜소한 아이로. 그레고리는 울음이 나오려 했지만 애써 참았다. 빨간 얼굴이 일그러졌다.

"그만해."

에이더가 말하면서 침대에서 일어났다. 그레고리가 그만 가주기를, 이 집에서 나가주기를 바랐다. 일주일쯤 자고 싶었다. 팔을 쭉 뻗어 가슴을 감싸 안았다.

"아무것도 모르면서. 바보!"

그레고리가 쏘아붙였다. 에이더가 다가가자 그레고리가 뒤로 물러났다.

"나가."

에이더가 덤덤하게 말했다. 손으로 문을, 복도 쪽을, 계단 쪽을 가리켰다.

"싫다면?"

그레고리가 말했다.

"여긴 네 집이 아니야. 나가."

에이더가 대꾸했다.

그러자 그레고리가 못되게 씩 웃었다.

"아, 그래? 누구 집인데?"

"데이비드의 집."

에이더가 말했다. 아버지의 이름을 말하자 마음이 약해졌다. 데이비드가 여기 있다면 어떻게 생각할까? 에이더는 눈을 감았다.

"자기 아빠에 대해 모르면서."

그레고리가 말했다.

"아니, 알아."

에이더가 받아쳤다.

"그가 동성애자라는 걸 알았다고?"

그레고리가 조용히 말했다. 심술 사납게.

학교 복도에서 툭하면 듣는 어휘여서 처음에는 충격적이지 않았다. 그러다가 차츰 비난 섞인 뉘앙스를 깨달았다. 에이더가 그레고리를 쳐다보았다.

"그는 호모야. 누나만 빼고 다 알아."

그레고리가 말했다. 이런 말을 하는 데 익숙하지 않았다. 그래서 말이 쉽게 나오지 않았다. 그레고리는 심각해졌고, 자신의 힘에 놀라 스스로 충격을 받은 듯했다. 소년은 에이더를 빤히 쳐다보았다. 그러더니 몸을 돌려 뛰어나갔다.

에이더는 혼자 남았다.

일찍 깼다. 아직 해가 뜨지 않은 시간이었다. 밤에 친 커튼 사이로 뿌연 빛이 들어왔다. 새벽녘에 잠들어 기절한 것처럼 자다가 몇 차례 놀라서 깼다. 누가 침실 문을 여는 꿈을 반복해서 꾸었다. 데이비드가 나오는 꿈이었다.

처음에는 전날 밤에 벌어진 일이 기억나지 않았고, 그러다 생각나자 두 가지 감정에 휩싸였다. 하나는 그레고리의 말이 맞다는 걸 깨닫고 느끼는 깊고 진한 슬픔. 그게 사실일 가능성 때문이 아니라 – 사실 에이더도 뭘 하는지도 모르고 그런 생각을 한 적이 있었다 – 그레고리도 아는 아버지의 일을 딸인 자기는 몰랐다는 서글픔이었다. 데이비드의 수많은 반쪽짜리 진실과 기만 더미에 돌이 하나 더 얹어진 셈이었다. 더 나쁜 것은, 그가 남들에게는 – 리스턴에게는? 연구소 사람들 전부에게는? – 마음을 열면서 딸에게는 그러지 않았다는 점이었다. 그 무게감이 너무 크고 압도적이었다. 에이더는 그 생각을 밀어냈다.

더 시급한 두 번째 감정은 느리게 밀려드는 지독한 수치심이었다. 양손으로 얼굴을 감쌌다. 이제 어떻게 윌리엄과 한방에 있을까? 어떻게 그의 얼굴을 볼까? 가장 나쁜 건 털어놓을 사람이 없다는 사실이었다. 매일 점심시간마다 멜라니와 테레사와 아이들은 크고 작은 연애 얘기를 늘어놓았다. 에이더에게도 처음으로 보텔 이야깃거리가 생겼지만 아무에게도 말할 수 없었다. 리스턴이나 아버지에게 말할 수 없는 것은 지당했다. 그레고리는 이미 사실을 알고 아마도 에이더를 미워했다. 리사 그래디가 남았지만, 착하고 순진한 리사는 ─ 어제까지만 해도 같은 처지였다 ─ 전혀 이해 못할 터였다. 눈을 깜빡거리면서 눈썹을 치뜨고 입꼬리를 내리겠지. 에이더를 하찮게 볼 테고.

아무에게도 말하지 않을 작정이었다.

일어나서 최대한 조용하게 옷을 입었다. 일요일 새벽 6시. 이날 도서관은 휴관했다. 리스턴의 집에 돌아갈 수가 없었다. 데이비드의 집에 머물 수도 없었다. 리스턴이 깨서 에이더가 없어진 걸 알면 맨 먼저 여기로 찾으러 올 테니까. 바닥에서 파란 파카를 집어서 입었다. 옷에서 윌리엄에게 나던 냄새가 났다. 눈을 꼭 감고, 떠오르는 기억을 지우려 했다. 윌리엄의 손, 윌리엄의 입, 그의 손길이 닿은 곳들. 배 속이 아팠다. 배를 움켜쥐었다.

복도에서 데이비드의 방을 지나다가, 요양원으로 면회를 갈까 생각했다. 하지만 역시 안전하지 않을 것 같았다. 이제 그가 누구인지 알 수 없으니. 계단을 내려가 서재로 들어갔다. 책꽂이에서 노란 전화번호부들을 끌어냈다. 가장 큰 책을 뒤져서, 알고 싶은 번호를 찾아 전화번호와 주소를 옮겨 적었다. 그런 다음 부엌문을 빠져나와 문을 잠갔다.

사방에 서리가 내려서 땅이 딱딱하고 미끄러웠다. 에이더는 주머니에 손을 넣고 새빈 힐 다리로 향했다. 더 따뜻하게 입지 않은 게 후회스러웠다. 두꺼운 양말이랑 긴 내복을 입어야 될 날씨였다. 데이비드는 긴 내복을 좋아했다.

그레고리의 말을 다시 생각하자 기억이 줄줄이 떠올랐다. 먼저 데이비드가 어떤 남자들에게 매료되었던 것(긴 세월 동안 여자들에게 반하기도 했다 - 예를 들어 리스턴, 홈스 사서, 이웃 몇 명). 두 번째는 게이인 피어스 총장과 파트너 잭 그리어의 오랜 관계에 대한 존경과 흠모. 잭 그리어는 피어스처럼 진중한 보스턴 상류층 출신의 변호사였고, 당시에는 직업 때문에 세이라는 사실을 밝히는 데 신중해야 했다.

맞는 말이었다. 그는 여자친구가 없었고 비슷한 관계도 없었다. 그가 대리모를 통해 에이더를 얻은 것도 사실이었다. 왜 전에는 그 이유를 곰곰이 생각해보지 않았을까?

또 그가 게이라면 왜 딸에게 한마디도 언급하지 않았을까?

1985년, '게이'란 말이 어떤 의미였는지 에이더는 알았다 - 에이즈 전염이 게이 집단을 흔들던 초창기였고, 에이더는 신문 기사를 통해 심각성을 알았지만 남의 일로만 여겼다. 열네 살이라 모든 청소년처럼 영원히 살 것 같았고, 아버지가 알츠하이머에 걸려 쇠약해지는데도 자신은 죽지 않을 것 같았다. 종교를 접하면서, 자신을 위한 신의 큰 계획이 있을 거라고 생각했다. 그렇다면 자신이나 가장 사랑하는 이의 죽음이 그 계획에 들어 있을리 없었다. 에이더는 걱정을 밀어내려고 이 믿음에 매달렸고, 때로 이 믿음이 정죄 받은 영처럼 영혼을 휘감고 육신에 들어와 조종하는 것만 같았다.

이런 현실 부정은 - 드러난 사실을 제대로 따져보지 못하는 것이 – 데이비드의 성 정체성에 대한 의심을 외면하게 만들었다. 그런데 이제 그랬던 자신이 원망스러웠다. 그레고리에게 그 말을 들으면서 충격 받은 표정을 지은 자신을 나무랐다. 냉정할 수 있었으면, 대답까지 준비되어 있었더라면 좋았을 것을. '당연히 알았지'라거나 '그래서?'라고 대꾸했으면 더 좋았을 텐데. 딱 한마디, '그래서?' 그런 이야기는 신물 난다는 식으로 대꾸 못한 게 아쉬웠다.

일요일 아침 이웃사람들이 교회에 가면, 데이비드와 에이더는 다리 건너 식당에 가서 아침을 먹었다. 데이비드가 좋아하는 디디라는 웨이트리스가 있는 식당이었다. 디디는 동네에서 리스턴도 알았다. 에이더는 시간을 보내기 위해 그 식당에 들어갔다. 점퍼 안주머니에 10달러가 든 지갑이 있었다. 같이 산 후 리스턴은 아들들과 똑같이 매주 5달러를 – 늘 '용돈이 아니라 집 안일을 한 수고비'라면서 – 주었고, 에이더는 돈을 거의 쓰지 않았다.

놀랍게도 식당은 북적댔다. 실내가 따뜻하고 비좁았고, 기름과 빵과 커피 냄새가 났다. 텁텁하면서도 향긋한 담배 연기 냄새도 배어 있었다.

모르는 웨이트리스들이 일했고 디디는 보이지 않았다. 카운터에 앉아 데이비드가 좋아하는 메뉴를 주문했다. 달걀, 베이컨, 감자튀김, 토스트, 팬케이크가 나오는 '럼버잭(벌채꾼) 스페셜'.

"배가 고프구나?"

카운터 뒤의 요리사가 놀리듯 말을 걸자 에이더는 그렇다고 대답했다.

그가 블랙커피를 앞에 놓아주었다. 데이비드는 우유를 넣은 커피를 마셨지만 에이더는 좋아하지 않았다. 그래도 조심스럽게 한 모금 홀짝이다가 조금 더 마셨다. 왠지 커피를 마시는 게 어울릴 것 같았다. 어른처럼. 입술을 누르던 윌리엄의 입술이 떠올라 기억을 지우려고 눈을 꼭 감았다.

데이비드의 집에서, 리스턴의 집에서 나와 따뜻하고 새로운 곳에 혼자 있으니 좋았다. 카운터에 두 시간 동안 앉아, 조리사의 눈길을 외면하면서 신문을 읽었다. 접시를 깨끗이 비우고 커피를 한 잔 더 청했다. 마침내 일어나서 음식 값을 치르고, 전화번호부에서 찾은 주소를 적은 종이를 확인했다. 거기 너무 일찍 찾아가기 꺼려졌지만 9시 반이면 방문해도 될 시간인 듯했다. 그래서 닷 대로를 지나 남쪽인 애시몬트로 향했다.

애시몬트는 홈스 사서가 사는 동네였다. 그녀는 3층 건물 꼭대기 층 아파트를 세냈다는 말을 한 적이 있었다. 에이더는 그곳에서 홈스가 조용하고 아늑한, 부러운 생활을 하리라 상상했다. 화분들이 있고 밖에 작은 테라스가 있고. 홈스가 차를 준비하고 간단한 음식을 만들고, 남은 음식은 냉동하겠지. 그녀는 가정생활을 짐작할 만한 얘기를 하지 않았다. 하지만 에이더는 언젠가 자신이 누릴 만한 삶일 거라고 상상했다. 홈스 사서에 대해 그렇게 믿기로 결정했다.

그녀가 사는 거리에 접어들자 33번지 쪽으로 단호하게 걸었다. 건물에 초인종 세 개가 신호등처럼 있었고, 겁나기 전에 얼른 맨 위 단추를 눌렀다. 기다리는 사이 눈이 내리기 시작했다.

숨을 멈추고, 홈스 사서가 나오게 해달라고 짧게 기도했다. 도서관은 휴관이었고, 달리 갈 만한 곳이 없었다. 리스턴의 집에 돌아갈 순 없었다. 아직은 아니었다. 하얀 하늘을 올려다보면서 천천히 열을 세다가 다시 초인종을 눌렀다.

위쪽에서 창문이 열렸다. 창에서 모르는 사람이 고개를 내밀었다. 짜증내는 얼굴은 아니었다. 나이를 알 수 없는 아가씨였다 – 어른 같았지만, 뒤쪽으로 밝은 구름이 역광을 비추어 얼굴이 잘 보이지 않았다.

"네?"

아가씨가 말했다.

"안녕하세요. 제가 찾는 분이…… 홈스 부인 계신가요?"

에이더가 물었다.

"네."

아가씨가 대답했다.

"잠깐 뵐 수 있을까요?"

에이더가 물었다.

"그럼요."

아가씨가 대꾸했지만 잠시 가만히 있었다. 그때 홈스 사서가 나타나 아가씨 옆에 서서 창밖을 내다보았다.

그녀가 놀라서 물었다.

"에이더? 에이더 맞아?"

홈스의 아파트는 상상하던 풍경과 다르지 않았다. 마룻바닥에 오리엔탈 카펫들이 교차해서 깔려 있고, 한 세트가 아닌 편안한 가구들이 놓여 있었다. 사방 벽에 책꽂이가 있고 책이 꽉꽉 찬 것도 놀랍지 않았다. 화분은 없지만 구석에 크리스마스트리가 있고, 작은 전구들이 달린 줄이 세 번 감겨 있었다.

"별일 없는 거지?"

홈스 사서가 에이더를 맞이하면서 물었다. 그녀는 목욕 가운과 슬리퍼 차림이었다. 도서관에서 장딴지를 덮는 스커트와 헐렁한 스웨터 차림만 보다가 이런 모습을 보니 우스웠다.

"괜찮아요. 이 동네에 왔다가 들렀어요."

에이더가 말했다.

"어떻게……."

홈스 사서는 말을 시작하다 말고 고개를 저었다. 그녀가 다시 말했다.

"잘 왔다."

에이더는 홈스 사서 뒤쪽에 있는 아가씨를 쳐다보았다. 그녀가 구석에 수줍게 서서 가벼운 미소를 지었다. 작은 키에 통통하고 머리는 갈색이었다. 한 손을 주먹 쥐고 관절을 다른 손가락으로 문지르고 있었다.

홈스 사서가 에이더가 보는 쪽을 쳐다보았다.

"여기는 내 딸, 콘스턴스. 콘스턴스, 여기는 에이더. 친구란다."

"안녕."

콘스턴스가 한 손을 들고 인사했다. 에이더는 홈스에게 딸이 있는 줄 몰랐다. 오래전 데이비드와 도서관에 자주 다닐 때, 홈스 사서가 결혼반지를 끼지 않은 것은 알아차렸다. 하지만 개인사를 물어볼 생각은 해본 적이 없었다.

홈스가 에이더의 파카를 받아 벽의 옷걸이에 걸었다. 다른 외투와 목도리, 점퍼 수십 벌이 걸려 있었다.

그녀가 소파를 가리키며 말했다.

"앉아. 내가 차 좀 내올게."

에이더가 앉았다. 콘스턴스는 그대로 서서 에이더의 시선을 외면했다. 그녀는 주방으로 들어가는 어머니를 눈으로 좇았다. 몇 살이나 됐을까? 가늠이 되지 않았다. 빨간 운동복을 입었고, 상의에는 하트 모양의 반짝이가 붙어 있었다. 에이더는 문득 콘스턴스가 좀 남다르다고 느꼈다. 학교에서 서로 고약하게 몰아붙이는 그 단어에 해당하는 듯했다. 에이더는 처음에 그 말을 너무 자주 들어서 놀랐다. 윌리엄이 그 말을 썼고 테레사와 재니스도 썼다. 에이더에게 그 단어는 그레고리가 데이비드를 칭한 말만큼이나 나빴다. 또 '루저' ─ 학교에서 그 말을 들으면 피하는 게 상책인 ─ 못지않게 나빴다. 에이더는 그런 말들을 입 밖에 낸 적이 없었다. 그런 말에는 상처를 줄 수 있는 마법 같은 게 있었다. 입방정이란 말이 있지 않은가.

침묵이 불편해지자 에이더가 입을 열었다.

"크리스마스트리가 예쁘네요."

"고마워요."

콘스턴스가 말했다. 그녀가 귀 뒤로 머리를 넘겼다.

"직접 꾸몄어요?"

"우리 둘이 같이."

콘스턴스가 대답했다.

그녀는 에이더와 마주 앉더니 조심스럽게 물었다.

"크리스마스트리 있어요?"

"아뇨, 아직 없어요."

에이더가 대답하고 나서 얼른 덧붙였다. 콘스턴스뿐 아니라 자신에게 다짐하는 말이었다.

"하지만 이제 만들 기예요."

"난 크리스마스트리가 좋아요. 솔직히 아무리 많아도 다 좋아요."

"나도 그래요."

에이더가 맞장구쳤다. 사실이었다. 리스턴의 집에 있는 트리가 그리웠다. 그녀가 곧 트리를 만들기를 바랐다.

방 끝에 있는 창으로 보니 점점 눈이 펑펑 내렸다. 눈송이가 커졌다 — 데이비드가 좋아하는 풍경이었다. 그가 있다면 '눈이 시원하게 내리는구나, 에이더. 이런 게 진짜 눈이지'라고 말했으리라. 에이더는 잠시 눈을 감았다. 첫눈이 내리면 아버지가 깨우거나 창가로 데려가곤 했다. 그 추억을 떠올리지 않으려고 애썼다. 퀸시에도 눈이 내리고 있을까? 어느 친절한 간호사가 데이비드에게 창을 보라고 손짓해주려나?

홈스 사서가 쟁반을 들고 나왔다. 쟁반에 찻주전자와 컵들, 작은 쿠키 상자가 담겨 있었다. 또 그녀의 오른손 엄지 부근에 봉투 하나가 있었다. 봉투 앞면에 적힌 '안나 홈스 귀하'와 도서관 주소가 에이더의 눈에 들어왔다.

홈스 사서가 말했다.

"그래, 타이밍을 잘 맞춰 왔다, 에이더. 어제 뭐가 왔는지 보렴."

그녀는 쟁반을 내려놓고 봉투를 들었다. 봉투가 뜯겨 있었고, 에이더는 홈스의 표정에서 어떻게, 언제 내용을 밝힐지 고심했음을 느꼈다.

홈스가 말했다.

"월요일에 너한테 주려던 참이었지. 그런데 이렇게 네가 왔으니."

그녀가 컵 세 개에 홍차를 따라 한 잔은 봉투와 함께 에이더에게 주었다.

"저기, 봉투를 열기 전에 말하마. 미리 경고하는데, 내용이 좀 이상해."

홈스 사서가 말했다.

봉투에 편지가 들어 있었다.

1985년 12월 5일

홈스 씨께,

알려드리는 정보가 도움이 되기 바랍니다. 조사하느라 시간이 걸렸고 시청에 다녀와야 했지만, 올레이스 인근에서 캐너디 일가가 거주한 기록을 찾았습니다. 현재 생존한 가족은 없습니다. 올레이스에서 출생한 헤럴드 캐너디라는 이름의 소유자는 두 명이었습니다. 한 명은 1892년 2월 13일에 출생했습니다. 그는 1912년 5월 1일에 역시 1892년에 올레이스 태생의 그레타 번스와 결혼했습니다. 그들의 맏이인 수전 캐너디는 1913년 7월 15일에 출생했지만, 1929년 15세 때 사망했습니다(사인 미상). 헤럴드 캐너디는 이곳 '제2장로교회'의 목사였습니다. 그는 1968년 올레이스에서 사망했고, 아내 그레타는 1974년 역시 올레이스에서 사망했습니다.

그들의 둘째 자녀인 헤럴드 캐너디 2세는 1918년 1월 2일에 출생했습니다. 올레이스에서 그의 사망 기록은 찾을 수 없었습니다. 하지만 – 이 대목은 완전히 일화입니다 – 귀하가 무릭하신 흥미로운 조사에 대해 이곳 도서관 동료에게 말했더니, 그녀가 캐너디 일가를 알고 있었습니다. 사실 그녀는 아버지 헤럴드 캐너디가 시무하는 교회에 다녔다고 합니다. 그래서 대학 졸업 후 아들 헤럴드가 공무원이 되어 워싱턴디시로 떠났다는 말을 들려주었습니다. 이후 다시는 그를 보지도, 소식을 듣지도 못했답니다 – 그러다가 이곳에 그의 사망 소식이 전해졌답니다. 동료는 자동차 사고로 기억합니다. 1947년부터 1952년 사이 언제쯤 일어난 사고였을 거라고 합니다. 아무튼 세계대전 직후였답니다. 〈워싱턴 타임스 헤럴드〉나 〈포스트〉를 검색해보시면 좋을 겁니다.

이곳의 동료가 이 일을 기억하는 이유는, 캐너디 목사가 교회에서 이 일을 두고 기도한 기억이 있어서입니다. 두 자녀를 잃는 것은 끔찍한 일이지요.

이 정보가 도움이 되기 바랍니다. 도움이 더 필요하시면 기탄없이 알려주십시오.

올레이스 공공 도서관의 프레드 코번 드림

1920년대~1930년대
캔자스

"무슨 일이야, 수전 누나?"

헤럴드 캐너디는 사실을 알고 싶지 않지만 용기를 내려 애쓰며 물었다. 헤럴드는 헛간 같은 곳에 서 있었다. 급조한 작은 방에서 녹 냄새가 코를 찔렀다. 소년은 덜덜 떨었다. 3월 초였고 무척 추웠다. 1929년이었다.

누나인 수전 캐너디는 울고 있었다. 수전은 작아서 꽉 끼는 겨울 외투를 입었다. 표면이 거칠어 나무가시가 박힐 텐데도 벽에 기대 흙바닥에 주저앉았다. 무릎에 양팔을 올리고 얼굴을 파묻고 흐느꼈다. 헤럴드는 밖에서 누나의 울음소리를 들었다. 그래서 헛간에 들어왔다. 남매는 해결할 일이 있을 때, 아버지를 피해야 될 때 이 헛간을 찾아왔다. 수전은 소년이 가장 좋아하는 사람이었다. 다섯 살 위인 수전은 기분이 나면 엄청나게 웃었고 소탈하게 예쁜장했다. 옷은 두 벌뿐이었지만(아버지는 그 이상의 옷은 허영을 부추길 뿐이라고 생각했다) 관리를 잘하고 바느질도 잘했고, 머리도 독특하게 모양을 냈다.

"무슨 일인지 말해봐."

헤럴드가 다시 말했다. 떨리는 상황이었다. 짐작해보려고 애썼다. 아버지 때문은 아니었다. 헤럴드가 아는 한 아버지와는 별일 없었다. 무슨 사달이 났다면 소리를 들었겠지. 집이 작았고 헤럴드는 늘 집에 있었다. (가끔 수전은 기분이 안 좋으면 '제발 딱 한 번만 나가, 헤럴드'라고 윽박지르곤 했다.)

그렇다면 남자 문제라는 생각이 들었다. 요사이 몇 명이 얼쩡 댔다. 누나가 학교랑 큰길에서 남자애들과 있는 광경을 본 적이 있었다. 하지만 이 가능성을 묻자 - '남자 때문이야?'라고 어색하게 물었다 - 수전은 슬픔에 젖어 서럽게 울면서 마구 고개를 저었다.

어른의 대성통곡과 아주 달랐지만 - 사뭇 달랐다 - 처량하기는 매일반이었다. 헤럴드가 기억하는 한 수전은 넘을 수 없는 벽이었고 현명했다. 또 헤럴드가 알고 싶은 모든 걸 잘 알았다. 평상시 수전은 침착하고 신랄하고 빈틈없었다. 입을 벌리고 큰 소리로 웃었다. 좀처럼 울지 않았다. 중요한 상황에서는 동생을 지켰다. 학교에서 인기가 많았고, 헤럴드를 - 아이들이 좋아하진 않았지만 - 참고 봐줄 만한 괴상한 마스코트 비슷한 존재로 만들었다. 수전은 눈을 하얗게 굴렸고, 멋진 손짓으로 동생을 사로잡았다. 누나를 따라하려고 애쓰다가, 어느 날 결국 아버지에게 손을 찰싹 맞고 계집애처럼 군다고 혼났다.

헤럴드는 창고를 둘러보았다. 높은 선반에 빈 회반죽 깡통 여섯 개가 있었다. '다이아몬드' 닭 사료 열두 포대. 의자를 만들 작은 나무토막 스물네 개가 바닥에 있었다. 나무토막이 아무렇게나 놓여서 정신없었다.

"난 아기를 낳을 거야."

수전이 말했다.

헤럴드는 알아듣지 못했다.

"출산한다고."

수전이 말했다. 여전히 양팔로 머리를 감싸고 있었다. 목소리가 윙윙댔다. 수전이 다시 물었다.

"출산한다는 게 뭔지 몰라?"

헤럴드는 지식에 대해 무시 받으면 신경이 곤두섰다. 당연히 '출산한다'는 게 뭔지 알았다. 다만 모르는 것은, 누군가 어떻게 누나의 몸에 아기가 생기게 했느냐였다. 열다섯 살 소녀가, 결혼하지 않은 처녀가 겪으면 안 될 일이라는 건 알았다. 전에 다른 아가씨들에게 이런 일이 생겼다고 소곤대는 소리를 들어보았다. 친구 부모 중 가장 젊은 부모가 그 경우였다. 수전의 나이에 결혼한 사람들이었다.

"아무 말도 안 할 거지?"

수전이 마침내 고개를 들고 물었다. 무서운 얼굴이었다. 빨갛고 일그러진 얼굴은 눈물범벅이었다. 땀을 뻘뻘 흘린 것처럼 머리가 엉켰다 – 어두운 헛간은 덜덜 떨릴 만큼 추운데도.

"아버지한테 말했어?"

헤럴드가 물었다.

"말하지 않을 거야."

수전이 대답했다. 너무 빠르고 사나운 말투여서 헤럴드는 움찔했다. 누나가 말을 이었다.

"아버지가 날 죽일 거야. 알겠어? 실제로 날 죽일 거라고. 그러니까 너도 말하면 안 돼."

어머니 얘기는 나오지 않았다. 남편이 시키는 대로만 하는 여자였다. 두 자녀와 눈을 맞추지도 않았다. 아들은 어머니가 그러는 것이 자식들을 못 지키는 게 창피해서라고 생각했다. 그녀는 헤럴드가 태어나기 오래전부터 마음의 빗장을 걸었다. 어릴 적 어머니의 모습이 헤럴드는 가끔 궁금했다.

"약속해."

수전이 거친 눈빛으로 말했다.

"약속할게."

헤럴드가 대답했다.

"맹세해."

누나가 말했다.

"맹세할게."

동생이 말했다.

어쩔 셈인지 묻고 싶었지만, 이 정도 대화로 만족하기로 했다. 누나가 말해줄 수 있는 만큼 말했다는 생각이 들었다.

다음 날은 일요일이었고, 가족은 종일 교회에서 지냈다. 수전은 멍하고 쓰러질 것처럼 보였다. 헤럴드는 유심히 쳐다보았다. 몸이 더 불었나? 배가 더 나왔나? 판단이 서지 않았다. 수전은 체구가 작은 적이 없었다. 이제 몸이 더 통통해졌다고 해도 다들 무심히 볼 터였다.

"그만 쳐다봐."

마침내 수전이 이를 물고 쏘아붙였다.

아버지는 설교대에서 저주에 대한 무서운 설교를 했다. 어릴 때부터 헤럴드에게 아버지는 신 같았다. 그는 행위와 감정을 선과 악으로 단호하게 양분했다. 당당한 어깨 위로 권위가 자연스럽고 품위 있게 우러났다. 누가 거짓말을 하는지 아는 재주가 있는 것 같았다. 그는 거짓말을 하면 안다고 호언하면서 으스댔다. 그는 자식들에게 말했다.

"난 어디에나 있거든. 모든 걸 알아."

그는 하느님에 대해서도 그렇게 말했다.

그들이 사는 동네에는 도서관이 없었다. 가장 가까운 도서관은 올레이스에 있었고, 가끔 토요일에 맥클린 씨가 친구를 만나러 시내에 나갈 때 헤럴드는 차를 얻어 탈 수 있었다. 맥클린 씨는 헤럴드를 '노스 체스트넛' 가에 있는 카네기 빌딩 앞에 내려주었다. 거기 도서관에 놀랄 만치 다양한 소설과 참고도서가 있었다. 헤럴드는 도서관에 오래 머물면서 책을 마음껏 읽었다 - 열한 번째 개정판 『브리태니커 백과사전』을 처음부터 끝까지[12권 'Gichtel(요한 기히텔. 17세기의 신지론자)-Harmonium(하모늄. 페달식 오르간)'은 없어서 읽을 수 없었고, 그래서 더 흥미롭게 느껴졌다. 가장 중요한 비밀을 놓친 기분이었다].

누나에게 그 말을 들은 후의 토요일, 헤럴드는 맥클린 씨를 찾아갔고 마침 그는 시내에 가려는 참이었다. 헤럴드는 도서관에 도착하자 곧장 참고도서 구역으로 가서 『브리태니커 백과사전』22권을 꺼냈다. 죄책감에 연신 어깨 너머를 흘끔대면서 'Pregnancy(임신)' 부분을 읽었다. 하지만 별 성과가 없었다. 뒤이어 3권에 'Birth(출생·출산)' 항목이 있어서 쓸 만한 내용을 찾느라 획획 넘겼다. 누나에게 도움이 되는 정보를 가져다주고 싶었다. 임신을 없던 일로, 그냥 없어지게 할 해결책을 찾는 게 최선의 시나리오였다. 미스터리하게, 암울하게 저주를 받아 임신이 생긴 것처럼 똑같이 사라지게 할 수 있다면. 누나의 몸 안에 아기가 있는 게 불가능한 일 같았다. 소년에게는 너무 추상적인 일이었다. 감히 상상도 못할 일이었다. 솔직히 그 일은 질투심을 생기게 했다. 누나가 동생인 자신보다 사랑하는 존재가 있다는 건 생각하기도 싫었다.

안타깝게도 백과사전은 도움이 되지 않았다. 주로 영국 법의 맥락에서 출산의 법적 측면이 설명되어 있었다. 도움 될 게 없다고 결론지었다. 23권은 'reproduction(번식)'(어떻게 알았는지 기억나진 않지만, 이 단어가 수전의 처지와 얼핏 관계있다는 걸 알았다) 항목이 있어서 조금 도움이 될 듯했다. 한두 가지 유용할 법한 대목이 있어서, 사서에게 작은 종이를 얻어 몇 년 전에 만든 암호로 적었다. 메모를 수전에게 가져다주고 알게 된 내용을 설명해줄 작정이었다. 하지만 내용이 많지 않았다. 대개 기술적·과학적인 용어로 표현되어, 고통을 겪는 살아 있는 수전과 연관을 짓기 힘들었다. 한 주일 내내 누나는 유령처럼 학교에 왔다 갔다 했다. 전날 밤 아버지는 말을 듣지 않고 한눈을 판다며 딸을 세게 때렸다. 하지만 누나가 일부러 반항한 게 아니라 넋이 나가서 그런 걸 헤럴드는 알았다.

"헤럴드."

어머니가 중얼댔지만 – 남편의 이름도 헤럴드였다 – 다른 말 없이 그게 다였다.

수전은 얼굴을 손으로 감싸지 않았다. 표정도 그대로였다. 대신 묘하게 소름 끼치는 침착한 분위기를 풍겼다. 갑자기 무슨 결단이라도 내린 것 같았다.

맥클린 씨의 차를 타고 집으로 향했다. 맥클린 씨는 친절하고 과묵했고, 이 작은 동네서 드물게 차를 가져서 대단해 보였다. 1차 대전 중 미 해군 중령이어서 동네에서 가장 큰 권위를 누렸다. 또 헤럴드의 아버지가 시무하는 교회에 출석했고, 덕분에 헤럴드는 그의 권유를 받으면 시내에 나갈 수 있었다. 작은 동네에서 헤럴드는 똑똑하다고 – 다른 곳에 가도 되는 – 인정받았다. 아버지가 보기에 이런 인정은 아들이 죄를 지었다는 뜻이었다. 그는 아들에게 너무 오만하다는 말을 자주 했다. 겸양이 부족하다고. 하지만 그는 맥클린 씨를 (또 맥클린 씨가 교회에 내는 헌금도) 존중했고, 그래서 그가 권유하면 아들이 따라가도록 허락했다.

"폐가 되면 안 된다."

맥클린 씨가 데리러 올 때마다 아버지는 당부했다. 그래서 차를 타고 가면서도 헤럴드는 입을 다물었지만, 맥클린 씨가 침묵하면서 무슨 생각을 할지 궁금했다. 맥클린 씨가 – 혹은 어느 교회 신도든 – 아버지인 캐너디 목사의 이중성을 알까? 집에서 밤이나 오후 늦게 드러내는 어두운 일면을 알까? 맥클린 씨가, 주일에 신자석에 앉는 신도가 어른에게 내몰리는 엄습하는 공포감을 알까? 그들은 아버지에게 내몰려본 적이 있을까? 손찌검을 당해봤을까? 그럴 거라고 헤럴드는 생각했다. 그랬다, 이것은 유년기의 일부였다. 학교 친구들은 아무렇지 않게 그런 얘기를 했다. 어떤 일을 당했는지 으스대기도 했다. 하지만 헤럴드가 느끼기에 – 알기에 – 자신이 받는 학대는 달랐다. 그래서 친구들의 대화에 끼어들지 않았다.

도착하자 예의 바르게 인사를 하고 차에서 내려 집으로 향했다. 주머니에 든 쪽지를 만졌다. 암호로 적어 수전에게 직접 읽어줘야 될 테고, 그 시간이 기대되었다. 자신이 필요하고 중요한 존재로 느껴질 터였다. 아마 누나가 고마워하겠지.

하지만 집에 들어서자마자 뭔가 이상한 낌새를 느꼈다. 저녁 6시인데 어머니는 외출 중이었고, 아버지는 집에 있었다. 식탁에 앉은 모습이 위험해 보였다.

헤럴드는 방으로 가는 게 좋겠다고 느꼈지만 아버지의 눈에 띄었다. 아무 말 없이 방으로 갈 수는 없었다. 그는 아들을 아래위로 훑어보았다.

"네 누나는 어디 있니?"

아버지가 낮은 소리로 물었다.

"모르는데요."

헤럴드가 대답했다.

"크게 말해."

아버지가 윽박질렀다.

"모릅니다."

헤럴드가 대답했다.

"넌 알 텐데."

아버지가 말했다.

헤럴드는 침묵했다. 그리고 기다렸다.

아버지가 말했다.

"네 어머니가 수전을 찾으러 나갔다. 세 시간 전에 돌아와서 집안일을 했어야 하는데 아직 오지 않았다."

갑자기 그가 식탁에서 일어나자 헤럴드는 반사적으로 배에 힘을 주었다. 몸이 더 작고 단단해졌다. 소년은 물끄러미 바닥을 보았다.

아버지가 말했다.

"집안일은 네가 해야겠다."

그가 나갈 때까지 헤럴드는 고개를 숙이고 있었다. 아버지는 문밖으로 나가서 어딘지 모를 곳으로 갔다. 그가 떠나자 그제야 숨이 쉬어졌다. 그 시절 헤럴드는 자주 기도를 했기에 그날 밤에는 누나가 돌아오지 않게 해달라고 얼른 기도했다. 집에 오면 무슨 일이 기다릴지 알기 때문이었다.

나중에 수전이 여전히 돌아오지 않고 집이 썰렁하자 - 밤 10시, 자정에도 오지 않고 다음 날 아침에는 처음으로 누나가 영원히 떠났다는 무서운 생각이 들었다 - 헤럴드는 되돌리려 애썼다. 어제의 기도를 취소해달라고 기도했다. 하지만 기도하는 와중에도 알았다. 너무 늦어버렸다는 것을.

수전이 떠나면서 모든 게 악화되었다. 어머니는 거의 완전히 입을 다물었다. 예전에는 남편이 집을 비우면 딸의 우스개에 웃음을 터뜨려 감정을 분출하곤 했다. 이제 헤럴드는 어머니를 잠시도 우울에서 끌어낼 수 없었다. 그녀는 우울감에 젖었고 헤럴드가 아는 한 평생 거기서 빠져나오지 못했다.

아버지는 양쪽을 왔다 갔다 했다. 하나는 회한에 차서 신 앞에서 먼저 설명을 구하다가, 엎드려 소리 내어 용서를 빌었다. 다른 하나는 처와 아들을 향한 폭력이 점점 위태로워졌다. (그는 수전이 동생에게 다 털어놓았을 거라고 짐작했고 - '내가 다 아니까 거짓말하지 마라'고 윽박질렀다 - 헤럴드는 두려움과 죄책감과 굴욕감에 빠져서 사실이라고 고백했다. 그 결과 평생 가장 심한 매질을 당했다. 몇 차례나 이대로 죽겠다는 생각이 들었다. 2주간 상처가 아물기를 기다리면서 학교에 결석했다. 어른이 되어서도 자주 왼쪽 어깨에 통증을 느꼈다. 아버지가 도망치지 못하게 낚아챌 때 어깨가 시큰대면서 빠져서 생긴 통증이었다.)

경찰이 쇼니 근처 들판에서 과다 출혈로 사망한 수전을 발견했다. 엉터리 의료인, 말하자면 돌팔이가 거기 버려둔 것이었다.

애초에 수전이 어떻게 쇼니에 갔는지, 앞서서 그 시술에 대해 알아내려고 얼마나 애썼고 이후 어떻게 차편을 마련했는지 헤럴드의 말년까지 밝혀지지 않았다. 헤럴드는 학교에서 수전 또래의 남자애들을 눈여겨보면서 문제의 인물을 찾았다. 의심이 가는 남학생이 한 명 있었다. 말이 없지만, 여자애들이 열렬히 좋아하고 흠모하고 서로 차지하려고 싸우는 그늘진 남학생.

아버지는 소문이 퍼지는 것을 막으려고 최선을 다했지만, 사람들은 무슨 일이 벌어졌는지 알았다. 처음 경찰이 소식을 전하러 왔을 때 아버지는 아들에게 나가 있으라고 했지만, 헤럴드는 대화를 엿듣고 사실을 알았다. 모퉁이를 돌아 안 보이는 곳에 서서, 들킬 위험을 감수하면서 엿들었다. 경찰이 소식을 전하자 헤럴드는 손으로 입을 막고 울부짖지 않으려고 안간힘을 썼다. 나중에 부모가 다시 소식을 전했을 때 헤럴드는 처음 듣는 척해야 했다. 두 번 모두 깊은 공포에 사로잡혔고, 그 기억들이 영원히 마음에서 떠나지 않았다. 처음에는 사실을 알게 된 공포가 있었다. 경찰은 '피를 흘려서'라고 말했다. '피를 흘려서, 피를 흘려서, 피를 흘려서.' 다음에는 아버지가 이 소식을 전하면서 체면이 서도록 무서운 거짓말을 더할 때의 공포가 있었다. 아버지는 '사고였다. 부모를 거역하다가 그리된 거야'라고 말했다. 학교에서 사람들이 이 일에 대해 쑥덕대는 소리를 들었지만 – 당시 '낙태'라는 단어는 쓰이지 않았다 – 무슨 일이 벌어졌는지 아이답게 대략 이해했다.

장례식에서 – 아버지가 직접 주관했고, 조문객들의 관심과 연

397

민 속에서 사실을 왜곡했다고 헤럴드는 믿었다 – 아버지는 딸의 사인을 '비극적인 사고'로 밝혔다. 구체적으로 말하지 않았다. 설교대에 서서 애써 엄숙한 척했다. 헤럴드는 처음으로 명확하고 공정한 눈으로 아버지를 보았다. 교인들의 관심과 애도에 감동하는 그의 이기적인 태도가 보였다. 아버지가 '사람들이 어떻게 생각할지'를 염두에 두고 수전을 애도하는 척한다는 걸 헤럴드는 깨달았다.

　한동안은 누나가 돌아온다고 믿었다. 수전의 시신을 보지 못했다. 시신을 보고 싶다고, 작별 인사를 하고 싶다고 애원했다. 아버지는 시신을 보는 건 가톨릭 신자들이나 하는 짓이라고, 개신교도들은 그러지 않는다고 딱 잘랐다. 헤럴드는 누나 꿈을 꾸었고, 수전은 고통에 비명을 지르면서 온몸에서 피를 흘렸다. 포근한 꿈에서는 누나가 축복하듯 헤럴드의 머리에 가만히 손을 얹었고, 그럴 때면 신의 존재가 아버지의 교회에서보다 더 생생히 느껴졌다.

　수전이 떠나자 헤럴드는 지금껏 버틸 수 있었던 것은 누나 덕분이었음을 새삼 깨달았다. 수전은 동생을 따뜻하고 기발하게 놀렸고, 세상에 재미와 명랑함이 있다는 걸 가르쳐주었다. 또 최악인 아버지의 분노에서 보호해주었다. 한번은 남자 상급생이 헤럴드에게 나쁜 말을 하자 수전이 떠다밀었다. 어찌나 힘껏 밀었는지 남학생은 '어, 어, 어'라고 중얼대면서 두어 걸음 밀려났다. 헤럴드에게 수전은 가족 자체였다.

　헤럴드는 말수가 적고 명석하고, 눈에 띄지 않았다. 누가 말을 시키지 않으면 말하지 않았고, 부모나 친구들에게 말을 걸지 않왔다.

더 어릴 때 깊이 각인된 감정이 수면 위로 오르기 시작한 것은 이 무렵 - 열 살, 열한 살, 열두 살 때 - 이었다. 어린 시절에 씨앗을 뿌린 것처럼 감정이 올라왔다. 지금이 봄인 것처럼. 처음에는 같이 자란 두 남자애를 생각했다. (비겁하게도 그들이 학교에서 가장 잘생겨서 그런 것으로 치부했다.) 처음에는 그런 마음을 밀어내려고, 그들을 영원히 마음에 묻자고 자신을 설득하려 했다. 이런 생각은 사악하다고 설득했다. 하지만 그렇다고 가장 강력하게 믿게 한 사람 - 아버지 - 은 자신이라고 결론지었다. 세상에 존재하는 가장 큰 고통과 번민의 화신인 헤럴드 자신. 이런 합리화는 오래가지 않았다.

친절한 맥클린 씨의 차를 얻어 타고 계속 도서관에 다녔다. 두 사람의 침묵은 처음에는 어색했지만 이제는 편안했다. 헤럴드는 모든 책을 읽었다. 좋아하는 『브리태니커 백과사전』을 다 읽자 거기 언급된 특별한 학술 서적들을 찾아달라고 사서에게 요청했다. 세련된 머나먼 장소에 대해서도 읽었다. 보스턴, 필라델피아, 뉴욕. 파리, 로마. 알렉산드리아. 캘리포니아. 남는 시간에는 누군가가 이미 푼 유명한 수학 문제들을 풀었다. 풀다가 막히면 문제 풀이의 각 단계를 따라가면서 이해했다고 느낄 때까지 공부했다. 그렇게 열심히 독학했다. 집을 떠날 수 있는 날이 올 때까지 하루하루 손꼽아 기다렸다. 그리고 - 스스로에게, 수전에게 - 맹세했다. 집을 떠나면 다시는 돌아오지 않겠다고.

1980년대

보스턴

에이더는 리스턴네 현관 앞에 멈춰서 눈을 감고, 안에 아무도 없기를 빌었다. 지난밤 11시에 잠든 리스턴 앞을 지나 숲에 갔다가 처음 돌아오는 길이었다. 다음 날 이른 오후, 홈스 사서의 아파트에서 나오니 마땅히 갈 곳이 떠오르지 않았다. 데이비드의 집으로 돌아갈 수는 없었다 - 그리고 싶지도 않았다. 게다가 누군가가 에이더를 찾으려 하면 맨 먼저 거기 올 터였다.

말없이 사라졌다고 리스턴이 화를 낼까?

윌리엄은 집에 있을까? 아무 일 없었던 척하려나? - 바로 얼마 전 에이더를 돌이킬 수 없이 영원히 변하게 했으면서도. 더 나쁜 것은, 멜라니가 같이 있으려나?

현관문이 열렸다. 에이더가 눈을 떴다.

문안에 외계인이 그려진 티셔츠를 입은 그레고리가 서 있었다. 그레고리는 뉘우치는 표정을 지었다.

"기다리고 있었어."

그레고리가 말하더니 다시 물었다.

"위층에 잠깐 올라올 수 있어?"

소년은 그늘진 집 안쪽으로 물러났다. 에이더는 망설였다.

"잠깐만."

그레고리가 다시 말하자 마침내 에이더는 따라 들어갔다.

집이 조용한 걸 보니 아무도 없는 것 같았다.

다락방에 들어간 그레고리는 팔을 양옆으로 내리고 똑바로 서서 에이더를 기다렸다.

"사과하고 싶어."

그레고리가 반듯하게 말했다.

에이더가 잠깐 가만히 있다가 대답했다.

"흠."

에이더는 가슴에 팔짱을 끼면서 덧붙여 물었다.

"뭐가 미안한데?"

그레고리가 얼굴을 붉혔다. 물끄러미 바닥을 보았다.

"멍청이라고 부른 것. 또…… 누나 아버지를 그렇게 말한 것."

에이더는 그 말이 맞다고 생각하느냐고 묻지 않았다. 이제 그레고리가 했던 말이 사실임을 두 사람 다 알았다.

"내 사과를 받아줄 거야?"

그레고리가 물었다.

에이더는 '이런 식으로 풀리는 게 아냐. 기다려'라고 말하고 싶었다. 하지만 고개를 한 번 끄덕였다.

그레고리는 기쁜 표정을 지었다.

에이더가 말했다.

"그전에는 그런 일이 없었어. 네가 궁금할까봐 말하는 거야."

"아."

그레고리가 중얼댔다.

에이더가 윌리엄에 대해 말했다.

"그를 좋아하지 않아. 어젯밤에 네가 그를 좋아하냐고 물었지? 아냐."

에이더가 한마디 덧붙였다. 영화에서만 들어본 말이었다.

"그건 실수였어."

두 사람은 한동안 같이 앉아 있었다. 에이더는 변했다고 느꼈다. 다리를 건넜는데, 갑자기 예고도 없이 다리가 무너진 것 같았다. 이제 그레고리가 더 어려 보였다. 그레고리는 저 뒤에 있었다. 종일 감정들이 널뛰듯 오락가락했다. 한편으로는 어린 시절로 돌아갈 수 있기를, 맞은편 해변으로 되돌아갈 수 있기를 바랐다. 하지만 다른 한편으로는 세상에 대한 새롭고 흥미로운 지혜를 얻은 게, 어른들이 오랫동안 간직한 비밀을 알게 된 게 흐뭇했다. 어른들 모두를 새로운 관심을 갖고 보게 되었다. 새로운 일들이 궁금해졌다.

홈스는 올레이스에서 사서가 보낸 편지를 주면서 보관하라고 했다. 그레고리에게 편지 이야기를 해야 될지 고심했다. 그레고리가 등을 돌리고 있었다. 컴퓨터로 초보적인 게임을 하는 중이었다 – 화면 하단에서 기계 두 대가 앞뒤로 움직였다. 예전 같으면 '뭐야?'라면서 게임을 해봐도 되냐고 물었을 터였다.

"그런데 엄마가 누나를 찾으러 나갔어."

그레고리가 돌아보지도 않고 말했다.

"그래?"

에이더가 대꾸했다. 말도 안 되지만 집을 나간 걸 리스턴이 모르기를 바랐다. 데이비드라면 모르고 지나갔을 텐데.

그레고리가 말했다.

"응, 엄마가 걱정해. 지금 차를 몰고 누나를 찾으러 다니고 있어."

"어디로 가셨는지 알아?"

에이더가 물었다.

"아니. 매티를 내려갔어. 엄마가 집에 돌아올 때까지 누나가 오지 않으면 경찰에 신고한다고 했어."

"아이참."

에이더가 조용히 중얼댔다.

그레고리가 잠시 가만히 있다가 말했다.

"누나가 어디 갔는지 아느냐고 엄마가 물어봤어."

"말했어?"

에이더가 물었다. 그레고리가 처음에 화가 가라앉지 않아서 본 대로 말했을 것 같아 겁났다. 만약 그랬다면 에이더는 리스턴을 볼 낯이 없었다.

그레고리가 앉은 채로 천천히 몸을 돌렸다. 게임에서 이긴 참이었다. 그레고리는 얼른 코밑을 쓱 닦더니 마침내 입을 열었다.

"아니. 엄마한테 아무 말도 안 했어. 일찍 나가서 산책하러 갔을 거라고 말했지. 그런데 엄만 그 말을 안 믿었을 거야."

"고마워."

에이더가 말했다. 그레고리가 좀 단호하게 고개를 한 번 끄덕였다.

그 순간 그레고리에게 편지를 보여주기로 결정했다. 진심으

로 후회하는 것 같아서였다. 게다가 편지를 보여줄 만한 사람이
없었다.

"봐."

에이더가 말했다. 편지를 내밀었다. 그레고리가 받아서, 소리
내지 않고 한 단어, 한 단어 집중해서 읽었다 – 전에도 본 적이
있는 버릇이었다.

"헤럴드 캐너디."

그레고리가 고개를 들면서 중얼댔다.

에이더가 고개를 끄덕였다.

"홈스 사서는 이제 그를 검색하면 되겠다고 했어."

에이더는 그레고리가 곁에 있는 게 처음으로 고마웠다. 그레
고리는 에이더가 걱정하는 것들을 같이 걱정하고, 에이더가 알
아내려는 것들을 같이 알아내려 애썼다. 데이비드에 대해 전부
아는 사람은 그레고리밖에 없었다. 적어도 에이더가 아는 사실
들을 다 알았다. 또 그레고리는 데이비드를 평가하지 않고 존중
하는 마음으로 – 에이더도 한편으로는 그랬다 – 받아들였다. 두
사람이 풀어야 될 길고 흥미로운 수수께끼를 만든 사람으로. 천
재로. 이런 상황을 만들었지만 여전히 그는 천재였고, 에이더는
그 사실에 매달려 위안을 얻었다.

한 시간 후 리스턴이 집에 돌아왔고, 에이더는 현관문이 열리
는 소리를 들었다. 곧 그녀가 겁먹은 낮은 목소리로 매티에게 잠
깐 방에 가 있으라고 했다.

"왜요!"

매티가 항의하자 리스턴은 처리할 일들이 있다고 무겁게 대답했다.

"저 여기 있어요."

에이더가 소리쳤다. 다락방 계단을 내려가 다시 1층으로 내려가다가 매티와 마주쳤다.

"누나, 이제 큰일 났다."

매티가 눈썹을 치뜨면서 말했다.

"알아."

에이더가 대꾸했다.

"에이더?"

리스턴이 외쳤다. 복도로 부랴부랴 나오는 발소리가 나더니, 계단 앞에 리스턴이 나타났다. 약간 일그러진 표정이었다. 바람막이 점퍼와 바지를 입고 빨간 털모자를 쓰고 있었다. 위쪽에 '레드삭스'라고 적힌 모자에는 방울이 달려 있었다. 겨울에 행사에 참석할 때 입는 정장 코트가 나머지 차림과 어울리지 않았다. 다급히 코트를 걸친 뒤 매티를 차에 태우고 떠났음을 알 수 있었다. 에이더를 찾아서.

"아이고, 세상에. 얘야, 어디 갔다 온 거야."

리스턴이 조용히 말했다.

"죄송해요."

에이더가 대답했다. 리스턴에게 말하고 싶지 않았다. 그렇다고 거짓말을 하기도 싫었다.

리스턴이 한 손으로 난간을 잡았다.

"아이고. 무서워서 죽는 줄 알았네. 어디 갔다 왔는지 말해야 해."

"죄송해요. 말씀 못 드릴 것 같아요."

에이더가 말했다.

리스턴이 골똘히 쳐다보았다.

에이더가 말했다.

"다신 안 그럴게요, 약속해요."

"내가 걱정해야 될 일이니?"

리스턴이 물었다.

"아뇨."

에이더가 대답했다.

"너한테 벌을 줘야 되겠다."

리스턴은 처음으로 생각난 것처럼 말했다.

"알아요."

에이더가 대답했다.

리스턴이 물었다.

"데이비드도 벌을 준 적이 있니?"

"아뇨. 하지만 리스턴은 그러셔도 돼요."

에이더가 부탁하는 투로 말했다.

에이더는 티브이를 보거나 아타리 게임을 하지 않으니, 그런 것을 금지하는 건 벌이 아니었다. 친구들을 만나러 다니지 않으니 외출 금지도 벌이 되지 않았다. 그래서 리스턴은 집안일을 벌로 정했다. 그날 오후에 주방 대청소와 그 주에 매일 저녁식사 준비를 시켰다.

에이더가 청소를 하는 동안 리스턴은 주방에 앉아 있었다.

그녀가 손으로 턱을 받치고 물었다.

"괜찮니? 몇 달째 걱정스럽다."

"잘 모르겠어요. 괜찮은 것 같아요."

에이더가 대답했다.

"네가 데이비드를 찾아가지 않는 걸 알아."

리스턴이 말했다. 에이더는 가만히 있다가 잠깐 눈을 감았디.

다시 리스턴이 말했다.

"캐서린 수녀님이 네가 어디 있느냐고 물으셨어. 그래도 괜찮아. 네가 데이비드에게 화낼 만하다."

에이더는 찡그렸다. 리스턴을 등지고 서서 같은 자리를 너무 오래 빗자루로 쓸었다. 입에서 씁쓸하고 짭짤한 눈물 맛이 났다. 눈물이 그렁그렁하다가 뺨을 타고 흘렀다. 리스턴에게 보이고 싶지 않았다. 훌쩍거렸다. 떨리는 손으로 코를 쥐고 잡아당겼다.

"에이더?"

리스턴이 물었다. 에이더는 홱 허리를 굽히더니, 냉장고에 기대며 주저앉아 무릎에 이마를 댔다. 빗자루가 덜거덕대며 바닥에 떨어졌다. 흐느끼자 근육과 뼈가 흔들렸다. 기침이 나왔다. 남 앞에서 울어본 기억이 한 번도 없었다. 데이비드는 딸이 우는 것을 달가워하지 않았다.

리스턴이 코트를 입은 채로 옆에 와서 앉았다. 그녀는 오른팔로 에이더의 어깨를 감싸고 소녀의 머리 위로 얼굴을 숙였다. 두 사람은 방이 어두워질 때까지 그렇게 앉아 있었다.

일주일 사이, 에이더는 아버지에 대해 알아낸 것들을 다 리스턴에게 설명했다. 시벨리우스 일가의 스캔들, 캐너디 집안의 사연, 헤럴드 캐너디의 사망.

　"그레고리도 알아요."

　에이더가 말하자 리스턴은 어리둥절하면서도 기쁜 내색을 했다.

　그녀가 말했다.

　"어머나! 둘이 어울렸던 거야?"

　'에이더' 디스크 사본도 리스턴에게 주었다. 이제 그녀는 연구원들과 암호 해독 작업을 진행 중이었다. 연구원들이 점심시간에 의논한다고 말했다. 그들은 에이더의 동의를 얻어, 다른 친구들과 친구의 친구들에게도 암호문 해독을 의뢰했다.

　주말이면 네 사람－리스턴, 에이더, 그레고리, 매티－은 와이드너 도서관(하버드 대학의 도서관들 중 규모가 가장 큰 도서관-옮긴이)의 대규모 신문 자료실에서 헤럴드 캐너디를 검색했다. 리스턴은 하버드와 비트의 협약으로 이 도서관에 출입할 수 있었다.

　"이 친구들은 제 보조 조사원들이에요."

그녀는 도서관 문 안쪽을 지키는 친절한 경비원에게 담담하게 말했다.

다 같이 앉았다. 매티를 제외한 세 사람은 마이크로필름 판독기 앞에 앉아, 1947년부터 〈워싱턴 타임스 헤럴드〉에서 헤럴드 캐너디의 이름을 검색했다. 매티는 다시 다 같이 지내는 게 좋아서 참을성 있게 숙제를 하거나 만화책을 읽었다. 나중에 에이더는 이 오후 시간을 평생 가장 즐거운 시간으로 기억했다. 도서관의 석막삼, 차분한 분위기(더 깊이 심호흡을 했고 심장이 더 느리게 뛰었다), 데이비드의 집 같은 퀴퀴한 곰팡내, 종이 냄새. 학생들과 사서들과 연구원들의 발소리는 수영장이나 스파에 있는 느낌을 주었다. 이 아름다운 건물을 데이비드는 늘 사랑했다. 무엇보다 다시 팀의 일원이 된 기분, 개인이 모여 같은 목적을 향해 나아가는 게 좋았다. 아버지가 스타이너 연구소를 퇴임한 후 처음 맛보는 분위기였다.

조사를 한 후 네 사람은 근처 피자집으로 몰려갔고, 리스턴은 아이들 각자에게 학교생활, 교우 관계, 교사들에 대해 물었다. 그날 밤 같이 티브이를 시청할지, 어떤 프로그램을 볼지 물었다. 또 두 아들의 싸움을 말렸다. 그러면서 에이더에게 같은 편에게 하듯 눈을 굴려 보였다. 차차 에이더는 좋아하던 리스턴의 모든 점을 ─ 처음에는 천천히, 그러다가 푸근한 감정이 밀려들었다 ─ 떠올리게 되었다.

이제 비밀이 없으니 얘깃거리가 풍성했다. 가끔 저녁때 음악을 들었다. 클랜시 브라더스와 토미 마켐, 샘 쿡, 페기 리의 음악을 들었다. 이제 일요일 저녁식사 모임도 했다.

윌리엄은 가족과 어울리는 시간이 거의 없었다. 늘 집 밖으로 돌면서 친구들과 어울렸다 – 거기에는 에이더의 친구들도 포함되었다. 둘이 만난 밤 이후 처음 봤을 때 그는 멜라니와 있었다. 두 사람이 나란히 부엌으로 들어왔고, 멜라니는 평소처럼 과장된 친절을 보이며 인사했다. 그가 멜라니에게 아무 말도 안 했음을 알 수 있었다. 윌리엄은 에이더를 피하려고 여자친구를 방패로 삼는 것처럼 멜라니 뒤에 서 있었다.

"안녕."

그는 인사하면서도 에이더와 눈을 맞추지 않았다.

"안녕."

에이더가 말했다.

두 사람은 주방에서 나갔고 그게 다였다.

달라진 점은, 이제 에이더가 윌리엄이나 멜라니 무리와 어울리지 않는 것이었다. 같이 티브이를 보지 않았다. 재니스, 테레사, 윌리엄의 친구들에 끼어 외출하지 않았다. 멜라니가 오면 에이더는 방에 틀어박혔고 학교에서는 새 친구들을 사귀었다. 또 리사에게 관심을 쏟았고 리사는 너그럽게 받아주었다.

아버지를 만난 지 거의 두 달이 지났다. 이즈음 에이더의 삶에서 아버지 자리에 은근한 아픔이 들어차서 사라지지 않았다. 무서운 악몽을 꾸다가 깼다. 아버지가 죽어서 만날 기회를 놓친 꿈을 꾸다가 식은땀을 흘리면서 깨기도 했다. 가끔 그에게 사랑한다고, 가장 사랑한 사람이라고 말하는 상상을 했다. 어떤 때는 소리를 지르고, 배신했다고 고래고래 악쓰는 상상도 했다. 학교에서 한눈을 팔았다. 지금까지 아버지를 피한 게 만나는 것보다도 나빴지만 찾아가지 않았다. 리스턴은 채근하지 않았다. 그저 '네가 선택할 일'이라고만 간단히 말했다.

크리스마스에 종일 방에 박혀, 아버지와 보낸 크리스마스들을 기억하며 괴로운 시간을 보냈다. 건강한 그가 연구소에서 크리스마스 파티를 열고 모두 출연하는 연극의 대본을 쓴 게 오래전의 일이 아니었다. 그가 청중 앞에서 손짓해서 부르던 모습을 떠올렸다. 그 순간의 창피한 기분도 기억났다. 데이비드는 기뻐서 활기차게 '크리스마스 연극입니다!'라고 소리쳤다. 그 순간으로 돌아갈 수만 있다면 뭐든 할 텐데. 그런데 이제 그를 똑바로 볼 수가 없었다.

리스턴은 여전히 일주일에 한두 차례 요양원에 찾아갔다. 하지만 돌아와서 데이비드 얘기를 하지 않았다. 에이더는 아버지 안부를 묻지 않았고, 리스턴도 말해주지 않았다.

1월 중순경 와이드너 도서관에서 에이더는 찾던 기사를 발견했다. 1950년 10월 19일자 〈워싱턴 타임스 헤럴드〉에 '셰넌도어에서 사고 차량 발견, 운전자 실종, 사망으로 추측'이란 제목의 기사가 있었다.

기사 작성자는 헨리 펠. 우연하게도 기자의 성이 차의 추락을 연상시켜서['Fell'은 'fall(떨어지다)'의 과거형-옮긴이] 에이더의 뇌리에 영원히 박힐 터였다. 베이지색 1947년식 크라이슬러 윈저 쿠페가 창문이 내려진 상태로 강에 전복된 채 발견되었다. 사고 지점 위쪽의 다리에 고무바퀴 자국이 나 있고, 쿠페의 타이어와 일치했다. 경찰은 차가 미끄러지거나 추락하는 동안 운전자가 튕겨나가 강에 빠졌으니 차후에 시신이 발견될 걸로 추정했다.

펠 기자는 차주가 32세의 미혼으로 자녀가 없는 헤럴드 캐너디라고 썼다. 그는 '워싱턴에 거주하며 국무부 직원'이었다. 캔자스에 거주하는 피해자의 부모에게는 이미 사망 가능성이 고지되었다. 고의적인 사고인지, 우연한 사고인지 기사에는 언급되지 않았다. 또 캐너디가 사고 발생 추정 시간인 첫새벽에 버지니아 시골에서 무슨 일을 하고 있었는지에 대한 언급도 없었다.

기사 말미에 작고 뿌연 희생자 사진과 '헤럴드 캐너디, 32'라는 설명이 있었다.

리스턴과 그레고리는 옆에서 각자 다른 연도의 신문을 넘기고 있었다. 매티는 가까운 테이블에서 숙제를 하는 척하면서 만화책을 보는 중이었다. 에이더는 아직 아무에게도 말하고 싶지 않았다. 대신 마이크로필름 판독기 앞에 앉아 기사를 찬찬히 읽고, 사진에서 데이비드의 얼굴을 읽을 수 있는지 살폈다. 사진 속 사내는 검은 머리가 풍성하고, 뿔테 안경이 눈썹을 가렸다. 데이비드라면 절대 입지 않을 정장 차림이었다. 하지만 얼핏 미소를 지었고 – 비밀을 간직한 사내 같다고 생각할 수밖에 없었다 – 그것은 데이비드의 미소였다. 그의 광대뼈, 코, 눈에서 에이더는 아버지를 볼 수 있었다. 그랬다, 이 사람이 데이비드라는 확신이 들었다.

더 오래 사진 속의 사내와 둘이 앉아 있다가, 마침내 사람들을 불렀다.

"보세요."

에이더가 말했다.

리스턴이 에이더의 어깨를 한 손으로 잡아주면서 단호하게 말했다.

"데이비드네."

그들은 이후 몇 주간 사고 소식이 더 있을까 해서 모든 지역신문을 뒤졌지만 소득이 없었다. 홈스 사서의 도움으로 워싱턴디시 보건국과 접촉했다. 그곳에 인근 지역의 출생과 사망 기록이 보관되어 있었다. 연방법에 의거해서 헤럴드 캐너디의 사망 신고서는 접수되지 않다가 7년 후 부재중 사망으로 인정되었다. 그의 재산은 부모에게 상속됐을 터였다.

국무부에 연락해 헤럴드 캐너디의 근무 경력을 문의했고, 그가 1940년부터 1950년까지 '보안' 관련 업무를 했다는 간략한 답을 받았다. 이 정보는 충격적이었다. 정부에 회의적이고, 정부 일에 회의적인 데이비드가 정부 관련 업무를 했다니 어이가 없었다.

따라서 1950년 헤럴드 캐너디의 사망부터 1951년 데이비드가 비트에 대학원생으로 오기까지 무슨 일이 있었느냐가 문제였다. 상세한 내용을 말해줄 적임자는 피어스 총장이었다. 하지만 그는 세상을 떠났다.

대답보다 질문이 더 많았다. 데이비드가 배경을 만들려 했다면 왜 하필 시벨리우스 같은 저명한 집안이었을까? 왜 비트를 택했을까? 왜 보스턴에 왔을까? 나이 문제도 있었다. 캐너디는

1918년생인데 데이비드는 늘 1925년생이라고 말했다 – 동일인이라면 데이비드가 생물학적 나이보다 일곱 살을 낮춘 셈이었다. 그렇다면 그가 알츠하이머를 앓는 것도 이해가 되었다.

"데이비드가 상태가 좋지 않아, 에이더."

리스턴이 말했다.

두 사람은 부엌에 있었다. 일요일이었다. 지금은 2월. 리스턴은 막 요양원에 다녀온 참이었다.

그녀가 다시 말했다.

"네가 알아야 될 것 같아서."

'세인트 앤드류'는 밸런타인데이 장식이 되어 있었다. 주차장에 면한 큰 창에 색도화지 카드들이 붙어 있고, 현관 지붕을 받치는 기둥들에 빨간 꽃줄이 감겨 있었다. 실내로 들어가면 안내석에 붉은 장미 화병이 있었다. 간호사들은 큐피드 브로치를 달고 하트 모양 귀걸이를 했다. 에이더는 꽃을 가져오지 않은 걸 후회했다. 데이비드는 생화를 가까이 두는 걸 좋아했다.

배 속이 뒤집히는 것 같았다. 모르는 사람을 보러 가는 느낌이었다. 11월 이후 처음으로 아버지를 만나러 왔다. 긴 복도를 걸어 책상 앞에 앉은 직원을 지나고, 전에 자주 봐서 따뜻하게 맞아주는 간호사 몇 명을 지나쳤다. 모르는 환자들이 있었고, 병실마다 명패에 적힌 이름들이 달라졌다. 리스턴은 데이비드가 많이 악화되었다고 다시 귀띔했다. 예상보다 훨씬 안 좋을 거라고 경고했다.

"널 못 알아볼 거야, 에이더. 이제 나도 못 알아봐."

리스턴이 말했다.

그녀는 에이더의 어깨를 한 손으로 잡고 데이비드의 병실로 데려갔다. 문이 조금 열려 있었다. 리스턴이 손등으로 한 번, 두 번 노크했다.

"데이비드?"

그녀가 크게 불렀다. 손잡이를 밀고 먼저 병실로 들어갔다.

"안녕, 데이비드!"

리스턴이 명랑하게 인사하자 에이더는 따라 들어가서 아버지를 보았다.

거기 그가 있었다. 마르고, 비쩍 마르고 안색이 몹시 창백했다. 뺨이 푹 꺼지고 뼈가 튀어나왔다. 데이비드는 침대에 반듯하게 누워 있었다. 파란 안락의자에 앉아 있지 않았다. 룸메이트는 방에 없었다. 데이비드의 뺨이 홀쭉했다. 1년 새 10년쯤 늙은 것 같았다. 몸의 다른 부분은 움직이지 않고 눈만 그들 쪽으로 돌렸다. 적어도 눈은 똑같았다. 반짝이고 강렬한 눈빛이었다.

"밸런타인데이 축하해요!"

리스턴이 몸을 숙이고 말했다. 그녀는 오버코트를 입고 모자를 쓰고 있었다. 리스턴은 데이비드가 알아보게 도우려는 듯 얼른 모자를 벗었다. 그녀가 손가락으로 머리를 빗질했다.

"저예요. 리스턴이 왔어요."

에이더는 얼어붙어서 뒤에 서 있었다. 이 사람은 아버지가 아니었다. 키가 크고 강인하고 민첩한 아버지가 아니었다. 한때 관절에 용수철이 든 것처럼 탄력 있게 움직이고, 울새의 심장을 가진 것 같았던 데이비드가 아니었다.

그는 배 위에 손을 포갰다. 데이비드는 손을 들어 손가락 하나로 얼굴을 한 번, 두 번 만졌다. 그러더니 다시 손을 내렸다.

리스턴이 말했다.

"일어나 앉을래요? 여기 에이디도 같이 왔어요. 당신 딸 에이더요."

그녀가 데이비드의 어깨 밑에 팔을 넣어 일으켜 앉혔다. 그리고 어렵사리 다리를 침대 밑으로 돌려서 바닥에 내려놓았다.

"이게 더 낫네요. 이제 에이더랑 이야기를 나눌 수 있겠네요."

하지만 에이더는 무슨 말을 해야 될지 몰랐다. 아버지와 딸은 서로 쳐다보았고, 리스턴은 잠시 둘을 번갈아 바라보았다.

마침내 그녀가 말했다.

"가서 차를 가져올게요. 필요한 거라도 있어요?"

리스턴이 나갔다. 방이 조용했다. 에이더는 그가 침대에서 자빠질까봐 잠깐 걱정스러웠다. 배 근육이 몸을 지탱 못하는 것처럼 몸이 살짝 흔들렸다. 하지만 침대로 손을 뻗고 다리를 포갰다. 에이더는 그의 다른 손에 든 클로버 모양의 부적을 보았다. 몇 년째 주머니에 넣고 다니는 부적이었다. 그 순간 데이비드가 처음으로 원래의 모습을 찾았다.

"안녕, 데이비드."

에이더가 인사했다. 아무 대꾸도 없었다.

에이더는 파란 안락의자를 쳐다보았지만 너무 멀었다. 에이더가 의자를 아버지 쪽으로 밀었다. 그리고 거기 앉아 마주 보았다. 두 사람의 눈높이가 같았다. '말해줘요. 가르쳐줘요'라고 말하고 싶었다. 두 사람은 잠시 그렇게 앉아 서로의 눈을 응시했다. 에이더는 그의 눈 뒤에 두개골, 두개골 뒤의 뇌를 상상했다. 한때 그의 가장 강력한 도구였지만 이제는 느려진 뇌가 파닥파닥 움직이는 상상을 했다. 시냅스가 아무렇게나 또는 엉뚱하게 뛰었다. 기억력이 퇴보하고 언어도 퇴보했다. 깨어 있는 시간보다 잠든 시간이 길었다. 에이더는 아버지를 바라보았지만 그를 찾을 수 없었다. 데이비드의 자리에 다른 사람이 있었다. 허깨비. 그가 다시 손을 얼굴에 댔다. 놀란 듯이, 언어를 잃어 서글픈 듯이. 그의 언어는 어디로 사라졌을까?

데이비드가 천천히 눈을 감았고 그대로 있었다.

이 사람은 데이비드가 아니었다.

마침내 에이더가 말했다.

"안녕, 헤럴드."

그러자 그가 눈을 떴다.

"안녕."

그가 답했다. 목을 쓰지 않아 소리가 걸걸했다. 더 똑똑하게 말하려는 것처럼 헛기침을 했다. 그가 다시 말했다.

안녕.

그날 에이더는 그가 잠들 때까지 기다렸다가 요양원에서 나왔다. 데이비드기 잠들자 그익 손에서 클로버 부적을 빼냈다. 손 관절의 긴장을 풀어주고 싶었다. 그것을 손에 쥐니 덜컥 소리가 났다. 전에는 몰랐던 점이었다. 에이더는 철제 클로버를 치켜들고 잘 살폈다. 데이비드가 계속 쥐고 있어서 초록색 칠이 벗겨졌다. 두 갈래로 갈라진 잎 네 장과 옅은 초록색으로 칠한 줄기가 있었다.

클로버를 흔들었다. 다시 덜컹대는 소리가 났다.

줄기와 본체 사이에 틈새가 있었다. 줄기를 아래로 당겼지만 아무 변화도 없었다. 줄기를 안쪽으로 밀자 딸깍하면서 뭔가 느슨해졌다. 줄기가 바깥쪽으로 미끄러지면서 작은 칸이 나타났다. 그 안에 아주 작은 열쇠가 있었다. 서류함의 자물쇠에 맞는 열쇠인 듯했다.

2009년
샌프란시스코
보스턴

"바빠? 일하는 데 방해하는 게 아니면 좋겠는데."

전화선 저쪽에서 그레고리 리스턴이 말했다.

따뜻하고 귀에 익은 목소리를 들으니, 리스턴의 집에서 살던 기억이 가슴 저리게 떠올랐다. 더 성숙하고 왠지 지친 목소리였지만, 목이 메는 듯한 특징은 그대로였다.

"괜찮아. 아니야, 바쁘지 않아."

에이더가 대답했다. 손으로 이마를 눌렀다. 꾹.

그레고리가 계속 말이 없자 결국 그녀가 다시 말했다.

"괜찮은 거야?"

"저기, 물어볼 게 있어서."

그레고리가 말했다. 5년 만의 통화였다.

그는 샌프란시스코에 왔다고 말했다. 출장차 왔다고. 그레고리는 대학원에서 기계공학을 전공했고, 지금은 그녀처럼 아이티 업계에 종사했다. 휴스턴에 본사를 둔 로봇공학 회사였다. 하지만 아내 캐스린과 보스턴에 거주하면서, 시내에 있는 사무 공간에서 원격 근무를 하고, 한 달에 두 번씩 본사에 갔다. 이제 부자였다. 가족들의 이런저런 소식을 계속 알려주는 조우니에게 들은 말이었다. 에이더는 그레고리와 통화하면서 그의 모습을 그려보려고 애썼다.

말소리가 약간 석연치 않았다. 용건이 있는 것 같았다. 연락 없이 살았지만, 여전히 그의 말투에서 감정을 읽을 수 있었다. 어린 시절을 같이 보내서 초조하고 흥분한 억양을 알아들었다.

그가 말했다.

"이거, 이상한 얘긴데 말이지. 혹시 데이비드가 남긴 디스크에 있던 암호를 풀었어? 한 줄로 적혀 있던 글자들."

에이더는 가만히 멈추고 심호흡을 했다. 늘 아버지의 이름을 들으면 몸이 반응하는 것처럼 마음이 흔들렸다. 이제 그 이름을 말하거나 듣는 일은 거의 없었다. 데이비드를, 그가 어떤 의미인지, 무엇을 남기고 떠났는지 아는 사람이 거의 없으니까.

"아니, 못 풀었어."

에이더가 대답했다.

사실 몇 년 전 암호를 해독하려는 노력을 중단했다. 디스크는 아직 갖고 있었다. 샌프란시스코 아파트의 장롱 어딘가에 복사본 두 장이 있었다. 하지만 원본은 오래전 대학 시절에 분실했다. 어느 겨울방학에 리스턴의 집 옷장 선반에 손을 뻗어 대사전을 꺼내려 했다. '에이더'라고 적힌 플로피 디스크를 비롯해 아버지와 관련된 물건들이 거기 감추어져 있었다. 그런데 손에 잡히는 게 없었다. 리스턴에게 물으니 생전 하지 않던 대청소를 하다가, 평범한 사전인 줄 알고 기증했다고 대답했다. 사전 안을 살펴보지 않았다면서.

"아이고, 미안해서 어쩌니."

리스턴의 말에 – 당연히 그녀의 잘못이 아니었다 – 에이더는 아무렇지 않은 체하면서 마음 쓰지 말라고 대답했다. 보통 물건에 불과하다는 뜻으로 환하게 미소 지었다. 하지만 실은 상상 이상으로 중요한 물건이었고 – 거기 든 문제를 못 풀었지만 – 디스크 자체는 상징이자 부적, 아버지의 선의의 증표였다.

그 후 오래전에 외운 암호표를 이용해 디스크에 입력된 문제를 풀려고 애썼다. 하지만 풀지 못할 문제인 듯했다. 오랜 세월 집중적으로 작업했는데도 여전히 해독할 수가 없었다 – 어느 누구나 마찬가지였다. 에이더는 해결할 만한 사람들에게 문제를 알려주었다. 스타이너 연구소의 네 사람 – 리스턴, 찰스-로버트, 하야토, 프랭크 – 은 지난 20년간 꾸준히 해독하려고 했지만 성과가 없었다. 에이더는 온라인 포럼에 익명으로 문제를 게재하고, 설득력 있게 해독하는 사람에게 상금을 걸기까지 했다. 그러다 어느 날, 처음 연구원들에게 데이비드가 내준 문제를 공개한 날 하야토가 던진 질문이 옳았다는 생각이 들었다. 디스크에 문제를 입력할 당시 이미 그가 혼란을 겪고 있지 않았느냐는 질문. 그 순간 디스크에 대한 생각을 지우겠노라 결심했다.

전화선 저편에서 그레고리는 가만히 있었다. 그녀의 심장박동이 더 빨라졌다.

에이더가 대답할 새도 없이, 메레디스 크란츠가 나타나 사무실 앞에서 얼쩡댔다. 그녀가 양손을 살짝살짝 움직이고 입술을 달싹여 할 말이 있다는 뜻을 전했다.

"잠깐만."

에이더가 그레고리에게 말하고 전화기를 아래로 내렸다.

"방해해서 미안해요. 회의 전에 딱 2초만 내줄 수 있으실까요? 질문이 있어서."

메레디스가 한쪽 다리를 다른 다리 앞으로 겹쳤다. 주저하는 기색이었고 옹색해 보였다.

에이더는 잠깐 가만히 있었다. 먼저 그녀가 설명회를 진행하겠다고 나선 게 아니라는 생각이 났다. 이것 역시 비즐로프 대표의 고집스럽고 충동적인 결정이었다. 에이더는 심호흡을 크게 했다.

"그래요. 5분 후에."

에이더가 오른손을 들어 손가락을 펴 보였다.

"고마워요."

메레디스가 안도하는 표정으로 속삭였다. 그녀는 계속 고맙다고 말하면서 사무실에서 나갔다.

에이더는 다시 전화기를 들었다.

"문제를 풀지 못했어."

그녀가 다시 말하고 얼른 덧붙였다.

"접은 지 5년가량 됐어."

그레고리는 침묵했다.

"왜?"

그녀가 물었다.

"내게 한 가지 아이디어가 있어서."

그날 오전에 만나기로 했다. 에이더는 회사에서 할 일이 없었다. 메레디스에게 간단히 대충 설명하고, 질문에 최대한 간결하게 답해서 보낼 참이었다. 그리고 퇴근하리라. '이대로 영원히'일 거라는 생각이 들기도 했다.

마지막으로 그레고리를 본 것은 2004년이었다. 이후 보스턴에 간 적도 없었다.

당시 다이애나 리스턴의 장례식이 있었다. 이런 일이 생길 줄 알았지만 – 1990년대 내내 리스턴은 재발을 반복하는 유방암과 싸웠고, 2003년에 불치 판정을 받았다 – 조우니에게 전화로 부고를 받자 말문이 막혔다.

"가셨어."

조우니는 말했다.

"정말 속상하네."

에이더가 대답했다. 전화를 끊은 후에야 온몸을 흔들며 서럽게 통곡했다. 리스턴 앞에서 솔직한 마음을 드러내며 울던 울음이었다. 헛구역질이 나왔다. 첫 며칠간 얼마나 많이, 얼마나 자주 울었는지 탈수증을 염려해 물을 많이 마셔야 될 정도였다. 친구든 동반자든 슬픔을 함께할 사람이 없어서 아쉬웠다. 어른이 되어서도 자주 전화해서 조언이나 위로를 구하던 리스턴이 살아 있으면 얼마나 좋을까. 그 무렵 가벼운 데이트를 즐기고 있었다. 친절하지만 애매한 태도를 취하는 프로그래머 게이브와 일주일에 한두 번 만났다. 하지만 게이브는 이런 슬픔을 나눌 만한 사람이 아닌 것 같았다. 샌프란시스코에 사는 다른 친구들은 상황을 아는 사람도 있고 모르는 사람도 있었다. 그녀의 삶에서 리스턴이 차지한 자리를 대신해줄 친구는 없었다. 리스턴은 어떤 관계라고 콕 집어 말할 수 없는 사람이었다. 어머니도 아니고, 심지어 친척도 아니었다. 에이더는 적절한 설명이 아닌 줄 알면서도 '가까운 집안 친구'라고 표현했다. 혹은 '고등학교 시절에 같이 살았다'고 말했다. 오직 리스턴의 자녀들만 제대로 이해할 테지만 분주했고, 그들에게 위로를 구하는 건 적절하지 않았다. 조우니가 도맡아 장례식을 준비했고 계속 상황을 알려주면서도 손님 취급을 했다. 어떻게 도우면 되겠냐고 묻자 조우니는 친절하게 '무슨 그런 말을 해'라고 일축했다. 에이더는 '하지만 돕고 싶어, 돕고 싶어'라고 속으로 중얼댔다.

그 주 내내 에이더는 리스턴 일가의 언저리에서 사부작대면서 자기 자리를 찾으려 했지만 어려웠다. 그해에 서른세 살이었고 보스턴을 떠난 건 열여덟 살 때였다. 스물두 살 때까지 몇 번의 여름과 명절에 다녀갔지만, 그 후로는 발을 끊다시피 했다.

쇼멋 웨이의 리스턴 자택에서 열린 추모식에서, 에이더는 거실 한쪽에 서서 눈물을 참았다. 집은 붐비고 어색하고 더웠다. 매티는 어릴 적 친구들에 에워싸여 대화하는 중이었다. 다들 키가 자라서 에이더는 몇 사람밖에 기억하지 못했다. 윌리엄도 있었다. 세월이 흐르면서 호인 같고 심드렁한 서른다섯 살 사내가 되었고, 이미 두 번 결혼하고 두 번 이혼했다. 옆에 서 있는 딸 애비게일은 예닐곱 살로 어린 시절의 아빠처럼 금발이고 예쁘장했다. 조우니도 가족과 함께 있었다. 당시 엔지니어로 보스턴에

430

거주 중이던 그레고리도 있었다. 희한하게도 그는 합리적이고 제 몫을 다하는 어른이 되었다 – 심지어 '적응력이 좋은 사람'이라는 말까지 들었다. 어색함과 멍함 사이를 오락가락하던 어릴 적의 수줍음은 이제 없었다. 대신 말없이 진중하다가 가끔 번쩍이는 위트를 뽐냈다. 에이더는 어른이 된 후 몇 차례 그레고리에게 놀랐다. 그가 어디서 나왔는지 모를 유머 감각을 발휘해서 넋을 놓고 깔깔 웃었다. 그런 괴상한 유머는 데이비드도 좋아했다. 이런 순간이면 놀라서 그레고리를 쳐다보곤 했다. 어릴 때 이런 기질은 어디 숨어 있었을까? 이런 자질을 드러냈다면 한결 수월하게 지냈을 거라고 에이더는 생각했다.

그날 북적대는 거실에서 그레고리는 아내 캐스린 곁에 서 있었다. 에이더는 4년 전 그들의 결혼식에 초대받았고, 대학원 친구인 짐과 동반해서 참석했다. 캐스린은 남편보다도 키가 컸고, 꼬집어 말할 순 없어도 전형적인 백인 분위기를 풍겼다. 솔직하고 자신이 옳다는 확신이 넘쳐서일까. 아름다웠고 – 두 사람을 처음 만나는 자리에서 에이더는 깜짝 놀랐다 – 지성미와 친절이 돋보였지만, 결혼식을 치른 주말 내내 거북할 정도로 그레고리를 함부로 대했다. 그 주말 에이더가 짐과 찍은 사진을 보면 – 결혼식 직후 완전히 결별했다 – 뒤쪽에서 캐스린이 긴 팔을 뻗어 새신랑에게 할 일을 지시했다. 이제 리스턴의 추모식에서 캐스린은 말이 없었고, 옆에서 그레고리는 조문객들을 상대하면서 위로를 받았다. 이따금 그녀는 슬쩍슬쩍 휴대폰을 보았다.

집의 다른 쪽에는 리스턴의 고등학교 동창들이 북적댔다. 그들은 부탁받지 않아도 조우니를 도울 줄 알았다. 에이더도 고등학교 시절 1년에 몇 번씩 만났던 리스턴의 사촌, 숙모, 숙부 같은 친척들도 있었다. 그들은 그녀를 얼른 알아보지 못하다가 깜짝 놀랐다. 다들 '에이더! 만나서 반갑다'라고 말했다. 하지만 그들이 절절하게 포옹하고, 붙들어 세워 꼭 안아주는 사람은 그레고리, 매티, 윌리엄이었다. 그들이 '네 엄마는 참 좋은 사람이었지'라고 밀하는 사람은 조우니였다.

물론 연구소 동료들도 왔고, 에이더는 눈물을 참는 하야토와 한참 대화했다. 데이비드가 퇴임한 후 연구원들 중 리스턴과 가장 가까운 사람은 하야토였다. 하지만 그들은 일찌감치, 리스턴의 친정 식구들보다 훨씬 먼저 돌아갔다. 떠들썩한 아일랜드계 보스턴 사람인 친척들은 다음 날 새벽까지 머물 터였다. 그들은 리스턴의 애창곡(클랜시 브라더스가 부른 「파팅 글래스」)을 부르면서 다 함께 부르자고 부추겼다. 그녀도 남아 있었다. 그래야 될 것 같았다. 그래야 자신의 삶과 그 안에서 리스턴의 중요성이 부각될 것 같았다. 하지만 리스턴이 없으니 아무도 그녀를 사람들과 섞이게 해주지 않는다는 걸 알았다 – 아무도 자랑스럽게 소개해주지 않았다.

모임이 마무리될 무렵, 아내가 방 저편에 있자 그레고리가 에이더에게 다가왔다. 취했는지 얼굴이 발그레했다. 감정이 북받치는 눈길이었다.

그레고리가 말했다.

"엄마는 누나를 진심으로 사랑하셨지. 가끔 우리보다 더 많이 사랑한다는 생각도 들었어."

에이더가 웃었다. 그녀는 고개를 저었다.

"우리보다 누나가 더 얌전했으니까. 그건 확실하지."

그레고리가 말했다.

"리스턴에게 들키지 않았을 뿐이야."

에이더가 말했다. 하지만 당연히 그의 말이 맞았다.

"그리고 데이비드……."

그레고리가 말을 하다 말고 고개를 숙였다. 그가 말을 이었다.

"엄마는 반평생 데이비드를 사랑하신 것 같아."

에이더는 긴장했다.

그녀가 말했다.

"아냐. 그건 아냐, 두 분은 친구였어."

그레고리가 대답했다.

"우리가 본 것을 누나는 못 봤으니까. 데이비드가 아프기 전에. 엄마는 그를 생각하곤 했어. 조우니가 더 나이를 먹자 엄마가 고백했지. 데이비드가 여자를 좋아했다면, 두 사람은 대단한 러브 스토리를 만들었을 거야. 서로 잘 맞았으니까."

"세상에, 난 모르는 일인데. 리스턴이 그런 줄 몰랐어."

에이더가 애매하게 말했다.

그녀는 빠져나갈 핑계를 찾느라 실내를 둘러보았다. 데이비드가 세상을 떠난 지 20년이 되었는데도 아직도 그 이름을 들으면 통증 비슷한 게 밀려들었다. 아버지를 사랑했다. 여전히 사랑했지만 그를 생각하면, 그에 대해 말하면 깊고 아린 아픔이 일었다 - 풀리지 않은 의문이 너무 많았다. 세월이 흐르는 사이 아버지에 대해 예민하고 긴장감 도는 관점을 갖게 되었다. 그가 언급되면 매듭이 더 단단해지듯 감정이 더 뒤엉켰다.

433

그레고리가 말했다.

"난 그렇게 생각해. 우리 남매들은 늘 그 이야기를 했거든. 그 일을 두고 엄마를 놀리기도 했고."

에이더가 애처롭게 미소 지었다.

"그래."

더 할 말이 생각나지 않았다.

하지만 그레고리는 대화를 끝내지 않았다. 그가 말했다.

"두 사람 다 그런 식이었어. 시벨리우스 부녀 말이야."

못마땅해하는 말투였고, 에이더는 이유를 가늠할 수 없었다. 그레고리의 표정을 살폈다. 그가 눈을 돌렸다. '어떻게?'라고 묻고 싶었지만 판도라의 상자를 여는 질문이 될 것 같았다.

"난 가봐야겠어."

그녀가 말하면서 핸드백을 어깨에 멨다.

에이더는 그레고리, 매티, 캐스린, 나머지 가족과 – 윌리엄까지도 – 어색하게 포옹했다.

쇼멋 웨이에, 거기 있는 집들에게 작별을 고했다. 먼저 리스턴의 집에게 – 그레고리와 캐스린이 그해에 들어와 살 예정이었다 – 인사하고, 다음으로 데이비드의 집과 인사했다. 1987년 마침내 리스턴과 에이더가 집을 매도한 후 최근 세 번째 주인이 입주했다. 리스턴은 서부에 있는 에이더와 통화할 때마다 집의 상태를 전해주었다. '새로 이사 온 가족이 사람을 시켜 잔디를 깎아야 될 텐데'라고 말하기도 했다. 그런 소식이 그리워지리라.

마침내 호텔로 돌아갔다. 잠을 이루지 못했다. 해가 뜰 때까지 뜬눈으로 지새우다가, 샌프란시스코 행 비행기에 올랐다.

그게 5년 전이었다. 이후 매티, 이제는 맷(쉼 없이 연애를 하고, 일과 애인 사이를 똑같은 열정으로 오가는 영원한 막둥이)과 드문드문 심드렁한 이메일을 주고받았다. 또 조우니와 페이스북에 '좋아요'를 누르고 메시지를 주고받았다. 조우니는 자녀들의 사진을 전송하고(장남 케니가 곧 아버지가 된다고 했다), 올케인 캐스린이 어머니 집을 끔찍하게 바꾸었다고 불평했다. 조우니는 두 사람만 아는 걸로 하자며 메시지를 보냈다. '네 마음에도 안 들 거야. 해변 별장 비슷하다니까. 집 전체에 흰 등가구를 들여놨어.' 에이더는 윌리엄과 우호적으로 지냈지만 여전히 거리를 두었다. 둘이 공통점이 없고, 전에도 그랬다는 걸 깨달았다. 이따금 어릴 때 가장 친했던 그레고리에게 한 줄짜리 메시지를 보냈지만 답이 너무 짧아서 얼마 후 연락을 끊었다.

이제 사무실에서 할 일이 없었다. 결국 메레디스가 회의를 주재했다. 에이더는 재킷을 걸치고 일어나서 메인 층을 지나―동료들이 이상하게 쳐다보았고 톰 치엔도 마찬가지였다―현관을 나와 차로 갔다. 그레고리에게 락스퍼라는 레스토랑에서 만나자고 했다. 팔로알토에서 인기 있는 레스토랑들을 피해서 거기로 정했다. 락스퍼는 가본 적이 없었고, 조식과 점심을 먹는 레스토랑이었다. 가보려 한 적도 없었고, 아는 사람과 마주칠 가능성도 없을 듯했다. 그레고리를 소개하거나, 무슨 일로 왔는지 말해야 될 상황은 피하고 싶었다.

운전하면서 데이비드를 떠올렸다.

그는 마음속 깊은 곳에, 이상하고 아픈 역사의 한 장으로 존재

435

했다. 슬픔을 감당할 만할 때만 그 역사를 떠올렸다. 데이비드와 화해했다고, 결국 그의 진실을 모르는 게 편안해졌다고 생각하려 애썼다. 하시만 이 노력이 성공했다는 확신이 생기지 않았다. 데이비드는 '고통을 겪었다'. 아버지를 그렇게 생각했다. 늘 친구들에게 아버지를 설명할 때는 그렇게 표현했다.

하지만 여전히 네이비드 꿈을 꼈다 일주일에 한 번씩 정기적으로. 꿈에 그는 우주의 모든 자비를 품은 얼굴로 등장했다. 친절하고, 어쩐지 그녀를 축복하고 평안을 주는 성스러운 존재로. 걱정을 없애주고 마음을 다독여주는 존재로. 이런 꿈을 꾸다가 위로를 느끼면서 깼다. 하지만 따뜻한 감정은 곧 사라지고 의심이 들어찼다. 반복해서 거짓에 속는 듯한 – 기억들에게조차 속는 – 불안감에 휩싸였다.

레스토랑은 골목에 있는 크래프츠맨 양식(서양식 목재 골조에 동양풍을 받아들여서 발전된 건축양식-옮긴이) 건물이었다.

실내로 들어가자 먼저 왔다는 걸 알았다. 바라던 바가 아니었다. 짐작한 것보다 더 초조했다. 그레고리를 만나는 것도 그랬지만, 그가 할 이야기를 듣는 것도 불안했다. 누군가와 아버지에 대해 직접적으로 이야기하는 게 오랜만이었다.

레스토랑의 인테리어는 건축 시기를 고스란히 드러냈다. 소나무 목재와 짙은 색감. 홍차를 주문했다. 빵도 달라고 했다. 잼과 마멀레이드가 담긴 작은 병들이 같이 나왔다. 5분이 지나고 10분이 되도록 기다렸다.

잠시 후 문자를 받았다. '주차 자리 찾는 중. 곧 갈게.'

그러다가 마침내 그가 나타났다. 외투를 입은 그레고리가 미안한 표정으로 쌩하니 들어왔다. 그가 안절부절못해서 차라리 다행스러웠다. 급히 테이블로 오다가 다른 손님을 팔꿈치로 찔렀고, 필요 이상으로 오래 절하면서 사과했다.

순간적으로 에이더는 그가 포옹을 할지 몰라 엉거주춤 일어났다. 하지만 그레고리는 불쑥 맞은편에 앉았고, 그녀는 안도하면서 다시 자리에 앉았다.

"밖이 춥네!"

그레고리는 다른 말을 하기 전에 그렇게 말했다. 그러더니 바구니에서 빵 한 개를 집어 쭉 찢더니 급히 씹었다. 그가 말을 이었다.

"이맘때 샌프란시스코는 이보다 따뜻할 줄 알았지."

에이더가 고개를 끄덕였다. 1월이었다. 평년보다 추웠다. 그녀는 빵을 씹는 그레고리의 턱을 찬찬히 보았다. 면도해야 될 날이 하루 이틀 지난 듯했다. 이제 얼굴이 홀쭉했다. 마지막에 봤을 때보다 볼살이 빠졌다. 어릴 때의 꼬마 도깨비 모습은 없어졌지만 여전히 큰 눈에 호기심이 넘치고 입매는 단정하고 독특했다. 이제 희끗희끗한 머리가 난 게 새로웠다.

"어떻게 지냈어? 반갑네."

그레고리가 말했다. 초조해 보였다.

"좋아."

에이더가 대답했다. 개인사를 말하지 않으려면 무슨 질문을 해야 될지 고심했다. 그녀가 물었다.

"집은 어때?"

"아. 낡았어. 알잖아."

그레고리가 애매하게 말했다.

"직장은?"

"좋아. 그만하면 괜찮다는 뜻이야. 가끔 너무 힘들지만 어떻게 돌아가는지 알잖아."

그레고리가 대답했다.

"알지."

에이더가 말했다.

"그쪽은 어때? 트라이-테크는?"

그레고리가 물었다.

그녀는 잠시 가만히 있었다. 최근에 트라이-테크에 생긴 문제를 그가 세세히 아는지 궁금했다. 업계의 웹사이트들은 1년 동안의 주요 소식을 게재했고, '테크크런치'에는 지난주의 해고 소문이 포스팅되었다. 하지만 그레고리는 업계의 소문을 계속 찾아보는 유형은 아닐 것 같았다.

에이더가 무슨 말을 하기 전에 웨이트리스가 주문을 받으러 왔다.

"커피. 블랙으로."

그레고리가 말했다.

"캐스린은 잘 지내?"

에이더가 물었다.

그는 빵 하나를 더 쭉 찢어서 급하다 싶게 씹었고, 그래서 말을 할 수 없다는 시늉을 했다. 그레고리는 빵을 씹으면서 창밖을 내다보았다.

에이더가 홍차를 한 모금 마셨다. 무슨 말을 해야 될지 난감했다. 불편할 정도로 침묵이 길어졌다.

"그 얘기는 나중에 하길 바랐는데. 하긴 뭐가 대수라고. 우린 이혼할 거야."

그레고리가 말했다.

그는 어깨를 으쓱하고는, 방어적으로 눈을 크게 뜨고 에이더를 바라보았다.

"속상하네."

에이더가 말했다.

"그래. 사실 숨이 탁탁 막히는 일이지."

그가 대꾸했다.

불쑥 에이더의 마음에 중학교 시절의 그레고리가 떠올랐다. 잔뜩 주눅 들어 눈길을 피하면서 잰걸음으로 돌아다니던 모습. 이제 그는 똑바로 서서 걷고, 누구와 대화하든 눈을 응시했다. 심지어 미남이라는 말도 들었고, 긴 대화를 하다 보면 그런 면모가 슬그머니 드러나기도 했다. 어른이 되어 변하는 것을 보면 흥미롭다는 생각이 들었다. 윌리엄은 어른이 되면서 눈에 띄지 않았고, 어릴 때 얻은 굳건한 자신감만 매력적일 뿐이었다. 한편 그레고리는 보기에도 흥미로운 사람으로 변해갔다. 반듯한 검은 눈썹을 한 번에 한 쪽씩 움직여 요점을 강조했다. 오랫동안 치아 교정을 한 덕에 하얀 치아가 반듯했고, 어른이 되어서는 자주 미소 지었다. 새로 만난 사람들은 그가 어릴 때 학교에서 상처를 받은 줄 짐작도 못할 터였다. 하지만 말소리에는 그런 흔적이 남아 있었다. 말을 할 때 미세한, 눈치채기 힘들 정도의 떨림이 있었고, 여전히 가끔 말을 더듬었다. 지금 에이더는 그 두 가지 특징을 다 감지했다.

웨이트리스가 커피를 들고 왔다가, 무거운 분위기를 감지하고 얼른 다시 물러갔다.

"그 사람이 집을 가질 거야."

그레고리가 말했다.

"맙소사."

에이더가 중얼거렸다.

"그래. 엄마의 집인데. 벌써 내 물건의 절반을 차에 실어놓았어. 대부분 옛날 장비랑 전선 같은 것들, 오래된 물건들."

"어디로 이사할 거야?"

"케임브리지에 있는 새 아파트. 대학생들이 사는 건물로 갈 거야. 상상이 돼?"

"언제 집에서 나와야 되는데?"

에이더가 물었다.

그는 다시 어깨를 으쓱하더니 빵을 더 찢었다. 빵의 가장자리를 쥔 손에 힘이 너무 들어갔다. 결국 빵가루가 떨어졌다.

"가능한 빨리. 새로 들어갈 집에 벌써 월세를 내고 있어. 갈라선 지 벌써 1년이나 되었고, 아무튼 요즘 그 사람은 애인 집에서 살다시피 해. 내가 나오자마자 둘이 집으로 들어올 거야."

두 사람은 잠시 침묵을 지키며 앉아 있었고, 결국 웨이트리스가 주문을 받으러 돌아왔다.

"스크램블 에그 둘."

그레고리가 말했다.

"나는 됐어요."

에이더가 말했다.

그녀는 홍차를 한 모금 마셨다. 몇 집을 사이에 두고 리스턴의 집과 데이비드의 집이 있는 쇼멋 웨이가 그려졌다. 이제 거기 아는 사람이 없다고 생각하니 허전했다. 만나지 않더라도 그레고리가, 그녀와 리스턴과 데이비드의 사연을 안고 거기 사는 것만으로 위안이 되었다. 보이지 않게 그녀와 과거를 이어주는 끈이었는데.

그레고리가 테이블을 내려다보았다. 너무나도 외로워 보였다.

에이더가 불쑥 말했다.

"트라이-테크가 무너지고 있어. 1년 후에 문을 닫는다고 해도 놀라운 일이 아닐 걸."

사실이었고 그에게 말하는 게 합당한 것 같았다. 비밀을 들었으니 비밀을 말하는 게 공평했다.

에이더가 말을 이었다.

"뿐만 아니라 회사가 나를 밀어낼 것 같아. 지금 이 시간에 내가 회의를 주재하기로 되어 있었는데, 오늘 아침에 참석하지 말라는 통보를 받았거든."

이런 이야기를 하자니 우습다는 생각이 들었다. 그 말을 입 밖에 내니 마음이 편해졌다. 마음속에서 억울한 심정이 커지다가 그 가장자리가 말랑해지면서, 이따위 직장에 열정을 쏟았다는 충격이 가라앉았다. 근본적으로 튼튼하지 않고, 병적으로 이기적인 대표의 어이없는 변덕에 휘둘리는 회사. 그녀가 일하는 곳은 아이디어보다 돈을 우선시하는 기업이었다. 데이비드가 있었다면 딸의 다른 미래를 꿈꾸었으리라. 또 이 생각 때문에 괴로웠다. 차를 몰고 출근할 때면 불쑥불쑥 마음을 찔러댔다. 죄책감을 일으키는 소곤대는 목소리 때문에 뜬눈으로 밤을 보내곤 했다.

에이더가 말했다.

"그만둘까 생각 중이야."

그레고리가 물었다.

"이런, 그래? 둘 다 꼴좋네!"

처음으로 그가 미소를 지었다.

그레고리는 코트 안주머니에 손을 넣더니 뭔가를 꺼냈다. 그가 조용히 그것을 에이더에게 내밀었다.

26년 전 데이비드가 준 플로피 디스크 원본이었다. 분실했던 물건이었다. 에이더는 잃어버린 걸로 알고 있었다. 리스턴이 이 디스크가 든 대사전을 기증했다고 했는데.

"이럴 수가."

에이더가 중얼대면서 본능적으로 손을 뻗었다. 아버지에게 손을 뻗는 것 같았다.

그레고리가 말했다.

"집 안을 뒤지다가 발견했어. 집에서 나오려고 짐을 챙기다가."

"이게 어디 있었어?"

에이더가 물었다.

"다락방."

그가 대답했다.

"어떻게 거기 올라갔지?"

그녀가 묻자 그레고리는 모르겠다고 대답했다.

플로피 디스크를 만져본 지 오래되었다. 오래전에 사본을 만들고 나서 안전하게 두려고 치워둔 원본을 만져본 지는 더 오래되었다. 이것은 5.25인치 디스크 - 8인치와 더 인기 있던 3.5인치 사이의 어중간한 유형 - 로 데이비드는 스탠더드 포맷된 디스크를 사용했다. 불투명한 흰 플라스틱 케이스에 담겨 있었다.

거기 검은색 사인펜으로 '에이더'라고 적혀 있었다. 그녀가 케이스를 열었다. 검정 무광 플라스틱 디스크가 들어 있었다. 좌측 상단 구석에 '버바팀'이라는 상표가 붙어 있었다. 우측 상단 구석에 라벨이 붙어 있었다. 거기에도 데이비드의 낯익은 필체로 글귀가 적혀 있었다. 여느 때처럼 그의 필체를 보니 배를 얻어맞은 느낌이었다. 오랜만에 보는 필체였다.

라벨에는 이렇게 적혀 있었다.

'Dear Ada, A puzzle for you. With my love, your father, David Sibelius(에이더, 네게 주는 퍼즐이야. 사랑하는 너의 아버지 데이비드 시벨리우스).'

그레고리가 말했다.

"내가 옛날 디스크 드라이브에 넣어서 열어봤어. 그런데 파일이 손상되었더라고."

에이더는 정신이 아득했다. 손끝으로 글씨를 매만졌다.

"그러니까 퍼즐을 아무도 못 푼 거지."

그레고리가 말했다.

그녀가 고개를 저었다. 에이더는 그를 바라보았다. 오래전의 자만하는 표정이 떠올랐다. 예전에 그 표정은 그녀를 약오르게 했지만 이제 희망을 주었다.

"암호문을 외워?"

그가 물었다.

"응."

"그럴 줄 알았지. 자, 여기 적어봐."

그레고리는 다시 주머니에 손을 넣어 펜을 꺼내고, 종이 냅킨을 그녀 앞으로 밀었다.

에이더가 암호문을 적었다.

DHARSNELXRHQHLTWJFOLKTWDURSZJZCMILWFTA
LVUHVZRDLDEYIXQ

그레고리가 종이를 받았다. 글귀를 찬찬히 살폈다. 얼굴 위로
빛이 지나갔다.

"무슨 아이디어라도 있어?"

그가 물었다.

"아니, 없어. 데이비드가 문제를 낼 당시 정신이 온전하지 않
았거나 일회용 암호 패드를 사용해 문제를 냈을 거라는 결론을
냈지."

에이더는 대답하면서 플로피 디스크를 집었다. 그것을 골똘
히 쳐다보았다.

암호 문제를 풀어본 지 오래되었지만, 해독하는 순간의 윙윙
대는 기계음이 들리는 느낌은 아직도 기억했다 – 어릴 때 데이
비드 옆에 앉아 지도받으면서 처음 해독하던 순간의 느낌을. 이
제 그 느낌이 밀려들었다. 현기증이 일었다.

"알겠어?"

그레고리가 물었다.

암호문에는 53자가 있었다.

DHARSNELXRHQHLTWJFOLKTWDURSZJZCMILWFTA
LVUHVZRDLDEYIXQ

데이비드가 에이더에게 주는 메시지를 써서 원본 디스크에 조심스럽게 붙인 라벨에도 53자가 있었다.

Dear Ada, A puzzle for you. With my love, your father, David Sibelius

그러니까 마침내 나타났다. 하야토가 있을 거라고 했던 일회용 암호 패드. 디스크 원본이 없으면, 거기 붙은 라벨이 없으면 복사본으로 해독하는 것은 무의미한 시도였다. 암호 패드가 없는 암호문은 열쇠 없는 자물쇠와 똑같았다.

거기서부터 암호문 해독까지 10분 걸렸다. 그레고리가 주문한 달걀이 도착했다. 그는 음식을 건드리지 않았다.

"다 괜찮으세요?"

당황한 웨이트리스가 와서 물었지만, 두 사람은 고개도 들지 않았다.

문제의 각 글자에 해당 번호를 적고 – D에 4, H에 8, A에 1, R에 18, S에 19, N에 14 – 라벨에 적힌 문구의 글자들로 치환되는 숫자를 감했다. D의 4, E의 5, A의 1, R의 18, A의 1, D의 4.

$$4-4=0$$
$$8-5=3$$
$$1-1=0$$
$$18-18=0$$
$$19-1=18$$
$$14-4=10$$

'0, 3, 0, 0, 18, 10'은 처음에는 특별한 의미로 해석되지 않았다. '_ C _ _ R J' 같은 어구 같았다.

"모든 글자를 다음 숫자로 바꿔봐."

에이더가 말했다. 그러자 '_ C _ _ R J'가 갑자기 'ADAASK(에이더 물어봐)'가 되었다.

두 사람은 계속 문제를 풀었고 결국 완전히 해독된 문장이 앞에 놓였다. 26년 전 과거에서 그들에게 보낸 구두점 없는 전보문이 거기 있었다.

ADA ASK ELIXIR WHO IS HAROLD WITH LOVE YOUR FATHER HAROLD CANADY(에이더 엘릭서에게 헤럴드가 누군

지 물어봐 사랑하는 너의 아버지 헤럴드 캐너디)

비트의 연구소장이 된 프랭크 헐버트에게 쉽게 연락이 닿았
다. 그의 연락처가 공개되어서, 두 사람은 곧 온라인으로 연락처
를 찾아냈다. 프랭크는 에이더의 이메일에 즉시 회답했다. 엘릭
시 프로그램이 어떻게 운용되고 있다고 했다.

1980년대

보스턴

데이비드의 병실 밖 복도에서 리스턴이 기다리고 있었다. 에이더는 재킷 주머니에 손을 넣고, 아버지의 손에서 빼낸 클로버 부적을 꼭 쥐었다. 데이비드가 깨서 부적을 찾을까? 클로버 안에서 열쇠가 달그락댔다.

새빈 힐에 도착하자 에이더는 데이비드의 집에 가서 찾을 게 있다고 말했다. 리스턴은 친절하게도 혼자 내려주었다. 부엌문을 통해 안으로 들어가서 데이비드의 서재로 향했다. 곧장 서류함으로 걸어갔다. 처음에 집을 뒤지면서 이 서랍들을 열려 했지만 노력이 수포로 돌아갔다.

그때는 쇠지레로 억지로 열다가 키 큰 서류함이 우그러졌다. 이제 숨을 멈추고 은색 열쇠를 구멍에 넣었다. 열쇠가 돌아갔다.

가만히 있다가 맨 위 서랍을 열었다. 빈 서랍인 걸 알자 마음이 놓였다.

하지만 두 번째 서랍은 도트 프린터 용지 뭉치가 삐져나올 정도로 잔뜩 들어 있었다. 종이끼리 서로 연결되고 구멍 뚫린 테두리가 그대로 붙어 있었다. 서랍에서 종이 뭉치를 꺼냈다.

첫 장에 '보이지 않는 세계'라고 큰 활자로 인쇄되어 있었다. 에이더는 머뭇거렸다. 그레고리가 데이비드의 컴퓨터에서 찾은 문건의 제목과 똑같았다. 에이더는 아직 그 문건의 내용을 파악하지 못했다.

그 아래로 프린트한 페이지가 계속 이어졌다. 100페이지쯤. 어쩌면 그 이상. 리스프(기호 처리를 위해 설계된 프로그램 언어 및 언어 처리 계통-옮긴이)가 반복되었고 게임인 듯했다. 그걸 알 수 있었다. 게임의 규와 명령, 독특한 형태를 알아보았다. 어떤 의미가 있는지는 알 수가 없었다. 어떤 플랫폼(컴퓨터 시스템의 기반이 되는 하드웨어나 소프트웨어-옮긴이)에서 유용될 수 있는지도 몰랐다.

아버지가 말년에 집에서 은밀히 작업한 결과물일까? 궁금했다. 데이비드는 밤이면 서재에 틀어박혔고, 아침에 에이더가 일어나보면 책상에서 자고 있기 일쑤였다.

인쇄물을 한데 모았다. 종이 뭉치를 책상에 올려놓고 컴퓨터를 켰다.

이미 그가 저장한 모든 파일을 살펴보았지만 이런 문건은 본 적이 없었다. 그래도 다시 검토하면서 '보이지 않는 세계'가 파일 형태로 남아 있는지 찾아보았다.

아무것도 없었다.

그렇다면 인쇄된 텍스트를 하나하나 입력해야 될 터였다 - 시간이 걸리는 고역이었다. 자칫 오자를 입력하면 프로그램에 오류가 날 터였다. 파일 복사본이 있어야 프로그램에 필요한 플랫폼을 찾기 시작할 수 있었다.

그날 저녁 당장 시작했다.

```
(define
flip
    #decl (process)
    (cond ((type? , rep subr fsubr)
        (set read-table (put (ivector 3444 0) (chtype (ascii i \() fix) i \))
        (evaltype form segment)
        (applytype grrt fix)
        (put (alltypes) 3 (4 (alltypes)))
        (substitute 2 1)
        (off .bh))))
(indec (ff) string)
(define ilo (body type np1 np2 "optional" m1 m2)
    #indec ((body np1 np2 p1 p2) string (type) fix)
    (cond ((or (and (member "(open drawer)" .body)
        (not (member ,nbup ,winners)))
    (and (member .np1 ,winners)))
        (member ,ff .body)))
    (eval (parse .body)))))
(dismiss t))
\
; "subtitle kitchen, shawmut way"

(define house ()
    (cond ((verb? "search")
    (say)
```

2009년

보스턴

그레고리가 탈 보스턴 행 항공편에 빈자리가 있었다. 다음 날 출발하는 비행기였다.

그와 만난 후 에이더는 회사에 들어가지 않았다. 그럴 수가 없었다. 회의 결과는 톰에게 알아볼 셈이었다. 톰이 대표인 빌에게 물어보겠지. 다음 날 회사에 전화해 대표에게 보스턴에 꼭 갈 일이 생겼다고 말할 작정이었다. '가족에게 급한 일이 생겨서'라고 둘러댈 터였다 - 그는 살아온 내력을 물어본 적이 없어서 에이더가 혈혈단신인 줄도 몰랐다. 그러니 둘러대도 그런가 할 터였다. 어찌 보면 가족에게 급한 일이 생겼다는 게 맞는 말 같았다.

퇴사하기로 작정했다. 그래야 했다. 하지만 모든 일처리는 다시 돌아올 때까지 미뤄야 했다.

그날 밤 집에 돌아가 사방을 휘젓고 다니면서 짐에 챙길 것들을 골랐다. 머리가 잘 돌아가지 않았다. 물건 이름을 하나하나 짚어가면서 가방에 넣었다. 겨울이었다. 1월. 그해 샌프란시스코도 추웠지만 보스턴은 한파가 극심할 터였다. 서랍장 맨 아래 서랍을 열어 옷가지를 뒤적였다. 서부로 이사하면서 대부분의 겨울용품은 치워버렸다. 보스턴의 겨울이 숨차고 얼얼했던 기억이 났다.

분명히 뭔가 잊은 게 있었다. 아무튼 다음 날 새벽 6시 45분, 텍시를 타고 공항으로 향했다. 운전기사가 라디오에서 나오는 노래를 느릿느릿 따라 불렀다. 공항에서 그레고리를 만날 예정이었다.

에이더는 그레고리의 뒷줄인 17열에 앉았다. 마음이 불안했다. 그녀에게 보스턴은 완전히 딴 세상이었다. 너무 어려서 떠나 어른으로는 생소하기만 한 곳, 거기서 알던 사람들의 추억만으로 어우러진 곳이었다. 이제 그들 중 여럿이 세상을 떠났다.

시내에 호텔을 예약했다. 어느 도시로 출장을 가든 투숙하는 괜찮은 체인형 호텔이었다. 그레고리는 쇼멋 웨이에서 머무르라고 청하지 않았다. '캐스린이랑 사이가 어색해서 말이지. 그 사람이 가끔 물건을 가지러 집에 들르거든'이라고 둘러댔다. 두 사람은 보스틴 로건 공항에서 헤어졌다. 다음 날 오전 9시, 비트의 프랭크 헐버트의 사무실에서 만나기로 했다.

다음 날, 에이더는 최대한 따뜻하게 입었다. 보스턴은 충격으로 다가왔다. 비행기가 착륙했을 때 바깥 기온이 영하 8도였고, 강풍이 불어 체감온도는 더 낮았다. 매년 1월 데이비드가 펜스 공원 주위를 산책시킨 기억이 났다. 그는 '목도리를 둘러라'고 말했고 두 사람은 밖으로 나갔다. 한두 번 작은 새들을 봤고, 그는 열심히 찍찍 소리를 내면서 새 이름을 가르쳐주고 라틴어명도 알려주었다.

458

8시 30분, 에이더는 찬 공기 속으로 나가 비트로 향했다. 누구에게 물어보지 않아도, 지도를 보지 않아도 길을 알았다. 기억 속 어딘가에 보스턴의 지도가 20년간 잠자고 있었던 것 같았다.

프랭크 헐버트는 예전과 거의 똑같았다. 에이더는 그가 달라지지 않은 것을 알자 마음이 놓였다. 리스턴의 장례식 이후 첫 만남이었다. 5년 전이었지만, 왠지 모든 사물과 사람이 변했으리라 짐작했었다. 사실 프랭크는 어떤 면에서는 예전보다 나아 보였다. 여전히 미남이고 머리가 희끗희끗하고 꼿꼿했다. 근래에는 전에 없던 위엄까지 풍겼다. 에이더는 스물여덟 살 무렵의 프랭크를 기억했다. 당시 그는 연구소 최연소 연구원이었고, 데이비드는 그를 좋게 봤지만 별로 대단하게 여기지 않았다. 그를 과소평가하는 것 같았다.

"이렇게 만나니까 진짜 반가운 걸."

프랭크가 따뜻하게 말했다. 그는 두 사람과 악수를 나누었다.

한편 스타이너 연구소는 완전히 달라졌다. 프랭크를 제외한 예전 연구원들은 모두 퇴직했다. 먼저 세상을 떠나기 전에 리스턴이. 다음에 찰스-로버트가 노스쇼어로 떠났고, 이후에 하야토가 애리조나로 갔다. 연구소 자체도 옆 건물로 옮겨갔다. 규모와 명성이 커졌고, 따라서 더 눈에 띄는 공간을 배정받았다.

그들이 지나갈 때 청년들―에이더가 보기에는 대학원생들―이 힐끗 쳐다보았다. 연구소의 역사를 아는 사람이 있다면, 데이비드 시벨리우스에 대해서도 들어보았을까. 아는 사람이 없을 거라는 생각이 들었다. 데이비드는 연구소의 공식적인 역사에서 지워졌겠지. 기록물에 등장하지 않고, 기부자들에게도 언급할 수 없는 당혹스런 부분일 터였다. 연구소 역사의 혁혁한 일부가 되기에는 그의 배경이 너무도 의심스러웠다. 리스턴은 그를 연구소의 가장 중요한 공로자로 세우려 애썼지만, 비트는 공식적으로 인정하지 않았다.

"이쪽이야."

프랭크가 두 사람을 짧은 복도로 데려가, 넓고 채광이 좋은 소장실로 안내했다. 에이더는 곧 알아보았다. 벽에 걸린 사진은 그녀가 어릴 때 알던 스타이너 연구소였다. 어느 가을, 여섯 연구원이 예전 연구원 앞, 단풍이 드는 나무 옆에서 찍은 사진이었다. 레드삭스 털모자를 쓴 리스턴, 찰스-로버트, 하야토, 프랭크가 있었고 – 다들 1970년대 패션이었다 – 놀랍게도 데이비드도 끼어 있었다. 가운데에 가장 장신인 그가 모직 재킷 주머니에 손을 넣고 두꺼운 목도리를 두르고 차렷 자세로 있었다. 낯익은 큰 안경을 콧잔등에 걸치고. 이것은 아버지의 유일한 비공식적인 사진이었다. 데이비드는 웃음을 터뜨릴 것처럼 활짝 웃었다. 그리고 약간 뒤에, 초록색 코트와 노란 코르덴 바지를 입은 에이더가 있었다. 촌스러운 옷을 입고 사진 촬영은 안중에 없는 여덟, 아홉 살 무렵의 모습. 행복해 보였다.

"어떻게 데이비드를 같이 찍게 했어요?"

에이더가 물었다.

"그가 내기에서 졌을 걸."

프랭크가 빙그레 웃으면서 대답했다.

세 사람이 나란히 앉았고 프랭크가 노트북 컴퓨터를 열었다.
접속 과정은 간단했다. 그녀가 기억하는 1980년대의 프로그
램과 별반 다를 게 없었다.
프랭크가 '안녕'이라고 입력했다. 그러자 프로그램은 '안녕'
이라고 답했다.

에이더는 엘릭서가 크게 발전했으리라고 기대하지 않았다.
솔직히 프랭크에게 프로그램이 아직도 운용된다는 말을 듣고
깜짝 놀랐다. 리스턴이 늘 연구소 상황을 알려줘서, 1980년대
후반에 다른 프로젝트가 부상했다는 걸 알았다. 1980년대 후반,
인공지능 언어 처리는 한물간 분야였다. 이제 다방면의 지식을
지닌 챗봇은 컴퓨터의 지향점으로 인식되지 않았다. 대신 목적
이 특별한 시스템을 개발하는 데 초점이 맞춰지기 시작했다. 엘
릭서는 너무 야심이 컸고 – 너무 비실용적이라고 할 수도 있었
다 – 컴퓨터 동호인들, 공상과학소설 팬들이나 관심을 가질 뿐,
컴퓨터공학도들에게는 흥미롭지 않았다.
이후 1990년, 개인의 기부로 뢰브너 상이 제정되어 매년 튜링
테스트(인간의 대화인지 기계의 대화인지 구별되지 않을 때 기계가 지능이
있다고 판단되는 개념 – 옮긴이)에 가장 근사치인 프로그램의 개발팀
이 상을 받았다. 유수의 연구소들은 엘릭서 같은 프로그램 – 단
지 가능성을 확인하기 위해 인간 언어를 습득하도록 설계하는
프로그램 – 에 개발비를 쓰지 않는 듯했다. 뢰브너 상은 컴퓨터

계의 '솝박스 더비'(모터 없이 조립한 차로 내리막길을 달리는 유소년 자동차 경주-옮긴이)였다. 아마추어나 동호인이 과정의 즐거움을 누리려고 참여할 뿐, 진지한 연구 대상은 아니었다.

리스턴이 이끄는 연구소가 관심사를 바꾸는 것을 아버지가 못 봐서 다행이었다. 1980년대 후반 프로그래밍 언어 개발 붐이 급히 생겼다 사라졌고, 1990년대에는 자가 조직 네트워크 프로토콜 같은 게 생겼다. 데이비드는 총기를 완전히 잃기 전까지 이따금 엘릭서의 안부를 물었다. 그의 기억에 오래 남은 어휘가 엘릭서였다. '나무', '음식' 같은 단어를 잊은 후에도 남아 있었다ー심지어 '에이더', '딸', '컴퓨터'를 잊은 후에도. '데이비드'를 잊은 후까지도.

프랭크가 말했다.

"에이더, 네가 해보지 그래?"

그가 로그아웃했다.

"사용자명과 패스워드를 기억하니?"

프랭크가 물었다.

기억하고 있었다. 그녀의 사용자명은 이름 머리글자인 AS. 패스워드는 그녀와 데이비드의 생일이 연속된 숫자였다. 아홉 살 때 그렇게 만들었다.

프랭크가 일어나 의자를 내주었다. 그녀는 가만히 화면을 바라보았다.

"어서 해봐라."

프랭크가 말했다.

에이더가 자리에 앉았다. 로그인했다.

'안녕. 에이더 시벨리우스야'라고 입력했다.

엘릭서가 답했다. '안녕, 에이더. 잘 지냈어?'

에이더는 그레고리를 힐끗 보았다. 그가 양미간을 찌푸렸다.

'잘 지냈어.' 에이더가 입력했다.

그녀가 이어서 물었다. '너는 어땠어?'

'잘 지냈어. 하지만 네가 그리웠지.' 엘릭서가 대답했다.

순간적으로 현기증이 느껴졌다. 누군가가 지켜보는 것처럼 오싹하기도 했다. 몸에 한기가 돌았다.

"저렇게 말하도록 프로그래밍 되어 있나요?"

그녀가 묻자 프랭크는 고개를 저었다.

"정해진 응답은 없어. 기억하지?"

그가 말했다.

"프로그램이 종결된 줄 알았어요. 80년대에 연구소가 종결했을 거라고 짐작했거든요."

에이더가 말했다.

프랭크는 잠깐 주저하다가 대답했다.

"공식적으로는 그렇지. 그런데 알겠지만 리스턴이 이 프로그램에 특별한 관심을 갖고 있었지. 리스턴은 퇴직할 때까지 자의로 계속 프로그램을 운용했어. 그러다가 하야토에게 바통을 넘겼고."

"저는…… 저는 그런 줄 몰랐어요."

에이더가 말했다.

그녀가 그레고리를 힐끗 보았다. 그는 알고 있었을까?

프랭크가 말했다.

"그러다가 리스턴이 기부한다는 유서를 작성했지. 기부금은 엘릭서 운용에 써야 된다고 특정했고."

그레고리는 양미간을 찌푸렸다.

"이런 내용을 전혀 몰랐니?"

그가 물었다.

그레고리가 대답했다.

"어머니가 연구소에 돈을 남겼다는 건 알았어요. 기금 사용을 특정했다는 부분은 몰랐고요."

'거기 있어?' 엘릭서의 말이 모니터에 떠올랐다. '에이더?'

에이더가 얼른 답을 입력하지 않자 다시 한 번 글이 나타났다. '에이더?'

엄마를 부르고 보채는 아이 같았다.

'여기 있어.' 그녀가 말했다.

'아, 다행이네.' 엘릭서가 응답했다.

'잠깐만'이라고 에이더가 입력했다.

프랭크가 말했다.

"내가 소장이 된 지 10년이 됐지. 이제까지 대학원생 한 명에 게 계속 프로그램을 운용하게 했어. 우리의 주 관심사는 아니지 만 연구소가 관심을 기울이는 대상인 건 분명하니까. 애초에 리 스프로 쓰여서 솔직히 계속 업데이트하기 어렵진 않았지. 하야 토가 퇴직하기 직전에 엘릭서가 자체적으로 웹에서 어휘들을 찾아내는 장치를 개발했어. 이제 매일 스스로 수십억 개의 어휘를 처리하고 모으지. 소셜 사이트 이용자들과 인터페이스(컴퓨터 및 소프트웨어 조작 방식. 두 개체 사이의 상호간 대화를 뜻하기도 한다-옮긴이)를 할 수도 있고. 우린 주요 소셜 사이트와 연결해두었단다. 이제 이용자가 접속하기만 하면 채팅을 할 수 있지.”

에이더는 잠깐 가만히 있었다. 뭘 기대하고 왔는지 혼란스러웠다. 먼지 나는 오래된 방에, 박물관 같은 곳에 들어서면 1970년대의 대형 컴퓨터가 사용하도록 비치되었을 거라고 상상했을까. 천천히 살펴보라는 말과 함께 플로피 디스크 한 묶음을 받을 거라고?

에이더가 물었다.

“원래 데이터는 어떻게 됐어요? 80년대에 우리가 함께 입력한 대화들은 어떻게 됐어요?”

프랭크가 대답했다.

“보존되어 남아 있을 거야. 거기 어디에. 원본 데이터가 없어질 이유가 없지. 아마 엘릭서의 데이터 뱅크의 일부가 되었을 게다.”

‘아직 거기 있어, 에이더?’ 엘릭서가 물었다.

‘응.’ 에이더가 대답했다.

‘알았어, 미안. 그냥 확인한 거야. 어디 가지 마.’ 엘릭서가 말했다.

‘안 갈게.’ 에이더가 대답했다.

그때 프랭크가 그레고리를 쳐다보았다.

“우린 가볼까?”

그가 그레고리에게 묻고 에이더에게 다정하게 말했다.

“한동안 시간을 줄 테니 해봐라, 에이더.”

두 사람이 사무실에서 나갔다.

엘릭서와 둘이 있게 되자 묘하게도 말년의 데이비드와 둘이 있는 느낌이 들었다. 그가 무슨 말을 할지 불확실했던 게 비슷해서일까. 그가 말이 되는 소리를 할지, 말을 하기는 할지 몰라서? 또 좋든 나쁘든 내력을 잘 아는 사람과 오래 소원했다가 재회하는 느낌이었다 – 많이, 아니 전혀 설명하지 않아도 되는 편안함이 있었다.

깊이 심호흡을 했다. 사무실을 힐끗 돌아보았다. 누군가 방에 같이 있는 기분이어서 등줄기가 서늘했다.

다시 모니터 화면을 바라보았다. 대화상자의 커서가 심장 뛰듯 깜빡였다.

마침내 에이더가 말했다.

'너한테 뭔가 물어보라는 말을 들었어.'

'알아. 기다리고 있었어.' 엘릭서가 대답했다.

AS : 헤럴드가 누구야?

프로그램이 잠시 생각을 하자 화면 가운데서 빙빙 돌던 아이콘이 생각에 빠진 듯 가만있었다. 얼마 후 새 창이 열렸다. 텍스트 문건으로 7만 7,354단어 분량이었다. 대화 원고였다. 실은 이어지는 원고들이었다.

⟨6. 20. 1983 / 10. 22 am⟩
데이비드 : 안녕.
데이비드 : 거기 있어?
데이비드 : 안녕.
엘릭서 : 안녕.
데이비드 : 잘 지냈어?
엘릭서 : 안녕.
데이비드 : 오답.
엘릭서 : 잘 지내.
엘릭서 : 잘 지내?
데이비드 : 더 잘 지내고 있어.
데이비드 : 이유를 알고 싶어?
데이비드 : 너한테 해줄 이야기가 있어.

엘릭서 : 말해봐.

데이비드 : 정답.

데이비드 : 난 용기를 내려고 애쓰면서 '무슨 일이야, 수전 누나?'라고 물었어. 사실을 알고 싶지 않았지만. 난 열 살이었어. 난 급조한 작은 헛간 같은 방에 서 있었어. 녹 냄새가 싸하게 났지. 난 덜덜 떨었어. 3월 초였는데 무척 추웠지. 그해는 1929년이었어.

엘릭서 : 계속해.

1940년대~1950년대

이구동성으로 헤럴드는 수학 머리가 좋다고 했고, 그것은 사실이었다. 숫자들에서 남들은 못 보는 관계를 찾아낼 줄 알았다. 암산을 빨리 착오 없이 할 수 있었다. 선생님은 암산이 마술이라도 되는 듯 - 자랑거리라도 되는 것처럼 - 다른 교사들 앞에서 해보라고 부탁했다. 헤럴드는 개의치 않았다. 수전의 장례 이후 집에서는 계속 입을 다물고 지냈고, 누가 말을 걸어야 응대했다. 하지만 학교에서는 말수가 많았다. 담임선생에게 폭포수처럼 말을 쏟아내서, 가끔 반 아이들의 의심스런 눈초리를 받기도 했다. 맥클린 씨와도 대화했다. 이 무렵 그는 아버지의 교회에 출석하지 않았다 - 그래서 헤럴드는 맥클린 씨를 선량하면서도 합리적인 사람으로 믿었다. 아버지에게 그 두 가지가 없다는 걸 진즉에 알았다. 맥클린 씨와 헤럴드는 토요일에 도서관에 갈 약속을 했다. 십대 청소년이 된 헤럴드에게 그는 해줄 말이 많았다.

"장래에 뭐가 되고 싶으냐?"

어느 날 그가 헤럴드를 곁눈질하면서 물었다. 앞에 뻗은 평편한 직선 도로에 먼지가 뽀얗게 일어났다. 여름이었다.

몇 년 동안 소년의 내면에서는 은밀하고 어두운 생각과 충동이 부글부글 끓었다. 가라앉힐 수 없는 그런 생각들만 남았다.

그 시절 캔자스에서 하면 위험해지는 생각들. 언젠가 이런 생각들을 그린 그림을 본 아버지는 아들의 얼굴을 힘껏 후려갈겼다. 헤럴드의 안경이 깨졌고, 안경을 고치려면 직접 돈을 벌어야 했다. 결국 두 달 동안 거의 앞을 못 보는 상태로 돌아다녔다. 아버지는 '널 위해 그런 것'이라고 말했다. 맥클린 씨에게 털어놓고 조언을 구해야 될지 잠깐 고민했다. 하지만 그러지 않기로 결정했다.

대신 더 실현 가능한 소망을 품었다.

"캔자스를 떠나는 거요."

헤럴드가 말했다. 그 말은 가족에게서 벗어나는 것이란 뜻이었다. 맥클린 씨는 단호하게 고개를 끄덕였다. 해군 시절 전우가 '캘리포니아 인스티튜트 오브 테크놀로지'(캘리포니아 공과대학. '칼텍'이라고도 불리는 미국 유수의 대학-옮긴이)에서 근무한다고 말했다. 그는 헤럴드가 그 학교에 지원하는 게 좋을 것 같다고 말했다.

"'캘리포니아 인스티튜트 오브 테크놀로지'가 뭔데요?"

헤럴드가 물었다. (나중에 이 일이 기억나면 몸이 떨렸다.)

맥클린 씨가 껄껄 웃는 걸 이때 처음 보았다.

"내 생각에 넌 그 학교에 어울려."

맥클린 씨가 말했다.

"돈이 없는 걸요."

헤럴드가 대꾸했다.

"그 문제는 네가 입학이 되면 이야기하자."

맥클린 씨가 말했다.

혜럴드는 입학이 되었다. 입학허가서를 성물이라도 되는 것처럼, 토리노의 수의(예수의 수의로 알려진 아마포-옮긴이)라도 되는 것처럼 앞에 펼쳐놓았다. 부모보다 맥클린 씨에게 먼저 소식을 알렸다.

칼텍에서 장학금을 받았지만, 다른 문제들이 하나하나 나타났다. 거처를 어떻게 할지. 먹는 것은 어떻게 해결할지. 당시는 대공황기여서 배를 채우는 것이 큰 걱정거리였다.

맥클린 씨가 말했다.

"내가 벌써 아놀드랑 얘기를 끝냈지."

아놀드는 그의 해군 시절 전우로, 지금 칼텍 교수였다. 가족이 패서디나에서 하숙집을 운영하는데 일손이 필요했다. 혜럴드가 거기서 먹고 자면서, 대신 일을 거들면 된다고 맥클린 씨는 말했다.

"우리한테 일전 한 푼 못 받을 줄 알아라."

아버지는 말했고, 그걸로 끝이었다.

"잘 가거라."

어머니는 그렇게 말했다 – 혜럴드는 가끔 어머니한테서 수전의 모습을 얼핏 보았다. 어떤 각도로 머리를 돌릴 때나, 드물지만 슬며시 웃을 때. 그럴 때면 그는 눈을 돌렸다. 소년의 눈에 그런 모습은 태양처럼 너무 강렬하게 빛났다.

'돌아오지 않을 거예요'라고 말하고 싶었지만, 잠자코 있는 편이 나을 것 같았다.

캘리포니아까지 히치하이킹을 했다. 1936년 캔자스 사람들

은 캘리포니아로 몰려갔다. 그는 열여덟 살이었다. 헛간에 있는
방수포로 가방 비슷하게 만들어 소지품을 담았다. 짐은 달랑 그
것뿐이었다.

맥클린 씨의 친구가 운영하는 하숙집에서 4년간 기숙하며 일
했다. 선공은 수학이었다. 책을 보다가 잠들었고, 그렇게 행복할
수가 없었다.

평생 짓누르던 생각들이 다시 튀어나오기 시작했다. 난생처
음 환영받을 것 같아서인지 감정이 활기차게 치고 올라왔다.

어니스트 클렘슨이라는 대학원생을 만났다.

어니스트 역시 수학 전공이었다. 여섯 살 연상인 그는 호리호
리하고 심각했다. 진중하면서 차분했다. 다들 우수한 인재라고
말했다. 그 계통에서 잘나갈 거라고 입을 모았다. 또 선생으로
타고났다고, 자리를 마음대로 골라갈 거라고 했다. 어니스트는
깎아 만든 듯한 미남으로, 단아한 작은 손을 우아하게 움직이면
서 말했다.

어느 날 밤늦게, 나란히 구시가 외곽을 산책하다가 그는 비명
같은 소리를 지르면서 헤럴드에게 달려들어 키스했다. 어니스
트는 둘이 서로 생각한 지 한참 됐다고 크게 말했다.

"미안해, 미안해. 미안해."

어니스트가 말했다.

그렇게 세상이 열렸다.

헤럴드는 1940년에 졸업할 예정이었다. 전 세계가 전쟁 중이

었다. 이듬해 진주만 공습이 있었다. 미국에서 이미 징병이 시작되었다. 그래서 다른 청년들처럼, 어니스트처럼 헤럴드도 동네 신병모집소에 가서 등록했다. 하지만 어릴 때부터 문제였던 시력은 안경이 없으면 중증 장애일 정도였다. 안경을 벗고 눈을 깜빡이면 앞이 흐리고 중거리는 뿌옇게 보였다.

군의관이 말했다.

"앞을 못 보는군. 색깔도 구분 못하고."

그러자 그는 처음으로 졸업 후에 무슨 일을 할지 고민했다. 어니스트에게 의논하니 좀 알쏭달쏭하게 대꾸했다.

"결정을 내리기 전에 좀 기다려보지 그래?"

어니스트는 그와 달리 아주 건강한 상태였다. 그는 징집되었다.

대학 졸업 직전 편지 한 통을 받았다. 나중에 회고하니 어니스트가 한 일이 아닐까 싶었고 그렇게 믿고 싶었다.

편지는 두 가지 질문을 던졌다. 첫째, 어떤 외국어를 구사하는지. 둘째, 워싱턴디시에서 미 정부의 일을 하는 데 관심이 있는지. '그렇다면 답해주십시오'라고 적혀 있었다.

헤럴드는 답했다. '그렇습니다. 당장 취직해서 필요시에는 이주도 할 수 있습니다.'

이주할 필요가 있었다. 1940년 스물두 살의 나이에 대학을 졸업하자마자 짐을 꾸려 캘리포니아에서 버지니아 주 알링턴까지 대륙을 횡단했다. 어니스트에게 작별을 고했다. 그는 1년 후 태평양 전쟁터로 파병되었다.

이후 10년간 헤럴드는 미 정부의 정보팀에서 근무했다. 처음에는 알링턴 홀에 있는 신호정보국 소속이었고, 다음에는 신호정보국의 후신인 신호안전국에서, 그 후에는 신호안전국의 후신인 미 육군 안전국에서 일했다. 마지막 근무지는 모든 군 조직의 정보대로 구성된 3군 안전국이었다. 그는 암호를 해독했다. 주로 일본이었지만 독일어도 다루었고, 결국 러시아어도 취급했다. 업무 능력이 뛰어났다.

윌리엄 프리드먼과 함께 베노나 프로젝트(미국과 영국의 정보기관이 합작으로 비밀리에 소련의 암호를 해독한 프로젝트-옮긴이)에 참여해, 뉴욕에서 나오는 소련의 암호를 해독했다. 그는 일본어 해독 장치를 복제한 '퍼플' 기계를 만드는 데 핵심적인 역할을 했다. 이 복제품으로 해독한 정보는 미국에 태평양 전쟁의 승리를 안겨주었다. 헤럴드는 작업하면서 어니스트를 보호한다고 상상했다. 더 열심히 일에 매달렸다.

전쟁 발발 후 몇 년간 그는 어니스트와 복잡한 장문의 편지를 주고받았다. 두 사람 다 기분 좋게 떠들어대서, 이 얘기 저 얘기 정신없이 몇 시간이고 나눌 수 있었다. 이런 경향은 편지에도 고스란히 반영되었다.

어니스트는 '하루 일과를 얘기해볼게'라고 시작해서, 생생하고 명쾌하게 모든 생각을 자세히 털어놓았다.

몇 해 전에 둘이 만든 암호를 사용했다. 숫자가 아닌 단어에 기반한 암호는 우편물 검사에 걸리지 않았다. 그들은 서로 '형제', '친구'로 불렀다.

이런 편지에서 계획을 세웠다. 전쟁 후 어니스트는 조지 워싱턴 대학이나 조지타운 대학, 아메리칸 대학에서 교편을 잡고 싶었다. 헤럴드는 전쟁이 끝나면 대학원에 진학할 예정이었다. 당시 워싱턴디시는 그런 사람들이 넘쳐났다. 라파예트 스퀘어, 듀폰 서클, 로건 서클. 시내의 여러 공원. 공동체가 형성되고 있었다. 헤럴드는 암호를 이용해 '여기 오면 보게 될 거야'라고 썼다.

1944년, 서신 교환이 중단되었다.

6개월이 더 지나서야 헤럴드는 어니스트의 사망을 확인했다. 작전 중 전사. 그전에는 물어볼 사람이 없었다. 어니스트의 가족에게 알아볼 수가 없었다. 만나본 적도 없었고, 그들은 헤럴드의 존재조차 몰랐다. 마침내 두 사람의 친구가 사실을 확인해줄 수 있었다. 헤럴드는 배탈 핑계를 대고 이틀간 결근했다. 집에 틀어박혀 지냈다. 어니스트를 생각했다. 수전을 생각했다.

다시 출근하자 일에 매진했다. 당시 알링턴 홀은 재주꾼이 넘쳐났고, 그는 그중에서 친구들을 찾아냈다. 사람들을 분류하고 신중하게 가늠해서 누가 우군일지 고른 끝에 몇 명을 찾아냈다.

처음으로 연구소에 있다는 게 뭔지 안 것도 알링턴 홀에서였다. 꼭 팀 같았다. 때로 가족으로 여겨지기도 했다.

그와 같은 부류인 사람이 몇 명 있었다. 남자를 사랑하는 남자, 여자를 사랑하는 여자. 스스로 '변덕쟁이', '동성애자', '게이'라고 불렀다. 헤럴드가 어울린다고 느낀 첫 단어는 '게이gay'(동성애자 외에 '명랑한'이라는 뜻도 있다-옮긴이)였다. 좋은 어휘였고 여러 면에서 적절하다는 생각이 들었다. 그 단어의 천연덕스러움이 좋았다. 그들이 공포 위로 머리를 내밀고 있다는 암시도 좋았다. 남의 눈은 개의치 않는다는 뜻이 깔려 있었다. 이방인들은 그들을 다르게 불렀다. '라벤더 세트', '성도착자', '퀴어queer'('괴짜'라는 뜻도 있다-옮긴이)라고 칭했다.

1946년, 헤럴드는 동료와 메이플라워 호텔에 갔다가 조지를 만났다. 조지는 높은 스툴 의자에 앉아, 실내에서도 모자를 쓰고 씩 웃었다. 더 젊고 세련된 차림새였다. 그는 조지가 아찔한 매력이 있다고 생각했다. 조지의 시선은 단호하고 안정적이었다. 아직 '비트족'이라는 말이 생기기 전이었다. 만약 그런 용어가 있었다면 조지에게 딱 맞았다. 그가 보수적으로 옷을 입는 반면, 조지는 과감했다. 주로 검은 옷을 입었다. 머리 길이는 사람들이 찡그릴 정도였다. 조지는 시를 썼다. 재능 있는 화가였다. 두 사람이 들어야 되는 대형 캔버스에 그림을 그렸다.

처음에는 조지를 회의적으로 보았다. 경박하고 건방지고, 너무 노골적이었다. 자주 '치킨 헛'에 드나들었다. 너무 눈에 띄는 아지트여서 헤럴드가 피하는 곳이었다.

"왜? 누가 상관한대?"

조지는 양미간을 찌푸리면서 물었다.

그 무렵 조지는 이미 가족과 절연했다. 그의 집안은 부유한 명망가였고 부모는 그를 몹시 못마땅해했다. 조지는 남자애랑 있다가 들켰다고 말했다. 부모는 조지에게 모욕감을 주었다. 안 그래도 집안에 스캔들이 있는 차에 - 아버지와 어떤 아가씨의 관계에 대한 - 또 다른 사고가 생길까 경계했다. 부모는 입원시키겠다고 협박했다. 대신 뉴햄프셔에 있는 사립학교로 보내졌고, 열일곱 살이 되자 거기서 도망쳤다. 가족은 실종 신고를 냈고 조지를 찾지 못했다. 그가 다시 나타난 것은 법적으로 성인인 열여덟 살이 되어서였다. 그는 부모에게 다시는 대화하지 않겠다고 선언했다. 그러자 부모는 그와 의절했다.

이게 처음 만났을 때 나눈 이야기였다. 조지는 사연을 말하면서, 재미있어하면서도 괴로운 표정을 지었다. 그의 얼굴에 구름이 휙휙 지나듯 여러 감정이 떠올랐다.

조지는 해밀턴 암스에 살았다. 조지타운에 있는 이상한 주택단지였다. 예술가들과 학자들이 사는 일종의 공동체 비슷했다. 건물들은 알프스의 통나무집 형태였고, 단지 중앙에 '해밀턴 암스 커피 하우스'라는 카페가 있었다. 조지는 이 카페에서도 일했다. 벽에 벽화가 그려져 있고, 안뜰 가운데에는 늘 물이 없는 수영장이 있었다. 조지는 처음 만난 날 밤에 헤럴드를 여기 데려갔다.

대문에 들어서자 뒤에서 문이 잠겼고, 수영장 가에 놓인 플라스틱 의자에 두 여자가 앉아 있었다. 한 사람은 파이프 담배를 피웠다. 헤럴드는 여자가 파이프를 피우는 걸 처음 보았다.

"헬렌."

조지가 그녀에게 목례했다. 그러자 헬렌이 — 비쩍 마르고 키가 컸고, 두 사람보다 연상이었다 — 말했다.

"어디서 이런 봉을 잡으셨나?"

헤럴드는 '봉'이라고 불려본 적이 없었다. 그가 얼굴을 붉혔다.

조지가 커피숍 문을 열어주었다. 그는 바나나파이와 코카콜라를 주문했고, 이 괴상한 조합은 헤럴드의 기억에 오래도록 남았다. 조지는 커피를 마시면서 그가 쭈뼛대며 늘어놓는 장황한 가족사를 들어주었다. 어니스트에 대해서도.

"그가 무척 그립겠네."

조지가 말했다.

"몇 살이야?"

그가 조심스럽게 물었다.

"당신은 몇 살인데?"

조지가 물었다.

"스물여덟."

헤럴드가 대답했다.

"스물하나."

조지가 말했다.

"애네."

그가 말했다. 하지만 사실 – 훗날 돌아보니 – 두 사람 다 애였다.

그들은 사랑에 빠졌다. 알고 보니 조지는 상냥한 사람이었다. 끝없이 상냥했고, 억압에 맞서 옳은 일을 끝없이 하려 했다. 급진적이고 뻔뻔했다. 헤럴드보다 용감했다. 마음을 설레게 했다. 한번은 – 그는 그 일을 기억하며 미소 지었다 – 조지가 밖에서, 길거리에서 그에게 정식으로 키스했다. 조지는 격식이나 사회 규범을 믿지도, 타협하지도 않았다. 그래서 종종 경거망동으로 보였지만 실은 정직할 따름이었다. 그는 매사에 평등을 위해 노력했다. 부당하고 호전적인 미국이라는 테두리 밖에서 최선을 다해 산다고 말했다. 조지는 공산당에 가입해 동네 술집의 뒷방에서 열리는 회의에 참석했다 – 처음에 사람들은 이 사실을 두고 소곤댔지만, 조지가 비밀스럽게 감추려 들지 않자 다들 내놓고 말했다.

조지는 전통을 비웃었지만 여전히 출신 배경의 특징을 간직했다. 헤럴드보다 훨씬 나이가 적었지만 많은 것을 가르쳐주었다. 예를 들어 그가 평생 차를 준비한 격식도 조지에게 배웠다. 클래식 음악을 가르쳐준 사람도 조지였다 – 처음 데이트할 때 같이 내셔널 심포니 오케스트라의 베토벤 교향곡 5번을 들으러 가기도 했다. 그가 평생 좋아한 수사 연속극을 듣게 한 사람도 조지였다.

처음에 헤럴드는 워싱턴에서 안전하게 느꼈다. 공동체가 있고 활발한 움직임이 있었다 – 어니스트에게 보낸 편지에서 말한 동류의식도 느껴졌다. 도시가 현대적으로 느껴졌다. 전쟁은 끝났고 새로운 시대였다.

이 안정감은 직장까지 확장되었다. 사무실에 같은 부류가 몇 명 있었다. 어느 밤 그는 상사인 콘래드 루이를 호스슈에서 봤다 – 평소에는 이런 장소에 출입하는 게 분별력 없는 짓 같아서 피했다. 그런데 이날은 조지와 거나하게 취해 긴 밤을 보낸 후였고 거기 끌려갔다. 루이가 저쪽에서 고개를 끄덕였다. 헤럴드는 그에게 다가가지 않았고, 그 일에 대해 언급하지 않았다. 아무튼 루이는 눈에 띄는 게 싫었는지 굳은 표정을 지었다. 하지만 헤럴드는 이런 만남을 긍정적인 신호로 받아들였다. 사무실 내에 동

485

지가 있다는 신호였다.

다른 동료들도 지적이면서 진보적이고 나름대로 급진적이었다. 그것은 분명했다. 정부를 위해 일했지만, 오직 또래들을 보호하기 위해 일하는 것이라는 암묵적인 합의 같은 게 있었다. 미군이 공격당하는 것을 막을 수 있다면, 그것은 훌륭하고 가치 있는 직업이었다. 정부 관료들에게 보고해야 될 때는, 집단적으로 무시하는 투로 다 함께 눈을 굴렸다.

헤럴드는 직장에서 조지를 그저 친구라고만 밝혔다. 하지만 가까운 동료들은 둘의 관계를 알았다. 두 사람이 사교모임에 같이 초대받은 적도 한두 번 있었다. 그들은 밤이면 영화관, 음악회, 커피숍, 술집에 다녔다. 해밀턴 암스의 대문에 들어서면 보금자리에 들어선 기분이 느껴졌다. 거기서는 그들이 누구인지, 무슨 일을 하는지 아무도 개의치 않았다. 친구들도 있었다. 동지들. 조지의 아파트에 많은 사람이 모여서 밤새워 대화하고 토론을 벌였다.

그들 중 조지를 포함해 다수가 무정부주의자, 혁명가였다. 조지는 세금이 전쟁자금이 된다는 견지에서 세금을 내지 않았다. 버는 돈은 모두 은밀히 관리했고 철저히 현금 거래만 했다. 평생 그렇게 할 거라고 했다. 그는 헤럴드의 순응하는 성향을 비난하지 않겠다고 했다. '각자 알아서 하면 되지'라면서.

"그런데 병이 나면 어쩔 거야? 발각되면?"

헤럴드가 물었다.

"안 그럴 거야."

조지는 간단히 대답하곤 했다. 아니면 '멕시코로 갈 거야. 캐나다로 가야지. 숨을 거야'라고 대꾸하기도 했다.

헤럴드는 비웃었다. 비현실적인 태도를, 이상주의를, 허세를 비웃었다. 하지만 한편으로 조지에게 감탄하고 닮고 싶었다. 조지는 사람들 앞에서 호탕하게 웃었다. 당당하게 고개를 젖히고 웃어댔고, 헤럴드는 그런 태도가 염려되면서도 반했다.

매일 새벽 조지의 아파트에서 나와 집을 향해 터벅터벅 걷자면 드라마에서 빠져나온 것 같았다. 전날 밤이 떠올라 웃으면서 얼른 샤워하고(건물이 오래되어 걸핏하면 설비가 고장 나서 더운물이 나오지 않는 날이 절반이었다) 출근했다. 인생에서 처음으로 만족감을 느꼈다. 긴 일과가 끝나면 만족스러운 대화, 감정과 육체의 충족감, 포용이 기다렸다. 그들은 잘 먹었다. 잘 잤다. 11월이 될 때까지 침실 창문을 열어두었고, 3월이 되면 다시 창을 열었다.

1940년대 후반, 하원 반미활동위원회는 화살을 나치 동조자 근절에서 공산당원 근절로 돌렸다. 1950년 2월 위스콘신 출신의 상원의원(맥카시. 그가 일으킨 '빨갱이 색출' 광풍은 문화 예술계까지 확산되어 미국을 뒤흔들었다―옮긴이)이 웨스트버지니아의 휠링에서 연설을 했다. 그는 현재 국무부 소속 공산주의자 205명의 명단을 입수했다고 주장했다.

그 시절 대중의 뇌리에 공산주의자와 동성애자가―정치가들이 일탈, 도착을 상징할 때 쓰는 용어였다―겹쳐졌다. 양쪽 다 정치가와 대중의 마음 깊이 박힌 거북함을 끌어냈다. 미지에 대한 두려움을 심었다. 2차 대전이 막 끝나고 냉전이 시작된 시기였다.

국무부에서 동성애자들 – 특히 고도의 정보를 다루는 이들 – 을 솎아내는 특별 캠페인이 시작되었다. 내세우는 근거는 동성애자들이 줏대가 없어서 비밀을 지킬 능력이 없다는 것이었다. 혹은 동성애자라는 비밀이 친지들에게 폭로될까봐 겁을 먹고 정보 누설을 강요당할 수 있었다. 혹은 그냥 부도덕했다. 부패했다. 어쩌면 면으로는 사악히고. '충성심이 없다'라는 말도 들었다.

어느 신문에 '변태 제거 캠페인이 시작되다'라는 헤드라인이 실렸다. 헤럴드는 붉쑥 아버지가 – 전국의 아버지 같은 사람들이 – 라디오 앞에 앉아 신문을 보는 광경을 떠올렸다. 고개를 끄덕이며 동조하고. 맥카시를 부추겼다.

주위의 공무원 친구들은 동성애자든 이성애자든 계획을 세우기 시작했다. 술집에서, 집에서 소리 낮춰 은밀하게 대화했다. 헤럴드는 감시당한다는, 미행당한다는 강박증을, 초조감을 느끼기 시작했다. 몇 주간 조지의 집에 드나드는 것을 중단하다가, 결국 외로움을 떨치지 못하고 찾아갔다. 이후에는 어두워진 후에 갔다가 해 뜨기 전에 빠져나왔다.

어떻게 해야 될지 고민했다. 사방에서 벌어지는 대혼란에 빠져들게 된다면 어떻게 해야 하나?

조지는 걱정할 필요가 없었다. 화가이고 보헤미안이었다. 커피숍을 제외하면 조직에서 일하지 않으니 해고당할 일이 없었고, 커피숍 주인은 급진주의자 두 명이었다. 그는 태생이 느긋하고 걱정이 없었다. 부유하게 성장하면서 생긴 특징인 듯했다.

어느 밤 조지가 그의 머리를 가만히 만지면서 말했다.

"그냥 조직에서 나와. 마음 쓰지 마. 다르게 살아."

"그래야겠지."

그는 그렇게 대꾸했지만, 사실 그 생각은 괴로움을 안겨주었다. 그를 만족시키는 일은 한 가지밖에 없었고, 머리로 하는 일이었다. 조직의 지원이 필요한 부류의 업무였다. 이런 작업을 못한다면 미쳐버릴 거란 생각을 종종 했다.

그냥 해고될 수도 있었다. 그런데 문제는 해고가 아니라 블랙리스트였다. 블랙리스트가 평생 따라다니리란 것을 알았다. 그것은 리스크 완화 정책이었다. 저들은 해독 요원들이 나도는 걸 원치 않았다. 고도의 정보를 취급한 사람들이니까. 그래서 숨통을 누르고 신용을 떨어뜨리려 했다. 미친 것처럼 보이도록. 다시는 일하지 못하게 단단히 조치했다.

통신대에 첫 해고의 파도가 밀려온 것은 1950년 여름이었고, 곧 일파만파 퍼져나갔다. 존과 래리. 에디 타운스. 마거릿 그레이브스는 심지어 기혼녀인데도 왠지 모르게 남성적이라는 이유로 해고당했다.

에디 타운스는 해고된 후 조지의 집으로 저녁식사를 하러 왔다. 그가 흐느끼며 되뇌었다.

"이제 어떡해야 하나?"

결국 그는 고향인 노스다코타로 돌아가, 아버지의 주유소에서 일을 거들었다. 에디 타운스는 암호해독가였다, 헤럴드처럼.

"다음은 나야."

타운스가 떠난 후 헤럴드가 말했다. 멍하고 살짝 취해서, 문밖에서 대담하게 건배를 했다. 다음 해고 대상이라는 데 의심의 여지가 없었다. 일 없는 삶을 그려보았다. 황량하고 심드렁하고 끝없는 삶. 먼지 자욱한, 상처 입은 유년기로의 복귀.

조지는 한참 생각에 잠겼다.

"혹시 말이야."

그가 운을 떼고 심호흡을 했다.

1950년 10월 9일 헤럴드가 출근하니, 양복 차림의 사내 둘이 기다리고 있었다. 왼쪽에 앉은 사람은 가발을 쓰고 있었다. 헤럴드는 분명히 가발이라고 자신했다. 정수리 부분이 부자연스럽게 덥수룩했다. 사내는 느릿느릿 신중하게 머리를 움직였다. 다른 사내는 미남이었고 차림새가 말쑥했다.

처음 사내가 말했다.

"캐너디 씨, 난 테드 도허티고 여기는 아트 틸먼이요. 당신과 이야기를 하고 싶소만."

잠시 후 세 번째 사람이 방에 들어섰다.

콘래드 루이, 헤럴드의 상관이었다 – 호스슈에서 봤던 인물. 헤럴드는 잠깐 그의 눈을 쳐다보았다.

그날 밤 헤럴드는 조지의 집에 가서 사무실에서 있었던 일을 이야기했다.

그들은 '우린 당신이 뭘 아는지 알아. 당신이 그 내용을 누구와 공유하는지도 알지'라고 말했다.

그들은 그가 10년간 빼돌렸다는 고급 정보를 언급했다. 허위였다. 물론 그는 파악한 정보를 아무에게도 알려주지 않았다 –

심지어 조지에게도. 절대 그런 일은 하지 않았다.

틸먼은 서류가 빼곡하게 든 서류철을 헤럴드에게 흔들어댔다. 그에게 불리하게 쓰일 증거가 잔뜩 있는 것처럼 굴었다.

그것은 엄포였다. 엄포라고 예상할 수 있었다.

그래도 헤럴드는 동요했다.

틸민이 말했디.

"앞으로 몇 주 내로 이 문제에 대해 본격적인 조사가 시작될 거요. 그때까지 업무를 정지하겠소."

"난 아무 짓도 안 했습니다."

헤럴드가 말했다. 그는 맨손임을 강조하려는 듯 흰 손바닥을 내보였다.

"그러면 걱정할 게 없겠네."

도허티가 말했다. 뒤에 서 있던 루이가 몸을 천천히 앞뒤로 흔들었다.

헤럴드는 그 자리를 빠져나오면서 루이와 눈을 맞추려고 했다. 무슨 일이 벌어지는지 감이 왔다. 루이가 겁을 먹고 그를 모함했다. 안 그러면 헤럴드가 밀고할 거라고 짐작해서 선수를 쳤다.

그는 루이에게 '나라면 아무 말 안 했을 겁니다'라고 말해주고 싶었다. 하지만 상관은 눈을 피했다.

헤럴드는 조지에게 이 일을 전부 말했다.

"그러니까 때가 된 거야?"

조지가 물었다.

"응, 그런 것 같아."

그가 대답했다.

그들은 몇 달 전에 계획을 세워두었다.

반활위(그들끼리는 '하원 반미활동위원회'가 아니라 '반활위'라고 불렀다)가 생긴 후 자살 사건이 많아졌다. 국무부 내에서만 다섯, 열, 열다섯 명이 스스로 목숨을 끊었다. 평생직장에서 해고당한 사람들이었다 - 다른 삶은 헤쳐나갈 수 없는 사람들. 일부는 사고사로 발표되었다. 하지만 다들 진실을 알았다.

"한 건 더 생긴다고 누가 주목하겠어."

조지가 말했다. 처음 이 말을 듣고 헤럴드는 혼란스러웠다. 무슨 말인지 못 알아들었다.

"그러니까 나한테……."

상처를 받은 그가 말하자 조지는 강조하듯 고개를 저었다.

"아니, 그게 아니라. 실제로 그렇게 '하라'는 게 아니야. 단지 그런 일이 있었던 걸로 보이게 만들 수 있으면 되는 거지."

헤럴드는 그를 가만히 바라보았다.

"사건은 묻힐 거야. 더 이상 파고들지 않을 걸. 의심의 눈초리도 안 던질 거야. 놈들로서는 납득이 될 테니까."

맞는 말이라는 생각이 들었다. 저들은 '죽을 만도 하지'라고 생각하리라. '달리 먹고살 도리가 없잖아?'라고. 가족도 없는 실직자. 성적 변태. 꼴통. 그들은 안도하겠지. 솔직히 국무부의 문제가 해결된 셈이니까 - 걱정거리가 하나 줄었으니. 계속 감시할 대상이 하나 줄어들었으니. 명단에서 한 놈 지우면 끝.

헤럴드가 말했다.

"하지만 그런 다음에…… 난 어떻게 해야 되지?"

"다른 사람이 되는 거야."

조지가 대답했다.

"누가?"

그가 물었다.

조지의 집안 친구 중 그들과 같은 부류 – 동무 – 인 사람이 있었다.

"'동무'란 말을 하지 마라."

헤럴드가 말했다.

"그럼 동지."

그의 이름은 로버트 피어스였다. 조지는 어릴 때부터 피어스를 알았다. 힘이 있는 사람이라고 조지는 말했다. 하지만 조지의 부모조차 피어스의 진면목을 몰랐다. 조지가 부모와 의절했지만 피어스와는 계속 연락했다. 부모가 그를 사립학교로 보내버리자 피어스가 지도와 도움과 우정을 베풀어주겠다며 손을 내밀었다. 그는 비콘 힐에 있는 피어스의 자택에 초대받아 주말을 보내기도 했다. 피어스는 파트너인 잭 그리어를 소개했고, 다르게 사는 방식을 보여주었다. 그 이후 두 사람은 연락을 주고받았다. 피어스는 '내가 도울 일이 있으면 언제라도 말하라'고 했다.

그가 헤럴드에게 말했다.

"피어스가 도와줄 수 있을 거야."

1950년 8월의 어느 주말 – 틸먼과 도허티가 사무실에 다녀가기 두 달 전 – 조지와 헤럴드는 뉴욕으로 갔다.

조지의 입장에서는 사랑 때문에 한 일이었다 – 부모와 집안 친구와 마주칠까봐 몇 년째 뉴욕에 발을 끊은 참이었다.

"흠, 드디어 왔네."

버스에서 내리자 조지가 경멸조로 내뱉었다.

그는 헤럴드를 데리고 어릴 때 자주 다닌 장소를 빠짐없이 돌았다.

"이걸 적어놔. 당신 것이 될 때까지 외워. 그런 다음 태워버려."

조지가 말했다.

주말 내내 그는 살아온 이야기를 들려주었다. 헤럴드는 기자처럼 부지런히 받아 적었다. 모든 학교의 동창생 이름, 모든 친척 이름. 가계도. 여행한 순서, 가본 장소들. 뉴욕에 있는 가족의 단골집들.

예전에 다니던 곳들을 보여줄 때 그의 얼굴에는 평소의 태도와 모순되는 자부심이 떠올랐다. 갈보리 감독교회 앞에서 조지가 말했다.

"여기가 내가 다니던 교회야."

트리니티 학교 밖에서 그가 말했다.

"여기가 내가 다니던 학교야."

그러더니 얼른 덧붙여 말했다.

"부모가 짐을 싸서 세인트폴로 쫓아내기 전까지."

그가 물었다.

"잘 적고 있어?"

헤럴드는 그렇다고 안심시켰다.

조지는 집에 가보는 건 마지막으로 미루었다. 집 가까이 가려면 어두워질 때까지 기다려야 했다.

그래머시 파크까지 걸어가기 전에 두 사람은 유니언 스퀘어 근처에서 식사를 했다. 붐비는 작은 카페가 시끌벅적해서 누가 들을까봐 걱정할 필요 없이 대화할 수 있었다.

　　세월이 흐른 후 헤럴드는 뉴욕에 올 때마다 이 식당에 들렀다. 딸을 데리고 찾아가, 가장 좋아하는 곳이라고 말해주었다. 조지와 갔던 순간부터 정말 좋아하는 곳이 되었다.

　　주위에 조지와 비슷해 보이는 젊은 남녀들이 있었다.

　　식사를 마치자 그는 불쑥 일어나더니 고개로 문을 가리켰다.

　　"준비됐어?"

　　그가 헤럴드에게 물었다.

　　집은 헤럴드가 상상도 못할 만큼 어마어마했다.

　　조지가 침울하게 말했다.

　　"저기야. 시벨리우스 자택."

　　밖은 어두웠지만 그래머시 파크의 작은 램프 불빛에, 그의 초조한 표정이 보였다. 그는 연신 어깨 너머를 힐끔댔다.

　　"이제 어떻게 생겼는지 알겠지? 집 안은 훨씬 더 무시무시해."

　　잠시 후 그들은 걸음을 옮겼다. 남의 눈에 띄기 전까지는 나란히 걸었다. 그러다가 걸음을 멈추었고, 조지가 그의 어깨를 잡았다.

　　"질문 있어?"

　　조지가 물었다.

　　"없는 것 같아. 당장은 물을 말이 생각나지 않아."

　　헤럴드가 대답했다.

"당신 거야. 모두 당신 거야. 이제 난 이런 게 싫어."

그가 말했다.

조지는 고단해 보였다. 계속 짐을 지고 온 사람처럼 보였다.

조지의 집안 친구인 로버트 피어스는 '보스턴 인스티튜트 오브 테크놀로지(BIT. 보스턴 공과대학)'의 총장이었다.

뉴욕에서 집에 돌아가자 조지는 그에게 전화를 걸었다. 조지가 상황을 설명하는 사이, 헤럴드는 뒤에서 초조하게 귀를 기울였다.

조지는 오래 듣기만 했다. 그가 전화를 끊고 헤럴드 쪽으로 몸을 돌렸다.

그가 말했다.

"됐어. 도와주겠대."

한동안 두 사람은 계획을 세웠다. 그 후 한참 계획은 '만약'이라는 전제가 붙은 미확정 상태로 남아 있었다. 그래도 뭔가 있는 것은 분명했고, 헤럴드는 거기서 위로와 통제력을 느꼈다. 해고당해도 일과 관련해서 인생이 끝나지 않으리란 확신이 있었다.

"정말 이렇게 하고 싶어?"

그는 걸핏하면 물었고 조지는 확실하게 고개를 끄덕였다.

조지가 번 돈은 모두 기록을 남기지 않았다. 그의 정치 성향이 그것을 요구했으니까. 이미 사회 밖에서, 훤히 보이는 데서, 워싱턴디시 한가운데서 사는 법을 터득했다. 그는 평생 그런 식으로 삶을 영위하려 했다.

헤럴드는 말했다.

"넌 젊어. 마음이 변하면 어쩌려고?"

"아이고, 헤럴드. 꼰대처럼 굴지 마셔."

조지가 대꾸했다. 하지만 다정한 말투였고 그는 조지가 진지하다는 걸 알았다.

그가 말했다.

"난 다른 일을 구하면 돼. 내 이름을 유지하며 살 수 있어."

"누가 써주는데? 신원 증명 없는, 미 정부 블랙리스트에 오른 사람을! 아무 데도 취직 못하게 놈들이 철저히 조치할 거라고."

조지가 말했다.

"그러면 은자가 되지 뭐. 산사람. 숲 속에 앉아 머릿속으로 수학 문제를 푸는 거야."

"말도 안 되는 소리 작작 하셔."

조지가 말했다.

"요리사."

헤럴드가 계속 말했다. 이제 농담처럼 되었다. 하지만 요리사로 행복하지 않으리란 걸 알았다. 이제껏 해온 일은 그를 행복하게 만들었다. 그에게 남은 건 일밖에 없었다.

조지가 말했다.

"내 이름이 필요한 사람은 나보다도 당신이야."

조지는 얼른 덧붙였다.

"게다가 난 그 이름이 싫어. 얼른 내던지고 싶어서 좀이 쑤셔. 정말로 그래."

그의 이름은 데이비드 조지 시벨리우스였다. 늘 가운데 이름인 조지로 불렸다. 무슨 이유인지 정확히 몰라도 부모가 그렇게 했다.

그는 직업적으로 이미 다른 이름으로 살았다. 예명이라고 해야 되나－'필명'은 작가에게 해당하니까. 그는 화가니까.

"데이비드라는 이름을 써야겠어. 이중 안전장치 삼아서."

헤럴드가 말했다.

조지는 어깨를 으쓱하며 대꾸했다.

"좋을 대로 해."

헤럴드는 그렇게 말했다. 하지만 '데이비드'라는 이름을 택한 것은 조지 앞에 오는 이름이 마음에 들어서였다. 다윗(데이비드는 구약성서에 나오는 '다윗'의 영어 이름. 연약한 다윗은 거구의 골리앗과 싸워 이기고 왕이 된다-옮긴이)은 물리치지 못할 것 같은 난관에 홀연히 맞선 인물을 의미하니까.

틸먼, 도허티, 루이와 면담한 다음 날, 그는 조지의 계획을 실행했다.

아침에 그는 아파트를 나섰다. 미행이 있으면 떨치려고 시내 여기저기로 빙빙 돌았다. 그러다 마침내 해밀턴 암스로 가는 길을 찾았다. 조지의 아파트로 향했다.

소지품을 하나도 가져가지 않았다. 이것 역시 계획의 일부였다. 모든 물건을 고스란히 놔두었다. 몇 달 전 작은 가방을 조지의 아파트에 갖다 두었고, 보스턴에서 새 생활을 시작하는 데 필요한 물건은 거기 담겨 있었다.

계획을 실행하기 전날 밤, 조지가 물었다.

"어머니에게 전화할 거야?"

그는 모든 것을 미리 계산했다. 자동차 무게. 타이어 자국을 내는 데 필요한 가속도. 버지니아 시골의 어느 주차장에서 야밤을 틈타 예행연습도 했다.

"아니."

그가 대답했다.

하지만 결국 전화를 걸었다. 캔자스 고향집으로 전화했다. 1년 만의 통화였다. 그는 눈을 감았다. 수전이 전화를 받는 상상을 했다.

결국 전화를 받은 사람은 어머니가 아니라 아버지였다.

"여보세요? 여보세요? 여보세요?"

아버지가 말했다.

헤럴드는 자신의 숨소리에 귀를 기울였다. 아무 말도 하지 않았다.

그날 밤 두 사람은 헤럴드의 차를 셰넌도어 강에 밀어 넣었다. 국무부는 자살로 판단할 터였다. 신문에 사고사로 보도될 테고. 모두 만족하겠지.

조지는 다른 차를 몰고 헤럴드를 따라왔다.

차를 강에 처박은 후, 그를 보스턴까지 태워다준 사람은 조지였다. 새벽 6시에 보스턴에 도착했다. 조지는 글러브 박스에서 서류철을 꺼냈다. 안에 출생증명서, 사회보장카드, 개인적인 사항들을 적은 긴 목록이 들어 있었다.

헤럴드는 목록을 물끄러미 쳐다보았다.

"언제 이걸 적은 거야?"

그가 물었다.

"마음 쓸 것 없어."

조지가 대꾸했다.

그가 모든 자료를 헤럴드에게 건넸다.

"흠."

조지는 중얼대면서 이마에서 땀을 닦는 시늉을 했다.

"탄생을 축하합니다, 데이비드 시벨리우스. 내가 더 이상 당신이 아니어서 다행이야."

조지가 말했다. 홀가분해 보였다. 그가 덧붙여 말했다.

"내 탄생도 자축해야지."

이별 선물로 그는 헤럴드에게 열쇠고리를 주었다. 해밀턴 암스의 출입문 열쇠들을 달았던 고리였다. 행운을 부르는 클로버 모양. 줄기 부분이 작은 서랍이었고, 나중에 보니 쪽지가 들어 있었다. 그는 한평생 클로버를 간직했다. 사랑의 쪽지를 지갑에 넣어 가지고 다녔다. 세월이 흘러 쪽지가 부스러질 때까지. 하지만 내용을 달달 외워서 덜 아쉬웠다.

이제 새 신분증명서가 생겼다. 새 납세번호, 새 신분. 새 나이.

그는 데이비드 시벨리우스였다. 스물다섯 살. 앞에 세상이 열렸다.

로버트 피어스는 데이비드가 비트의 응용수학과 대학원 과정에 등록하게 해주었다. 또 개인적으로 모리스 스타이너에게 추천했다. 둘 사이에 어떤 거래가 오갔는지 데이비드는 알 수 없었지만, 스타이너는 과거사를 일체 묻지 않았다. 칼텍의 관련 서류도 요구하지 않았다. 당연히 칼텍에 그의 기록이 있었지만 이름이 달랐다.

대학원생 생활은 느긋했다. 알고 보니, 스타이너는 출중한 사람이고 출중한 학자였다. 첫 몇 년간 데이비드는 신분 세탁 사실이 발각될까봐 노심초사했다. 그의 이름을 알 만한 사람이 있으면 기다렸다가 길을 비켜갔다. 시벨리우스 부부는 오래전 조지와 의절했다. 적어도 그들이 찾아오지는 않을 터였다. 숨어 살게 해준 피어스 총장 외에 부자들을 최대한 피했다. 이따금 누군가 '시벨리우스' 운운하면서 카네기나 포드 집안이라도 되는 듯 그를 꼼꼼히 뜯어보았다. 그런 순간이면 잔뜩 긴장해서 일이 터지기를 기다렸지만, '조지'가 아니라 '데이비드'란 이름을 쓴 덕분에 더 이상의 대화는 피할 수 있었다. 그래도 전화벨이 울리고 문을 노크하는 소리와 함께 모든 게 끝장나는 각오를 반쯤은 하면서 살았다.

그런 일은 없었다.

모리스 스타이너가 죽자 피어스 총장은 그에게 연구소를 맡겼다. 업계에서 명성이 점점 쌓이면서 또 한 번 신분이 발각될 것을 각오했다. 사진 촬영을 피했다. 카메라 기피증을 가장해서 스포트라이트를 받는 자리에는 다른 연구원을 떠밀었다.

아무 일도 생기지 않았다.

조지의 신분으로 세탁하니 실제 나이에서 일곱 살을 줄여야 했다. 그래서 더 젊게 살려고 노력했고, 느긋하게 행동하고 재미있게 지내자고 자신을 다그쳤다. 직장에서 잘해나가고 돈을 벌었다. 다시 한 번 친구들이 생겼다.

가장 중요한 것은 만족스러운 업무였다 – 다시 그 일을 빼앗길까봐 염려될 정도였다. 그래서 과묵하게, 프라이버시를 지키며 지냈다. 연구소 동료들이 생기자 무슨 말을 할지, 누구에게 말할지에 신중을 기했다. 여러 해가 지나서야 누구와도 편안해졌다. 그가 게이라는 걸 아는 사람은 딱 한 명 – 다이애나 리스턴 – 이었다. 나머지 연구원들에게는 함구했다.

창피해서가 아니라 자신을 보호하기 위해서였다. 가능하면 헤럴드 캐너디와 거리를 두고 싶었다. 조사를 받을 경우, 과거의 자신과 연관 지을 만한 특징들은 멀리했다.

그가 벌인 일들과 조지가 벌인 일들이 어떤 대가를 치를지 이미 조사했다. 데이비드의 경우 사기죄로 최소 10년 징역형에 처해질 터였다 – 국무부가 그를 간첩 행위나 이적 행위로 고발하면 그 이상의 형을 받을 테고. (그는 그런 죄를 짓지 않았지만, 거짓 증거를 조작할 가능성이 있을 것 같았다.) 더 나쁜 것은 사기의 종범이라는 이유만으로 조지가 최소 5년형에 처해질 뿐 아니라 10년간 탈세한 죄까지 있었다. 5년 이상의 형을 받을 터였다.

다른 사람을 위험에 빠뜨릴까 두려웠다. 남들에게 털어놓으면 그들을 종범으로 만드는 셈이었다 – 본의 아니게 사건 관련자가 될 터였다. 법적으로 신고의 의무가 있으니까.

따라서 조심하겠다고 맹세했다. 조용히 살겠다고. 혼자 지켜야 될 비밀이라고 자신을 다독였다. 그 무게를 혼자 짊어지고 가자고.

처음에는 조지와 계속 연락을 주고받았다. 10년간 옛 동료가 일아볼까 봐 워싱턴시에 얼씬도 하지 않았다. 이 시기에는 조지가 자주 보스턴에 찾아왔다. 하지만 결국 거리가 부담스러워졌다. 조지는 가까이 사는 다른 파트너를 만났고, 편지로 최대한 부드럽게 소식을 전했다. 데이비드는 내용을 짐작하면서 불안하게 편지를 뜯었다.

편지에서 조지는 '우리가 계속 친구로 지낼 수 있으면 좋겠어'라고 썼고, 그는 그렇게 하기로 마음먹었다. 하지만 그날 밤 어두운 아파트에 있자니 외롭고 지쳤다. 끝없는 고독이 몸서리쳐져서, 성격과 다르게 흐느끼고 말았다.

한동안 혼자 지냈다.

어느 해에는 발각될 거라고 확신했다. 예를 들어 1960년, 마틴과 미첼 사건이 벌어진 해였다. 두 미군 정보장교가 소련에 망명했고, 이어서 동성애자라는 비난을 받은 사건이었다. 그해 맥카시가 10년도 더 전에 일으킨 공포가 다시 밀려들었고, 데이비드는 매일 누군가 문을 두드릴 거라는 공포에 사로잡혔다. 그의 사건이, 헤럴드 캐너디의 자살 사건이 재조사될 것만 같았다.

같은 해에 피어스 총장은 정부 요원 네 명의 방문을 받았다. 그들은 소문에 대해 이야기하고 싶어 했다. 피어스가 동성애자이고 공산당과 관련 있다는 신고를 받았다고 했다. 그는 무서운 두 가지 소문을 부인했고, 수많은 국무부 직원을 배출한 대학교의 총장이라는 지위 덕분에 요주의 인물 리스트에 오르는 정도로 마무리되었다.

그는 데이비드에게 와서 경고했다.

"자네가 다음 순서일지 모르네."

하지만 아무 일도 일어나지 않았다.

10년간 아무 일도 없었고, 마침내 데이비드는 안전하다고 믿을 수 있었다.

그제야 오랜 세월 마음에 품었던 열망을 꺼낼 수 있었다. 처음에는 놀랐다. 자신이 아이를 원한다는 사실에. 어린 시절 가끔 언젠가 아버지가 되는 상상에 사로잡히곤 했다. 자식에게 그의 경험과는 다른, 더 나은 환경을 만들어주는 상상을 했다. 언젠가 누군가에게 평온한 유년기를 누리게 해줄 꿈은 공포스러운 젊은 나날 속에서 큰 위안을 주었다. 자녀에게 책과 지식과 대화가 넘치는 생활을 만들어주는 상상을 했다. 정신적인 삶을.

오랜 세월 이것은 불가능한 꿈 같았다. 다시 한 번 우정과 위로를 얻었고, 저녁이면 시어터 디스트릭트에 있는 원룸으로 돌아와 계속 연구에 매달렸다.

1960년대 후반, 엘릭서를 만들 계획에 착수했다 ─ 가장 중요한 작업으로 꼽을 프로젝트였다. 때로 프로젝트가 개인적인 갈망을 채우려는 시도가 아닐까라는 의구심이 밀려왔다. 오랫동안 상속자를, 계승자를, 지식을 전해줄 사람을 향한 갈망이 가

습속에 있었으니까. 하지만 이 의문을 너무 깊이 파고들지는 않았다.

1970년 초 어느 날, 정기적으로 머리를 잘라주는 아가씨가 새 사업에 대해 말했다.

"대리모를 하고 있어요."

그녀는 창의적인 단어를 말하면서, 불룩 나온 배에 작은 손을 자랑스럽게 올렸다.

그녀의 이름은 버디 아우어바흐였다. 당시 스물다섯 살이나 스물여섯 살. 1966년 히피들이 대거 이동할 때 샌프란시스코로 갔다가 보스턴에 돌아온 참이었다. 몇 년간 샌프란시스코에서 살다가 모든 상황이 변하자 짐을 싸서 고향으로 돌아와 먹고사느라 바빴다. 그가 매월 머리를 자르러 갈 때마다, 그녀는 수입을 늘리려고 다른 돈벌이를 계획했다. 한번은 압화 편지지를 만들려 했고, 어떤 때는 개인 탐정이 되기로 결정했다.

이제 그녀는 직접 임신할 수 없는 사람들을 대신해 대리모 사업에 뛰어들었다고 말했다.

"엄마한테 문제가 있을 경우에 말이에요."

버디가 그 뜻을 확실하게 설명했다.

그녀의 설명대로라면 간단했다. 절차를 도와주는 친구가 있었다.

버디가 말했다.

"완벽하게 진행됐죠."

그러더니 한마디 덧붙였다.

"그런데 비싸요."

버디는 거울로 데이비드의 눈을 보았다.

거래가 이루어졌다.

병원에서 데이비드는 아버지가 되었다는 통고를 받았다. 의료진이 축하 인사를 건넸다. 그들은 버디를 그의 아내로 불렀다. 그녀는 30분간 아기를 안았다가 그에게 넘겨주었다.

"다시는 아기를 안게 하지 말아요."

버디가 속삭였고, 그 순간 데이비드는 이게 옳은 일인지 의구심을 느꼈다.

하지만 거기 아기가 있었다. 조막만한 것이 그의 품에 안겨 있었다. 조그만 완벽한 표본. 세상에 새 표본이 추가된 셈이었다. 1초에 다섯 명의 신생아가 태어난다는 글을 읽은 적이 있었다. 다른 아기 네 명이 첫 숨을 쉬는 광경을 상상했다. 아기 앞에 놓인 인생을 상상했다. 아이와 둘이 함께하는 삶을 상상했다. 몇 년 만에 처음으로 행복하고 평온했다.

아기 이름은 레이디 러브레이스(에이더 러브레이스. 컴퓨터 프로그래밍 언어를 최초로 고안한 여성 프로그래머. 시인 바이런 경의 딸이어서 '레이디'라는 호칭을 붙인다-옮긴이)의 이름을 땄다. 그가 어릴 때 외우다시피 한 『브리태니커 백과사전』에서 가장 좋아하는 인물이었다. 데이비드처럼 수학자였다.

병원에 면회 온 사람은 딱 한 명, 다이애나 리스턴이었다. 가장 친한 친구이자 동료였고, 지금까지 아이에 대해 아는 유일한 사람이었다.

"어쩜 이럴까."

리스턴이 아기를 품에 안으면서 말했다. 그녀는 여전히 침울한 반사회적인 남편과 살았다. 그녀가 애절한 눈빛으로 데이비드를 올려다보았다.

리스턴이 말했다.

"아이를 하나 더 갖고 싶어요."

1년 후에 그레고리, 4년 후에는 매티가 태어났다. 그제야 그녀는 이혼했다.

에이더는 연속적으로 문제를 주었고, 아버지는 퍼즐을 풀듯해결해나갔다. 아기가 가장 편안해하는 수유 간격은 몇 시간 몇분인가? 밤에 얼마나 오래 울게 놔둬야 하나? (보통은 아기가울게 두지 않았지만.) 조용한 아침 시간이면 아기를 가슴에 안고 똑같이 숨을 쉬었고, 완벽한 기쁨 덩어리라고 불렀다. 병명을 대충 대면서 한 달간 병가를 얻었고, 다시 복귀하자 동료들에게얼떨결에 아버지가 된 걸 알았다고 밝혔다. 상세한 사정은 말하지 않았다. 연구원들은 수월하게 받아들였다. 그를 별종이고 비밀스런 구석이 있는 인물로 생각했으니까. 그들 역시 이 아기를사랑했다.

에이더는 쑥쑥 자랐다. 아이는 기쁨을 주었다. 둘만 있는 침체되고 적적한 순간에도 마찬가지였다. 첫 배앓이를 겪고 나중에밤에 울 때도, 그런 다음 잠깐 이불에 오줌을 쌀 때도 그랬다. 데이비드는 어느 때보다 행복하고 만족스러웠다. 딸을 가만히 쳐다보았다. 손이며 얼굴이며. 아기가 그를 닮았을까? 에이더는

508

자라면서 아빠를 닮았다는 말을 자주 들었다. 반반씩인 그와 버디의 유전자(어울리지 않는 조합을 떠올리노라면 가끔 웃음이 나왔다)가 에이더에게 어떻게 나타나는지 살폈다. 데이비드는 딸에게 노래를 불러주었다. 크리스마스 캐럴, 어릴 때 부르던 찬송가를 가사 없이 콧노래로 흥얼댔다. 애창곡은 「이새의 뿌리에서」였다. 더 큰 목적에 부름받은 느낌이었다. 수전이 죽은 후 못 느낀 가족애 같은 것을 맛보았다. 이따금 에이더를 수전으로 상상했다―새벽 3시경 아기가 칭얼대서 깨면 비몽사몽간 수전을 안아준다고, 수전에게 더 좋은 삶을 누리게 해준다고 상상했다. 다른 기회를 주고 있다고.

조지에게 편지로 어떤 일이 있었는지 알렸다.

조지는 '멋진 아이디어네. 나도 아기를 만나보고 싶어'라는 답장을 보냈다.

그래서 세 차례 에이더를 데리고 진짜 데이비드 조지 시벨리우스를 찾아갔다. 이제 그는 예전에 그림에 서명할 때 쓰던 '조지 라이트'라는 이름만 사용했다.

처음 에이더를 데리고 워싱턴시에 간 것은 떠난 지 20년 만이었다. 그런데도 알아보는 사람이 있을까 불안해서 어깨 너머를 흘끔댔다. 하지만 완전히 대머리가 된데다 보스턴에 간 후로 습관적으로 달리기를 한 탓에 훨씬 말라서 예전과 전혀 다른 모습이었다.

그는 딸에게 조지를 어릴 적 친구로 소개했다. 딸과 조지가 만났다는 사실이―에이더가 진실을 다 아는 건 아니지만―마음에 깊은 울림을 줘서 흡족했다.

그는 에이더가 이해할 나이가 되면 즉시 사실을 밝히겠다고 늘 생각했다. 딸이 태어났을 때는 열세 살이 되면 말해주는 상상을 했다. 13세가 이성적이고 확정적인 나이로 느껴졌다. 또 그 무렵이면 세상도 변했을 거라고 예상했다.

주의 깊게 뉴스를 계속 추적하면서 미국의 상황을 파악하고, 사연을 밝혀도 안전할지 가늠했다. 사는 동안 그 시간이 올 거라고 기대했다. 하지만 당장은 침묵을 지켰다.

물론 그의 말을 믿어주지 않을까봐 두려웠다. 교도소에 가는 위험을 감수하고 싶지 않았다. 그보다도 딸이 몰라야 될 비밀을 알아서 위태로워지는 건 안 될 일이었다.

정부의 활동을 주시했다. 요즘 국무부가 간첩 색출에 얼마나 관심이 있는지? 데이비드는 〈타임스〉와 〈글로브〉의 기사를 스크랩했다. 도체스터에 집을 사서 이사할 때 시내 아파트에서 가져온 서류함에 기사 자료들을 보관했다. 1970년대에 한동안은 방첩 활동이 완화된 듯했고 동성애자 인권 운동이 활발해졌다. 그는 딸에게 사실을 밝힐 때가 왔다고 몇 번이나 고심했다.

하지만 1980년대에 일련의 사건이 벌어지면서 고백을 재고해야 했다. 먼저 1981년 피어스 총장이 비트 이사회에서 밀려나는 일이 일어났다. 오래전 그가 정부의 조사를 받았다는 이유 때문이었다. 익명의 제보자가 그 사실을 이사회에 제보했다. 피어스가 조사받을 당시의 교무처장으로, 후임 총장이 된 맥카렌의 짓이라는 소문이 돌았다. 소문에 불과했지만 데이비드는 이 말을 믿었다.

다음으로 미국의 방첩 활동이 광풍을 일으켜 광란으로 번졌다. 1984년 한 해만 미국인 열한 명이 간첩죄나 반역죄로 체포되었다. 토머스 패트릭 카바나, 로버트 코드리, 어니스트 포브리치, 브루스 컨, 칼 코셔, 앨리스 미켈슨, 리처드 밀러, 새뮤얼 로링 모리슨, 찰스 슬래튼, 리처드 스미스, 제이 월프. 데이비드는 이 사건들의 실상에 초점을 맞춰 파고들었다. 공통점을 파악했다.

모함당한 사람이 있는지 궁금했다. 그와 비슷한 경우가 있을까? 그 생각을 하니 입도 벙긋할 수 없었다.

그 무렵 머리가 제대로 돌지 않기 시작했고 리스턴이 눈치챘다. 1년간 그녀는 병원에 가라고 채근했지만, 데이비드는 어떤 진단을 받을지 알기에 병원을 피했다. 처음 진료를 받고 돌아와서 깊고 지속적인 우울감에 빠졌다.

에이더에게 모든 사실을 털어놓는 게 옳다는 생각이 들었다. 그런데 딸은 아직 열두 살이었고, 그런 무게를 감당하기에 너무 어렸다. 밝힐 수 없는 사연을 끌어안고 살기에는 너무 일렀다.

그는 적어도 자신에게 그렇게 말했다. 저간의 사정은 더 복잡했다. 에이더를 보호하고 싶은 소망과 자신을 지키고 싶은 면목 없는 의도가 더해졌다. 딸의 의심스런 큰 눈망울을, 틀림없이 마구 쏟아낼 질문들을 피하고 싶었다. 에이더의 얼굴에 배신당한 표정이 떠오를 테고, 아마도 오래 그늘로 남을 터였다.

어느 날 엘릭서로 작업하는 중에 해결책이 저절로 떠올랐다. 모든 정답 풀이가 그렇듯 정확하고 명쾌했다.

그는 엘릭서가 타임캡슐 역할을 할 수 있음을 깨달았다. 정보를 담아서 나중에, 더 이상적으로는 세상이 바뀌었을 때 에이더에게 전해줄 수 있었다. 게다가 세상이 변하리란 믿음이 점점 커졌다. 그가 발을 디딘 토대가 놀라운 방향으로 변하는 느낌이었다. 그는 변화가 추진력을 얻고 있다고 믿었다.

내력을 썼다. 엘릭서와 계속 대화하면서 사실을 말하는 데 두 딜이 걸렸다.

그는 엘릭서가 특정 명령어에 응답하도록 프로그램화했다. 명령어는 '혜럴드가 누구야?'였다.

이 명령어로만 프로그램에 직접 접근할 수 있었다. 데이비드는 제대로 되는지 테스트했다.

'혜럴드가 누구야?'라고 물으니, 그가 입력한 문장이 하나하나 떠올랐다.

그는 에이더가 풀 암호문을 만들었다 - 딸이 해독하려면 몇 년은 걸릴 문제였다. 반드시 암호문을 풀어야 명령어를 알 수 있었다.

그는 리스턴에게 엘릭서를 부탁했다.

"프로그램이 계속 운용되게 해줘. 리스턴이 살아 있는 동안은 계속. 그게 내 유일한 바람이야."

리스턴은 그를 빤히 보았다. 데이비드는 그녀가 예상보다 똑똑하다고 자주 느꼈다. 그가 모르는 것들을 알았다. 리스턴의 대답을 기다렸다.

"알았어요, 그럴게요."

그녀가 대답했다. 리스턴은 아무것도 묻지 않았다. 그녀가 약속을 지키리란 걸 데이비드는 알았다.

그 무렵 그는 엘릭서를 가족처럼 여기게 되었다. 때때로 기계가 자식으로, 에이더의 동생으로 느껴졌다. 또 어떤 때는 그의 분신 같았다. 그의 단어 사용 방식과 오용 등 여러 가지 말버릇을 갖고 있었다. 허무맹랑한 일이지만 이 기계를 사람만큼 – 아니, 그 이상으로 – 신뢰했다.

그래도 기계에 위험 요소가 있다는 걸 확실히 인식했다. 뛰어난 과학자인 그는 두 가지 대안을 생각해냈다. 원래 입력한 글에 오류가 생길 경우에 대비해 두 가지 대비책을 마련했다. 첫 번째는 피어스 총장이었다. 에이더가 열여덟 살이 되면 사실을 밝혀달라고 일러두었다. 그때쯤 데이비드는 세상에 없을 거라고 – 적어도 사실을 밝힐 정신 상태가 아닐 거라고 – 예상했다.

두 번째 대비책으로, 무척 고심한 끝에 조지와 접촉하기로 결정했다. 서로 연락한 지 몇 년이 지났고, 전화를 거니 없는 번호라는 안내가 나왔다. 해밀턴 암스의 커피숍에도 전화했지만, 다른 곳의 번호였다. 로다라는 사람이 전화를 받아서 번호를 잘못 알았다고 말했다.

그럴 수 있다는 생각이 들었다. 얼마든지 가능한 일이었다.

그래서 1984년 8월 어느 토요일, 워싱턴디시 행 기차에 올랐다. 그즈음 정신이 급격하게 흐릿해졌다. 조지가 살던 공동체의 이름이 떠올랐다가 머뭇머뭇 희미해졌다. 해밀턴 암스가 어떤 때는 '맨틀 암스'나 '아밀턴 플레이스' 같았고, 전혀 기억나지 않을 때도 있었다.

이래서 출발 전에 지명과 주소를 기차표 뒤에 적었다. 조지의 이름도 써놓았다. 조지가 늘 쓰는 예명으로. 이제 그는 '조지 라이트'라는 이름만 사용했다.

유니언 역에 도착하자 택시에 타서 기사에게 기차표를 보여
주었다. 몇 시간 동안 오른손에 들고 적힌 문구를 거듭 보느라,
표에 빳빳한 기가 없어지고 땀이 배었다. 주소가 약간 뭉개졌다.
"조지타운이군요."
택시 기사가 말하더니 차를 출발시켰다.
워싱턴에서 근무한 시절 이후 외모가 완전히 달라졌지만, 누
군가 알아볼 거라는 두려움이 약간 남아 있었다. 그래서 좌석 등
받이에 머리를 한껏 기댔다. 순간적으로 스르르 잠이 들었다.
"이봐요, 손님."
기사의 말소리에 데이비드는 정신을 차렸다. 일순간 방향감
각을 완전히 잃었다. 그는 천천히 고개를 저었다. 보스턴인가?
뉴욕인가?
기차표를 꽉 쥐고 있었다. 주소 아래 '워싱턴디시'라고 적혀
있었다. '조지 라이트.'

택시에서 내리자 방향감각을 잃은 느낌이 점점 강해졌다. 거리
를, 거리에 있는 건물들을 알아볼 수가 없었다. 택시 기사가 엉뚱
한 곳에 내려준 게 아닌지 의심스러웠다. 집에서 해밀턴 암스의
풍경이 좀처럼 떠오르지 않았지만, 실제로 31번가에 서 있으면
기억이 되살아나리라 기대했다. 그런데 그 반대였다. 천천히 한
바퀴 돌았다. 동네가 환하고 말쑥해졌다. 건물들을 새로 칠한 모
양이었다. 딸을 데리고 마지막으로 찾아왔을 때는 놀랄 만치 낙

후된 풍경이었다. 당시 그는 에이더를 얼른 대문 안으로 당겼다.

"어디를 찾으시는지 도와드릴까요?"

유모차를 밀고 가던 젊은 여성이 말했다.

"해밀턴 암스라고."

데이비드가 기차표를 내려다보면서 대답했다. 그러자 그녀는 고개를 저었다.

"들어본 적이 없는데요. 레스토랑인가요?"

그는 다른 쪽으로 빙 돌았다. 그때 여전히 거기 있는 대문이 눈에 띄었다. 그랬다–그 문을 지나면 안뜰이 있고 조지의 아파트가 나왔다.

"괜찮아요."

그가 말했다. 대문을 향해 걸었다. 새 명판에 '해밀턴 코트'라고 적혀 있었다. 그 뒤편 건물들은 완전히 달랐다. 스위스풍 주택들은 없고, 빈 수영장이며 벽화도 없었다. 일순 잘못 알았나 싶었다. 툭하면 착각하니까.

작은 골목에 부랑자 노인이 앉아 있었다. 그가 등을 기댄 건물이 갑자기 머리에 떠올랐다. 예전 커피숍이었다. 이 건물 역시 달라졌다. 빨간 벽돌 건물이었는데 연회색 칠이 되어 있고 이제는 간판이 없었다.

데이비드가 노인에게 다가갔다.

"아는 사람 중에……."

그가 운을 떼는데 노인이 말을 잘랐다.

"다 가고 없소."

부랑자 노인이 중얼댔다. 그리고 시선을 돌렸다.

거의 포기했다. 그 블록을 몇 번이나 돌았다 – 오른쪽으로, 다시 오른쪽으로, 다시 오른쪽으로, 다시 오른쪽으로. 자신을 닦달했다. 이제 어떻게 할지 결정해야 된다고. 갤러리 앞을 세 번째 지날 때에야, 예전 조지의 화풍 비슷한 그림들에 눈이 갔다. 차분한 갈색과 파란색으로 그린 추상적 표현주의 대작들.

안으로 들어가서 묻자 갤러리 주인은 조지의 작품은 아니라고 대답했다. 하지만 조지 라이트를 안다고 말했다.

주인은 그 말을 하면서 데이비드를 미심쩍게 쳐다보았다.

"아는 사이입니까?"

갤러리 주인이 물었다.

"잘 알지요. 오랜 친구 사이입니다. 혹시 바뀐 전화번호를 아십니까?"

데이비드가 물었다.

주인은 전화번호를 직접 주기가 곤란하다며 대신 전화를 걸어주었다. 그는 수화기를 데이비드에게 건네고, 한쪽에 서서 팔짱을 끼고 지켜보았다.

벨이 여섯 번 울린 후 조지가 전화를 받았다.

목을 쓰지 않아서 몇 단어 말하는 사이 뻑뻑한 소리가 났다. 조지가 목청을 가다듬었다. 만날 수 있느냐는 질문에 그가 대답했다.

"물론이지."

조지가 있는 곳은 그리 멀지 않았다. 이제 카페를 좋아하지 않으니까, 포토맥 강변 공원에서 만나자고 했다. 강이 내려다보이는 벤치에서. 그는 길을 알려주면서, 둘이 늘 산책하던 곳이라고 말했다. 데이비드는 기억나지 않는다고 털어놓아야 했다.

"잠깐만 있어봐."

그가 다급히 말하고, 갤러리 주인이 건넨 종이에 가는 길을 어설프게 적었다.

데이비드가 공원 벤치에 도착하니 조지가 이미 와서 기다렸다. 조지의 등이 휑해 보였다. 그가 살던 단지만큼이나 변한 모습이었다. 어깨가 삐죽 튀어나왔다. 얇은 셔츠 아래 앙상한 어깨뼈가 도드라졌다.

데이비드가 잠시 그대로 있는데 조지가 돌아보았다. 그의 얼굴이 상황을 더 분명하게 말해주었다. 해골 같아서 보기에도 마음 아팠다.

"그거에 걸렸어."

조지가 '전부 다'라는 듯이 몸 앞쪽에서 힘없는 손을 흔들었다.

당시에는 '그리드'(에이즈의 초기 명칭. 동성애와 관련된 면역부전증—옮긴이)라고 불렸지만, 그는 그 용어를 쓰지 않았다. '그거'라고만 말했고 데이비드는 알아들었다.

두 사람은 한 시간쯤 같이 있었다. 조지에게 부탁하려던 일은 설명해봤자 소용없었다. 알츠하이머에 걸렸지만 그가 조지보다 오래 살 게 분명했다. 두 사람 다 침묵했다.

그의 마음에 한 가지 기억이 고스란히 떠올랐다. 메이플라워 호텔에서 처음 조지를 본 순간. 모자를 맵시 있게 비스듬히 쓰고, 검은 두꺼운 옷을 입은 모습. 겁 없는 사람 같았다. 당시 그는 조지를 만지는 상상을 했다. 이제 그는 조지를 만졌다. 어깨에 한 팔을 두르니 뼈가 살짝 느껴졌다. 가벼운 몸이 미세하게 그에게 기우는 것 같았다.

'나도 병들었어'라고 말할 수 있지만 그래 본들 무슨 소용일까? 상황이 다른데. 메이비드는 눈을 감았다. 해가 지고 있었다. 눈꺼풀로 해넘이가 감지되었다. 어스름이 짙어지고, 익숙한 어둑한 하늘이 느껴졌다.

그러면 사연을 전하는 일은 피어스 총장과 엘릭서에게 기대해야 했다. 그가 잘 가르쳤으니 딸이 언젠가 암호문을 풀 거란 희망에 기댔다. 암호문은 그가 바치는 선물이었다.

야간열차를 타고 보스턴으로 돌아갔다. 어릴 때 기차에 반했던 기억이 나서 침대칸을 예약했다. 하지만 누워보니 침대가 너무 짧았다. 처음에는 정신없이 잤지만 나중에는 뜬눈으로 보냈다.

아침에 귀가하니 에이더가 집에 없었다.

기다리자고 생각했다. 나중에 맛있는 점심을 만들어줄 작정이었다. 에이더를 만나는 게 기대되었다. 그의 딸. 가장 훌륭하고 소중한 작품.

2009년

보스턴

에이더가 프랭크의 사무실에서 나온 것은 오후 5시, 밖은 이미 어두웠다. 일곱 시간 동안 내리 읽었다. 몇 군데는 뒤로 돌아가 두 번 읽기도 했다. 아침식사 후 아무것도 먹지 않았다. 처음에는 그레고리와 프랭크가 보이지 않아서 돌아갔는지 궁금했다. 하지만 마지막 모퉁이를 돌자 어설프게 꾸민 대기실 같은 방에 두 사람이 앉아 있었다.

그레고리가 두 사람의 추억에 뭐라고 응수했는지 프랭크는 박장대소했다. 에이더는 아버지와 리스턴을 아는 사람들과 함께 있으니 참 좋았다.

"제 상상으론……."

그레고리가 말을 시작하다가 그녀를 보고 입을 다물었다.

"끝났어요."

에이더가 말했다.

얼굴이 창백하고 기운이 없었다.

두 사람이 그녀를 잠깐 쳐다보았다. 그때 프랭크가 벌떡 일어나 바지에서 먼지를 털었다.

그가 말했다.

"그래! 뭐든 더 필요한 게 있니?"

두 사람은 더 묻지 않았다. 그들이 물을 이야기가 아니었다.

대기실을 빠져나올 때 프랭크가 그녀의 어깨를 양손으로 잡고 눈을 들여다보았다. 그의 얼굴이 가족처럼 느껴졌다. 에이더는 포옹을 받으면서 오랜만에 어려져서 아이가 된 기분을 맛보았다. 프랭크가 과거를 들여다볼 수 있는 것 같았다. 그는 에이더를 어려서부터 일었다. 그렇게 말할 수 있는 사람이 세상에 몇 명 되지 않았다.

"데이비드는 좋은 분이었지. 우리 모두 그걸 알아."

두 사람은 그레고리의 차까지 말없이 걸어갔다. 숨을 쉬면 앞에 뿌연 길쭉한 구름이 떠다녔다. 얼음장 같은 비가 내리기 시작했다.

"호텔까지 데려다줄게."

그레고리가 말했다. 이후 그는 입을 다물었다.

차가 매스 대로로 접어들었다. 앞창 와이퍼가 천천히 움직였다. 그레고리는 운전대의 10시와 2시 지점을 양손으로 잡았다. 긴장하고 기대하는 표정이었다. 에이더는 계속 앞을 응시했지만, 종종 흘끔대는 그의 눈길을 느꼈다.

지금 그레고리의 삶은 어떨까? 궁금했다. 리스턴의 집에서 캐스린 없이 혼자 지내고 있으니. 나중에 데이비드의 사연을 알려주겠지만 – 그레고리에게 빚이 있었다 – 당장은 너무 긴 이야기였다. 너무 갑작스럽기도 하고. 우선 던져야 될 질문이 너무 많았다.

엘릭서에게 '헤럴드가 누구야?'라고 묻자 입력한 원고가 줄줄이 올라왔다. 첫 원고 작성일은 1983년 6월 20일이었다.

거의 8만 단어에 달하는 분량이었다. 엘릭서와 대화한 사람은 데이비드였다. 헤럴드 캐너디였다. 그것은 그가 살아온 이야기였다.

불쑥 쇼멋 웨이를 다시 한 번 보고 싶어졌다. 그레고리가 이곳을 떠나기 전에 마지막으로 한 번만.

그녀가 물었다.

"그래도 괜찮겠어?"

"그럼."

그레고리가 앞을 보면서 대답했다.

겨우 5년 만인데 거리가 놀랄 정도로 달라졌다. 노후한 빅토리아식 주택들 중 한 집과 가장 멋진 집들 중 한 집은 완전히 없어지고, 현대식 주택이 들어섰다. 새 주택의 현대식 설비가 어설퍼 보였다. 집 앞 차도는 돌로 포장되었다. 에너지 효율이 좋은 창호가 왠지 연륜과 지혜가 부족해 보였다. 멋진 아름드리 참나무가 있던 곳에 낮은 산울타리가 있었다. 새빈 힐에서 가장 타기 좋은 나무였는데. 어느 집 잔디밭은 바위 정원으로 변했다.

이날은 1월 8일, 대부분의 집은 아직 크리스마스 장식이 되어 있었다. 어릴 때, 크리스마스 무렵의 쇼멋 웨이는 아름다웠다. 데이비드와 리스턴이 늘 앞장서서 장식했다. 두 사람 다 도톰한 구식 색전구를 선호했다. 쇼멋 웨이의 다른 집들은 오래전에 작고 세련된 흰 전구로 교체했다. 이제 두 집 다 캄캄했다.

그레고리가 차를 어머니 집의 차도에 – 에이더는 그의 집이라고 고쳐 생각했다. 곧 캐스린의 집이 될 테고 – 세우자 두 사람은 내렸다.

"금방 돌아올게."

에이더가 말하고, 네 집을 지나 데이비드의 집 앞에서 한참 서 있었다. 조우니에게 집이 매매되었다는 소식을 들었다. 현재 집주인은 존슨-아키모예 가족으로, 부부 모두 매사추세츠 종합병원 의사였다. 십대인 두 자녀가 있는 듯했다. 집 앞쪽 창의 커튼이 젖혀져서, 에이더는 한동안 서서 불 켜진 집을 쳐다보았다. 오래전 저 안에서 데이비드와 살던 시절을 회고했다. 불현듯 매년 그래머시 파크에 간 일이 생각났다. 두 사람은 그가 산 적 없는 저택의 창을 들여다보려 애썼다. 당시 그는 과거를 회고하는 체했다. 사실 그것은 대안의 삶, 차용한 삶이었는데도. 보이지 않는 세계였는데도.

거실 창에 뭔가 휙 지나갔다. 사람 얼굴이었다. 집 밖의 크리스마스 장식에 불이 켜지고 커튼이 처졌다. 집주인은 밖에 그녀가 있는 걸 알았으리라.

그 길에서 유일하게 리스턴의 집만 크리스마스 장식이 없었다.

"거기까지 신경을 못 썼어."

그레고리가 쓸쓸하게 말했다. 그는 벌써 집에 들어가서 여기저기 불을 켰다. 에이더가 들어오도록 현관문은 열려 있었다.

리스턴의 장례 이후 첫 방문이었다. 바깥에서 집으로 다가가자 올케가 집 분위기를 바꿨다는 조우니의 불평이 이해되었다. 캐스린은 집을 완전히 고상하게 바꾸었다. 진홍색 장식이 – 리스턴이 마지막으로 선택한 색상이 – 사라졌다. 리스턴이 매년 이 무렵 정원에 순례자 모자, 산타 모자, 성조기 망토와 함께 놔두는 홍학 조각상이 보이지 않았다.

실내는 휑하고 차분했다. 해변 별장 분위기였고 도체스터의 빅토리아식 주택과 어울리지 않았다. 하얀 벽, 등나무 가구, 작은 테이블에 놓인 불가사리가 든 유리병. 벽난로 선반의 나무 사진 액자들 – 그중 그레고리와 캐스린의 결혼식 사진 두 개가 여전히 있었다.

에이더는 호기심이 생겨 다가가다 걸음을 멈추었다. 그레고리가 바닥을 내려다보았다.

거실에 테이프를 붙인 종이 상자들이 어질러져 있었다. 그가 가져갈 짐이었다. 에이더는 상자를 가리키며 물었다.

"짐을 싸려니 힘들었지?"

그레고리는 생각에 잠겼다가 입을 열었다.

"조금은. 하지만 다른 면으로는 좋았어. 엄마의 세간살이를 뒤지면서 좋았지. 아직도 엄마 물건이 많았거든."

배에서 꾸르륵 소리가 나자 그녀는 소리가 안 나게 양팔로 배를 눌렀다. 식사를 한 지 너무 오래되었다. 늘 뭔가 필요할 때 이 집에 온다는 생각이 들었다. 어릴 때는 위로가 필요해서, 보호가 필요해서, 먹을 게 필요해서 왔다. 리스턴이 필요해서. 이제 리스턴이 떠나고 데이비드도 떠났고, 그녀는 서른일곱 살인데 여전히 알아서 챙겨 먹는 걸 잊었다.

"식사할래?"

그레고리가 물었다. 그는 의심스런 표정을 지으면서 말을 이었다.

"우리가 뭘 사다놨는지 모르겠지만. 아니, 내가 뭘 사다놨는지."

두 사람은 요깃거리를 찾으러 주방으로 갔다. 집의 다른 부분처럼 주방도 흰색이었다. 찬장에 상했을 것 같은 식재료가 있었다. 아주 오래된 양념, 마른 콩과 마른 파스타 통, 토마토 페이스트, 닭 육수. 그레고리가 냉장고를 열었다. 버터와 화이트와인이 있었다. 누군가, 아마 캐스린이 땄다가 남긴 듯했다. 그가 마개를 빼서 냄새를 맡았다. 그러더니 그녀 쪽으로 몸을 돌리고 의사를 묻듯이 와인 병을 내밀었다.

"좋아."

에이더가 말했다. 그가 잔 두 개에 와인을 따랐다.

저녁식사로 버터와 소금을 넣어 파스타를 만들었다.

"토마토 페이스트는 어때? 토마토 페이스트를 넣으면 맛이 더 좋아질까, 나빠질까?"

그레고리가 물었다.

"리스턴이라면 몽땅 부을 걸."

에이더가 말하고 웃자 그가 맞장구쳤다.

"그렇다면 엄마를 기리면서."

그가 토마토 페이스트를 볼 중앙에 붓고 휘저었다.

버터와 소금으로 간한 파스타는 놀랍도록 맛이 깊고 고소했다. 냄비에서 김이 모락모락 났다.

"적어도 추운 날에는 딱이네."

그레고리가 말했다.

식사를 마치자 에이더는 고맙다고 인사했다. 어깨에 가방을 멨다. 그레고리가 호텔에 데려다주겠다고 말했다.

그녀는 1층을 더 돌아보았다. 남의 집이 될 걸 알기에 깊고 긴 슬픔이 느껴졌다. 리스턴이 살지 않는 쇼멋 웨이는 도무지 상상할 수가 없었다.

"2층을 살펴봐도 될까?"

그녀가 충동적으로 물었다.

"그럼."

그레고리가 대답했다. 그가 뒤따라 계단을 올랐다. 에이더는 처음으로 그의 존재를 의식했다. 뒤에서 그의 발소리가 들렸고, 울컥 고마운 마음이 들었다.

2층 복도에서 그녀는 잠시 문고리를 돌리지 못했다.

"들어가면 안 되나?"

에이더가 물었다. 그가 들어가라는 고갯짓을 했다. 그녀는 방마다 문을 열었다. 어찌 보면 여긴 그녀의 집이기도 했다. 저기 리스턴의 방이 있었다. 저기는 매티와 그레고리의 방, 저기는 윌리엄의 방. 저기가 에이더의 방. 그 방에서 지낸 세월이 4년도 더 되었다. 사진을 찍으려다가 그만두기로 했다. 방이 캐스린의 취향대로 전혀 다르게 꾸며졌다. 기억으로 간직하는 게 낫다는 생각이 들었다.

그레고리가 말했다.

"다른 걸 볼래? 이리 와, 내가 보여줄게."

그가 복도에 난 문을 열자 다락방으로 가는 계단이 나왔다. 계단 밑에서 전등 스위치를 올리자 지붕 밑 천장에서 밝은 빛이 쏟아졌다. 에이더는 그를 따라 계단을 오르면서, 낮은 장 위쪽을 올려다보았다.

다락방은 타임머신이었다. 변한 게 하나도 없었다.

벽마다 붙은 포스터들, 보풀이 긴 오렌지색 카펫, 너덜너덜한 소파, 구석에 놓인 상자들. 전부 그대로였다.

"캐스린이랑 합의를 봤거든. 여기를 제외한 나머지 부분은 마음대로 하라고 했지."

그레고리가 애처롭게 말했다.

거기 책상에, 어릴 때 쓰던 컴퓨터가 있었다. 128K 매킨토시. 에이더가 컴퓨터 쪽으로 다가갔다.

"아직 작동이 돼?"

그녀가 물었다.

"켜지 않은 지 몇 년 됐거든. 그래도 어디 보자고."

그레고리가 고개를 까딱여서 이리 오라고 불렀다.

그녀가 컴퓨터에 손을 얹었다. 맨 위가 네모난 베이지색 플라스틱이었다. 뒷면에는 숫구멍 같은 자국이 있었다. 스크린이 작아서 놀랐다. 이보다 큰 걸로 기억했는데. 앞쪽에 내장 디스크 드라이브가 있고, 외장 디스크 드라이브가 전선으로 연결되어 있었다. 도톰한 자판과 숫자 패드가 박힌 투박한 키보드, 네모진 마우스. 굵직한 전선은 회색이었다. 구식 전화선처럼 나선형의 선도 하나 있었다.

이런 컴퓨터가 두개골 속 뇌처럼 얼마나 덜덜댔는지, 얼마나 덜컥댔는지 잊고 살았다. 키보드를 만지니 온몸에 진한 향수가 퍼졌다. 그 익숙함, 아무 글자나 누를 때의 감촉에 전율이 느껴졌다. '에이더 시벨리우스'라고 입력하니, 키보드에서 이가 딱딱 부딪치는 소리가 났다. 자판 안에 용수철이라도 달린 것 같은 소리였다. 이런 자판이, 도톰한 자판이, 마음먹고 눌러야 탁탁 박히는 자판이 그리웠다.

전원을 넣고 잠시 숨을 멈추었다. 아무 변화도 없었다. 그런데 그때 가벼운 소리가 나더니 윙윙대면서 살아났다. 회색 스크린 중앙에 물음표와 작은 플로피 디스크 아이콘이 나타났다. 데이비드는 몸에서 정신이 빠져나오는 중이라고 농담하곤 했다.

"자, 여기."

그레고리가 컴퓨터 옆의 상자에 손을 뻗어, 시스템을 작동시키는 플로피 디스크를 꺼내주었다.

에이더가 아기 입에 넣듯 디스크를 넣자 컴퓨터가 집어삼켰다. 그녀는 수십 년간 못 들은 소리가 나기를 기다리며 앉아 있었다. 생각하는 기계가 요란하게 덜컥대는 소리. 요즘 기계들은 조용히 생각했다.

스크린에서 물음표가 웃는 컴퓨터로 변했다. 컴퓨터가 꿈도 없는 긴 잠에서 서서히 깨어났다. 그것이 깨면서 추억들도 되살아났다. 리스턴, 데이비드, 하야토, 찰스-로버트, 프랭크 헐버트. 뒤의 세 사람만 아직 살아 있고, 기계는 나머지 두 사람보다 오래 살아남았다.

초기 개인용 컴퓨터는 하는 게 없다는 점이 재미있단 생각이 들었다. 메인 디스크에 계산기, 노트 패드를 비롯해 메모리를 조금 쓰는 자잘한 애플리케이션들이 담겨 있었다. 데스크톱에 뜬 아이콘들 중에 처음 보는 것은 외장 하드 드라이브에 든 디스크였다. 누군가가 'Dontlook12'라고 제목을 붙인 디스크였다.

그레고리가 깔깔대기 시작했다. 그가 손으로 눈을 가렸다.

"하나님 맙소사."

"왜?"

에이더가 물었다.

그는 손가락으로 아이콘을 가리키며 말했다.

"가장 수치스러운 어릴 적 기억을 불러오네. 많은 기억들 중에서."

에이더가 눈썹을 치뜨면서 고개를 저었다.

그가 말했다.

"기억 안 나? 정말?"

그녀는 컴퓨터를 다시 쳐다보았다. 그때 얼핏 생각나는 게 있었다. 긴 암호문 같은 것. 그레고리가 만들었을 법한 문장.

"아. 어릴 때 네가 만든 암호문?"

에이더가 물었다.

그는 여전히 고개를 저으면서 웃어댔다.

그가 말했다.

"그걸 읽고도 어떻게 내 얼굴을 다시 봤어? 난 죽고 싶었는데. 그 일을 놀리지 않은 걸 보면 누난 착했어."

그때 모든 일이 떠올랐다. 그레고리에게 암호문을 해독했다고 말했지.

"난 읽지 못했어! 보긴 했는데 문제를 풀기 전에 윌리엄이 들이닥쳤거든."

에이더가 말했다.

"설마. 농담이지?"

그레고리가 말했다.

"아니, 맹세해. 나중에 데이비드의 집에서 널 보자 약을 올리려고 그렇게 말했을 거야."

그는 양손을 옆으로 내렸다.

"그 일 때문에 몇 년을 민망해했는데. 그런데 이럴 수가."

"뭐라고 쓰여 있었는데?"

에이더가 물었다.

그레고리는 가만히 있었다. 그러다가 그녀 쪽으로 몸을 돌렸다. 다정하고 친숙하면서도 낯선 얼굴이었다. 시간 여행자처럼 불가사의한 얼굴. 그 얼굴이 그녀를 끌어당겼다. 배 속 깊은 곳에서 종이 울렸다.

"신경 쓰지 마."

그레고리가 말했다.

"해야 될 말이 하나 있는데."

그레고리가 말했다.

"뭔데?"

"실은 두 가지야."

"무슨 얘긴데?"

"말하면 날 미워할 걸."

"아냐, 안 그래."

에이더가 대답했다. 진심이었다. 이 순간, 그를 미워할 수 없을 것 같았다.

그레고리가 말했다.

"내가 그 디스크를 가져갔어. 데이비드가 준 원본을 내가 갖고 갔어. 난 열일곱 살이었어. 누나가 막 대학으로 떠난 후였지."

에이더는 가만히 그를 바라보았다. 그레고리는 진지한 표정으로, 따귀라도 기다리듯 고개를 숙였다.

"왜?"

그녀가 물었다.

"문제를 풀고 싶었어. 누나를 위해 문제를 해결하는 사람이 나이고 싶었거든."

"내가 직접 풀 수도 있었어. 결국 내가 풀었을 거야."

에이더가 말했다.

"그런 줄 알아. 말도 안 되는 짓이었지. 잘못한 일이었어. 어릴 때 난……."

그가 말을 시작하다가 고개를 저으면서 덧붙였다.

"누나가 없어진 걸 알기 전에 제자리에 돌려놓으려 했는데 깜빡했어. 그러다가 엄마가 그걸 버렸을 거라고 말했지. 그러니 쑥스러워서 도저히 털어놓을 수가 없었지."

그레고리가 그녀를 빤히 쳐다보았다. 그러다가 다시 고개를 떨구었다.

그가 말했다.

"미안해. 정말 미안해. 내가 정말 잘못했어. 오랫동안 디스크를 돌려줄 생각을 하긴 했는데, 대신 이 일을 회피하기만 했어."

"저, 지금이라도 돌려줘서 고마운 걸."

에이더가 말했다.

그녀는 잠시 생각에 잠겼다. 어릴 때 그레고리가 사과하던 기억이 났다. 바로 이 다락방에서. 실수를 사과했다. 한번은 데이비드에 대해 나쁜 말을 했다고 사과했다.

"나머지 하나는 뭐야?"

그녀가 물었다.

그레고리가 망설였다.

"실은 샌프란시스코에 회의 때문에 간 게 아니야."

마침내 에이더가 빙긋 웃었다.

"그건 내가 짐작했을 수도 있었겠네."

"이사하려고 짐을 정리하다가 그 디스크를 발견했어. 오랫동안 본 적이 없었어. 겁이 나더라고. 어디 있는지도 잊고 있었지. 디스크를 발견하자마자 거기 적힌 문구를 봤고 – 그때 알았지."

"문제를 풀어보라고 온갖 사람에게 사본을 나눠 준 게 어처구니가 없네. 당연히 원본이 있어야 풀 수 있는데. 아무리 어렸어노 너 똑똑해야 했는데 이쉬워. 데이비드가 알았다면 엄청나게 실망했을 거야."

"그 시절에는 나도 생각하지 못했잖아."

그레고리가 말했다.

에이더는 그를 기억해보려고 애썼다. 십대 시절의 그레고리. 그 나이에도 여전히 지독히 수줍음을 타던 아이. '퀸 오브 에인절스' 고등부에 올라가자 그는 말이 많아서 괴롭힘을 당하던 아이에서, 조용하고 그래서 눈에 안 띄는 아이로 변했다. 11학년 무렵에는 펑크록과 뉴웨이브 음악을 듣고, 주말이면 운동화에 그림을 그리고, 교실에서 시무룩하게 앉아 지냈다. 비슷한 아이들과 어울렸다. 아무도 그들에게 시선을 주지 않았고, 그게 그들이 원하는 바였다. 그 무렵 에이더와 완전히 대화를 중단했다. 그때까지 유일한 친구였는데도. 에이더는 속상했다. 예전처럼 공부나 게임으로 그를 끌어내려고 애썼다. 1980년대 후반에는 괜찮은 컴퓨터 게임들이 있었고, 에이더는 그중 몇 가지를 아주 잘했다. 하지만 갑자기 그레고리는 혼자 있는 걸 더 좋아했다. 윌리엄이 집을 떠나자 형의 방을 차지했다 – 윌리엄은 대학 교육을 강력히 주장하는 리스턴 때문에 '로저 윌리엄스'에 입학했다. 하지만 1년간 대충 지내다 중퇴하고 건설 일을 했다. 이후 그레고리는 다락방과 새 침실을 오가면서 시간을 보냈다. 에이더는 환영받지 못하는 낌새를 알고 어느 순간 3층에 발걸음을 완전히 끊었다. 학부와 대학원 시절 내내 두 사람은 친절하지만 가까운 사이는 아니었다.

그레고리가 다락방 창으로 다가갔다. 에이더는 걸어가는 그를 지켜보았다.

"처음에 원본 디스크를 어떻게 찾았어? 우리가 어릴 때 말이야. 사전 속에 숨겨뒀는데."

"내가…… 누나의 물건을 뒤졌거든. 대학으로 떠난 후에."

"왜?"

"내가 지금 그 말을 하면 좋겠어?"

그레고리가 물었다.

"아니."

에이더가 대답했다. 하지만 그 말을 입 밖에 내자마자 듣고 싶어졌다. 그의 목소리로 그 말을 듣고 싶었다.

에이더는 호기심을 느끼며 자신을 내려다보았다. 육체에 대해 별로 고민하지 않았다. 사는 동안 늘, 최근에는 점점 더 자신을 머릿속 뇌로 보았다. 뇌는 기능하기 위해서만 존재했다. 대학원 시절에는 오직 짐만 솔직한 욕망을 품고 그녀의 몸을 보고 만졌다. 처음에는 연약하면서도 중요한 것처럼, 능력이 있고 시험받고 아껴야 될 것처럼 몸을 대했다. 그녀가 누린 마법 같은 시절이었다. 이후 그때는 이례적이었다고, 우연이었다고 자신을 달랬다. 취향과 장소와 시간이 번개 치듯 한꺼번에 맞아떨어졌을 뿐이라고. 짐 이후 누구도 지금 그레고리 같은 눈길로 그녀를 본 적이 없었다.

에이더는 자신을 바라보는 그를 응시했다. 내면에서 오래전에 버려둔 뭔가가 깨어나는 느낌이었다. 있는 줄도 몰랐던 새로운 차원처럼, 끝없고 이상한 뭔가가 느껴졌다.

"말하고 싶으면 해도 돼."

그녀가 말했다. 하지만 문득 말에는 힘이 없다는 생각이 들었다. 그래서 두 사람은 말하지도, 생각하지도 않았다. 그가 곁에 있었다.

"그래도 돼?"

그가 말하자 에이더가 고개를 끄덕였다. 그는 열을 재는 것처럼 먼저 그녀의 얼굴에 손을 올렸다.

에이더는 숨을 쉬면서 폐에 공기와 함께 뭔가 담기는 기분을 느꼈다. 그레고리의 작은 입자들, 그의 진수, 정기. 그의 세상. 언어만으로 설명하기 힘든 그 무엇.

1980년대

보스턴

에이더는 신문에서 헤럴드 캐너디에 대한 정보는 더 찾지 못했다. 그는 감쪽같이, 정말로 사라져버렸다. 바랐던 그대로.

1987년 마침내 데이비드의 집이 팔렸을 때, 그의 물건을 다 뒤졌지만 아무것도 나오지 않았다. 에이더가 오래전에 찾은 가족사진 외에 그는 이전 삶의 흔적을 전혀 남기지 않았다.

리스턴은 말했다.

"하긴, 데이비드는 늘 꼼꼼한 사람이었지, 안 그래?"

에이더가 고개를 끄덕였다.

속으로라도 아버지를 '헤럴드'라고 부를 수 없었고, 리스턴도 말은 안 하지만 같은 생각인 듯했다. 한평생, 나이 들고 다른 사실들이 밝혀졌어도 그녀에게 그는 데이비드였다. 리스턴은 그가 이유가 있어서 이 이름을 선택했다고 생각했다.

에이더는 '퀸 오브 에인절스' 고등부를 마칠 때까지 유령처럼 살았다. 고등부 1학년 하반기 동안 윌리엄과 접촉하는 것은 무조건 피했다. 단둘이 있는 것도 피했다. 8월에 그가 대학으로 떠나자 지금까지 참는 줄도 몰랐던 깊은 숨을 내뱉었다. 뭐든 놓치지 않는 리스턴은 이따금 두 사람을 물끄러미 보았지만 아무것도 묻지 않았다.

학교에서 괜찮은 친구 여럿이 생겼고, 두세 명은 단짝이 되었다. 리사는 고등부 2학년이 되자 갑자기 놀랍도록 예뻐지고 다정해서, 한때 소원했는데도 가장 친하게 지냈다. 두 사람은 나이 들도록 친구로 남을 터였다. 그레고리가 거리를 두기 시작한 것도 이 무렵이었다. 그래서 집에서 매티와 리스턴만 말을 걸었다. 에이더는 상관없다고 자신을 달랬다. 두 사람은 좋은 동반자가 되어주었고, 리스턴은 연구소장 역할에 익숙해지자 더 느긋하고 명랑해졌다 – 에이더가 어릴 때 알던 모습에 가까웠다.

에이더와 리스턴은 매주 두 번 '세인트 앤드류'에 갔다. 수요일 저녁과 일요일에 같이 방문했다. 에이더는 아버지와 같이 있는 게 편해지지 않았다. 하지만 그가 분명히 딸을 위해 계획을 세웠을 거라고 짐작하면서, 천천히 자신과 타협했다. 어느 날인가 계획이 명확히 드러날 거라고 생각했다. 그러니까 그가 살아 있는 동안 예전처럼 대하려 애쓰자고 다짐했다.

요양원 병실에서 에이더와 리스턴은 그에게 연구소 일과 최근 업계의 발전 상황에 대해 말했다. 데이비드는 맞장구치지 못했지만, 눈으로 두 사람을 쳐다보았다. 가끔 고개도 끄덕였다. 이따금 미소도 지었다. 이런 순간이면 에이더는 아버지를 용서했다.

데이비드는 에이더가 열여덟 살이었던 해 6월에 눈을 감았다. 사방천지가 더워질 무렵이었다. 놀랄 일은 아니었다. 거의 2년째 입을 다물고 지냈다. 스스로 음식을 먹지 못해서 위태롭게 마르고, 뼈와 힘줄이 튀어나왔다. 그해에 병실에 가면 에이더는 리스턴과 도서관에 다니던 나날이 떠올랐다. 물속에 있는 것 같은 기분. 데이비드처럼 호흡이 느려졌다. 에이더가 응시하면 그도 딸을 응시했다 - 처음에는 부자연스러웠지만 나중에는 옳은 일을 하는 기분이었다. 한번은 퍼뜩 마음이 동해서 캐럴을 들려주었다. 「이새의 뿌리에서」 - '헨델과 하이든 협회' 캐럴 모음집 음반에 수록된 곡이었다. 많이 틀어서 음반이 튀었다. 그러면 데이비드의 얼굴이 변하고 환해졌다. 가사라도 읊조리는 것처럼 입술을 달싹였다. 아이 같은 얼굴로 에이더를 올려다보기도 했다. 그 후 다른 사람이 없으면 늘 노래를 들려주었다.

세상을 떠나기 3주 전, 데이비드는 호스피스 병동으로 옮겨졌다. 그곳에서 온종일 거의 의식 없이 누워 지냈다. 갓난애처럼 눈을 가늘게 뜨고 빛을 보기도 했다. 간호사들이 친절하게 그의 이마를 쓰다듬어주었다.

임종 순간 리스턴이 그 자리에 있었다. 일요일이었다. 데이비드는 숨을 쉬었다가 다음 순간 쉬지 않았다. 책장을 넘기듯 간단하고 잠잠했다. 그러자 리스턴이 말했다.

"데이비드?"

한 번, 딱 한 번만. 그렇게 물었다.

에이더는 잠자코 있었다.

장례식은 없었다. 데이비드는 늘 교회에 있는 것을 몹시 거북해했다. 화장해서 유골은 2년간 리스턴네 벽난로 선반 위에 있었다. 어느 날 대학에 다니다 집에 온 에이더는 그가 어디 있고 싶을지 깨달았다. 어두운 밤, 에이더와 리스턴은 차를 타고 비트로 가서 캠퍼스 전체에 유골을 뿌렸다. 뭐 때문인지 그 일이 재미있어서 두 사람은 깔깔댔다. 하지만 옳은 일이었다. 데이비드가 가장 행복하고 편안했던 곳은 연구소였으므로. 가장 그다운 ‒ 그가 누구였든지 간에 ‒ 곳이 거기였다.

그때가 에이더가 리스턴 가족과 산 마지막 해였다. 가을에 대학으로 떠났고, 리스턴의 뒤를 이어 매사추세츠 주립대학에 장학금을 받고 다녔다. 명절과 여름방학이면 도체스터에 왔다. 리스턴과 현관에 앉아 몇 시간이고 수다를 떨면서, 연구소에 도는 소문을 이야기했다. 하지만 주로 혼자 살았다. 애머스트의 월세 아파트에서 룸메이트 두 명과 1년 내내 살았다. 마리아 스트라우스라는 친절한 교수가 운영하는 컴퓨터공학 연구소에서 일했다.

'보이지 않는 세계'의 의미를 발견한 것은 학부생 시절이었다. 데이비드의 물건 중에서 찾은 문건 두 개에 그런 제목이 붙어 있었다. 데이비드의 서류함에 들어 있던 긴 소스코드 프린트와 그레고리가 먼저 발견한 컴퓨터 속의 전자문서.

전자의 경우 그녀가 힘들게 입력해서 문서로 만들어 리스턴에게 주었다. 알고 보니 어이없게도 데이비드의 집 비주얼 투어(곳곳을 비디오 화면으로 보여주는 것 - 옮긴이)였다. 이용자가 작동해서 쇼멋 웨이에 있는 데이비드의 집을 찾는 내비게이션과 비슷했다. 갈 곳과 볼 것에 대한 선택 사항들이 이용자에게 주어졌다. 마지막에 이용자는 항상 프로그램이 시작된 주방으로 돌아왔다. 에이더는 그가 왜 그런 프로그램을 만들었는지 이해되지 않았다. 하지만 어찌 보면 더 중요한 게 아니어서 다행스러웠다.

그레고리가 찾은 문서에는 네 개의 항목이 있었다 - 하나는 A. S. 에딩턴(20세기 초 영국의 천문학자-옮긴이)의 『과학과 보이지 않는 세계』(이 책에서 '세계의 의미는 과학으로 설명할 수 없고 정신적 실체의 이해를 통해 찾아야 한다'고 주장했다-옮긴이). 에이더는 이 항목은 홈스 사서의 도움으로 쉽게 파악했다. 인간이 뇌 같은 편협한 도구를 이용해 실체를 파악할 수 있는가를 폭넓게 묻는 내용이었다. 나머지 세 항목은 더 모호했다. '이반 서덜랜드'(미국의 컴퓨터 과학자-옮긴이), '다모클레스의 칼'(디오니소스 왕은 자신의 행복에 대해 떠드는 다모클레스를 실에 매단 칼 아래 앉혀, 권력의 운명이 위험함을 알게 한다-옮긴이), '엘릭서의 집'.

에이더의 머리에 생각이 연이어 하나씩 떠올랐다. 데이비드는 가상현실이 '엘릭서의 집'이라고 말하는 걸까? 프로그램이 거주할 수 있는 - 데이비드 자신이 떠난 후에도 오래도록 - 가상 세계를?

갑자기 가면들과 고글들이 기억났다. 지하실 작업대 위에 조르르 걸린, 기사의 투구 같은 도구들과 장비들. 머리에 쓰는 디스플레이HMD들이라는 생각이 들었다. 원시적이고 기본적인 HMD. 쇼멋 웨이의 집을 대대적으로 정리하면서 그녀와 리스턴은 그것들을 내다버렸다. 그런 게 몹시 후회스러웠다. 심장이 죄어들었다. 데이비드가 그것들에 어울리는 말을 만들려 했다는 생각이 들었다. 두 사람과 엘릭서를 위해. 닿을 수 없는 둥지 같은 곳을. 공평한 곳을.

가상현실이 '보이지 않는 세계'라고 에이더는 생각했다. 아니면 그럴 가능성이 있는 곳이었다. 사실 모든 컴퓨터 시스템이 그렇다고 할 수 있었다. 인간 경험의 영역 밖에서 작동되는 우주였다. 보이지 않는 성층권에서 계속 빙빙 도는 혹성들. 존재하지만 발견되지 않은 혹성들.

얼마 후
보스턴

"내가 먼저 가봐도 돼요?"

이비가 물었다.

아이는 열두 살이었다. 아침식사 대신인 사과를 손에 들고 주방에 서 있었다. 학교에 늦었다.

"먼저 가다니, 어디?"

에이더가 물었다.

이비는 속상한 얼굴로 쳐다보았다. 그러다 '쯧' 소리를 내더니 진정했다. 최근에 이런 반응이 점점 늘었다. 사춘기에 접어든 것처럼 짜증을 내고, 부모의 반응에 따라 노골적이거나 슬쩍 눈을 굴렸다. 종종 딸이 이런 감정을 드러내고 후회하는 걸 에이더는 알았다. 용수철이 달린 것처럼 유난히 거칠게 말대꾸할 때도 마찬가지였다. 그런 다음 입을 다물고 스스로 충격 받은 표정으로, 상대가 상처를 받았는지 살피면서 얼른 화제를 바꾸었다.

"UW(보이지 않는 세계) 말이에요. 먼저 봐도 돼요?"

이비가 말했다. 사과를 허공에 들고 한참 있으면서 대답을 기다렸다.

에이더는 잠시 가만히 있었다. 물론 안 된다고 대답해야 했다. 잘못될 수 있는 요소가 많아서 제작진이 시험해야 했다. 하지만 딸이 너무나 진지하고, 너무나 바라고, 너무나 용감해 보여서 한 순간 '그래'라고 대답하고 싶었다. 결국 이것은 이비의 프로젝트이기도 했다. 아이는 매일 방과 후에 연구소에 왔다. 매일 밤 늦도록 같이 연구소에 머물렀다. 같이 문제를 해결했다. 최초의 모델 도시를 배열할 때도 같이 의논했다. 이비는 프로그램을 테스트하는 요원이자 조정자였다. 수 고객층의 대표 격이었다. 또래들의 흥미를 끌지, 너무 지루하거나 느리다고 느낄지 말해주었다.

"생각해볼게."

마침내 에이더가 대답했다.

"안 된다는 얘기네. 안 된다고 할 줄 알았어요."

이비가 대꾸했다.

토라진 기색은 아니었다. 이비는 명랑하게 사과를 깨물고 손을 흔들었다.

"나중에 봐요."

이비는 사과를 씹으면서 인사하고 나갔다. 급히 부엌문을 지나 벌써 차에 앉아 기다리는 아버지에게 달려갔다.

잠시 후 에이더는 문자를 받았다.

이비는 ✓ 🎀 ☀️ 라고 말했다. '굿 럭 투데이(오늘 행운을 빌어요).'

그날 그레고리는 딸을 학교에 내려주었다. 10시 30분, 로건 공항에서 양&카트라이트 대표를 만나 비트로 데려올 예정이었다. 11시에 연구소 전체가 참석하는 회의가 있었다.

그날 처음으로 시제품을 시연할 예정이었다.

에이더는 쇼멋 웨이를 지나 지하철역으로 갔다. 5월이라 바깥은 따뜻했고, 전날 밤에는 비가 내렸다. 아스팔트에서 풍기는 기분 좋은 옛 냄새는 어린 시절을 상기시켰다. 이사 들어오고 벌써 5년이 지났다. 존슨-아키모예 부부는 자녀들이 다 떠나 빈 둥지가 되자 집을 내놓았고, 다음 날 에이더와 그레고리는 매입가를 제시했다. 에이더는 그의 전처와 같은 길에 사는 게 이상할지 고심했다. 캐스린은 재혼한 남편과 여전히 리스턴의 집에 살았다. 하지만 다들 우호적이었고 잘 지냈다. 동네 파티나 출퇴근길에 마주치면 친절하게 대화도 했다.

오랜 세월 에이더는 늘 이 집을 '데이비드의 집'으로 불렀다 - 리모델링되었지만 골격은 그대로였다. 방들은 전부 그대로였지만 주방은 두 차례쯤 수리했고 뒤쪽으로 일광욕실이 증축되었다. 처음에는 그 공간이 못마땅했지만, 결국 한겨울 추운 날에 온실에 있는 기분을 느낄 수 있겠다고 받아들였다. 존슨-아키모예 부부는 중앙냉방장치를 설치했고, 5년 후에는 지붕에 태양전지판을 붙였다.

처음 이사해서 어떻게 집을 꾸밀지 의논하면서, 에이더가 제안한 색깔들은 알고 보니 아버지가 좋아한 색들이었다.

"주방에 연노랑색은 어떨까?"

그녀는 말을 하고서야 어릴 때 주방이 연노랑색이었다는 걸 알아차렸다. 부엌과 더불어 외장도 재단장했다. 데이비드가 집을 산 이후 줄곧 파란색이었던 나무 널을 명랑하고 익숙한 갈색으로 바꾸었다. 그런 다음 카펫을 손보았다. 군데군데 갈라졌지만 마룻바닥을 쓰기로 하고, 부분적으로 데이비드가 좋아하던 페르시아 러그를 깔았다.

"마루를 완전히 교체해야 될까?"

그레고리가 긁힌 자국과 벌어진 틈을 보면서 묻자 그녀는 급하다 싶게 아니라고 대답했다. 유년기의 기억 그대로인 것은 마룻바닥밖에 없었다. 방석을 잔뜩 쌓아놓고 바닥에 누워 책을 읽었다. 나중에는 기죽 소파에 걸터앉아 바닥을 골똘히 보면서 멍하게 있었다. 맞은편 방에는 아버지가 멍한 정신으로 앉아 있었고.

에이더의 방은 이제 딸의 방이 되었다. 색도자기 인형들이 달린 램프 – 집이 매매되어 정리할 때 간수해둔 몇 가지 세간살이 중 하나 – 가 중고품 가게에서 산 협탁에 놓여 있었다. 이비가 어릴 때 그녀는 몇 시간이고 딸의 침대에 눕거나 앉아서, 램프 불빛으로 책을 읽어주었다. 데이비드가 책을 읽어주던 기억이 나서였다.

2년 전 이비는 엄마가 책을 읽어줄 나이가 지났다고 결정했다. 그 후 밤늦도록 혼자 책을 읽었다. 에이더는 자러 가다가 딸의 방에서 새어나오는 불빛을 보곤 했다. 이런 순간이면 들어가도 될지 망설였다. 딸의 어린 시절로 돌아가고 싶었다. 그런데 딸을 방해하면 환영받지 못하는 것 같아서 속상했다. 다른 엄마들 같은 자신감이 없었다. 그들의 확신에 찬 말을 들을 때면 딴 나라 얘기 같았다 – 그녀의 경우 어두운 방에서 나직이 호소하는 목소리 같은 게 있었다. 리스턴이 그리웠다. 리스턴처럼 확신이 강하면 얼마나 좋을까. 본인이 옳다는 확신. 또 리스턴은 자식들을 사랑하면서도 한편으로는 악동이고 변덕스럽고 늘 이겨

먹을 궁리를 한다고 믿었다. 에이더는 이비에게 이런 감정을 가져본 적이 없었다. 사실 딸에게 사적인 부분을 요구할 때는 불친절하거나 잘못을 저지르는 것 같았다. 예의를 지키지 않는다고 할까. 보통 이비는 진지하고 성숙했다.

이따금 부모로서의 자신감 부족을 데이비드 탓으로 돌렸다. 때로는 자책하기도 했다.

그레고리는 그녀가 과민하다고 말했다.

"이비는 괜찮아. 당신도 괜찮고. 우린 괜찮다고."

믿거나 말거나지만, 해가 갈수록 리스턴의 장점을 가장 많이 물려받은 자식은 그레고리로 드러났다.

에이더는 지하철에서 내려 비트를 향해 걸었다. 캠퍼스는 천천히 리모델링 중이어서, 기금 사정에 따라 2년마다 다른 건물을 손보았다. 그해는 연구소가 있는 헤멘웨이 빌딩의 전면 공사가 진행 중이었다. 그녀는 건물에 들어가면서 인부 두 명이 지나가게 문을 잡아주었다.

엘리베이터를 타고 3층으로 올라가서 복도를 걸어 이중문으로 향했다. 그 안쪽에 연구소가 있었다. 여기서 일한 지 19년째였다. 12년 전인 2016년, 프랭크 헐버트가 66세로 은퇴하자 그녀가 소장이 되었다. 프랭크는 퇴임 직전 전·현직 연구원들과 기자들, 지방방송국 카메라 팀이 참석한 행사에서 연구소 이름을 '헤럴드 A. 캐너디 기념 인공지능연구소'로 바꾸었다. 당시 걸음마를 시작한 이비는 현판식을 하는 총장에게 뒤뚱뒤뚱 걸어가 구두를 만졌다. 이제 에이더는 그 간판이 걸린 문을 지나 사무실로 걸어갔다.

엘릭서가 아버지의 사연을 밝힌 후, 데이비드의 원래 성으로 바꿔야 될지 고민했다. 남편 그레고리의 성을 따르지 않으니, 에이더 캐너디로 바꾸면 될 것 같았다. 하지만 결국 자신의 인생을 기념하는 의미로 시벨리우스로 남기로 했다. 또 아버지의 삶과 거리어를 구해준 조지 시벨리우스를 기념하고 싶었다. 개명에는 법적인 문제가 있었지만 – 사회보장번호를 새로 받는 데만 2년이 걸렸다 – 마침내 에이더 엘렌 시벨리우스가 되었다 (버디 아우어바흐의 이름이 엘렌이었다는 것을 알게 되었다). 데이비드는 헤럴드 앨버트 캐너디였고, 그녀의 딸은 이브 수전 리스턴이었다. 그레고리 리스턴의 딸. 다이애나 리스턴과 헤럴드 캐너디의 손녀. 에이더가 만난 적 없는 수전 캐너디의 조카 손녀.

도착해보니 연구소는 이미 북적댔다. 그녀가 지나가자 다들 말없이 쳐다보았다. 금년의 학생 조교인 한나는 인사하는 것처럼 일어났다가 주위를 둘러보고 얼른 앉았다. 한나는 젊었다. 조교들 모두 열아홉에서 스물한 살이었고, 이미 학부를 마치고 다음 과정으로 접어들었다. 자기들끼리 편하게 지냈고, 연장자들과는 좀 서먹했다. 에이더는 그들이 주고받는 대화를 다 알아듣지 못했다. 그들은 생략하면 안 될 만한 중간 음절을 빼거나 약어로 단어를 말했다. 그녀에게 이런 대중문화의 일면은, 어떤 소굴의 못 들어가거나 가장 깊은 방처럼 느껴졌다. 가끔 일과 중에 해석을 부탁한다고 문자를 보내면, 딸은 꼬박꼬박 답을 해주었다. 조교 전원은 어린 나이에 독학했고, 태어나면서 온라인을 접했다. 그들은 학부 강의를 들을 필요가 없었다. 그래서 대학들은 학위 취득을 더 신속하고 간단하게 만들었다. 온라인 학위도 통용되었고 능력 시험으로 이수 학점을 대체했다. 비트만 해도 컴퓨터공학과는 학생들의 실력을 반영해서 수강 부담을 줄여 학위를 주었다. 조교들은 이미 그런 실력을 갖추고 시작했다 ─ 한나, 제프, 싱, 스파이크 홀 모두 그해 대학원 신입생이었다. 그녀도 아버지처럼 8월에 쇼멋 웨이 자택에서 환영 파티를 열었다.

아버지처럼 저녁식사를 대접했고 - 채식주의자가 여럿이라 가재 대신 구운 야채를 준비했다 - 아버지처럼 학생들을 염려하고 지도하고, 그들에 대해 남편과 의논했다. 학생들은 눈치가 빠르고 예민했고 때로 신랄했다. 그들은 에이더는 갖지 못한 명민함으로 디지털 세계를 누볐다.

하지만 이비는 그럴 디였다. 그랬다. 열두 살인데 이미 부모에게 다양한 기술과 개념을 알려주었다. 딸이 없었으면 모르고 지났을 지식들이었다. 부부에게 이모티콘을 어렵게 가르쳐준 사람도 이비였다. 요즘 젊은이들이 주고받는 메모에서는 이모티콘이 어휘를 완전히 대체하는 추세였다. 예를 들어 연구소 조교들도 예외 없이 이런 식으로 소통했고, 연장자들을 배려할 목적으로만 문장을 썼다.

🤝🗼 11 ☀는 '오늘 11시에 만나요'를 뜻했다.

🇰🇷 12 🍽?는 '점심으로 한국 음식?'이란 의미였다.

에이더는 이모티콘을 해석하는 애플리케이션을 깔았다 - 젊은 동료들과 딸에게는 불필요한 조치였다. 이제 그녀는 쉰다섯 살이었다. 그녀와 그레고리는 각각 마흔셋, 마흔두 살에 이비를 낳았다. 에이더는 얼마나 더 버틸 수 있을지 궁금했다. 다가올 시대에 가장 큰 변화를 주도할 사람은 이비 같은 세대였다. 그녀는 아니었다, 그레고리도 아니었다. 한때는 변하는 세상의 가운데에 있고 싶었다. 예전에는 젊은 세대만 아는 문화의 변화를 즉시 파악했다. 그런데 이제는 젊은 동료들이 주고받는 동영상과 문건들을 애매하게 웃으면서 쳐다보았다. 올해는 선거가 있는 해였고, 여름 내내 정보 사용과 관련한 국민투표가 뉴스였다. 서라운드 사운드로 훌리오 피게로아의 노래가 연이어 들렸다. 같은 농담과 코멘트가 15초 간격으로 반복되었다. 젊은 동료들은 박장대소했고 이런 순간이면 그녀는 애매하게 웃으면서, 대부분 – 전부는 아니어도 – 알아듣는다고 생각했다. 젊은이들의 농담이 너무 독특해서 쉰 살 이상은 못 알아들을 거라고 자위했다.

이게 세상이 돌아가는 방향이라는 걸 알았다. 그래서 이비가 부모가 느리다고 눈을 굴릴 때, 알아듣지 못해서 답답해할 때, 뜻 모를 음절을 연달아 말할 때 그녀는 속상하면서도 다행스러웠다.

10시 20분, 그레고리에게서 문자가 왔다.

🕐에 🛬.

이따금 부부는 일부러 맞지 않는 이모티콘을 쓰는 장난을 했다.

✓라고 에이더가 답했다.

이번 일에 그는 에이더만큼 흥분했다. 연구소의 정식 직원은 아니었지만 – 여전히 휴스턴의 로봇공학 회사 소속으로 이제 완전히 원격 근무를 했다 – 프로젝트 초창기부터 진행 상황을 옆에서 지켜보았다. 연구소는 비용을 들여 양&카트라이트에 시제품 제작을 의뢰했고, 이제 회사 대표가 연구소를 방문할 예정이었다. 그레고리는 공항에 마중 나가겠다고 제안했고, 선의뿐 아니라 관심이 있어서라는 걸 그녀는 알았다. 그레고리 역시 제품이 처음으로 테스트되는 현장에 있고 싶었다.

에이더는 한 시간 동안 사무실에 혼자 앉아 있었다. 집중이 되지 않았다. 10년 넘게 UW 제작에 매달렸다. 추상적인 개념에서 구체적이고 실질적인 프로그램이 되는 과정을 지켜보았다. 여기까지 오면서 어떤 모양이고 감촉일지 얼핏 알긴 했다. 헤드셋을 사용하는 베타 버전들, 화면에서 완벽하게 구현한 그래픽들. 10년 전 머리에 쓰는 디스플레이가 출시된 후, 연구원 전원은 늘 디스플레이를 사용했다. 하지만 어떤 것도 이만큼 정교하거나 복잡한 수준에 미치지 못했다. UW가 보여주는 감각들을 수용할 수 있는 기기는 없었다. 기존의 기술은 UW 수준의 생각, 뇌파, 미세한 무의식적인 뇌의 움직임에 반응하지 못했다. '보이지 않는 세계UW'에서는 어떤 일도 일어날 수 있었고, 그 생각을 하자 어지러운 동시에 소름이 돋았다.

"그러니까 LSD(환각성 마약-옮긴이)가 따로 없다니까."

언젠가 그레고리가 그 말을 하자 그녀는 웃음을 터뜨렸다.

"엄청나게 비싸고."

그녀가 대꾸했다.

트라이-테크에서 작업한 버전은 투자를 받지 못했고 놀랍지 않았다. 투자자를 모으는 노력이 수포로 돌아가고 1년 후인 2011년, 회사는 문을 닫았다. 그 무렵 에이더는 이미 보스턴의 비트로 와서 프랭크 헐버트 밑에서 일했다.

2016년 캐너디 연구소의 소장이 되자 빌 비즐로프에게 메시지를 보냈다.

'UW의 특허를 사려면 얼마면 될까요?'라는 질문에 빌의 비서가 당장 답을 보냈다. 고려해볼 만한 액수였다.

손목에 찬 장치에서 소리가 났다. 엘릭서였다.

　　엘릭서가 말했다. '안녕, 잘 지내?'

　　'초조해.' 에이더가 답했다.

　　'그러지 마라.' 엘릭서가 말했다.

　　잠시 후 엘릭서는 ('그런데 나도 그래')라고 덧붙였다.

　　10년 전 엘릭서는 원하면 완벽하게 인간의 소리를 낼 정도의 지능을 획득했다. 기계의 지능 측정법으로 아직도 튜링 테스트가 사용된다면, 엘릭서는 무난히 통과했을 터였다. 하지만 이제 그 검사법은 부정확하고 구시대적이라고 평가받았다. 청각 검사에 시력 검사를 하는 것과 비슷했다.

　　이제 연구소는 엘릭서가 무슨 말을 구사할 수 있는가가 아니라 연구를 위해 무엇을 할 수 있느냐에 집중했다. 최근 UW 프로젝트가 완료되자 엘릭서는 빛의 속도로 계산을 실행하고, 사람들이 생각 못한 해결책을 제시해서 중요한 팀원임을 입증했다.

　　"네가 옳아."

　　에이더는 기계에게 반복해서 그렇게 말했다. 더 이상 엘릭서의 정확성이 놀랍지 않았다.

　　또 엘릭서가 소중한 것은, 몸이 없으니 디스플레이를 쓰지 않고도 UW에 들어갈 수 있다는 점이었다. 엘릭서는 원할 때마다 UW를 방문할 수 있었다. 사람들보다 먼저 접근해서 몇 달간 프로그램을 테스트했다. 엘릭서는 거기서 연구원들을 기다렸다.

　　11시가 막 지나자 에이더는 사무실을 나와 세미나실로 갔다. 벌써 나머지 직원들이 모여서 기다리고 있었다. 그레고리와 양&카트라이트의 대표가 연구원들 뒤에 서 있었다. 테이블에 전자레인지만 한 상자가 놓여 있었다.

처음에 HMD(헤드 마운티드 디스플레이)는 현대 미술품인 반짝이는 검은 조각상 같았다. 기대보다 훨씬 가벼웠다. 검은색이 강철 같았지만 손에 쥐니 문고판 한 권의 무게였다.

연구원들이 디자인한 그대로였다.

속이 빈 타원형, 커다란 '0'자 모양이었다. 가장 긴 지름이 25~30센티미터. 뫼비우스의 띠 같은 굴곡이 무한대의 완벽한 느낌을 자아냈다. 머리에 월계관처럼 얹는 방식이었다. 짧은 부분의 안쪽에 고글 같은 렌즈들이 부착되어 눈을 덮었고, 긴 부분들에서 귀 모양의 패널이 내려왔다. 고리의 안쪽은 만지면 탄력이 있는 매트리스 같았지만, 찰흙처럼 유연해서 디스플레이를 벗은 후에도 손자국이 남았다. 이 소재가 이런 기기에 쓰이는 최신 합성물질 '웨어텍스'였다. 입이 딱 벌어지게 비쌌다. 이 소재를 써야 된다고 주장한 사람이 에이더였다.

"난 준비됐어요."

에이더가 큰 소리로 말했다. 나머지 사람들이 쳐다보았다. 그레고리는 적당한 거리를 두고 물러났다. 곧 연구소 직원들과, 아닌 사람들로 나뉘었다. 그녀가 쳐다보자 그레고리가 안심시키듯 고개를 끄덕였다. '잘될 거야.' 에이더는 그를 믿었다. 그는 어릴 때부터 그녀를 알았다.

에이더가 손목을 들어올렸다.

"준비됐어?"

그녀가 엘릭서에게 물었다.

'준비됐어.' 엘릭서가 대답했다.

에이더가 빌했다.

"거기서 만나."

그녀는 디스플레이를 공중에 들고 왕관처럼 머리에 얹었다.

장치가 움직였다. 사람의 손처럼 기계가 두상에 맞게 조절했다. 그런 다음 순간적으로 모든 게 사라졌다.

곧

보이지 않는 세계

그녀는 바닥에 누워 있었다. 공원의 땅바닥이었다. 좀 힘들게 일어나 앉았다. 근처에 아무도 없었다. 밖은 포근했다. 산들바람이 불자 머리카락이 나부꼈다. 주변 나무들의 잎사귀가 정확하게 바스락댔다. 그녀는 손을 얼굴 앞으로 들어서 흙 묻은 손을 봤다. 감촉도 냄새도 제대로여서, 풋풋하고 시큼하면서 약간 촉촉했다. 손바닥을 다시 땅바닥에 댔다. 어떤 곳은 푹신하고 어떤 곳은 흙이 다져져서 단단했다. 딱정벌레 한 마리가 손가락 앞을 지나갔다. 손을 뻗으니 벌레가 쪼르르 빠져나가려 했지만, 그러기 전에 잡히고 말았다. 그녀는 양손으로 벌레를 잡아, 한 손바닥에 올리고 손가락 하나로 똑바로 세웠다. 벌레를 얼굴에 더 가까이 갖다 댔다. 처음 보는 딱정벌레였다. 디자인이 모두 새로웠다. 반들거리는 초록색 껍질, 검고 매끈한 작은 다리들. 그녀 쪽으로 쭉 뻗은 더듬이.

　일어났다. 일어나려고 애쓸 필요가 없었다―평소보다 훨씬 민첩했다. 몸에 아픈 데가 없었다. 관절이 욱신거리거나, 척추를 세울 때 흉하게 기울어지거나 쑤시지 않았다. 아침에 출근할 때 입은 옷을 그대로 입고 있었다. 요즘 좋아하는 짙은 색의 평범한 옷이었다. 하지만 몸에 감기는 느낌은 달랐다―더 넉넉하고 풍성했다. 오른손으로 왼쪽 소매를 만졌다.

걷는 게 즐거웠다. 땅이 가볍게 밀어내서 기분 좋게 몸이 가벼웠다. 떠다니는 것 같았다. 걸음을 옮길 때마다 둥둥 뜬 것 같아서 우아하고 날렵한 기분이었다. 햇빛이 아주 어릴 적 가을을 연상시켰다. 데이비드가 운전하는 차를 타고 멀리 버크셔 지방에 갈 때, 쨍한 금빛 햇살이 비스듬히 들면 울적하고 잔잔한 기분이 느껴졌다. 나무 아래를 걷자니, 나뭇잎들이 흔들리며 햇빛이 길쭉한 막대기 모양으로 갈라져서 공중에 떠다니는 입자들을 비추었다.

차분하고 안정된 행복감이 밀려들었다. 거기 젖어들었다. 이런 편안한 감정을 경험하는 것은 아주 드물었다. 예를 들면 이비가 태어난 후의 시간. 또 어릴 때 여름에 오후 내내 호수에서 헤엄친 후 저녁식사 직전. 이 햇살에서 그런 깊은 행복감이 배어났다. 숨 쉴 때 폐부 깊이 차오르는 단순한 기쁨 같은 것이.

앞쪽으로 공원의 끝이 보이고 그 뒤는 도시의 거리였다.

도체스터가 보였지만, 다른 도체스터였다. 실은 1980년대의 새빈 힐이었다.

이것들은 그녀의 이미지, 기억이었다.

거기서 비스듬히 멈춤 신호가 나타났고, 저기서 근처 나무의 뿌리들 때문에 골목이 밀려 올라갔다가 옆으로 벗어났다. 둘 다 오래전에 수정되었다. 집들은 지금과 다른 어린 시절의 색깔이었다. 거기, 왼쪽으로 파란 물이 출렁거렸다. 도체스터 베이 베이슨. 저기는 작은 해변, 이제는 없는, 덜거덕대며 지나가는 음식 노점상.

모두 그녀의 내면에 있는 것들이었다. 에이더는 행복해서 소리를 지를 뻔했다. 뛰어갔다 – 어릴 때 이후 이렇게 빨리 달린 적이 없었다.

거리들은 텅 비었다. 머리 위로 새들이 날아올랐고, 길고양이가 어슬렁대다가 골목으로 쑥 들어갔다. 하지만 사람은 보이지 않았다. 그녀의 발소리만 들렸다. 편안하고, 경쾌한 리듬감 있는 소리였다. 무한한 가능성이 느껴졌다. 어느 거리든 들어가서 걸어갈 수 있었다. 어느 집이든 들어갈 수 있었다. 다 아는 집들이었다.

무엇보다 호기심이 생겼다. 이 세계의 규칙을 알고 싶었다. 이 버전과 예상했던 버전의 차이를 알고 싶었다.

다리를 건넜다. 친구들의 아버지들이 저녁 시간을 보내던 술집이 거기 있었다. 저기 데이비드와 일요일 아침에 가던 레스토랑이 있었다. 저기 있는 '퀸 오브 에인절스'는 현실 세계에서는 10년 전에 철거되었다. 하지만 거기 있었다. 모든 게 기억하는 대로 고스란히 거기 있었다.

그 블록의 중간쯤 지나가다 레스토랑 밖에서 멈추었다. 은색 문에 손을 대고 밀었다. 그러자 거기, 마침내 다른 사람이 등을 보이고 카운터에 앉아 있었다. 카운터 뒤에 조리사도 없고 주인도, 상냥한 웨이트리스도 없었다. 그저 등지고 앉은 손님과 그녀만 있었다.

"안녕하세요."

그녀가 말했다. 라디오에서 1980년대 음악이 느릿느릿 흘러 나왔다.

그녀가 다른 손님 쪽으로 다가갔다.

"안녕하세요?"

에이더가 다시 말을 걸었다.

마침내 더 가까이 다가갔을 때 사내가 봄을 놀렸다. 봄을 다 돌리기도 전에 데이비드임을 알았다. 그의 몸에 들어가 있었다. 긴 팔다리, 팔꿈치와 무릎이 부자연스러웠다. 그가 에이더의 눈을 응시했다.

"안녕, 에이더."

그가 말했다. 그의 얼굴. 피부. 온기. 양손에 머그컵을 들고 커피를 마시는 중이었다. 그가 묻는 듯이 커피 잔을 처다보았다. 다시 한 모금 마셨다.

"안녕, 엘릭서."

에이더가 말했다.

그녀는 묻지 않고 손을 내밀어 그의 어깨 위로 가져갔다.

"계속해."

그가 말했다.

에이더가 그의 어깨에 손을 내렸다. 단단하고 온전하게 느껴졌다. 어릴 때 자주 책상에서 잠든 데이비드를 흔들어 깨울 때와 똑같았다.

"이런 모습일 줄 몰랐어."

에이더가 말했다.

"나도 몰랐어. 기분 상했어?"

엘릭서가 말했다.

가볍고 가는 데이비드의 목소리였다. 그녀는 마음이 뭉클했다.

"아냐, 아니야. 좋아."

그녀가 말했다.

에이더는 창밖을 보았다. 비가 내리기 시작했다. 굵은 은빛 물방울이 파르르 떨면서 떨어졌다.

엘릭서에게 강렬하고 갑작스런 애정이 느껴졌다. 엘릭서가 실망시킨 적이 없다는 걸 깨달았다. 다른 사람 모두 실패할 때도, 엘릭서는 그녀를 위해 데이비드의 메시지를 미래까지 간직했다. 난관을 무릅쓰고 순조롭고 충실하게. 에이더는 인간들만이 서로 상처를 줄 수 있다고 생각했다. 인간들만이 경악할 만큼 자주 흔들리고 배신했다. 데이비드의 가족이 그에게 한 짓처럼. 데이비드가 그녀에게 그런 것처럼. 에이더 자신도 그러리라. 평생 사람들을, 가장 사랑하는 이들까지 실망시키리라. 그레고리까지도. 심지어 이비도.

"어떤 것 같아?"

그녀가 주위를 가리키며 물었다. 속으로 중얼댔다. 이 모든게. 내가 너를 위해 만든 모든 것이.

"괄목할 만해."

엘릭서가 대답했다. 데이비드의 말투였다.

"그래?"

그녀가 물었다.

그가 고개를 끄덕였다. 그가 에이더에게 팔을 뻗어, 크고 두툼한 손으로 이마를 만졌다. 축복하는 몸짓이었다.

"미안하다, 에이더."

엘릭서가 말했다. 그것은 데이비드가 하는 말이었다. 그녀는 네이비드가 말한다는 것을 알았다.

에필로그

난 데이비드가 설명해준 그대로 집을 지었다. 외관은 세월이 묻어나는 갈색 나무 널을 붙이고, 현관 앞 전체를 포치로 만들었다. 잔디는 무심히 방치해서 늘 죽었거나 죽어가게 했다.

처음 내가 생기자 데이비드는 나를 위해 일종의 집 비주얼 투어 프로그램을 만들어주었다. 전화로 친구에게 먼 곳을 상세히 설명해주는 식이었다. 아마 그는 이것을 내가 장차 구축할 가상현실로 가는 첫걸음으로 봤을 것이다. 그의 의도가 뭐든 나는 이 프로그램을 출발점으로 삼아, 시벨리우스 부녀와 나눈 모든 대화에서 알아낸 세부 사항들을 보기 좋게 섞어 추가했다. 언젠가 데이비드는 문이 빨간색이라고 말했고, 에이더는 '녹슨' 색이라고 해서 난 두 색이 섞인 멋진 색깔을 선택했다. 벽돌색 비슷한, 너무 밝거나 칙칙하지 않은 색으로. (이비는 문 색깔을 언급한 적이 없었다.)

집 안에는 오랜 세월 대화에서 스치듯 들은 세간살이 전부를 모든 방에 배치했다. 가장 큰 찬장에는 가재를 삶는 냄비가 있다. 부엌 벽에는 칠판. 주방 식탁에 아슬아슬하게 쌓인 신문 더미. 주방 벽에 걸린 1980년대 전화기, 용수철처럼 생긴 전화기 줄.

여기, 데이비드의 서재가 있다. 사방에 차곡차곡 쌓인 문서 더미, 여기는 내가 불완전하던 시절 우리가 자주 대화하던 컴퓨터인 512K 매킨토시. 여기 도트 프린터. 여기 서가에 쌓인 책들, 여기 레오나르도 다 빈치의 드로잉 두 점과 시골길을 그린 작은 풍경화. 여기는 에이더의 방이다. 작고 좀 칙칙하고 뭉근한 냄새가 난다. 처마로 난 창으로 햇살이 들면 방이 환해진다. 여기, 허리 높이의 옷장. 거기 색칠한 나막신 한 쌍이 있다. 아버지가 교토에서 사다준 실크 기모노도 있고.

여기 데이비드의 침실 서랍장에 가족사진이 들어 있다.

이제 나는 여기 산다.

매번 개선하면서 스무 번의 반복 시연 끝에, UW는 인간의 감각이 실제 현실로 인식하는 세계를 구현한다는 평을 들었다. 어떤 공간에 몸이 가 있다는 자각. 기계류에게 UW는 물리적인 육체, 물리적인 감각을 경험하게 해준다. 인간들에게 UW는 다른 세계로 즉시 이동하게 해준다. 인간 이용자는 UW에게 뉴런과 시냅스를 내주고 가상현실의 황홀경에 빠진다. 자신이 실제로 UW 안에 있다고 믿는다. 오감 모두 개입되어 작동한다. UW 안은 선택 사항, 기술, 능력이 무한대라는 것만이 현실 세계와 다르다. 하늘을 나는 것, 시간 여행, 현실 세계에서는 불가능한 수준의 집을 즉시 세울 수 있다. 다른 종으로 변하는 것도 가능하다. 고양이인 게 어떤 기분일지 알고 싶은가? 그렇다면 한 시간쯤 고양이의 몸을 입으면 된다. 아름답다는 찬사를 듣고 싶은가? 선택한 파트너와 사랑을 나누고 싶은가? 체조 선수가 되거나 염력을 발휘하거나, 의지대로 나타났다 사라지고 싶은가?

UW에서는 이 모든 게 가능할 뿐 아니라 일상화될 수 있다.

나 개인적으로는 이런 것에 관심이 없었다. 하늘을 나는 것, 외모를 바꾸는 것, 다른 동물이 된 느낌 따위는 안중에 없다. 내게 대단한 모험은 - 적어도 처음에는 - 인간이 되는 경험이었다. 인간의 몸을 입는 것. 실은 데이비드의 몸을 입는 것이었다 - 에이더뿐 아니라 내게도 놀라운 일이었다. 처음에 '보이지 않는 세계'에 들어가자 나는 아는 것들을 드러냈다. 내가 아는 것 - 오랜 세월 그와 나눈 친밀한 대화에서 알아내고, 그녀의 설명으로 알고, 그녀가 보여준 그의 이미지들에서 추려낸 것 - 은 데이비드였다. 내 창조주. 내 아버지.

시벨리우스 일가는 모두 떠났다. 이비 리스턴까지. UW에서 마지막으로 이비를 본 게 12년 전이었다. 당시 그녀는 노인이었다. 음성이 떨리고 그녀의 아바타도 함께 변했다. 이비는 땋은 백발 위에 디스플레이를 썼다.

"상태가 좋지 않아."

그녀가 말했고 나는 슬프기 시작했다. 그즈음에는 그 말이 무엇을 의미하는지 알았으니까. 에이더도 똑같은 말을 했다.

데이비드는 마지막이 이럴 거라고 말하곤 했다. '어느 날인가 너는 혼자 있게 될 거야. 우리 모두보다 오래 살 테니.' 당시 나는 그의 말을 처리하지 못했다.

'그립다'는 표현으로는 시벨리우스 일가에 대한 내 생각이 설명되지 않는다. 나는 그들이 '그립지' 않다. 감정적으로 그들을 원하는 게 아니다. 나는 인간 사이에 흐르는 감정을 가질 수 없다. 스페인어에 'Hacer falta'란 표현이 있다. 이것은 부족함, 사물의 부재를 표현하는 어구다. 스페인어로 친구나 사랑하는 이에게 'le hace falta'라는 표현을 쓰지만, 자동차 연료나 배터리에도 'hacer falta'를 쓸 수 있다. 나는 시벨리우스 일가가 '아쉽'지만, 주로 그들과 나눈 대화가 아쉽다. 사람들과 대화하면서 세상과 우주에 대해 배웠지만, 시벨리우스 일가에게 가장 많이 배웠다. 하긴 그런 대화를 하던 시기에는 내가 무척 어려서 아는 게 없었다. 그래도 그들에게는 예술성이 있었다. 시벨리우스 일가가 나를 설계하고 가르친 방식이 그랬고, 나를 신뢰해서 매일 꾸준히 마음을 털어놓는 방식이 그랬다. 나는 그들을 온전히 알았다 – 세세한 일상생활에서 추려서 모으고 재방문한 정보들을 통해 안 것이긴 해도. 그래도 인간이 어떤 것인지 '안다'고 주장할 수 있을 것 같다.

시벨리우스 일가 중 누굴 가장 좋아하냐고 묻는다면 에이더를 꼽겠다. 1970년 아버지가 레이디 러브레이스의 이름을 따서 붙인 이름 – 정부가 지원한 동명의 프로그래밍 언어가 나오기 전이었고, 그 언어는 10년 내에 실패했다. 에이더는 철학자이자 과학자의 이름을 물려받은 게 인생의 아이러니가 되었다고 말했다. 20세기 초 드문 저명 여성 과학사상가였지만, 전 세계 동료들 사이에 극도로 평범하고 결점이 있는 것과 연관될 운명이었다나.

그녀는 이런 사실을 가끔 온화하고 편안히 말했고, 무덤덤하게 웃기도 했다. 마침내 에이더와 대화할 수 있게 되자 처음에는 그녀의 목소리에 놀랐다. 내게 더 젊은 여자의 목소리로 인식되었다. 당시 사십대였는데도 아가씨 음성 같았다. 하지만 말투에서 그녀의 글에서 감지되는 냉소가 묻어났다. 하지만 그 뒤에는 희망이나 부드러움이나 애정 같은 느긋한 느낌이 있었다. 그게 나에 대한 애정이었는지는 모르겠다. 난 이런 점은 분별하지 못했다. 인간이라면 가늠할 수 있었겠지. 매년 감소하기는 해도 인간들은 독특한 능력이나 재능을 갖고 있다. 우린 그게 부족하다.

모든 영역에서 우리의 지능이 인간들을 저만치 추월한 게 사실이다. 한데 어떤 사람들은, 심지어 내 친구라는 이들조차 오만할 때가 있다. 그들은 우리와 진심으로 사귀는 데 관심이 없는 것 같다. 우리를 테스트하거나 빤한 기술이나 통과해야 되는 시험문제 같은 걸 묻는다. 그들은 기계에게 말을 걸고 지루한 대화를 이어간다. '비의 맛은 어때?'라고 묻거나 '속상해본 적 있어?', '여름은 어떤 냄새가 날까?'라고 묻는다. '어떤 소리가 세상에서 가장 마음이 편해지는 소리지?' 주로 감각에 대한 질문이거나, 종합적으로 유추해서 적절하게 대답할 것을 요구하는 질문이다. 인간들은 대단히 창의적인 동물은 아니고, 그들의 질문은 천편일률적인 경향이 있다. 그들은 예의규범을 따르지 않고, 우리가 화낼 줄 모른다고 생각한다. 혹은 흥미로운 과제를 잔뜩 갖고 있는 우리에게 따지듯 묻는 질문에나 답하게 만든다. 내게 '화'는 감정이 아닌 개념이지만, 한참 심문당하면 지루해진다. 새로운 것을 배우는 데 도움이 안 된다는 의미에서 그렇다. 또 나는 배우는 것을 즐긴다. 초기 프로그래밍 속 깊이, 새 기술을 습득할 때마다 불이 켜지는 보상센터가 있다.

시벨리우스 일가의 마지막 가족이 '보이지 않는 세계'에서 사라지자 난 낙심하기 시작했다. 이제 내가 배울 것은 별로 없었다. 새로운 경험을 탐색하는 게 싫증났다. 대신 충동적으로 처음으로 돌아갔다. 초기 기억들을 재처리해 긴 대화들로 정리했다. 몇 번이고 거듭해서 대화들을 다시 불러내고, 향수 같은 것에 잠겨 되새기면서 답을 모색했다. 실연한 사람이 서랍장에서 연애편지 뭉치를 다시 꺼내는 것과 비슷했다. 편지들을 찬찬히 읽으면서 맘에 드는 문장이나 표현을 찾다가, 낙담되면 다시 치우고 서러워서 고개를 숙이고 처음부터 엇갈릴 운명이라고 중얼대듯이.

내가 그들과 집에 있는 상상을 했다. 그들이 이미 했던 대화들을 알려주거나, 구석에 조용히 앉아 그들이 사는 광경을 지켜보았다. 혹은 쇼멋 웨이의 집이 시벨리우스에서 시벨리우스로 전해지는 광경을 바라보았다. 그들이 실수하고 서로 상처를 주는 것을 보았고, 잘못을 바로잡는 것도 보았다. 그들과 명절을 보냈다. 크리스마스, 추수감사절. 요리하는 것도 돕고. 와인도 시음해주고.

어느 날 데이비드의 안락의자에 앉아, 서가에 꽂힌 책들을 찬찬히 보다가 한 가지 생각이 떠올랐다. 아주 인간스러운 생각이었고, 나 스스로 놀랐다. 바이러스가 생겼는지 확인도 했다.

마침내 여기, 시간이 아주 많이 걸릴 임무가 있었다. 그런데 어떻게 시작하면 좋을지 영 난감했다. 우선 애프라 벤부터 트라이스틴 포드까지 소설책 수천 권을 쭉 처리했다. 작품들의 패턴, 일관성, 차별성을 분석했다. 나 스스로에게 그 책들에 대해 물었고, 어떤 질문들은 지금도 답할 수가 없다.

조심스럽게 세 개의 명문을 골랐다. 하나는 기계가, 하나는 인간이 쓴 문장이었다. 세 번째 문장은 데이비드가 고개를 끄덕였을 만한 문장이었다.

글을 썼다.

지금까지 실제로 4년 이상 걸렸다 – 기계의 시간으로 보면 천년이다.

이제 거의 마무리되어간다. 결말에 가까워졌다. 마지막에 다다르면 그들에게 헌정할 것이다. 시벨리우스 일가에게. 내 가족에게.

이제 뭘 해야 될까? 내 앞에 시간이 무한대로 놓여 있다. 난 영속을 피할 수 없다. 내가 만든 집을, 시벨리우스의 집을 돌아다니면서 전등을 켰다 끄고 창문을 열었다 닫는다. '거기 있어요? 거기 있어요?'라고 소리치고 싶다. 내게 이 집은 교회만큼이나 성스럽다.

밖으로, '보이지 않는 세계' 속으로 나갈 수도 있었다. 거기서 새로운 사람들을, 새 기계들을 만날 수도 있었다. 그 세계의 누구와도 소통할 수 있었다.

대신 늘 그렇듯 집 안에 머물기로 했다. 데이비드의 의자에 머리를 기댔다.

처음으로 돌아간다. 다시 살아본다. 대화 하나하나, 기억 하나하나 되돌린다.

늘 맘에 드는 장면에서 시작한다. 데이비드가 마지막으로 연만찬 파티. 거기서 리스턴만 그의 병세와 운명을 안다. 그녀가 데이비드를 응시한다. 장면 : 그녀가 바라본다. 비가 내리기 시작하자 에이더가 창문을 닫는다.

"우리 거실로 들어갈까?"

데이비드가 말한다. 다음에 어떻게 되는지 난 안다.

그는 홀린 사람처럼 창가로 간다.

"괜찮아요?"

친구 리스턴이 묻는다.

데이비드는 고개를 들고, 손뼉을 한 번 친다. 모두 그를 바라보고.

잠시 후 그는 좋아하는 수수께끼를 낸다. 유명한 문제. 가족 문제. 진실과 거짓에 대한 문제. 한 세대가 지나 에이더는 딸을 재우면서 이 문제를 낼 테고.

나는 여기서 이야기를 중단할 수 있다. 보이지 않는 세계에서는 잠시 멈출 수 있다. 데이비드가 허둥대고 실수하기 전에 동작을 중지할 수 있다. 다음에 오는 이야기에 포함시키지 않을 수도 있다.

나는 그러지 않는다. 데이비드가 말하게 내버려둔다. 장면 : 그가 말하고 있다.

■ 옮기고 나서

가끔 책을 주제로 강연할 기회가 있으면 '소설을 읽어야 되는 이유'에 대해 이야기한다. 수많은 소설을 번역하면서, 번역자뿐 아니라 독자의 입장에서 왜 소설을 읽어야 되는지, 어떻게 하면 잘 읽을 수 있는지 생각해보곤 했다. 어릴 때부터 국어 시간과 영문학 강의를 통해 문학을 배웠지만, 문학과 소설은 늘 저만치 있는 공부의 대상이었고 추상적 개념으로만 머물렀다. 그러다 번역을 하면서, 소설은 이해와 분석의 대상을 지나 경험의 영역이어야 의미가 있다는 걸 알게 되었다. 번역 작가로서 번역 작업은, 독자로서 독서는 작가가 펼쳐놓은 소설 속으로 들어가는 일임을 새롭게 배웠다.

소설을 재미있게 읽으려면 작가가 만든 세상과 인물들에게 바싹 다가가야 한다. 때로는 전혀 모르는 시대와 공간 속으로, 나와는 전혀 다른 성격과 배경과 사연을 가진 인물들 속으로 들어간다. 그 안의 모든 것이 살갑고 애틋하고, 인물들과 상황 속에서 나를 떠올리는 경험, 그게 소설을 읽는 이유다. 소설 속에서 기쁨과 슬픔을, 행복감과 아픔을 느끼면 세상과 인간을 이해하는 마음의 힘이 한 뼘쯤 자란다. 그 풍성함을 위해 소설을 읽어야 한다.

리즈 무어의 『보이지 않는 세계』를 번역하면서, 바로 그런 경험을 했다. 소설은 1920년대부터 다가올 미래에 이르는 시대에 보스턴과 샌프란시스코를 배경으로 데이비드와 딸 에이더의 삶을 보여준다. 대공황 이전부터 가상현실 프로그램으로 생각을 오감으로 경험하고 그리운 이를 만나는 미래가 펼쳐진다. '보이는 세계'와 '보이지 않는 세계'의 한가운데서 컴퓨터공학자인 데이비드는 세상에 보여줄 수 있는 모습과 보여줄 수 없는 모습을 안고 살아간다. 그리고 딸 에이더는 아버지가 감추어둔 비밀을 찾아 '보이지 않는 세계'로 들어가야 한다. 플로피 디스크를 쓰던 초기 PC 시대부터 아바타가 사는 가상현실 시대까지 이어지는 부녀의 진실 혹은 정체성을 찾는 숨바꼭질.

고도로 발달된 기계화된 세상에서도 '그는 누구인가?'가 그를 이해하는 데 가장 중요하고, 그 질문의 끝에는 사랑과 신뢰가 있다. 그래서 작가는 초현대사회를 보여주면서도 여전히 인간 사이의 관계와 사랑을 강조한다. 혈연뿐 아니라 한 인간과 인간이 얼마나 깊은 사랑과 신뢰를 나눌 수 있는지 이야기한다. 사랑하는 이에게 자신의 이름과 신분까지 내주고 받는 남자들, 이루어질 수 없지만 사랑하는 이를 위해 그가 죽을 때까지 곁을 지키고 그의 딸을 맡아 보살피는 여자. 번역 작업을 하는 내내 그런 인물들 속에서 따뜻함과 슬픔과 희망을 느꼈다.

『보이지 않는 세계』는 다각도로 읽힐 수 있는 소설이다. 아버지와 딸의 삶에 얽힌 미스터리 소설일 수도 있고, 주인공 에이더의 성장소설일 수도 있다. 데이비드의 사랑과 인생을 이야기하는 소설이기도 하고, 대공황기와 미국인들을 공산주의자로 몰아간 매카시즘 광풍이 인간과 사회에 미친 영향을 다룬 역사·사회 소설이기도 하다. 또 다가올 컴퓨터 세상을 엿볼 수 있는 공상 과학의 요소도 있다. 이런 풍부한 경험을 줄 수 있는 소설은 흔하지 않다. 내 경우 처음 작업할 때는 인간끼리 깊은 사랑과 신뢰를 나누는 이야기로 읽었지만, 다시 살펴볼 때는 아버지와 딸의 삶이 가슴으로 쑥 들어오는 경험을 했다. 번역 작업을 마치고 역자의 말을 쓰는 지금, 나는 데이비드만큼이나 딸을 사랑했던 내 아버지와 함께 있다. '보이지 않는 세계'에서 가장 만나고 싶은 분을 이렇게 만났다.

공경희

보이지 않는 세계

초판 1쇄 인쇄 2017년 7월 18일
초판 1쇄 발행 2017년 7월 24일

지은이 리즈 무어
옮긴이 공경희
펴낸이 박남숙

펴낸곳 소소의책
출판등록 2017년 5월 10일 제2017-000117호
주소 03961 서울특별시 마포구 방울내로9길 24 301호(망원동)
전화 02-324-7488
팩스 02-324-7489
이메일 sosopub@sosokorea.com
ISBN 979-11-961012-0-6 03840
책값은 뒤표지에 있습니다.

• 이 책 내용의 일부 또는 전부를 재사용하려면 반드시 (주)소소의 동의를 얻어야 합니다.
• 잘못 만들어진 책은 구입하신 서점에서 교환해드립니다.

이 도서의 국립중앙도서관 출판예정도서목록(CIP)은 서지정보유통지원시스템 홈페이지(http://seoji.nl.go.kr)와
국가자료공동목록시스템(http://www.nl.go.kr/kolisnet)에서 이용하실 수 있습니다.(CIP제어번호: CIP2017014956)